清代宮廷大戲叢刊續編

五

盛世鴻圖

詹怡萍◎主編
王應 武芳◎校點

北京大學出版社
PEKING UNIVERSITY PRESS

國家古籍整理出版專項經費資助項目

整理説明

《盛世鴻圖》爲清代宫廷大戲之一種，主要敷衍宋太祖趙匡胤稱帝前後的征伐故事。就内容而言，當是前代雜劇及傳奇關目戲的雜糅和整合。與其他頭尾完整的連臺戲不同，《盛世鴻圖》在形式上分成了兩個部分。第一部分存十二段九十六齣（原本爲十三段，每段八齣，第十段缺），第二部分六卷七十齣（每卷十到十三齣不等），共計一百六十六齣。上部頭段第一齣《天庭述運》【沽美酒帶太平令】：

降綸音敕命行（重），傳天語到仙庭，召取奇星輔聖明。開新運太階平，展奇才大功成。燮陰陽調和金鼎，享太平人民歡慶，三百載鴻圖叶應。俺呵！端只爲衆生無定，因此上慨閔裕生。呀！這一回定江山，仁主承天命。

下部第六卷第十一齣《耆老獻匾》【鎖南枝】：

明良遇，祝聖年，鳳儀鸞舞盛世傳。聖德大如天，恩敷山與川。〔白〕我乃羲皇村一個老人是也。方今宋朝皇帝平定天下，人民樂業，五穀豐登，四海同風，六合混一。故此天下十三省耆老感念聖主恩德，無可爲報。今日約了士民人等，又傳了道地秀才，裝成一個扁額，上寫着「盛世鴻圖」四字進獻，以見我等百姓報答之意。

兩段唱詞，前後呼應，點出了「盛世鴻圖」之名的由來。

《盛世鴻圖》的前後兩段主要情節並不連貫。十二段者主要講述趙匡胤稱帝前的故事。趙匡胤出身世家，懷才不遇，徒呼「彼丈夫兮我丈夫，男兒不遇對天呼。空懷拯救蒼生計，隻手能將社稷扶」。一日，與友人路過寺廟，被一相士苗光義目爲「舜目堯眉彩，湯腰禹背軀」，定要「他日身登九五，開拓江山」。寺廟中有一泥馬，傳言騎上去泥馬會動的就是大貴人。趙匡胤戲騎泥馬，泥馬果然急馳。趙匡胤父親趙弘殷對頭周凱誣趙弘殷家教不嚴，縱子爲非，妖言惑衆，將趙匡胤發配充軍。充軍途中，趙匡胤結識竇溶、柴榮、鄭恩等好友，裴繼先、薛雲等豪强，劫富濟貧，整頓山賊，一路征伐南下，收服民心，最後一統大業。六卷者主要圍繞高瓊、劉金定夫妻征戰南唐展開，包括趙匡胤誤斬鄭恩，劉金定奉師命下山，高瓊、劉金定不打不相識，結爲夫妻，征討南唐，得勝而歸等情節。兩部分之間並不銜接，也可見出《盛世鴻圖》本來没有完整的劇本，而是多個傳奇故事雜糅而成。

吴曉玲先生《〈古本戲曲叢刊〉九集序稿》認爲《盛世鴻圖》前部主要根據明代熊大木《南北兩宋志傳》中的《北宋志傳》（即俗稱《飛龍全傳》）而來，後部則來源於各種雜劇、傳奇，如《欣見太平》《太平福》《定太平》《下南唐》《下河東》等。

今檢熊大木《南北兩宋志傳》（《明代小説輯刊》第二輯，巴蜀書社1995年），「趙匡胤結義」「韓素梅定情」「三打韓通」「蘇逢吉誣陷忠良」「史弘肇斥奸被殺」等情節皆見於《盛世鴻圖》前部内容；而《中國國家圖書館藏清宫昇平署檔案集成》（中華書局2011年）所收《下南唐》《定太平》《下河東》《太平福》等，則與《盛世鴻圖》後部大致情節類似，且存在唱詞相同的唱段。

《盛世鴻圖》編撰者今不可考，從文中避諱字看，「弘」字諱作『宏』，而清宣宗『寧』字不諱，故當成書於乾隆至嘉慶間。抄寫品質明顯不如成書於高宗前期的《昇平寶筏》《勸善金科》等，錯訛不少，字跡陋劣，疑抄手或爲宫中内侍。

現存資料中没有關於《盛世鴻圖》在清宫上演的記載，而與之内容相似、篇幅短小的《太平福》等則有光緒十一年、十二年的承應記錄（《清宫昇平署檔案集成》「恩賞日記檔」）。或當與清廷後期内外交困的形勢有關，内府已無力承擔連臺本大戲的大規模演出，而人物、場面精練的單齣戲成爲了清宫承應戲的首選。

《盛世鴻圖》現存中國國家圖書館藏清内府抄本兩種，中華書局於1964年出版影印，收録在《古本戲曲叢刊》第九輯中，本書即據此整理。

目録

頭段

二段

三　段

四　段

五　段

六段

九　段

十三段

第一卷

第二卷

第三卷

第四卷

第五卷

第六卷

頭段

第一齣　天庭述運

〔四帥上，跳舞下；二十八宿上，跳下。内奏樂，二十八宿、三台北斗、太白金星、文曲星、武曲星、玉樞使相、昭容、金童、玉女引玉皇大帝上，唱〕

【新水令】凌霄宫闕寶光凝，簇列着萬星肅整，天門雲現，彩紫降，噴猊津。天樂鏘鏗神排定，巍巍的皇君秉。〔重白〕玉殿巍峩駕碧空，千靈萬聖侍金容。仙樂鏗鏘氤氲繞，神伏威儀絳帳中。吾金闕凌霄玉皇大帝。化育群生，爲乾坤之主宰；甄陶萬類，掌三界之權衡。紅雲紫霧，縈迴閶闔之門；列宿群星，環拱通明之殿。至公無私，昭彰有感。想那塵寰之内呵，〔唱〕

【折桂令】經多少濁亂混愚程，抵多少迷悟難明，暗挈携因，想已定明明昭應。未著造生存，地妙訣均平。福禄前程，已載公行，則要你德厚陰成，遠大勳名。管伊家毫白無私，試吾行件件澄清(重)。〔三台北斗白〕臣三台北斗星有表具奏。〔昭容白〕奏來。〔三台北斗白〕聖壽。〔唱〕

【沉醉東風】恕微臣冒瀆天庭，念微臣心生憐憫，計因由自唐季五代分，更數載的相爭不定。〔白〕自從宋、齊、梁、陳、隋，生靈塗炭何可勝言？殆至李淵稱爲唐家帝號，又至殘唐之際，朱、李、石、劉等迭興。可憐萬姓流離，人心無定。即今漢主承祐信讒惑佞，氣數當然，以致四方群雄奮起，生民塗炭。伏望上帝開憫世之心，普濟蒼生。〔唱〕免生靈離亂哀聲，啓靈霄憫恤蒼生。立住有德能，安社稷，定興隆。上天也那好生。〔昭容白〕平身。〔三台北斗白〕聖壽。〔玉皇大帝白〕據北斗星君具奏慨切，上天豈無好生之德也。〔唱〕

【雁兒落】嘆取那塵界恁便造業成，致年來黎庶盡遭傾。恨無端弄干戈、馳驟逞，害生民遭塗毒、怨氣凌争。〔許真君白〕臣玉樞右相許旌陽奏上。〔昭容白〕奏來。〔許真君白〕聖壽。〔唱〕

【得勝令】呀！只爲着前定世、原因明，宗帝意念誠。在宫中倒身拜、叩天庭，道説何福承天命。〔白〕十八年前，上帝曾命赤鬚火龍下降人間，生於洛陽夾馬營中趙指揮爲子。今已數載，將來開宋基業，統系治世。〔唱〕今日裏盛世出奇英，聖仁君應運興(重)。〔昭容白〕平身。〔許真君白〕聖壽。〔玉皇大帝白〕善哉，赤鬚龍降謫塵凡，原爲治平天下，救濟蒼生。但他勢孤力微，可用僞周郭彦威、柴榮先爲宋君開創，數運宜然。卿等還須選輔弼諸星，贊勷扶助，方保無虞也。〔唱〕

【七弟兄】事事兒預有成，公無私昭彰應。必須要賞罰明明，作事清清。訪賢才輔佐江山定，纔得個正統安寧。〔太白金星白〕臣太白金星具奏。〔昭容白〕奏來。〔太白金星白〕臣知西岳華山有一隱士陳摶，久成大道。坐下有一徒弟，名唤苗光義，能知過去、未來，善曉天文、地理。原是上界左輔星君下降。〔唱〕他熟透的五經法筭治最精，勝姜公妙畧應文星，運神謀定建奇千勝。軒轅的手段能，有經綸治世聖仁君(重)。〔昭容白〕平身。〔太白金星白〕聖壽。〔武曲星白〕臣武曲星謹奏。〔昭容白〕奏來。〔武曲星白〕十六年前，黑虎星犯愆謫降晉地鄭姓爲子，喜他膂力過人，精通武備，可爲右弼。〔唱〕

【梅花酒】委實的是奇英(重)。他左手能九般，右手通九靈。武勇處英名勝、天生成怪猙獰，粗魯莽蓋世奇英。呀！使他行輔佐仁君(重)。〔昭容白〕平身。〔武曲星白〕聖壽。〔玉皇大帝白〕諸卿所奏可即施行。〔三台北斗等白〕謹遵玉旨。〔同唱〕

【沽美酒帶太平令】降綸音勑命行(重)，傳天語到仙庭，召取奇星輔聖明。開新運太階平，展奇才大功成。燮陰陽調和金鼎，享太平人民歡慶，三百載鴻圖叶應。俺呵！端只爲衆生無定，因此上慨憫裕生。呀！這一回定江山仁主承天命。〔玉皇大帝下臺，同唱〕

【尾聲】九霄紫氣猊津盛，一派鈞天雅頌聲，欣看取九五飛龍極運興(重)。〔衆星隨玉皇大帝下，衆跳下〕

第二齣　塵寰談相

〔趙匡胤上，唱〕

【引】遨遊歲月志蹉跎，辜負韶華白駒隙過，問蒼天生我如何。〔白〕彼丈夫兮我丈夫，男兒不遇對天呼。空懷拯救蒼生計，隻手能將社稷扶。某趙匡胤，涿郡人也。世食漢禄，寄居汴梁，父親在朝，官爲殿前檢點指揮之職。可恨權奸當道，蠱惑幼主，堪堪規模頹壞，綱紀廢弛。因此俺雖有定國之才，未効安邦之用。所以日逐與窗友張光遠、羅彦威等尋山問水，較古窮今，到也閑散。〔院子上，白〕嗄！大公子，方纔張、羅二位公子差人請公子今日遊春玩景。〔趙匡胤白〕知道了。待我進堂去稟知母親，然後前去。〔院子應，趙匡胤白〕正是雙親喜具慶，遊子必有方。〔下。苗光義上，唱〕

【浪淘沙】踪跡遍江湖，俗眼模糊，紫微光照現皇都。是處區區名播也，爲建鴻圖。〔白〕華山學道已多年，半是凡胎半是仙。打破關頭無覓處，風雲會合數當然。小生姓苗名訓字光義，係大梁人氏。身在塵世之中，神遊天地之外。道骨仙風豈肯令人參破，只爲干戈擾攘，當出應運聖人。爲此老祖命我下山輔佐真主，還有多少命世元勳，教我指引勛勷宋室。因此遍遊天下，不覺來至汴梁，

今已數日在這聖帝廟前，裝做風鑑爲由，或者所遇有緣，也未可知。〔唱〕

【步步嬌】九流術士喬裝做，風鑑非無故，爲宋主建鴻圖。遍訪英豪，同歸輔佐，這是天降聖賢主。三百年基業傳千古。〔張光遠、羅彦威内白〕大哥，走嗄！〔趙匡胤白〕二位兄弟請。〔同上，唱〕

【前腔】帝里繁華天然注。景色觸目處，天街如畫圖，春景風光休教辜負。〔趙匡胤白〕某趙匡胤。〔張光遠白〕某張光遠。〔羅彦威白〕某羅彦威。〔趙匡胤白〕我們自幼同窗，又叁結金蘭，情同膠漆，每日演武習文，都是丈夫治世之事，一朝運達，貨與皇家。〔張光遠、羅彦威白〕大哥，我們今日閑暇，可往各處遊玩遊玩，多少是好。〔趙匡胤白〕且待周、李二位兄弟到來，再行未遲。〔羅彦威白〕大哥，我聞得聖帝廟前有一個風鑑先生叫做苗光義，相人百不失一，亦且陰陽有准，斷人禍福無差。何不先到那裏教他相相斷斷日後前程？〔趙匡胤白〕既如此，一同前去一問便了。〔同唱〕試問是何如何年方遂平生志。〔趙匡胤白〕你看此時尚早，來到這裏還是静悄悄的。〔張光遠白〕咦，你看那相面的先生到先在那裏了。大家上前看他如何？〔苗光義白〕面具五官六府，身分上下三停。太公八十運方亨，十二甘羅歸冥。金谷石崇豪富，范丹釜内生塵。勸君切莫與天爭，骨格由來生定。〔張光遠、羅彦威白〕大哥，聽他這一片相賦不俗，只怕有些意思。〔趙匡胤白〕那見得是個高名，分明是江湖俗句，誆人而矣。〔張光遠、羅彦威白〕如此，大哥且教他看看，試試他的本事如何？〔趙匡胤白〕使得。〔苗光義暗白〕呀，來的正是貴人真主，我且假粧不知。〔張光遠、羅彦威白〕先生請了。〔苗光義白〕請了。三位貴客請坐，敢是看

相麽？〔張光遠、羅彦威白〕正是。你先與我大哥看。〔苗光義白〕使得。且居正了。阿呀妙嗄！〔唱〕

【江兒水】舜目堯眉彩，湯腰禹背軀。肩垂兩耳稜角護，異相非常龍虎步，面如重棗光明大。〔趙匡胤白〕你把直言來講，不得趨奉。先生若相得着我，自當重酬。〔苗光義唱〕他日身登九五，開拓江山，萬人欽心拱服。〔趙匡胤白〕住口！〔唱〕

【前腔】休得趨炎奉，胡言莫亂云。〔白〕走來，這裏是輦轂之下，來往人衆，如若被人聽見，〔唱〕似你這非言傳送天堂路，倘被人間難免禍，捕風捉影非小可。〔苗光義白〕嗄！貴人，這是貴相造定，在下焉敢假捏虚詞？〔唱〕這是相法神書曾註，世上傳留，道妙無窮千古。〔買賣人衆民上，白〕走嗄！〔上，同唱〕

【玉交枝】家風商賈，貿易營生廛市道途，只圖微利時光度，管甚麽日月如梭。〔趙匡胤曲内白〕哇！你這顛狂術士，還是這等亂言。你莫非誘人造罪？待俺來驅逐你他方遠去，省得在此妖言惑衆。〔作打科。張光遠、羅彦威介白〕勸大哥不得如此造次。〔衆白〕住了住了。嗄！公子，爲何這樣動怒？有話須要好説。〔趙匡胤白〕嗄，列位！這瘋相士信口胡言，搧惑人民，誆人財帛。因此氣他不過，教他不許在此惑人，所以驅逐他遠去。〔買賣人、衆鄉民同白〕原來如此。嗄，公子！即今世上醫卜星相耑靠這些浮詞奉承得人喜歡，便好資財入手，滿利肥身。這是騙人的迷局，個個都是如此。公子何必與他一般見識。〔張光遠、羅彦威白〕看衆人薄面，饒他個打，叫他早早離開就是了。〔趙匡胤白〕如此便宜了他。教他速速離了此處就罷。〔衆白〕這個自然。〔張光遠、羅彦威白〕嗄，大哥！我們且到那邊去遊玩遊玩，少時再來。他若再在，决不與他干休便了。〔衆鄉民白〕二位公子説得極是。〔唱〕且停嗔息怒暫消除，休信胡言惹氣，多好時光，休教辜負㊀。〔張光遠、羅彦威、趙匡胤、衆下。苗光義白〕呀，你看他們已去。咳！我合不吐露真情，使真主忿怒而去。但他此去必見灾星，這便怎處？這也是運限如此，只索由他，我且往别處遍訪英雄，待時而動便了。正是：人間禍福由天判，暗裏排爲不自由。〔下〕

第三齣　戲騎泥馬

〔衆小鬼、判官上，跳舞科。城隍騎馬上，同唱〕

【二犯江兒水】香風乍捲，氤氳起香風乍捲。離天闕、返殿垣，神幟飄渺雲端，護群生，威赫顯。〔城隍白〕保障群生遍一方，佑民裕國享蒸嘗。愚民未曉循環報，碌碌浮生空自忙。小聖城隍是也。適奉玉旨，道有真主遊玩到此，命吾大顯威儀，引誘真主到來，乘騎泥馬送入城中，使他發往大名，與守志真女韓素梅了此一段佳緣。喜得此處枯廟之中有吾神像。衆鬼使！〔衆白〕有！〔城隍白〕就此乘雲竟往枯廟去者。〔衆白〕領法旨。〔同唱〕忙駕瑞雲駢，光騰換彩鮮。踴躍驅前，鬼判回旋，下塵寰、宇宙間。〔作到吹打進廟，泥馬暗上。城隍坐科，白〕衆鬼使！〔衆白〕有！〔城隍白〕爾等將鐘鼓敲動，引誘真主到來，不得有違。〔衆白〕領法旨！〔各作敲鐘、擊鼓科，同唱〕鐘鳴鼓喧，不住的鐘鳴鼓喧。梁皇寶懺，好一似梁皇寶懺。齊合掌，誦南無功德圓。〔趙匡胤、張光遠、羅彥威上，同唱〕

【一江風】諧英豪，同步康莊道。聽鶯燕枝頭噪。遶溪橋，一灣春水相映花光照。〔趙匡胤白〕我弟兄三人適在酒肆中歡飲了一回，不覺信步閑行，已出西門數里之遥。你看一派山花草木，真個賞心樂事，娱目舒懷。〔張光遠、羅彥威白〕便是。〔同唱〕你看遊絲當路飄㊣，如簧鳥語高，聲聲偏向遊人

叫。〔周霸、李漢昇上，白〕小厮走嗄。〔二小厮應上。周霸、李漢昇唱〕

【前腔】興轉高，景與花同俏，知己人年少。〔周霸白〕俺周霸。〔李漢昇白〕俺李漢昇。嗄哥哥，我攜盒提壺，揀個幽雅僻静之所飲酒玩景，做個郭汾陽郊飲的故事如何？〔周霸白〕好雖好，只是遇不着李太白這樣好酒量的朋友，也覺少興。〔趙匡胤、張光遠、羅彦威暗上。張光遠白〕噲，我們倒有三個李太白在此。〔周霸、李漢昇白〕原來三位哥哥。我們聞知三位哥哥出城外閑遊，爲此着小厮擡了酒盒急急赶來的，却在此處相見，好快樂也。〔唱〕會同袍，義氣相投真個同管、鮑。〔趙匡胤、張光遠、羅彦威白〕二位賢弟，愚兄們正走得口渴之際，恰喜擡得酒來。真個知趣得緊。〔周霸、李漢昇白〕小弟們見這春景融和，百花開放，不忍負此良辰，爲此着小厮去請三位哥哥。聞説往城外遊玩去了，爲此備這水酒與哥哥郊外一樂。〔趙匡胤、張光遠、羅彦威白〕多承費心了。〔周霸、李漢昇白〕好説。我們選一有景之處再飲如何？〔趙匡胤白〕越發妙極了。〔同白〕請嗄。〔唱〕看柳嫩配花朝(重)，辜負韶光好，恐惹洞口桃花笑。〔周霸白〕今日之樂，大家都要吃個盡醉，方許回去。〔趙匡胤白〕使得。〔羅彦威白〕那邊高坡上有趣得緊，何不在上面去飲如何？〔衆白〕正該如此，大家上去。〔同唱〕

【風入松】知心相對意偏饒，爲愛春光興早。林間巧舌多聒噪，綻枝頭青梅正小。攜樽酒共飲香醪，醉歸來事全消。〔周霸、李漢昇白〕小厮們，將盒打開，取酒上來。〔小厮白〕是。〔同白〕請嗄！〔唱〕

【前腔】手舉瓊醪同哂笑，四下茸茸芳草。良朋會合舒懷抱，對花前樽罍傾倒。〔趙匡胤白〕你看此處蒼松盤蓋，緑草鋪氊。對面無限山花，遶坐一灣流水。真可觀也！〔衆白〕便是。〔唱〕放開懷，吸盡東洋，遇知己千盃少。〔内打鐘鼓。趙匡胤白〕何處鐘鳴鼓響？〔李漢昇白〕那邊隱隱的想是一所古廟，必是在那裏做佛事。〔張光遠、羅彦威白〕我每何不到彼隨喜隨喜？〔周霸、李漢昇白〕二兄有興，我們一同前去。小厮，將酒撤去，你們先回，我們就回來的。〔小厮白〕是，曉得。〔下。趙匡胤白〕我們逕往廟中去。〔衆白〕大哥，請！〔同唱〕

【前腔】吐氣揚眉盡英豪，亞桃園結義相交。他年得志上雲霄，願同享榮華歡樂。聽鐘鳴不住頻敲，建功德非輕小。〔趙匡胤白〕原來是一所破落廟宇。這些神像一個個倒塌在地。〔衆白〕便是。方纔明明是這廟中鐘鳴鼓響，怎麽連個人影兒也是没有？青天白日，好生作怪。〔趙匡胤白〕便是。〔張光遠白〕嗄，是了。常言道「鬼打鼓」，難道不會撞鐘？方纔想是這些小鬼在此鬼鬧作樂。〔周霸、李漢昇白〕張二哥，你向來專會説那趣話兒，猜的都不是。俺每常聽得老人家説：鼓不打自響，鐘不撞自鳴，定有大貴人在此經過，所以有此異事。〔張光遠白〕若如此説，只有我們弟兄五人在此，那個是大貴人呢？〔羅彦威白〕嗄，是了。方纔相士説大哥必成事業。莫非就是大哥罷！〔趙匡胤白〕怎麽賢弟們也學江湖術士之談？〔張光遠、羅彦威白〕嗄，大哥！這等説來，竟没有「英雄未遇之際，豪傑困守之時」這兩句古話了。〔周霸、李漢昇白〕是嗄！適纔相士言語雖不可全信，小弟等看來，大哥這樣軒昂威凜、器宇不凡。〔李漢昇白〕嗄，大哥！這事到論不定的。那劉智遠是個養馬火頭軍出身，怎麽後來立了些事業，建了許多功績，一朝發跡便登了王位？又道「寒門生貴子，白户出公卿」，况大哥是名門貴族，那裏定得嗄！〔趙匡胤白〕不要混講，被人聽見，不當穩便。〔張光遠白〕嗄，有了！我有個主意在此。〔衆白〕有何主見？〔張光遠白〕哪，那邊有匹泥馬，我們輪流騎坐，看那個騎在馬上會行幾步的就是個大貴人了。〔衆白〕這到使得。怎麽樣，是那個先騎呢？〔張光遠白〕這自然是大哥先騎。〔李漢昇白〕這個不能是我先騎？〔衆白〕如此，讓你先騎！〔李漢昇白〕待我來尋個樹枝兒，權當做馬鞭。阿呀，妙嗄！有在此了。衆位哥哥，小弟有罪了。〔衆白〕豈敢。〔李漢昇唱〕

【風入松】天生猛烈將英豪，正堂堂五陵年少。他年有日登廊廟，佐皇家英名顯耀。〔打馬白〕我把你這攮刀子的瘟畜生，你怎麽動也不動？〔周霸白〕李賢弟，你真是個獃子。這馬是泥的，怎麽會動？下來罷！〔周霸白〕還是大哥騎一騎看，或者由可，小弟如何能彀？〔張光遠、羅彦威白〕周賢弟説得極是。請大哥去騎罷。〔趙匡胤白〕那有泥馬騎人之理！〔衆白〕來來，大家原是遣興。大哥若騎上去照舊不動，小弟每再不敢渾説了。〔趙匡胤白〕也罷，要絶你每這些混説胡談的口嘌，待愚兄上去。〔作想〕且住。我若騎上亦然不動，他們也是笑話，不免借此因由，默禱神祇。蒼天在上，我趙匡胤日後果有發達，今日就將此泥馬試驗。伏望上天助我神威。取鞭與我！〔李漢昇白〕是。〔趙匡胤白〕好一匹龍馬，可惜少了一口氣。嗄，馬！嗄，馬！你須助俺神威者。〔唱〕俺這裏揚鞭登跳，望天鑒助吾曹。〔衆風神上，小鬼等作護馬下。張光遠等白〕嗄喲喲！好奇怪忽然一陣狂風，那泥馬將大哥駝往城内去了。〔張光遠白〕雖然如此，我們不過是遊戲，不道弄假成真，將大哥騎往城中。倘被多事的官兒看見，獲罪不小。急急赶上去，叫大哥下來，免得生非。〔衆白〕有理。正是：沿江撒下鈎和線，從中釣出事非來。〔下。衆衙役引周凱上，唱〕

【急三鎗】承君命、一路裏巡察到，喜無事歸衙早。〔下。衆百姓上，白〕大家來看嗄！都指揮趙老爺的公子不知那裏騎了一匹泥馬，竟自滿街撒轡起來。這樣怪事，從未見的。如今想要到這裏來了。〔衆風神擁趙匡胤乘馬上，唱〕揚鞭緊急返轡轉街道，出嚴城、到西郊。〔下。百姓白〕你看騎了泥馬向西門外跑去了。我們赶上去看嗄。〔下。衙役引周凱上，白〕這些是什麼人？爲何這等喧嚷？〔衙役白〕啓爺：方纔有都指揮趙老爺的公子，騎了一匹泥馬跑過去了。因此衆百姓觀看擁擠不上，故爾喧嚷。〔周凱白〕嗄！原來有此異事。這是趙宏殷家教不嚴，縱子爲非，作此異事。阿呀！這是妖言惑衆，論例應斬。況此事係衆目所覩，非同小可。我爲巡城之職，理應奏聞。若爲朋友之情，匿而不奏，這知情不舉的罪名亦所不免。寧可得罪於友，不可蒙蔽於君。打導上朝去，一封奏上皇金闕，憑君判斷任施行。〔下。趙匡胤、張光遠、羅彥威、周霸、李漢昇上，同白〕走嗄！〔唱〕

【尾聲】一番遊戲同歡樂，遍處紛紛鬧吵。〔衆白〕大哥，你看這些人紛紛嚷嚷而去，倘被官府知覺，不是當耍的。快快回家去罷，免得生非惹事。〔張光遠白〕如今且到小弟家中再飲一回何如？〔衆白〕多謝了，請。〔同唱〕和你再整盃盤開懷抱。〔下〕

第四齣　怒逮鬚龍

〔梅香引杜氏上，唱〕

【引】不寒不暖風光好，正可昇平歡樂。〔匡義、光美上，唱〕朝開敞閣興偏饒。〔美容上，唱〕喜良辰時届花朝。〔匡義、光美、美容白〕母親。〔杜氏白〕罷了。草色青青柳色黄，春風拂地日初長。〔匡義、光美、美容白〕晴光乍轉和風颺，正值良辰堪玩賞。〔杜氏白〕老身杜氏，丈夫趙宏殷係涿郡人氏。自漢劉王建立山河，我丈夫屢立功勳，授爲殿前都指揮之職，因此移室汴梁。數載以來，喜得朝政清平，民安樂業。今日正值花朝，時届融和，特備盃酒，待老相公下朝回來一同慶節便了。〔衆手下引趙宏殷上，唱〕

【引】蕭墻禍起在今朝，不測事教人難料。〔手下白〕老爺回府。〔趙宏殷白〕迴避了。〔手下下。杜氏白〕老爺回來了。〔趙宏殷白〕夫人。〔作怒科。杜氏、匡義、光美、美容白〕相公。爹爹。今日回朝爲着何事發怒？〔趙宏殷白〕匡胤這不肖子呢？〔杜氏白〕大孩兒在外遊玩，還未回來。〔匡胤上，唱〕

【引】金蘭豪俊樂相隨，共遊春知己投交。〔向趙宏殷、杜氏白〕爹爹、母親。〔杜氏白〕我兒回來了。

〔趙宏殷怒科，白〕唗！ 我把你這不肖子幹得好事嘎！〔趙匡胤白〕孩兒不曾幹什麼事。〔趙宏殷白〕唗！你還説不曾幹什麼事！ 過來，看板子！ 過來，待我敲死你這畜生，也免得累及與我。〔杜氏白〕嗄，相公不必着惱。 孩兒所幹何事？ 可説與妾身知道。〔趙宏殷白〕嗄，夫人！ 這畜生不知在那裏騎了一匹泥馬，闖入城中，引得那些人民簇擁相隨，被巡城兵馬司撞見，奏知聖上，道他妖言惑衆，按律立刻處斬。〔杜氏白〕嗄！ 聖上如何道？〔趙宏殷白〕感蒙聖上垂念老臣昔年功勳，赦了死罪，發配大名府三年。 又被御史奏道，説我教子不嚴，縱子爲非，將下官罰俸一載。 還敢强辯！ 吒吒，氣死我也！〔趙匡胤白〕爹爹，這是孩兒不過遊戲作耍，又不是什麼謀反叛逆，又不作歹爲非，如何將我充配起來？ 我便不去，怕他怎麼！〔趙宏殷白〕唗，畜生！ 這是朝廷法度，誰敢違拗？ 豈不知王子犯法與民同罪？ 今聖上寬恩，死中得活，法外施仁，你不思報恩，還敢在此狂悖麼？〔唱〕

【素帶兒】你敢把帝王章輕視藐，蕭何的律有明條，到如今有誰違拗。 只問你不合行戲把非灾禍招，休囉唣、這奉旨遭遣法度難逃(重)。〔杜氏唱〕

【梁州序】聽説罷教我魂魄消，這事兒怎的開交？ 這王法無情罪犯當然，怎忍得一朝拆散骨肉分張，好教我揾不住珠淚拋。〔白〕這也是孩兒自作自受，該處折磨。 到如今我也難顧於他，只好任他歷些艱難，吃些苦楚，只算磨他的性兒一般。〔唱滚白〕嗄，相公！ 我孩兒雖遭禍事，還望你大發慈悲，早定個計較處分，作一個主張，免使憂煎。 你若是觀天坐視，於心何忍(重)？ 老爺！〔唱〕望開恩作個處當，須及早網開一面，天樣高休固執徉推調，和你白髮鬢蕭蕭，怎忍得將他㊣一旦拋。〔趙宏殷白〕咳，夫人！ 你只管苦切，教下官做何區處，定什麼計較？ 咳咳，老天嗄，老天！ 我趙宏殷有何不幸，養這樣不肖，玷辱門風，這怎麼處嗄？ 有了，那大名府的總兵竇溶是我的年侄，不免修書一封，托他照看一二。呸，就是這個主意。 過來。〔院子白〕有。〔趙宏殷白〕你可打點行囊，着四名能幹家將伏侍大爺起程。〔院子應，下。趙宏殷白〕待我修起書來，嗄。〔院子上白〕住着。 啓老爺，有本府起了批文，發撥二名長解在外等候大爺起程。〔趙宏殷白〕知道了。〔院子應，下。趙宏殷白〕書已寫完。香孩兒。〔匡胤白〕爹爹。〔趙宏殷白〕那大名府的總兵是我年侄，你將此書去到那裏投下，自然看顧你的。〔匡胤白〕多謝爹爹。〔趙宏殷白〕如今本府批文已到，你可作速去罷。〔匡胤白〕是。 謹遵嚴命。 嗄阿呀！ 爹爹嗄！〔杜氏白〕阿呀兒吓！ 你此去路上凡事要小心謹慎，不可如在家一般由着自己性兒，須要斂迹，方使我做娘的安心無慮。〔匡胤白〕是。 多蒙母親吩咐，孩兒敢不依遵。 爹娘在上，孩兒就此拜別。〔唱〕

【昇平樂】躬身忙拜倒，兒去他方且免憂焦。 此乃是不肖之罪，有累雙親年老。〔滚白〕兒今此去但願得雙親康健，早晚間須當重保。〔白〕兄弟，愚兄也有一拜。〔匡義等同白〕不敢。 兄弟們也有一拜。〔匡胤唱〕我和你骨肉同胞㊣，〔白〕愚兄遣配他方，全仗你慇懃伏侍雙親。〔匡義等同白〕哥哥放心，兄弟理會得，只管放心前去。〔匡胤唱滚白〕若是如此，纔使我愁懷頓拋，此去甘心待罪，遠去他方，就死亦得瞑目了。爹娘今生難報（重）。〔同唱〕骨肉分離在今朝，兒去他方途路杳，朝行夜宿須當及早。他年有日重相會，破鏡重圓謝天不了（重）。〔趙宏殷白〕去罷。〔下。杜氏白〕阿呀兒嗄！〔下。匡義、美容白〕兄弟相送一程。〔匡胤白〕不消了。〔匡義、美容白〕是。兄長一路小心保重，恕不送了。〔下。匡胤白〕請。〔作出門，衆家將負行李、劍棍，二解差隨上。白〕小人們叩頭。〔匡胤白〕爾等是什麽人？〔解差白〕小人們奉本府老爺之命護送公子往大名府去的。〔匡胤白〕原來如此，就此登程。〔衆應。趙匡胤唱〕

【降黄龍】不道顛沛今朝，好教俺羞愧怎禁，語言難道。大步忙行，離却天都，早登古道。〔張光遠、羅彦威、周霸、李漢昇急上，唱；二小廝隨上〕知交，同契金蘭負罪他方，教人情堪悲悼。〔同白〕嗄大哥！〔匡胤白〕列位兄弟，愚兄不幸致遭遣配，有勞列位兄弟掛懷。〔衆白〕大哥遭此横事，小弟等不勝抱慊。因思此事原係俺弟兄五人同做弄出事來，單教大哥一人受苦，小弟等無法可施，只得薄治盃酒與大哥以壯行色。〔匡胤白〕這是愚兄運蹇時乖，與列位賢弟何干？既蒙過費，取來，待我立飲三盃。取酒來！〔小廝白〕嗄。〔匡胤作吃酒科，唱〕大丈夫蕩蕩巍巍，四海寧家，有何煩惱（重）？〔衆白〕大哥此去，小弟有言奉告。此去大名府，第一切須戒性，比不得汴梁萬般，須當收斂，少要生非纔好。〔匡胤白〕列位賢弟，怎麽這般膽怯？男兒志在四方，我此去無事則休，倘若有犯，管教他身家不保，方顯大丈夫的行蹤！俺不是那怕事的懦夫俗子，守株待兔。不勞賢弟囑咐，愚兄就此去也。〔衆白〕如此，兄弟們不得遠送了。〔同唱〕

【哭相思】途次談心共訴衷，臨岐分袂各西東。知君此去行藏事，盡在慇懃數語中。〔同白〕請了。〔匡胤等下，衆白〕你看他已去，我們各自回去罷。有理。正是：世上萬般哀苦事，無非遠别與生離。〔下〕

第五齣　偵報滅寇

〔探子上，白〕報：打探軍情敢憚勞，無分晝夜趲程遥。輕如飛鳥揮雙翅，健若靈猿疾似猱。俺乃大名總鎮竇爺麾下能行探子是也。元帥命我打聽各路軍情，且喜四境平安，只有昆明山盜寇董豹弟兄嘯集亡命，霸佔山林，搶奪商賈，劫掠村莊。爲此俺不辭曉夜，急向轅門稟報元帥。走遭也！〔唱〕

【一枝花】呀！瑶空月色彰，玉宇星河現。體輕行步速，腿捷蹤身先。如箭離絃，不怕崎嶇塹，何愁窪陷川。跋長途萬里流虹，涉關程千山飛電。〔白〕來此已是轅門。帥爺還未開門，只索在此伺候。〔虚下。衆卒子、中軍引竇溶上，唱〕

【引】授鉞專征，營開細柳，赳武干城。〔白〕龍驤驃騎肅威名，却月横雲聚石城。古來良將尊王濬，彪虎叢中杜韋稱。本鎮竇溶，蒙漢主恩優，授爲大名總鎮之職。蒞任以來，喜得民安軍肅，戎事簡寧。適聞東路探子有緊急軍情報到，爲此本鎮陞帳。吩咐開門！〔卒子開門科。探子上，白〕探子告進。帥爺在上，探子叩頭。〔竇溶白〕有何緊急軍情？起來講。〔探子白〕爺聽稟：今有昆明山寇大肆横行，爲首董虎、董豹弟兄二人，招集亡命之徒，劫奪商賈、良民，擄掠村坊婦女，更兼放火殺人。小的特來禀報，請帥爺軍令施行。〔竇溶白〕嗄，有這等事！〔探子唱〕

【牧羊關】鄉村百姓遭慘苦，行路經商遇苦憐，搶資財命送黄泉。那賊盗呵，下酒食剖心剜腹，做羹湯鋼刀血濺。只恐俄延生滋蔓，及爲早除剪。寔情來禀報，不敢虚妄言。〔竇溶白〕聽你講來，這山賊甚爲慘毒，本鎮豈堪不究？探子你辛苦了，賞你銀牌一面，再去打聽去罷。〔探子白〕謝帥爺。〔下。竇溶白〕中軍，傳五營四哨衆將上帳。〔中軍應，白〕元帥有令：傳五營四哨衆將上帳。〔内應〕得令。〔吹打，小軍、將官、楊豹、楊遇春、牛如虎、周大勇上，白〕衆將告進。元帥在上，衆將打恭。〔竇溶白〕衆將站立兩傍，聽吾發令。〔衆應。竇溶白〕今有昆明山盗寇董虎、董豹等大肆劫掠，猖獗至甚，本鎮所轄地方豈堪不捕？爲此傳集爾等，聽吾號令。前營守將牛如虎！〔牛如虎應。竇溶白〕右營守將周大勇！〔周大勇應。竇溶白〕你二人帶領五千人馬前往昆明山勦捕，務要恊力同心，聽吾吩咐。〔牛如虎、周大勇應。竇溶唱〕

【賀新郎】嚴整部伍奮身先，逞精神抖擻威風把賊誅殲。休教滋蔓罪俄延，洩風聲彼能禦嚴，貴神速迅雷難掩。弓刀須鋭利，旗幟要新鮮。歇兵駐馬休傍溪澗，隄防施譎詐，虚寔審精研。〔牛如虎、周大勇白〕得令。〔衆小軍、將官引下，吹打。竇溶唱〕

【二煞】這的是傳兵發令元戎擅，還仗着破敵衝鋒兒郎健，貯看取搗穴傾巢掃疥癬。〔卒子、大將、中

軍下。衆僂兵、僂將、董虎、董豹上,同唱〕

【風入松】蜂攢蟻聚佔山巔,豪傑威名四顯。殺人縱火心無善,何曾有胸懷方便。〔董虎白〕俺伏崖蛇董虎!〔董豹白〕俺靠山狼董豹!〔董虎白〕我們弟兄二人自小無賴,不習經營。在這昆明山糾合少年,聚集亡命,打刧客商,搶奪村莊,又不用耕田鋤地,豐衣足食,十分有趣。數年間官兵無敢侵犯。適纔探事僂儸來報,今有大名總鎮遣兵到此。〔董豹白〕大哥,兵來將擋,水來土揜。爲此我每點齊衆僂儸下山迎敵。衆僂兵,迎上前去!〔衆應,合唱〕何處來官兵侵踐,管教伊喪師旋。〔小軍、將官引周大勇、牛如虎冲上。董虎、董豹白〕何處官兵敢來侵犯!〔周大勇、牛如虎白〕呔,毛賊!天兵到此,還不受縛!看鎗!〔作戰科,單對科,僂儸等敗下。薛雲上,唱〕

【風入松】家亡逃難避兵燹,空辜負英傑青年。身如斷鷂風遊線,似飄絮浪逐萍錢。〔白〕俺薛雲,家世絳州,襲蔭平遼。爹爹薛蛟,被奸臣讒害,滿門受戮,只留我一人逃往在外,數載以來並無棲止。〔吶喊〕呀!何處金鼓喧鬧?待我上高崗一望。〔唱〕何處是兵鉦吶喊,我且凭高望、上山岩。〔下。官兵等、僂儸等上,戰。僂儸等敗。官兵白〕賊兵大敗,四散奔逃。〔牛如虎、周大勇白〕窮寇莫追,收兵回去繳令。〔下。薛雲暗上高。董虎、董豹、僂兵上,白〕殺壞了!殺壞了!〔唱〕

【急三鎗】今日個遇勁敵、强弱辯,奔潰散、去藏潛。〔作四散。薛雲作住科,白〕毛賊那裏走!〔董虎、董豹白〕你這人好不識時務!你自走你的路罷了,管我們什麽?〔董豹白〕嗄大哥,人倒不得鋭氣的,倒了鋭氣，强盜倒被過路人攔住的。〔董虎白〕兄弟，俺每一肚子的氣，在這裏拏住他，打他一頓出出氣，也是好的。〔作戰介。薛雲奪鎗對戰，董虎、董豹、僂儸敗介，白〕阿呀，求壯士饒命！〔薛雲白〕你每這班害民賊，休想饒恕！〔董虎、董豹白〕阿呀壯士，可憐我每多是無家無依之人，没法奈何。〔薛雲白〕嗄，你每也是無家無依的麽？咳，同病相憐，饒你們去罷。〔董虎、董豹白〕是。多謝壯士活命之恩。〔董豹白〕噲大哥，我看此人英雄性格，菩薩心腸。我每説道「無依」兩字，好像觸動他的感懷意思？〔董虎白〕如此，我們去求他幫助復仇，有何不可？〔董豹白〕大哥言之有理。〔同白〕嗄壯士，小人每有一言相告。〔薛雲白〕你每有什麽話説？〔董虎、董豹白〕我每見壯士是個義氣之人，乞求壯士到山寨中一敘。〔薛雲白〕去做什麽？〔董虎、董豹白〕寨中有積下金銀糧草，要求壯士替我們恢復山寨，重振威風。〔薛雲想介，白〕且住。我今一身無主，四海無家。罷，不如權且棲身，再作道理。嗄，二位，你們山寨在於何處？〔董虎、董豹白〕壯士，且隨我每來。〔唱〕我每再招集，重恢復將旗，立建振威風、贖羞顔。〔下〕

第六齣　夢傳武藝

〔一老道上，唱〕

【雙勸酒】身充老道，住居古廟。見了錢財，不分白皂。太乙救苦天尊、也難救我愛錢癆。〔白〕自家定峯山真武廟廟祝是也。明日乃是聖會之期，遠近居民都來進香。已曾着徒弟打掃殿宇，收拾齋供，我好受施主們的香資。這一年的過活全靠明日這一天，待我親自去瞧瞧，弄得妥妥當當的。正是：官清書吏瘦，神靈廟祝肥。〔下。衆從神各執綵旗上；龜蛇二將、張大帝、鄧天君引真武大帝上，唱〕

【點絳唇】道教崇高，神光普照，爐烟緲。北極層霄，廣濟恩波浩。〔白〕赫赫威靈鎮八方，都天雷部掌陰陽。絲毫報應無差謬，善者降福惡者殃。我乃北極元天真武大帝是也。今有趙玄朗，乃是玉帝差遣下凡，當爲三百年太平天子。只是他目下尚未運達。今遭罪愆，充配大名府，從此經過，在吾神堂歇宿。他雖武藝精備，卻未諳規模，不免喚龜蛇二將傳授他一番。龜蛇二將！〔龜蛇二將白〕有！〔真武大帝白〕趙玄朗即時到此歇宿，爾可在夢中傳授武藝，使他創立山河，人前顯勝，閫裏稱尊，不得有違。〔龜蛇二將白〕領法旨。〔真武大帝白〕衆神將。〔衆白〕有。〔真武大帝白〕肅整威儀者！〔衆白〕領法旨。〔解差、家將隨趙匡胤上，唱〕

【一江風】困鯨鰲，此禍憑誰造。我志量天然，浩嘆英豪，未吐虹霓，空對凌虛嘯。〔解差白〕嗄公子，我們一路緊行，錯過宿投。如今天已漸晚，前面有一山坡，上有廟宇，不如上去歇過一宵，明日早行如何？〔趙匡胤白〕使得。〔唱〕我法網紀蕭曹(重)，受這崎嶇道路遥。遠聽鐘聲，又早黄昏到。〔解差白〕有人麽？〔老道上，白〕悶上山頭聞虎嘯，閑來澗下聽龍吟。什麽人？敢是燒香的？〔解差白〕不是。我們要往大名府去的。只因錯過宿投，要在你這廟中歇宿一宵。〔老道白〕只怕。〔解差白〕來，這位就是汴梁都指揮趙老爺的公子，你可好生敬待，自然有這意思的。〔老道白〕嗄，列位説那裏話來。既是趙老爺的公子光降荒山，我老道何幸？況我出家人，慈悲爲本，方便爲門，怎説這個？公子老爺，快請進廟去。敝山晚霞障氣極盛，公子老爺那裏受得慣？待老道扶着公子老爺。〔趙匡胤白〕不消。這道人到也乖巧。過來賞他十兩銀子。〔老道白〕這個小道怎敢受公子老爺的賞賜？受了一半罷。〔家將白〕既然賞你，何必推辭！〔老道白〕如此，小道只得要受了。待小道嗑個響頭罷。謝公子老爺賞！〔趙匡胤白〕罷了。此是何神像？〔老道白〕這裏是真武大帝之金像，極有靈應的。求財得財，求子得子。明日聖會，人山人海，都來進香。今日公子老爺降臨敝廟，我老道寔寔增輝，造化不淺，就是做夢也是做不到。此可樂殺我老道了，哈哈！先請公子老爺瞻仰瞻仰這個。徒弟！快些而預備素齋，好與公子老爺用齋！〔趙匡胤白〕不消，前途已用過了。〔老道白〕如此，列位隨我這裏來，且把公子行李安頓好了。〔下。趙匡胤白〕妙嗄！你看果然仙居佛境，迥然出于塵世之外，只是未備香禮，這怎麽處嗄？也罷，待我參拜了佛像。〔唱〕

【前腔】我把心香燒，暗把神明告，躬身虔拜倒。〔白〕神聖！我趙匡胤只爲行戲作耍，誤遭橫禍，今被遣配到此，路遇神廟，望神保佑弟子父母百年康健，無灾無難。弟子有日得遂風雲，重修廟宇，再塑金身！〔唱〕悶轉焦，奔走風塵，舞劍空長嘯，神靈擁護着（重）。前程應須早，何日蛟龍遇海潮。〔老道白〕就請公子老爺客房安歇。〔趙匡胤白〕使得。〔家將白〕啓公子：已將行李安置好了。〔趙匡胤白〕兩岸青山相對出，泉聲一派静中來。〔下。解差白〕我們在那裏歇息？〔老道白〕那邊極是寂静之處，隨我來。〔下。真武大帝白〕善哉。龜蛇二將，可引領趙匡胤夢魂到來。〔龜蛇二將白〕領法旨。〔下，又上，引趙匡胤上，白〕弟子乃凡夫俗子，有瀆神聖，望乞赦罪。〔真武大帝白〕玄朗，你且安定了，聽我道。〔唱〕

【朱奴兒】莽神龍專候波濤，終有日名姓高標。授伊武藝逞英豪，俺自令神祇教導。〔趙匡胤白〕蒙神聖指引，但不知我如何成其大事？〔真武大帝白〕你且不必細問，且自聽授便了。龜蛇二將，可先將拳法傳授與他，你去到大名府自有用處，須盡心記者。〔唱〕心領處，緊記堅牢，神傳授人世少。〔龜蛇二將作打拳，真武大帝唱〕

【前腔】爲伊行上動天曹，神傳授千般奇妙。騰挪烱爍威光耀，指日裏風雲靖掃。〔真武大帝白〕再將神煞棍傳他！〔龜蛇二將白〕領法旨。〔又作對棍畢。真武大帝白〕玄朗，你可記得了麼？〔趙匡胤白〕弟子心領神會也。〔真武大帝白〕如此，將他送回夢境。〔龜蛇二將白〕領法旨。〔引趙匡胤下。龜蛇二將又上，真武大帝白〕收拾威儀者。〔衆應，同唱〕心領處，緊記堅牢，神傳授人世少。〔内作雞鳴，趙匡胤上，白〕好一場奇夢也。我昨夜矇矓睡去，夢見神聖傳我拳棍，又言明我日後之事。好奇怪呀！你看天已大亮，不免喚他們起身去罷。家將們那裏？〔衆家將、解差上，白〕嗄，來了。公子爲何起得恁早？〔趙匡胤白〕此是佛地，不可久住。打攪不當，恐有瀆神祇。況天已大亮，正好趲路。〔衆白〕是。老道，我們去了。〔老道内應，白〕天還尚早，用了早齋去。〔趙匡胤白〕不用了。〔老道白〕如此，有慢了。〔趙匡胤白〕就此趲路。〔衆白〕是。〔趙匡胤唱〕

【尾聲】神前領授千般妙，這變幻原來非小。有日裏得遂風雲把心愿了。〔下〕

第七齣　乍會賢豪

〔衆小軍、將官引牛如虎、周大勇上，同唱〕

【朝元歌】旌颱旗颺，飄颻蔽日光。金鳴鉦響，士卒威風壯。殄滅狐群，掃除鼠黨，軍民樂歌擊壤，簞食壺漿，父老歡呼迎道傍。〔牛如虎、周大勇白〕我們奉令勦寇，賊衆四散潰逃。欲待追踪尋跡，猶恐元帥催功。趂此得勝，旋師回兵繳令。衆將官，緊緊催趲回程！〔衆應，同唱〕急促奔羊腸，緊催馬足忙，回師氣揚。一個個鞭敲金鐙，把凱歌齊唱。〔下。卒子、中軍引竇溶上，唱〕

【引】摻戈枕甲定江山，事戎行身經百戰。慱居將帥榮封顯，報君恩惟凴赤膽。〔白〕三尺龍泉耀日明，森嚴法令鬼神驚。胸懷謀畧安邦策，誓掃烽烟四野清。本鎮竇溶，日前探子報到昆明山草寇滋擾，已命部下守將二員督兵勦捕。適纔藍旗報捷，我軍馬到成功，賊衆潰散，吾心大喜。〔中軍白〕啓大老爺：兩位將軍得勝回兵，在轅門等候。〔竇溶白〕吩咐開門。〔作開門介。牛如虎、周大勇白〕前右二營守將告進。大老爺在上，末將參見。〔竇溶白〕二位將軍免禮。〔牛如虎、周大勇白〕末將等奉令提兵，賊兵十分抗拒。仰仗元帥虎威，喜得一戰成功，特來繳令。〔竇溶白〕二位功勞非小，吩咐歇兵息馬。本鎮明日親往教場，犒賞三軍。〔牛如虎、周大勇應。竇溶白〕二位將軍鞍馬勞頓，且回本營歇息。〔牛如虎、周大勇白〕末將等告退。〔竇溶白〕吩咐掩門。〔衆應，掩門下。院子上，白〕纔理軍戎事，又見報書來。啓爺：有汴梁趙指揮老爺着人到此投書。〔竇溶白〕取來。〔院子白〕是。〔下。竇溶白〕呀，原來是趙年伯之長公子爲遊戲生災，發配到此，教我照看他。嗄，這年家情誼無以推辭，必須以禮相接。院子過來。〔院子白〕老爺有何吩咐？〔竇溶白〕你可速備酒筵伺候，請趙公子。〔院子白〕是。趙公子有請。〔趙匡胤上，唱〕

【引】他鄉遇故盡言歡，誰道更添慚赧。〔院子白〕趙公子到！〔竇溶白〕嗄，世兄！〔趙匡胤白〕不敢，世兄！〔竇溶白〕世兄請！〔趙匡胤白〕小弟罪配之人，焉敢勞禮？〔竇溶白〕說那裏話。小弟與兄世誼之交，情非泛論。請！〔趙匡胤白〕請！世兄請上，小弟有一拜。〔竇溶白〕不敢。小弟也有一拜。〔趙匡胤白〕幾載分離久，常懷思慕心。〔竇溶白〕今得重相會，聊慰别離情。請坐。〔趙匡胤白〕請。〔竇溶白〕請問世兄爲着何事遭此罪愆？〔趙匡胤白〕不瞞世兄說，小弟只因偕友遊春，在城隍廟試騎泥馬。說也奇怪，他竟會走動起來，闖入城中，鬨動百姓。被有司官周凱參奏，定我妖妄惑衆之罪，故將小弟發配貴治。〔竇溶白〕奇嗄！這樣罪由，也覺怪妄。小弟昔年曾蒙年伯恩惠，未遑酬答。今日年伯有書到來，小弟理當報効。世兄今日相逢，三生有幸也。看酒過來，與世兄洗塵。〔院子白〕有酒。〔三院子暗上，同唱〕

【梁州新郎】賢豪同會，碧桃正艷，滿目紅稀緑暗。雕欄玉砌，鬧歌鬪巧争妍。休道盤餐粗糲，良友相逢，共把襟懷宣。賓主交歡，也好盤桓，再把平生志量展。〔合〕衙清淡，芹藿荐，愧無美味珍饈獻。莫見哂、休嫌慢。〔竇溶白〕過來。吩咐隨來解伴官驛中酒飯，將來文送至大名郡守衙門簽押。〔趙匡胤白〕多謝世兄，有費清心。〔唱〕

【前腔】承高誼隆厚非簡，蒙欵待珍羞華宴。更衷腸切切，綈袍恩戀。令人佩感無涯，刻銘五内，此意情何限。〔竇溶白〕看酒來！〔趙匡胤白〕小弟酒力不勝，儘勾了。〔唱〕只覺精神軟、力氣綿，愧我溝渠酒量淺。〔唱合〕衙清淡、芹藿荐，愧無美味珍饈獻。莫見哂、休嫌慢。〔竇溶白〕想是世兄遠路風塵，跋涉辛苦。過來。〔院子應。竇溶白〕可選一潔净公館與趙公子安置，仍令帶來的管家隨居伏侍，再撥幾名兵丁伺候。一應薪水之費，俱在府中支應。着解差明日領回批。〔院子應。趙匡胤白〕多謝兄長！如此美情，小弟感佩之至。就此告辭。〔竇溶白〕有慢，請。〔同唱〕

【尾聲】天涯阻隔關山遠，今日相逢一線牽連，始信三生是有緣。〔下〕

第八齣　一打韓通

〔衆徒弟上，作比拳脚科。韓通上，亦作架式科畢。合唱〕

【縷縷金】心粗劣、莽身材，天生成好漢，勝駑駘。自負神拳的無人比賽。〔白〕恨小非君子，無毒不丈夫。俺乃韓通是也。生長大名，專習無賴。結交的潑皮虎喇，相識的惡棍土包。那賭博場是俺的喫飯行業，勾欄院是俺住宿家園。俺一身拳法，打出三十六路；手下門徒，何止七八十人。在這大名城中稱尊獨霸，眼内無人。可惱韓素梅這賤婢，自恃姿色，十分做作，不來接待與我。爲此俺今日帶領徒兒每到他院中攪擾一番。呔！徒弟每！今日他每好好相待便罷，若再怠慢，把他每房屋拆毀，打他個落花流水！〔衆應。韓通唱〕一腔怒氣在心懷，除却方爲快(重)。〔下。鴇兒、四兒上，唱〕

【數板】我做鴇兒惹閑氣，不種田來不種地。有人問你叫什麽，我叫屎蛋、毬戞、忘八屁。〔渾白發科，下。韓素梅上，唱〕

【意遲遲】曙色初升時候，更衣懶下粧樓。春來羸得腰肢瘦，百結愁思幾時休，憂恨殺新愁。

〔白〕奴家韓素梅，生長儒家，頗知詩禮。只因父母雙亡，無錢殯殮，没奈何典身爲質，料理喪資。不想被歹人誘哄，賣入娼家。天嗄！奴家雖則貧寒，豈肯作此淫賤？幾番欲圖自盡，怎奈防範甚緊。昨晚睡去，夢一神人指點説，教我不可煩惱，今日有貴人降臨，揭奴羅網，提奴污泥。咳，想我韓素梅芳名貞潔，不知怎生結果也。〔鴇兒、四兒上。四兒白〕咳，誰願幹這個？〔鴇兒白〕行業落其中。噲！你在此一個人想什麽？快些打扮打扮回來。韓二虎是又要來的。此人大名府有名利害手兒，你若再不從順與他，我每可喫不住。〔韓素梅白〕不妨。他若再來歪纏，我拼一死便了。〔鴇兒、四兒白〕姑娘，你不要那没烈性，咱每有商量。他回來不來便罷，他若來，你粧病，不用下樓。〔韓素梅白〕是。〔鴇兒、四兒白〕噲，我每也要預先打算打算。他回來動文還好，回來動武怎麽好？〔四兒白〕那個交給我，我一個能獨擋草橋關。〔鴇兒白〕嗳，惟有你每這一號人最没有愛嘭的。咱每真個的要預備預備。〔四兒白〕呸，待我來運籌帷幄之中，决勝千里之外。嗄，有了！我每門口兒有這些喫閑飯的在那裏，名爲擋横。回來韓二虎若來，叫這一班老弟兄去擋一擋，有何不可？〔鴇兒白〕好計嗄好計！我每就去唤他每來。〔四兒白〕有理。〔下。韓素梅白〕咳，我韓素梅真個紅顔薄命也。〔唱〕

【黄鶯兒】紅顔命不修，嘆今生一旦休。風塵墮落添僝僽，心兒如炙，眉兒如縐。並無樂意消春晝，語堪愁，薄命人偏惹這禍根由。〔下。四閑人上，一白〕閑來無事不從容，〔一白〕將謂偷閑學少年。〔一白〕鄉村四月閑人少，〔一白〕偷得浮生半日閑。〔一白〕我們乃聖閑門下七十六閑人便是。〔一白〕錯了。只有七十二閑人，那有七十六閑人？多了四個。〔一白〕多四個者，就是我每四人也。只因在家清閑自在，閑空得悅閑閑兒的坐着，我説不免到街坊上來遊手好閑一番。〔一白〕不想閑遊至此，這裏倒有閑成茶飯，一天還給我每二百閑錢，教我們閑暇無事，在這門口兒管管閑事閑非。〔一白〕倘有什麽閑雜人、閑得兒，打十不閑的，賣醎蘿蔔的，賣鹹鴨蛋的，還有筭命彈弦子的，一應閑人不許進來。〔一白〕所以嘿，我每在此閑文閑講、閑談閑論。〔一白〕噲，大哥！我寔在的閑不慣。〔一白〕你倒不用想閑着，忘了方纔有人託過咱每管點子閑事没有？〔一白〕有嗄。〔一白〕這没你還想閑着？〔一白〕閑話少説。回來咱每預備點閑精神，毆點子閑氣。〔韓通引衆徒弟上，白〕呔！徒弟們，隨俺來！〔作打進科。閑人、妓女作對拳科，下。兵丁引趙匡胤上，唱〕

【黄鶯兒】旅館甚清幽，悶無聊、心上愁。往街衢散誕閑遊逗，誰爲伴友，誰爲侣儔。心常縈掛金蘭舊。〔白〕俺且問你們，此間可有什麽遊覽勝地麽？〔兵丁白〕告公子知道，我每這裏勝地却少，景緻也無。〔趙匡胤白〕嗬，可有什麽義俠的朋友？俺願登門拜見，結識與他。〔兵丁白〕公子，我每這裏人都是義俠的，莫説男子，連女子多有些義氣。〔趙匡胤白〕如此説來，你每這大名府是個禮義之鄉了。〔兵丁白〕公子若不信，現有一個女子叫韓素梅，原是好人家兒女。因父母雙亡，賣身殯葬，不曉悞入烟花，一應王孫公子不能見面，守志青樓。〔趙匡胤白〕他既在烟花，守什麽志？〔兵丁白〕有愿在先，不愛金珠富貴，只喜義俠剛常。如公子這樣人材品格，他見了必然倒身下拜。公子，我每左右閑遊，何不到彼一訪？〔趙匡胤白〕㖿，那有心情到這樣地方。〔内喊徒弟追閑人打上，作逃，趙匡胤擋退，白〕住了住了！ 他每爲什麽打你？〔閑人白〕阿呀好漢，你要救我們一救。 他們有一個師父叫韓二虎，萬惡異常，行兇霸氣，把韓素梅家打得瓦飛雪片。 我不伏氣拔創，誰知倒被他每打倒。〔趙匡胤白〕嗄，何處棍徒如此利害？ 你領我去！〔唱〕聽因由激俺怒發，教他嚐飽我老拳頭。〔下。徒弟、閑人上，打介，下。趙匡胤打韓通介。韓通白〕何處來的野人，敢惹俺韓二虎！〔趙匡胤白〕嗄，你就是韓二虎？照打！〔韓通白〕俺韓二虎手下不死無名之鬼，你通個名來！〔趙匡胤白〕俺乃汴梁趙匡胤，耑打抱不平！〔又作打介。閑人、徒弟打介，下。趙匡胤打韓通介。鴇兒、四兒、兵丁上，白〕好了好了。 韓二虎你也有今日！〔韓通白〕求好漢饒命！〔趙匡胤白〕你要饒命，依俺兩樣事。〔韓通白〕是是。〔趙匡胤白〕第一，你今日就離了這大名府。〔韓通白〕是。〔趙匡胤白〕第二㖿，來，你叫他每兩人爲義父義母。〔韓通白〕阿呀好漢，這個使不得。 他是個什麽東西，我叫他是義父義母？〔趙匡胤白〕嗄，你不願？ 照打！〔打介。韓通白〕是是是，就叫，就叫。 我的義父義母。〔鴇兒、四兒白〕噲，好卸底兒子。〔韓通羞介，白〕咊，此仇必報！ 饒俺掬盡湘江水，難洗今朝滿面羞。〔下。鴇兒、四兒白〕多謝公子大恩，解此灾危，小人每不勝感激。 暫請公子少住，小女下樓特來拜謝。〔趙匡胤白〕不消。〔韓素梅上，唱〕

【黄鶯兒】移步下紅樓，應夢徵言非謬。 殷勤襝衽趨前叩，荷蒙恩厚，感承答救，全家活命蒙君佑。〔白〕恩公在上，容小奴素梅拜謝。〔趙匡胤白〕豈敢。〔韓素梅唱〕這恩庥，啣環結草報効也難酬。

〔趙匡胤白〕久慕芳名，端貞清潔。今日之會，無意相逢。〔韓素梅白〕小奴得遇君家，如撥雲霧，重覩青天。若不棄嫌，卑賤願爲媵婢，小奴之幸也。〔趙匡胤白〕言及至此，豪傑亦生情鍾，有話宛日再言。〔鴇兒白〕是了。公子，我小女房中備有香茗，請公子上樓一坐。〔趙匡胤白〕不消。俺去也。無限心中不平事，〔韓素梅白〕一番清話又成空。〔鴇兒、四兒、韓素梅、趙匡胤同白〕兩葉浮萍歸大海，人生何處不相逢。〔下。衆徒弟、閑人、妓女上，打介。兵丁上，白〕住了住了。你每白打一回子，爲誰？你們正主兒早打跑了，你每還在這死挣。歇歇去罷。你每害燥不害燥！〔徒弟白〕阿呀，真個的燥煞我每也。〔唱〕

【尾聲】這場毆鬭真堪醜，打得俺鼠竄狼奔無處走。〔妓女、閑人唱〕打得你每跑的跑來溜的溜。〔下〕

二段

第一齣　權奸生釁

〔從役、旗牌引吴坤上，同唱〕

【水底魚】忬忱趨賀，欣然至相府，道稱觴介壽，頌祝九如歌(重)。〔吴坤白〕下官吴坤，乃蘇太師門下屬官是也。意圖陞轉，拜投門下。今日乃太師壽誕，爲此備下金銀壽禮，親詣相府慶祝。〔衆唱合〕道稱觴介壽，頌祝九如歌(重)。〔下。軍卒、差官内白〕馬來！〔軍卒白〕車來！〔上，唱〕

【哭岐婆】程途杳杳，不辭勞苦。押送金珠，呈獻相府。〔笑科，唱〕幸然一路少風波，這差遣限期不悮。〔白〕小將乃外省採辦衙門差官便是。只爲蘇太師千秋壽誕，外郡官員多有慶賀。俺爺着我採辦奇珍異玩、綵帛金珠，又恐路上歹人搶劫，故此就着護送東京。車夫們，快快催趲！悮了日期，大家不便。〔軍卒應，同唱合〕幸然一路少風波，這差遣期不悮。〔差官白〕嗬，馬來！〔同下。堂候引蘇鳳吉上，唱〕

【引】職掌銓衡，權壓群寮勢焰薰，一人之下萬人尊。賴椒房至戚誰不趨承。〔白〕官居鼎鼎掌絲綸，位及人臣品極尊。順我者昌逆我死，哈哈，胸懷大志幾時伸。下官蘇翔字鳳吉，江右吉水人也。官拜南漢大平章事。孩兒蘇泌，忝入詞林；女兒瑶華，選掖入宫，恩優邀寵。下官賴叨國戚之威，權傾内外。果然是令驚山岳，言動鬼神。今早早朝，漢主知我壽日，荷蒙頒賜，恩賚極隆。又得滿朝文武賀禮紛紛，不免應酬答謝。爲此先命孩兒在西廳主席，老夫不欵外客。内堂家宴官兒！〔堂候應〕有！〔蘇鳳吉白〕可命掌上珠等一班女樂筵前伺候。〔堂候應。又堂候執禀帖上，白〕有事忙傳禀，無事不亂言。啓相爺：門下屬官吴坤等一班親詣後堂，與相爺拜壽。〔蘇鳳吉白〕嗄嗄嗄！這幾人比别不同，皆吾心腹。進見何妨？道有請。〔堂候白〕嗄，列位老爺，有請！〔下。吴坤、劉成、孫禮、牛賀上，白〕請嗄！〔蘇鳳吉白〕嗄，列公！〔吴坤等白〕恩相！〔蘇鳳吉白〕列公請。〔吴坤等白〕恩相請。〔蘇鳳吉白〕老夫引導。〔吴坤等白〕太師恩相請台坐，待屬寮等拜壽。〔蘇鳳吉白〕不敢。〔吴坤等拜科，白〕南極星暉，朗照與三台之座。〔蘇鳳吉白〕西山景暮，朽年如九月之柯。〔吴坤等白〕好説。〔蘇鳳吉白〕請坐。〔吴坤等白〕告坐。〔蘇鳳吉白〕看茶。〔堂候應。蘇鳳吉白〕請。〔吴坤等白〕請。〔蘇鳳吉白〕老夫賤降之辰，荷蒙諸公枉顧，又承厚惠隆儀，老夫寔深慚赧。〔吴坤等白〕老恩相千秋華誕，屬員等理合趨庭叩祝。不腆之敬，聊表寸忱。〔堂候白〕請各位老爺上席。〔蘇鳳吉白〕老夫備有蔬酌，設席西廳。已命小兒在彼奉候，乞勞諸公玉趾貴步。〔吴坤等白〕是。多謝恩相費心，屬員等謹領高情。〔蘇鳳吉白〕酒筵散後，可同往後圃觀覽小价們射技。〔吴坤等白〕是，屬員們暫時告别。〔揖介〕暫時别去。〔蘇鳳吉白〕少傾就來。〔堂候白〕列位老爺這裏來。〔下。蘇鳳吉白〕過來。〔堂候應。蘇鳳吉白〕吩咐女樂們也往萬花園伺候。〔下。堂候應，下。衆家將騎馬上，唱〕

【好事近】躍身蹤腿勢騰驤，奔馳驟驅萬隊群羊。似風翻麥浪，勝游龍戲水湘江。〔白〕我等乃蘇太師府中家將是也。俺相爺久蓄不軌之念，常懷謀逆之心。私自養軍豢馬，日夕訓練，待有動静，相機行事。〔一家將白〕今乃俺相爺壽誕之辰。適纔已領犒賞，命我們先往後園，候相爺到時，試馬較武，定分優劣。〔衆家將白〕呀，言之未已，相爺與衆位老爺將次來也。〔唱合〕疾如電光，汎潮般簇擁千層嶂。怒嗚咻蹀躞如雷，聲嘶叫塵飛灰颺。〔下。蘇鳳吉、吴坤等、堂候上，同唱〕

【好事近】飲罷紫霞觴，散步園亭心暢。花苔草徑路迂迤，滿目芬芳。賈山僞水，粧點就天然狀。〔女樂曲内暗上，白〕女樂們，迎接相爺。〔蘇鳳吉白〕嗄，列公，這裏是玩戈亭。我們同至亭中，觀閲小价等騎射如何？〔吴坤等白〕是。〔蘇鳳吉白〕過來。〔堂候應。蘇鳳吉白〕重整小酌。嗄，列公，我們既在花間，不可無酒助之。〔吴坤等白〕恩相言得極是。只是屬員等醉以其酒，飽以其德，不勝酒力矣。〔劉成白〕年兄們説那裏話。恩相千秋華誕，我等理當捧觴稱祝。如今有酒，何不借花獻佛，最妙之至矣！〔吴坤等白〕嗄，想來劉年兄還不彀酒。〔劉成白〕非也。醉翁之意非爲酒耳。〔蘇鳳吉白〕請。〔入席介，同唱〕進金樽祝頌華封，傳玉斝壽比陵崗。〔劉成白〕恩相方纔説的有花不可無酒。如今有

酒，不可無花。〔笑介。蘇鳳吉白〕女樂們，過來侑酒。〔女樂應，同唱〕

【前腔】舞袖帶天香，歌喉轉音韻繞梁。鶯啼燕訴，啓朱唇如奏笙簧。纖纖玉掌，捧金卮宛似麻姑樣。獻瓊漿頌祝華封，進玉醴壽算陵崗。〔衆家將上，作騎射、比武科，下。吳坤等白〕果然好健勇家甲也！〔蘇鳳吉白〕嗄，列公。〔吳坤等白〕恩相。〔蘇鳳吉白〕我觀此際干戈擾攘，英雄四起，漢主又爲闇弱。吾欲舉兵，於中取事。遍觀滿朝文武，俱吾心腹。惟所慮者檢點指揮趙宏殷、大名總兵竇溶。此二人耿忠倔强，兵權威壯。老夫十分礙手。未知在座諸公，有何良策？除此二人，大事不難圖耳。〔劉成白〕恩相若要除此二人，趙指揮或者有些費力，那竇總兵正合屬員有個機會在此。〔吳坤等白〕什麼機會？〔劉成白〕昨日屬員偶觀塘報，有昆明山寇大肆劫掠騷擾村民，内有一頭目姓薛名雲，原是唐朝平遼公後裔。那薛氏與竇門世代姻親。恩相何不將此捏詞表奏他結連山寇，通同叛逆。竇總兵縱有百口，也難辯其罪矣。〔蘇鳳吉白〕好計！劉公真吾之子房也。異日成事，當拜劉公爲大參謀，總理軍國。〔笑介。吳坤等白〕恩相具此威德，震伏四方，朝内俱多心腹之士，家中不少精鋭之兵。若謀大事，何慮無成？屬員等願効犬馬！〔孫禮白〕今日太師且進壽觴，此事當緩徐計議。〔蘇鳳吉白〕好孫公也，説得是！撤過筵席。〔堂候應。同唱〕進金樽祝頌華封，傳玉斝壽比陵崗。

【慶餘】花間試馬豪情蕩，酒席談兵酣興長。〔蘇鳳吉白〕嗄，列公。〔唱〕我不學那伊周効操莽。

〔下〕

第二齣　忠良被禍

〔薛氏、梅香隨上，唱〕

【忒忒令】我夫君秉忠志耿，賴蒼穹民安國靖。威名震、夫婦雙英，鼠狐輩早藏形。〔白〕妾本將門女，今作元戎婦。世代累忠貞，家傳清白譜。父兄遭讒佞，捐軀恨未補。枝葉盡凋殘，一子逃亡逋。天涯音信遠，地闊知何所。但願蒼天祐，報仇雪冤苦。妾身薛氏，系派龍門。父祖世禄唐朝，却被奸臣陷害。苦憐合門盡難，止留兄弟一人，名喚薛雲，懼罪逃亡，到今數載，未卜存身何所，思想心頭好生煩悶也！〔梅香白〕嗄，夫人！不用想着舅老爺了。你老帶着懷孕，各人身子也是要緊。嗄，有了！還是待丫頭去取碁子過來，擺着陣圖頑兒罷。〔薛氏白〕使得。〔唱〕閑消遣，衙齋内將碁子兒排兵陣。〔竇滔上，白〕阿呀，不好了噓！〔唱〕

【不是路】閲報心驚，詫事訛言罪不輕。〔白〕夫人在那裏？〔薛氏白〕相公爲何這等驚慌？〔竇滔唱〕報夫人。〔薛氏白〕什麽事情？〔竇滔唱〕從天降下禍灾星。〔薛氏白〕相公畢竟爲着何事？〔竇滔白〕夫人，下官適纔閲報，道昆明山盗寇重興糾聚，内有一名與夫人令弟名姓相同。地方官伸奏朝廷，奸臣蘇鳳吉將此揑詞，説下官與他株連瓜葛、勾通造反，竟曚矓具奏。隱帝大怒，即着奸臣議罪。阿呀，夫人嘎！我想此禍從何而起？〔唱〕阿呀難爲執證。〔薛氏白〕嘎，有這等事？〔唱〕麽？〔唱〕這冤情教我百喙難明辯不明。〔竇溶白〕夫人，自古君要臣死，不死者爲不忠。我命憑天。

【又一體】恨奸臣蕭牆禍搆生讒釁。〔白〕嘎，相公！若此説，早爲計較便好。〔竇溶白〕計較什〔薛氏白〕相公，難道朝綱之上没個公論麽？〔竇溶白〕夫人，那朝堂之上大半都是他的羽翼牙爪。〔唱〕有誰公論，憑誰公論。〔薛氏白〕如此説，倘有不虞，妾身與相公同死便了。〔竇溶白〕夫人與下官同死。〔薛氏白〕嘎，阿呀，相公嘎！〔竇溶白〕阿呀，夫人嘎！〔作看科〕嘎嘎，不可阿。呀，夫人同死者大道也，只是你身懷六甲，或是生男，竇氏一點血脉可以接續宗嗣。嘎，夫人！汝可作速歸鄉，静聽信息。下官若有不幸，亦可謂忠孝無虧。〔薛氏白〕嘎，阿呀，相公嘎！〔竇溶白〕過來。〔院子上，應科。竇溶白〕你可傳我之言，到趙公子處，説公子在此兩載有餘，罪限將滿。我有白銀五十，回文一角，教他作速回鄉。快去！〔院子應，下。竇溶白〕夫人，你可速到裏面去收拾。〔薛氏白〕是。〔同哭介，下。衆校尉引大校尉上，同唱〕

【江兒水】欽奉皇王命，來提叛逆臣。星霜不憚人勞頓，火速風雷程途進，休教漏洩先弛遁。〔衆校尉白〕這裏已是總鎮轅門。〔大校尉白〕聖旨下！〔作進科。李鵬、參將、遊擊、守備隨竇溶上，接旨。竇溶白〕開正門。〔大校尉白〕聖旨到來，跪聽宣讀。據大平章蘇鳳吉具奏，玆爾總鎮竇溶，身膺重任，不思報本，結連昆明山寇薛雲等，知情不懲，怠軍玩法。既有袒護親黨之念，必有通同造反之心。叛逆顯然。即着錦衣衛扭解來京，明正其罪。其總鎮之職，着協鎮李鵬權攝兵符。謝恩。〔竇溶、李鵬白〕萬歲萬萬歲。〔中軍暗上。大校尉白〕上了刑具。〔同唱〕鎖械加身，仗你元戎，也難施威令。〔校尉押竇溶下。遊擊白〕哇喲喲喲，幹不得了，幹不得了嗜。要辭官掛印封金了。奸臣當道，反了罷，反了罷！〔李鵬白〕唔！如有喧嘩、惑亂軍心者，立斬！〔遊擊作跪科。李鵬白〕過來。竇帥雖然被逮，署中夫人在此，爾等不許驚擾。姑容三日出衙，一應軍情仍在本鎮舊衙辦理。〔衆應白〕衆將送大老爺。〔李鵬白〕明日卯時，衆將齊集轅門聽點。〔參將、守備應。李鵬下。參將等白〕喝唷，這位新元帥好威嚴軍令！〔遊擊白〕嗳，他竟忘了咱們平日同寅之情了。〔參將、守備白〕嗄，寅翁，這是他王命在身，怪他不得。〔遊擊白〕阿呀嗜，又想起我那有仁有義的竇元帥來了。〔同唱〕

【五供養】可恨奸頑賊佞，播弄威權，陷害忠臣。俺們元帥呵，爲民弭盜賊，報國矢丹誠。奸賊！有日相逢，自當手刃，方雪心頭氣，纔消火無明。〔參將白〕列位寅翁，我每在此不便，大家回營去罷。〔唱〕且息雷霆，歇帳歸營。〔同下。薛氏上，白〕嗄，阿呀，相公嗄！〔唱〕

【玉交枝】冤情含恨。阿呀，遇奸讒毒謀太狠，夫妻割斷腸裂寸。喝唷！痛殺身懷胎孕。〔梅香曲内上，白〕夫人，夫人，方纔丫頭到前堂打聽，新元帥就是李協鎮老爺。他再没有那麼好，吩咐衆將説，夫人在衙寬容三日，他老原到舊衙門辦事去了。〔薛氏白〕嗄，這等説，你可命老院公整頓行囊，安排鎗馬，我每即刻起身便了。〔梅香應，白〕是。老院公那裏？〔老院公上，白〕來了。姐姐有什麽吩咐？〔梅香白〕夫人命你安排鎗馬，整理行囊，我們要起身了。〔院公應，下。梅香白〕吩咐過了。夫人，你老不是會遣神作法、撒荳成兵這些本事？爲什麽方纔不舒展出來？一位老爺白白的就教奸臣拿了去了。〔薛氏白〕梅香，你不知這是朝廷欽命，豈可抗拒！〔唱〕欲待舒展符靈文，猶恐怕抗旨罪難逃論。我只得權時耐忍(重)。〔院公上，背包，帶鎗馬，白〕請夫人上馬。〔薛氏唱〕

【川撥棹】驊騮迅，向他方避難星，夫妻似鳥雀同林(重)。驚折散東西飛奔，限來時各自分(重)。

〔下。趙匡胤上，唱〕

【僥僥令】匆匆聞得信，忽急到轅門。爲甚鼓角無聲人寂静，好教人煩懣增(重)。〔白〕吠，廊下的！〔内應，白〕怎麽？〔趙匡胤白〕爲何轅門静悄，偃旗息鼓，是什麽緣故？〔内白〕公子，你還不曉得。元帥被奸臣陷害，拿往東京去了。〔趙匡胤白〕怎、怎、怎麽講？〔内白〕拿往東京去了。〔趙匡胤白〕嗄，有這等事，夫人可曾去？〔内白〕夫人未去。方纔同院子、梅香也出東門去了。〔趙匡胤白〕嗄，也出東門去了。阿呀！竇仁兄嗄！想你在那匆冗之際，還想念着俺小弟，又贈我銀兩、回文。罷，俺不免回院去，與素梅作别，急速回京，打探仁兄消息便了。〔唱〕

【尾聲】俺聞言怒髮冲冠頂，惱恨權奸氣不平，且急赴東京探事因。〔白〕走走走！〔下〕

第三齣　朝綱刻論

〔史宏肇、范質、固準、蘇泌上，分白〕淡月疎星遶建章，仙人掌上玉爐香。侍臣鵠立通明殿，一朵紅雲捧玉皇。〔史宏肇白〕本爵史宏肇。〔范質白〕下官范質。〔固準白〕下官固準。〔蘇泌白〕下官蘇泌。〔同白〕主上將次陞殿，須索肅恭侍候。〔堂候引蘇鳳吉上，唱〕

【出隊子】金鷄三唱，待漏天街夜露涼。東方曙色漸生光，鵠立鵷班序鷺行。雉扇移雲，猊鼎噴香。〔堂候白〕已到朝房。〔蘇鳳吉白〕迴避。〔堂候下。史宏肇、范質、固準、蘇泌見，白〕太師。〔蘇鳳吉白〕列公。〔趙宏殷院子執燈引上，唱〕

【前腔】封章達上，剔佞除奸社稷昌，心居中正志安邦，赤膽忠肝報國良。何懼鴟鴞，安怕豺狼。〔院子白〕已到朝房。〔趙宏殷白〕迴避。〔院子下。內吹打，衆朝臣白〕你聽仙樂悠揚，聖駕陞殿，我等肅恭伺候。〔值殿小太監、大太監、昭容上，白〕衆官排班。〔史宏肇、范質、固準、蘇泌、蘇鳳吉、趙宏殷白〕臣等見駕，願吾皇萬歲萬歲萬萬歲。〔昭容白〕平身。〔衆朝臣白〕萬歲。〔大太監白〕衆官聽旨：有事奏事，無事退班。〔蘇鳳吉白〕臣大平章事蘇鳳吉，誠惶頓首，有事啓奏。〔昭容白〕奏來。〔蘇鳳吉白〕臣遵旨。扭提逆

犯總鎮竇溶，爲勾聯山寇，通同謀反事。〔唱〕

【出破】叛逆臣聯山寇，反情已逗，數年來養癰贅疣。祖親悞國，元戎職豈堪袖手，有司伸奏。遵王命，將逆臣竇溶扭獲來京聽候。微臣親鞫審，不肯招承受。伏望吾王裁奪，罪難寬宥。〔昭容白〕官裏道來，有司伸奏事寔，竇溶懼罪抵賴。即着平章蘇鳳吉，嚴刑勘問回奏。〔蘇鳳吉白〕萬歲。〔趙宏殷白〕臣檢點指揮趙宏殷，誠恐惶恐，頓首具奏。〔昭容白〕奏來。〔趙宏殷白〕臣聞彰君之惡罪小，逢君之惡罪大。蘇平章逢迎諂諛，蠱惑聖聰。今有南唐李主無故進獻美女，誘主聲色，國政廢弛，皆由蘇平章私圖賄賂，導彼起釁。〔唱〕

【二破】權奸佞口，大詐若忠言詞虛謬。洽群樹黨，威權内外，致使南唐起毒謀。臣爲生民計、社稷憂，除奸宄，吾主降勅，速斬佞頭。〔昭容白〕蘇國丈有何辯奏？〔蘇鳳吉白〕臣有奏。〔唱〕

【三破】容臣分剖。捉影獲風，没甚來由。臣受君恩高厚，偏邦國何由利藪，聖明詳究，將没作有，謗毁朝綱，妄言惑奏。〔昭容白〕官裏道來，蘇鳳吉官居宰輔，位極人尊，豈圖小邦之賄賂，肯失大臣之體面？朕推情理，斷無此事。趙宏殷職非言諫之官，妄生謗毁之論，本當重懲，姑念功臣，從輕治非，發錦衣衛御棍四十，以警將來。〔校尉暗上，作推趙宏殷下。史宏肇白〕臣輔國將軍兼理平章事史宏肇頓首謹奏，那山寇薛雲等無非鷄偷狗盜，搦梁小醜，豈可牽累大臣？今據蘇平章奏竇溶通同結叛，一面之詞，必須採聽確寔，方能入罪。老臣願提一旅之師，生擒草賊，面質是非，滅亂除邪，

老臣之願也。〔唱〕

【入破】治國謀猷，民安物阜，豈容摋梁小醜。臣願領兵勦捕昆明寇，若果是平遼公後㊀，獻俘囚，方能罪誅連薛竇。望吾王准奏㊀。肅清海宇，黎庶歌謳。〔黄門官捧詔上，白〕旨意下，衆官跪聽宣讀。詔曰：撥平治亂，皆賴文武之勛勷；治國安邦，咸仗股肱之贊助。今據老臣史宏肇爲國安民，辯冤雪枉，奏稱昆明賊寇薛雲等滋擾村莊，刼奪商賈，殊堪痛恨。若再俄延不捕，只恐賊勢愈熾，即着輔國將軍史宏肇，領兵一萬，學士蘇泌封爲參謀，同往昆明征勦盜寇，帶訪薛雲確寔。若果竇氏瓜葛，竇溶亦難辭罪，務要生擒。獻俘班師之日，論功陞賞謝恩。〔衆朝臣白〕萬歲萬歲萬萬歲！〔昭容白〕退班。〔衆下。范質、固準白〕嗄，老將軍爲國爲民，壯言勇幹，真可謂國家柱石臣也。〔史宏肇白〕豈敢。〔范質、固準白〕下官等竚聽捷音。請了。〔下。蘇鳳吉覆作上，白〕噲，老將軍，老將軍，老夫有言相託：小兒一介書生，只知道些詩云子曰，那軍機將畧一毫不懂。諸事囑，全仗照應。這功勞簿上多寫他幾樁。〔笑介。史宏肇怒介，白〕唗，什麽話！國而忘家，公而忘私，這軍國重事，豈可私乎？〔蘇鳳吉白〕嗄呸，打導。〔内應，唱下。軍卒、將官、纛中軍暗上，白〕請元帥更衣。〔吹打。蘇泌白〕蘇泌見。〔史宏肇白〕參謀少禮。〔軍卒、將官、中軍白〕衆將官叩頭。〔史宏肇白〕衆將官聽吾號令！〔衆應。史宏肇白〕本帥奉命勦捕山賊，衆將務要齊心努力，以報國恩。軍中毋得喧嘩，民間毋許騷擾。不許攙前越後，不許惑亂軍心，不許自相妒忌，不許妄大欺淩。或有偷安怠墮，干犯軍令者，立斬。軍情火速，

就此起行！〔衆應，喊介。同唱〕

【五馬摇金】虎將親征賊寇，爲民安國計籌。可笑村狐社鼠，野兔山猴。肆强横管教伊一旦休。俺這裏軍似虎彪，馬似龍虬。指日功成凱奏。旌旗到賊授首，餘孽斷難留。真個是搗巢穴，網無遺漏。〔下〕

第四齣　山寨遘親

〔薛氏騎馬上，梅香帶鎗，院公背包，騎馬隨上。薛氏唱〕

【醉花陰】哭泣窮途他鄉走，奔昆明無分夜晝。只爲那權奸輩生僝僽，害殺人徬徨道郵。〔白〕妾身自遭家難，相公被罪進京，本欲同往。只因我身懷胎孕，相公吩咐倘或生下孩兒，不絕竇氏宗嗣。嗄，相公嗄！你只知盡忠全孝，妾身只道貪生怕死。〔唱〕誰没個生和死豈貪求。今日個虎豹女麒麟婦，做了喪家狗。〔下。趙匡胤上，唱〕

【畫眉序】金石契交投，緣分三生石上留。嘆仁兄爲國今作俘囚，恨奸臣起釁無端，致令人氣冲牛斗。〔白〕俺趙匡胤自從戲騎泥馬，罪配大名，多蒙世兄竇溶義氣相投，十分優待。又遇孝女韓素梅墮入青樓，俺一時仗義贖身，却忘瓜李之嫌。爲此竇兄玉成，教俺納爲媵妾。不料竇世兄被奸臣讒害，拏捉進京。俺急與素梅作别，路途之中，怕他們又有暗算，爲此趕來遠爲相護。〔梅香内白〕馬來。〔趙匡胤白〕呀，你聽那邊馬蹄聲響，不知是何等樣人？〔梅香白〕嘚，馬來。〔薛氏、梅香、院公上。趙匡胤作趕科，白〕原來是世嫂。嗄，嫂嫂，嫂嫂，請住馬！〔薛氏作勒馬科，白〕原來是叔叔。我相公命你早回，怎麽反生落後？〔趙匡胤白〕是。多蒙世兄愴惶之際始終全友，俺但知府中遭難之由，不悉嫂嫂何往？〔薛氏白〕妾家遭變，願隨生死。相公因我懷孕，欲要忠孝兩全，所以遣我回鄉。〔趙匡胤白〕呣，賓兄主見極是。嗄，賢嫂，小叔理應相送幾程。一恐嫌疑未便，二者要緊進京，打聽世兄消息。賢嫂放心，若獲好音，必當送信貴鄉。賢嫂，請上馬。小叔告辭。〔唱〕俺本是義重男兒漢，罵殺那辜恩禽獸。〔下。薛氏白〕呀！〔唱〕

【喜遷鶯】感承他恩高誼厚(重)。我途路間抱苦躭愁，憂也麽憂。無心覽山青水秀，厭聽那燕語鶯啁。俺不爲觀花問柳，越過這幾重山、翠巒峯頭。〔内應白〕呔，留下買路錢來！〔梅香白〕嗄，夫人。你看山崗之上站着一起剪徑毛賊，咱們替他要點子盤纏罷。〔薛氏白〕呣，院公。你可上前好言相告，我們行路要緊。〔梅香白〕夫人，白説如今的人不肯聽好話，我的手兒也癢癢了。殺他每幾個，出出咱每的悶氣。〔院公白〕姐姐，用不着你，只消我老人家上前，也要拏住他幾個。〔梅香白〕不錯嗄。你老爺子是咱每夫人賠嫁過來的，你在老老家隨老太爺殺賊打仗，我只耳聞，没有目覩。來，我給你個傢伙！〔院公白〕不消用得傢伙。你今日看看我宿手。〔下。薛氏白〕梅香，我們蹤馬過去。〔唱〕豈懼那狗盜鷄偷。〔下。衆僂儸上，唱〕

【畫眉序】遶過這山溝，奉令觀風四面遊。有誰敢躭延玩悞巡狩。〔梅香内白〕馬來！〔僂儸白〕喻，你每可曾看見有男女三人騎着三匹好馬？我們何不搶奪他的！〔一白〕有理。呔！你們留下馬匹行李，放你們過去。〔唱〕知勢事自獻金銀，休得要咱行動手。〔院公上，唱〕你們及早潛藏避，休觸犯太歲當頭。〔僂儸白〕呔，你這老頭兒！買乾魚放生，不知死活，倒會説大話！你們既不呈獻金銀，教你馬上這位奶奶跟我每上山！〔院公白〕唗，狗强盜胡説，照打！〔作打科。梅香上，接戰，僂儸敗下。薛氏上，唱〕

【刮地風】嗳呀咲，殺那鼠輩狐群夥一儔，螳螂臂怎攩車軸。任你有千軍萬馬圍無透，敢撞俺鋭利神矛。他仗着地蛇强與蛟龍鬪，俺只算他是螟虻蜉蝣。〔僂儸上，戰科。梅香白〕嗄，夫人，夫人。這個時候免不得俗了。你老把那法術獻獻出來。〔薛氏白〕嗳，宰鷄焉用牛刀？〔梅香白〕是。嗄，夫人，那麼説雖是個理，這麼幾個僂儸罷哉算什麼。只是我們三個人，他每這一群，未免累得荒。夫人，你怕遣神召將褻瀆天神，這麼罷，拿個撒荳成兵的小頑意兒獻獻罷。〔薛氏白〕咳，教人也是没奈何。如此，取出我那荳草盒兒過來。〔梅香白〕夫人，你老不會生勁些，用個啐字就有了。偏有這些壘墜荳草盒兒在此。〔薛氏白〕取來。天律令，地律令，吾奉闡教正門，五雷三法，號令施行，急急如律令，勅！〔揭盒科。兩場門上女兵，遶場下。薛氏唱〕這回价草爲兵荳爲馬，紙戈剪就。須知俺仙家正法家傳授，自然要仗劍訣施符念咒。〔梅香白〕夫人，你看那些女兵殺上來了，我們到那邊去歇歇。〔下。女兵追僂儸上對介，下。僂儸、僂將引裴繼先、裴月英上，同唱〕

【鮑老催】祖勳父懋，寄跡緑林慚愧羞，英雄不遇且耐守。志未伸，願未酬，明珠藏垢。〔裴繼先白〕俺裴繼先是也。〔裴月英白〕奴家裴月英是也。嗄，哥哥！ 小妹想來，你我棲居在此終非良計，可不玷辱父母之忠貞，家聲之清白。〔裴繼先白〕妹子，你言雖有理，你是個女流，尚知三綱正道，莫非愚兄是個男子，倒不知五常大理？ 也是事出于無奈。〔唱〕芳名不惜先遺臭，也只爲兄妹雙雙没逗遛。少不得重振家聲，克復箕裘。〔僂儸上，白〕報！ 啓大王、姑娘知道，山下來了兩個女娘、一個老頭兒，十分利害，殺上山來了。〔裴繼先白〕嗄，有這等野事？〔裴月英白〕待小妹去擒來。〔裴繼先白〕你去不得。〔裴月英白〕爲何？〔裴繼先白〕你去，你每兩個人打不成。〔裴月英白〕什麽緣故？〔裴繼先白〕對兵不鬬。〔裴月英白〕啐！〔下。裴繼先白〕僂儸每，取我雙錘過來，隨我下山！〔僂儸引下。女兵、僂儸戰科，續裴繼先、僂將、薛氏對介，下。裴繼先敗上，白〕妹子在那裏？〔裴月英上，白〕哥哥爲何如此？〔裴繼先白〕喝唷，了不得！ 了不得！ 這婦人非但武藝高强，更會施術弄法。有無數女娘一色打扮，殺到東，東有；殺到西，西有。 滿山遍野，千千萬萬的女娘，了不得！ 這坐山頭只怕有些坐不住。〔裴月英白〕嗄，哥哥。你難道倒忘了妹子也會搬神弄鬼麽？〔裴繼先白〕不錯，你是金刀聖母門徒，那一日收伏我每妹夫薛雲也是用的法術。 妹子，今日遇了對手，也來獻獻。〔裴月英白〕不要緊。 這法術豈可輕易施展？ 待小妹下山，問明來歷，再爲鬬法不遲。〔裴繼先白〕也説得是。 問明白了，方好賭鬬法術。〔裴月英白〕看刀馬過來。〔僂儸應。薛氏、女兵、梅香上，冲關，衆下。裴月英白〕住了。 請留個名兒，我們或戰或鬬。〔薛氏白〕嗄，原來你們這班草賊，還不知俺夫人的姓名？ 聽者！ 俺乃南漢總鎮竇溶之妻薛氏。〔裴月英白〕到此何幹？〔薛氏白〕爲往昆明山尋訪兄弟薛雲。〔裴月英羞科，下。裴繼先白〕如何如何？我説你每兩人見不得面，見了面是不鬪的。不要害燥，回來嗄。〔薛氏白〕嗄，是什麽緣故？〔梅香白〕是甚緣故？〔裴繼先白〕没有什麽緣故。請夫人上山，請會親。〔薛氏白〕我家世代簪纓，並没有强盜親戚。〔裴繼先白〕那昆明山薛雲不是夫人的令弟麽？〔薛氏白〕未知確寔。〔裴繼先白〕千真萬確，他是平遼公之後代，你是竇總兵的夫人，誰不知薛竇兩家世爲親戚。你老爺不是爲了這事挐問進京的麽？〔薛氏白〕你們何以知之？〔裴繼先白〕我每這裏有僂儸打聽，天天有報。〔薛氏白〕嗄，原來我兄弟真個在昆明山。〔裴繼先白〕呸，你兄弟在昆明山，你弟媳倒在這桃花山。〔薛氏白〕那個是我弟媳？〔裴繼先白〕方纔聽你通名通姓，他没有回言，這麽一溜的就是。〔薛氏白〕這是你何人？〔裴繼先白〕是我同胞小妹。〔薛氏白〕嗄。〔唱〕

【水仙子】呀呀呀，着甚由㊀，這這這這緣由，不悉將情叩。〔裴繼先介白〕不才也是唐室功臣之後。〔薛氏連唱〕問問問問他行也是功臣後。〔裴繼先介白〕今日親家夫人相會也是偶然。〔薛氏唱〕又又又説是親誼相逢偶邂逅。〔裴繼先介白〕待我去唤妹子來陪你。妹子，來！愚兄不便奉陪，你來。〔裴月英上。裴繼先下。薛氏連唱〕見見見見娘行禮數週。〔裴月英介白〕不知夫人到來，有失遠迎候。〔唱〕他遜遜遜遜言詞先迎候。喝脣，痛痛痛痛得我緺眉頭。〔裴月英白〕夫人，爲何如此？〔梅香白〕我們夫人帶着身子，想是方纔用了劲，驚動與他了。〔裴月英白〕如此，夫人在小妹處盤桓幾時，待候分娩，再爲道理。〔薛氏白〕梅香，你可將我奩兒收回人馬。〔梅香白〕得令。〔下。裴月英白〕夫人，請上山寨歇息。〔薛氏白〕賢妹，請。〔裴月英白〕請。〔下。女兵追僂儸殺科。梅香上，白〕列位草將軍、荳元帥，請住手。夫人有令，得勝收兵。〔女兵下。僂儸白〕好了好了。兵馬退去了，我每要去歇歇了。〔院公上，白〕你們要歇，老漢來也。〔衆下。院公笑科，白〕殺得你每望風而逃。〔梅香白〕夫人有令收兵。〔同唱〕

【隨煞】回營歸帳分明荳，就是那草馬兒也當歸厩。俺每夫人呵，萬馬千軍只用這小奩收。〔院公白〕呀呔！誰敢來，誰敢來，哧！〔笑介，下〕

第五齣　歸家詢因

〔趙匡胤騎馬上，唱〕

【孝順歌】羊腸奔，馬腿忙。不停留還嫌道路長。只爲縈念二高堂，我何曾一時忘。可喜到汴梁，果然風景舊家鄉，皇都新氣象。〔白〕俺趙匡胤只爲賫兄被罪，更兼思念爹娘，一路上馬不停蹄，急急趕回。且喜已到汴梁。咳，俺三載不回，故鄉仍舊。呀，前面隱隱三人，好像張光遠等三位賢弟。俺不免迎上前去，少敘間闊之情。〔唱〕俺先敘朋交，聊慰心惆悵。〔下。張光遠、羅彥威、周霸上，唱〕

【其二】秋光静，天氣爽。課誦餘閒，把心懷暢。感慨念同窗，偕伴思兄長。〔張光遠白〕俺張光遠是也。〔羅彥威白〕俺羅彥威是也。〔周霸白〕俺周霸是也。〔同白〕自從那年趙兄長戲騎泥馬，惹下災殃，奏稱妖妄之罪，將兄長發配大名，至今三載。限期已滿，怎麽還無信息回家？教人縈懷難放。〔唱〕心中悒怏。〔趙匡胤内白〕三位賢弟等一等。〔上，唱〕俺下馬撇絲韁，恭身趨步蹌。〔張光遠、羅彥威、周霸白〕阿呀呀，可喜可喜！大哥回來了。〔作見〕大哥！〔趙匡胤白〕三位賢弟！〔張光遠等白〕自從大哥别後，日時懷想。〔趙匡胤白〕多感兄弟們注念，今日何往？〔張光遠等白〕嗄，今日麽，小弟們屈指相將算兄别後三載，因不聞大哥回家消息，意欲到府詢聽。却喜途次相逢，小弟們不勝喜也。〔趙匡胤白〕嗄，還有李賢弟呢？〔張光遠等白〕李兄弟有事未來。〔趙匡胤白〕三位賢弟，愚兄適纔進城，尚未回家，不知家中父母安否？〔周霸白〕府上安康之至，只是老伯……〔張光遠、羅彥威白〕嗄，老伯也没有什麽。既然兄長還未回府，小弟等也不可躭延。兄長請乘騎，小弟們明日與兄敘談。〔同唱〕今日個途次相逢，喜溢眉尖上。〔各分下。美容、光美上，梅香隨上。美容唱〕

【引】菊綻舒黄，淅淅金風寒透涼。〔光美唱〕苦志芸窗，攪人心簷鐵叮噹。〔白〕姐姐。〔美容白〕兄弟，你往那廂來？〔光美白〕兄弟在爹娘處來。姐姐，你還不知麽？〔美容白〕我不知什麽嗄？〔光美白〕今日爹爹早朝，爲劾奏蘇鳳吉勾通南唐進獻美女誘惑主上之罪，那知反被姦臣巧辯，責打御棍。以此爹爹今日回朝，悶悶長嘆。〔美容白〕嗄，有這等事？爹爹嗄，你枉作忠良，這也是漢朝氣數，天意使然也。〔光美白〕咳，這便怎麽好？〔美容白〕你小小年紀，不用管這大事，且自用心温習經書，操練弓馬。將來長成，也好安邦定國。〔光美白〕是。姐姐提及於此，兄弟還要領教。〔美容白〕不知你愛學那般兵器？〔光美白〕姐姐，爲將交鋒，兵利何先？〔美容白〕巧者用鎗，實者用刀。〔光美白〕如此，兄弟力不從心微，乞求姐姐將鎗法指教。〔美容白〕丫環，看俺銀花鎗過來。〔梅香應，作取鎗。美容作教光美科，白〕這一撥。〔光美照念。美容白〕這一挑，那一點。〔光美白〕這何名？〔美容白〕這名梅花五點。〔光美白〕嗄，梅花五點。〔美容白〕兄弟，你須要看仔細者。〔光美白〕是。〔美容舞科，唱〕

【泛蘭舟】翠桿紅纓成丈，舞動梨花飄颺。金蛇萬道寒光，燦爛奔星芒。雪凝霜亮。撥閃騰挪，輕舒柔放，一似盤旋繞玉蟒。〔對舞科。院子上，白〕嗄，小姐、公子在那裏？大公子回來了！〔下。美容、光美白〕嗄，可喜！　我們且往前堂去拜見兄長。〔趙匡胤上，白〕嗄，妹子，兄弟，不用你們來，愚兄來了。〔美容、光美白〕哥哥回來了。　路上平安？〔趙匡胤白〕托賴。〔美容、光美白〕哥哥。〔趙匡胤白〕嗄，妹子、兄弟，在此做什麽？〔美容白〕在此傳授兄弟鎗法。〔趙匡胤白〕甚好。　嗄，妹子、兄弟，愚兄有句話要問你們。　適纔在前堂拜見爹媽，怎麽面帶憂容聲言有病？　但不知是什麽病症？〔美容白〕嗄，是憂國病。〔光美白〕大哥，你還不知麽？　爹爹爲姦臣蘇鳳吉暗勾南唐進獻美女，蠱惑漢主，爲此爹爹呵！〔唱〕

【鎖南枝】忠心志達諫章，爲劾權臣，反惹禍殃。　主上呵，聽信姦讒，刑責御杖。　因此憂成疾，恐不能保廟廊。〔同唱〕這漢家邦嚇，要被姦臣喪。〔趙匡胤唱〕

【前腔】聽伊語恨滿腔，教人怒氣高千丈。　若不斷絶禍根，這患孽非常，除妖賤、殄逆黨。〔同唱〕這漢家邦方能綿祚長。〔趙匡胤白〕兄弟、妹子，你們仍舊在此習演，愚兄去去就來。〔美容、光美白〕哥哥，此時萬萬不可再惹灾殃。〔趙匡胤白〕你們放心，我不生事、不闖禍。〔下。　美容白〕嗄，兄弟怎麽這等嘴快！　你難道不知大哥的情性麽！〔光美白〕我大哥麽，是個忠肝義膽的人。　嗄，姐姐，兄弟長大了呸呸，也是要秉忠仗義的。〔美容白〕好，你有志氣。　且隨我來，再把方纔教你的武藝演習熟了。〔光美白〕是。〔美容白〕學成文武藝，〔光美白〕貨與帝王家。〔美容白〕隨我來。〔光美白〕是。〔同下〕

第六齣 爲國除患

〔二院子執燈引蘇鳳吉上，唱〕

【銷金帳】羅倚香欹，鎮日笙歌醉。娱晚年，偎紅翠，肯教避賢罷相，樂聖啣盃。〔白〕老夫蘇鳳吉，適在前堂與門生們飲酒，商量大事。酒席方散嚇。今早可恨史宏肇這老頭兒不近人情，怎麽老夫托他一點小事，説小兒在麾下，乞求照應一二。他不許也罷，什麽私嗄、公嗄。呸，我拼得孩兒這番不要功勞，教你也難立功。爲此我即着家將飛馬趕去，送信與孩兒，教他從中顛倒些是非，也就彀了他了。過來！〔院子應。蘇鳳吉白〕着南唐進來的掌上珠、無價寶一班女樂伺候老夫，還要飲酒。〔院子應，下。唱〕要尋歡取嬉㊀，在銷金帳裏。〔内打一更。衆女樂上，唱〕宛步金蓮，行過花堦砌，看月影斜照，偏斜照在美人隊裏。〔白〕相爺在上，掌上珠等一班女樂叩頭。〔蘇鳳吉白〕起來。〔女樂白〕是。〔蘇鳳吉白〕昨日命你每新唱的銷金帳可曾温熟？〔女樂白〕温習熟了。〔蘇鳳吉白〕爾等一面歌唱，一面侑酒。〔女樂白〕是。〔作敬酒科，唱〕

【其二】苕華娟麗，豈教歌采薇。曼聲囀，驚梁落葉奇，唱出陽阿激楚，真教雲遏塵飛。〔蘇鳳吉白〕

妙！音韻悠揚，宮商清麗，真個詞出佳人口也。老夫朝房辦事，辛苦一日，要去安歇了。你們每人賞金釧一雙，回房安歇去罷。〔女樂白〕是，多謝相爺。〔蘇鳳吉唱〕要尋眠思睡(重)，歸銷金帳裏。〔院子執燈引下，女樂唱〕宛步瑶街，行過迴廊去。且回歸庭院(重)，在荼蘼架西(重)。〔下。衆更夫上，打二更科，唱〕

【山歌】嗄嗄嗄，星斗無光月色昏，嗄嗄嗄。〔一白〕俗不俗是更夫上務必的要唱山歌。〔一白〕自然嗄，是規格。〔一白〕狠不必，我們乃蘇太師花園内幾個懶墮更夫便是。今夜晚上倘有什麽事由兒，我每且自睡覺，不用管他。夥計轉更。〔作打三更下。趙匡胤上，唱〕

【銷金帳】更深漏遲，鈴柝聲相接。看月暈星暗稀，天教禍除患刈，全親忠礪。〔白〕呀，來此已是這姦賊的圍墻之外。且喜月色朦朧，星斗稀迷。此時已交三鼓，俺不免越墻而過。進得園來，静悄無人，不知那一答是這些妖賊的住處。吒，那邊隱隱燈光，俺不免循徑而行。想這些妖賤，此時必定好睡吓。〔唱〕想他行已睡(重)，歸銷金帳裏。〔衆女樂内笑。趙匡胤白〕嗄！〔唱〕是何處人聲，度過花叢裏。〔白〕那邊有人來了。俺不免在這山石邊藏躲一時。〔唱〕且暫時潛身(重)，在山石畔底。〔虚白，下。女樂上，白〕姐姐們走嗄。今日我們儌倖得了偌大彩頭。〔一白〕嗄，姐姐們多忘了。這賞賜希罕則甚。南唐王進獻到此，原圖漢主寵倖，好從中取事。不想被這蘇丞相捺下，可不蹉跎了我們的大事？〔一白〕漢主原時常來賞鑒的呀。〔一白〕漢主雖常到此，我每也難獻媚蠱惑。〔一白〕是嗄。南唐王還許我們那一個幹成此功，回歸南唐，封做並肩夫人。〔一白〕姐姐，這封號到新鮮。什麽叫「並肩夫人」？〔一白〕嗄，與南唐王一般樣大。〔趙匡胤暗上，聽科，白〕嗄，原來就是這班賤婢。遇之甚巧。妖婢們，看刀！你們那一個叫「掌上珠」？〔衆女樂白〕是他。〔趙匡胤白〕你是掌上珠？那一個叫「無價寶」？〔衆女樂白〕是他。〔趙匡胤白〕待俺來劈破掌上珠！〔作殺科，白〕砍碎無價寶！〔作殺科。衆女樂作逃。作盡殺科，白〕好了好了！且喜一個也無走脱！賤婢，今夜裏叫你們一概多做個並肩夫人！阿呀，趁此無人知覺，不免仍尋舊路越出牆垣便了。〔衆更夫上，作遇趙匡胤下。更夫白〕嗄，拿賊拿賊！〔一白〕賊在那裏？〔一白〕你們没有睄見麽？一個紅臉大漢打那麽直闖過去！〔一白〕一個紅臉大漢？我倒没有理會。咱們不要去管他，這時候已交了四更，不是咱們班兒。事該换班，他們後半夜的班兒了。〔衆白〕是了。我們要去睡了。〔一白〕不要管他，我們去睡覺嗄。〔下。趙匡胤上，白〕好了。且喜被俺跳出牆垣，不免找尋舊路回家去罷。阿呀，且住。俺幹下此事，天明時節奸賊知道，必不干休。嗄，有了。不免逃往他方，再作理會。俺趙匡胤今夜幹此事，也是一腔忠君爲國之心。〔唱〕

【鎖南枝】全親志，保漢基(重)。不教權佞逞謀計。俺義膽太剛毅，血性鬚眉溧。除妖賤，斬惑迷。若得個際風雲，掃盡奸邪沴。〔下。場上設汴梁城，衆農、工、手藝人上，同唱〕

【其二】天將曙，鷄亂啼。負販肩挑趕趁黎明起。勤苦爲營生，辛勞圖活計。農工藝，爲食共衣。不辭驥足忙，將覓蠅頭利(重)。〔趙匡胤曲内上，與衆作出城。衆下，趙匡胤白〕阿呀，好了。且喜擠入買賣

人隊中，渾出城來。只是到那裏去呢？嗄，有了。俺母舅杜雄威鎮關西，不免奔往那邊暫且安身，聽候京中消息便了。〔唱〕

【尾聲】樊籠脱却冲霄去，鵬翅高展九萬里。俺若有一日得志呵，誓掃南唐恢帝畿。

第七齣　英傑訓武

〔衆僂儸頭目引薛雲上，唱〕

【紅衲襖】俺本是忠良後裔一俊豪，端只爲權奸輩淩肆朝。〔董虎、董豹上，唱〕他譖滅功臣寒心膽，未知何日怨恨消。〔同唱〕爲此佔山崗、理畧韜，一般的施仁政、明律條。但願得掃滅南唐奸讒也，扶保英明名姓標。〔薛雲白〕俺薛雲是也。〔董虎白〕俺董虎是也。〔董豹白〕俺董豹是也。〔薛雲白〕自蒙二位邀我上山，招集舊人，另立新規。僂儸們一般種作，耕耘山田；頭目等不許攪擾擄掠村莊，不搶經商過客，專劫污吏貪官。俺非圖綠林建號，志在雪恨稱兵。爲此終日訓練兵馬，務要精鋭。今乃操演日期。衆頭目，聽吾號令！〔衆應。董虎、董豹、薛雲唱〕

【粉蝶兒】整頓弓刀，齊與俺整頓弓刀。好把那忠義旗前軍引導。俺申號令，孰敢相撓。盡披堅、齊執鋭，向山前施威武耀。喜一個個英豪，誓平唐戴天仇報。〔白〕就此下山。〔衆白〕得令。〔同唱〕

【南好事近】遵令敢違條，不類那柔弱兒曹。去山前耀武，全仗着膂力凶驍。還憑膽畧，務争雄奮勇施强暴。鬧嚷嚷聲震山嶽，亂紛紛金鼓頻敲。〔白〕衆僂兵，你們先把陣圖演習一回，然後較武。

〔衆白〕得令。〔分下。衆僂儸執旗上，走陣科，下。薛雲白〕呀。〔唱〕

【石榴花】但只見五方旗號舞飄颻，排列着寶劍與鸞刀。按隊伍敢行錯亂有失分毫，兒郎施逞武，僂將展英豪。〔頭目舞刀，僂兵舞棍牌刀鎗，對舞下。薛雲白〕好一班勇猛兒郎也！〔唱〕俺只見猛威風(重)，刀鎗耀日光芒照。呼呼喝喝，衆聲喧囂。説不盡將卒猛無邊(重)，俺要把那寃仇報，掃南唐除佞不相饒。〔頭目、僂兵對攢科。薛雲白〕收操。〔衆應。報事僂儸上，白〕報：啓三位大王，桃花山裴大王處差人下書。〔薛雲、董虎、董豹白〕命他進來。〔僂儸應科，白〕大王命你進見。〔下。頭目上，白〕嗄，爲邀乘龍客，來參虎寨尊。三位大王在上，桃花山頭目打躬。〔薛雲、董虎、董豹白〕頭目少禮。裴大王命你來何事？〔頭目白〕今有薛大王令姐竇夫人避難敝山，特請薛大王去相會。又趁此機緣與俺們月英姑娘團圓合卺。有書呈上。〔薛雲白〕取來。〔作看科〕知道了。你自先回，説俺就來。〔應，下。董虎、董豹白〕恭喜恭喜，又相會了令姐，又得了新人。洞房花燭，他鄉遇親，可稱雙喜！〔薛雲白〕豈敢。這親事到不作理會。聞聽家姐在彼，小弟立刻要行。〔董虎、董豹白〕是嗄。自小分離，理當如此。頭目過來。〔頭目應。董虎、董豹白〕你可准備金銀綵緞，羊酒賀禮，點二十名能事僂兵，隨薛大王往桃花山去。〔頭目白〕是。〔薛雲白〕多蒙二位大王費心。只是俺在路行走不便，待俺卸下鎧甲。〔董虎、董豹白〕也説得是。過來，與大王改換行裝。〔頭目白〕請大王上馬。〔薛雲白〕二位大王，小弟暫別山寨，規模不可改換。〔董虎、董豹白〕薛賢弟，你放心，一些不改換。〔同唱〕

【尾聲】暫時作别相違教，好把山頭謹慎保。〔薛雲下。董豹白〕喝嗆，好了好了！薛大王呢走了，我們被他拘束得利害，何曾是做强盜的模樣！又是什麽不要去搶奪他的，又是什麽不要去打劫他。這樣行好，那樣行好。〔董虎白〕嗄，兄弟，這是他的仁義。〔董豹白〕嗳，什麽仁義！過來，先把我們山前的旗號改换！〔董虎白〕兄弟改什麽？〔董豹白〕把這薛字改作董字！〔衆白〕二位大王，這薛字改不得。難道忘了董字倒盡鋭氣，虧了薛字重振威風？〔董豹白〕嗄，這薛字也是草頭，董字也是草頭。大家都是草頭大王，罷了什麽威風？〔衆白〕如此説，大王們終離不了這草氣。〔董豹白〕是麽？〔董豹白〕僂儸們，今後倘有人來問你們，不許説出有姓薛的！〔衆應。董虎、董豹白〕衆僂兵，就此回山！〔衆應，同唱〕從今後照舊例施行，旗書董字飄。〔下〕

第八齣　耄帥功成

〔家將引蘇泌上,唱〕

【引】腹中少學爲學士,肚内無謀倒做參謀。〔白〕史學文章不得知,雕蟲刻篆費神思。忝爲翰苑詞林客,讀盡詩書也是癡。下官蘇泌,托賴父親福蔭,中選文科,遷擢經學博士。又蒙恩重,派我行營參謀之任。漢主原是要我建些功勞。可恨史宏肇十分鯁介,不達人情。爲此我爹爹寄信與我,教我留神仔細,務要訪薛雲消息,好將這老頭兒一體同罪。家將過來,你可扮爲商賈模樣,到昆明山左近探訪强盗之中可有個姓薛的。速來回報。〔家將應,下。蘇泌白〕吓,正是:恨小非君子,無毒不丈夫。〔下。小軍、將官、中軍引史宏肇上,唱〕

【端正好】領三軍司閫外,掌兵符奉命欽差。端只爲蒼生無辜遭殘害,因此上老將提師掃毒霾。〔史宏肇上臺,小軍白〕開門。〔梅春先、馬如彪、張彦升、李彦茂同上,白〕衆將告進,衆將打躬。〔史宏肇白〕站立兩傍。〔衆應。史宏肇白〕本帥史宏肇,奉旨提兵征勦山寇,争奈賊衆狡滑,攻東竄西,捕南奔北,一時難以滅盡。爲此本帥先佔地勢安營,必須伏兵調將,方獲全勝。右翼衛將梅春先聽令。〔梅春先

應。史宏肇白〕與你三千人馬，在賊寨山後埋伏，一聽山前炮響，即出奇兵截殺。〔梅春先應。史宏肇唱〕

【滾繡球】覷他行雖似癬疥，搗巢穴須要籌幄安排，出奇鬪勝兵馬藏埋，休教他離山寨。用兵的須相形度勢，上陣的得勝旗開。報功勞記簿籍麟閣標名姓，蔭妻孥、封官誥，功臣賞賚，方顯棟梁材。〔梅春先白〕得令。〔軍卒、將官引下。史宏肇白〕前鋒先行。馬如彪聽令！〔馬如彪應。史宏肇白〕與你一千人馬，直闖賊營，誘彼追殺。故作拋盔棄甲之狀，使賊人自相攙越。但見賊兵後隊混亂，一齊回戈，奮勇前後夾攻，賊無逃漏也。〔唱〕

【叨叨令】引敵人須佯輸詐敗，驕兵計誘賊追來。深林密箐險山崖，做得個棄甲丟鎧。兀的不入天羅他也不知，兀的不陷地網也不解。那時節生擒捉活活的將俘囚解。〔馬如彪白〕得令。〔暗上軍卒，引下。史宏肇白〕調遣已畢。衆將官！〔衆應〕隨本帥親身掠陣者！〔吹打下臺。同唱〕

【么篇】俺親身去掠陣上高臺，休縱放他行逃迨。今日裏殄狐兔、滅狼豺，方能彀民安國泰。〔軍卒引馬如彪，僂儸頭目引董虎、董豹上，戰科，下。史宏肇白〕呀！〔唱〕

【又一體】只見那列旗門兩邊陣圖擺，戰鬪處精神不憊。真個是一將英勇可攩百，逞威風天神無賽。〔衆對介。董虎敗上，白〕阿呀呀！殺壞了！殺壞了！這一回的官兵好生利害。埋伏的埋伏，夾攻的夾攻，弄得我們弟兄的兵七零八落。不好了！不好了！又來了！〔軍卒、董虎對科。將官引梅春先上，作擒董虎。梅春先白〕解到元帥營中請功。〔衆應，下。董豹敗上，白〕你看四面多是官兵，把俺的山寨圍住，俺大哥又不知那裏去了。咳，若是薛雲在此，焉能如此？〔馬如彪上，白〕呔，賊將看刀！〔作戰董豹敗科。軍卒上，作擒科，白〕賊首已擒。〔馬如彪白〕解往帥營請功。〔梅春先等解董虎上。梅春先、馬如彪白〕元帥，末將們擒住賊首二名，請帥爺定奪。〔史宏肇白〕將他們打入檻車，解京獻俘。〔衆應，同唱〕

【快活三】你今日惡貫盈，天亡敗。任你有狡兔般使的乖，難逃這詐兵策，須教你認得俺史元帥。

〔下〕

三段

第一齣　截搶俘囚

〔衆僂兵、女兵引裴月英上，白〕小小娥眉膽氣揚，仙傳妙法鬼神降。敢誇虎族將門女，不類男兒武畧强。俺家裴月英，祖父唐室功臣。因遭奸臣蘇定方之害，止剩俺兄妹二人，萍踪浪跡，暫且棲身在這桃花山。也是出於無奈。日前夫婿薛郎招贅此山，聞報昆明被失，官將史宏肇將董氏弟兄擒獲，進京路由此地。爲此奉俺哥哥將令，下山劫奪囚車。俺家須索走遭也。〔唱〕

【新水令】奉兄長命令下山崗，救英豪天羅地網。身披金鎖甲，手握鏨銀鎗。鸞珮鏗鏘，頭頂着鳳翎盔，與日色争光亮。〔下。軍卒、將官、梅春先、馬如彪、張彦昇、李彦茂、蘇泌、史宏肇押董虎、董豹囚車上，同唱〕

【步步嬌】一鼓而擒妖氛蕩，士卒威風壯，天兵撻伐彰。仗漢主洪庥成功反掌。〔史宏肇白〕本帥奉旨提兵勦捕山寇，喜得一戰成功，地方寧謐，天下太平。衆將官，前面山徑叢雜，須加仔細防護者！〔衆應，合唱〕須要加意謹隄防，只恐怕餘孽把俘囚搶。〔下。僂兵、女兵引裴月英上，唱〕

【折桂令】向山前跱待徬徨，只有野鳥飛枝，静寂山光。並不見官隊軍行，也不見車塵馬土，望不見旗帶飄張。聽松濤如雷吼響，那曾聞角韻悠揚。〔報事僂兵上，白〕報。啓姑娘：僂儸打聽，離此二十里，官兵押解二位董大王檻車來也。〔裴月英白〕知道了。再去打聽。〔報事僂兵應，下。裴月英唱〕我聽説端詳，聞報心快。叫兒郎一個個奮雄威，迎上疾忙。〔下。將官、囚車、蘇泌上，同唱〕

【江兒水】虎豹遭擒獲，元戎功績彰。他圖封妻蔭子邀恩賞，我這裏公報私讎不輕放。誰許你功勞名著凌烟上。〔蘇泌白〕嗆，二位，你們可想逃脱？〔董虎、董豹白〕大人若肯施恩，定當啣環之報。〔蘇泌白〕我且問你們，内中可有位姓薛的頭目？〔董豹白〕我弟兄二人姓董，威名天下，用不着什麽姓薛的。〔蘇泌白〕如此説來姓薛的在那裏，我與你去通個信，好來答救你每。〔董虎、董豹白〕嗄，大人，若如此説，就在前面桃花山上。〔内喊，將官白〕參謀你到不用謀算了。遠遠望去，人喊馬嘶，想必有人來劫奪了。〔蘇泌白〕衆將官，這囚車由他去，你們各人的性命要緊。〔唱〕休管他行，自古兵來還有將擋。〔僂兵上，殺散車夫、蘇泌下，搶囚車科，史宏肇上，白〕呔，强賊，休得無禮！俺史元帥在此！〔作殺退僂兵、軍卒上，搶回囚車。史宏肇白〕好生看守。〔軍卒應，下。僂兵、軍卒、史宏肇、裴月英上，殺科。裴月英白〕呀！〔唱〕

【雁兒落】恁道是莽官軍威風仗，恁道是能鏖戰鬬争强，恁道是得勝軍心膽壯，恁道是男兒漢膂力廣。呀！須知俺女裙釵是無敵將，休錯認巾幗中軟弱娘。他一心喜孜孜把凱歌唱，誰知道惡狠狠遇着俺母大王。恁休想，那怕伊插翅也難飛颺。喜洋，俺待要緊攔截劫奪搶。〔史宏肇上，白〕呔，看鎗！〔殺科。僂兵、女兵、軍卒、將官上，殺科。史宏肇追裴月英上，殺科。史宏肇唱〕

【僥僥令】何來女魍魎，醜類逞猖狂。怎擋俺钁爍將軍年不邁，笑殺恁乳臭女娃仿怒臂螂。〔作戰下，裴月英敗上，白〕阿呀，不好了！我只道官兵懦弱，誰知主將有能！眼見這囚車難以劫搶，欲待舒展法術，奈因與薛郎結褵，未及滿月，褻瀆神祇不便。罷！阿呀罷！我只得空回山寨便了。〔唱〕

【收江南】呀，這其間逼得俺無法呵，怎繳令見兄長。都只爲調琴和瑟在蘭房，不能彀驅神役鬼到沙場。不由俺主張（重），好教人羞慚，惱怒怨誰行。〔史宏肇上，殺科。僂兵、僂將引裴繼先、薛雲上，唱〕

【園林好】遠聽得金鳴鼓響，喊殺聲摇山震梁。怎不聞報捷趨蹌，莫非逢勁敵勢難降（重）。〔薛雲白〕俺薛雲是也。〔裴繼先白〕俺裴繼先是也。嗄，妹丈，俺妹子下山劫搶二位董大王囚車，怎麽還不上山？莫非遇勁敵之將？我每下山接應。〔薛雲白〕是。大舅，小弟只怕去不得。〔裴繼先白〕爲何？〔薛雲白〕小弟出去，恐有官兵識認，怕累及我姐丈竇溶，就不能辭其罪矣。〔裴繼先白〕不妨。忙迫之際，誰來認得你？我每一同下山。〔薛雲白〕是，領命。〔裴繼先白〕衆僂儸，隨俺們下山接應去者。〔衆白〕得令。〔引繞場軍卒、將官、大將、蘇泌、史宏肇冲上。史宏肇白〕賊將留名。〔裴繼先白〕不必問俺姓名，看

錘！〔衆對攢下。裴月英上，白〕咳，罷了嗄罷了。〔唱〕

【沽美酒】俺今日敗北亡㊀重，這場醜爲夫郎，定有傍人論短長。〔白〕來此已是山寨。嗄，姐姐在那裏？〔女兵、梅香跟薛氏上，白〕原來是弟妹。爲何這等驚慌？〔裴月英唱〕非是俺驚張，非是俺驚慌，只因爲遇着老强梁。〔薛氏介白〕弟妹你法力高强，爲何不施展？〔裴月英唱〕再休提法術高强，再休提神通大廣。〔薛氏介白〕呸，我曉得了。〔裴月英唱〕仗賢姐代我施張，移山海把官兵阻擋。〔薛氏白〕是，愚姐曉得了。梅香，你隨我下山作法，你們在此伏侍姑娘。〔梅香應，同下。裴月英唱〕咳，俺呵，今日個羞龐慙龐，與人言難講。呀，只得把這功勞相讓。〔下。衆對戰科。薛氏暗上，作法，水雲上。史宏肇白〕嗄，怎麼追到這裏，一片汪洋大海？這些賊寇多往那裏去了？〔蘇泌白〕我們且過去。〔史宏肇白〕嗄，我兵又無船渡，怎生過去？〔蘇泌白〕如此說，元帥一場空了。〔史宏肇白〕呸，衆將官，就此回兵。〔衆白〕得令。〔下。薛氏收法下。僂兵、僂將引裴繼先、薛雲、董虎、董豹上，白〕阿呀，多感二位大王答救。〔薛雲、裴繼先白〕豈敢。弟等救護來遲，多有得罪。〔董虎、董豹白〕好說。〔裴繼先、薛雲白〕我們一同上山相敘。〔董虎、董豹白〕請。〔同唱〕

【清江引】人生聚散浮萍樣，離合悲歡狀。得失不爲奇，勝敗兵之常。他日裏遇英主扶廟廊。

〔下〕

第二齣　毒謀良將

〔軍牢、堂候引蘇逢吉上，唱〕

【風入松】心懷蜂蠆妒功臣，入奏天家允准。何來狂暴生灾眚，把園内花枝殘損。〔白〕老夫蘇逢吉，只因昨晚園中女樂一十八名，不知被何人殺死。審問更夫，方説月影中見一紅臉大漢，彷佛趙指揮之長子匡胤模樣。老夫細想准而無疑。他昨日限滿回家，今早着人去問，就無影響。爲此急忙寫本具奏趙宏殷縱子行兇。漢主即命老夫畫影圖形，捱拿緝捕。先將趙宏殷罷斥官職，監禁聽旨，候拿住匡胤審問定罪。〔唱〕殺人之律何能逃遁，管教伊全家禍罪非輕。〔軍牢白〕相爺回朝。〔堂候白〕卸下。〔軍牢應，下。蘇逢吉白〕嗄，又是那裏來這些報本？〔看科，白〕月之十三日，臣史宏肇兵到昆明，掃滅山寇，一鼓蕩平，即日獻俘班師。跪奏。嗄，阿呀！〔唱〕

【又一體】觀此報本甚心驚，不由的有事關心。一波方息一波興，必然他功加寵倖。他若是位居吾尊，我怎能彀弄刀兵。〔白〕阿呀，且住。吾一向欲圖大事，所慮者趙宏殷、竇溶。喜此二人都待罪天牢。如今史宏肇得勝回朝，漢主定要陞賞他的爵禄，那時位居吾上，老夫更生掣肘。〔作想科，白〕也好。若强盜中有了薛雲，竇溶之罪着寔，我如今且除一個是一個，那史老頭兒慢慢擺佈他便了。這又是什麽本？〔家將急上，白〕馬來密書公事急，飛馬到私衙。這裏已是，不免逕入。相爺在上，家將申功叩頭。〔蘇逢吉白〕申功，你在軍營回來？〔家將白〕是軍營回來。〔蘇逢吉白〕我兵得勝，大爺可有功勞？〔家將白〕大爺麽，没有其功，反有其罪。〔蘇逢吉白〕嗄，爲何？〔家將白〕有書在此，故此先着小人寄回。〔蘇逢吉白〕取來。你辛苦了，外廂歇息。〔家將應，下。蘇逢吉白〕男淡頓首拜書大人膝下：

〔唱〕

【又一體】一自隨軍到昆明，傾刻裏掃蕩妖氛。只道奏凱敲金鐙，忽變做失機敗陣。〔白〕路由桃花山，被餘黨薛雲等搶奪囚車，失落輜重，馬匹、粮草盡行刼去。連戰數日，折兵敗將，皆由元戎素日驕兵曠蕩，慢不警心。男屢諫不聽，反遭斥辱。伏乞大人，先爲參劾嗄。〔笑科白〕呸，我孩兒教我先爲參奏。嗄，有了。我只説他與竇溶通氣，明知賊寇中有薛雲在内，故爲縱放，絶其對証之口。他雖非叛黨之人，亦爲叛黨之弊，入他一個狥私悮國、藐功縱敵之罪名。咳，史宏肇嗄，我專怪你會説公而忘身，國而忘家的話兒。今日嘿，教你身家二宗多不能保。〔唱〕恁只道國而忘身，准教伊喪身殞。〔白〕過來。〔堂候應。蘇逢吉白〕你速到該衙門打聽史宏肇回兵，即來稟報。〔堂候應，下。蘇逢吉白〕我且草成參疏，明早具奏便了。正是：平生不作皺眉事，世上應無切齒人。〔下〕

第三齣　羨貴訂姻

〔趙匡胤上，唱〕

【普天樂】牙呰裂，無明動，殺淫狐，除妖種。爲邦家漢祚興隆，肯教這奸邪斷送。〔白〕俺趙匡胤一時怒忿，斷送妖嬈，暗爲漢祚保護，明破南唐詭計。只是罪律難容，是非難辯。爲此俺遠竄天涯，奔母舅杜雄處，圖得出身。異日外掃南唐，内滅奸邪，男兒之志願也。〔唱〕男兒志雄，時乖運未逢。一朝際會，風虎雲龍。〔下。張天禄上，唱〕

【引】投簪解組，信扁舟范蠡浮湖。〔梅香隨張桂英上，唱〕萱親薤露，嘆凄凉月色清孤。〔白〕爹爹。〔張天禄白〕罷了。功成身退赤松遊，且泛鴟夷湖上舟。今日掛冠林下樂，門邊羅雀任他休。老夫姓張，字天禄。祖居此地，耕耘自食。向年曾在梁朝朱温駕下職居武臣，因見他近佞遠賢，知事不能終久。爲此我辭官歸里，隱逸不仕。把功名兩字早已看破。咳，只是荆妻逝世，膝下無兒，止生此女，承順端方。嗄，想我暮景西山，未擇東床快婿。女兒！〔張桂英白〕爹爹。〔張天禄白〕你今及笄年華，于歸早晚，莫謂蕋苑珠宫，須耐釵荆裙布。聽我道：〔唱〕

【錦纏道】論三從備，兼全言德工容。舉案配梁鴻，守箴規婦道端莊儀重。須効那操松筠仉氏遺風，還待學共姜女栢舟自詠，静幽嫻在閨中。勿慕武陽性妒斫紅。他日繡芙蓉，式薦繁蘋，無嫌菲葑。愧門楣怎畫雀選乘龍。〔院子上，白〕住着，待我與你通報。啓老爺：莊前有一過路客官，因天色昏暮，不及旅店，要求借宿一宵。小人不敢作主，特來稟報。〔張天禄白〕天上人間，方便第一。只管相留。女兒，你且進房去。〔張桂英白〕是。〔梅香隨下。張天禄白〕院子，請他進來。待我出去看來。〔院子白〕客官有請。〔趙匡胤上，白〕貪趲路途忘日暮，且來莊院借居停。〔張天禄白〕客官。〔趙匡胤白〕老丈。〔張天禄白〕客官請。〔趙匡胤白〕老丈請。嗄，老丈，在下有禮。〔張天禄白〕豈敢。老漢還禮。請坐。〔趙匡胤白〕有坐。〔張天禄白〕請問客官尊姓？貴表仙鄉何處？〔趙匡胤白〕在下姓趙，行一，汴京人氏。因爲公事急促，貪趲路途，竟忘投止。今蒙長者容留，不勝感激。〔張天禄白〕好説。嗄，我觀此人儀表非凡，丰采奪目，决非下品之流，必然大貴之器。請問尊官汴梁，可認得一位貴華宗趙指揮趙宏殷麽？〔趙匡胤白〕老丈與他有甚相關？〔張天禄白〕嗄，當日老夫隨梁主朱温征石敬塘時，彼此陣前一會，互相欽服。〔趙匡胤白〕嗄，老丈原來是一位隱逸元勛！〔張天禄白〕豈敢。〔趙匡胤白〕不瞞大人説，在下即是趙指揮長子匡胤。〔張天禄白〕是嗄。久慕公子威名，未曾瞻企。今晚得見，喜慰平生。過來。〔院子應。張天禄白〕安備晚飯。〔趙匡胤白〕不消。前途用過了。〔張天禄白〕請問公子因何事路由於此？〔趙匡胤白〕大人聽稟：〔唱〕

【普天樂】恨奸臣，威權弄，仗椒房，邀恩寵，結南唐暗裏勾通。家君呵，忠言諫反遭禍凶。〔張天禄白〕令尊忠諫遭甚凶禍？〔趙匡胤白〕大人，那奸臣巧辯如簧，反責家父御棍四十。那時俺氣忿不過，將這一班妖賤盡行殺死，禍患消除。想其奸賊決不饒我，爲此俺逃奔天涯，並無棲止。〔張天禄白〕好！公子義膽忠肝，除邪削佞。只是事勢不然，且自待時而動。公子既然行踪未定，何不屈留草舍，打聽事情平妥，再爲别圖？未知公子意下如何？〔趙匡胤白〕多感大人週庇。只是萍水相逢，何以克當？〔唱合〕男兒志雄，時乖運未逢。一朝際會，風虎雲龍。〔張天禄白〕公子，老夫有句話，應當托人轉達纔是。如今公子在患難中，莫爲拘理，只好面呈。〔趙匡胤白〕大人有何見諭？〔張天禄白〕老夫無子，止生一女。今觀公子儀表，他日定成大器。願將小女依附絲蘿，望公子勿爲推却。〔趙匡胤白〕阿呀，大人。不才在顛沛之際，荷蒙週庇，已出望外，况家有寒荆，豈可躭悮令愛終身？〔張天禄白〕嗄，公子！〔唱〕

【喜重重】閥閱雷同，赤繩千里，天教繫足相逢。鸞鳴和鳳，是月老司控，早注就姻緣簿中，莫謂辭悾。〔趙匡胤介白〕不才落魄天涯，窮途四海，只恐有悮令愛。〔張天禄唱〕説那裏話。運泰時來，畢竟是金樑玉棟。〔白〕不必推辭。明日即是黄道吉辰。院子過來。〔院子應。張天禄唱〕與我准備綺筵，和那瑶笙瓊管，綵燭花紅。〔白〕不必固辭。老夫言出如山，並無改移。今晚且宿草堂，明日結褵花燭。〔趙匡胤白〕如此，不敢推辭。泰山請上，受小婿一拜。〔張天禄白〕不消。〔趙匡胤唱〕

【朱奴兒】多感愛覆庇帡幪，多感愛不棄孤窮。當拜青城文人峯。〔張天禄還禮，跌倒科。趙匡胤唱〕却原何跌撲蹦踵？〔院子白〕阿呀，老爺看仔細！〔張天禄白〕不妨。過來打掃書房，與公子安歇。〔院子白〕是。公子這裏來。〔趙匡胤隨院子下。張天禄白〕阿呀，奇怪。方纔老夫受他一禮，怎麼一霎裏眼迷頭暈？〔唱〕心驚恍，一霎裏眼迷頭痛。嗄，是了！想我没福做貴人翁。〔白〕是個大貴人！他日是個極大的大貴人！〔笑科。下〕

第四齣　欽奇斷爵

〔鄭恩上，唱〕

【普賢歌】天生鹵莽性情獃，不讀詩書禮儀乖。假義全不會，直信滿腔懷。只憑俺膽壯心粗言爽快。〔白〕天生莽戇，情性粗豪。不通文理，只曉直道。喒鄭恩，字子明，山西喬山縣人氏。自幼父母雙亡，弟兄没有。那家業呢淡薄，田莊呢少無。爲此離别家鄉，拜辭祖墳，到此平定州地面作些微細的經營。白日間貨賣香油，到晚來安身旅店，到也自由自在。這裏銷金橋集場茂盛，生意興隆，不論什麽買賣都要赶到那裏發賣。可惱董家弟兄豪强惡霸，攔阻橋頭，私抽商税。喒若到那邊，不敢惹喒，反有好酒肉相請。他懼怕喒的千觔膂力，拳大膀粗。〔笑科〕且住。今日赶趁集場之日，待喒整理油挑，走遭。嗄？喒的油梆兒那裏去了？〔作尋科〕嗄，想是店小二與喒作耍，藏在那裏。待喒問他。噲，小二！〔店小二上，唱〕

【又一體】主因信寔千金貸，客爲公平萬里來。廣招天下客，集聚四方財。茂達三江生意興隆通四海。〔鄭恩白〕嗳，你唱什麽？喒問你，可曾見喒的油梆子？〔店小二白〕阿呀，你這個客官，好不講理！只許你上來唱赶板曲兒，不許我上來也唱。嗄，聖人云：「責人則明者，責己則暗也乎！」〔鄭恩白〕喒有要緊事問你，誰與你這些者也之乎。你可曾見喒的油梆子？〔店小二白〕油缸在你挑子裏面，到來問我。〔鄭恩白〕不是。不是。是油梆。〔店小二白〕油髭，你來替我鬧蘇白了。我們這裏叫油罈子，不叫油髭。〔鄭恩白〕你這厮，好歪纏。喒問你哪撲撲的梆兒！〔店小二白〕嗄，敲打的梆兒嗄？〔鄭恩白〕吒。〔店小二白〕有。〔鄭恩白〕是嗄。喒說是你與喒頑耍。來來來，藏在那裏，快去取來！〔店小二白〕嗄，取來。客官梆兒在此。〔鄭恩白〕不是。這是你們打更的梆兒，喒是賣油的油梆。〔店小二白〕這原是我們店中規矩。客商們下了店，貨物呢都還在車上，怕有做賊的來偷，我們拿這梆兒一更打了二更，二更打了四更，三更天就催他們起來開車走道。這原是我們虛掩故事，打發蠻子上路的意思。〔鄭恩白〕嗳，誰來問你這些。嗄，小二，喒因油梆兒不見了，若是你與喒作耍，快去取來還了，不要悞了喒赶集的日期。〔店小二白〕客官，今日是幾時是客官趕集的日期？〔鄭恩白〕逢五遇十。〔店小二白〕嗄，逢五遇十。嘿，客官，就要這樣撲撲撲的敲打他了。〔鄭恩白〕嗳，只管歪厮胡纏，故意躭悞喒的買賣。照打！〔作打科。店小二白〕喝唷！你這個老西兒，好不講理，說打就往我腰子上一下。嘿嘿，我們開店鋪的人也會幾抓兒。來，照打！〔作打，店小二下。鄭恩白〕你這狗頭，不還喒的梆兒，逃到那裏去？〔趕下。店小二上，白〕阿呀，不好了。夥計們快來！〔衆夥計上，白〕來了。當槽大哥有何使喚？〔店小二白〕不是叫你們出來扛車做活，叫你們幫我去打降。〔夥計白〕在那裏？〔店小二白〕店中住下這個賣香油的黑漢子，十分撒野。你們各執棍棒，與我打伏他。〔夥計應，下。鄭恩上，白〕呔，那裏走！〔打科，下。店小二上，白〕住了住了。我們五人戰你一人，不爲好漢。你有什麽同伴鄉里鄉親，叫幾個出來，與我們配對配對方熱鬧。〔鄭恩白〕你們這些狗頭，喒一人還打不過，倒會説大話。也罷麽，鄉親們來幾個！〔衆西人上，白〕老鄭呼喚至，想是請喫餅。〔店小二白〕好了，煤鋪裏的、鐵鋪裏的、印局子放賬的，還有賣西羢毯的，一大堆山西爺們出來了。〔西人白〕鄉親有何話説？〔鄭恩白〕幫喒打這些狗頭！〔西人應，作打衆夥計下。苗光義上，唱〕

【駐馬聽】旅邸凄清，爲訪英賢佐聖明。裝扮作九流術士，遊遍江湖天涯歷盡。〔白〕小生苗光義，奉師父希夷先生之命，遍訪賢豪，輔佐太平之主。前在汴梁城中賣相，幸已遇見英明。真個龍準鳳目，帝王之姿。但他眼下時運未通，只因山根氣黯，天倉滲黑，還有幾年淹蹇。小生一路向西行來，並無遇見半個豪傑。昨日纔到這平定州地面，且喜人烟輻輳，不免今日往各處覓訪走遭也。〔内打聲科。苗光義白〕嗄，何處争鬧之聲？原來就是那壁廂店房門外。喝唷，遠遠望去，好一條大漢，形體軒昂，相貌甚奇。〔唱〕看他熊腰虎背獅牛形，他年定掛封侯印。〔白〕不免待我上前假作勸解，仔細相他一相。〔鄭恩追店小二等上，打科。苗光義白〕好漢不可如此！〔唱〕請息雷霆，是非曲直理剖公平。〔店小二白〕又來一位當鋪掌櫃的。好，今日是大鬧平西會！〔苗光義白〕漢子，你爲何動怒？〔鄭恩白〕原來是一位斯文先生。先生，喒告訴你，喒是個賣香油的，住在他店中。今日出去要作買賣，他偷藏了喈的梆兒。〔店小二虛白。苗光義白〕你們也不該嗄。〔店小二白〕先生，這梆兒又不值錢，又當不動，要他作什麼？〔苗光義白〕是嗄。事有三思，畢竟還失落在那裏。你們且報個時辰，待小生與你們推算。〔鄭恩白〕先生會占卦？喈報個戌時。〔苗光義白〕戌肖犬象，四維屬土。梆兒是木，木能尅土。我尅者爲財，財生官禄，財官並見，有益無虧。若占失物，不致有失。我且問你們店中可曾養狗？〔店小二白〕有狗，有狗。〔苗光義白〕被一隻黃狗啣去，不在土堆之中，定在狗窩之內。〔店小二白〕不錯。這油梆兒上是有油的，狗只認是油骨頭，所以啣去或者有之。〔西人白〕我每大家去往狗窩中尋一尋。〔下。苗光義白〕嗄，漢子！你相貌魁偉，形容奇異。觀你燕頷虎頭，必當封侯萬里。那販賣香油豈是丈夫所幹之事？〔鄭恩白〕嗄嗄嗄！〔西人、店小二上，白〕好先生！好靈卦！這油梆兒果然在黃狗窩中！〔西人白〕來來來，鄉親交代與你，喈們還要去趕買賣要緊。〔下。店小二白〕好嗄，你的朋友藏過了梆兒，向我要。罷了，該日罰你。〔鄭恩白〕毋，你還欠打。〔店小二下。鄭恩白〕多蒙先生靈卦解疑。喈今日不去做買賣了，要求先生斷斷喈的終身。〔唱〕

【又一體】求教先生，斷喈行藏日後因。〔苗光義介白〕你家鄉何處？〔鄭恩唱〕家鄉住喬山晉地。〔苗光義介白〕尊姓大名？〔鄭恩唱〕姓鄭名恩表字子明。先生你相喈何日運方亨，幾時發達聲名奮。〔苗光義白〕據兄相貌之斷，日後有王爵之榮。〔鄭恩白〕阿呀，先生此言忒謬了。喈鄭恩一介愚鹵蠢莽之夫，怎能有此王位？〔苗光義白〕我且問你，你這雙尊目爲何左小右大？〔鄭恩白〕這是喈胎生就的。右眼大，平日間觀這些紅塵碌碌、世界茫茫；那左眼小，倘有什麽危急之事，喒將左目一睁，能窺妖邪鬼魅，洞察秋毫形影。〔唱〕喒急切張睁，妖邪避跡，鬼魅藏形。〔苗光義白〕哪，這就是尊相之奇，焉有不貴？小生有錦囊柬帖一封，在本月初九重陽之日，你不可往别處去，就在銷金橋左右勤王救駕，黄土坡前結拜弟兄。日後扶保英主開疆拓土，不失王爵之位。謹記，謹記。小生就此告辭。正是：踏破鐵鞋無覓處，得來全不費工夫。〔下。鄭恩白〕請了，請了。〔笑科〕這先生倒也有趣，説得天花亂墜，相喒要封王爵。那裏信得他。呸，若説是不信，他這油梆兒又被筭得及靈及准。嗄，也罷，待等重陽之日看有無機會便了。咳，未來富貴是賒的，倒躭悮喒一天現成買賣。咳，都教這黄狗鬧的。嗳，都教這黄狗鬧的。〔下〕

第五齣　五虎稱觴

〔柴榮推車上，唱〕

【江頭金桂】困英豪吁天長嘆，似蛟龍遭淺水涸乾。未知何年發奮運轉時翻，撇了這推車賣傘。俺氣冲天闐，志凌霄漢，不由人揚親顯達，振換門闌。〔白〕喝唷，推得乏了，不免在此歇歇再行。我柴榮，字君貴，滄州横海郡人也。不習詩書，祖業經營。先父販傘潼關，只因漏税被潼關總兵高行周射死。咳！想起傷心，令人切齒。我柴君貴若有一朝發達，這不共戴天之仇，誓必相報！〔唱〕方雪我終天恨、含羞赧，提起傷慘，説來淚潸。〔白〕閑話少提，後日即是銷金橋集場日期，我快快趕到那邊，省得又往木鈴關去發賣。〔唱〕天色將晚，兀的不是在家千日好，果然出外一時難。〔下。董達、董通、董遠、董遇、董進上，同唱〕

【水底魚】生性貪婪，如狼似虎殘。豪强惡霸，佔住銷金灘(重)。〔董達白〕俺董達是也。〔董通白〕俺董通是也。〔董遠白〕俺董遠是也。〔董遇白〕俺董遇是也。〔董進白〕俺董進是也。〔董達白〕俺們弟兄五人世居此地，惡霸豪强，佔住這銷金橋一帶地面，一應來往客商多要私抽土税，交納錢糧。若有半字不允，將他腿膊立時打折，性命不保。爲此人人害怕，無敢不服，都稱俺們爲「金橋五虎」。〔董通白〕今日橋頭無事，又值俺爹爹壽誕之辰。爲此齊回村中，與爹爹稱觴祝壽。〔董遠、董遇、董進白〕言之未已，爹媽、妹子來也。〔院子、梅香隨董公、董婆、美英上。董公唱〕

【寶鼎現引】幽村僻静，門徑衰草，籬菊凋殘。〔董婆唱〕霜堆鬢，欣欣猶健。風罩燭，碌碌平安。〔美英唱〕最喜天高，神爽氣玩，清凉明月光寒。〔同唱〕看歲歲秋來，葡萄酒碧，庭院楓丹。〔董達、董通、董遠、董遇、董進白〕爹媽，拜揖。〔董公、董婆白〕罷了。請我們出來何事？〔董達、董通、董遠、董遇、董進白〕孩兒們特備樽酒，與爹媽稱慶。〔董公、董婆白〕生受你們。〔定席，同唱〕

【錦堂月】長庚星燦，喜椿萱並茂，何愁鬢白鬚斑。只是身躬康健，桑榆暮景平安。休説道爲善榮昌，也須有祖德修儹。〔合〕肆兇慣，反能取福如東海，壽比南山。〔美英白〕嗄，衆位哥哥，〔唱〕

【醉翁子】循環，看果報昭彰，只争早晚。怕神明三尺青天湛湛，休貪鏡花水月，隄防身後波瀾。〔董達、董通、董遠、董遇、董進介白〕妹子，你將報應因果的話勸我們，不知那裏聽來的這些誕妄之言？〔美英白〕衆位哥哥，〔唱〕休誕妄，那斬絞徒流，畢竟惡人相犯。〔董公、董婆白〕嗄，女兒，今日是你爲父母的壽日，大家要喜喜歡歡。你哥哥們若不作此勾當，我每怎能如此快樂？你是女孩兒家，曉得什麽！〔董達、董通、董遠、董遇、董進白〕爹媽説得極是。〔美英白〕怎麽爹爹、母親也還這等慫慂哥哥？〔董婆白〕女兒，你不知道這叫做是父是子，這纔多是孝順的兒子哩！〔美英白〕嗄，爹媽，莫待禍及其

門，悔之爲晚。〔董達、董通、董遠、董遇、董進白〕嗄，妹子，〔唱〕

【僥僥令】眼前且富貴，日後再相看。〔白〕嗄，爹媽，我每敬一盃。〔唱〕今日個有酒今日醉，管什麽明日愁生禍患。〔董公、董婆白〕酒够了，筭了罷。〔唱〕

【尾聲】合家歡讌綺筵散，被聒絮女孩不憚煩。〔董達、董通、董遠、董遇、董進隨下。美英唱〕咳，我空把良言諫一番。〔下〕

第六齣　二龍幸會

〔衆水卒擁河神上，同唱〕

【懶畫眉】層層迴浪鏡波瑩，照徹澄空水泓清，魚蝦淵底伏潛影。〔白〕華嶽首陽分，兩山通一津。巨靈擘上下，足跡記猶存。小神銷金灘河河神是也。肅理波濤之泛濫，掌管源濬之洄游。護田疇于四境，保堤塹于一方。今屆節令重陽，喜得秋汛安瀾，河清歲稔。小神查峻河道，恪遵職守，兹遇上界赤鬚火龍由銷金橋過，遭强受敵，小神理當呵護。奈别陰陽，爲此速引黑虎星鄭恩保駕。衆水從速往金橋灘河等候！〔衆應，同唱〕見了些飛鷗立鷺沙汀戲，望看虹梁駕碧津。〔下。院子隨張天禄、趙匡胤上。張天禄唱〕

【風雲會】山含别恨，水帶離聲。嘆陽關人斷送别長亭，早趂西風緊。見天邊鴻鴈(重)，不忍離群，嘹唳悲哽。雲碧花黄，淡日疎林，凄凉滿别情。〔白〕嗄，賢婿。這裏是十里長亭。古語云：送君千里，終須一别。願賢婿路途珍重，早到雄關，博得個顯達揚親，莫忘却糟糠貧婦。〔趙匡胤白〕岳丈説那裏話來。淮陰侯感一飯之德，尚酬千金。小婿顛沛窮途，荷蒙不棄，絲蘿相訂。《詩經》云：「投我以木桃，必當報之以瓊瑶。」〔張天禄白〕阿呀，賢婿，老漢只顧説話，竟忘了一件要緊事。〔趙匡胤白〕大人忘了何事？〔張天禄白〕昔年遇異人授我鑾帶一條，説他日有貴人到莊，將此贈之。〔趙匡胤白〕大人，這帶兒有何用處？〔張天禄白〕這帶兒麽，是仙家至寶，非同凡品。必須非常之人，方可得此非常之物。乃是一根神煞棍棒。〔趙匡胤白〕岳丈又來取笑了。這帶兒是柔軟之物，怎麽稱他棍棒？〔張天禄白〕原來賢婿不知？你日後創功立業，用着他時，只消迎風一縱，向地一摟，口中念聲「黄龍舒展」，立刻變成棍棒，在手中輕若鴻毛，着人一下重如泰山。賢婿若帶此寶防身，便可心神不亂。〔趙匡胤白〕嗄，有這等好處！如此借來一觀。〔張天禄白〕院子，將鑾帶送與姑爺。〔院子應。趙匡胤白〕⿰口五⿰口五⿰口五，是一條黄金錦織的帶兒。待俺來。黄龍舒展！咻，果然變了一條棍兒。妙嗄！晶瑩射目，閃爍驚心，好寶棍也！待俺順手使來。〔舞科。張天禄白〕賢婿好棍法也！〔趙匡胤白〕多承岳父大人賜此寶棍，小婿另當拜謝。〔張天禄白〕阿呀賢婿貴人，拜倒不消。你倘若要他還原歸本，只消四個字，説「神棍還原」，將他一抖，依然是條帶兒。〔趙匡胤白〕是。神棍還原！〔張天禄白〕外有白金二百兩，路途以作盤纏。〔趙匡胤白〕這厚賜，小婿不敢相領。〔張天禄白〕嗄，賢婿！〔唱〕嗏，不必固推遜，半子由來休教愁路貧。〔趙匡胤白〕岳丈如此美情，小婿謹領。岳丈請回步，小婿就此拜别。〔張天禄白〕方纔説過，這拜真個不消。〔趙匡胤白〕翁婿之禮，怎説不消？〔作拜科。張天禄唱〕嗄，賢婿！願來你不悉這情隱，貴人禮不矜，只因我命微福淺，願你平平安安驪駒早整(重)。〔下。天井下黄龍。趙匡胤白〕嗄，是什麽響？咦，你看半空之際隱隱是一黄龍旋繞，不知是何怪異？嗄，俺不免迎上前去看來。〔下。柴榮推車，山神拉科，上。柴榮白〕阿唷，咳！一不小心，偏偏這車兒陷入淺水淤泥之中。這便怎麽處？〔趙匡胤上，白〕遥觀頭上黄龍現，奇異眼前推傘人。嗄，這人頂現黄龍，日後福氣非凡，怎麽在此推傘車？漢子，你這車上貨重，陷入深坑，獨自一人，怎能推拽得動？可用在下帮你一臂之力！〔柴榮白〕嗄，行路客官，肯爲助力，感激不淺。〔趙匡胤白〕來來來，待俺來帮你。〔作拽車，山神下。柴榮白〕阿呀，好個有力氣的壯士！正謂：陷入污泥，得蒙提拔，小可深感高情。〔趙匡胤白〕豈敢。些須微勞，用力不多。請問這些傘兒推往那裏去發賣？〔柴榮白〕往關西一帶沿途貨賣。〔趙匡胤白〕我觀兄長相貌堂堂，怎麽作此微細經營？〔柴榮白〕嗄，壯士有所未知。〔唱〕

【五馬摇金】容我訴禀。先祖曾牧民，嚴親志逸不類縉紳。因此上棄儒書習營運，自愧才非力薄，庸劣無能。〔趙匡胤白〕兄言太謙。原來亦是世家子弟。請教尊姓大名。〔柴榮白〕小可姓柴，名榮，滄州横海郡人。還未領教貴姓。〔趙匡胤白〕在下趙匡胤，家居汴京。〔柴榮白〕嗄，莫非是趙指揮的公子麽？〔趙匡胤白〕不敢。在下正是。〔柴榮白〕久仰公子英名，令人企慕。今日相逢，三生有幸。不知公子何往？〔趙匡胤白〕在下有事亦往關西。〔柴榮白〕嗄，如此，作伴同行如何？〔趙匡胤白〕極好。〔柴榮白〕只是小可有這傘車遲累，猶恐不便。只怕使不得。〔趙匡胤白〕説那裏話。天涯孤客，同行甚好。〔柴榮白〕嗄，公子，〔唱〕偕伴同行，有幸緣分三生，豁若披雲願識荆。〔趙匡胤白〕豈敢。四海之内皆爲兄弟。既然同伴而行，毋得公子之稱，以後竟呼弟兄便好。〔柴榮白〕領教。嗄，趙兄，前面相離五里地名銷金橋。弟每到那邊，先要交過税銀，然後放行。恐有躭悮貴幹。〔趙匡胤白〕那邊有甚麽官長麽？〔柴榮白〕官長倒没有。〔趙匡胤白〕既非朝廷官長，誰人私敢納税？〔柴榮白〕是本處土棍，有弟兄五人，稱爲「金橋五虎」。手下有無數閑漢。但有客商貨物，要十分抽一，若少分毫，登時打死。〔趙匡胤白〕嗄，有這等惡人！兄長，如今只管放心，小弟保兄前行。他們若不放過，教他們認認小弟手段。〔柴榮白〕嗄，如此全仗趙兄虎威。阿呀，天色漸晚，我們趕到前面，尋個宿頭，細談心曲。〔趙匡胤白〕甚好。〔同唱〕正是天將漸晚，覓寓安身㊣。明日裏登程須迅。〔下〕

第七齣　拔樹救主

〔衆莊丁、董達、董通、董遠、董遇、董進上，唱〕

【出隊子】雁序分行㊂，個個懷揣心不良。弟兄豪霸佔橋梁，五虎威名播四方，狠似羅刹，戾若魔王。〔同白〕俺們董氏五虎是也。霸佔金橋，分抽土稅。今日乃初九日期，遠方客貨都要趕到這裏，明日逢十集場會齊。〔董達白〕二位兄弟。〔董進、董遇白〕大哥。〔董達白〕近有刁商滑販，他們私抄小徑，從九曲十八灣偷過。你們二人可帶領莊丁在彼東西巡察，倘有偷走漏稅之人，擒來見我。〔董遇、董進白〕是，謹領大哥命令。莊丁們，隨俺二人往十八灣去者。〔衆應，同唱〕五虎威名播四方，狠似羅刹，戾若魔王。〔同下。董達白〕二弟、三弟。〔董通、董遠白〕大哥。〔董達白〕俺們在此看守者。〔下。柴榮推車，趙匡胤拉車上，同唱〕

【鮑老催】途次相將，萍水相逢在異鄉。志同誼合論雌黃。打不脱名枷杻、利鎖韁，奔勞跋涉爲誰忙。英雄運屈癡呆像，一日時來名姓揚。〔曲内莊丁上。柴榮白〕嗄，趙兄，這裏就是銷金橋交稅之所，待小弟去納了傘稅銀兩，我們好推過去。〔趙匡胤白〕柴兄不要如此。你可推車直過橋去，他們倘來攔阻，你只說有個夥計在那邊，教他們向俺來討。〔柴榮白〕嗄，如此，小弟謹依尊命。喝，衆客們不要捱擠，讓我傘車過去。〔莊丁白〕呔，柴蠻子，今日你的貨物趕到了麽？〔柴榮白〕趕到了。〔莊丁白〕如此，將車兒歇下，交過稅銀再走。〔柴榮白〕嗄，我的銀兩在一位同伴夥計身邊，你們向他去要罷。〔莊丁白〕你的夥計在那裏？〔柴榮白〕在那樹陰下打盹的這一位紅臉漢就是。〔莊丁白〕嗄，你一向是個老寔人，諒來不會撒謊。如此，你過去罷。〔柴榮白〕嗄，是是是。〔推車下。莊丁白〕噲，漢子，漢子，醒一醒。噲，漢子醒來。你可是柴客人的夥伴麽？〔趙匡胤白〕呸，是他的夥伴，怎麽樣？〔莊丁白〕我們這裏有例交稅，他說銀兩在你身邊，你不用粧睡，上橋來交稅！〔趙匡胤白〕什麽稅？你們是那個官旨明文在此要稅？〔莊丁白〕我們不奉官旨明文，我們是土稅，比官旨還利害。〔趙匡胤白〕放屁！既不奉官，納什麽稅？休想！〔莊丁白〕你這漢子，難道不怕打麽！〔趙匡胤白〕俺不打你們就是造化。俺且問你們，那位柴客人去了什麽時候了？〔莊丁白〕過去了好一會了。〔趙匡胤白〕如此，你們閃開，讓俺走路！〔莊丁白〕走路不能！〔一莊丁白〕不要與他多講，拿他去見大郎。喝唷，此人兇煞煞利害，我們一齊來。〔趙匡胤白〕嗄，原來這班狗頭如此没用，稱什麽「金橋五虎」！〔董達上，白〕呔，那裏來的野人！俺來擒你！〔作戰科。董通、董遠上，接戰科，敗下。趙匡胤白〕嗳，這棍棒輕飄，不中使用。待俺來。〔解帶變棍科，白〕黄龍舒展！俺將這棍兒開張，與這一方除了害罷。呔，那裏走！俺來也！〔下。莊丁、董達、董通、董遠敗上。董達白〕喝唷，這蠻子十分了不得。俺們弟兄三人鬪他不住，不免誘他到十八灣中。那邊人多，還有四弟、五弟在彼，極其驍勇。不要說他一人，就有十個也不懼他。〔董通、董遠白〕大哥言之有理。我們依計而行。〔趙匡胤合戰下。鄭恩上，唱〕

【耍鮑老】日前偶遇遠方道長，他明八卦、算陰陽。却把容顏相道，俺熊腰虎背非凡狀，開疆展土登壇將。此話兒何曾忘。〔白〕咱鄭恩，日前那相面先生教咱不要遠處做買賣，就在這銷金橋一帶等候，必有天大飛來造化，一世富貴亦在其此。咱信他一半，疑他一半。今日天氣清朗，不免把咱裝香油的簍兒，順便帶到銷金灘河邊，去刷洗刷洗，免得這上頭膩膩垢垢、骯骯髒髒。爲此携帶在此。説話之間，已是河邊了。妙嗄，好一河清水，有趣，有趣。待咱來。〔衆水卒引河神暗上。鄭恩唱〕

【滴溜子】清水净，碧波光漾。油簍洗（重），攪濁渾漿。〔河神白〕待俺來顯個神通，引他去保駕要緊。〔内水聲，水卒扶油簍順流遶場科。鄭恩唱〕阿呀，霎時那簍兒漂蕩。〔白〕不好了，不好了，咱的衣食飯碗要丢了。你看看看這簍兒，油滑東西，他倒高興，竟往河心中頑耍。噲，簍兒，來來來！嗄，咱越叫他，他倒越溜得快。噲，簍兒。嗄，呸，不來。有了。待咱光着脚兒下河來抓你這驢球！〔唱〕憑你走萬里，俺能趕上。你逃到水府，與龍王筭賬。〔白〕噲，簍兒，簍兒，看你走到那裏，咱偏會趕到你那裏！〔下。衆莊丁綁四客商上，引董進、董遇上，同唱〕

【滴溜子】巡查緝（重），山灣水港。拿獲着（重），偷漏私商。將他押送回莊，拷打私刑法獻銀纔放。〔董進、董遇白〕你們這起膽大的私販子，擅敢偷漏銀税，從此小道抄越，今日被俺們拿住了。快快加十倍受罰，方能放你們。〔客商白〕阿呀，二位董爺爺，我們不敢漏税偷越。因是没本錢的經紀，不過在這山上偷伐些樹木，燒些子烟頭炭。原是趕到集上，希圖微利養家，並不是真正販炭的客人。〔董進、董遇白〕嗄，你們這起呢？〔二客商白〕咳，我們是在河灘邊摸些魚蝦鼈鱔，自己拿些鹽淹淹，趕到集上趁賣的。並不是淹魚淹鮝的客人。〔衆客商白〕只求二位爺爺饒恕我們，下次就知道了。〔董進、董遇白〕呸，你們這起會撒謊的，現在我拿得你們條炭幾挑、淹魚數擔在此，明明漏脱。莊丁們不要管他，你們將這兩起私販押解回莊，等候大郎回來發落。〔内喊。董進、董遇白〕咻，何處喊聲喧嚷？你們押解先行，俺們上前去看來。〔衆應，唱〕且押先回令候大郎。〔分下。董達等莊丁誘趙匡胤上，戰科。董達等敗。董進、董遇上，接戰。衆莊丁上，圍，下。董達、董通、董遠、董進、董遇、趙匡胤合戰，匡胤敗下。董達等追下。鄭恩上，白〕你這個油滑驢球真會跑。〔河神上，白〕黑娃子，今日乃重陽九日，英主在十八灣受敵，你速去保駕。〔下。鄭恩白〕嗄，那個在那裏説話？誰敢呼咱的乳名？吓，重陽九日英主受敵。阿呀，這是前日那位先生的話。果然應驗。咱鄭恩的時運到了。嗳，這油簍也不要了。待咱上岸去救了英主，日後就是一位王爺了。阿呀呀，既要保駕，拿什麽東西作兵器呢？咱的挑油扁擔又没有帶來，這便咱處呀？你看那邊有棵大棗樹，待咱拔他起來。〔作拔樹科，唱〕

【越恁好】除根去葉(重)，滴溜溜手内揚。如狼似虎，管教他一命亡。怒烘烘氣强(重)，恨不得狠支支一棍兒除却强梁。〔下。趙匡胤上，白〕阿呀，不好了。俺自恃武藝高强，被這厮們引入這灣曲地方，又不識路徑，俺一人怎能敵得多人？俺趙匡胤今番休矣！〔董達等追上，白〕呔，紅臉漢，那裏走！〔戰介。天井下龍形，匡胤打死董通。衆合戰，匡胤敗。鄭恩上，戰，董達等敗下。莊丁上，合戰。董達等追匡胤上，殺，鄭恩接殺，打死董遠、董進，董達、董遇接殺，敗下。鄭恩尋科，白〕嗄，這些驢球，死的死了，逃的逃了，好爽快，好爽快。咱的精神纔起，到没有得打了。〔匡胤白〕壯士，多蒙搭救，足感高誼。〔鄭恩白〕慢來，慢來，咱來看看。咻，果然是一位紅臉的。前日這先生有些意思。嗄，英主，鄭恩保駕來遲，望勿見罪。〔匡胤白〕請起。可惜這一位驍勇之人，情性有些獃傻。〔鄭恩白〕咱不獃傻。〔匡胤白〕蒙足下搭救，俺當拜謝與你，怎麼反與我下拜？又稱我什麼英主？可不是你的獃傻麼？〔鄭恩白〕你不是英主，咱錯認了？〔匡胤白〕不是。嗄，此言有犯干碍，説不得。〔鄭恩白〕嗄，説不得？如此，咱下次不説了。〔匡胤白〕請問足下高姓尊名？從何而來？〔鄭恩白〕咱姓鄭，名恩，山西人氏，賣油度日。前日有一相面先生，教咱今日到來，勤王保駕，説咱日後要封王位。所以來救你。咱多告訴了你，你也告訴告訴咱，姓什麽，叫什麽。〔匡胤白〕在下姓趙，名匡胤，汴梁人氏。因有事路過，遇一朋友柴榮。他係賣傘客人，適纔在金橋，被這班土豪欺負。爲此俺路見不平，要與民除害。感壯士成全其志，恐怕那朋友還在橋邊相等，我們一同出去罷。〔鄭恩白〕你不認得這山路，咱認識，咱帶你出去。〔匡胤白〕如此甚好。〔同唱〕

【尾聲】英豪相遇英豪壯，除霸鋤强扶善良。但願得掃盡豺狼保一方。〔下〕

第八齣　金橋除霸

〔梅香引董公、董婆上，唱〕

【沉醉東風】惜佳辰月來歲往。〔美英上，唱〕習馬射秋金節講，佩茱萸，土風尚。菊酒壽長，休悲慽秋思感傷。〔董公白〕雲碧菊花黃，〔董婆白〕楓丹草白霜。〔美英白〕棗糕宜作餌，〔同白〕風雨近重陽。〔美英白〕爹媽萬福。〔董公、董婆白〕罷了。〔董公白〕嗄，女兒，今日節届重陽，禮當在家酌酒茱萸，傳盃桑落。怎麽今日戎服全裝，想是又要出去試馬射獵麽？〔美英白〕不是。只爲前日九盤山九盤洞有位盤陀老母，遣門人到此，約孩兒今日往祝家墳前，借名登高，與孩兒比較武藝。若是勝得他，要我去傳授法術，做個門徒。〔董公、董婆白〕嗄，有這等事？但不知九盤山在于何處？〔美英白〕離此三十里之程。〔董婆白〕如此甚好。女兒，你五位哥哥只會武藝，不曉法術。你若習學成了，當早些回來，好好帮助你哥哥。〔美英白〕嗄，孩兒另有用處。丫鬟們，帶馬擡鎗，隨我往祝家墳去。〔梅香應，同唱〕風清氣爽，人精馬壯。登山應節，莫負韶光。〔下。董婆白〕女兒，早些回來嗄。女兒嗄，做娘的與你一别，只怕永無相見之日了嗄。阿呀，阿呀！〔董公白〕媽媽，我女兒就在左近學法罷了。又不是死别生離，要如此的小題大做？ 什麼永無相見之日了，又是什麼！ 嗄，不吉祥。 進去罷，進去罷。〔衆莊丁擁衆客商上，白〕走走走，這裏是自家莊院了。 嗄，大公大婆。〔董婆白〕什麼，什麼？〔莊丁白〕四郎、五郎在十八灣拿得兩起漏税私販的在此。 帶回莊上，將他們鎖禁，候大郎回來發落。〔董公、董婆白〕嗄嗄嗄，你們將他鎖禁後院空房便了。〔莊丁白〕是。 走。〔擁客商下。董公、董婆白〕好了，我們又要發些財了。〔下。柴榮推車上，唱〕

【尹令】越過這銷金橋碭，他信虛言不争擾攘。 我且停車待莫前往。〔白〕我方纔將言詞哄過橋來，他們竟信以爲實，去向趙公子要税。 諒他英勇，這一班狗頭决非對手。 阿呀，且住！ 只是獨自一人，怎生相敵？ 爲此我放心不下，在此停車相待。〔匡胤、鄭恩上，同唱〕天幸相將，除暴安民滅虎狼。〔柴榮白〕阿呀呀，好了。 趙兄來了。 勝負如何？〔匡胤白〕不要説起。 險些不能與兄相會。〔柴榮白〕嗄，爲何？〔鄭恩白〕你這個朋友，還要問什麼？ 多是爲了你，幾乎害了他。 你倒安安樂樂在此。〔柴榮白〕趙兄，這位是誰？〔匡胤白〕小弟方纔被這起毛賊引誘俺入了深山曠谷之中，四面賊衆圍遶。正在没法之際，多虧這位壯士前來救助。〔鄭恩白〕被咱幾棗樹兒多打得他們希爛。〔柴榮白〕嗄，多被這位打死了。 好個力量漢子，與這一方除了大害。〔鄭恩白〕咱們不要嘮嘮叨叨。 打了半日，肚饑口渴，咱們往前邊尋一村莊，吃喝一回再説話。〔匡胤白〕俺也肚中有些意思了。 請。〔唱〕

【桃紅菊】趁時光急奔羊腸(重)，遥望見一所莊院(重)，向前去求覓茶漿。〔鄭恩白〕好了，好了。 走了半日，並無坊店。且喜有所莊院，待俺前去取討些茶湯水解渴要緊。〔匡胤、柴榮白〕壯士說得是。我們也思量吃些。〔鄭恩白〕噲，有人麽？〔董公上，白〕什麽人？〔匡胤、柴榮白〕俺們是過路之人，走得口渴，求討些茶水，望老丈方便。〔董公白〕什麽要緊？客官們，把車兒歇下，請進草堂奉茶。〔匡胤、柴榮白〕阿呀，多謝了。〔鄭恩白〕咱不進去，就在這樹凉兒下站站罷。〔董公白〕說那裏話，還是請進奉茶。〔匡胤、柴榮、鄭恩白〕如此，老丈請。〔董公白〕三位請。〔匡胤、柴榮、鄭恩白〕老丈。〔董公白〕三位客官，莊丁看茶。〔一莊丁捧茶上。董公白〕三位請。〔柴榮、匡胤、鄭恩白〕好茶。〔柴榮白〕正謂渴來一滴如甘露。〔鄭恩白〕好熱茶。〔董公白〕怎麽樣？〔鄭恩白〕精淡。〔莊丁作見傘車會意科，白〕嗄，大公，這三位客官想來還未用飯的，肚中必然饑餓。大公何不留了三位吃個便飯如何？〔鄭恩白〕㕶，你這位小哥真正猜得着，肚中真餓了。〔董公白〕是嗄。三位在此，不嫌家常粗糲，用了飯再去。〔柴榮、匡胤白〕怎好叨擾。〔鄭恩白〕不妨。咱身邊倒有幾兩碎銀，擾了老丈，回來咱們算些飯錢就是了。〔董公白〕說那裏話。莊丁，你引三位到後堂去。〔莊丁白〕是。三位這裏來。〔柴榮白〕嗄，老丈，這貨車乞煩照看。〔董公白〕在我，在我。〔柴榮、匡胤、鄭恩下。董公白〕看此三人帶了一車貨物，想必也是偷橋漏稅的。爲此我假意慇懃，待茶留飯，好盤桓住他們。等我孩兒們回來，與他算賬。〔董達、董遇、魏青、魏明上，衆僂儸隨上，白〕强中更遇强中手，狠人偏有狠人魔。嗄，爹爹、老伯，怎麽在莊門外閑望？〔董公白〕阿呀，好了。大郎、四郎回來了。這二位是？〔董達白〕這是孩兒們結義的好漢，名唤魏青、魏明，全身武藝，驍勇異常。〔魏青、魏明白〕老伯，小侄這裏有禮。〔董公白〕不敢不敢，久仰威名。〔董達白〕爹爹，這傘車那裏來的？〔董公白〕方纔有三個客人推此傘車，被我看見，想來也是偷橋漏稅的。爲此我留他們在家，等孩兒們來作主。〔董達、董遇白〕阿呀，爹爹，這三人現在裏面麽？〔董公白〕在裏面。〔董達、董遇白〕你進去好好陪住他們，這是我們的仇敵。〔董公白〕嗄，有這等事？待我吩咐莊丁，將他傘車藏過了。莊丁那裏？〔一莊丁上，董公白〕你們將此傘車藏過了。〔莊丁應，推車下，董公亦下。董達、董遇白〕二位，你們各領僂兵暗伏莊前左右，待俺弟兄進去引誘出來，上前擒捉。〔魏青、魏明白〕謹依尊命。僂儸們，莊前左右埋伏者。〔衆應，分下。董遇白〕哥哥，俺們聚集莊丁，遶莊後門殺入，追出莊門，使他個前後受敵便了。〔董達白〕好計。我們就往莊後去者。〔下。莊丁引柴榮、匡胤、鄭恩上。莊丁白〕三位這裏來。〔柴榮、匡胤、鄭恩唱〕

【僥僥令】欣然蒙相待，邂遇感情長。〔莊丁白〕這裏是了。三位請少坐，待我去厨房中搬取飯來。〔下。柴榮、匡胤、鄭恩唱〕但只見寂静窗櫺院庭曠。〔衆客商内白〕咳，我們被他們拿住在此，盼殺我們父母妻兒了。〔柴榮、匡胤、鄭恩唱〕聽嘆吁聲在那廂，怨恨聲在這廂。〔鄭恩白〕什麽人在那邊叫嚷？待咱去看來。〔内客商照前叫科。鄭恩白〕呀，原來鎖禁空房之内。待咱打開問來。〔柴榮、匡胤白〕打進去。〔作打進科。衆客商上，白〕阿呀，董老爺爺，我們並不曾説什麽。這些貨物都願留下，只求放了我們罷。〔柴榮、匡胤、鄭恩白〕住了，住了。俺們不姓董。你們在那裏説些什麽？〔衆客商白〕嗄，原來不是。敢是這裏莊上管家大哥們麽？〔鄭恩白〕呸！咱問你們是做什麽的。〔衆客商白〕我們是小本買賣人，因漏交銀税，列位拿我們來的。〔匡胤白〕這裏是誰家莊院？〔衆客商白〕這裏董家莊。自家的莊院都不知道，到來問我們。〔柴榮白〕阿呀，二位，不好了，我們走到惡賊家裏來了。這便怎麽處？〔匡胤白〕不妨。有我二人在此。嗄，衆客人，俺們不是這裏人，也是被他們哄賺來的。待俺放了你們，少間若有動静，各尋傢伙，帮助除此一方之害便了。〔衆客商白〕是。全仗了。待我們去找尋棍棒來。〔下。董達、董遇上，白〕呔，紅臉、黑臉的，這回往那裏走！〔戰科。董達等敗下。董公、董婆上，白〕嗄，三位客官，飯就熟了，不要性急。〔匡胤、鄭恩白〕看棍！〔作打董公、董婆下。匡胤白〕來來來，柴兄隨俺來。〔鄭恩白〕嗄，原來你姓柴，怪不得不會動手。〔齊下。衆莊丁、客商上，戰。董達、董遇、匡胤、鄭恩上，戰。董達、董遇敗，魏青、魏明上，接戰。僂儸上，合戰。莊丁上，戰，下。鄭恩、董達上，戰，打死董達。僂儸、客商上，各對下。匡胤追魏明上，戰，打死魏明。魏青上，鄭恩打死魏青。僂儸、莊丁上，戰，下。董遇上，白〕阿呀，不好了！一家骨肉都被他們打死，偏偏妹子美英又不在家，少了帮助。嗄，俺不免逃走，去尋着妹子，再報此仇便了。〔匡胤、鄭恩上，白〕那裏走！〔戰科，董遇敗下。鄭恩白〕待咱追趕。〔匡胤白〕不可。他們雖然巨惡，留他一點宗嗣。〔柴榮推車上，衆客商各負包挑上，白〕好了，好了。且喜這一班惡霸都被我們除滅。〔衆客商白〕自此以後，銷金橋太平了。〔鄭恩白〕閑話少説。咱們肚中餓了，快到前面村店中買些吃食再講。〔衆白〕有理。〔同唱〕

【尾聲】今朝殄滅凶豪黨，天遣英雄手段强。任你五虎威名，須教一旦亡。〔同下〕

四段

第一齣　四郎報信

〔董遇上，唱〕

【滴溜子】從天降㊀，滅門大禍。魆地裏㊀，人亡家破。灾來如何藏躲。此身無逃避奔臨何所，不聽忠言，追悔當初。〔白〕俺乃「金橋五虎」董遇是也。今日橋頭來了兩個大漢，驍勇異常，把我們一家老幼盡行斷送。咳，俺想爲人行什麽霸，作什麽惡，悔不前日聽了我妹子之言。如今事已如此，不必説了。雖然俺逃了性命，又不知妹子往那裏去了。待我找尋着他，商量報仇便了。咳！〔唱〕此身無逃避奔臨何所，不聽忠言，追悔當初。〔下。魔囉仙姑駕雲上，唱〕

【賞花時】修煉山中伴碧梧，雲岫閑心出意無。您看那風起動淩波，猛可的一層雲靡，抵多少塵世勝蓬壺。〔白〕貧道魔囉仙子是也。學道九盤山，拜從盤陀老母爲徒。師父差我下山來，引化董美英上山學法。師父説他生來靈氣，具有道根，教我先要試他武藝如何，日後好帮助漢室劉崇。爲此預

期定約。今日在此祝家墳邊，與他比試一回。呀，遠遠望見他來也。貧道在此等候者。〔魔囉仙作跕石科，唱〕

【又一體】只看俺駕着祥雲離紫府，早來向幽村僻墓草荒蕪。〔衆梅香隨美英上，白〕丫環們。〔丫環應。美英唱〕您與俺急速向程途，期約呵既遣門人要早些兒會晤，不教他佇候望酸睃。〔魔囉仙白〕嗄，六姑真個不失信，貧道在此等候多時了。〔美英白〕有勞仙駕勞待了。〔魔囉仙下石。美英白〕仙姑。〔魔囉仙白〕六姑。〔見禮科。美英白〕小妹日前蒙仙姑訂約，不肯背爽，特來趨命。〔魔囉仙白〕足見信人也。貧道奉老母法諭，屈賢姑到荒山，欲將小術相傳。只是家師吩咐，要先與賢姑比較武藝。未知尊意如何？〔美英白〕既然仙師有命，焉敢不遵？〔魔囉仙白〕如此，領教。〔美英白〕好説。倘有破綻，乞求指教。〔魔囉仙白〕請。〔同唱〕

【鵲踏枝】也不用槌戰鼓旗旛摩，只要您手段高强膂力粗魯。俺是幼習學鎗刀用武，他是仙傳劍慣取頭顱。〔魔囉仙敗科，白〕咀。〔狼虫虎豹上。梅香對介，下。美英白〕仙姑，方纔原説的鬬力，並不是賭術。這仙法請收了。〔魔囉仙白〕只因賢姑武藝高强，貧道鬬不過，所以用此遮羞。〔美英白〕説那裏話。〔狼虫虎豹追梅香上。魔囉仙白〕咀。〔狼虫等下。美英白〕仙姑真好法術也！〔魔囉仙白〕六姑真好武藝也！就請上山。〔董遇上，白〕忙忙喪家狗，急急漏網魚。妹子，妹子，阿呀，妹子，不好了嗄！〔美英白〕哥哥爲何這等驚慌？〔董遇白〕阿呀妹子，不好了！我們一家父母兄長都被人打殺盡了！〔美英白〕怎麽説？〔董遇白〕父母兄長都被人打死了。〔美英白〕嗄。有這等事？阿呀！〔董遇白〕妹子醒來，妹子甦醒。〔美英白〕阿呀，爹娘嗄！〔唱〕

【小桃紅】聞言驚唬膽魂無，怎説起全家喪也。〔董遇白〕好了，醒過來了。〔魔囉仙白〕便是，咳，這是那裏説起。〔美英連唱〕痛得我碎裂肝腸、五内如銼、手足如墮。〔董遇介白〕請問仙姑是那裏而來？〔魔囉仙白〕貧道九盤山來。〔美英連唱〕阿呀，甚冤仇忒情毒害一家？何處來兇徒暴也？〔董遇白〕嗄，妹子，哭也無用，商量報仇要緊。〔魔囉仙白〕是嗄，商量報仇要緊。〔美英白〕哥哥，不知是何等樣人，這般狠毒？〔董遇白〕就是賣傘的柴蠻子帶來的夥伴，不知姓名，一個紅臉，一個黑臉，十分利害。〔美英白〕嗄，如今往那裏去了？〔董遇白〕他們原是爲肚中饑渴到我莊上來借喫的，想來他們去之不遠，必在前面黄土坡村店中喫飯。〔魔囉仙白〕你們二位去報仇料理，貧道暫爲作别。〔美英白〕仙姑何不幫我們一同去？〔魔囉仙白〕我去無用。況未奉師命，不敢擅開殺戒。〔美英白〕如此，仙姑先回寶山上覆師尊，説弟子遇了大禍，難以脱身，待料理殯殮後，即便上山拜從。〔魔囉仙白〕是，請了。仙緣還未遇，魔障早來纏。〔下。董遇白〕俺們快些回去。〔美英白〕阿呀，爹娘嗄！〔唱〕苦殺慘遭殞命，阿呀又誰知滅門殃。〔董遇介白〕來此已是自家莊院了。〔美英白〕嗄呀，父母兄長嗄！〔董遇白〕妹子，你看這些房廊教他們都拆燬的拆燬，打爛的打爛。還有些强霸來的金銀，也都被他們搶散了。咳，這是個報應咳。〔美英哭介，唱〕

【下山虎】見了些打塌房廊，燬爛堂廡，窗檻全損廢，斷櫺殘木。〔董遇白〕這不是爹媽的尸首麼？〔美英白〕嗄，這、這、這就是爹爹母親的尸首？ 嗄！ 阿呀！ 爹娘嗄！ 〔唱〕想着你撫育懷胎，劬勞乳哺，多應是兒輩牽連身喪苦。〔董遇介白〕妹子不要埋怨了，多是我們弟兄們不好，不肯改惡從善。〔美英連唱〕他們也多隨歸地府，撇下我没主女孩無奈何。 追想越悲鳴，惟有對天慟呼。 阿呀，我不報冤仇恨怎補。〔董遇白〕妹子，事已如此，也不要十分悲鳴，我們商量報仇。〔美英白〕哥哥，報仇也要且把爹媽尸首殮過一邊。〔董遇白〕也説得是。髩環們，都來帮擡，都來帮擡。〔美英唱〕

【五般宜】見此尸骸横淌未歸土，好一似亂塚荒墳相暴露，不由人相見淚如梭。〔董遇白〕妹子，尸以暫時掩殮，我們快快追趕着這三人，不然他們要遠遁了。〔衆梅香白〕姑娘，且住悲啼，我們快些趕上前去，好與大公大婆報仇。〔美英白〕咳，爹娘嗄！ 〔唱〕緊跟着魂靈影響暗中護，我速將仇人報覆，那時節少慰慟楚。 莫道是你鬚眉鐵漢，巾幗中也有女丈夫。〔白〕嗄，阿呀，爹娘嗄！〔下〕

第二齣　三英結義

〔柴榮、趙匡胤、鄭恩拉車上，同唱〕

【山麻稭】望酒帘飄似纛，喜殺人渴飲三鍾、思沽半壺，須臾店門何消幾步。〔鄭恩白〕二位，這裏有所酒店，喒寔寔餓了，要喫些酒飯再走。〔柴榮、趙匡胤白〕我們也是如此。嗄，店家，店家。〔店家上，白〕來了，來了。都是喫酒用飯的麼？〔柴榮、趙匡胤白〕請。〔店家白〕客人，你這車兒擱在這邊，我們有人照應的。〔柴榮、趙匡胤白〕請坐。〔鄭恩白〕不要拘禮，快快拿酒飯搬來。〔店家白〕三位用什麼菜？〔鄭恩白〕不論，不論，有牛肉切幾斤來，燒酒拿幾壺來。〔柴榮、趙匡胤白〕不拘葷素，隨意便了。〔店家應科。鄭恩白〕請嗄。〔柴榮、趙匡胤白〕請。〔唱〕但只見盃盤村俗，酒飯家常毋拘素。來。〔白〕請。〔作喫科。鄭恩白〕住了，住了。喒想起一樁事由來了。〔柴榮、趙匡胤白〕請道其詳。〔鄭恩白〕慢來，慢來。待咱再喫些，告訴你們。〔柴榮、趙匡胤白〕壯士，你量好，只管用。〔鄭恩白〕喒的量不好，量小。〔柴榮白〕用多少？〔鄭恩白〕喒飯量有限。〔柴榮、趙匡胤白〕多少？〔鄭恩白〕七碗。〔柴榮、趙匡胤白〕好量。〔鄭恩連喫科，白〕不喫了，不喫了。喒告訴你們，前日有一先生，他姓、姓、姓苗。他贈喒錦囊一個，教我相會趙兄，與你開看。〔趙匡胤白〕取來我看。〔作看科〕輸了轡帶山莫輸，賭去銀錢莫賭誓。下山黑虎保雙龍，黃土坡前來結義。嗄嗄嗄，二位，俺觀此柬帖已預定我們今日相會。那雙龍、黑虎之言，不可信他。教俺們結義弟兄，到是美事。〔鄭恩白〕嗄，那老苗教咱們三人結拜弟兄？使得，使得。自然你是老大，咱是老二，他是老三。〔柴榮白〕哈哈哈！〔趙匡胤白〕不是這等金蘭結盟，必須序齒。在座柴兄年長，自然是大哥。〔柴榮白〕不敢。〔鄭恩白〕嗄嗄，他的大哥，你的二哥，咱鄭恩自然是老三了。就是這樣，這樣。來來來，店家，店家！〔店家上，白〕客官有何話説？〔鄭恩白〕你們這裏可有香蠟紙馬鋪？〔店家白〕我們這黃土坡地方雖小，店鋪俱全。〔鄭恩白〕如此，你去代咱們去請一顆香，買一對蠟，請他一帖關王馬，就去。〔店家白〕是，曉得了。〔趙匡胤白〕嗄，柴兄長，我們還有片時躭擱，可將此傘車待小弟們帮你拉在院中來罷。〔鄭恩白〕不錯，待咱來。〔作推車下。店家上，白〕三位客官，香燭、神馬都買下了。〔鄭恩白〕點起來，點起來。〔店家白〕是。〔作點科。趙匡胤白〕兄長、賢弟請。〔柴榮、鄭恩白〕請。〔柴榮跪科，白〕弟子柴榮，年二十五歲。〔趙匡胤白〕弟子趙匡胤，年二十三歲。〔鄭恩白〕弟子鄭恩，年二十二歲。〔柴榮白〕我三人異姓，萍水相逢，只緣志氣交投，情願義同生死。對此皇天后土，結盟弟兄。倘有辜恩負義，伏祈神明鑒察。〔作拜介，同唱〕

【又一體】禮虔誠同伸訴，拜告神祇，無敢相負。只緣志同道合義和附，結生死金蘭訂譜。效比桃園，將今學古。〔拜畢科。鄭恩白〕店家，取酒來。嗄，大哥、二哥，咱們來喫盃義氣酒。〔莊丁、梅香引董遇、美英上，唱〕

【江神子】哭得我喉乾眼淚枯，從天降這場災悖我命存亡未卜，拚今番身見閻羅，决一死報仇慰父母。〔店家上，白〕不好了，不好了。三位客官，有無數男女打進店門來了。〔趙匡胤白〕不妨，有俺們在此。〔董遇白〕這裏是了，打進去。〔作進攢科，下。店家白〕不好了，不好了，夥計們走幾個出來。〔衆夥計上。店家白〕椅棹傢伙多被他們打得稀腦子爛了，我們趕上去捉住他幾個，教他們賠了便罷。〔夥計白〕不肯賠呢？〔店家白〕打。〔夥計白〕嗄。〔下。衆梅香引鄭恩上，美英接戰，鄭恩敗下，趙匡胤上，戰下。莊丁上，鄭恩追董遇上，作打死科。梅香續上，戰，下。美英追趙匡胤上，莊丁接戰，攢下。趙匡胤追美英，敗下。鄭恩、柴榮上，白〕好了，好了。這些狗男女，又教喒找補上了幾個。〔趙匡胤白〕嗄，鄭賢弟，那爲首的女娘鎗法精明，十分驍勇。愚兄險遭他手。〔鄭恩白〕嗨，那個女娘本是有本事的。〔柴榮白〕店家，你們打爛的傢伙，都是我筭錢賠還你們。〔店家白〕多謝客官們破費。〔柴榮白〕二位賢弟，我們走罷，省得又起波瀾。〔趙匡胤白〕兄長説得是。〔鄭恩白〕不妨。他們再來，喒再斷送他幾個。〔夥計推車上，白〕客官，貨車在此。〔鄭恩白〕來來來。〔作推車上，鄭恩白〕哪、哪、哪也不用筭了，都拿去罷。〔店家白〕是，多謝了。〔下。柴榮白〕嗄，二位賢弟走罷。〔同唱〕

【亭前柳】只爲把强鋤，願將良善扶。一場空鏖鬬，畢竟爲誰何。〔下。美英敗上，白〕阿呀，罷了嗄，罷了。〔唱〕痛苦，寃仇不能覆。戴天不共，切齒銘骨。〔白〕咳，不想俺董氏一家，如此結果。父母諸兄盡遭廢命，撇下我伶仃孤女，作何區處？嗄，也罷。不免且往九盤山學法，日後再爲報此大仇便了。阿呀，爹娘、哥哥嗄！〔唱〕

【尾聲】我原曾諫阻休爲惡，禍到臨頭不及圖。〔白〕阿呀，董美英嗄董美英，〔唱〕須索早拜盤陀，好將强暴屠。〔白〕嗄，阿呀，爹娘、哥哥！阿呀，爹娘嗄！〔下〕

第三齣　繫獄觀星

〔獄官王奇上，白〕

刑獄森森鬼夜嚎，蕭何凜凜律難逃。勸君莫犯王章法，條罪昭彰不肯饒。下官刑部獄官王奇是也。日前堂上發下犯官二員：一案通同山寇，大名總制竇溶；一案縱子行兇，檢點指揮趙宏殷。我想二公素秉忠貞，决無此事，其中必有因情緣故。咳，現今漢主幼弱，權臣當道，那正人君子不能立身。他們功勳大位尚然如此，何况下官這螻蟻微職？咳，不如在這虎頭門内行些方便，日後到可貽後子孫。正是：當權若不行方便，如入寶山空手回。今日官事稍閑，不免請他二公在一處敘敘，以消愁慮。嗄，竇總戎有請。〔竇溶上，白〕嗄，來了。〔唱〕

【引】冤抑何伸，這蕭牆禍平地波生。〔白〕司獄大人。〔獄官王奇白〕豈敢，豈敢。總戎公，總戎公請坐。〔竇溶白〕大人在此，犯官焉敢坐？〔獄官王奇白〕説那裏話。總戎公權司閫外，位任封疆，目下雖被株連，日後詳察自明。小官不過刑隸獄卒，職懸霄壤。請總戎台坐，小官應當侍候。〔竇溶白〕如此説，犯員遵命。請坐。〔獄官王奇白〕請。阿呀呀，待我來與總戎公卸下這枷杻。〔竇溶白〕這個使不得。這是朝廷法度。〔獄官王奇白〕不妨。在此處，小官作得主的。來。〔竇滔白〕大人呼喚犯員，有何話説？〔獄官王奇白〕嗄，特來報個喜信。〔竇滔白〕咳，犯員坐罪天牢，有何喜信？〔獄官王奇白〕正是要請問總戎公，這罪案可有些影響而起？〔竇滔白〕嗄，我的罪案麼，捕風捉影，不知從何而起。〔唱〕

【太師引】禍天來，此事真奇怪。〔獄官王奇介白〕那昆明山可有薛雲名字？〔竇滔連唱〕何曾有薛雲名在。〔白〕那日探馬報來，山寇作亂，我即時遣兵派將，一鼓蕩平。後來偶閲抵報，上抄昆明盜寇重興糾聚，説內有薛雲，係下官親戚。那時我即差家人去打聽，並没有什麼姓薛的在內。〔唱〕記當日兵征山寨，賊潰散、班師奏凱，却緣何桃僵李代，鹿作馬將罪名屈害。〔獄官王奇白〕如今是好了。日前史老將軍與總戎公辯罪明冤，請旨領兵到昆明山勦捕去了。那位老將軍韜略謀勇，必然破賊。候他成功回朝，有無薛雲，冤可白矣。〔竇滔白〕嗄，有這等事？〔唱〕清梟獍民安國泰。須知道鱣鯉渾濁要辨明白。〔禁子上，白〕忙將公務事，稟報掌牢廳。稟老爺，堂上交下失機縱寇罪將一員史宏肇，請老爺到蕭王堂收點。〔獄官王奇白〕嗄。〔竇滔白〕住了，罪將是誰？〔禁子白〕就是朝中史老將軍。〔竇滔白〕嗄，就是史老將軍。阿呀！〔唱〕

【又一體】這事緣何人難測，老名將怎失機師敗？老將軍呵，雖是他年華高邁，也不然他智憒神憊。〔獄官王奇白〕總戎公你且寬坐在此，待獄官出去詳問便知。〔竇滔白〕大人請便。〔獄官王奇白〕小官失陪。你隨我來。〔禁子隨下。竇滔白〕阿呀，奇嗄！史老將軍身臨百戰，智勇雙全，逢大敵而常勝之將。諒此山賊小醜，他焉能敗辱？ 呣呣呣，其中必有緣故。〔唱〕我且寬心寧耐，且待等詢探將來。〔獄官王奇上，白〕不好了，不好了。 總戎公！〔竇溶白〕大人詢聽得什麼事由？〔獄官王奇白〕原來史老將軍征捕昆明，一鼓而擒拿住賊首董虎、董豹。〔竇溶白〕大人可曾問及可有薛雲在内？〔獄官王奇白〕並没有什麼薛雲名字。〔竇溶白〕嗄。〔獄官王奇白〕將賊首打入囚車，解京獻俘。〔竇溶白〕這就成功了嗄！〔獄官王奇白〕他原是成功的了。 路過桃花山，忽然又來一起强寇，將這董虎、董豹竟搶劫去了。〔竇溶白〕嗄，竟又被一起强寇搶去了？ 難道老將軍罷了不成？〔獄官王奇白〕老將軍怎肯干休，追至山前，忽有大海阻住，賊寇多隱跡無踪了。〔竇溶白〕想來必有妖人弄術了。〔獄官王奇白〕便是。所以老將軍失機回軍，却被蘇平章作對，奏稱他故意縱寇，狥私悮國。〔竇溶白〕嗄。〔獄官王奇白〕如今反不能代總戎公辯白其冤，到又添出罪案也。〔竇溶白〕阿呀！〔唱〕聽此言令人驚擬，須知是妬賢良有狼豺。〔禁子上，白〕嗄老爺，老爺，錦衣衛大堂奉蘇平章鈞命，着明日早堂吊取竇老爺與史將軍面訊質証。〔獄官王奇白〕知道了。 總戎公，明日蘇平章會同刑司鞫問，二公虛寔自有公評。 此際天將晡晚，獄官還要各處點查。 禁子！〔禁子應。獄官王奇白〕你在此好生伏侍。 正是：離此幽刑所，〔竇溶白〕大人，犯員在此相送。〔獄官王奇白〕阿呀，不敢勞動。 又向黑牢房。〔下。 禁子白〕竇老爺，請到裏面歇息歇息罷。〔竇溶白〕使得。〔内作起更科。 竇溶白〕嗄，此時尚早，怎麼就定更了？〔禁子白〕這是牢獄内的規矩。 竇老爺，你看外邊天上星月都上了，其寔也不早了。〔竇溶白〕嗄，星月都上了。

〔禁子白〕星月都上了嗄。〔竇溶白〕嗄，是那裏聲響？〔禁子白〕是那裏響？嗄，竇老爺，是天上聲響。哪哪哪，在那西南角上。〔竇溶白〕嗄。〔星移科〕阿呀，禁子，你可曾看見？〔禁子白〕看見的，是一個大星星往西北上直移過去。〔竇溶白〕不妨在巨蟹之位、井宿之前，附耳鉞星忽然摇动者，主臣下伏法。咳，我漢朝必損一位功臣良將也。〔唱〕

【又一體】我仰觀天象見鉞星劃，正應着漢朝損將材。〔禁子白〕到要請教竇老爺，上天星象怎麽應起我們南漢朝的將材來？〔竇溶白〕你原來不知，文輔武弼即爲將相之星。適纔鉞星摇動，數日之間必損折一位功臣良將。〔禁子白〕功臣是那一位？〔竇溶白〕此亦天定，天機不可預洩。〔禁子上，白〕竇老爺，外邊夜凉，我們進屋裏去罷。〔竇溶白〕㖥，星露寒冷，金風透體，我們進去罷。〔唱〕可知是天意應該，難怪那奸讒弄擺。〔禁子介白〕竇老爺在此坐坐，待小人到各處去看看火燭再來。〔下。竇溶連唱〕我且在牢中守待，英雄志石沉大海。細思量這寃情怎剖解，須知是明鏡懸在烏臺。〔差官上，白〕上命差遣，蓋不由己。這裏是刑部大牢，禁子開門，禁子開門。〔禁子上，白〕來了。黄昏半夜，什麽要緊。〔作開監門科。差官白〕本官奉蘇丞相鈞令，先吊犯官竇溶到刑司候審。〔禁子白〕是。曉得了。老爺有請。〔獄官王奇上，白〕怎麽説？〔禁子白〕蘇丞相差官在此吊取犯人。〔獄官王奇白〕可有令箭？〔差官白〕有令箭。先吊犯官竇溶赴司聽審。〔獄官王奇白〕是。嗄，竇總戎，蘇丞相有令箭，先請候審。〔竇溶白〕嗄，先來提我？這奸臣又不知使何謀計也。既犯國法，焉有抗違？〔獄官王奇白〕貴差竇總兵交代。〔差官白〕嗄，是他麽？〔禁子白〕這個焉有替角兒的麽？〔禁子作開監門科。獄官王奇白〕禁子小心。〔禁子白〕是。〔下。竇溶白〕咳，罷了嗄罷了。〔唱〕

【尾聲】權奸毒計頻頻再，嫉忌賢臣耿介。〔白〕阿呀，皇天嗄皇天。〔唱〕自古的忠良多遭奸佞灾。

〔差官白〕走走走！〔下〕

第四齣　捏審入罪

〔衆衙役、牢子、校尉、胡介威、范質、徐信上，同唱〕

【點絳唇】雄振霜簡，冰心鐵面。司秋典職列刑憲，案牘三曹讞。〔白〕烏臺肅政會三司，七貴行垣號御史。德基抗廷慷慨諍，劉祥决獄嘆歔欷。〔徐信白〕下官锦衣衛都指揮使徐信是也。〔范質白〕下官都察院副都御史范質是也。〔胡介威白〕下官大理寺正卿胡介威是也。〔徐信白〕今日奉漢主聖旨，蘇太師鈞命，會同三司審問交通山寇、同謀逆叛竇溶一起。〔胡介威白〕併失機罪將史宏肇狥私縱寇，悮國辱軍。〔范質白〕二位大人，但不知有無薛雲虛寔事在，真假難詳。我們必須細心鞫察也，不可草率定案。〔徐信白〕范大人，事已有憑有証，那蘇參謀同在軍中，擒住董虎、董豹時，彼以面詢其寔，怎麽還説虛假？〔胡介威白〕二公不必争執。我們既受蘇太師委囑，就是將没作有些，何妨其礙？〔范質白〕胡大人説那裏話來。〔徐信白〕左右，吩咐帶通同謀叛逆犯竇溶聽審。〔衙役應白〕嗬。帶通同叛逆犯官竇溶聽審。〔衆應，帶竇溶上。衙役白〕犯官竇溶進。〔衆白〕竇溶當面。〔徐信白〕請聖旨。〔校尉應。竇溶跪介，白〕阿呀，聖上嗄，罪臣鎮守疆籓，赤心報國。數載已來，地方寧謐，即有宵小

之輩，罪臣立刻弭捕，並無有私通交叛之事。那山賊呵，〔唱〕

【梁州序】肆村劫掠，民間遭踐，客販商賈勒獻。爲此遣兵剿捕，曾經報捷軍前。只道安民弭盜、除暴鋤强，報國把兇頑剪。〔徐信、胡介威介白〕你説弭盜安民，你的親戚薛雲怎麽不擒來獻俘？〔竇溶連唱〕何來瓜葛親甚株連，那血口噴人罪極冤。〔衆合場唱合〕這逆天叛難由辯，通同山寇傳聞遍。〔竇溶唱〕大人嗄，這事兒誰憑見。〔徐信、范質、胡介威白〕據你説來，並没交通謀叛，也没有親黨薛雲？〔竇溶白〕阿呀，列位大人，犯官妻弟薛雲因遭家難，自幼分離。雖則逃亡在外，未卜死活存留，怎麽就眼見得薛雲是犯官妻舅？况那征捕昆明賊寇中並没姓薛之人，這捕風捉影之事，指鹿作馬之案，乞求列位大人詳察。〔范質白〕哞，這也説得是。〔胡介威白〕不是這樣胡賴的。少不得回來還你個知道薛雲的人便了，你且下去。〔衆衙役白〕下來。〔胡介威白〕帶失機罪將史宏肇。〔衆衙役白〕帶失機罪將史宏肇。〔作帶史宏肇上。衆衙役白〕犯官史宏肇進，史宏肇當面。〔徐信、胡介威白〕有聖旨。〔史宏肇跪科。徐信白〕史老將軍，你失機敗績，業以得罪，不該爲寮友而狥私縱賊，辱軍欺公悞國，這罪一發難辭矣。〔史宏肇白〕嗄，狥私縱賊，是你眼見的麽？〔徐信白〕下官雖非目覩，自有參謀蘇泌，他是眼見的。〔史宏肇白〕嗳，大將在外不得立功者，皆緣朝中權奸妬忌也。罪將領兵至昆明山，那些賊匪被俺一鼓生擒，並没遺漏一個。即時將賊首董虎等解京獻俘，以圖對証薛雲之事。罪將呵，〔唱〕

【又一體】抱忠誠秉性剛堅，開疆土功勛屢建。那狥情悞國妄議非言，真個是身臨百戰、司命三軍，何敢畏刀箭。因被邪弄術喪師旋，豈敢縱敵欺公罪犯愆。〔衆同唱合〕這逆天叛難由辯，通同山寇聞遍。〔史宏肇唱〕這事兒誰憑見。〔徐信白〕據老將軍説來，這縱放賊人無有憑據。左右，請蘇參謀。〔衆衙役應，白〕蘇老爺有請。〔蘇泌上，白〕當日軍前爲幕客，今朝勘獄問原因。列位大人。〔徐信、范質、胡介威白〕學士公少禮。〔蘇泌白〕呼喚下官有何詢問？〔徐信、胡介威白〕參謀同在軍營，昆明山有無薛雲，如今老將軍在此，參謀可當面質證。〔蘇泌白〕是。〔唱〕

【節節高】奉旨把賊殄整櫜鞬，提兵獲賊班師轉。通一線，狥私偏，元戎念。中途遭遇薛雲變，忽然週顧同寮面。懈兵慢將失軍機，喪師悞國罪無辯。〔史宏肇白〕參謀，别人冤我猶可，你是同旅軍伍，怎麽也這等含血噀人？嗄，是了，我史宏肇生不能啖汝父子之肉，我死必作厲鬼報之。〔蘇泌白〕阿呀，老將軍，你不要恨我。這是我直言公道。當日拿獲董虎、董豹，自言之，道薛雲奔避桃花山。日前老將軍在陣前面會這個少年，穿白的可不是他麽？怎麽你們一口同音，賴説並無薛雲名字？〔史宏肇白〕嗄，有薛雲？爲何我再三詢問鞫察，却又並無姓薛的呢？〔蘇泌白〕老將軍怕拿住薛雲，審出竇總兵通謀之事。這是你袒護着他，却害自己。〔史宏肇白〕此際也難與你分辯。〔徐信、胡介威白〕我們早已着人打探去了。〔内白〕旨意下。〔衆衙役白〕啓爺，旨意下了。〔徐信、范質、胡介威白〕將罪犯帶去耳房。〔衆衙役白〕走走，這裏來。〔下。徐信白〕學士公，暫請迴避。〔蘇泌白〕領命。〔下。大太監上，白〕聖旨已到，跪聽宣讀。據大平章蘇逢吉奏稱昆明山寇，遣使探聽，果有薛雲嫡係竇溶親黨，不思報國，結聯謀叛，罪僻難辭。史宏肇狥私悞國，袒護友情，以致喪師辱軍，縱寇滋肆，罪將失機，應律擬斬。參謀蘇泌雖列其職，不由任事，姑寬免罪。旨到三司，不必細究，謹將罪員口録供詞覆旨。謝恩。〔徐信、范質、胡介威白〕萬歲萬萬歲。〔大太監白〕咱家告辭。〔徐信、范質、胡介威白〕公公請坐。〔大太監白〕覆旨要緊。〔下。范質白〕二公可去覆命，下官偶發賤恙，不得奉陪。先别了。〔徐信、胡介威白〕嗄，范大人，我們三人一同去回覆蘇太師便好。〔范質白〕寔染小恙，不能掙闘，請了。打導。〔牢子喝下。范質下。徐信、胡介威白〕請了。好了，走了一個了。〔胡介威白〕過來，將方纔二犯官仍舊收監。〔衙役應，作吩咐下場科，白〕將二犯官帶去收監。〔内應。徐信白〕吩咐掩門。〔衆衙役白〕掩門。〔衆同唱〕

【尾聲】這場公案糊塗㪍，射影含沙害良賢。他博得個萬世留芳，標題青史篇。〔下〕

第五齣　派遣英豪

〔衆僂兵、僂將引董虎、董豹、薛雲、裴繼先上，唱〕

【粉蝶兒】義聚山崗，衆英豪義聚山崗。同心的待時來志向，恨殺那當道豺狼。他妬賢才、害忠正，良臣身喪，因此上俺暫避擾攘，擇英明保扶他開創。〔董虎白〕俺乃董虎是也。〔董豹白〕俺乃董豹是也。〔薛雲白〕俺乃薛雲是也。〔裴繼先白〕俺乃裴繼先是也。〔董虎、董豹白〕我愚弟兄多蒙裴大王賢兄妹答救上山，愧無寸報。〔裴繼先白〕好説。我們唇齒相連，唇亡齒寒，自應如此。况俺妹丈又在貴山，如同一家。〔薛雲白〕二位大王，彼此豪傑惺惺相惜，休説套言。〔董虎、董豹白〕薛賢弟，是雖是，嗄，只可恨那史老頭兒用兵忒利害些。那日賢弟又不在山，殺得我們叫苦哀哉。〔薛雲、裴繼先白〕史老雖則利害，他今日軍敗回京，那漢主想來也不能饒他。〔董豹白〕哼哼哼，也教他嚐嚐，問他下次可敢來犯俺們山寨了。〔報事僂兵上，白〕報。啓大王，僂儸打聽得薛大王姐丈竇總兵，三司勘問罪名以定，即日就要處斬了。〔薛雲白〕怎麽講？〔報事僂兵白〕竇總兵即日就要處斬了。〔薛雲白〕嗄，有這等事？阿呀，姐丈嗄，到是我薛雲害了你了。阿呀，兀的不痛殺我也！〔裴繼先白〕妹丈醒來，妹丈甦醒。

〔董虎、董豹白〕薛賢弟醒來，薛賢弟甦醒。〔裴繼先白〕再去打聽。〔報事僂儸下。薛雲唱〕

【南好事近】聽説甚驚惶，頓教人心慟感傷。那灾眚禍障，都由我貽累忠良。〔衆白〕薛賢弟，休得悲傷。俺們商量個計較，相救他便了。〔薛雲白〕嗄，列位大王，小弟既聞此信，肝腸碎裂。我姐丈這椿公案，多因是小弟遺害與他，心中何忍？也罷，待俺拼此微軀，即往汴京劫救法場便了。〔唱〕我投火赴湯，何懼他萬馬千軍壯。一身拼衆敵難攩，務救他出天羅地網。〔衆白〕你一人去，終于無用。待我們請你令姐出來，有何計較。〔裴繼先白〕過來，請竇夫人與姑娘上堂。〔僂兵白〕是。請竇夫人、姑娘上堂。〔衆女兵、薛氏、月英、丑、梅香隨上。薛氏唱〕

【引】山寨羈棲晨昏鞅掌，嘆茕茕骨肉參商。〔月英唱〕紅粉嬌粧緑林寄跡，止留得兄妹雙雙。〔薛氏白〕列位大王呼唤妾身有何話説？〔裴繼先白〕嗄，請親家夫人上堂，也無别事。只爲僂儸報到，説總鎮親家罪名已寔，即日就要——〔薛氏白〕嗄，就要怎麽？〔薛雲白〕姐姐，我姐丈即日就要處斬。〔薛氏白〕要處斬了？阿呀！相公嗄，阿呀！〔裴繼先、董虎、董豹白〕你們快些叫！〔薛雲、月英白〕姐姐醒來，姐姐甦醒！〔梅香白〕阿呀，夫人醒來，夫人甦醒！〔薛氏白〕阿呀，這便怎麽處？〔薛雲白〕姐姐放心。這禍事原爲兄弟而起，待兄弟拼身到臨刑之日，仗俺膂力驍勇，獨自劫搶法場便了。〔薛氏白〕這抗違君命之事，只怕使不得。〔梅香白〕喝唷！夫人，事情到了這地位，你老還要講究忠臣節義。這都是奸臣蘇逢吉作對，陷害喒們，難道老爺教他白白的害死不成麽？〔董虎、董豹白〕是嗄。

况俺們這個地方不是講究仁義道德的。夫人，有喒們弟兄們在此，包管要救竇總兵回來。〔梅香白〕列位大王，要救咱們老爺，怎麽救法？〔裴繼先白〕點兵下山，殺進汴梁。〔梅香白〕點兵下山？〔裴繼先白〕點兵下山。〔梅香白〕殺進汴梁？〔裴繼先白〕殺進汴梁。〔梅香白〕嚇，喒們這裏點兵下山，自然熱鬧得了不得。一路上軍威浩蕩，他那邊早得了信了，必得遣兵禦敵，把城門關得嚴嚴兒的。咱們兵馬怎麽個進去，如何能相救？〔裴繼先等白〕依你到有什麽主意麽？〔薛氏白〕你這丫頭家曉得什麽。〔月英白〕姐姐，我們也不要小覷與他，容他説。〔衆白〕是嗄，你且想個計較。〔梅香白〕衆位大王念過書没有？〔衆白〕我們麽，到没有。〔梅香白〕這麽，聽見過古人詞没有？〔董虎、董豹白〕嗄，是《綱鑑》嗄。〔梅香白〕噯，胡鬧，《綱鑑》是《綱鑑》，古人詞是古人詞。那《綱鑑》是忠臣孝子千准萬確，古人詞是編謊謡言。我聽過一回。也是一位忠良老爺教奸臣陷害，那一日他老臨刑上法場之時，有個什麽山，山上有一起强盗。〔裴繼先白〕呸，是大王。〔梅香白〕嗄，不錯不錯，是大王，是大王。他們義氣不忿，商量劫奪法場。〔衆白〕怎麽樣商量？〔梅香白〕假扮九流三教，做買做賣。也有粧算命打卦的，也有粧和尚道士化緣的，也有粧要飯喫的花子，也有粧走闖江湖賣藝業的。三個一群，五個一夥，這纔混進關城，到那臨期之日，約會暗號，一齊動手，這纔得呢！你們大王們不信，可要唱個篇，你們聽聽？〔作唱篇科。裴繼先白〕好，有音兒！我們也就効學古人詞如何？〔薛雲、月英白〕事在緊急，速速計較便好。〔董虎、董豹、裴繼先白〕我們就依梅香這個主意。〔梅香白〕依我主意，這劫法場軸子唱定了。

先派角兒要緊。〔裴繼先、董虎、董豹白〕什麼角兒？〔梅香白〕粧扮九流僧道、買賣江湖這些角兒。〔裴繼先等白〕誰派呢？〔梅香白〕我知道誰派呢。〔裴繼先等白〕就是你派罷。〔梅香白〕好嗄。來説是非者，就是是非人。這派角兒的事就是我管。〔裴繼先等白〕就是你。〔梅香白〕罷呀。誰教我能者多勞。列位大王，容奴家先起個草稿題綱。〔薛氏白〕賤人，事情緊急，只管多言。要派快些派嗄。〔梅香作渾科，白〕夫人，你要緊，先派你老，先派你老，是個正角兒。〔裴繼先等白〕嗄，夫人是正角兒。〔梅香白〕什麼話！是咱們家的事由兒嚜。夫人可懷中揣着個公子，身上穿得繿繿縷縷的，扮一個叫化貧婆。先進汴梁城，到刑部天牢假言送飯探監，約會咱們老爺，教他放心。到那個時候，夫人護了老爺先出關城，官兵追來，夫人攩住。〔裴繼先等白〕好嗄。這小梅香竟會調兵。〔梅香白〕舅老爺，你老來嗄。〔薛雲白〕我扮什麼？〔梅香白〕你老現成的故事兒，也是古人詞上聽下來的。〔薛雲白〕什麼？〔梅香白〕薛雲賣拳，粧個賣拳脚、打把式的。〔裴繼先等白〕薛勇賣拳。〔梅香白〕嗳，只要串關好，不管有白字。永雲一個味兒。〔薛雲白〕㖿，這到使得，合我胃腕。〔董虎、董豹白〕我們呢？〔梅香白〕不敢相勞。〔董虎、董豹白〕怎麼我們難道没有本事麼？〔梅香白〕不是。二位大王是外客，咱們多是親戚里道，不怕。〔董虎、董豹白〕梅香，你派我們去，第一爲朋友義氣，二來待俺們見見汴梁風景。〔梅香白〕二位大王真個要去？〔董虎、董豹白〕要去。〔梅香白〕大大王粧扮做打唱蓮花落。〔董虎白〕唱蓮花落？我會。巧了，不瞞列位大王，説我弟兄二人未曾做這昆明山大王的時節，原是個走闖江湖唱蓮花落的。呸，他到派巧了。〔董豹白〕我呢？〔梅香白〕嗄，二大王粧忘八。〔董豹白〕唬唬唬，該打，該打。怎麼我就粧起忘八來？〔梅香白〕你老不要着急。不是真忘八，是假扮唱秧歌花鼓連相上的丑兒。〔董豹白〕是了，俺明白了。那打唱花鼓上的打鑼的嗄。〔梅香白〕是了，是打鑼的。〔董豹白〕如此，誰扮打鼓的呢？〔梅香白〕我想想，這是個女角兒。嗄，有了，奴家自荐。〔董豹白〕嗄，你配我？〔梅香白〕這是我的正角，你是配角。〔董豹白〕罷了，要救竇總兵，説不得扮扮罷了。〔梅香白〕這纔是爲朋友而粧忘八，忘八無怨矣。〔裴繼先白〕嗄，二大王這個角兒你怨不怨？〔董豹白〕我不怨。〔梅香白〕嗄，都有了角兒了麽？〔裴繼先白〕梅香，我們兄妹二人還没有。〔梅香白〕嗄，咱們親家爺還没有角兒，舅奶奶還没有角兒。扮什麽呢？這麽罷，你們二位各人想罷。〔裴繼先白〕我們因爲想不出，纔用着你。〔梅香白〕有可有個角兒，只是你們爺們不要抱怨。〔裴繼先等白〕我們多説過的，無怨。〔梅香白〕無怨。嗳，天氣熱，罷了。〔裴繼先等白〕不妨，快些派嗄。〔梅香白〕是了。有了這一當，可費勁。〔裴繼先白〕什麽？〔梅香白〕天熱，罷喲。〔裴繼先等白〕不妨。〔梅香白〕舅奶奶，梅香先告個罪兒。〔月英白〕你説教我扮什麽？〔梅香白〕你老馬上能不能？〔裴繼先白〕他能的。〔梅香白〕這麽，舅奶奶扮個走馬賣解跑解馬的，親家爺帶領僂兵哥兒們扮個蹬梯、要罈、走索、跳圈、十錦雜耍。咱們不用一群一夥，溜溜兒的過關，把這些頑意兒弄點子與他瞧瞧，他老必放，比這大起僂兵如何？〔裴繼先等白〕妙計，妙計！

〔薛雲、薛氏白〕阿呀，蘇逢吉嗄，蘇逢吉，那時教你遇着俺們呵，〔唱〕

【叫聲】俺這裏准備着鋭刀鎗，誅盡絶這一群佞黨(重)，方息我這恨胸臆、氣膀胱，且緊急行令速上汴梁。〔梅香白〕親家爺，我梅香角兒可派定了。請你老叫叫名字，我們好去扮角兒。〔薛氏白〕請大舅兄發令。〔裴繼先白〕嗄，我發令？〔董虎、董豹白〕大王是山寨之主嗄。〔裴繼先白〕如此，小弟佔了。竇夫人聽令。〔薛氏白〕有。〔裴繼先白〕可帶隨來院公爲伴，沿途扮作乞食貧婆模樣，先到汴梁進監約會。臨刑之期，夫人可向前砍倒劊子手，保護總鎮竟奔西關。〔唱〕

【南好事近】莫露好行藏，粧扮做貧婆模樣。衣裙繿垢，手提携破礶荆筐。〔薛氏白〕得令。〔裴繼先白〕妹子月英聽令。〔月英白〕有。〔裴繼先白〕汝可揀選女僂兵數名，挑擇好馬幾匹，扮做走馬跑解之人，混進關城。臨期之日，在法場東首殺進，先將那監斬官梟首示衆。〔唱〕先將示强，衆軍兵無主心膽惕。殺他行片甲無留，須教他血染沙場。〔月英白〕得令。〔女兵引薛氏、月英下。梅香白〕阿呀，夫人走了。二大王回來，叫着咱們的名字，你老替我答應一聲。〔下。裴繼先白〕妹丈聽令。〔薛雲應。裴繼先白〕與你精壯僂兵四十名，可扮做賣拳把式，混進汴梁。臨期之日，殺進法場西首，殺散護衛官軍，搶奪令親要緊。〔薛雲應。裴繼先唱〕

【石榴花】領一隊英雄年少猛兒郎，膂力要精强。他那裏千兵萬馬豈尋常，到臨期須奮壯，搶劫逞匆忙。〔薛雲白〕得令。〔僂兵引下。裴繼先白〕董氏賢昆仲聽令。〔董虎、董豹應。裴繼先白〕煩二位大王改扮江湖頑藝金錢蓮花，二大王與梅香扮爲鳳陽花鼓，到汴梁關城遊街打唱，探熟路徑。臨期之日，二位在西關左右殺散城門校將，放出劫奪法場衆好漢，方可回山。〔唱〕粧做個江湖慣走把蓮花唱，花鼓名出鳳陽，不住的近城廂，好教恁斬關落鎖他莫隄防。〔董虎、董豹白〕得令。〔裴繼先白〕衆頭目。〔僂將應。裴繼先白〕你們在山好生看守，我等就回。〔僂將應。裴繼先白〕二位大王，請往後寨改粧。〔董虎、董豹白〕大王請。〔梅香急上，白〕不好了，不好了。我悮了，我悮了。親家爺叫過我的名字没有？〔董豹白〕叫過了。我替你代應的。〔裴繼先白〕請。〔董虎、董豹白〕請。〔下。梅香白〕哼，這是那裏説起。自己派角兒，自己會悮。〔渾科，下〕

第六齣　僞混關城

〔將校、軍卒上，唱〕

【字字雙】朝廷命我管城墻、城墻，〔軍卒白〕城門。〔將校白〕叶韻。〔軍卒白〕老爺只顧叶韻，曲文不通了。没有什麼管城墻的。〔將校白〕晝夜辛勤日夜忙、夜忙。〔軍卒白〕老爺，這句更不通了。有了日夜，又用什麼晝夜。晝夜就是日夜，日夜就是晝夜，重叠了。〔將校白〕湊字。〔軍卒白〕湊什麼字？〔將校白〕湊成七個字成句。管他通不通，只要湊字成句。〔軍卒白〕老爺，底下的句子呢？〔將校白〕底下没有了。〔軍卒白〕不像話。嗄，我常聽「字字雙」的牌名兒，還有幾句。〔將校白〕没有了，這是格式。〔軍卒白〕嗄，編不下了，又是格式。〔將校白〕是「又一體」。〔軍卒白〕胡説。〔將校白〕嗄嗄，怎麽你來挑册我嗄？〔軍卒白〕什麽？〔將校白〕挑册我。〔軍卒白〕又是一個白字。〔將校白〕不要管我。〔軍卒白〕老爺，你方纔唱的重字是什麽字？〔將校白〕夜忙。〔軍卒白〕日夜忙，夜忙，三個字句唱兩個字。〔將校白〕這是深意。〔軍卒白〕什麽深意？〔將校白〕你想，我是個看城的，自然夜裏要巡更、查夜，是夜裏比日裏忙，這是深意。〔軍卒白〕你老還有什麽講究没有了？〔將校白〕還有古典出則。〔軍卒白〕爲什麽不用？〔將校白〕我嘴裏用不着，不與你多講，我要通名了。下官城門將校是也，奉蘇太師鈞命，派我管守西門。只爲趙指揮之子趙匡胤殺了女樂逃匿無踪，爲此各城門嚴加隄防出入之人，務要留神仔細。下官職守其任，倍加辛苦。起先只道是個苦差，如今道也罷了。苦盡甜來，有什麽買賣人出進到可分抽些小利。哈哈！過來。〔軍卒應。將校白〕今日早關可曾放過什麽人？〔軍卒白〕小的們早起，放了幾個撿糞掏毛厠的進去。〔將校白〕可曾分抽他些？〔軍卒白〕與老爺留下了。〔將校白〕好可托。〔軍卒咲科。將校白〕不要咲。嗄，你們這些蠢才，不知道聚少成多，積攢在那裏，也可以賣得錢的。〔軍卒白〕老爺好算盤。〔薛氏內應，白〕苦嗄。〔軍卒白〕老爺，你看那邊來一起要飯喫的花子婆來了。可要留他些什麽過關？〔將校白〕自然問他可有什麽剩菜剩飯，留他些喂貓狗也是好的。〔薛氏、女兵、院公扮花子、乞婆上，唱〕

【南千秋歲】爲夫郎，扮做個貧婆模樣，一聲聲乞食喉嗓。老爹奶奶、老爹奶奶肯施捨，不拘是残菜剩漿。〔軍卒白〕呔，花子乞婆往那裏去的？〔薛氏、院公白〕我們是進城去求乞的。〔將校白〕你們爲什麽不在城外討？〔薛氏、院公白〕城外財主少，城裏富户多。求老爺早些放我們進去罷。〔將校白〕你們幾名？〔薛氏、院公白〕三人。〔將校白〕告訴你們，早些出城來。〔薛氏、院公白〕是，曉得。〔將校白〕放他們進去。〔薛氏、院公、女兵進城下。薛雲、僂兵上，白〕走嗄。〔唱〕擺架式江湖闖，賣技藝耍拳棒。到處朋友仗，遣悶陶情，作戲逢場。〔軍卒白〕你們這起人是做什麽的？〔薛雲等白〕我們是賣藝業、耍拳棒的。〔將校白〕到那裏去？〔薛雲等白〕進城赶會。〔將校白〕這幾日没有什麽會嗄。〔薛雲等白〕老爺，汴梁城中是個大地方，五方雜處，人烟湊集，賽過是天天有會。求老爺放我們進城賺幾個錢來，買點子喫食、東西孝敬老爺。〔將校白〕呸，只怕你們這起人不是賣拳棒的罷。〔薛雲等白〕老爺不信，可要耍幾樁與老爺看看？我們還會頑藝戲法哩。〔將校白〕罷了。我老爺不要你們孝敬，到是做幾樁頑藝兒與我瞧瞧罷。〔薛雲等白〕是。夥計，打起鑼鼓來。〔作打把式科。將校白〕好極了，好極了。放他們過去。〔下。董虎、董豹、梅香上。董虎、董豹白〕老爺爺，咱們也是頑藝人，不用關城了，一起兒放俺們過去罷。〔將校白〕你們這三個人男女混雜，什麽頑藝人？〔梅香白〕住了，住了。待我來先。請老爺安。老爺，你老好。我們是打唱花鼓蓮花落的，老爺愛聽那一樣，請老爺點戲。〔將校白〕教我點，我不懂。嗄，你們是昆腔、弋腔？〔梅香白〕咱們是亂彈弦索腔。〔將校白〕你們拿這鑼鼓幹什麽的？〔梅香白〕老爺，咱每是兩夥計打唱花鼓的。〔將校白〕好極，妙，我老爺最愛聽你們唱來。〔梅香作渾科，董虎粧公子科。將校白〕放他們進去。〔下。裴繼先、月英、女兵上。裴繼先白〕老爺，咱們有新到絶好的頑藝兒，老爺可要瞧瞧？〔將校白〕你們是什麽人？〔裴繼先等白〕跑馬賣獬。〔將校白〕使得，使得。〔將校白〕好好好，放放放。〔作開放城科。將校白〕有没有了？〔軍卒白〕没有了。〔將校白〕阿呀，我纔提興，怎麽就没有了呢？我們進城。〔作進城下。内白〕馬來。〔差官上，唱〕

【四邊静】遵傳鈞令急匆忙，火速乘馬上，遍諭各城廂，嚴緊莫容放。〔白〕自家奉蘇太師鈞令，道明日爲斬欽犯史宏肇、竇溶二將。他們俱係武臣，怕有他手下有故將舊兵生變，又慮桃花山這一起強寇劫奪。爲此命小將往各處城門更加嚴緊。這裏是西關了。呔，守城校將！〔將校白〕來了，來了。尊官何處上差？〔差官白〕我奉蘇太師鈞命，教你城門上嚴加緊慎，不許放進面生異樣之人。如違重處！〔將校白〕是是是。〔差官白〕俺還要到各門去傳諭哩。〔唱合〕守禦隄防，嚴查來往。爲斬功臣將，怕有劫法場。馬來。〔下。將校白〕阿呀，了不得了。這個令有些老相公看拐兒。〔軍卒白〕什麼看拐兒？〔將校白〕來遲了。都以教我放進去的了。咳，來遲了，來遲了。〔下〕

第七齣　劫奪法場

〔劊子手上，白〕寒風凛凛吹人哭，淡日黯黯照鬼愁。俺們乃行刑劊子手是也。今日爲斬犯官二員，奉本司大老爺之命，教我們在此伺候。〔内喝導科。劊子手白〕呀，言之未已，那邊監斬老爺與押護官兵將次來也。〔吹打，劊子手、小軍、將官引單全斌、方志、胡介威上，唱〕

【引】王章法律休輕藐，掌刑案奉命監曹。〔胡介威白〕下官大理寺卿胡介威是也。〔方志白〕俺護軍團練使方志是也。〔單全斌白〕俺中營城守司單全斌是也。〔胡介威白〕下官奉命監斬逆犯史宏肇、竇溶。他二人久操兵權，爪牙不少。蘇太師慮恐他變，爲此又着二位將軍點禁軍五百押護法場。二位將軍須要仔細。〔方志、單全斌白〕末將等知道。〔胡介威白〕劊子手！〔劊子手應。胡介威白〕犯官可曾綁下？〔劊子手白〕綁縛停當，候大老爺判筆招由。〔胡介威白〕你們將他二人押赴市西，沿途仔細。〔劊子手應白〕嗄。〔胡介威白〕衆將官護衛小心！〔衆白〕嗄！〔小軍引單全斌、方志、胡介威下。劊子手白〕嘚，閑人站開，二位老爺有請。〔史宏肇、竇溶上，遶场科。劊子手白〕站定了。〔史宏肇、竇溶白〕阿呀，皇天嗄皇天，不想一世忠良、半生清白，今日遭此污名喪節。日後有誰來雪洗奇冤也！〔同唱〕

【新水令】甚來由犯法赴西郊，一世价空爲忠孝。權臣舌弄劍，良將頸湌刀。俺怨氣冲霄，到陰司作勵鬼必把冤相報。〔劊子手白〕喝，閑人跕開嘎。〔將官擁下。薛氏、院公、女兵上。薛氏白〕阿呀，苦嘎！〔唱〕

【步步嬌】痛苦傷心腸如絞，疾步迎來早。我急速探刑牢，假扮貧婆，沿街乞討。〔白〕嘎，院公，且喜我們混進城關。只是方纔聞得人說，道我相公今日就要臨刑，只怕這監中去不及了。〔院公白〕便是。我也打聽如此説。夫人，我們只做活奈老爺，捱進法場，先要緊救出他，待我駝着夫人斷後。那怕這些没用的官兵。〔薛氏白〕嗨，你説得是。〔唱〕我和你着意莫粗鹵，須加仔細將官囚掠。〔院公白〕是。夫人，我們往那邊走。〔下。將官、劊子手擁竇溶上，唱〕

【折桂令】恨殺那權佞奸曹，他没影無踪把罪案輕剽。那何曾有薛雲爲盗，幾番价去探聽音渺。這的是着甚根由，污我遺臭名標。〔下。將官、劊子手擁史宏肇上。劊子手白〕閑人跕開，閑人跕開。〔史宏肇唱〕好男兒志與天高，俺這忠義皎皎，抵多少開基創業建勛勞。今日個夢醒黄粱，只落得回首嚎啕。〔將官、劊子手擁下。衆僂兵、女兵、薛雲、裴繼先、月英上，唱〕

【江兒水】遍聽傳聞語，英雄心急焦。我等分頭各自遵令號。〔裴繼先白〕阿呀，衆位嘎！〔唱〕你們鎗錘暗匿刀藏鞘，臨時奮勇施强暴。〔僂兵白〕得令。〔薛雲白、月英白〕禁聲。〔僂兵、薛雲下。裴繼先白〕妹子。〔合唱〕衝破官軍圍遶，努力凶驍，先須把將主砍倒。〔女兵、月英、裴繼先下。小軍、將官引單全斌、方志、胡介威上，白〕吩咐劊子手，把犯官帶上來。〔小軍白〕將犯官帶上來。〔劊子手應，推史宏肇、竇溶上。胡介威白〕咳，你們二人狠了一世，也有今日。這忠臣原是難做的嘎。〔史宏肇、竇溶白〕咗，佞狗！〔唱〕

【雁兒落帶得勝令】罵您那佞讒狗尾動摇，夜乞憐白晝裏將人驕。害賢良嫉妬邀榮禄，少不得冰山勢有日消。〔方志、單全斌白〕胡大人，你何苦惹他們罵這一場？〔胡介威白〕二位將軍，你不曉得，這種人就是嘴利害。死在傾刻，還不曉得。〔史宏肇、竇溶白〕呀呀呀，呸！〔唱〕呀，您道俺須臾死還不曉，覷身命等鴻毛。俺雖死博得個留芳於世，您偷生吮癰疽遺臭騷。〔胡介威白〕又罵了，又罵了。我知道你們二人也没有出本，只好罵人出氣的了。〔方志、單全斌白〕大人嗄，鯫人好做，就是挨罵難當。〔胡介威白〕罵又不痛的嘿，什麼要緊。〔史宏肇、竇溶唱〕您那奸梟，自古道善惡終有報，俺英豪赴泉台含頤笑。〔薛氏、女兵、院公上，唱〕

【僥僥令】急急投市曹，活活來相弔。止有這半陌紙錢飯一瓢，活祭奠，紙錢燒。〔劊子手白〕吠，下去！那裏來的花子乞婆在此混帳！〔薛氏、院公白〕哀求大哥，我們竇府下人念及主人恩義，帶有紙錢羹飯，特來活祭的。望大哥方便。〔内白〕午時了。〔胡介威白〕開刀。〔劊子手作斬史宏肇科，白〕獻首級。〔院公、女兵出刀科，白〕開刀。〔作斬劊子手，薛氏戰科。院公背竇溶下。薛雲、裴繼先、月英、僂兵上，合戰科。小軍、僂兵戰下，將官隨胡介威上，白〕不好了，不好了！不知那裏來了一起劫奪法場之人，下官又打不過他，怎麼好？〔將官白〕老爺你應酧幾下罷，我給你傢伙。〔董虎、董豹上，白〕那裏走！〔戰科，下。院公背寶溶上，白〕好了，好了。老爺，這裏清净，老爺請坐。〔寶溶白〕嗄，你是老院子嗄。〔院公白〕小人正是。〔寶溶白〕你們怎生有此多人來劫救與我？〔院公白〕老爺，此話細長，消停容禀。如今夫人與舅老爺擋住在後，我與老爺快奔西關，那邊還有人馬在彼接應。〔寶溶白〕住了。那個什麽舅老爺？〔院公白〕舅老爺薛雲。〔寶溶白〕嗄，果然有個薛雲麽？阿呀，聖上嗄，罪臣死有餘辜也。〔唱〕

【收江南】呀，罪孽臣死罪應難逃，果然有親戚黨犯違條。因甚的干戈妄動摇，坑殺人不忠亂賊罵名表。〔白〕也罷。待我轉去，自投受戮，或者免得這滔天罪過。〔院公白〕老爺那裏去？〔寶溶白〕回到法場，引頸就戮。〔院公白〕老爺，你回到法場引頸受戮，那個動手？〔寶溶白〕有行刑劊子手。〔院公白〕老爺，你還不曉得麽，劊子手、監斬官一齊都被我們殺了。〔寶溶白〕嗄，都、都、都被殺了？〔院公白〕是，都被殺了。〔寶溶白〕阿呀！〔唱〕這逆罪非小（重）。造下了彌天大禍怎開交？〔内喊。院公白〕老爺，他們追來了，我們這裏來。〔虛白，下。薛雲、月英、方志、單全斌上，戰下。僂兵、將官上，各戰下。甲將引蘇泌上，同唱〕

【園林好】忽聞言傳來變報，添兵將把凶徒捕捉，親身令賊寇擒剿。〔白〕我蘇泌適纔爲斬史宏肇、寶溶，竟來了一起强徒劫搶法場，將寶溶奪去，又傷了我們無數官兵。我爹爹聞得此信，命我率領家甲帮助官兵擒拿賊徒，奪回欽犯。爹爹教我幹這個功勞，以圖將功贖罪。衆甲將，你們須要齊心努力，幫我大爺成了這樁功勞，都有賞！〔衆應，同唱〕休縱放、莫輕饒（重）。〔下場。上設城，將校上，白〕

嘎，何處喊聲震沸，莫非是争嘴、打降？〔軍卒上，白〕老爺，老爺，不好了！城裏暗伏下一起强盗，劫了法場了！〔將校白〕嗄！〔軍卒白〕現今殺奔西門來了。老爺，快些準備準備。〔將校白〕我們這樣罷。〔軍卒白〕怎麽？〔將校白〕到城外去躲一躲罷。〔董虎、董豹、梅香上，白〕狗頭，躲到那裏去！〔作殺將校科，軍卒白〕不好了。〔逃下。董虎白〕兄弟，你快快砍落關城拴鎖，在此等候。待我上前去接應。〔董豹、梅香作開城，竇溶、院公上。院公白〕老爺，你看城門開在此，快出去。〔作出城，下。薛氏、將官上，戰，將官敗下。董豹白〕夫人，快請出城，保護總鎮公要緊。〔薛氏下。甲將、僂兵上，戰下。月英、薛雲、裴繼先、方志、單全斌上，戰下。胡介威上，白〕阿呀，誰來救我？誰來救我？〔梅香上，白〕奴家來救你。〔戰，作擒胡介威。梅香白〕你叫什麽？〔胡介威白〕我是個官。〔梅香白〕什麽官？〔胡介威白〕監斬官。〔梅香白〕我把你這趨炎附勢、陷害忠良的狗頭先打你一頓！〔打科。混白〕造化你。〔作斬，取首級科，白〕這個功可是我得了。〔衆甲將、梅香戰下。方志、董虎對介，作殺方志。蘇泌、甲將、小軍、將官、董豹、月英、薛雲上，合戰，作擒蘇泌。裴繼先白〕官兵殺敗，我們就此回山。〔作出城，下。薛氏、竇溶、院公上。薛氏白〕相公受驚了。〔院公白〕老爺受驚了。〔竇溶白〕嗳，爾等此舉，陷我不忠不義，污名千載。〔唱〕

【沽美酒帶太平令】待將咱清渾濁(重)，玉瑕玷，如白染皂；枉了俺半世忠貞一筆消。〔薛氏白〕相公，休得埋怨。妾身也知大義，决不所爲。只是可恨那奸臣蘇逢吉，嫉妬忠良，設心謀害，以此仗衆英豪義憤，捨身相救。〔竇溶白〕咳，〔唱〕恨奸臣當道，真令人冲冠發惱。〔僂兵、董虎、董豹、裴繼先、月英、梅香上，唱〕這一場鬪戰征鏖，殺得個地震山摇，殺得個血染芳草。〔衆白〕嗄，竇大人受驚了。〔唱〕我們仗的是英豪氣豪，救忠良命保，呀，纔脱那奸臣圈套。〔竇溶白〕多感衆位仗義。擒來者何人？〔董虎、董豹白〕奸臣之子蘇泌，拿回山寨發落。〔竇溶白〕史老將軍怎麽樣了？〔衆白〕我等原想一同救出，誰知進法場時，凑手不迭，他們已經將他斬了。〔竇溶白〕咳，可惜漢家折此柱石臣也。〔同唱〕

【清江引】盡忠節老將人悲悼，公憤將仇報。拿住奸讒子，活祭史宏肇。〔衆白〕衆僂兵就此回山。〔衆應。竇溶唱〕出無奈且從權，不敢違天造。〔同下〕

第八齣　計謀追截

〔家人上，白〕阿呀，不好了呢。〔唱〕

【駐馬聽】灾來相招，痛殺東人把奇冤抱。血濺鋼刀，一靈不昧句閻羅告。〔白〕我乃史府家人是也。俺家老爺爲國忠心，開功創業。今漢主聽信奸讒，不念舊臣，竟將我家老爺誅戮，家眷被逮。爲此我急急奔往歸德節度使彦超二爺處報信則個。〔唱〕一家眷屬痛悲嚎，闔門良賤遠竄關山道，我不憚勤劳，星飛急奔把亡音速報（重）。〔下。從神金童玉女、主宰星官引史宏肇魂上。星官白〕請星君歸位。

〔遶場下。堂候隨蘇逢吉上，唱〕

【前腔】空費奸狡，爲斬功臣惹禍苗。驀起波濤，動地驚天釁端不小。〔白〕老夫蘇逢吉，爲斬史宏肇、竇溶法場生變，爲此我命孩兒蘇泌帶家甲二百名協助官兵。不想反被他們擒捉而去。老夫豈肯干休？過來！〔堂候應。蘇逢吉白〕速去請屬員劉成到來，與他商議。〔堂候應，下。蘇逢吉唱〕速請智士相籌較，想他必有神策妙。只慮絶宗祧，商量奪轉孩兒命保（重）。〔劉成上，白〕忽聞傳喚，隨即趨迎。嗄，恩相，屬員劉成參見。〔蘇逢吉白〕少禮，請坐。〔劉成白〕告坐。呼喚屬員有何見教？〔蘇逢吉白〕嗄，劉公，你難道不知法場生變之事麽？〔劉成白〕屬員曉得，以與恩相籌算定矣。〔蘇逢吉白〕有何高見？〔劉成白〕爲今之計，朝中却少智勇之將。恩相可奏聞漢主，作速在天牢赦出趙宏殷，教他領兵，或可勦捕得此一班山寇。〔蘇逢吉白〕是嗄。老夫亦想及于此。只是今有燃眉一事。〔劉成白〕什麽燃眉急事？〔蘇逢吉白〕小兒帶領家甲恊助，被他們擒捉去了。〔劉成白〕這個屬員到不知道。嗄，有了。恩相可命孫禮、牛賀，他二人職掌羽林，點兵二千，緊緊赶上，奪回學士公要緊。〔蘇逢吉白〕是嗄，他二人乃老夫心腹，無有不克。如此，就煩足下代爲老夫傳諭與二人去。〔劉成白〕是。屬員告辭。相逢纔衮衮，話别又匆匆。〔下。蘇逢吉白〕咳，此番去，定然奪得我孩兒來也。〔唱〕只慮絶宗祧，商量奪轉孩兒命保（重）。〔下。衆軍卒、將官、牛賀、孫禮內白〕衆將官就此起兵，往桃花山去。〔衆應，同唱〕

【沙落鴈】鈞令莫違拗，火速催軍早。快赶莫俄延，遲恐遠遁逃。〔孫禮白〕俺孫禮是也。〔牛賀白〕俺牛賀是也。奉蘇太師鈞令，點兵二千，追赶桃花山劫奪法場盗寇，併奪回蘇學士要緊。衆將官，緊緊追趕！〔唱〕快趕莫俄延，遲恐遠遁逃（重）。〔衆僂兵、僂將、女兵、董虎、董豹、薛雲、月英、裴繼先上，唱〕

【前腔】得勝歡樂，心頭惡氣消，恕人人不恕，饒人人不饒。〔裴繼先白〕俺們大鬧汴梁，奪回寳大人，十分之喜。〔薛雲白〕且喜又擒得奸臣之子蘇泌，我每回山慢慢將他發落。〔裴繼先白〕妹丈，你令姐丈與令姐押解蘇泌先行，我們數人斷後。倘有官兵追來，俺們奮勇截殺。〔董虎、董豹白〕裴大王慮得是。呀，你看後面征塵四起，官兵來也。〔裴繼先、薛雲白〕俺們上前迎敵。〔唱〕恕人人不恕，饒人人不饒㊂。〔軍卒、將官、孫禮、牛賀冲上，白〕强寇，快快將蘇學士獻還，饒你們性命！〔裴繼先白〕我把你們殺不盡的奸黨，看錘！〔戰科。僂兵、僂將、軍卒、將官分下。月英、孫禮戰，女兵、軍卒戰，董虎、牛賀戰，軍卒、僂兵單對。將官、董豹、薛雲、裴繼先等戰科。孫禮、牛賀、軍卒、將官敗。僂兵白〕追兵大敗。〔裴繼先等白〕不必追他，就此回山。〔同唱〕

【慶餘】全軍得勝歸山道，殺得他棄甲丟戈狼狽跑，方顯得山寨英雄海内豪。〔下〕

五段

第一齣　雪憤礪兵

〔衆健將上，跳科，同唱〕

【點絳唇】幕府高牙，雄藩重寄龍旌蜺。節鉞城紀，百二山河礪。〔白〕我等乃河南歸德節度使史大老爺麾下健將是也。俺大老爺保障雄藩，地控萬里，紅旆油幢，虎旌豹尾，膺八命之褒崇，爲一方之表率。既總師干，寔當閫寄，真個是：臨行帝賜通犀帶，還必鳥還集戟棨。今日大老爺陞帳，只索轅門伺候。〔內吹打，衆開門，小軍、中軍引史彥超上，唱〕

【引】職越諸侯，官兼憲府，戎閫氣壯山河。〔小軍白〕開門。〔衆健將白〕衆將官告進，衆將打躬。

〔史彥超白〕衆將少禮。六纛齊張畫豹文，雙旌並賜以紅繒。權控萬里威名重，西賊聞風破膽驚。本藩歸德節度使史彥超是也。胞兄宏肇開國元勳，官拜輔國將軍兼知政平章事。我弟兄赤膽忠心，匡扶漢室。争奈奸臣蘇逢吉竊弄威權，作威作福。漢主年幼，俱由他擺佈。日前京報到來，道吾兄

出軍不利，敗于小醜。漢主將兄擬罪，想來舊日功臣，必不致于重愆。咳，兄長呵，〔唱〕

【混江龍】英名蓋世，開疆展土創鴻基。功垂宇宙，名震華夷。他滅契丹、歸降拱伏，保中華、晉漢相繼。今日個他年雖邁耆，老不了胸中韜畧，怎一會价兵勢披靡。〔家人上，白〕忙將喪膽消魂事，報與驚天動地人。阿呀，二老爺，不好了呢！〔史彦超白〕怎麽樣？〔家人白〕大老爺被奸臣陷害，家眷盡行發配遠方了。〔史彦超白〕怎麽講？〔家人白〕大老爺被蘇逢吉揑奏通容反叛，竟、竟、竟斬了。〔史彦超白〕嗄，大老爺竟斬了！嗄，阿呀，痛殺我也！〔衆健將白〕大老爺醒來，大老爺甦醒。〔史彦超白〕阿呀，哥哥嗄！〔唱〕

【寄生草】你一世忠良義，今朝遭禍奇。恨奸臣讒譖舌尖利，恨奸臣蠱惑生灾沴，恨奸臣播弄是和非，欺漢主年幼懞懂，爲他妬賢害能生嫉忌。〔衆健將白〕大老爺不用悲傷。奸臣蘇逢吉讒害老將軍一家受禍，我們這裏整頓軍馬，興師到汴梁，活拿奸臣報仇。末將們愿効死力。〔史彦超白〕咳，罷了嗄罷了。非我不忠也。衆將。〔衆應〕與我連夜造成白旗素鎧，明日教場操演起大兵三千，殺進汴梁便了。〔衆健將白〕得令。〔史彦超白〕吩咐掩門。〔衆白〕掩門。〔吹打，小軍、健將下。家人白〕嗄，二老爺，這天大冤仇務要報的。〔史彦超白〕這個自然。〔唱〕

【煞尾】安排素白旗，整頓盔甲鎧。俺要把仇人剮寸磔，方消我一腔熱血心頭氣。〔下。中軍執白旗上，白〕龍虎臺前出入，貔貅帳下傳宣。我們乃史大老爺麾下中軍便是。大老爺傳令：爲老將軍無辜遭戮，抱恨終天，今日都要白旗白甲。司令三軍，往教場點集人馬，殺奔汴梁，拿住奸臣蘇逢吉父子，報仇雪冤。〔內喝導，中軍白〕言之未已，大老爺來也。只得在此伺候。〔內吹打，衆軍卒、將官、纛隨史彥超上，白〕衆將官。〔衆應〕擺齊隊伍，往教軍場去。〔衆白〕得令。〔同唱〕

【油葫蘆】整頓軍容隊伍齊，笳鼓催。但見旌旗白耀雪霜迷，鎧甲銀亮粉塗飾，陣列珍珠瀑布飛。出岫峯，白雲低，翻潮捲浪軍威鋭。似電影與星馳。〔吹打，衆健將暗上，白〕衆將打躬。〔中軍麾旗，衆將兩邊抄下。史彥超白〕中軍，吩咐開操。〔中軍應，白〕吩咐開操。〔衆內應，軍卒、將官、健將上，操演畢，下。史彥超白〕妙嗄。有此精鋭之兵，奸臣賊子必被擒矣。〔唱〕

【天下樂】堪恨奸讒毒似螫，忠良遭害勢薰巍，今朝報雪兄仇怨，親整雄師到汴畿。〔軍卒、將官、健將又上，對科。史彥超白〕吩咐散操。〔中軍白〕嗗。大老爺傳令散操。〔衆應，同唱〕

【寄生草】將令傳軍散，軍聲動似雷。停戈勒馬收兵隊，鉦聲相雜馬嘶沸。刀藏鎗匿偃旌旗，休教錯綜陣圖門，方顯得佈置方隅有形勢。〔史彥超白〕衆將官，就此祭纛興師。〔衆應。禮生上，贊禮科，衆將隨拜科。史彥超白〕衆將官，就此起兵前去！〔衆應，同唱〕

【上馬煞】爲同胞雪怨恨方洩，誓斬奸讒兩不立。仇深齒切，含忿蘊淚把兵提。〔下〕

第二齣　露榜易途

〔柴榮推車，趙匡胤、鄭恩隨上，同唱〕

【八聲甘州】萍水聚天涯。訂金蘭，義氣同心豪俠。相逢他日，豈論戴笠乘車。〔柴榮白〕二位賢弟。〔趙匡胤、鄭恩白〕大哥。〔柴榮白〕我們萍水相逢，義結弟兄，日前在銷金橋除了惡霸，真個與民去害矣。〔鄭恩白〕只是便宜這女娘，被他走脱，不然也教他結果在喈這樹棍下。〔趙匡胤白〕鄭賢弟，你也忒不要小覷了人。這女娘到有本事的。〔柴榮白〕二位兄弟，前面周橋壩了，相離木鈴關不遠。這邊却有旅店，我們奔到那裏歇下，明日好照驗過關。〔趙匡胤白〕大哥，俺們過關還要照驗麽？〔柴榮白〕愚兄年常到此賣傘，多是要照驗的。〔鄭恩白〕他們要照驗，小弟就按着打死「金橋五虎」一般，一棍一個，教他來照驗什麽。〔柴榮白〕兄弟，這個使不得。「金橋五虎」是土豪私霸，這是朝廷官例，有王法的。使不得。〔趙匡胤白〕嗄，鄭賢弟，不要闖禍，使不得。〔鄭恩白〕嗄，二哥説使不得，不要闖禍。嗄，罷麽，二哥吩咐的話，喈就依從。〔柴榮白〕到好笑。愚兄的話怎麽不依從呢？〔鄭恩白〕大哥，你們二位多是喈鄭恩的好哥哥。大哥你是素秉軟弱，教喈不要闖禍，喈到不信。喈二哥是慣會闖禍的，他今日教喈不要闖禍，喈到聽他。〔柴榮白〕爲何聽他呢？〔鄭恩白〕大哥。〔柴榮白〕兄弟。〔鄭恩白〕二哥。〔趙匡胤白〕兄弟。〔鄭恩白〕你遇了喒這樣好脾氣好性格的兄弟，連你的脾氣也就改好了。〔笑介。趙匡胤、柴榮唱〕沿途樂叙暢心花，知己相談閒磕牙。欣誇，臭如蘭言投意洽。〔趙匡胤白〕這裏有所旅店在此。〔柴榮白〕待我來。店主人有麽？〔店主上，白〕嗄，來了，來了。是那一位客長？〔柴榮白〕是我。〔店主白〕原來是柴客官與二位新客。請進店房。〔鄭恩白〕大哥，喒來幫你。〔作拉車進店科。店主白〕三位客官用飯没有？〔鄭恩白〕喒饑渴了，要的。〔店主白〕只是我們這裏是個素舖。〔趙匡胤白〕素也使得。〔店主應下。鄭恩白〕嗄，我們大哥真正是會打算盤的人，偏要揀這個素舖子。〔柴榮白〕素的潔净。〔鄭恩白〕罷了，罷了。喒老鄭要喫齋了。〔柴榮白〕我們正該喫些素齋。〔鄭恩白〕嗄，方纔打死人，如今就喫齋。這樣假善人的幌子，粧他怎的。〔趙匡胤白〕賢弟禁聲。〔柴榮白〕二位兄弟在此少歇，愚兄趁此天氣尚早，待我先到木鈴關上起了路引驗票，明日好早早過關。〔趙匡胤、鄭恩白〕大哥用了飯去。〔柴榮白〕我還飽在此。〔趙匡胤、鄭恩白〕如此就來。〔柴榮白〕就來的。〔下。鄭恩白〕二哥，喒們到裏面用飯去。〔趙匡胤白〕賢弟請。〔同下。場設木鈴關，張掛圖形。衆軍士引關主上，同唱〕

【月兒高】警意巡查，休教溷混雜。照驗批關引，防守嚴加。〔白〕小將鎮守木鈴關主將是也。奉蘇丞相鈞命，爲因趙指揮之子趙匡胤殺死女樂，逃匿無踪，每逢市鎮關城，張掛畫影圖形，嚴查出入。凡有客商過往，須要照驗面龐，給發關引放行。衆軍校！〔軍校應，同唱〕商賈出入容貌細詳察，若遇紅臉漢，上前緊拿。〔柴榮上，唱〕

【又一體】緊步趨迓，來至關城下。擡頭瞥見圖形張掛。〔關主白〕什麽樣人在此窺探？〔柴榮白〕小人柴榮，販傘客人，年常到此照驗。乞求批引，明早過關。〔關主白〕可有夥伴？〔柴榮白〕有夥伴。〔關主白〕可有兇徒趙匡胤在内？〔柴榮白〕㕶㕶㕶，没有什麽照應在内。〔關主白〕幾人？〔柴榮白〕兩人。〔關主白〕過來，給他路引兩紙，明日早關填名放行。〔軍士作遞引科。柴榮白〕是。〔關主等唱〕明早驗放路引先給發。〔柴榮白〕多謝。〔唱〕幸喜先來報，將人驚殺。〔下。關主白〕軍校！〔軍士應。關主白〕此時晚關已畢，吩咐收了榜文，落旗息鼓。〔軍士應，隨下。柴榮上，唱〕

【望吾鄉】膽顫心麻，見榜文神魂唬，速速回去訴根芽，弟兄關切心同訝。〔白〕二位賢弟快來！〔趙匡胤、鄭恩上，白〕大哥回來了。〔柴榮白〕趙賢弟。〔唱〕駭事天來大，拿欽犯圖形畫，怎把關來跨。〔趙匡胤白〕嗄，此處畫影圖形要拿捉小弟麽？〔柴榮白〕愚兄適纔到關照驗，只見關前高高掛着畫影榜文，上面言語十分利害：有人要過此關，必須查對年貌放行。以此愚兄起得兩張路引回來，與賢弟們商量，怎生設法過去。〔鄭恩白〕二哥莫要愁他，有喒在此。這驢球若不放行，只消喒幾棍兒就結果了他們，怕他怎的。〔柴榮白〕賢弟這般舉動，使不得。想個善處之方，況這關上官兵不少。〔趙匡胤白〕不妨。兄長與鄭賢弟只管過關，俺有個嫡親姨母就在這首陽山後居住。那邊地僻人稀，待小弟到彼捱住幾時，等候事平，再出關西奔俺母舅便了。〔柴榮白〕此議雖好，只是我們弟兄們怎忍相離？〔趙匡胤白〕有鄭賢弟奉陪兄長。〔鄭恩白〕小弟不陪他，要陪二哥往首陽山去。〔趙匡胤白〕使不得。一來俺大哥懦弱，怕有人欺侮，須得賢弟相保。二來舍親處貧寒蝸窄，恐得罪賢弟。賢弟聽我之話，俺弟兄們後會有期。〔鄭恩白〕怎麽二哥你不用咱兄弟伏侍麽？〔趙匡胤白〕你小心伏侍大哥是一般的。〔鄭恩白〕是是，咱聽你，咱聽你。咱同大哥在關外相等，二哥你不要多住日子，畧候幾時，就出關來相會嘎。〔柴榮白〕是嘎。賢弟，打聽事情平妥，早早出關來相會，免得愚兄懸望。〔趙匡胤白〕是，小弟就此拜别。〔鄭恩白〕二哥你就要走了。〔作拜别科，同唱〕

【尾聲】弟兄分别心如灼，不得志的蛟龍反怕魚蝦。只落得鐵石英豪也淚洒。〔鄭恩白〕二哥路上不要闖禍，兄弟是不闖禍的了。〔作哭科。趙匡胤白〕嘎阿呀，哥哥嘎。〔柴榮白〕兄弟嘎。〔下〕

第三齣　議兵勦寇

〔張光遠、羅彥威、周霸、李漢昇上，同唱〕

【風入松慢】一從分袂意悵快，拆散了鴻群鴈行。你逃灾避難東西闖，知何日相叙還鄉。〔張光遠白〕俺張光遠。〔羅彥威白〕俺羅彥威。〔周霸白〕俺周霸。〔李漢昇白〕俺李漢昇。〔張光遠、羅彥威白〕俺們弟兄異姓情勝同胞。自從匡胤大哥生灾避禍，未知他逗遛何所，撇下俺弟兄們日逐想念。〔周霸、李漢昇白〕便是。俺們這五人，原是日日戀在一處，談文講武、詩社箭會。自從大哥去了，弄得我們覺得没精没采。〔羅彥威白〕俺詩與呪本來有限，比不得俺光遠哥哥。如今連這攀弓射箭的工夫也就卸了。〔周霸白〕當日有俺趙大哥在此指教，自然工夫日長。今日他去了，俺也少人教導了。〔李漢昇白〕如此說三位兄長的武藝都忘了？〔張光遠、羅彥威、周霸白〕忘是没有。〔李漢昇白〕如今正是要用着武的時候，爲因桃花山寇劫了法場，十分猖獗。現今漢朝武將無人，朝廷將指揮趙老伯赦罪，提兵征滅。他特來招募我們去協助，怎麽都把武藝忘了？〔唱〕古云學成文武，應當貨與帝王。〔張光遠白〕閑話之間，已到指揮府第了。〔羅彥威白〕有人麽？〔院子上，白〕潭潭功勳府第，赫赫閥閲門楣。是那位？〔張光遠、羅彥威、周霸、李漢昇白〕是我們。〔院子白〕原來是列位公子。公子們請少待，待我通報老爺有請。〔趙宏殷上，唱〕

【引】赦罪提兵感皇恩，答報深仁。〔院子白〕張光遠等一班公子在外。〔趙宏殷白〕道有請。〔院子白〕老爺出迎。〔趙宏殷白〕列位賢侄。〔張光遠、羅彥威、周霸、李漢昇白〕老伯大人。〔趙宏殷白〕列位賢侄請。〔張光遠、羅彥威、周霸、李漢昇白〕老伯大人請。〔趙宏殷白〕請。〔張光遠、羅彥威、周霸、李漢昇白〕老伯大人請台坐，待小侄等叩喜。〔趙宏殷白〕咳，何喜可賀？〔張光遠、羅彥威、周霸、李漢昇白〕老伯赦罪立功，榮封指日。〔趙宏殷白〕這是恩蒙主上赦宥罪臣，臣子自當忠信報之。〔張光遠、羅彥威、周霸、李漢昇白〕是。〔趙宏殷白〕不消了。請坐罷。〔張光遠、羅彥威、周霸、李漢昇白〕從命，告坐了。今日蒙老伯大人相召，不識有何教誨？〔趙宏殷白〕今日麽，奉邀列位到來，爲國求賢。只因桃花山寇劫奪欽犯，擅抗官兵，猖獗至甚。朝廷赦我之罪，提兵要我掃滅蕩平。老夫思及賢侄等英雄少年，文武全才，况都將門將種，正好用事王家，與朝廷建些功業，博得一官半職，可以顯達揚親。不識可否？〔唱〕

【風入松慢】只因山寇甚猖狂，聖旨提兵蕩。招募爾等英雄將，幫助我掃滅欃槍。〔張光遠、羅彥威、周霸、李漢昇唱〕得蒙提携全仗，愿遵從命聽施張。〔旨意官内白〕旨意下。〔院子白〕老爺，又到了旨意了。〔趙宏殷白〕快排香案，换大衣服。〔吹打，衆執事引旨意官上，白〕聖旨到來：今有歸德節度使史彥超，提兵三千，圍住汴梁，聲言爲兄報仇，大肆反逆。即着指揮趙宏殷，且緩征勦之師，速集解圍之將，立即帶兵開城禦敵。謝恩。〔趙宏殷白〕萬歲萬歲萬萬歲。〔旨意官白〕趙大人，請過聖旨，速速點兵。下官覆旨去矣。〔趙宏殷白〕請。〔旨意官下。趙宏殷白〕賢侄們快來。〔張光遠、羅彥威、周霸、李漢昇白〕方才什麼旨意？〔趙宏殷白〕一波未平，又起一波。〔張光遠、羅彦威、周霸、李漢昇白〕又生出什麼風波？〔趙宏殷白〕方才聖旨到來，道歸德節度史彦超提兵三千，圍住汴梁，聲言代兄報仇。漢主命我發兵解危。〔張光遠、羅彦威、周霸、李漢昇白〕嗄，這樁禍事又是這奸相蘇逢吉招來的。〔趙宏殷白〕列位賢侄，事在危急，莫辨賢奸。汝等作速回去，收拾甲仗，隨老夫教場集兵。〔張光遠、羅彦威、周霸、李漢昇白〕是，小侄等告辭。纔議征兵計，又設禦軍謀。〔下。趙宏殷白〕過來，請公子、小姐上堂。〔院子應，白〕請公子、小姐上堂。〔趙美容、趙光美上，梅香隨上，唱〕

【引】堂上呼聲忙趨蹌，拜見椿庭。〔白〕爹爹呼喚，有何訓諭？〔趙宏殷白〕爾等既習武備，當爲王家出力。刻下用人之際，爾姐弟二人可隨我去臨陣禦敵。〔趙美容白〕爹爹，何處兵馬到此？〔趙宏殷白〕歸德節度史彦超。〔趙光美白〕爹爹，孩兒學得一身武藝，正要相試。乞求爹爹派孩兒一個正先行。〔趙美容白〕兄弟，你小小年紀，竟有如此大膽！〔趙宏殷白〕那先鋒不是俺趙家私立的，這是朝廷官職，是要在衆將之内挑擇。爾等聽爲父的道來。〔趙光美、趙美容白〕是。〔趙宏殷唱〕

【五韻美】臨陣休慌，禦敵莫忙，金鳴後退鼓前往。兵驕無勝仗，欺敵自先亡。審虛寔觀明來將，察詐僞暗箭隄防。將勇在謀，兵精非廣。〔趙美容、趙光美白〕謹領爹爹教誨。〔趙宏殷白〕你們進去披掛，爲父的即刻要發兵了。〔同唱〕

【大齊郎】到疆場，軍容壯，任你萬馬千軍不敢攩。任伊兵雄勢大威似虎，管教他敗北逃竄奔似狼。〔下〕

第四齣　師敗縱奸

〔衆軍卒、將官、健將引史彦超上，同唱；纛隨上〕

【榴子雁聲】漫天殺氣，盔甲耀如銀。旌旗染雪塗粉，如狼似虎衆軍兵，活擒狐黨與貍群。分明是奸臣致禍，那裏慮外藩生釁。今日個灾來患至，你難逃遁。休思想計巧謀能命活存。〔衆白〕來此已是汴梁城池。〔史彦超白〕吩咐攻城。〔衆應，吶喊，圍繞科。小軍、將官、張光遠、羅彦威、趙美容、趙光美引趙宏殷上城，白〕哇，逆臣，休得無禮！快快自縛請罪，主上或有容恕。若迷而不悟，教伊噬臍不及。〔史彦超白〕趙指揮，你我多是晉漢之舊臣，你難道不知俺哥哥是開國元勳，功績頗多，有何得罪，致遭奸讒慘害，合門誅戮！你們快將蘇逢吉父子獻出，俺立刻退兵。〔趙宏殷白〕反賊，你哥哥既係忠臣，汝何得妄爲造次？衆將開城，與我速速擒來。〔衆應，出城對科，下。小軍、軍卒、將官、健將、張光遠、羅彦威、趙美容、趙光美、史彦超、趙宏殷上，對下。史彦超敗上，白〕罷了，罷了。俺指望領兵到此活捉奸臣，生祭兄靈，報此大仇。誰知遇着趙家，兵將驍勇，不能取勝，怎麽好？阿呀，史彦超嗄，你此番舉動差矣！〔唱〕

【千秋舞霓裳】悔初心，舉動粗豪笨，今日個師敗兵損。〔趙宏殷衆内白〕呔，史彦超，那裏走！〔史彦超白〕阿呀，〔唱〕接踵追來重，閃得人難脱這羅網坑穽。〔趙美容、趙光美、張光遠、羅彦威上，戰科，白〕史彦超，還不下馬受縛？〔史彦超白〕呀呔！〔唱〕俺今日報覆爲親兄，你忠良怎助奸臣佞，全不怕骯髒罵名。〔趙美容、趙光美、張光遠、羅彦威白〕你造下逆天之罪，還敢稱什麽忠良？看鎗！〔殺介。健將續戰，小軍、將官、張光遠、羅彦威、趙美容、趙光美、趙宏殷上，對攢，史彦超等敗下。小軍、將官白〕史彦超大敗逃回去了！〔趙宏殷白〕且休赶他，收兵進城，請旨定奪。〔衆應，同唱〕只他逃潰散，且繳旨收兵進關城。〔下。衆僂兵、一車夫、董豹押囚蘇泌上，同唱〕

【芍藥掛雁燈】擒讒賊祭奠先靈，押解往謹遵山令。〔白〕俺董豹日前劫奪法場，大鬧汴京，又獲得奸臣之子蘇泌，要將他祭奠史宏肇之亡靈。竇總兵道既要如此發落，何不將他送到歸德節度使史彦超處，是他嫡親兄弟，亦好掛孝招靈，方洩奸讒陷忠良之恨。〔蘇泌白〕咳，如今的人是倒的了，恩將仇報，仇將恩報。正所謂：木器呢沉了，鐵器到浮了。〔董豹白〕嗄，你這奸賊，在那裏叨叨什麽！〔蘇泌白〕大王，我在這裏思想。〔董豹白〕想什麽？〔蘇泌白〕想如今的事，顛之倒之，反覆不定。〔董豹白〕什麽反覆？〔蘇泌白〕當初這個囚車原是大王坐過的；大王押送這個樣子，原是我粧過的。那時節我就問二位大王可要活。〔董豹白〕呸，這是過後之事，提他怎麽？〔蘇泌白〕是嗄，我原知道提他也是没用的。只是大王當初没有我蘇泌作弊，脱放大王，焉有今日？若教史宏肇拿去殺了，如今誰替史宏肇出力辦事？看起來豈非恩人反作仇人。看，仇人反與報恩情？〔董豹白〕呸，依你便怎麽？〔蘇泌白〕大王是緑林豪傑，好漢心腸。今日恩怨分明，放蘇泌回了汴梁。待我告訴爹爹，只怕還要封大王做個大大的官職哩！〔董豹白〕咳，罷了，罷了。我是個英雄好漢，豈肯失義與你。一還一報，理所當然。僂兵與我放了他罷。〔僂兵白〕是。〔蘇泌白〕多謝大王再生之恩。正是：鰲魚脱却金鈎釣，擺尾摇頭再不來。〔下。董豹白〕衆僂兵，我們回山。衆大王問及，只説他中途自己逃脱的。〔衆應，同唱〕豈敢効七擒放縱古賢聖，止不過全我英雄義氣深。〔下〕

第五齣　訪醫詑渾

〔鄭恩上，唱〕

【解三酲】嘆囊空床頭金盡，豪壯士顔色生塵。只有這一車雨傘無發蘉，咳，偏遇他病染灾生。〔白〕喒鄭恩，自那日在銷金橋除了董家五虎，黄土坡結義柴、趙二人。喒的二哥呢，因避禍奔往首陽山他的親戚去了，剩下喒與柴大哥出了這木鈴關，發賣雨傘。方歇店中，他就害起什麽病來了。看看盤纏又盡，拿什麽來替大哥請醫調治？〔唱〕常言道家貧不算貧無措，路上貧窮愁殺人。三思省頻籌無計，眉皺心惸。〔白〕嗄，有了。不免瞞着大哥，將他這車雨傘去發賣了，也好換得些銀錢使用。嗄，店家，店家。〔店家上，白〕來了，來了。客官，可是叫我出來算還房飯錢麽？〔鄭恩白〕房飯錢麽，等喒那位客人病好，將雨傘去發賣了，少不得一總算還。〔店家白〕難爲客官長得這樣長長大大、魆魆黑黑，這車傘也推不動去發賣，務必的要等那位客官病好。你們夥計兩個，不論那位做主發賣是一樣的。〔鄭恩白〕是嗄。你這店家倒説得有理。喒推車去發賣，店房内這位病客你好生伏侍。他若問起喒來，説喒與他請太醫去了。〔店家白〕客官，你到提起太醫，我們這裏有個名醫叫做劉一帖。憑你什麽樣大症候，請他來診脉下藥，只要一帖就好。〔鄭恩白〕嗄，此處到有這樣好太醫麽？〔店家白〕大名公他就住在前街拐角兒上，坐北對南。大門上還有人替他上的匾額，四個大字，「聖手濟人」。客官，你回來要請他，須要認明門面。〔鄭恩白〕嗄嗄嗄，大門上有匾額？〔店家白〕有匾額。〔鄭恩白〕有四個字？〔店家白〕有四個大字。〔鄭恩白〕是是是。喒明白了。店家你將傘車推出來。〔店家應，作推車，白〕客官，我推他不動，你來罷。〔鄭恩白〕咳，也難爲你長得這樣長長大大、花嘴花臉，這車傘都推不動。〔店家白〕客官，這是各人幹慣的營生。這推車賣傘，我是外行。〔鄭恩白〕來來來，店家，不瞞你説，喒也是個外行嗄。〔店家白〕如此説，客官你是幹什麽的呢？〔鄭恩白〕喒麽，告訴你，喒是個清潔買賣、輕巧營生。〔店家白〕嗄，客官的容貌長得齷齪，買賣到是清潔的。〔鄭恩白〕呸，與你個啞謎猜猜。〔店家白〕請教。〔鄭恩白〕喒長相骯髒，買賣噴香。梳頭刷鬢伴嬌娘，佛座琉璃生亮。煠供敬天禮地，燃燈普照十方。〔店家白〕喝唷，你這個買賣了不得！又噴香伴嬌娘，又風流佛座生光，又行好事普照十方。這是什麽絶好的買賣呢？〔鄭恩白〕還有兩句。〔店家白〕愿聞。〔鄭恩白〕開門七件有我行，花魁獨占喒情郎。〔店家白〕嗄，這花魁愛上了客官這樣俊俏的面龐了。〔鄭恩白〕喒是比仿。〔店家白〕客官，我有幾句讚客官的讚詞。〔鄭恩白〕你且説來喒聽聽。〔店家白〕我觀尊相活像周倉。下首門神爺少了盔甲，鍾馗鎮宅過了端陽。煤黑子没有洗臉，摸壁鬼比你身長。賣炭的認錯了，將你上稱；烏梅客研碎了，將你泡入染缸。〔鄭恩白〕了不得，了不得，喒到教你畫了一副水墨形容圖去了。〔柴榮内白〕嗄，店家。〔店家白〕我正説得有興，這位病客又在那裏叫我。〔柴榮又叫科。店家白〕嗄，來了，來了。〔鄭恩白〕喒大哥叫你，喒也要走了。〔店家白〕客官，請太醫記清了，門面有四個大字！

〔下。鄭恩白〕喒曉得。〔作推車科，白〕賣雨傘嗄！〔下。醫生上，唱〕

【古鍼線箱】岐伯方經，究脉典醫草嚐性。攻于腠理病易治，稱良師扁鵲之名。我如今、雖無杏林橘井，金匱方。手到病除根。〔白〕自家賽盧醫，名唤劉一帖。祖傳太醫，專治的是癱瘓、瘋癆、痿癖、蠱膈。請我去，手到病除，不論男女大小、内外方脉。幼年間看幾本脉歌病論，也知道了洪數弦滑沉遲浮緊的脉息；到後來讀幾篇醫書藥賦，學門道煉口訣還須望聞問切。癆病人有三十六種，癆酒、癆傷、癆嗽、癆血；傷寒症分七十二樣，傷風、傷暑、傷氣、傷食。背熟了一十二經經絡賦，心屬少陰，肝屬厥陰，肺屬太陰，陽明胃經，無非都在手腕上寸口關尺；温習記三百多方方劑書，什麽六味地黄丸、防風通聖散、人參養榮湯、三才封髓丹，藥性酸澀、寒凉、温熱，總之表裏消導、潤燥利濕。我仗了這學分記性，混充天醫聖手，開方下筆；虧了這鴻運歪時，這關西一帶倒尊我爲名公第一。〔笑科。背藥箱人暗上，醫生白〕且住。今日現有幾處請我去看病。有個法雲寺的和尚，長着廣瘡；水月菴的尼姑，害了食積；還有張掌櫃的鼻齆，李太太的咳嗽。無數人家相請，本當坐個車、騎個馬，寔在的馬錢少，不夠算盤。爲此我仗着兩條腿，花五十錢僱了個小小子背着藥箱，到是免俗。〔唱〕只得來步行，笑當時無請坐車逡巡。〔下。場上設「古水月菴」匾額。鄭恩上，唱〕

【番鼓兒】大踏奔㊀，車傘貨金銀。手頭爽快，心内喜悻，兄長有病，急把良醫聘請。〔白〕喒好爽快。大哥這一車雨傘，幾個月不發利市，喒鄭恩拿出去，一刻工夫連車兒多發賣了。喒來算算，三百柄雨傘，每柄七分銀子，三七二十一兩；這輛車兒打上二兩，共該銀二十三兩。主人扣了二折，還剩一十八兩四錢。回去還了房飯錢，請太醫抓藥去若干。嗄，説話之間，却到了。喒來瞧瞧。咦，門上果有匾額，四個大字。不錯，不錯。待喒來叫門。〔扣門，白〕劉太醫在家麼？好結實厚門嗄。此處醫生的大門是用紅硃漆的。請太醫的來了。〔二小尼上，唱〕剥啄門聲，想是太醫降臨。〔白〕什麽人？〔鄭恩白〕是請太醫的來了。〔小尼白〕太醫來了麽？待我們去請師傅出來。〔鄭恩白〕原來他們兩個是徒弟。快去請你師傅出來，説喒在此立等。〔小尼白〕師傅有請，太醫來了。〔尼姑上，唱〕一日一日要臨盆，請名醫打胎下孕。〔小尼白〕太醫來了。〔尼姑白〕請進來。〔小尼白〕師傅説請你進去。〔鄭恩白〕嗄，這位太醫的藥王廟是造在自己家裏的。〔小尼白〕這是觀音殿。師傅，太醫進來了。〔尼姑白〕請坐。〔鄭恩白〕不消坐，不消坐。喒請你去看病，跟着喒就走。〔尼姑白〕嗄，先生，你的看病怎麽要人跟你去的麽？〔郑恩白〕看病嚜，不跟喒去。〔尼姑白〕看病是在這裏看嗄。〔鄭恩白〕嗄，怎麽在這裏看？呸，是一位女僧，到曉得醫道。〔尼姑白〕這位太醫怎麽這樣楞頭傻腦的麽？〔小尼白〕原來這個醫生不是本處人，怪道他不懂説話。〔鄭恩白〕快快跟喒去看病。〔尼姑白〕你這個醫生，看病是請你在這裏看的，怎麽要我跟你去？〔背箱人隨醫生上，白〕纔走法雲寺，又來水月菴。〔背箱人白〕劉太醫來了。〔小尼白〕劉太醫來了麽？〔背箱人白〕誰來哄你！〔小尼白〕師傅，如今真是劉太醫來了。〔醫生白〕

那位是有病的？〔鄭恩白〕原來喒走錯了。倒也湊巧，他們也請下劉太醫。等他看完了，拉他就走，省得喒上門去請。〔尼姑白〕太醫請坐，是小尼看病。〔醫生白〕有坐，有坐。病人就是大師傅。〔尼姑白〕是小尼。〔醫生白〕什麽病？〔尼姑白〕肚子膨脹，求太醫下一劑靈藥，消癟了他，重重相謝。〔醫生白〕請診脉。呸呸呸，阿呀嗄，怎麽没有脉息？〔作看科，白〕號錯了，號錯了。號了手背了，待我來。這幾日飲食如何？〔小尼、尼姑白〕飯量麽照舊。〔醫生白〕少喫嗄。呸，你是個食積之症，只消我一劑藥，就得肚子也就癟了。〔尼姑白〕太醫有如此妙方靈藥麽？〔醫生白〕我是有名兒的劉一帖。〔尼姑白〕可要開方。〔醫生白〕不用開方。來，取藥箱來。〔背箱人應。醫生白〕大黄三錢，牽牛三錢，用水一鍾，煎八分。一喫就瀉，一瀉就好。〔鄭恩白〕太醫看完了，跟喒去看病。〔醫生白〕我還有幾家。等我看完了，好來與你看。〔尼姑白〕太醫，藥金、馬錢都在此。〔醫生白〕阿呀，破費，破費。〔鄭恩白〕太醫，偏要你與喒先看。〔醫生白〕你這個人不講理，有個儘先不儘後。〔鄭恩白〕喒不懂得，走走走。〔作拉下。尼姑白〕阿彌陀佛，如今是好了。〔下，小尼隨下。店家扶柴榮上。店家白〕看仔細，慢些走。〔柴榮唱〕

【上馬踢】英雄志未伸，又染沉疴症。鄉關夢斷魂，病骨風欺冷。〔白〕咳，自從那日與二弟分手，同那粗莽三弟出關。他竟將車上盤纏銀兩失落，反與我十分嘔氣。爲此因由，我一病沉疴。〔店家白〕客官，你放寬了心。自己朋友相讓些，有什麽過不去。〔柴榮白〕他往那裏去了？〔店家白〕他替你請太醫去了。〔柴榮白〕嗄，他與我請太醫去了？〔店家白〕正是。〔柴榮白〕咳，請來也是不中用。〔店家白〕怎麽説不中用？ 喫一兩劑藥就好了。 客官，你是出路的人，諸事耐煩些。〔柴榮白〕我原是忍耐，故此胸口生悶。〔店家白〕客官，〔唱〕天相吉人，且耐愁煩性。〔柴榮唱〕喝唷，我又頭昏發暈。〔鄭恩拉醫生，背箱人隨上。 鄭恩白〕走走走。〔醫生唱〕扯住衣裳，用霸使强硬。〔鄭恩白〕到了，到了。〔店家白〕好了，客官回來了。〔鄭恩白〕大哥，大哥，請了太醫來了。〔醫生白〕這樣請法，我這件衣裳不彀撕的。〔背箱人白〕好緊跑，好緊跑，我也歇歇。〔店家白〕劉太醫，你一向好看病忙，請坐。〔醫生白〕三哥，你去年的貴恙看好了，還短謝我。〔鄭恩白〕你們不用講交情。 來來來，替喒大哥看病。〔醫生白〕就是這位。〔鄭恩白〕就是喒大哥。〔醫生白〕你們伏侍他伸出手來，好按脉。〔鄭恩、店家白〕太醫，是什麽病？〔醫生白〕呸，多喫了點子東西，受了些氣惱起的。〔店家白〕好有因兒。〔醫生白〕名爲氣食傷寒。〔鄭恩白〕不妨事麽？〔醫生白〕病雖沉重，我到了，只消一劑藥，就好了。 拿紙、墨、筆、硯過來。〔店家應介。醫生唱〕

【一封書】用青皮柴胡，發汗解肌表散和。 赤芍藥平肝火。 白芷川芎止頭痛，苦枳殼寬腸散風。羗活麥冬生脉治嘔吐。 順氣疎，醋香附，消食山查去積磨。〔白〕生薑三片，紅棗二枚，病人避風小心。〔鄭恩白〕太醫，勞金在此。〔醫生白〕多承，多承。 該放我走了。〔鄭恩白〕太醫費心了。〔醫生白〕噲，小小子，咱們還要到東市街去哩。〔背箱人應，同下。 鄭恩白〕大哥，太醫説避風，喒們到裏邊去罷。〔店家白〕原是我來扶你，今朝灾退遇良醫。〔扶柴榮下。 鄭恩白〕咳，好漢只怕病來魔。〔下〕

第六齣　冒營外誤

〔衆軍士、健將引史彥超上，白〕罷了嗄罷了。〔同唱〕

【普天樂】妄舉兵，輕摇動，趙家軍，真驍勇。汴梁城急切難攻，反落得銼折威風。〔史彥超白〕咳，俺指望興兵打破汴梁，活捉奸臣蘇逢吉父子，與兄長雪仇報恨。誰知被趙宏殷領兵阻攔，又添出一班年少英雄，驍勇難敵，殺得我兵大敗奔逃。如今俺進退兩難，這便怎處！〔健將白〕將軍，俺們且回歸德，再作商量。〔史彥超白〕衆將且在前面大營歇歇再行。〔衆應，同唱〕呀，軍心怔忡，馬疲人乏踵。敗北師旋羞見江東。〔下。蘇泌上，唱〕

【前腔】舌兒巧，言兒哄，賺生還，逃脱縱。險些兒命喪剛鋒，險些把頭顱斷送。〔白〕我蘇泌日前被桃花山强人擄去，只道死在須臾。誰知那竇溶作主，要將我解送史彥超那邊發落。虧得伶牙利齒，巧語花言，將那解送的强盗哄信，他竟放我回歸。這也是我的命大福大。這一種小人嘿，怎能算計得我死嗄！　咳，只是我走了一日一夜，身邊並没有帶得銀錢，肚中又饑餓，寔在難當。嗄，有了，不免到前邊熱鬧之處，通出我的字號來。當朝宰相之子，誰不趨承？　還怕没有人與我送吃食麽？〔唱〕呀，我雖脱樊籠，腹虚肚中空。且捱到前途，把名號相通。〔白〕咦，這裏有一帶帳房，想是京中差出來公幹的官軍，不知領兵主將是那一個，想來終是我爹爹管轄下的。不免我老着面皮硬闖進去，他們有的是牛肉乾糧啜，賺他些來吃吃，也省得忍饑。說得有理。那位官軍在此？〔二軍士隨健將上，白〕呔，什麼所在擅敢直闖？ 進來。〔蘇泌白〕這不過是軍兵們的小帳房罷了。我蘇參謀，大營還坐過哩。〔健將白〕你是那裏的蘇參謀？〔蘇泌白〕當朝大平章公子蘇學士，史元帥麾下的蘇參謀，朝野皆聞。〔健將白〕嗄，原來就是蘇丞相的公子。〔蘇泌白〕不敢。〔健將白〕真個？〔蘇泌白〕真個。〔健將白〕果然？〔蘇泌白〕果然。〔健將白〕參謀怎不在相府深居，朝班隨侍。獨自一人到此何幹？〔蘇泌白〕你們這班無名小卒，曉得什麼。下官奉旨巡探桃花山，從役們呢，多在後面。我是欽差大人，快叫你們主將出來迎接。〔健將白〕如此說來，一些不假的了？〔蘇泌白〕誰來哄你。告訴你們罷，我們戴紗帽的從來不會撒謊。〔健將白〕如此，與我拿下了！〔軍士應，作綁蘇泌科，白〕這裏鄉風不許說寔話的。〔健將白〕將軍有請。〔衆軍士、健將引史彥超上，白〕什麼事情？〔健將白〕小將們拿得將軍仇人之子蘇泌在此。〔史彥超白〕不信有此事？〔健將白〕怎敢哄騙將軍。〔史彥超白〕如此，抓進來！〔一健將白〕住了。啓將軍：此等人最是奸滑，必然會狡賴的。將軍反加儀禮待之，賺出他的招狀來，那時殺他方快人心。〔史彥超白〕呣，到說得是。待本藩親自出去。〔蘇泌白〕咳，你們這班該死的小軍，回來你們主將出來見了我，還要跪接與我，怎麼竟敢將我綁縛！〔史彥超白〕是那一位大人？〔蘇泌白〕是下官綁在這裏！〔史彥超白〕哇，放肆！ 快快放了！〔軍士放，史彥超白〕小軍無知，多有冒犯。大人請。〔蘇泌白〕將軍請。〔背白〕嗄，這人面生嗄。〔史彥超白〕大人請坐。〔蘇泌白〕有坐。〔史彥超白〕大人真是蘇學士蘇參謀？〔蘇泌白〕不敢。〔史彥超白〕欽仰山斗，何幸相逢。〔蘇泌白〕幸會，幸會。請問將軍高姓貴表，現居何職？〔史彥超白〕小將姓顔，久歷外任。〔蘇泌白〕是嗄。怪不得下官不認識。今得識荆，三生有分。請問領兵何往？〔史彥超白〕今蒙欽召進京，命小將領兵掃滅桃花山寇。〔蘇泌白〕嗄，顔將軍。嗄嗄嗄，可是鎮守飛虎關的總鎮顔公麼？〔史彥超白〕正是。〔蘇泌白〕久慕威名，今得瞻企。〔史彥超白〕豈敢。〔蘇泌白〕將軍今日領兵征桃花山，可知當日下官也曾征勦過的？〔史彥超白〕同那位將軍？〔蘇泌白〕就是老將史宏肇。〔史彥超白〕嗄。〔蘇泌白〕他奉旨提兵，下官忝爲參謀之職。誰知此老獨擅兵權，盡由他自己作主，一毫也不與下官商酌。〔史彥超白〕嗄，不與大人商量，大人自然心生嫉忌了嗄？〔蘇泌白〕非也。〔史彥超白〕非也？〔作冷笑，白〕過來。〔與健將附耳科，健將會意。蘇泌唱〕

【玉芙蓉】他兵權威勢崇，獨專他欺我懞，到昆明擒賊被劫途中。〔史彥超白〕什麼昆明？〔蘇泌白〕原來將軍不知。這桃花山賊寇起初原是昆明山通連之賊，後來史宏肇掃平擒賊，解至桃花山經過，被這班强寇搶劫去了。〔史彥超白〕後來便怎麼？〔蘇泌白〕後來追到山前，被一片大海阻住。〔史彥超白〕嗄，那邊没有什麼海嗄。〔蘇泌白〕此乃賊伴中妖人弄術。史宏肇没法，只得收兵回汴。〔史彥超白〕這是勝敗兵家常事，怎麼就受了誅戮呢？〔蘇泌白〕嗄，這個麼，此老不近人情而所致。先前家君托他照應下官，他不允罷了，反受他一番搶白。爲此我父子二人内外播弄是非，他焉得不死？

〔唱〕爲此揑詞誑奏他私縱寇，一怒天威怎罪恕容。〔史彥超白〕拿下了！〔衆拿蘇泌科，同唱〕雷霆動，聽伊説髮指怒冲。今日個自投羅網自招供。〔史彥超唱〕

【古輪台】親兄，教奸臣讒害遭凶。今日個對面寃家，不由人不咨牙裂縫。〔蘇泌唱〕纔得相逢，怎地忽然變容。有甚寃仇且明剖誦。〔史彥超唱〕你這奸頑惡子假盲聾，故爲懞懂。〔白〕奸賊！〔蘇泌白〕阿呀，怎麼今日乍會之交，就駡起來了？使不得，使不得。失了官體了嗄。〔史彥超白〕俺來告訴明白了你罷。俺乃歸德節度使史彥超是也，爲報兄仇，領兵到汴梁，特爲拿你父子報仇。今幸天網恢恢，你自己投來，還想逃到那裏去！〔蘇泌白〕喝唷，此、此、此番是筆管裏燒鰍了！〔史彥超唱〕今幸天理難容，將他洗剥剖心剜肺設祭亡兄。〔作綁蘇泌科。史彥超唱〕哀求也無用，掣鋼鋒一刀搠透賊心胸。〔作搠蘇泌胸取心科，蘇泌下。吹打、設祭，衆跪、拈香。史彥超白〕阿呀，哥哥嗄！〔唱〕

【北朝天子】哭親兄淚湧，祭先亡嚎慟。遍哀聲三軍衆，漿酒酹奠、香楮獻奉，獲仇人活祭心肝供。仗你靈魂護幪，天遣他狹路相逢，氣衝，且先除奸讒惡種。兄嗄，您在黃泉慰伊忠魂夢。〔健將白〕恭喜將軍寃仇報覆。〔史彥超白〕一來仗神天之庇佑，二來賴兄長之陰靈。得獲仇人，吾恨少舒。只是如今往那裏去便好？〔健將白〕目今澶州郭彥威兵雄威壯，買馬拓軍，有吞併漢邦之意。將軍何不去投他，不失封侯之貴。〔史彥超白〕咳，罷了嗄罷了。衆將官，起兵往澶州進發。〔衆應，同唱〕

【尾聲】窮投迫奔生惶恐，勢敗顛危且附從。今日裏仇雪寃舒賴蒼穹。〔同下〕

第七齣　抱恨學法

〔場設山石、樹木、洞門、匾額，扮貍、狐、鼠、蝎、蜘蛛、蜈蚣形上，跳扒科。變六仙子上，同唱〕

【八仙過海】翠水環遶，勝青琳紫府、玉洞丹霄。韶華轉瞬，又見緑褪紅消。馭鹿駕鶴尋芝藥，栢食松飡延壽考。仙家妙，修煉性命圭旨、長生養保。〔卧香仙子白〕我乃卧香仙子是也。〔玉容仙子白〕我乃玉容仙子是也。〔夜光仙子白〕我乃夜光仙子是也。〔絡雲仙子白〕我乃絡雲仙子是也。〔尾珠仙子白〕我乃尾珠仙子是也。〔金額仙子白〕我乃金額仙子是也。〔卧香仙子白〕我們俱是九盤山九盤洞盤陀老母門徒。雖然截教傍門，却能正覺大道；都是百類精靈，盡具千年修煉。是禽是獸，無生害之心腸；幻女幻男，有本來之面目。飡霞吸露，吐霧噴雲。昨日魔囉仙子往獨龍莊去引化董美英到來，我師父要傳授他道術，着我們在山前觀望。怎生還不見到來？〔玉容仙子白〕姐姐，我們到那石畔邊去閗草耍子罷。〔衆仙子白〕有理。〔絡雲仙子白〕你們閗草，我是不去。〔衆仙子白〕爲何？〔絡雲仙子白〕我怕老虎。〔衆仙子白〕倒會取笑。〔夜光仙子白〕姐姐，我同你去尋促織兒去如何？〔衆仙子白〕是嗄，我們各適其意。〔魔囉仙引美英上，同唱〕

【甘州歌】同駕這雲飈，如驂鸞騎鳳來至仙島。風從花裏，黄菊馥郁摧摇。雲巾霞氅瓊珮飄，盡是紅顏艷質嬌。〔衆仙子白〕師兄回來了。〔魔囉仙白〕原來是衆位姊妹，在此何事？〔衆仙子白〕在此恭候你們。〔魔囉仙白〕六姑過來，見了衆仙姬。〔美英白〕是。衆位仙子。〔衆仙子白〕六姑少禮。師父命我們在此久候，怎麽這時候纔來？〔魔囉仙白〕他因家難遭禍，爲此我在前途等他來的。〔美英白〕咳。〔衆仙子白〕待我們請師父出來。師父有請。〔二小童引盤陀老母上，唱〕燒丹汞、煉藥苗，雲房静伴烟爐竈。輪指算、排六么，美英心志歸吾教。〔衆仙子白〕師父。〔魔囉仙子白〕過來見了。〔美英白〕是。師父在上，弟子董美英志心皈禮，伏乞師父大施慈悲濟度。〔盤陀老母白〕美英，你將萬慮丢開，一念清修，日後自有好處。〔美英白〕弟子有父母不共戴天之仇，可能報復麽？〔盤陀老母白〕兵民劫厄，周漢干戈。到那時節，方是你舒仇伸怨之日。我今念你具此孝心，爲此引你到來，將六門八陣三卷陰符慢慢傳授與你，你日後自有用處。〔美英白〕是，多謝師父鴻慈。〔盤陀老母白〕衆門徒。〔衆仙子應。盤陀老母白〕可將小法試與他看。〔衆仙子白〕領法旨。〔下。魔囉仙白〕啓師父：弟子日前與他較武之時，已將葫蘆遺獸之術試與他看過了。〔美英白〕師父，此法奇幻，弟子願學。〔盤陀老母白〕我這裏法術多哩，只怕你習學不及。〔二仙子上，舞劍，一仙子敗，遣鬼上跳，一仙子遣神荼鬱壘上，收鬼，下。又二仙子上，對鎗，一仙子敗，遣山石上攛科，一仙子遣四石匠上，作鑿石下。又二仙子上，對刀，一仙子敗。盤陀老母白〕住了。你們私自演習，不可多煩。再演下去，不過如是。試演一二樁與美英看了，他若要學，你們慢慢的傳授他便了。〔衆仙子白〕謹遵師命。〔同唱〕

【皂袍罩金衣】初習運神巧妙，使三華聚頂、精氣化虛渺。無常十種固堅牢，治心養性長生道。驅神役鬼、形體無勞，入水不濡、入火不燒。乘雲駕霧須臾到。〔盤陀老母唱〕净心學，上疆場敵鬥，要仇雪將漢家保。〔同下〕

第八齣　憾罪歸鄉

〔竇滔上，唱〕

【山坡羊】罪滔天皆因是讒臣致禍，念君恩怎教人悖理乖負。這名行是他行相染污，何日裏再把君恩報補。〔僂儸跟薛雲上，唱〕都是我牽連罪無辜。〔薛氏、月英、院子、梅香抱子隨上。薛氏、月英唱〕傷情最是分離苦，别去山崗，且回故土。〔同唱〕於戲嘆功業有若無，風波至顛險宦海途。〔竇滔白〕咳。〔薛雲白〕嗄，姐丈，你這番驚險，墮名敗爵，多是因由小弟而起。小弟之罪，萬死莫贖。但是有那奸讒蘇逢吉當權，姐丈亦難久保。〔竇滔白〕可不是麽？〔月英白〕姐姐，幸會知心，親如骨肉。早晚正好領教。這小妹無緣，姐姐别去，使我寸心如割也。〔竇滔、薛氏白〕嗄，兄弟，你們俱係忠良之後，將門之種。這緑林中營生終非美計，宜當及早回頭，庶可保全名命。〔薛雲、月英白〕是，謹領姐丈、姐姐訓誨。小弟等自當斂迹歸農，待時守分便了。〔竇滔、薛氏白〕好，此話在耳，不失家聲名節。〔薛雲、月英白〕我等欲屈姐丈、姐姐再爲盤桓幾時，歸鄉未遲。〔竇滔白〕咳，你們不知我造下彌天大罪，辜負漢主厚恩。作丈夫者不得爲忠，不得爲義，非如人也。我竇滔苟生人世，已難辭逆臣之罪。若再逗遛此山，甚爲叛寇無疑矣。望賢弟代我致謝衆位豪傑，説我不爲面别也。〔薛雲、月英白〕如此我們再爲相送一程。

〔寶溶白〕不消了，就此拜别。〔薛氏、寶溶同唱〕

【哭相思】拜别登程河梁赴。〔薛雲、月英唱〕分離不忍淚如梭。〔同唱〕今朝策馬天涯遠，他日相逢惆悵多。〔寶溶、薛氏下，院公、梅香隨下。內吶喊，薛雲白〕嗄，何處喊聲喧嚷？莫非有甚官兵來侵犯麽？〔月英白〕便是。我們作速回山，商量迎敵便了。衆僂儸，回山寨去者！〔合唱〕

【金梧落粧台】驀聽殺聲呼，想是官兵捕。要擒豹虎，准備窩弓弩。〔下。衆軍卒、將官、周霸、羅彦威、張光遠、光美、趙宏殷上，唱〕奉旨督兵，掃蕩群凶惡。須協力奮勇先將軍威佈。〔白〕下官趙宏殷，奉旨提兵勦捕桃花山寇薛雲等。前面相離山寨不遠。衆將！〔衆應〕須要奮勇殺賊，違者軍法從事。〔衆應，同唱〕號令森嚴，誰不生觳觫。〔下。衆僂兵僂將、董虎、董豹、薛雲、月英、裴繼先上，唱〕

【梧桐樹集】何來膽大徒，敢犯山頭虎。教他來時道有，回去無尋路。〔白〕俺們聞聽官兵侵犯，爲此整兵下山拒敵。衆僂兵，迎上前去！〔衆應，唱〕無端自要投網罟，片甲無回，還將他輜重擄。〔軍卒、將官迎上。裴繼先白〕何處官兵侵俺山寨？〔趙宏殷白〕不知死活的强徒，天兵到此，還敢抗拒。快將欽犯寶溶獻出！〔裴繼先白〕看錘！〔戰科。小軍、僂兵戰介，周霸、董豹，羅彦威、董虎，張光遠、月英，光美、薛雲，趙宏殷、裴繼先各上，戰下。月英上，白〕官兵十分利害，難以取勝。〔唱〕官兵驍勇無勝負。〔白〕嗄，有了。〔唱〕速展靈文，遣神相助。〔白〕待俺來遣神兵退他們便了。咀。〔衆神將上。月英白〕有勞尊神大展神威，速降飛砂風石，打退來兵便了。〔神將白〕領法旨。〔下。周霸上，白〕那裏走！〔月英、周霸戰科。

張光遠接戰，月英敗。兵將、僂兵又作戰科。衆神將上，官兵敗下，神將下。僂兵白〕來兵大敗。〔裴繼先等白〕收兵回山。〔衆應，同唱〕

【慶餘】飛灰走石黃砂霧，迷漫軍中旗號無。落得他踏踐逃回兵自殂。〔下〕

六段

第一齣　佔據鈴關

〔衆軍卒、健將、纛引史彥超上，白〕衆將官！〔衆應〕移兵往澶州去者！〔衆吶喊聲，唱〕

【好事近】敗北師旋恨怎休，志在滅漢歸周。投明棄暗，好教報雪冤仇。可喜先斬狼子，且除却奸佞讒臣後。〔史彥超白〕俺乃史彥超是也。爲報兄長之仇，興兵直抵汴京，指望拿住奸臣蘇逢吉，將他碎尸萬段，方消我恨。誰知被趙宏殷領兵阻攔，反殺俺大敗虧輸。且喜中途獲得奸子蘇泌，拿他剖心剜肺，活祭先靈，少洩胸中恨怨。只是如今進退徬徨，爲此領兵相投澶州郭彥威去。衆將官！〔衆應。史彥超白〕前面相離木鈴關不遠，此關乃蘇逢吉之爪牙徐仁把守。此人亦係奸邪之黨，爾等須奮勇殺過關者。〔衆白〕得令。〔唱合〕須奮勇殺奔關西，圖報覆依附澶州。〔下。衆軍卒、將官引徐仁上，唱〕

【又一體】重關威鎮擁貔貅，統領雄師糾糾。平章鈞令，整兵禦敵防守。〔徐仁白〕俺鎮守木鈴關總鎮徐仁是也。昨日奉蘇太師鈞命，道有歸德節度史彥超造反，兵犯汴京。賴漢主洪福，殺得他大敗，望西逃來。太師預先飛馬報道，命本鎮領兵攔截去路，休要放他過關。〔報子上，白〕報：啓將軍，史彥超領兵三千殺奔而來了。〔徐仁白〕知道了。再去打聽。〔報子白〕得令。〔下。徐仁白〕衆將官，就此領兵出關，迎敵去者。〔衆白〕得令。〔唱〕兵來將攩，休縱放這叛逆賊臣寇。縱饒伊插翅難飛，遭擒獲解獻俘囚。〔軍卒、健將引史彥超冲上。徐仁白〕呔，反賊，你領兵何往！〔史彥超白〕哇，俺乃晉漢功臣，只因漢主闇弱，聽信奸讒蘇逢吉言語，毒害俺兄長滿門。爲此氣憤辭官，往關西有事。汝知事者放俺過去！〔徐仁白〕我奉蘇太師鈞令，將你這反賊擒獲獻功。看鎗！〔史彥超白〕看刀！〔作戰科。衆攢下，卒子、軍卒、健將、將官上，戰，下。徐仁上，白〕阿呀，不好了嗄不好了。這史彥超十分英勇，果然是一員驍將也。〔唱〕

【縷縷金】俺氣吁吁難敵鬬，縱有强兵馬、非敵手。〔健將上，作戰科。徐仁唱〕怎攩他人如虎馬騎如彪，一個個精神抖擻。〔史彥超上，白〕呔，徐仁奸賊，看刀！〔作戰科，下。衆軍卒、將官、卒子、健將上，對介。史彥超、徐仁作戰，斬徐仁下。衆上，攢徐衆等敗下。史彥超等唱〕教伊喪戈矛(重)。〔衆將官上，白〕小將等願投麾下，情願獻關。〔史彥超白〕如此引導前往。〔將官白〕嗄。〔同唱〕

【又一體】獻關城非虛謬，主將空謀算，命喪陰幽。識時之人呼俊傑，良禽擇木投。〔重作進關，下。韓素梅、祐哥、鵑兒、四兒上，車夫隨上。同唱〕

【越恁好】離鄉背井㊥，挈家他方走。浮萍無蒂，任隨波逐浪游。風吹不定飄絮柳，東西逗遛。〔韓素梅白〕奴家韓素梅，自趙公子別後，屈指經年。有人傳説他回家又生大禍，殺了女樂勾欄，懼罪逃亡。奴家在大名府時向蒙趙公子世誼竇總鎮垂情照顧，以此不致匪人纏擾。〔四兒白〕是麽。自從竇總鎮老爺問罪進京之後，咳，可憐誰來照管我們？〔鴇兒白〕你呢，又守定了這位趙公子，又向你姐姐家領了這個外甥兒做兒，添人進口。我們這樣人家，坐喫箱空，仗着什麽過活？〔四兒白〕虧我還能柰。〔鴇兒白〕你什麽能？〔鴇兒作渾科。韓素梅白〕如今又聞得趙公子奔往關西地面去了。〔鴇兒同白〕爲此我們挈家而來，到木鈴關一帶尋訪他的消息。〔同唱〕路途風霜難經受，但得早會見，免孱僽。〔鴇兒渾科，下〕

第二齣　贈遞錦東

〔苗光義上，唱〕

【步步嬌】浪跡萍踪江湖遍，歷盡山川險，曾經幾度年。覓訪英賢，扮爲風鑑。〔白〕小生苗光義，遵奉師命遍訪英賢。先與興隆英主定下輔佐之臣，一路來也覓得幾人。必須蓋世英豪，方能幹功立業。咳，師父嗄，你這樁事雖爲拯救生民，欣覩太平，可知忙殺我苗光義也。〔唱〕自梁晉起兵燹，干戈擾攘無寧奠。〔下。史奎上，唱〕

【又一體】箕裘敗頹滄桑變，嘆着眼花光漸，凄涼秋滿天。人影孤單，怕對長空隻雁。俺豪傑自熬煎，幾時得遂凌鶚薦。〔白〕俺史奎，雁門人也。祖諱敬思，破黃巢立功，官爲九府都督，遭梁兵所害。先父建塘公襲蔭祖榮，只因晉國兵戈，散給家資，蓄恤士卒。後來漢禪晉祚，當道權奸，故此忠良解體，豪傑寒心。俺雖身出將門，未用王家。咳，俺一心有志，四海無依，不知何日是俺際遇之時也。〔唱〕

【江兒水】慚愧簪纓後，羞言光裕前。此身落魄似鳶飛線。際會他年，風雲便擎天，手段斯時獻。定國安邦功建，圖畫凌烟，博得姓揚名顯。〔白〕俺史奎只因家財散盡，一貧如洗，暫爲寄跡莊傭。奉東人之命進城公幹，一路間觀覽些山花野景，適可賞心怡樂也。〔唱〕

【五供養】山嵐翠巘，曲經嵯峨亂石峯巔。山窮少樹木，水竭斷流泉。這荒谿涸澗，崎嶇道紆迤盤旋。〔苗光義上，唱〕山路凹還凸，步俄延，呀瞥面驚人豪傑少年。〔白〕嗄，兄往那裏去？〔史奎白〕你那裏認識我，就來問話。〔苗光義白〕我們多是龍華一會之人，今日問了話，他日就識認了。〔史奎白〕我觀先生好像一位江湖術士。〔苗光義白〕不敢。小生善能風鑑，相人百不失一。〔史奎白〕好好好。左右是歇歇再行。在下相煩一相。〔苗光義白〕足下虎頭燕額，眉彩目神，兩顴高聳，鼻正口方，他年定不失封侯之貴。惜乎鬢際低垂，少年淹蹇。請問尊庚？〔史奎白〕二十二歲。〔苗光義白〕好了。山根明潤，天庭紫色。自今以後，漸見生色矣。應于明日午時當有大貴人相遇。如今足下何往？〔史奎白〕進城公幹。〔苗光義白〕呸，小生有柬帖一封，明日在西道枯井舖猖神廟左右相等。若遇着紅臉長大漢子，即是大貴人。你將此柬帖相遞，說小生苗光義寄上。〔史奎白〕那貴人姓甚名誰？〔苗光義白〕是東京趙指揮之公子趙匡胤。他年乃，〔作附耳科。史奎白〕嗄，趙公子。〔苗光義白〕足下日後功名富貴都在此人身上。〔史奎白〕是。多謝先生指引。〔苗光義白〕小生告辭，後會有期。請了。〔下。史奎白〕請了。〔笑介〕這一個相面先生胡言胡語，說得俺將信將疑。嗄，待至明日，看可有個紅面漢子便了。〔唱〕

【川撥棹】休信言，待明日試果然，那時節方准言驗(重)。當面裏傳書遞柬，這相逢會有緣，那相逢會有緣。

【尾聲】疾忙趲道完公件，回覆東人事畢全。明日裏呵，好會那英豪大貴賢。〔下〕

第三齣　玉音呵護

〔衆庫吏、寶藏神上，跳舞科。招財童引五猖財神上，同唱〕

【水底魚】職掌財源，豐盈庫藏衍。司分五路，金帛任我權㊣。〔白〕掌管財源五路分，職司九府寶金銀。流通百達豐饒富，裕國資民庫藏盈。俺們乃五猖財神是也。管轄天下財源，掌理人間利禄。俺們弟兄五人，司分五路。雖别東西南北，總之一理施行。那有福有德的永享富足，這無命無倖的久受貧窮。以此勸醒世人休生刻薄，妄想貪心。任伊千思百算，難逃冥冥中一算也。〔唱〕

【前腔】造化憑天，豈由人占先。貨財金帛，空積壘盈千㊣。〔中央財神白〕俺們奉上帝勅諭，道有赤鬚龍降凡，日後命世英主，開創宋室江山。現今厄運數奇，未際風雲。今日路過此間，歇廟借宿。命吾神等暗中保護。〔東猖財神白〕大哥，只是我們陰陽間隔，這枯廟之中又少床帳，怎生教他歇宿？〔衆白〕若是褻瀆了他，又恐違拂玉旨。〔西猖財神白〕不妨。我們使個神通，幻化凡人模樣，在此廟中博耍賭錢，誘他入局，渾攪一宵。待候天曉，送他登程便了。〔南猖財神白〕是嗄。三哥所言甚好。這裏又無好床好炕，省得他睡在這塵灰磚地，褻瀆了貴人。况他又是最愛博耍的，渾這一宵，十分使得。〔北猖財神白〕列位哥哥商量來商量去，無非是想他張天禄贈他的二百兩頭好。嗄。真正越是有銀錢的財神，還越在那裏打算別人的銀錢哩。〔衆作笑科。中央財神白〕俺們計較已定，等他來時幻化便了。〔衆白〕謹依大哥尊命。〔趙匡胤上，唱〕

【四邊静】逃灾避禍離京汴，身似操車輾。貪趲路途程，不遇茅簷店。〔白〕俺趙匡胤自從木鈴關與柴兄長、鄭賢弟分手，俺獨自一人竟逩首陽山，行了幾日路途，且喜平安。今日只因貪趲了路程，看看日暮，村店難逢。呀，你看前邊樹林叢中隱露屋脊，想是人家莊院。不免竟逩前去便了。〔唱〕翹望巍峩，屋宇峻軒，只道是村舍，原來是神殿。〔白〕五猖財神廟。呀，原來是一所古廟。此處又無村店，天色漸晚，不免進去捱宿一宵，明日再行。你看廟宇雖然坍塌，這神像到也威嚴。〔五猖財神下座，侍立科。趙匡胤白〕待我來禮拜一回。〔神作跪科，衆齊跪科，衆下。趙匡胤白〕嗄，神道嗄，弟子趙匡胤，漂浮無定，避罪投親。保佑俺平安道途，早到首陽。〔唱〕

【又一體】拜禮神聖秉誠虔，神像威靈顯。暫借神案上，且圖睡黑恬。〔白〕嗄，且喜這供桌寬長，不免拂去灰土，在此借睡一宵。〔作搬移爐竿科〕神道，弟子有罪了。〔唱〕褻漫神前，添我罪愆。〔内作呼么喝六賭博聲科。唱〕嗄，何處呼盧雉，攪人睡不眠。〔白〕嗄，這裏是所孤廟，何來賭博之聲？呀，你看那邊燈光隱隱，俺左右睡不着，不免去觀看一回。〔唱合〕何處呼盧雉，攪人睡不眠。〔下。抽彩人上，白〕抽頭爲活計，打彩作生涯。自家乃五猖財神座下一位庫藏神是也。尊神命我幻化凡人，爲抽頭打彩設局開賭模樣，安排賭具、骨牌、色子，鋪設下籌馬、色盆。有的是現成金銀。只顧我抽頭得利，那管他勝負輸贏。今夜裏接待英主，捱過這寂寞五更。我雖是幻化變相，也須要以假作真。呀，言未已，五位尊神來也。〔衆童兒捧金銀，隨五猖財神上，同唱〕

【又一體】買快舖牌博席前，冥鏹楮帛錢。一般的較爭先，呼么喝六，賭色勝點。〔抽彩人白〕列位，多來了，色盆、注馬俱已安排下了。〔衆唱〕先須講明言，要公平、無賒欠。〔作擲科。趙匡胤上，唱〕

【又一體】何處喧聲笑語闐，經步尋來見。原來是賭銀錢，舒拳擦掌，挨擠聯肩。〔白〕列位好高興嗄。俺也來隨喜隨喜。〔五猖財神等白〕你也要來博耍？輸了銀錢，不要後悔。〔趙匡胤唱〕愛賭貧無怨，怎知這博戲耍，是俺獨專擅。〔五猖財神等白〕如此我們來嗄。〔趙匡胤白〕哪，這是紋銀二百兩。局家過來，買一回籌注與我。〔抽彩人白〕是是是。有籌注。〔五猖財神等白〕俺們也不用買他的籌注，到是現銀交易，也覺爽快。〔趙匡胤白〕呸，也説得是。盆在那一位手？〔東財神白〕是我莊家，列位下注。〔趙匡胤白〕我是這一堆。〔西財神白〕注小。〔趙匡胤白〕第一注三十兩還嫌小？〔五猖財神白〕我們多是一百兩的注兒是最小的。〔趙匡胤白〕嗄，如此哪兩封。〔五猖財神等白〕多少？〔趙匡胤白〕一百兩嗄。〔東財神白〕我來擲了。嗄。〔作擲呼順科，作笑科〕順五子一色。〔趙匡胤白〕什麼什麼？俺看來。〔五猖財神等白〕這是五個二，一個么，名爲踏梯望月。〔趙匡胤白〕不錯。哪又是一百兩。〔南財神白〕我來擲你。〔趙匡胤白〕俺要買一盆。〔東財神白〕快在手不賣的。〔趙匡胤白〕你們這裏耍錢是欺生的麽？怎麽俺有注你不賣？俺偏要買。〔五猖財神等白〕是是是。朋友，你賣一色與他。〔趙匡胤白〕快。哈哈，是天地分老洋。〔五猖財神等白〕你看錯了。三六兩么，一二，多了一點，是子洋。要輸錢的。〔趙匡胤白〕嗄，又是俺輸了，再來。來。〔五猖財神白〕我們要過盆了。〔趙匡胤白〕呸，俺再下一擲。〔五猖財神白〕多少？〔趙匡胤白〕二百兩。〔五猖財神白〕銀子呢？〔趙匡胤白〕擲了與你。〔五猖財神白〕我們方纔講過的，是現注嗄。〔趙匡胤白〕是現注。俺走路之人，銀子帶得少，却有一件寶物在此。我若輸了，做個押賬。〔五猖財神白〕什麼？〔趙匡胤白〕黄金抽絲織成的一條鑾帶。〔作解下科。五猖財神白〕妙嗄，果然光彩耀人，晶瑩奪目。你要做多少輸贏？〔趙匡胤白〕俺只賭一千兩。〔五猖財神白〕五百兩罷。〔趙匡胤白〕一千兩。又不賣與你們，總是要贖取的。〔五猖財神白〕就是這樣。我們來來來，大家下注，讓他擲個俱利順統。〔各下金銀科，同唱〕

【又一體】滿桌金銀耀彩鮮，只憑這一色本返轉，高聲來呼喝色兒圓。〔趙匡胤白〕六六六。〔作再擲科。五猖財神唱〕色子成五點，莫動手、休揎拳。〔趙匡胤白〕怎麼不教擲了？〔五猖財神白〕你已出了點兒了，還要擲，這不是個五點麼？〔趙匡胤白〕待俺來看。咦，這是個快要輸錢的。〔五猖財神白〕這是五點，我們輪次赶點，赶不上，自然你贏。〔趙匡胤白〕不用你們赶點，這也是有名色的。〔五猖財神白〕叫什麼？〔趙匡胤白〕叫叫叫，〔作滿桌擄搶科〕叫奪錢五。〔五猖財神白〕嗄，怎麼你硬搶起來了？〔趙匡胤白〕是俺贏的。〔作打科。内鷄鳴，衆下。趙匡胤白〕這些狗頭，多躲到那裏去了？呸，你聽鷄犬聲聞，天光發亮。待俺來，〔作看桌上科〕嗄，怎麼這滿桌金銀多是紙糊的？且喜俺的原銀還在此。〔袖

銀出廟科〕呀啞，莫非俺趙匡胤一夜遇了鬼了？ 咳！〔唱〕

【水底魚】一夜鬼纏，賭博通宵戰。迷人伎倆，作祟有千般(重)。〔史奎上，白〕俺一路尋來，並不見什麼紅面漢子。〔趙匡胤白〕嗄，你這人，行路怎不仔細，走了俺身上來。〔史奎白〕阿呀，小子失眼，原來是一位大貴人。〔趙匡胤白〕俺也不愛你奉承，你去罷。〔史奎白〕來來來。小子有書柬一封，耑此寄達。〔趙匡胤白〕是那個寄與俺，什麼書柬？〔史奎白〕請觀其詳，便知明白。〔趙匡胤白〕取來。枯井鋪裏宜早離，枯水井裏龍怎居。遇鬼休把錢來賭，華山只換一盤棋。空送佳人千里路，香魂渺渺枉嗟吁。稻花山上有三宋，古寺禪林戰馬嘶。五索州中休輕入，三磚兩瓦砲來飛。貶却城隍與土地，那時依舊在關西。雁行重叙正相歡，水泛城垣禍怎離。關東再與君推算，眼望陳橋兵變期。山人苗光義謹筆。嗄，這詩半明半暗，一時不解其意。〔史奎白〕嗄，這柬帖是位相士苗先生教我寄與公子的。〔趙匡胤白〕豈敢。足下何人，怎麼知俺來歷？〔史奎白〕小可史奎。這來歷也是苗先生對我說的。說公子大貴，日後還有天——〔趙匡胤白〕禁聲。〔附耳科〕唔，又是這野道胡言，休要信他。〔史奎白〕公子，小可現今傭作人家，不敢相離陪侍。日後公子發跡，倘有用着小可，當得効勞輔佐。〔趙匡胤白〕唔，你休信他言。俺趙匡胤避禍天涯，行止無所，焉能發跡？〔史奎白〕公子日後自有應驗，小可告辭。相逢猶嫌晚，〔趙匡胤白〕話別却匆匆。請了。〔史奎下。趙匡胤白〕昨日遇了鬼，今早又遇了這無影無踪的話兒。則這兩樁事兒呵，〔唱〕

【尾聲】正是勢敗主遭奴欺賤，時運衰微被鬼祟牽。這一夜消遣，在夢寐間。〔下〕

第四齣　金蘭反目

〔鄭恩上，白〕咳咳咳，什麽苗先生苗光義相咱日後要封王、要拜爵，教咱呢撇了這香油買賣，在銷金橋救了咱二哥，又遇着這位病柴哥，結拜了弟兄。如今二哥呢，又往首陽山投親去了。咱與大哥同出關來，指望消完傘貨，一同去尋二哥。誰知他又害起病來，調理了半個多月。如今稍得痊疴，只是盤纏使盡，怎麽回去？〔唱〕

【鵝鴨滿渡船】咱是鹵村夫性愚懞(重)，信惑胡言心自惷。希冀王位榮(重)，因此跟隨他行伴侶，又説什麽黑虎雙龍。今日個困英雄床頭金盡，面失容嗟吁豪氣冲(重)。〔白〕阿呀，且住。少傾咱大哥問起這一車雨傘來，怎麽樣回他？〔作想科，白〕呸呸，咳，〔唱〕佯作痴獃，權粧傻聾，兀的不是事難朦朧。〔店家上，白〕接招千里客，安歇四方人。客官，客官。〔鄭恩白〕怎麽？〔店家白〕二位客官歇在小店中有一個多月了，我們可要拿這房飯錢來算算。〔鄭恩白〕那房飯錢麽？〔店家白〕正是。〔鄭恩白〕下月總算。〔店家白〕小店本錢少，求客官付清這個月，下月再喫再算。〔鄭恩白〕没有錢。〔店家白〕没有錢，銀子是一樣的。〔鄭恩白〕銀子也没有。〔店家白〕前日客官賣去的車傘銀子那裏去了？〔鄭恩白〕咱們這位柴客人請醫喫藥用完了。〔店家白〕只怕不是柴客人請醫喫藥用完的，都是你鄭客人喫肉喫酒用完的。〔鄭恩白〕呔，你這驢球，管喒怎的？〔店家白〕不是我來説客官，這嘴原不要這樣饞的，今日欠的正項飯錢嘿，就有得還了。〔鄭恩白〕不還了。〔店家白〕喝唷，那裏來的白喫光棍嗄！〔鄭恩白〕呔！你駡喒光棍麽，照打！〔作打科。店家喊柴榮上，白〕嗄，三弟不要動手，不要動手。〔鄭恩白〕呸，看喒大哥情面，饒你這驢球。〔店家白〕喝唷，懞喫懞喝了我一個多月，倒是以打相謝。好不講理的老苗。〔柴榮白〕看我薄面，那房飯錢有我在此。〔店家白〕嗄，有柴客官在此，罷了。我們要賬的人，只要有人應了就罷了。〔鄭恩白〕驢球，你還要多講，閃開！〔店家白〕是是是。客官，你不要發窮及，我就走開，好讓你們哥兒兩個擡揁。〔下。鄭恩白〕這驢球！〔柴榮白〕嗄，三弟，你爲何性子只是如此？欠了房飯錢，自然應還，怎麽去打他？〔鄭恩白〕喒的大哥，因兄弟没有錢還他，所以如此。〔柴榮白〕嗄，羞惱成怒。〔鄭恩白〕嗄，這個麽是回債的妙法。〔柴榮白〕你這妙法雖好，只是忒不講理。没有錢，愚兄還有雨傘一車，未曾發售。如今愚兄病也好了，你將那雨傘推出來帮我去發脱了，就有銀錢還賬了。〔鄭恩白〕喒的哥哥，真正是背時運的了。那雨傘在夏景時候當今之際用得着，如今秋末冬初，誰見買雨傘用來。〔柴榮白〕嗄，依你説，我這一車雨傘難道推轉回去不成？〔鄭恩白〕哥哥的傘車，兄弟早已替哥哥着人推回去了。〔柴榮白〕阿呀，此話你莫非瘋了！〔唱〕

【赤馬兒】怎出口中，言渾語瘋，毆氣成病，也吱唎未洽和同。〔鄭恩介白〕自己倒運失時，到怨喒與你擡揁。〔柴榮連唱〕人難久美，花難艷永。何爲義重，怎生常隨相共(重)。〔鄭恩白〕原來大哥説了半日，棄嫌着喒。寔告訴了大哥罷，這車傘兄弟替大哥代爲發脱了。〔柴榮白〕你也會發脱雨傘，銀子呢？〔鄭恩白〕銀子使用完了。〔柴榮白〕嗄，銀子使用完了？ 咳，就留下空車了？〔鄭恩白〕車兒也賣了。〔柴榮白〕什麼車兒，多賣了好，乾净！〔唱〕

【拗芝蔴】聞言氣搥胸，本利將他送，我命運窮、遭伊弄。〔鄭恩介白〕大哥，喒們是結義弟兄，使用了幾兩銀子罷了，這般氣惱。〔柴榮連唱〕流落他鄉墉。〔鄭恩白〕大哥不要生氣，病後之人要調理保重。 待兄弟後日發跡了，加利償還。〔柴榮白〕呸，等你日後發跡，現在欠人家房飯錢拿什麼還他？〔鄭恩白〕這個——〔作不語科。 柴榮白〕回去的盤纏拿什麼使用？〔唱〕你道他年發跡償還奉，此際如何來彌縫。 教人怎不怨伊儂。〔鄭恩白〕大哥，喒鄭恩是做豪傑的人，爲了這幾兩銀子，大哥就反目無情，千般埋怨。 罷，自今以後，你幹你事，喒做喒的。〔唱〕

【慶餘】一朝反目忘情重，只爲資財絶義朋。〔店家上，白〕嗄，客官，你一人投到那裏去？〔鄭恩白〕不用你管。 走走走。〔店家白〕這個人好硬心腸，用完了人的資財，他竟全不管走了。 噲，柴客官，你不用發悶，這房飯錢是小事，你的病纔好些，身子要緊。〔柴榮白〕是阿。 呀，多謝店主人雅愛，我柴榮有一好日，决不想忘。〔店家白〕好説，好説。 請到裏面去養息養息罷。〔柴榮白〕咳，罷。〔唱〕這是我厄運迍邅命數逢。〔店家白〕不用心煩，有我在此。〔下〕

第五齣　稔歲豐收

〔衆徒弟引韓通上，跳科，同唱〕

【粉孩兒】匆匆的奔關西離大名，抱羞顔避躲這强逞。灾眚受辱胯下漢，淮陰大丈夫能屈能伸。〔白〕俺韓通自從那日遇着了這强狠趙匡胤，佔去勾欄，敗我英名。爲此俺無顔住在本地方，糾合徒弟們同往關西，奔澶州投郭彦威麾下從軍，以圖進身之策，博得一官半職，好雪敗辱之耻。衆徒弟！〔衆應。韓通白〕我們速速趲行。〔徒弟白〕師父，我們衆人多走得饑渴了，要尋個店坊歇歇再行。〔韓通白〕俺們到前邊去，不論村居莊院，借些水喝，逢有店坊，再歇中伙便了。〔衆白〕是。〔同唱〕遇村坊覓水尋漿，解渴病何覓文君。〔下。小廝隨鍾成上，唱〕

【紅芍藥】時和稔年歲豐登，倍收獲喜報秋成。樂煞莊農倉廩盈，家家户飽煖歡欣。〔白〕老漢鍾成，嫡姓韓氏，祖居山西，平陽鎮人也。家傳富足，頗有莊田。所仗這耕種自食，幸虧我嗇刻成家。真正是一文不捨，半文不費。以此村中人都稱呼我爲鍾員外，又有個外號叫鍾刻鬼。今歲靠仗龍天福庇，大獲豐收。目下秋作方殷，爲此唤集佃工往大田去割刈高粱稷子。老漢放心不下，不免自去監看走遭。嗄，小二，長工們多齊集了麽？〔小廝白〕多齊集了。他們多先往地邊去了。〔鍾成白〕

如此，可曾預備下些茶水與做工人喫？〔小厮白〕員外，小二早已預備下一礶子白開水送去了。〔鍾成白〕嗄嗄嗄，爲什麽不使茶葉？〔小厮白〕員外，還是去年買下五文錢茶葉末子，用得到今年麽？〔鍾成白〕小二，來來來，我們在地下撿些樹上落下來的黄葉兒放在這開水内，哄他們只説是茶葉便了。〔小厮白〕他們衆人問起我來是什麽茶葉，怎麽回答？〔鍾成白〕你説是頂高的大葉香片。〔笑介。小厮白〕員外，這個算盤忒打得精了，不怕人笑駡。〔鍾成白〕嗄，小二，〔唱〕由他笑駡我嗇刻吝，須知道儉節爲本。古人云大富由天，小康阜使用儉省。〔虚白下。衆佃户上，同唱〕

【縷縷金】傭工作勞力勤，春耕與夏種秋望成。下地割刈稷挑肩成囷，人人手脚不留停，搬拿如蟻運(重)。〔韓通、徒弟上，唱〕

【會河陽】迤逦行來山荒僻徑，人烟寂静悄無聞。何尋溪流澗泓、水清泉井，止渴吻，無梅林。〔徒弟白〕好了，好了。那邊有一簇人在地裏割刈高粱，想他們作工之人必有茶水現成。我們上前去借些解渴。喟，做工的村翁們，我們是行路過客，一時口渴，欲與你們求借些茶水解渴怎麽樣？求借些茶水，那裏就不行個方便。〔佃户白〕我們的茶水自已做活的還不够飲，那裏還有得與你們。〔徒弟白〕求衆位行個方便。〔佃户白〕我們村人不曉得什麽方便。況且我們主人知道了，就了不得。〔徒弟白〕什麽大事，你們員外這樣嗇刻？〔佃户白〕不敢欺。我們主人有名的嗇刻鍾。〔韓通白〕俺們不要與他多講，取他的茶礶過來。〔同唱〕伊們爲茶漿偏多論，俺們畧借來沾喉潤。〔徒弟搶茶礶科。佃户白〕

怎麽你們這樣不講理，竟搶起來？莫非是一夥强盗麽？〔韓通等白〕什麽，罵我們强盗？打這些村牛！〔衆應，作攢打科。一佃户逃下，衆對科，一佃户上，白〕阿呀不好了，不知那裏來的一群惡人，硬搶就打。不免去報與東人知道。〔佃户下，衆上，對攢介。鍾成引莊丁上，同唱〕

【越恁好】忽聞信報(重)，何來這一群似狼如虎劫奪搶胡爲逞，無禮無法任强横，前來縛擒。〔白〕老漢正欲前去監看收割稷子高粱，忽聞長工報來説，來了一起外路之人，竟用强打搶，又打倒了我們多少做工之人。我一聞此信，急唤集莊丁們各執棍棒，前來擒獲他們。〔内喊科。莊丁白〕員外，你看那邊不是我們長工，被他們打在一處了。〔鍾成白〕你們齊心奮勇，擒住他們。〔衆應。鍾成白〕我且到那邊躲一躲去。〔下。韓通等追佃户等，攢打莊丁，接對下。韓通白〕吠，誰敢來！〔徒弟白〕他們多被我打散了。〔韓通白〕我們一不做二不休，打到他莊上去。〔衆應，下。鍾成上，白〕阿呀呀，不好了。〔唱〕村人鼠竄逃亡奔，家人狼狽忙逃命。〔韓通、徒弟等上。鍾成白〕住了，住了。壯士、好漢，且不要動手，有什麽話有什麽事，小老一一依從。〔韓通白〕俺們不爲什麽，要借些茶水解渴，這等作難！〔鍾成白〕是是是。衆位好漢要喫茶，小老預備，請息雷霆。〔韓通白〕呣，你這老頭兒早説，俺們也不打了。〔鍾成白〕請問壯士們多是那裏人氏，何方公幹？〔韓通白〕你要問我們麽，大名韓二虎韓通就是我。〔鍾成白〕如此可認得一位韓彦瑞？〔韓通白〕嗄，就是家父，棄世多年了。老人家問及怎麽？〔鍾成白〕如此，你是我聽郎侄兒。〔韓通白〕我乳名正是聽郎，你何以知之？〔鍾成白〕老漢即是你之叔韓彦祥，只因幼年跟隨西商鍾某，螟蛉作子，以此改姓易名。〔韓通白〕嗄！〔笑介〕不道打了這半日，到打出親來了。〔鍾成白〕愚叔小莊不遠，請侄兒與衆位到小莊慢慢細述始末。〔韓通白〕是。叔父請。〔同唱〕

【紅繡鞋】天涯相會宗親㊂，根由細述原因㊂。逢邂逅、叙分明，幼分散、繼螟蛉，骨肉聚、喜眉心。〔下〕

第六齣　串謀恒産

〔衆丫鬟隨卜氏上，唱〕

【字字雙】奴家容貌賽如花。〔丫鬟白〕奶奶什麽花？〔卜氏唱〕喇叭。〔丫鬟白〕嗄，喇叭花。〔卜氏唱〕十指尖尖似鐵打。〔丫鬟白〕鐵打的像什麽傢伙？〔卜氏唱〕釘鈀。櫻桃小口血盆大。〔丫鬟白〕什麽嘴？〔卜氏唱〕蝦蟇。身材窈窕像什麽？〔丫鬟欲問，縮口科。卜氏唱〕冬瓜，冬瓜。〔丫鬟白〕奶奶，你這個冬瓜是有腿肚子的麽。〔卜氏白〕没有腿，教我怎麽樣出來？〔丫鬟白〕是，奶奶有腿。〔卜氏白〕奴家鍾卜氏，雅號賽西氏。年紀四十多，丈夫倒嫁過二三十人。人道我是孤鸞星照命，所以妨夫。我只道是紅鸞星命犯，是爹媽養我這一日，我嫁到現在這位嗇刻鍾丈夫，教我把那嫁丈夫的心腸冷了半撅。〔丫鬟白〕這麽説，奶奶往後去不嫁人了？〔卜氏白〕不是不嫁。嗄，那後婚再嫁，原爲的是圖吃圖穿。怎麽着這嗇刻鍾，他一文不花，半文不捨，終日隨他薤鹽淡飯。阿呀，可憐嗄，饞得我吐沫子白嚥下去，饞虫兒飯得瘡直，咳，想我丈夫枉有這萬貫家財，又没個一男半女，省下家財給誰？我也没有什麽盼他，盼他早早兒的湊我這些亡夫之數，我就大吃大樂，大喝大花這麽一回。〔衆丫鬟白〕奶奶，你大吃大樂的時候，也帶挈帶挈丫鬟們嗄。〔卜氏白〕這是一定之規。常言説一人有福，拖帶滿屋。〔衆丫鬟白〕這麽，丫鬟們樂定了。〔卜氏白〕你回來睄跟着我過，包管大樂。今日這刻鬼到地裏看收割高粱稷子去了。〔衆丫鬟白〕是嗄。他老怕人家藏起些來，所以他步步仔細。〔卜氏白〕來，你們扶着我走。〔衆丫鬟白〕是。丫鬟們扶着你老走。〔卜氏白〕喝唷，疼殺我也。〔衆丫鬟白〕怎麽？〔卜氏白〕我這三寸金蓮上長了這麽大一個鷄眼，所以走道兒疼。喝唷，喝唷。〔同下。卜成仁上，唱〕

【前腔】性格生來愛奢華，瀟洒。花街柳巷聽琵琶，嫖耍。吃酒賭錢戀嬌娃，肯花。資財蕩盡不疼他，敗家。敗家。〔白〕小子卜成仁，父親卜積善。生下我來，家財頗有，田産盈餘。只因我愛吃愛耍，把金銀蕩盡，幸虧我有個姑娘嫁與富户員外。只是他嗇刻太過，親戚面上一毫無惠。不但我恨他，就是我姑娘亦恨及於心。今日我輸完罄盡，無法可施，只得到他家去借貸些須，以博手頭寬鬆。説得有理，就去走遭。行行去去，去去行行。咦，到了，待我逕入。嗄，姑娘在家麽？〔衆丫鬟隨卜氏上，白〕是那個？阿呀呀，原來是我那侄兒。〔卜成仁白〕姑娘拜揖。〔卜氏白〕罷了。你這幾日耍興如何？〔卜成仁白〕托賴姑娘，輸完大吉。〔卜氏白〕你今日此來何幹？〔卜成仁白〕今日特來探望姑娘。〔唱〕

【皂羅袍】今朝特誠造府，念侄兒終日喝雉呼盧。〔卜氏白〕咳，少耍我。大哥這分家財也不是容易挣來的。〔卜成仁唱〕金資蕩盡家難度。〔卜氏白〕這麽着，你还要耍？〔卜成仁唱〕從今醒悔必改過，爲此懇求借貸錙銖不多。望乞應允憐憫濟我，他年償奉無敢負。〔卜氏白〕你今日來商量借貸，並不是我做姑娘的不肯。你是知道你這姑爹，他是一錢如命，永遠不痛別人。你今日個要借，等你姑爹回家，你與他當面說。〔卜成仁白〕姑娘，侄兒與他當面說。他若不允，侄兒有方法。〔卜氏白〕侄兒，你有什麽方法？〔卜成仁白〕侄兒用硬開弓。〔卜氏白〕怎麽硬開弓？莫不然你拿刀殺了他？〔卜成仁白〕侄兒不是殺他，去沽些酒來請他一醉哪。〔出刀科。卜氏白〕喝唷，這是你頑兒的麽？〔卜成仁白〕唬嚇唬嚇，他必然肯借與侄兒了。〔卜氏白〕侄兒，這項人不要說你唬嚇他，你就真殺他也是不借。〔卜成仁白〕如此說，侄兒的方法也絶無可施也？〔卜氏白〕我教你個方法，他若是肯借你就罷。〔卜成仁白〕他不允呢？〔卜氏白〕他不允，你竟直的把他殺了，這一分潑天大的家私都是你的了。〔卜成仁白〕姑娘，你難道不教侄兒償命麽？〔卜氏白〕阿呀，我那侄兒，〔唱〕

【前腔】自古婦人最毒，更且他是我後嫁之夫。他皆因刻吝意偏左，我陪他終日熬煎苦。〔白〕侄兒，你將他斷送了，自要你往後去孝順我姑娘。〔卜成仁白〕這個自然孝順。〔卜氏唱〕將他斷送命見閻羅，你登時發跡陡然巨富。只要你莫忘今日我主謀姑。〔卜成仁白〕我們這樣商量雖好，只是這些丫鬟姐姐們是要知道的。〔衆丫鬟白〕卜大爺，你只管放心，我們也是跟着這嗇刻人不情願。大爺若得了家財，只要在我們面上慷慨些兒就有了。〔卜成仁白〕好，我卜大爺若得了你家員外家財，我日日犒賞你們。〔衆丫鬟白〕如此，我們有福同享了嘎。〔同唱〕

【好姐姐】謀圖日裏擒烏，計就矣月中拿兔。但願事成，休生灾障阻。〔卜成仁白〕如此，列位姐姐少傾務要帮我動手。〔唱〕力齊努，仗蒙娘行相帮助。走漏風聲怕好事磨。〔卜氏白〕就是這樣計較，我們進去歇歇去。〔同下。鍾成、韓通、衆徒弟上，同唱〕

【川撥棹】回莊户，叔遇侄、喜氣和。今日個邂逅長途(重)。到家庭把衷情細訴，這奇逢巧會合，那奇逢巧會合。〔鍾成白〕這裏是了。〔家人上，白〕員外回來了。〔鍾成白〕你快去吩咐厨下熬他大大的一鍋稀粥，預備些醃菜。〔家人白〕是。〔鍾成白〕嗄，賢侄，你們可先在外堂少坐，待老漢進去就來。〔韓通白〕是。〔家人白〕韓爺與列位這裏來。〔引下。鍾成白〕嗄，安人，安人在那裏？〔衆丫鬟隨卜氏上，白〕員外回來了。今日看收高粱稷子辛苦了。〔卜成仁白〕姑爹，内侄卜成仁拜見。〔鍾成白〕嗄，你一向爲何不來，今日到此何事？〔卜成仁白〕小侄事忙，失于問安。今日到府有事相求。〔鍾成白〕相求何事？〔卜成仁白〕特來告借。〔鍾成白〕借什麼？〔卜成仁白〕不拘銀錢，借貸些須。小侄發跡，自當加利奉償。〔鍾成白〕嗄嗄嗄，老漢自己過不來，那有得借貸與你？賢侄休得取笑。〔卜成仁白〕並不取笑。姑爹允與不允？〔卜氏白〕是嗄，員外，你肯不肯罷？〔鍾成白〕没有。〔卜氏白〕自己親戚，借些與他。〔鍾成白〕安人，我的窮難道你也不知道麽？〔卜氏白〕侄兒，你回去罷。我們家裏寔寔的窮不過，有這麽幾十萬貫的家財，四五百頃的田地，窮嗄。〔卜成仁白〕姑爹真個没有？〔鍾成白〕没有！〔卜成仁白〕果然没有？〔鍾成白〕果然没有！〔卜成仁白〕没有，没有。罷了，姑爹何必動怒，侄兒原是取笑。今日一來呢探望姑娘，二來侄兒帶得一瓶家釀酒在此，特來孝敬姑爹。〔鍾成白〕侄兒有酒？老漢最喜吃的是酒，你去取來！〔卜氏白〕我家員外最喜吃別人不花錢的酒。〔卜成仁白〕姑爹，上好的美酒在此，請你嚐嚐。〔鍾成白〕擺下。丫鬟們，斟起來！〔同唱〕

【五供養】佳釀一壺，特携將來敬奉姑夫。且開懷來暢飲。〔卜氏白〕酒可喝了，這錢到底借不借？〔鍾成白〕咳，〔同唱〕切莫皺眉窩。〔卜成仁白〕姑爹，你不用發愁，侄兒不要借。再請用一鍾。〔卜氏白〕請嗄，斟酒。〔鍾成白〕够了。〔卜成仁白〕姑爹，這酒好不好？〔鍾成白〕好高酒。〔卜成仁、卜氏白〕如此，再吃一鍾。〔韓通暗上，白〕好笑，俺路遇這位叔父，留我們到家，自己進去竟不出來了。什麽意思？待俺進去打聽打聽。〔卜成仁、卜氏、衆同唱〕想人生當酒酡，到九泉一滴曾何。〔卜成仁白〕請姑爹再飲一鍾。〔鍾成白〕醉了。〔韓通白〕嗄，原來他們在彼飲合家歡。〔鍾成白〕寔寔吃不下了。〔卜成仁白〕吃不下了？請問姑爹，這錢到底借不借？〔鍾成白〕嗄，原來你們設計灌醉了我，硬要與我借錢。我酒雖醉，倒底不借！〔韓通白〕嗄，他們設計要借錢？〔卜成仁白〕侄兒今日偏要借！〔卜氏白〕借定了。我們中保酒多喝了。〔鍾成白〕没有得借！〔卜成仁作出刀科，白〕没有？哪，你看這是什麽！〔韓通白〕嗄，怎麽這狗頭借錢取出刀來？這是强逼强借的意思！〔鍾成白〕怎麽，你拿刀來嚇我？你就殺了我到情愿，這錢斷斷不借！〔卜氏白〕員外，性命比錢要緊，借了罷。〔卜成仁白〕你真不借，我就真殺了？〔作殺，韓通進門奪刀科，白〕呔！白晝持刀，用强逼詐，着打！〔卜氏白〕阿呀，那裏冷骨釘的來了個賊！丫頭們，大家動手拿賊要緊。〔韓通白〕你們這班謀害家主没良心的狗男女！〔卜成仁白〕姑爹，你不肯借與人，如今賊來偷你的了。〔鍾成白〕阿呀呀，你們不要打，仔細傢伙，不要碰磕壞了。不好不好，待我將這些盃筷酒壺藏過了。倘或損傷，又要花錢收拾。〔下。衆徒弟上，白〕裏邊爲何熱鬧？阿呀，我們師傅入了蜘蛛陣了，我們進去。〔作進打科。韓通白〕徒弟們，將這些狗男女拿住了！〔卜成仁白〕姑爹，姑爹，你不肯借錢與人，如今强盜來打劫了。〔韓通等白〕放屁！〔作打丫鬟等下。鍾成白〕阿呀呀，不好了。這便宜酒喝不得了，就大鬧起來了。家人們快來！〔衆家人上，白〕員外，有何吩咐？〔鍾成白〕内堂打起來了，你們進去擒住他們。〔衆白〕是。〔下。徒弟、丫鬟上，打；家人上，接打；韓通、卜成仁上，打科。鍾成白〕不是。你們打錯了，這是我的侄兒，打不得。〔家人白〕我們没有錯，我們還帮着卜大爺在此打人哩。〔鍾成白〕不是這個侄兒。〔卜成仁白〕管家們，不要聽他，他醉在那裏。幫着我打不錯。〔韓通白〕狗頭，我也不怕你們！〔又作打科，捉住卜成仁。鍾成追卜氏上，白〕阿呀，了不得了。怎麽你拿我？〔鍾成白〕多是你們姑侄二人串通謀我，虧得我侄兒在此救我，不然喪于你們手中了。〔卜氏白〕這麽睄我侄兒面上？〔韓通、徒弟作擒卜成仁、丫鬟上，同唱〕此際遭擒縛，自招這風波。〔卜氏白〕阿呀，你説我侄兒是救你的好人，怎麽也將他綑縛了？〔韓通白〕叔父，那行兇賊徒侄兒將他拿住在此，請叔父作主發落。〔卜氏白〕嗄，他又鬧出一個侄兒來了。〔卜成仁白〕逢我們這些好人都是他的侄兒。〔鍾成白〕將他們剥去衣裳，都赶他們出去。〔衆應，剥衣科。鍾成白〕你們都走出去。〔卜氏白〕員外，我和你夫妻之情，饒了我罷。〔鍾成白〕没廉耻狠心婦人。侄兒，打他們出去。〔丫鬟、卜氏白〕是了是了，我們走。〔丫鬟白〕安人，如今是跟定你了。〔卜氏白〕跟定我，管教你們大樂。〔卜成仁、丫鬟白〕咳。〔合唱〕謀事不成反遭驅逐。〔下。韓通白〕叔父受驚了。〔鍾成白〕多感賢侄與衆位相救，老漢備有蔬飯，請到裏面去。〔韓通白〕叔父請。〔鍾成白〕衆位請。〔下。卜氏、卜成仁、丫鬟上，唱〕

【僥僥令】一番空計較，好事遇灾魔。〔卜氏白〕站着，站着，丫頭們多跟定了我。〔衆白〕方纔説過的，帶挈帶挈我們嗄。〔卜氏白〕方纔説過的大吃大樂大喝大花。〔衆白〕在那裏吃？〔卜氏白〕跟着我討吃。〔卜成仁白〕姑娘，你們不要抱怨，有侄兒在此。侄兒又生一計。〔卜氏白〕你如今還有計？〔卜成仁白〕哪，有這些姐姐們在此。〔唱〕仗着這烟花爲門户，況有姑娘把主。擺一座迷魂陣風月窩，開伎院賺商賈。〔卜氏白〕説得有理。〔同下〕

第七齣　君貴見姑

〔柴榮上，唱〕

【憶秦娥】英雄困，自嗟厄運相灾病(重)。咳，他鄉流落，孰個怜憫。〔白〕流落他鄉途路貧，只緣灾禍病相侵。可嘆無義金蘭友，撇我煢煢旅店存。我柴榮，販傘出關，指望貨脱獲利，早返家園。誰知運途蹇厄，在旅店中染了一場大病，半路裏又結識這位好兄弟，把我資本用盡，嘔氣分離。我如今只落得空拳素手，流落天涯。還虧得店主人資贈盤纏，聊爲路費。打聽得我姑丈郭彦威現在澶州鎮握兵權，爲此一路挨問前來。只是盤纏短少，免不得學那吹簫吴市、乞食淮陰。想起來好淹煎人也。〔唱〕

【山羊嵌五更】嘆窮途空囊四海，夢魂中家鄉何在。影孤單孑身無主奔天涯，孰個相依賴。這是我命未通，時未泰。權爲仿効吴市吹簫丐。夫子當年曾絶糧陳蔡。傷哉，異鄉人地生陌悲哀。倘或喪溝渠，誰葬埋。〔白〕呀，但見前面城垣隱隱，房市叢叢。想必澶州不遠了。待我緊行幾步，緊緊行幾步。〔下。中軍上，白〕轅門戈戟森森立，虎帳刀鎗擠擠排。鼓角三通驚鳥絶，一聲雷炮震天垓。俺們乃澶州節度兼樞密大使郭元帥麾下中軍官便是。俺元帥權統百寮，威震四方，諸邦拱服，各鎮馳名。那清豐鎮、黄姑鎮、廣平鎮、廣昌鎮，鎮鎮寧謐；礬山堡、土木堡、子牙堡、馬臺堡，堡堡相安。俺爺總握三軍司命，提調十萬雄兵。真個是言行山嶽皆驚動，令發鬼神凜恪遵。今聽轅門鼓角，晚堂時分。只恐大老爺傳喚，只索在此伺候。〔柴榮上，唱〕

【二集山羊】急匆匆程途赶快，喜孜孜到澶州地界。羞澁澁怎能進謁，觳觫觫慚愧窮寒態。〔白〕且喜進得城關。但見風景華麗，氣象規宏，果然好座澶州城也。呀，這裏有所大轅門，上面有字。待我看來：雄藩重寄。嗄，這就是節度使衙門了。不知可是我姑爹郭彦威在此？〔中軍白〕吠，狗頭，怎麽背地裏呼俺帥爺的名諱？好大膽，還不走！〔柴榮白〕是。請問二位尊官，你們帥爺是那裏人氏？〔中軍白〕是邢州人。〔柴榮白〕嗄，是邢州人。如此説來不錯的了。真是在下的姑丈。煩你們報去，説滄州柴榮柴大官人到了。〔中軍白〕混賬，俺們帥爺簪纓世胄，閥閲名家。那有你這窮酸親戚。還不走，欠打！〔柴榮白〕千真萬真的親戚，並不是假冒。〔秋蘭上，唱〕宛步上長街，主命把花針買。何處男兒逼窄的形容憊。〔中軍白〕你明明是拉攀高貴。這樣伎倆，我老爹們多是幹慣的。别人受鑽，俺們不信。〔柴榮白〕二位，我是真正官親内戚，並不是什麽拉近。相煩傳報，不錯的。〔秋蘭白〕你們在此争論什麽？〔中軍白〕不知那裏來了一個花子，在此冒認大老爺的内親。〔柴榮白〕我不是冒認，真是嫡枝嫡派。滄州柴氏是有名的望族，誰不知曉。〔中軍白〕你既是内親，恰好有位内衙姐姐在此，你到告訴他。〔秋蘭白〕嗄，你是滄州柴官人麽？是我家老爺什麽親？〔柴榮白〕是内侄。〔秋蘭白〕是内侄？〔作想介〕是嗄。我家夫人時常提起，正是滄州柴氏。〔唱〕聽伊説來，果是嫡派。〔柴榮唱〕寔不瞞、虛不來，柴君貴，因此遠向投親(重)，將姑爹拜。〔秋蘭白〕此話是真寔麽？〔柴榮白〕是真是寔。〔秋蘭白〕我也告訴你罷。我是帥府内衙使婢，主母命我上街私出後衙，你且隨我遠至後門，我與你傳稟可好？〔柴榮白〕是。足感盛情。〔中軍白〕好好好。到是你去與他方便一聲，比俺們傳稟的妥當。〔秋蘭白〕你且隨我來。〔柴榮白〕是。〔秋蘭唱〕歡哉，與你傳消息代稟白。〔柴榮唱〕喜哉，會骨肉喜加額。〔中軍白〕喻，柴爺，你認了親，是要照應照應俺們的。〔柴榮白〕勢利小人。〔下。一中軍白〕不知他這門親認不認，俺們到先去溜他鈎子。〔一中軍白〕溜溜好。〔巡捕官上，白〕那位老爹在，那位老爹在？〔中軍白〕多在此伺候。〔巡捕官白〕帥爺傳令出來，吩咐你們二人明日清晨傳集衆將，多要全身披掛，轅門伺候，以備聽調宣用。〔中軍白〕是是是。得令。〔巡捕官白〕二位老爹。〔中軍白〕巡風可有事？〔巡捕官白〕裏邊無事。〔中軍白〕好好好。平安平安。阿呀，天色晡晚，吩咐落旗點鼓。〔巡捕官白〕喏。鼓亭上聽者：吩咐落旗點鼓。〔下，内應介。中軍白〕俺們也去歇歇。請了，請了。〔下。柴氏上，唱。梅香暗上〕

【二郎神】衙齋幽雅，静寂風動簾開。滿院黄草，葉落槐秋來。日色儀容，雲光靉靆。〔白〕妾身柴氏。相公官拜樞密大使，管轄澶州，威權重大，爵禄尊崇。雖則眼前榮貴，争奈膝下乏嗣。我母氏横海大族，官宦名門；父親出仕牧民；兄長營生貿易，不幸喪于非命，止有侄兒君貴，未通音信，不知安否若何。思想起來，好傷感人也。〔唱〕一種縈思感嘆懷，數年間魚沉雁塞。知他在、吉兇未

卜，存亡安泰。〔秋蘭上，白〕柴官人，這裏來。〔柴榮上，唱〕

【琥珀猫兒墜】波濤得見，漁父引將來。悄步低聲遶經苔，迴廊轉過至堂堦。〔秋蘭唱〕你且等待，先與你稟報，好迎迓貴客。〔白〕夫人，恭喜賀喜。〔柴氏白〕什麼喜？〔秋蘭白〕夫人的侄兒柴官人到了。〔柴氏白〕那裏遇來？〔秋蘭白〕小婢適纔奉命上街，只見轅門上中軍老爹與這位柴官人在彼争嚷。小婢問明來歷，故敢引來先見夫人。〔柴氏白〕好，請他進來。〔秋蘭白〕是嗄。柴官人。〔柴榮白〕在。〔秋蘭白〕過來，見了夫人。〔柴榮白〕是嗄。姑母在上，侄兒柴君貴拜見。〔柴氏白〕罷了。〔柴榮白〕齠齔睽違，缺爲問省。〔柴氏白〕天涯遠隔，縈思常切。請坐。〔柴榮白〕是，告坐。〔柴氏白〕侄兒，你一向好？〔柴榮白〕姑娘聽稟。〔唱〕

【高陽臺】勞攘風塵，經營販傘，相繼父業生涯。客邸病染，忽然驀地災來。這襟懷，從頭提起便增悲也，因此上遠投親望收納感戴。〔柴氏白〕侄兒説那裏話。骨肉至親，理當週恤。看你英年壯貌，日後前程遠大。你且在此盤桓，待我與你姑爹説知，圖個出身功業，也不辱没祖風。〔唱〕顯親名峥嶸，柴氏軒冕横海。〔柴榮白〕是。多謝姑娘提攜。〔柴氏白〕只是你病後新痊，可在衙齋養息數日，再拜見你姑爹便了。〔柴榮白〕是。〔柴氏白〕梅香，你引柴官人到東廳安歇。〔梅香白〕是。〔同唱〕

【尾聲】相逢骨肉歡和靄，把違隔衷情剖解。且慢圖幹業酬功報駑駘。〔下〕

第八齣　彦超投主

〔衆軍士引王朴上,唱〕

【青玉案】招募英豪傳四佈,〔魏仁甫上,唱〕遠來近悦匡扶。〔趙修己上,唱〕一番氣象建鴻圖,〔王峻上,唱〕彬彬文士,糾糾將武。〔同唱〕知是壯規模。〔王朴白〕俺乃郭元帥帳下參贊軍機謀士王朴是也。〔魏仁甫白〕俺乃郭元帥麾下總理糧儲軍餉大將魏仁甫是也。〔趙修己白〕俺乃郭元帥帳下護軍救應使大將趙修己是也。〔王峻白〕俺乃郭元帥麾下副印先鋒大將王峻是也。〔同白〕請了。〔王朴白〕昨日大元帥着中軍官傳令下來,命我等今早披掛整齊,轅門伺候。〔中軍内白〕傳鼓開門。〔王朴、魏仁甫、趙修己、王峻白〕言之未已,元帥陞帳也。〔衆軍士、軍卒、將官、中軍引郭彦威上,唱〕

【粉蝶兒】氣蓋無雙,壯規模氣蓋無雙。四方裏大豪傑抒心拱向,諸鎮的有孰個争强。播威名驚喪膽,那契丹敗亡。俺是個駕海金樑,被奸讒逼櫻的自圖開創。〔軍士白〕開門。〔王朴、魏仁甫、趙修己、王峻白〕衆將告進。元帥在上,衆將打躬。〔郭彦威白〕衆將少禮。胸藏大志展鴻圖,誰笑黄巢不丈夫。功存晉漢遭讒忌,立愿興師上汴都。本帥郭彦威,邢州嶢山人也。我父諱簡,在晉朝官拜順州刺史,遭劉仁恭攻克被害。因此俺少歲孤煢,相依潞州常氏。曾遇屠者悍虐,市人畏憚,我怒叱之。

屠者披其腹而示我言，爾勇能殺我乎？俺即立剖其腹。市人感德，以勇馳名。後投李繼韜爲將，隨漢先主屢建大功，超拜爲澶州節度，加封樞密大使招討元帥之職。〔唱〕

【南好事近】鎮擁重封疆，〔同唱〕請遠邊烽掃蕩。功勞晉漢，被奸讒妒忌生殃。〔白〕俺雖威權雄鎮，統擁重兵。叵耐奸讒當道，嫉妒忠良。近日探聽幼主聽信蘇逢吉讒言，竟將史宏肇全家誅戮。朝廷又差供奉官孟業前來徵我闕召不赴之罪，賜本帥三般朝典，命我自裁。〔同唱〕思之恨腸，怎教人不怒氣高千丈。他惡狠狠殘害忠良，勒逼的霸業興王。〔報子上，白〕報：啓上元帥，朝中不知又遣何將領大隊人馬，軍容浩蕩，殺奔澶州而來了。請令定奪。〔郭彦威白〕知道了。再去打聽。〔報子應，下。王峻白〕主公，想此一枝兵來必因日前囚禁孟業，朝廷加怒，遣兵討罪。〔王朴白〕不妨。自古兵來將攔。兵法云：先法制人者勝。來兵休容他歇息。王將軍可引兵先爲迎敵，俺這裏再派一員上將遶抄彼之後道，突出截兵，使他首尾不能接引，敵兵必然潰也。〔郭彦威白〕參謀之策甚善。先鋒王峻聽令！〔王峻應。郭彦威白〕與你一枝人馬，上前迎敵。聽俺吩咐。〔唱〕

【石榴花】驀忽地兵來不意，却莫隄防。俺須索調遣將抵攩。這是他飛蛾赴火，如鳥投網。迎敵派先鋒將，休縱他逃亡。〔王峻白〕得令。〔軍士引下。郭彦威白〕護軍救應使趙修己聽令！〔趙修己應。郭彦威白〕與你鐵騎三千，抄遶後道。但聽喊殺之聲，汝兵突出，阻斷來兵，奮勇截殺。〔唱〕但聽那喊殺聲(重)，出無備把來兵衝撞。緊追截休教輕放。我這裏埋伏潛藏(重)，那怕恁雄軍豪壯，管這番他插翅也不能翔。〔趙修己白〕得令。〔軍士引下。郭彥威白〕中軍過來。傳令大小三軍，隨本帥上城掠陣！〔中軍白〕呔，大小三軍，隨元帥上城掠陣！〔衆白〕得令。〔吹打下。衆軍卒、健將引史彥超上，同唱〕

【好事近】仇怨未曾忘，恨專權當道豺狼。害忠賢拋奔遠投，棲擇木禽良。〔白〕俺史彥超，那日據佔木鈴關，奈因此關衝要，前後受敵，非久居之地。爲此棄之，前奔澶州，相投郭公麾下。〔唱〕他威名四揚，報仇急權且相依傍。〔健將白〕將軍，那郭彥威雖然威揚四海，名馳九鎮。但不知他心地如何，肯容天下豪傑乎？據末將等論之，將軍何不自圖王霸意見若何？〔史彥超白〕嗄，衆位將軍所言亦是。俺們現領重兵到彼，先與他交戰一番。勝則佔據澶州自圖王業，負則投誠拜納。〔健將白〕主將高見，極是。〔史彥超白〕衆將官就此殺奔澶州去者。〔衆應，同唱〕先與他賭戰，鏖兵決勝敗，再作投降。〔軍卒白〕前面已是澶州地界了。〔史彥超白〕殺上前去。〔吶喊衆卒引王峻上，白〕領兵來將何名？因何犯俺們境界？〔史彥超白〕俺乃歸德節度使史彥超，奉君命特來拿你們問罪。來將通名！〔王峻白〕俺乃澶州郭元帥麾下先鋒大將王峻是也。看鎗！〔作攢科，下。史彥超、王峻上，戰下。健將、軍卒各作對科，連環下。軍士、將官、魏仁甫、王朴引郭彥威上，同唱〕

【鬭鵪鶉】鬧嚷嚷喊殺聲喧(重)，扑鼕鼕鉦鳴鼓響。亮爍爍耀日刀鎗(重)，影飄飄迎風旗帳。俺這裏接引先鋒威勢張，却問他兵馬是何方。但只見四起征塵(重)，認來將上城觀望。〔史彥超、王峻、趙修

己、健將、軍卒上，對科，下。郭彥威白〕呀，那來將好兇勇也。〔唱〕

【撲燈蛾】雄糾糾一員虎將材，威凜凜恰似天神狀。〔王朴白〕元帥若愛此將，何不招而降之？〔唱〕圖大事重用賢，開疆土須得驍將。〔郭彥威白〕參謀，〔唱〕傳令下停戈駐馬，待本帥答話問行藏。他那裏揚威耀武，俺這裏忤文講理詢端詳。〔內喊科。史彥超追趙修己、王峻上，戰科。王朴白〕來將請駐馬，元帥在此答話。〔郭彥威白〕來將何名？〔史彥超白〕本藩史彥超。城上的，莫非郭元帥麽？〔郭彥威白〕然。史節度既任封疆，領兵到此何事？〔史彥超白〕這個麽，特來會你。〔郭彥威白〕史節度，聞得爾兄被蘇逢吉讒害，滿門誅戮。你不思報恨，反受奸臣驅使。〔史彥超白〕俺也不受奸臣驅使。元帥敢下城來與俺鬥三百合麽？〔郭彥威白〕衆將官，吩咐開城。〔衆應，作出城科。郭彥威白〕史節度，你要與俺賭鬥三百合麽？〔史彥超白〕特來領教。〔郭彥威白〕勝負如何？〔史彥超白〕本藩若勝，元帥將澶州讓俺。〔郭彥威白〕本帥若勝呢？〔史彥超白〕元帥若勝，彥超情愿投降。〔郭彥威白〕請。〔作對下。健將、軍卒、將官、軍士衆，王峻、趙修己、魏仁甫、史彥超、郭彥威上，各作單對，連環大攢，作擒史彥超衆等。郭彥威白〕綁了。〔衆應，同唱〕

【北上小樓】擒住這黑額虎，壯兵威耀疆場。休教他小覷澶州(重)，樞密大帥，世勇無雙。今日個悦而誠服(重)，休誇驍勇、莫生莽戇。須知道强中更遇勝中强。〔郭彥威白〕放了綁。〔衆應。郭彥威白〕節度公受驚了。〔史彥超白〕被擒之將傾心誠服。〔郭彥威白〕公若相助，我事成矣。傳令，招集史節度麾下

將佐，就此進城。（衆應。健將、軍卒上，同唱）

【叠字令】隊隊强兵猛將，齊齊傾心歸降。人人把功業圖，個個要姓名奬。欣欣喜喜協助贊襄，茂茂隆隆澶郡光昌㊀。赫赫的規模成象，威顯顯馳名各霸興王。

【尾聲】這場鏖戰如何講，兩下相逢孰勝强。從此後，合聚軍兵上汴梁。（下）

七段

第一齣　奕碁輸山

〔扮仙鶴、猿猴跳舞科，畢，下。清風、明月上，唱〕

【浪淘沙】林下聽松濤，鶴唳九皐。名山田大羨華嶽，勝似方壺、員嶠，也鬱翠環繞。〔白〕我們乃西嶽華山希夷洞陳摶老祖座下二道童是也。俺家老祖得龍蟄之法，最善與睡，閉目黑憇，能知過去未來；睜眼白人，預識窮通富貴。今日仙師請下東皐仙翁到此賞花酌酒，命我二人在山前迎候。〔清風白〕師兄，這座華山果然好景緻也。〔明月白〕怎見得好景緻？〔清風白〕師兄，你看磂硐叠巘，峻石危峯，陡絶的是峭壁懸崖，透迤的乃巖流澗脉。〔明月白〕呸，果然好景。蓊蘙樹色，一灣未了一灣迎；潺騄泉聲，幾派欲殘幾派起。〔同白〕青黄赤白黑，點綴出嫩葉枯枝；角徵羽宫商，唱和那鶯湍細滴。時看雲霧鎖山腰，端爲插天的高峻；嘗覺風雷起巘足，須知絶地的深幽。雨過翠微，數不盡青螺萬點；日摇頹蓦，錯認做玉島頻移。真個是説不了仙山勝景，論不盡洞府長春。呀！你聽鶯鳴

鳳嘁，想是東皋仙翁鶴駕至也。只得在此伺候。〔衆雲使引東皋仙上。唱〕

【八聲甘州】方離海島，洞府相邀，雲路飄渺，仙山來到。〔雲使下。東皋仙唱〕白雲古觀岧嶤，冉冉碧霞下、雲漢裊裊。綠蘿迷洞坳。〔仙童上，白〕師父有請。〔陳摶上，白〕山中一覺睡，世上幾千年。怎麼説？〔仙童白〕東皋仙翁到。〔陳摶白〕嗄，仙翁到了！道有請。〔仙童應介。白〕仙師出迎。〔陳摶連唱〕疾疾相迎迓，鶴駕遠勞。〔東皋仙白〕仙翁相召，有何見教？〔陳摶白〕敝山開遍野花，際此陽春麗景，特邀仙翁到此賞花消遣，酌酒盤桓。〔東皋仙白〕這賞花酌酒正是我輩仙家之樂，只落得無拘無束自在。只是我們終日如此，未免太嫌清净些。〔陳摶白〕依仙翁主見，我們尋個什麼做做到好？嗄嗄，這樣罷，我們吟詩如何？〔東皋仙白〕不好！尋章摘句，撚索枯腸，我輩又没有讀過十年窗下，何苦勞神？〔陳摶白〕不好。〔作想科，白〕唔唔，如此我們畫畫？〔東皋仙白〕阿呀，仙翁放着眼睛前真山真水、佳景天然不覽，到要去看那紙上的描摹墨團！〔作笑介。陳摶白〕嗄，仙翁，這兩樁多不好，到要請教仙翁之所好了。〔東皋仙白〕我們做神仙的呢，無非是詩酒琴棋。〔陳摶白〕如此，彈琴罷。童兒，去取琴囊書來。〔東皋仙白〕忌。〔陳摶白〕住了。〔仙童應介〕怎麼，仙翁到忌琴呢？〔東皋仙白〕小仙是屬牛的。〔作笑介〕不是嗄，小仙不識宫商，不明音律，倘或仙翁操動佳音，問小仙是什麼調，那時回答不上來，可不被人笑話！〔陳摶白〕如此，我明白了。童兒，去取棋枰出來。〔仙童應，下。東皋仙白〕仙翁，下棊妙嗄！小仙雖不解奕，性嗜酷好。來來，擺下。〔仙童作擺棊盤科。陳摶白〕嗄，教你們取圍碁，怎麼取了象棋來？ 快換來。〔仙童白〕二位仙師，那圍棋厭俗，到是賭一盤象棋好。〔東皐仙白〕這兩個童兒到説得好。 不用去換，竟是象碁。〔陳摶白〕如此，仙翁要求相讓些。〔合唱〕

【六么令】紅先黑後争確，舉手不相饒。 雖止一秤，居然八陣展謀畧。 怕的滿盤敗局，皆因争差一着。 抽車拔將，前應左照，連環一對馬相保。〔作下棋科。陳摶白〕童兒，去預備果酒伺候。〔仙童應下。趙匡胤上，唱〕

【一斛珠】長途山道，咫尺華峯西岳，蘢葱瑞靄迷深坳，接樹連雲，不辨低高。〔白〕俺一路行來，多是崎嶇山道。 且喜前面以是西嶽華山，相離首陽不遠。 嗨，這座名山果然有些仙景。 呀，你看那邊山石之上，似有兩位老翁坐着，不知在那裏做什麼，待俺走近去看來。〔東皐仙、陳摶下棋，作不保科。趙匡胤作走近看科〕嗄，元來在此下臭象棋。 嗨，左右走得乏了，不免歇歇腿兒，觀他們一局。〔東皐仙、陳摶唱〕

【又一體】不擾不攘山中好，無是無非白晝消。 有酒隨意樂，閑把碁敲。 莫被那、利名勞。〔陳摶白〕將。〔趙匡胤看介，白〕噲，老翁，快些移馬保將，你的黑炮反打他的紅帥了。〔東皐仙白〕將。〔陳摶白〕阿呀呀！ 我是一盤贏棋，怎麼到變了輸着。 咳！ 咳！ 多是你這位過路君子多嘴多唇，可不是個小人！〔趙匡胤白〕嗄，老翁怎麼説俺小人？〔陳摶白〕你看這河界上寫着的是什麼？ 難道你不認得字麼？〔趙匡胤白〕待俺看來：「觀碁不語真君子，覽局多言是小人。」嗄，你們下碁，不許人開口？〔陳摶白〕不是嗄，你若有興，何不自己來下一盤？ 連累老漢贏局變了輸局。〔趙匡胤白〕你們兩個老人家，莫非在此下個東兒麼？〔陳摶白〕嗨，不敢欺，小東道兒。〔趙匡胤白〕嗨，諒你們兩個山村老叟，有什麼大東道？〔東皋仙白〕如此，老漢奉讓客官你與他較量一局，如何？〔趙匡胤白〕使得，使得。只是你們輸了不要賴。〔陳摶白〕村老們碁雖低，輸了從不會悔。〔東皋仙白〕從不會賴。〔同白〕請教下多少東兒？〔趙匡胤背白〕且住，俺先把多多的東兒唬住了他們再講嗄。俺雖是過路之人，不曾多帶得銀兩哪。〔作拿銀包科〕就是這些銀子一盤。〔陳摶、東皋仙同白〕多少？〔趙匡胤白〕二百兩。〔陳摶作笑介〕少！太少了！請收起了。〔趙匡胤作收科，白〕嗄阿呀，你們要下多少？〔陳摶白〕五百兩一盤，是及小的小東了。〔東皋仙白〕真正是最少的了。〔趙匡胤白〕如此，你們也拿銀子出來看看。〔陳摶白〕銀子有。〔作衣底取出大元寶科，白〕哪，這不是銀？這不是金？〔趙匡胤白〕嗄，來，俺們就是這樣。〔陳摶白〕請。〔東皋仙白〕省得你們悔賴，待我老人家來做個觀局。〔趙匡胤白〕你這老頭兒，到愛坐觀成敗麼？〔東皋仙白〕我不多嘴的，做個袖手傍觀。〔陳摶、趙匡胤作下介，唱〕

【瑞蓮兒】起手先飛當頭砲，須索上象保堅牢，車出河邊守士相，馬走早，卒攻砲，緊逼的幾着，將無逃。〔陳摶、東皋仙白〕客官輸了。〔趙匡胤白〕不算，不算！〔陳摶白〕方纔言過的不悔。〔東皋仙白〕悔棋不是君子。〔趙匡胤白〕嗄，俺輸了怎麼！俺在汴梁城中也算有名的好碁，怎麼這村老頭兒多下他不過？不服！〔陳摶白〕不服？難道不輸銀子麼？〔趙匡胤白〕輸是原輸。我們再下一盤。〔陳摶白〕再來。〔趙匡胤白〕自然下棋没有一局就算賬的。來來，你下紅棋，俺佔黑的。〔陳摶白〕請。〔又作下科。趙匡胤白〕俺走馬。〔陳摶白〕出砲。〔趙匡胤白〕攻卒。〔陳摶白〕出車。〔趙匡胤白〕上象。〔陳摶白〕一將。〔趙匡胤白〕下士。〔陳摶白〕喫象。〔趙匡胤白〕上士。〔陳摶白〕砲將。〔趙匡胤白〕嗳嗳！〔陳摶、東皋仙白〕又輸了。〔趙匡胤白〕又不算。〔陳摶、東皋仙白〕怎麼又不算？〔趙匡胤白〕你們説又輸了，自然説又不算。〔陳摶白〕君子，我們將輸東銀子付出來。〔趙匡胤白〕再下一盤，輸了總付。〔陳摶白〕銀子呢？〔趙匡胤白〕銀子帶得少。〔陳摶、東皋仙白〕銀子少，不論什麼地産山田，准折與我們，多是要的。〔趙匡胤白〕我有是有個地産，不知你們要不要？〔陳摶、東皋仙白〕是什麼産？〔趙匡胤白〕這座華山。〔陳摶、東皋仙白〕華山我們也要的。〔趙匡胤白〕好笑這兩個村老愚民，這山是朝廷官的，他們也要。罷麼，輸了就與你們華山。〔陳摶、東皋仙白〕請君子立契。〔趙匡胤白〕如此，取紙筆來。〔陳摶白〕不消帋筆，你拿塊石片，在這山峯上刻劃幾筆就有了。〔趙匡胤白〕嗄，刻劃幾筆就有了？老丈尊姓？〔陳摶白〕姓陳。〔趙匡胤白〕待俺來。〔作刻劃科。念白〕立山契：趙某因奕棋賭勝，情愿將華山輸與陳姓爲産，立此存據。〔陳摶、東皋仙作站高科，雲上科，陳摶白〕謝主隆恩。〔趙匡胤白〕嗄，在那裏説話？〔陳摶、東皋仙白〕在這裏。〔趙匡胤白〕嗄，元來二位老人家在雲端之上，不是凡人了，是兩位大羅神仙。〔陳摶白〕謝主恩封。〔下。趙匡胤白〕嗄，俺趙匡胤今日得遇神仙，好生僥倖也。〔唱〕

【煞尾】神仙邂逅遇今朝，露尾藏頭言詞奧。〔白〕好笑俺在石上刻劃這幾筆，〔唱〕原無緊要，誌存古蹟，萬載題表。〔下〕

第二齣　燒香劫女

〔張廣兒、周進、衆僂儸引上，同唱〕

【點絳唇】擄掠村坊，肆行劫搶，誰曾放子女嬌娘，一概不留讓。〔白〕殺人放火最豪强，挖壁扒牆伎未忘。竊狗偷鷄曾幹過，剪綹掏摸算尋常。俺滿天飛張廣兒是也。〔周進白〕俺着地滚周進是也。大哥在上，兄弟參見。愿大哥百歲。〔張廣兒白〕兄弟平身。〔周進白〕百歲。〔張廣兒白〕兄弟，我們自從偷鷄起手，不想到成了大伙，手下竟有僂儸一二百名，可稱兵多，哈哈哈，將廣。一個個都是能搶能偷，也算是人强馬壯。〔周進白〕大哥，我們都是步行，没有馬。〔張廣兒白〕嗄，步壯。俺弟兄二人佔住了這一座名山，名爲土堆山，穿吃的多是仗着各處偷搶，且喜官兵不犯，到也自在。今日天氣晴和，兄弟，〔周進白〕大哥。〔張廣兒白〕我們不免下山往四處大肆劫掠一回，有何不可！〔周進白〕大哥之運籌帷幄甚好，待兄弟去傳令。　嘚！　大小僂儸！〔衆應介〕大王傳令，下山劫掠一番。〔衆白〕得令。〔周進白〕傳令過了。〔張廣兒白〕吩咐起兵。〔周進白〕吩咐起兵。〔衆吶喊介。張廣兒白〕再要揚氣些。〔衆又吶喊。　張廣兒白〕唱一隻大大兒熱鬧的賊曲兒！〔衆白〕得令！〔同唱〕

【普天樂】賊頭兒名張廣，賊周進爲一黨，賊兄賊弟成行，賊夥賊伴郎儅。呀！　賊似豺狼，賊心

意不良，賊智違遑，賊狀踉蹌。〔下。院子、車夫、京娘、趙文上，同唱〕

【混江龍】雲容蕩漾，四顧青山近嵐光。禁受這朔風透體，辦虔誠不憚星霜。〔白〕老漢趙文，蒲州人也。爲因這女兒京娘，幼年灾病，許下朝山進香。今喜他長成一十六歲，爲此了愿燒香。老漢親自携帶出來，往西嶽走遭。〔唱〕只爲他幼歲迍邅多疾病，因此上筭年薰沐去朝香。〔内喊介。唱〕呀，是何處喊聲嚷，震沸的山摇樹動，唬殺人魂膽消烊。〔僂儸引張廣兒、周進上，白〕呔！過路的留下買路錢來！〔趙文白〕我們是村僻貧民，朝山進香，没有帶得買路錢。〔張廣兒、周進白〕你們車上裝載的是什麼？〔趙文白〕車上裝的是人。〔張廣兒、周進白〕裝的什麼樣人？僂儸去看來。〔僂儸看科，白〕啓二位大王，車上裝的是一個絶緻的女子。那車箱中還有金銀元寶哩！〔張廣兒、周進白〕如此，僂儸們將這車兒連人搶上山去！〔衆應，作搶介。趙文白〕阿呀，使不得！〔張廣兒、周進作攔介。趙文白〕阿呀，使不得！〔張廣兒、周進白〕什麼使不得！〔趙文白〕使不得！〔張廣兒、周進白〕使得的！〔作推趙文，衆搶車下。張廣兒、周進白〕什麼叫使不得！我們這樣人，懂得叫使得、使不得麽！〔渾白下。趙文白〕阿呀，女兒，女兒！阿呀，女兒嗄！〔作哭介，白〕呸！哭也無用，待我赶上前去，赶上前去！〔下。衆上，遶場戰介。張廣兒、周進上，白〕呀，呸！你們這幾個不知分量狗頭！〔院子白〕强盗！〔張廣兒、周進白〕俺們這樣大隊人馬，就是霸王、吕布再世也不怕，不要説你們這幾個狗頭。〔院子白〕强盗！〔張廣兒、周進白〕你們放腿過來！〔作打倒介，白〕俺大王是仁義之師，不傷無名之卒，去罷。〔張廣兒、周進下。院子白〕强盗，强盗！〔車夫白〕噲，二位，你淌着等誰？你要想有人出來拔創，只怕没有這個串閧。起來罷。〔趙文上，絆跌科，白〕喝唷，使不得嗄！你們是院子嗄？〔院子白〕嗄，員外，是小人們在此。〔趙文白〕那些强盗呢？〔院子白〕强盗被小的們打跑了。〔趙文白〕小姐呢？〔院子白〕我們小姐嗄，早以不見了。〔趙文白〕嗄，早以不見了！嗄，阿呀女兒嗄！〔唱〕

【油葫蘆】那想起燒香祈福反受灾殃，這禍從天降，風波平地驚千丈。苦憐您閨門不出，怎禁這狂苴狀。〔白〕阿呀！院子，如今小姐又無影響，縱然我們赶上强徒，也没法奪轉小姐回來。〔院子、車夫白〕員外且住悲傷，我們在此等候幾個行人過來，求他們商量商量，或者肯帮助我們上前奪轉小姐便好。〔扮衆香客、村婦上，唱〕朝山禮拜金容像，祝聖誕，進名香，秉心虔意把華峰上，頂禮叩稽顙。〔衆白〕你們在此哭哭啼啼做什麽？〔趙文白〕列位都是往西嶽進香的麽？〔衆白〕十一月初六日是西嶽大帝聖誕，爲此我們約齊同去燒個香兒。你們爲何如此？〔趙文白〕我們也是往西嶽去燒香了愿的。同女兒出來，不想被一起强人連車帶人搶劫去了。〔院子、車夫白〕我們上前相奪，争奈人少，反被這些毛賊打倒在此。〔衆白〕如今這起强盗呢？〔趙文等白〕竟奔前途去了。〔衆白〕如此，你們哭也無用，何不跟我們一同去燒香罷。〔趙文白〕這香老漢也不去進了。乞求列位帮我前途奪轉女兒，感激不盡！〔衆白〕如此，你也不用相隨，我們正是前面順道，倘或遇見那起强盗，必然與你相奪回轉便了。〔趙文白〕是，多謝列位。務望奪轉，感恩非淺！〔同唱〕

【天下樂】相逢各奔前程向，工夫自忙。俺與您慢尋訪，若遇着必然將他難容放。〔下。院子、車夫白〕員外，小的們被强盜都打傷了，要尋個村店歇養歇養便好。〔同唱〕髮膚被强盜毀，肢體被惡賊傷。早覓了村店中把身養。〔趙文白〕阿呀，我那女兒嗄！〔下。僂儸擁車引張廣兒、周進上。白〕把那金帛、女子獻過來。〔僂儸作擁京娘科，白〕女子當面。〔張廣兒、周進白〕嗬，這女子倒生得罷了。還有金帛呢？〔樓儸白〕大王，什麼金帛？〔張廣兒、周進白〕元寶。〔僂儸白〕什麼元寶？〔張廣兒、周進白〕你們方纔報的車中還有金銀元寶。〔僂儸白〕嗄，車中的元寶嗄，二位大王用不着。〔張廣兒、周進白〕元寶俺們爲什麼用不着？〔僂儸白〕大王，這元寶是紙做的，他們燒香供獻神聖用的，大王可是用不着。〔張廣兒白〕咳，你何不早講！ 要這女子幹什麼，倒要吃飯！ 放他回去罷。〔周進白〕大哥你不要，兄弟是要的。〔張廣兒白〕你要他做什麼？〔周進白〕做個壓寨夫人。〔張廣兒白〕如此，我也要做個壓寨夫人。〔僂儸白〕二位大王不必争競。這幾日男男女女往華山進香的甚多，我們何不再去搶一個來，大王一人一個可好？〔張廣兒、周進白〕嗬，這僂儸倒會説話。過來，將這女子暫且寄放在左近庵觀之中，着廟祝香火好生欵待，倘有差失，决不饒他。〔僂儸白〕是。來來來。〔作擁京娘下。張廣兒、周進白〕僂儸們，我們再往前邊去看。〔作走介。唱〕

【天下樂】一個嬌娃難判兩，再擄一個湊成雙。〔衆香客上，唱〕携群曳隊同伴侣，不怕强徒行劫搶。〔張廣兒、周進内白〕那邊不是一隊香客？衆僂儸，與俺劫搶者！〔衆香客白〕咦，來巧了，照打！

〔張廣兒、周進上。衆打介。僂儸白〕阿呀，你們是燒香吃齋的善人，饒了我罷。〔香客白〕恕不得你欺侮我們。我們燒香吃齋的人，外貌雖善，心裏不善。照打！〔僂儸白〕爲什麽方纔這一起燒香的不利害呢？〔香客白〕嗳，他們是新學燒香的，不利害。我們是久慣燒香的，所以利害。〔衆上，打科。張廣兒等上。同唱〕

【寄生草】這一夥香客伴，人人狠似狼。把咱行打得落花象，把咱行打得流水向，把咱行打得一似泥塗樣。較前番强弱霄壤分，險些兒把咱行打得成肉醬。〔衆上，戰介。張廣兒等下。香客白〕强盜都逃走了。〔一白〕逃走了，不必追赶，燒香要緊。〔同唱〕

【煞尾】虔誠急把華山上，莫管他家瓦上霜。〔下。衆僂儸、張廣兒、周進上，唱〕打得俺頭垂頸喪。〔白〕衆僂儸，勝敗兵家之常事，我們再往别處去。〔衆白〕咳！〔唱〕羞慚滿面向何方。〔張廣兒、周進白〕衆僂儸。〔衆應介〕揚氣些！〔衆吶喊下〕

第三齣　結妹殲賊

〔扮趙匡胤上，唱〕

【風入松】日前邂逅遇仙叟，賭棋盤消遣山盞。神仙也會來戲誘，設圈套虛僞粧就。〔白〕俺到好笑！那晚呢遇了神道，耍了一夜的鬼錢。前日又遇着神仙，下了兩盤仙棋。俺趙匡胤雖則逃災避難，這景遇好生怪異也！〔唱〕却都是仙神機彀，算將來甚因由？〔白〕嗄，原來那神鬼神仙的耍錢下棋比俺們凡人有准，要贏就贏，怪不得他們不耕不理，有吃有穿。俺自從這兩樁事後，心中鬱憤，道途上又感冒了些風寒，所以養病在這清幽觀中。你看這觀裏廡廊岑寂，庭院清蔭，到也靜雅。〔京娘內白〕阿呀，苦嗄！〔趙匡胤白〕嗄，是何處女子聲音啼哭？這裏是出家之所，嗄，莫非那野道士私藏了婦女，幹那不端之事麼？待俺再聽。〔京娘內白〕阿呀，爹娘嗄！〔趙匡胤白〕呣，聲音甚慘，在那裏？呀，原來他鎖禁在這空屋之中，俺不免打開看來。〔作開介，白〕呔！你還是人是鬼？快快出來。〔京娘上，白〕大王爺爺，乞求饒我，放奴回去罷。〔作跌倒哭介。趙匡胤白〕噯！俺不是大王，俺是借此觀中養病的。你是何方女子？有甚冤苦？告訴俺知道。〔京娘白〕嗄，原來君子，不是强盜。乞求救拔則個！〔趙匡胤白〕你告訴與俺，俺救你便了。〔京娘白〕是。〔趙匡胤白〕隨我出來。〔京娘白〕君子聽稟。〔唱〕

【又一體】容奴訴稟這因由。〔趙匡胤白〕你家鄉何處？〔京娘唱〕家住在解梁蒲州，小祥村内門楣舊。〔趙匡胤白〕你姓什麼？〔京娘唱〕趙姓。〔趙匡胤白〕可有父母？〔京娘唱〕雙親全有。〔趙匡胤白〕你既是遠方人，因何到此？〔京娘白〕奴家隨父進香，西嶽了愿，路經此處，被一夥强盗搶擄至此，父親不知存亡，又將奴家寄放在此處的呢！〔作哭科。趙匡胤白〕嗄，小娘子燒香被搶，那强人可是此間的野道麼？〔京娘白〕不是他們。〔趙匡胤白〕毋，那强盗將你鎖禁在此，每日三餐，誰人給付？〔京娘白〕强人將我鎖禁，他們備下乾糧果餅，奴家悲苦在心，那裏還去吃他！〔唱〕終朝裏悲苦添憂，這飲食難下咽喉。〔趙匡胤唱〕

【急三鎗】聽説罷，怒氣冲，無明透。這清平世，他敢亂胡杻。〔京娘白〕要求君子救我。〔作跪科。趙匡胤白〕請起。〔唱〕你休禮拜，止悲啼，俺將你救。〔京娘白〕多謝恩人。〔趙匡胤唱〕送你回家轉，免你父母憂。〔扮道士上，白〕阿呀，不好了，不好了！周大王來了，嗄，客官你怎麼將這空房開了，放出那女子？少間周大王就來，知道了只怕你我多難逃他的手！〔趙匡胤白〕不妨。什麼周大王、李大王，少間强盗若來，哼哼，教他一個也休想逃脱！〔道士白〕阿呀！客官，這兩位大王十分利害，手下還有幾百名勇悍僂儸，客官你一人，只怕不是他們的對手。〔京娘白〕阿呀，這便怎麼處！〔趙匡胤白〕你們休管，只管去躲避。小娘子，你依舊藏在空屋之中。〔京娘白〕是。〔下。道士白〕少間强盗若來，可要我們唤幾個香公老道出來帮助帮助？〔趙匡胤白〕不用。你可吩咐衆人，照管觀中傢伙什物要緊。

〔道士白〕是。〔下。趙匡胤白〕嗄，待俺來逕出觀門等候。俺趙匡胤憑你英雄豪傑，也不知會過多少，那稀罕這幾個毛賊！〔作出觀門介。白〕你看那邊塵土飛揚，這班毛賊來也，俺且在此等他們便了。

〔下。衆僂儸引周進上，同唱〕

【風入松】這番鬭敗好慚羞，惡强人反輸與善人手。只得分兵回轉程途走，憶嬌娘、仍到清幽。〔白〕俺着地滚周進，一世英名兇惡，反敗與燒香吃素人手。咳！羞慚滿面。俺大哥往西古松林一帶去了，命我仍舊到清幽觀中看守那女子。俺且瞞大哥，先與那女子成親，且圖歡樂。爲此，我從不騎馬的在前邊王家村内奪得一匹白馬，我且騎着，軒昂粧做迎親新郎的樣子。僂儸們。〔僂儸白〕有。〔周進白〕你們回來到了觀中，先叫香公備酒，道士們將法器吹打吹打，好讓俺大王拜堂合巹。〔衆白〕僂儸們知道。〔周進白〕到清幽觀還有多少路了？〔衆白〕不遠了，就在前面了。〔周進白〕如此快走。〔同唱〕急盼望鸞交鳳友，准備飲喜筵酒。〔趙匡胤上，作打介，白〕呔！强盜們那裏走！〔周進作跌介，白〕阿呀！〔衆戰介。道士、香公上，唱〕

【急三鎗】只聽得，觀門外，嘶聲吼。咦，只見一白馬，走韁溜。〔香公白〕法師，你看看那邊有一匹白馬走了韁，不知那裏溜來的。〔道士白〕我們攔住了他，拿到觀中宰馬肉吃。〔香公白〕有理。〔作攔介，白〕越越越得了，待我來騎上了。〔作上馬科，白〕法師，方纔我們聽見觀門外人嚷馬叫，想是那趙客官與周大王打仗。如今我有了這坐騎，算是馬將，這扁擔算是俺的大刀，法師你雖然仗劍，只算是一員步將，你且隨我上前救應趙客官則個。〔道士白〕你雖然是馬將，不會法術，我却會施法術。〔趙匡胤內白〕呔！　那裏走！〔周進等上，戰介，下。僂儸、香公上，戰。僂儸白〕住了，來將通名。〔香公白〕聽者：俺乃靈霄寶殿玉樞首相張天師真人壇下清幽觀住持李道士使用的一個香火便是。〔僂儸白〕字眼太多，看棍！〔戰，下。道士、僂儸上，戰。道士白〕咀！〔作不靈介。白〕咀！〔不靈。又念介。白〕怎麽别人要什麽有什麽，我儘管咀，咀不出什麽來！〔趙匡胤、周進上，戰介。周進白〕住了，住了！你且通個名來，我就有不幸也不冤枉。〔趙匡胤白〕聽者：俺乃汴梁趙匡胤。〔周進白〕阿呀！〔趙匡胤作打死周進、僂儸等。香公、道士上，白〕趙客官，趙客官果然好武藝也！〔趙匡胤白〕你這白馬是那裏來的？〔香公白〕是强盜的。〔趙匡胤白〕帶回觀中，俺有用處。小娘子，小娘子。那强盜被俺除盡了。〔京娘上，白〕君子真好武藝也！〔唱〕感謝得恩公長恩高厚，出力除强暴、救孱柔。〔趙匡胤白〕小娘子，且喜那毛賊已除，待俺送你回去。〔香公、道士白〕好嗄！　好個義氣的客官！　只是他們還有一個夥計，叫張廣兒，比方纔這個更利害哩！〔趙匡胤白〕那怕他何等利害，俺也不懼。只是路途之中，與小娘子行走不便。嗄嗄嗄，也罷，且喜你也姓趙，俺也姓趙，你可認俺爲兄，結拜兄妹，方避嫌疑。〔京娘白〕只是怎好高攀！〔道士白〕患難之中，小娘子且請從命。〔趙匡胤白〕香公，煩你就在三清殿前焚起香來。〔香公白〕是了，交給我。〔作設香案科。京娘、趙匡胤跪介，白〕弟子汴梁趙匡胤，一時仗義，除强救弱，不辭千里，親送義妹回家。今日在天尊面前結拜兄妹，若存私心，亟遭天譴！〔唱〕

【解連環】立誓神前，拜兄妹好同行走。若存私意，天教不宥。齊叩首，表白真心免罪訧。〔京娘白〕哥哥請上，受小妹一拜。〔趙匡胤白〕不消。〔京娘唱〕拜恩兄施仁覆佑。〔趙匡胤白〕香公，帶那白馬過來，請義妹就此上馬。〔京娘白〕恩兄請乘騎。〔趙匡胤白〕愚兄步行相送。〔京娘白〕如此，恕小妹有罪了。〔道士、香公白〕二位路上小心。〔趙匡胤白〕在此打攪。請了。〔衆下。僂儸引張廣兒上，同唱〕

【大齊郎】合一牛不如獨一狗，一個嬌娘怎好兩處收。癡心多想成連理，從了張是没有周。〔白〕俺張廣兒方纔與香客打了一個輸仗，要想再搶一個嬌娘，與我兄弟平分，誰想不能，爲此教兄弟先回去看守了那個女子，我在古松林一帶再等一等。倘或遇着人少單伴的女娘，我還要上他一上。衆僂儸！〔衆應介〕就此松林埋伏。〔衆虚白，下。趙匡胤、京娘上，同唱〕

【又一體】休迤逗，縱驊騮，遥望松林古樹楸。隄防仔細把神留，若遇賊人教他一旦休。〔僂儸、張廣兒上，白〕呔！你們這一男一女那裏走！〔趙匡胤白〕賢妹且在那邊躲一躲。〔京娘下。衆戰，作打死張廣兒。僂儸白〕阿呀，好漢饒了我們罷。我們都是好人，不得已從他幹這營生的。〔趙匡胤白〕嗄，你們都是好人，方纔這賊頭姓什麽？〔衆白〕姓張，叫張廣兒。〔趙匡胤白〕你們學做好人，再不要幹那彀當。〔衆白〕是是是。〔趙匡胤白〕饒你們去罷。〔衆白〕多謝好漢爺。〔下。京娘上，白〕恩兄真是仁德英雄也。〔趙匡胤白〕賢妹，且喜那兩個賊頭俱已剪除，與這一方除了大害。賢妹，俺們快快趲路。〔同唱〕

【尾】剪除惡賊途相遘，鎮静村安民放愁。〔趙匡胤白〕賢妹，〔唱〕從教一路安然，送你到解州。〔下〕

第四齣　保嬰除妖

〔衆小妖引鹿形跳舞科，畢，内放彩火，鹿精上，同唱〕

【耍孩兒】年年此日麞麞聚，都來會麈麖洞主。呼麕唤鹿，鹿同行去，結類成群爲伴侣。〔白〕身印梅花點點斑，口啣芝草在仙山。千年修煉非凡獸，瑞應祥徵獻白環。俺麈麖大王是也。修煉長生，千般道行。只是俺性喜茹葷，不愛素食。每逢秋高爽氣之時，十分精神具足，年年此期到孟家莊，享受村農祭賽，保佑他們田疇豐稔，六畜安寧。供獻的是童男童女，儘俺受用。他們村莊上多稱俺爲白喫大王。〔笑介。衆小妖白〕大王，今年留下些骨頭骨腦與子孫們嚼爵。〔鹿精白〕你們不是多喫素麽？〔衆小妖白〕新近多開了葷了。〔鹿精白〕如此，你們不用搶，喫得着喫不着，看你們造化罷。子孫們！〔衆應〕就此到孟家莊去。〔衆應，同唱〕每年先食童男味，今歲先嚐童女軀。肥瘦全吞飫。用不着雲車風馬，趂妖霧途路須臾。〔同下。鄭恩上，唱〕

【六煞】往常有同伴語，到今日獨自孤。無言默默羊腸赴。那友朋富貴歡呼聚，兄弟貧窮情義疎。〔白〕嗳，喒鄭恩好人窮智短！怎麽行路只管行路罷了，又想起什麽弟兄朋友！此是人情之常態，有錢呢，多是朋友弟兄；没有錢時，咳咳，不用説了。〔唱〕人情世態今如古(重)。〔内敲鑼鼓科。唱〕

呀，何處裏迎神賽會，怎生的擊鼓鳴鑼(重)。〔白〕待咱迎上前去，看來走走。〔男女鄉民、會首、童男童女上，同唱〕

【五煞】祭祀虔，當恭敬，獻犧牲，童男女。家家户户祈保福，田疇豐稔雨暘和。〔作見鄭恩科。衆白〕阿呀，大王爺，我們就來祭祀供獻了，你怎麼這等等不及，倒迎上來了！〔鄭恩白〕嗄，咱不是什麼大王，咱是行路的。你們成群作隊，到那裏去賽會？〔衆鄉民白〕我們是孟家莊衆百姓，今日是我們村中白喫大王的千秋，年年舊例，應獻童男童女祭賽，祈保風調雨順，五穀豐登。〔會首白〕今年是小老二人值年，爲此我將小孫孫，我將這小孫女進獻。〔鄭恩白〕嗄，那有神道喫起人來！必竟是個邪神了。待咱隨你們去睄睄。〔衆白〕看不得！你不怕大王也將你拿去喫了麼？〔鄭恩作笑科，白〕他要喫俺，咱還要想喫他哩！〔會首白〕咳！孫子孫女，不是我們心腸硬，捨得你，只因是個舊例，不敢更改。〔童男童女白〕爺爺放心，不要哭，我們二人比不得别家小孩子没有膽量的，少間你們將我二人祭獻的時節，那大王自然要來喫我二人，我二人偏不叫他喫，他便把我二人敢怎麼樣！〔鄭恩白〕嘖嘖嘖，好嗄，你們這些人倒不如這兩個小孩童有膽量。少間那邪神要喫你二人，有咱在此。〔衆白〕只怕使不得。不要鬧出事來，不是當耍的。〔鄭恩白〕不要害怕，你們先到廟中，將這兩個孩子供放桌上，咱們都在廟門外聽着，候那邪神動嘴，嗄，小孩子你們一嚷，咱們一齊進來救你。〔童男童女白〕是。〔衆白〕如此説，全仗壯士力量，除却那大王便好。〔鄭恩白〕這個都交與咱。〔内風聲，衆白〕言之未已，風聲響動，白喫大王來了！〔會首白〕我們快快將他二人送進廟去。〔同唱〕須臾一陣旋風過㊣，神道威嚴休相忤。你看神威赫奕，廟貌巍峩㊣。〔吹打。衆跪拜。會首將童男童女安放桌上坐科。衆白〕大王在上，我們衆弟子虔誠恭獻童男童女，求大王保佑我們村中人口平安，田稻豐收。我們拜告完了，且出去，好讓大王受用。待我去預備傢伙。〔下。內作風聲，鹿精、小妖作進廟。鄭恩作上牆，作見鹿精科。鄭恩白〕嗄，咱說這喫人的何曾是神道，原來是個妖精。〔鹿精白〕噲，你們這兩個小孩童，那一個身上有肉？〔童男童女白〕多有肉，你要慢慢的喫，不要搶。〔鄭恩白〕嗄，原來這妖精在這裏喫童男童女。〔鹿精白〕如此，子孫們！〔衆應〕我大王每年先喫童男，今年先喫童女。〔衆應。童男童女作跳下桌科，作打鹿精頭科，白〕先敬你一雙快子！〔鹿精作痛科，白〕哇喲喲！子孫們，快與俺動手！〔鄭恩作打衆小妖科。男女鄉民上，白〕裏面響動了，我們一齊進去動手！〔作進廟與衆小妖攢科。鄭恩、童男童女赶鹿精等下。鄭恩與鹿精單對，鹿精敗下。童男童女、鄉民與小妖單對。會首、女鄉民作拿拐杖，作打小妖科。會首、女鄉民作跌倒科。小妖白〕我大王喫不成童男童女，我們小妖到要嚐嚐老男老女。〔童男童女白〕妖怪，休要害我們爺爺奶奶！〔作打敗二妖科。鹿精上，唱〕

【四煞】白喫威名大，忽來黑煞虎。猛然平地起風波，指望幾塊臠肉來用飽，誰知一頓棍棒填俺餓。說甚麼祭賽陳樽俎。〔白〕咳！料難逃走的了。〔唱〕今日個他們要喫俺鹿脯。〔鄭恩上，白〕那裏走！〔作對科。鄉民、童男童女追衆小妖，齊上，作對逃遁科。鄉民白〕多蒙壯士與我們這孟家莊一方除害。

〔會首白〕感謝恩人救了我們孫兒孫女！〔鄭恩白〕好説。你們今後再不用祭賽了。大家過來看看倒底是什麽妖精。〔男女鄉民白〕喝唷！原來是一隻大梅花鹿。〔童男童女白〕爺爺，那邊還有幾隻小的哩！〔會首白〕好漢，壯士，且請暫留小莊，我們將這大鹿剥皮割肉，燒了肉脯請壯士喫。〔鄭恩白〕哈哈！他是個白喫大王，喒如今到做了黑喫大王了。〔衆鄉民白〕我們還要長留壯士在小莊哩！〔鄭恩白〕留喒何用？〔衆鄉民白〕哪省了我們年年祭賽的規矩，我們衆人只當報恩。〔鄭恩白〕也罷麽，暫且叨擾。〔同唱。衆鄉民擡鹿皮科〕

【三煞】從今後休祭賽，從今後休獻胙，喜妖氛掃靖平安妥。笑他白喫遭人捕，説什麽雨順風調來相護，説什麽豐登五穀佑稼禾，這都是天與付。只道是顯靈神聖，却原來妖精笨鹿。〔衆鄉民白〕壯士請。〔鄭恩白〕請。〔下〕

第五齣　符讖興隆

〔柴榮巾服上，唱〕

【惜奴嬌序】蹭蹬經年，向天涯歷遍，受盡熬煎。時來運泰，一朝平步登天。留連，姑侄相逢多堪羨。喜加額，人歡忭。〔白〕我柴榮自從來投姑娘，十分歡待。昨日又拜見姑爹，備述始末，知我先君被潼關高行周陷害，嗟嘆不已，留我在此習學戎事，操演兵戈，以圖日後進取，報覆父冤。咳！我雖在此安身，但不知我兩個結義兄弟何方着落，未曉幾時再得相聚也。〔唱〕恨緣慳，遭拆開三處，做了分隊鴻雁。〔王朴、魏仁甫上，同唱〕

【又一體】趨先，見豪傑英賢，道惺惺相惜，好漢相憐。〔白〕下官王朴。〔魏仁甫白〕下官魏仁甫。〔王朴白〕我們多爲軍機重情，特來參謁柴少君。〔魏仁甫白〕請。〔同唱〕進衙齋、寂靜賓館，咫尺之間。〔白〕此間以是。嗄，柴少君有麽？〔柴榮白〕是那位？阿呀，是兩位將軍。〔王朴、魏仁甫白〕不敢。〔柴榮白〕二位何來？請教高姓大名。〔王朴白〕下官王朴。〔柴榮白〕官居何職？〔王朴白〕忝爲元帥參謀。〔柴榮白〕此位呢？〔魏仁甫白〕小將魏仁甫，總理糧餉官，爲左營副使之職。〔柴榮白〕原來是參謀公與總理將軍二位。請轉。〔王朴、魏仁甫白〕不敢，少君請台坐，容我等拜謁。〔柴榮白〕豈敢！彼此常禮。

〔王朴、魏仁甫白〕從命了。〔柴榮白〕二位請坐。〔王朴、魏仁甫白〕有坐。〔柴榮白〕二位到此，有何見教？〔王朴、魏仁甫白〕少君，〔同唱〕識尊顏，趨承恭敬詣堦前，幸三生，相逢見。〔柴榮介白〕必竟爲着何事？〔王朴、魏仁甫連唱〕秉誠虔，聽容咨啓，乞求進言方便。〔柴榮白〕二位此來，要我向姑丈説什麽？〔王朴、魏仁甫白〕正是。〔王朴白〕只因我們元帥生得異相，膀背上長出二瘤，狀似雀兒，那一邊形像穀稔，左右分開。〔魏仁甫白〕因此人人都稱我們元帥郭雀兒。〔柴榮白〕嗄。〔王朴白〕那日遇見相士苗光義，説若雀兒飛上穀稔，方是元帥興王定霸之期，開基創業，必成建國之主。〔魏仁甫白〕現今兵權威重，軍精糧足，正好起手。〔王朴、魏仁甫同白〕争奈元帥疑惑因循，只恐將士心離。若再俄延，蘇逢吉又來擺佈，就難舉事了。〔柴榮白〕嗄，原來爲此。我姑爹既有偌大兵權，又得列位贊襄，文齊武備，何慮大事難成！甘心受那奸讒挾制，權臣播弄，豈不貽笑於諸鎮英雄，是懦夫所爲耳！二公放心，待我進見元帥，將利害陳之，再用妙方解疑，以决元帥之定志也。〔王朴、魏仁甫白〕若得少君用力剖陳，言出至親，元帥定然相信，再不狐疑矣！〔同唱〕

【曉行序】俄延，怕衆將心遷，解疑團，膀背要雀稔連駢。情達上，一似箭在弓弦。恨權奸，五次三番，忌嫉忠臣懷毒險。〔王朴、魏仁甫白〕我等告辭。〔柴榮白〕再請少坐。〔王朴、魏仁甫白〕轅門之外還有衆將士在彼候信，失陪了。〔柴榮白〕恕不遠送。〔同唱〕黽免協助大功成，勳名早上凌烟。〔作送出，分下。柴榮白〕就進内堂走遭。〔衆梅香引郭彦威、柴氏上，唱〕

【錦衣香】戎事鮮，堪罷閑，嘆韶華光陰箭。〔郭彦威唱〕縱然威顯，時時驚顫，不如罷職隱林泉。〔柴氏白〕嗄，相公，你怎麽説這悔心話兒！〔郭彦威白〕夫人，那權奸當道，幼主闇弱，聽信奸臣蘇逢吉之言，不念先帝功臣，竟賜三般朝典，命我自裁。那時下官即欲盡節，争奈衆將勸阻，反囚禁天使孟業，朝廷知曉必怒。如今勢如騎虎，進退兩難，細思之，功業安在？不如早歸田里，倒也自在。〔柴氏白〕相公，日前相士苗光義相你有九五之位，南面稱尊，只等雀兒飛上轂稔，就是興隆之期了。〔郭彦威白〕夫人，那有人身上長就的肉瘤就會飛動？相士言語恍忽，俺心雖有志，只恐畫虎無成耳！〔唱〕況人如朝露，又無子女膝前，縱富貴，非吾愿。〔白〕夫人，你我年將近五，並無半男一女，我昨見夫人的侄兒柴榮，人品軒昂，龍眉鳳姿，此人倒有福相。〔唱〕意欲將他嗣繼先。夫人意下如何？宗枝續愆，開創鴻圖，也非枉然。〔柴氏白〕嗄，相公承繼柴榮爲子，主見極好！〔柴榮上，唱〕

【喜還京】去到寢軒，見親行再三剖辯，休辜負，將士心專。〔白〕姑爹、姑母拜揖。〔郭彦威、柴氏白〕侄兒，你往那裏來？〔柴榮白〕侄兒特來與姑爹賀喜。〔郭彦威白〕有何喜賀？〔柴榮白〕適纔侄兒往街坊上，遇着一位相士苗光義呵！〔唱〕他教我上覆元帥吉言，雀兒過稔在眼前。〔郭彦威白〕是嗄，那年苗相士道我膀背上長的二肉瘤，形像雀兒，那一邊好似轂稔，只要雀兒飛過轂稔之上，即是興王霸業之時。俺想人身上長的東西，怎麽會飛過去？此乃荒唐之言耳。〔柴榮白〕嗄，姑爹膀背上果然長什麽異樣肉瘤，這分明是個奇相了。〔柴氏白〕因此你姑爹得號名曰郭雀兒。〔郭彦威白〕夫人也要取笑！〔柴榮白〕侄兒不信，到要看看。〔柴氏白〕是嗄，相公叫我侄兒見了此異物。〔郭彦威白〕你要看麼，待我袒覆衣袍與你看。〔柴氏白〕侄兒，你過來看。〔柴榮白〕嗄，有了！ 是待侄兒來看。〔雀神上，作拂郭彦威背科，下。柴榮白〕咊！ 姑母你來看，果然雀兒飛過穀稔了！〔柴氏白〕嗄，不信有這等奇事！ 嗄，果然飛在一處了！ 相公大喜！〔郭彦威白〕嗄，竟飛在一處了？ 梅香，取鏡過來。 果然那雀瘤飛到穀瘤上去了！〔笑科〕一來是神天默佑，二來是借我們賢姪的福。〔柴榮白〕不敢，還是大人之福。〔郭彦威白〕我若是稱孤道寡之時，即封賢姪爲闕太子，以續鴻基。〔柴氏白〕姪兒過來，拜謝了姑爹。〔柴榮白〕是。 多謝姑爹大人！〔郭彦威白〕罷了，起來。〔柴榮白〕姑爹大人既然符此讖兆，乞早爲定奪。 延挨日子，只恐奸相聞知，又生掣肘矣！〔柴氏白〕姪兒之言有理。〔郭彦威白〕就命你出去傳令三軍，説我明日升帳議事。 咳！〔柴榮白〕大人又發何嘆？〔郭彦威白〕所慮兵糧不足也。〔柴榮白〕這也容易。 待姪兒領令，與大人設下招軍旗號，四方自有英雄相投。〔郭彦威、柴氏白〕如此甚好。〔同唱〕

【情末斷煞】慮兵糧難敷演，招軍買馬榜文懸，管取應募英豪胼擠肩。〔下〕

第六齣　疑語表貞

〔趙匡胤內白〕

妹子快快趲路！〔京娘騎馬上，唱〕

【駐馬聽】迢疊山坳，眼盼鄉關道路杳。〔趙匡胤上，作架式科。京娘唱〕那程途跋涉禁受，何曾駿馬辛勞。〔趙匡胤接唱〕賢妹你且耐煩情性莫心焦，蒲州不遠相將到。〔同唱〕一望城壕，蒼茫樹色殘霞照。〔京娘白〕恩兄，那帶樹木叢雜之處，好像就是小祥村了。〔趙匡胤白〕如此，賢妹加鞭，緊行幾步。〔京娘白〕這裏是了。〔作下馬〕恩兄請少住。嗄，爹媽開門！〔作扣門。趙文、安人上，唱〕

【又一體】忽聽喧囂，門外何人剥啄敲，我且開門看覷。〔京娘作見科，白〕阿呀，爹娘嗄！〔趙文、安人唱〕是我嬌娃，如獲珠寶。〔白〕兒嗄，你怎生回來的？〔京娘連唱〕爹娘嗄，那日中途遇盜，幸得恩兄相救保。〔趙文、安人白〕如今恩人呢？〔京娘連唱〕護送迢迢，他心如貫日惟天表。〔趙文、安人白〕嗄，原來有這樣好人！媽媽我和你出去迎接。嗄，恩人請到裏面去。〔趙匡胤白〕請。〔京娘暗下。趙文、安人白〕恩人，愚婦有禮了。〔趙匡胤白〕不敢。〔趙文白〕請坐。〔趙匡胤白〕請。〔趙文白〕請問恩人如何得救小女？〔趙匡胤白〕令愛被强人搶擄，寄與道院空房，俺養病觀中，問起來歷，將强盜盡皆斷送，不辭

千里，護送到此。恐有嫌疑之別，結爲兄妹。〔趙文、安人白〕多謝恩人大德！ 乞問姓名、鄉貫？〔趙匡胤白〕聽者。〔唱〕

【尾犯序】趙氏有名標，匡胤諱字，元郎乳號，家住汴梁。〔趙文介白〕作何生理？〔趙匡胤連唱〕嚴親在朝。〔京娘上。趙文、安人白〕原來是一位貴公子。小女得蒙救拔，又承千里相送。〔安人白〕公子若不棄嫌，情願奉爲箕箒。〔京娘白〕嗄，母親休出此言！〔趙匡胤白〕咳！〔唱〕休攬，俺一片志誠潔白，因何事將咱染皂。〔趙文介白〕阿呀呀！ 難得一位志誠君子，小女之幸。〔趙匡胤連唱〕結爲兄妹，義如骨肉勝同胞。〔白〕俺去也。〔趙文、安人白〕如此，再請少坐。〔趙匡胤白〕呸，酒逢知己千盃少。〔趙文、安人白〕恩人，愚夫婦還有話說。〔趙匡胤白〕嗳，話不投機半句多！〔下。趙文、安人、京娘作送介。趙文、安人白〕你看他頭也不回，竟自去了。〔京娘白〕爹媽本不當小覷恩人，難怪他諤然而去。〔安人白〕嗄，女兒放心，你且進去，他是假粧這般模樣，必竟還要轉來的哩！〔京娘白〕嗄，母親怎麽有這等相疑的話兒？〔安人白〕不是相疑，這是寔話。〔京娘白〕阿呀，苦嗄！〔哭下。趙文白〕媽媽，女兒纔回來，你就是這等謳他，還不進去，暖伏暖伏他。〔安人白〕員外，我想天下決無這樣傻人，兩個少年男女，一路同行同伴，那有不生情況的？〔趙文白〕媽媽，你是這等說，天下正人君子極多，終是我們遇不着罷了。現今方纔那位恩人，你提起女兒與他爲室，他竟佯長而去，反生怒色，難道這還不是正人君子？ 你是婦道之人，知些什麽！ 有這許多疑心，還不進去安慰女兒。〔安人白〕如此說，我反疑惑得不是了？

〔趙文白〕可不是！　還不走進去，還不走進去！〔同下。京娘内白〕阿呀，苦嗄！〔上，唱〕

【駐雲飛】冤抑難曉，志潔清貞天日皎，心如冰霜操。爹娘呵，反疑我似絮萍飄。嗏，感兄義恩高。〔滚白〕我爹娘受人大恩，未能酬報，反疑他一路同行同伴，有甚緣故(重)。不思量他恩施再造，不能勾報之瓊瑶，啣環結草(重)。阿呀，恩兄嗄，你的恩難補報，反自生疑，不辨清與濁。仔細思量，多是我薄命紅顔冤業招。〔白〕阿呀，且住。我想人生終須一死，不免尋個自盡，以明貞節便了。〔唱〕

【前腔】性命等鴻毛，一赴幽冥省口嘵。莫怨高堂料，自怪命低薄。嗏阿呀！恩兄不憚路途遥。〔滚白〕今日個只落得一場不妙，反生疑笑，玷污英豪(重)。恩兄，多因是我害你生懊惱。阿呀，苦嗄！除非是死向五殿閻羅告。罷，不如早到黄泉清白表。〔作自縊科。趙文、安人上，唱〕

【又一體】房櫳静悄，不聞聲息心驚擾，疾速進觀瞧。阿呀！唬得膽魂消。嗏，他懸樑頸吊。阿呀我兒！阿呀我兒！〔作抱下京娘科。滚白〕你今纔得回來，是何緣故，總有冤情，可以剖告。你今短見如此，痛殺我了(重)！教人哭殺我的親姣。我兒不能甦醒，枉自連聲叫。〔作放下。趙文、安人白〕阿呀苦嗄！〔趙文白〕呀呸！你哭什麽！多是你這老不賢、老乞婆！〔唱〕一個貞烈女娃教你斷送了。〔安人白〕嗄，員外，如今哭也無用，這樁事我的不是了。〔趙文白〕老不賢，如今看你怎麽好！〔安人白〕我們且將他安放停當，棺槨入殮，多請些高僧高道追薦超度他便了。〔趙文白〕咳，女兒嗄！〔作擡尸

下場科。同唱〕

【尾聲】娘言幾句你心腸傲，性命輕捐棄草茅。只得請些高道高僧將功德超。〔白〕女兒！〔安人白〕親兒！〔趙文白〕不要你哭！〔安人白〕是。〔趙文白〕誰要你哭！〔安人白〕是。〔趙文白〕阿呀，女兒嗄！〔下。安人作羞科，下〕

第七齣　四兇設擂

〔衆僂儸、女兵引宋金清上，跳科，唱〕

【新水令】山林嘯聚衆英雄。〔宋金洪上，唱〕播威名四方尊重。〔宋金輝上，唱〕誰人敢相犯，〔宋金花上，唱〕孰個也怕來攻。〔同唱〕俺兄妹兇勇，何愳那萬馬千軍衆。〔宋金清白〕俺宋金清是也。〔宋金洪白〕俺宋金洪是也。〔宋金輝白〕俺宋金輝是也。〔宋金花白〕俺宋金花是也。〔宋金清白〕俺們兄妹四人，一母同胞，個個天生驍勇，各具膂力千觔，自幼在這稻花山中拿狼捉虎，打獵營生。〔宋金洪、宋金輝白〕後來山中野獸漸漸稀盡，不能度日。〔宋金花白〕只得在羊腸大道之上打劫行商過客。〔宋金清、宋金洪、宋金輝白〕又集許多無賴入俺夥伴，爲此竟立山寨，俱稱大王。〔笑介〕倒也快活！〔宋金清白〕兄弟，妹子。〔宋金洪、宋金輝、宋金花白〕大哥。〔宋金清白〕俺們日前命頭目在八里莊設立下擂臺一座，每逢三六九期，我們兄妹輪流上臺，要打盡天下好漢。〔宋金洪、宋金輝、宋金花白〕便是今日輪該大哥上臺。〔宋金清白〕呣，今日輪着俺上臺，你們好生看守山寨。〔宋金花、宋金洪、宋金輝白〕是。〔宋金清白〕就往擂臺去者！〔僂儸應。宋金洪、宋金輝、宋金花、女兵下。衆僂儸、宋金清等上，同唱〕

【步步嬌】緑林雄霸無雙共，氣蓋聲名重。劫商賈不放容，縱火殺人如兒戲弄。設擂萬人叢，要把豪傑滅盡獨尊宋。〔僂儸白〕已到擂臺了。〔宋金清白〕隨俺上擂者。〔作上臺，下。衆百姓、劉教師上，白〕走嗄，强盗設擂臺，自惹禍飛灾。我們乃安邑城外百姓是也。聞得稻花山强人在八里莊設立擂臺一座，要打盡天下好漢，獨顯威名。〔劉教師白〕列位嗄，這是强盗惡貫滿盈、自取其禍了。〔衆白〕怎見得？〔劉教師白〕你想這些强盗佔踞高山，官兵又不敢去捕他，如今他自誇其强，要與天下英雄比並，豈不知世上英勇之人不少，今日打、明日打，少不得打出一個勝他們的人來的。〔衆白〕這位老丈言之不差。今日乃比擂日期，我們大家去看個熱鬧。〔胡教師白〕嗄，列位回來，看看在下的出手。〔百姓白〕嗄，阿呀，原來是城中的胡教師。教師你的拳棒是有名的，今日上臺比試，只怕這幾個强盗要輸。〔胡教師白〕呣，識者在下一來顯顯手段，二來與民除害。〔衆百姓白〕如此，極美的美事！我們快些去。〔胡教師白〕請嗄。〔齊下。趙匡胤上，唱〕

【折桂令】越過了這亂石危峯，俺步履輕捷走闖西東。遇了些怪跡奇踪，俺除惡安良意正心恭。把綱常道理懷胸，男兒志如日當空。〔白〕俺送歸義妹京娘到家，那兩位老人家言語糊塗，不知俺趙匡胤是個頂天立地的男子！〔唱〕他言詞狐曹，將人氣貫牛冲。這的是美語千秋反惹出現在疑虫。〔下。僂儸引宋金清上，同唱〕

【江兒水】臺上揚威武，刀鎗架立中，金銀綵緞盤中供。孰個前來輸贏共，花紅金帛當相送。〔百姓暗上，白〕列位，你看這個大漢，果然長相兇狠，只怕無人敢上擂臺。〔宋金清白〕吠！臺下衆人聽者，有人上臺與俺比並，勝我者情愿將金銀相送，如無力量者休來送命！〔笑介〕俺們弟兄們設立幾日擂臺，竟無人敢上來比試。〔百姓虛白科。胡教師白〕俺胡教師來會你！〔宋金清白〕請。〔胡教師飛腿上，白〕請。〔宋金清白〕住了。〔唱〕且先把名姓相通，俺拳下無情，你莫向閻羅臺控。〔胡教師白〕俺乃城中胡太爺。照打！〔作擺式打科。趙匡胤上，白〕嗄，爲何此處熱鬧，原來在此打擂。俺到要觀觀。〔宋金清打下胡教師科。百姓白〕阿呀，不好了！胡拳師胡教師栽了！〔趙匡胤白〕呀！〔唱〕

【雁兒落得勝令】則見那一個跌下倒栽葱。〔宋金清笑介，白〕還有誰敢來？〔趙匡胤連唱〕那一個在臺上驕賣弄。俺待要上前去擒虎豹，又恐怕地蛇多鬭蛟龍。〔宋金清笑介，白〕誰敢來嗄？〔劉教師白〕我來！〔宋金清白〕你上臺來。〔劉教師白〕拿梯子來。〔僂儸等白〕你要梯子做什麽？〔劉教師白〕我好上臺。〔僂儸等白〕没有梯兒的。〔劉教師白〕如此，那一位拉我一拉？〔僂儸等白〕我來。〔劉教師上科，白〕我來了。〔宋金清白〕請教姓名。〔劉教師白〕我没有姓名，我也是教習拳師。〔宋金清白〕請。〔劉教師白〕請。〔作渾擺式撩下劉教師科，白〕喝唷喝唷，阿一坯跌殺哉！〔百姓白〕又是一位教師栽了。〔趙匡胤唱〕呀，好教人泥丸宫氣冲，這狂妄怎容！〔宋金清白〕誰敢上臺來？〔趙匡胤連唱〕急得俺脚趔趄、心憔燥，堪堪的耐不住火心中。〔白〕俺來也！〔作飛腿上臺科。宋金清白〕請留名姓。〔趙匡胤白〕聽者。〔唱〕俺是伊祖宗，遇着俺你休强横。〔宋金清介白〕吔，就來討俺的便宜！〔趙匡胤連唱〕我的孫種，今日裏冤家狹路逢。〔作擺式打科。擒宋金清，倒撕兩半。百姓喝彩。僂儸衆拔刀鎗動手。趙匡胤跳下臺，奪棍打介。僂儸

衆敗下。百姓散下。一猛虎上，跳下。衆頭陀引曇雲長老上，同唱〕

【僥僥令】蒲團坐運功，心血上潮湧。〔白〕老僧蟄龍寺曇雲長老是也。適纔打坐蒲團，心血上潮，正在掐指輪算，聞陀頭來報，說往山澗取水，忽然奔出一隻斑斕大虎，怕他害人，老僧有伏虎之法，爲此命陀頭各執棍棒前去走遭。〔同唱〕我這裏佛法無邊來展動，那怕他躍山跳澗虎從風。〔下。趙匡胤上，唱〕

【收江南】呀，那强衆恰似逞威風，俺今摧枯拉草影無踪。且自前奔慢從容。〔内宋金洪白〕呔！紅臉漢子那裏走！〔趙匡胤唱〕見後面赶上似蜂擁，俺全不怕半些（重）。〔虎上，攔路。趙匡胤白〕阿呀！〔唱〕恰怎生前途有虎攔道甬。〔白〕阿呀，不好了！你看前面有虎攔路，後邊有强徒追上，這、這、這便怎麽處！〔虎作跳科。曇雲長老、衆頭陀執棍上。曇雲長老白〕哫！畜生，待老僧賞你一弩。〔作袖出弩箭，虎退下。内喊白〕紅臉漢慢走，俺二大王來也！〔曇雲長老白〕漢子你且那邊躲避，有俺老僧在此。〔越匡胤白〕多謝師父慈悲。〔下。衆僂儸引宋金洪上，白〕和尚可曾看見個紅臉漢子？〔曇雲長老白〕老僧出家人，不管這些閑事。〔宋金洪白〕你這老和尚，俺二大王好話問你，你枝吾我，難道不知俺的利害麽！〔曇雲長老白〕老僧也不是好惹的。〔宋金洪白〕不是嗄，你若看見，獻了出來，與你無事。〔曇雲長老白〕老僧也不怕有事。〔宋金洪白〕呔！秃驢看鎗！〔曇雲長老白〕頭陀們動手！〔作對介。曇雲長老出戒刀對介。趙匡胤上，帮戰介。宋金洪等敗下。頭陀白〕强盗敗走了。〔趙匡胤白〕多謝老師父與衆位答救！〔曇雲長老白〕他此番敗去，必然約齊大隊還來。〔趙匡胤白〕他們有多少强人？〔曇雲長老白〕他們

兄妹四人稱强爲霸，手下有僂儸五百餘人，打家劫舍，陷害良民，十分可惡！〔唱〕

【園林好】他聚山林糾糾合衆，害良民人人恨痛。〔趙匡胤介白〕老師父何不除之？〔曇雲長老連唱〕只因我單絲難縫。〔趙匡胤白〕老師父，他們若來，待俺帮助師父一總消除，也是與民去害。〔曇雲長老白〕這個使得。〔唱〕有你助可成功（重）。〔趙匡胤白〕請問師父法號，住何寶刹？〔曇雲長老白〕老僧就在前山蟄龍寺方丈，法號曇雲，俗姓馬，名三鐵，殘唐時曾爲潼關總兵之職。〔趙匡胤白〕如此説是一位罷職的老元戎！〔曇雲長老白〕請問檀越何方人氏，姓甚名誰，因何到此？〔趙匡胤白〕俺姓趙，名匡胤，汴梁人氏。家父洪殷，官爲殿前檢點指揮。〔曇雲長老白〕原來就是趙公子。令尊老僧也曾識面，如今納福否？〔趙匡胤白〕托賴。〔曇雲長老白〕如今因何事至此？〔趙匡胤白〕老師父聽啓。〔唱〕

【沽美酒帶得勝令】爲權臣作對兇（重），提將起怒髮沖。他與南唐一氣通，進美女迷惑聖聽。俺殺勾欄暗裏全忠，起灾殃奸臣讒慫，避禍患天涯投逋。〔曇雲長老白〕嗄，原來如此。方纔那强盗爲何追赶公子？〔趙匡胤白〕嗄，師父。〔唱〕他呵立擂臺逞兇行兇，我上前將他斷送。呀，又追來餘黨賊衆。〔曇雲長老白〕如此説來，公子避難天涯，又遇此不忿之禍。那宋氏弟兄個個利害，他焉肯干休！公子且隨我回寺計較，除此大害便了。〔趙匡胤白〕好，多謝老師父。〔同唱〕

【清江引】大豪傑作事剛常用，除害休遺種。奠保一方安，萬姓感揚頌。〔曇雲長老白〕公子請。〔趙匡胤白〕老師父請。〔同唱〕且回寺慢商量，合議同。〔曇雲長老、趙匡胤白〕請。〔下〕

第八齣　三鐵施弩

〔衆僂儸引宋金洪上，同唱〕

【好子樂】不測降灾，來立擂臺，命赴泉臺。何方强暴把兄長毒害，心歹。〔白〕俺宋金洪，大哥八里莊設擂，不知那裏來了一個紅臉漢，將俺大哥打倒，尸分兩半。咻，思之可惱！爲此聚集僂儸，追上紅臉漢，又被螯龍寺和尚馬三鐵阻攩，不能報仇，反殺得我們大敗回山。〔同唱〕難解，切齒寃深似海，問何如心内悲哀。〔作到山，白〕兄弟、妹子快來！〔衆僂儸、女兵引宋金輝、宋金花上，唱〕聽得那聲呼驟快，因何着急，請道其槩。〔宋金洪白〕兄弟，妹子。〔宋金輝、宋金花白〕二哥。〔宋金洪白〕適纔愚兄往八里莊打聽大哥今日擂臺勝負，不想被一過路紅臉漢子打倒，竟將大哥一撕兩半了！〔宋金輝、宋金花白〕嗄，竟將大哥撕爲兩半了！　二哥應該赶上那紅臉漢報仇。〔宋金洪白〕愚兄豈肯不赶！　剛剛追到螯龍山，被寺中馬三鐵攔阻，反殺得愚兄大敗而歸。〔宋金輝、宋金花白〕嗄，那馬三鐵受我們山上佈施，不想報答，這秃驢竟敢如此！〔宋金洪白〕爲此我赶回，約齊大隊人馬，去圍那螯龍寺，拿住仇人，將馬三鐵一齊擒來！〔宋金輝白〕二哥，兄弟幫你去，教他們試試俺的寶刀！〔宋金花白〕既然三哥同去，小妹在此看守山寨。〔宋金洪白〕三弟你方纔若在那裏，也不致教這些秃驢殺敗了。〔宋金輝白〕僂儸們！〔僂儸應。宋金輝白〕擡俺的寶刀過來！〔僂儸作擡刀科。僂儸白〕大王，寶刀在此。〔宋金輝白〕就此殺奔蟄龍寺去者！〔女兵、宋金花下。衆僂儸、宋金洪、宋金輝同唱〕

【銀燈紅】聽説罷令人氣呆，恨禿驢犬吠往外。他不思報答酧恩賚，怎教人不怒轟如雷前番敗。整甲兵重再，管教殺盡絶、難容貸。〔下。曇雲長老、趙匡胤、衆頭陀上，同唱〕

【燈影摇紅】飽飡食黄虀素齋，疾速向禪堂等待。〔曇雲長老白〕公子，我們飽食素齋，准備回來一場大戰。〔趙匡胤白〕只是有累老師父又要開殺戒了。〔唱〕累及禪門開殺戒。〔曇雲長老唱〕常言説不狠不如來。〔報事僧人上，唱〕山門外圍住賊儕，報師尊打仗安排。〔白〕禪師，那些强盜又來了。〔曇雲長老白〕老僧早以知之。頭陀們，安排器械，擒拿强盜。〔衆白〕是。〔曇雲長老白〕公子，隨着老僧來。〔趙匡胤白〕是。〔僂儸、宋金洪、宋金輝上，同唱〕

【麻婆穿綉鞋】奮勇奮勇休生怠，停留莫悮刻。努力(重)精神泰，擒拿休放解。〔僂儸白〕寺門開在此。〔宋金洪、宋金輝白〕殺進去！〔頭陀、曇雲長老、趙匡胤冲出，分開。宋金輝、宋金洪白〕馬三鐵，你不思量報俺們佈施恩惠，反助外人，什麽意思？〔曇雲長老白〕你們這班强人，惡貫滿盈，還不修心改化，去邪歸正！〔宋金輝白〕俺不與你多講，看刀！〔曇雲長老、宋金輝對。趙匡胤、宋金洪對。僂儸、頭陀對。下。曇雲長老、宋金輝上，白〕馬三鐵，你快快幫俺拿住那紅臉漢子，不失俺們和好。你若再倔强，教你做刀下之鬼！〔曇雲長老白〕宋金輝休得猖狂，照架俺禪杖者！〔對介。曇雲長老敗下。頭陀、僂儸對介。曇雲長老上，唱〕金輝賊多利害，待俺神弩箭教他喪尸骸。〔宋金輝上，白〕和尚那裏走！〔作戰科。曇雲長老出袖箭射宋金輝，下。頭陀圍上。趙匡胤打死宋金洪科。衆僂儸、頭陀上，作對科。僂儸敗下。曇雲長老、趙匡胤暗上。曇雲長老白〕徒弟們，將宋金輝的刀馬擡過來！〔二頭陀應，下。曇雲長老白〕徒弟們，回寺去者。〔衆應，同唱〕

【尾聲】這場戰鬭威風大，殺賊如同掃疥癩。〔曇雲長老白〕公子。〔同唱〕好教俺平白無由殺律開。

〔下〕

八段

第一齣　復仇殞命

〔僂儸、女兵引宋金花上，唱〕

【端正好】大兄長，亡非命，爲設擂臺、要顯威名。誰知他遇着那强中勝，一旦赴、幽冥徑。〔白〕俺乃宋金花，積祖爲盗，殺人放火，並無半點慈心；劫舍打家，却有一腔殺意。生俺兄妹四人，各有膂力，爲此霸佔山頭，强奪商賈。不意俺大哥立下擂臺，要與天下英雄賭賽，平白地送了性命。咳，俺二哥、三哥前去報復冤仇，不知勝負如何也！〔唱〕

【滚綉球】我这裏望捷旌，好音聽，但愿得早獲仇人，我將他剜肺肝祭奠亡靈，方可消忿，纔解怨恨。〔報事僂儸上，白〕報啓姑娘，二大王、三大王到蟄龍山，又被馬和尚害了。〔宋金花白〕怎、怎、怎麽講？〔報事僂儸白〕二大王、三大王一齊都被他們害了！〔宋金花白〕嗄，有這等事！阿呀！〔唱〕唬得我如癡挣。〔女兵白〕姑娘醒來，姑娘甦醒！〔宋金花白〕阿呀，哥哥們嗄！〔唱〕唬得荆棘律的膽喪心驚。

〔白〕衆僂兵，看俺鎗馬過來。〔女兵應。宋金花唱〕俺只索握定了這桿點鋼矛，跨上這千里的馬能行。〔白〕衆僂儸。〔唱〕各奮精神。〔衆引下。衆頭陀引曇雲長老、趙匡胤上，唱〕

【倘秀才】除滅了山寨的梟獍。〔頭陀白〕啓禪師，那宋金輝的刀馬在此。〔曇雲長老、趙匡胤連唱〕見坐驥長相狰獰。又見那刀兒鋼純鋒，吹刃九環，聲響噹叮。這刀馬非輕。〔曇雲長老白〕趙公子，你看這刀馬好麽？〔趙匡胤白〕果然好刀馬！可惜落在草賊之手。〔曇雲長老白〕那宋金輝所仗者，這駿馬鋼刀。如今公子愛他，可謂物得其主矣！〔内喊〕你聽寺外喧嚷之聲，想必那宋金花女賊來也。〔趙匡胤白〕此女可有本事？〔曇雲長老白〕此女利害非常，鎗馬純熟，更兼法術弄人，公子須要隄防。〔趙匡胤白〕多謝老師傅指示。〔曇雲長老白〕我們出寺迎敵。〔同唱〕

【笑和尚】你你你你且換着刀馬去迎。〔趙匡胤白〕是。〔唱〕他他他他見人亡、物在存，管管管管他喪着膽、無傒倖。這這這這的是先挫他威風興。〔僂儸、女兵引宋金花上，白〕秃驢，狠賊，快快下馬納命，免得姑娘動手！〔唱〕俺俺俺俺不斷伊誓不回程。來來來快償還俺三位哥哥的命。〔作戰科。僂儸、女兵、頭陀各單對，連環下。宋金花上，白〕阿呀，果然那紅臉漢十分了不得！罷，不免俺將烈火珠打他下馬者。〔趙匡胤上，對女兵。續曇雲長老上，對僂儸。頭陀上，對，下。趙匡胤、宋金花上，對介。宋金花作出烈火珠，趙匡胤現龍形。宋金花白〕阿呀！〔下。又上，白〕阿呀，不好了！不、不、不好了！〔唱〕

【快活三】他冒真龍顯上頂，俺火珠兒教他口内吞，這一會法寶破他人，阿呀，兀的不是邪難勝正。〔趙匡胤上，白〕妖賤那裏走！〔戰，下。僂儸、女兵、頭陀上，對，下。趙匡胤追宋金花上，戰。曇雲長老上，續戰，作放袖箭射死宋金花。衆大攢科。曇雲長老、趙匡胤白〕將他們多斬了。〔僂儸、女兵白〕阿呀！禪師，壯士，求乞饒命！我等去邪歸正，改惡從善便了。〔曇雲長老、趙匡胤白〕如此，你們學做好人，饒你們去罷。〔僂儸、女兵白〕多謝二位活命之恩！〔曇雲長老白〕公子，且喜强人盡滅，蟄龍山從此寧静矣。〔趙匡胤白〕老師傅好神弩也！〔曇雲長老白〕衆頭陀回寺去者。〔衆應，同唱〕

【煞尾】消除賊盜氛，從此安平静。仗禪師菩提施清凈，大檀越功德一方寧。〔下〕

第二齣　奏請徵兵

〔堂候引蘇逢吉上，唱〕

【玉芙蓉】心事訴與誰，枉作朝中貴，正圖謀乖廢漢室邦危，不道禍從天降灾殃被，斷絶宗祧傷痛悲。〔白〕老夫蘇逢吉，那日劫搶法場，命孩兒帶領家甲協助官兵，誰知被那些强盗擒捉去了，至今杳無音信，都應是吉少凶多。正欲遣趙宏殷勦捕，又惹動史彦超圍城。雖然退去，聞得他投奔澶州郭彦威，要合力興兵，殺到汴京。爲此老夫着急，連夜寫成奏本，今日上朝具奏，舉薦潼關總兵高行周去征勦。還有桃花山寇薛雲等，妖法猖狂，我兵屢敗。咳！看起來這劉漢的基業，俺蘇逢吉不能到手，早晚要屬與他人矣！〔唱〕合教人悔，空籌算這回，恨蒼穹不隨心愿意成灰㊣。〔白〕過來。〔堂候應。蘇逢吉白〕吩咐擺導上朝。〔軍牢暗上。堂候白〕打導。〔軍牢引下。吹打，太監、宫官、文武官上，設朝。蘇逢吉暗上，白〕臣大平章蘇逢吉有事謹奏。〔宫官白〕奏來。〔蘇逢吉白〕竊有澶州節度郭彦威，交納反臣史彦超，招軍買馬，叛逆顯然。〔唱〕

【村里迓歌】容臣奏啓。竊有這澶州澶州郭威，私自的招軍買馬，斗膽敢叛逆妄爲，不趨朝聖旨抗違。反臣彦超爲羽翼，同謀不軌。請命吾皇早降勅宣潼關帥，方能彀安邦定國。〔黄門官上，白〕聖旨到來。據平章蘇逢吉具奏，澶州節度郭彥威，聞召不赴，抗違王命，囚禁天使孟供奉，容納反臣史彥超，私自招軍，公然叛逆，罪不容誅。依卿所奏，速遣使臣到澶關，宣總帥高行周即赴澶州征討，成功賜爵。謝恩。〔蘇逢吉白〕萬歲、萬萬歲！〔宫官白〕退班。〔衆下。軍牢上。蘇逢吉唱〕

【歸朝歡】領聖旨（重）澶關宣遞。疾速的（重）遣官莫遲。退朝房（重）與屬員商議。〔劉成、孫禮、牛賀、吴坤上，白〕太師下朝了。〔蘇逢吉連唱〕賢契快發旨意出京畿。〔白〕你將此旨速遣供奉官賫發澶關，命行周即刻整兵，征討澶州。〔劉成白〕嗄。〔下。孫禮、牛賀、吴坤白〕太師可曾具奏趙指揮敗績之事？〔蘇逢吉白〕這到没有。〔孫禮、牛賀、吴坤白〕太師若不奏請另派將校征勦桃花山，那邊又有竇溶在彼，但恐養成鋭氣，禍患更大矣！〔蘇逢吉白〕呣，也慮得是。待老夫明日上朝，再爲奏請派將發兵便了。〔合唱〕四方征戰動鼓鼙，幾處烟塵勦捕弭，全賴元臣躊躕設計。〔下〕

第三齣　奪印比箭

〔衆軍士引趙修己、魏仁輔、王峻、史彦超上，唱〕

【點絳唇】勇捷英驍，韜鈐胸抱，河山保，開創周朝，相繼鴻圖紹。〔史彦超白〕俺史彦超是也。〔王峻白〕俺王峻是也。〔魏仁輔白〕俺魏仁輔是也。〔趙修己白〕俺趙修己是也。〔同白〕昨日柴監軍傳出令來，道元帥肉瘤符合讖兆興隆，正當拓土開疆，及時應運。爲此，今日命衆將在轅門聽令。呀，言之未已，元帥將次陞帳來也。〔軍士、將官、王朴、中軍引郭彦威上，唱〕

【混江龍】規模始肇，軍容嚴肅勢威浩。風雷號，發令動山岳。〔衆將白〕元帥在上，衆將參見。〔郭彦威白〕衆將少禮，站立兩傍。〔衆將應。郭彦威唱〕抵多少蹡蹡文臣謀幹國，糾糾武將顯英豪。本帥呵坐虎帳中運籌幄，衆將轅門下列弓刀。只待俺五申三令，都待要勛建功勞。〔白〕衆位將軍。〔衆將白〕元帥。〔郭彦威白〕本帥今日舉兵，直抵汴梁，肅清奸佞，開創山河，全賴衆將併力同心，論功封爵。〔衆將應。郭彦威白〕那位將軍敢當先鋒之任？〔魏仁輔白〕魏仁輔愿爲先鋒。〔趙修己白〕趙修己愿爲先鋒。〔王峻白〕王峻職任先鋒，你二位休得攙越！〔史彦超白〕這先鋒該儘俺外客，史彦超愿爲先鋒。〔王朴白〕二位將軍不必争執，下官與你們和解方法。〔郭彦威白〕參謀有何高見？〔王朴白〕元帥興師，衆將各懷奮勇之心，眼見得大事成矣。今日先鋒重任互相争奪，反生出各有嫉忌之念也。何不以公道定之。〔衆將白〕參謀你到替俺們定個公道。〔王朴白〕元帥可命人在將臺之上設立百尺高竿，上懸先鋒金印，衆將齊立百步之外，有誰射中先鋒金印，即任先鋒之職。〔衆將白〕哞，這個方法倒好。〔郭彦威白〕如此，衆將官擺隊往教場去。〔衆應。同唱〕整隊伍旗旌照耀，列戎行響鼓鳴鐃。陣雲起迷漫殺氣，威風凛大纛高摇。〔吹打上臺。衆將下。郭彦威白〕中軍傳令，設立高竿，上懸金印，不論大小三軍，有人射中金印者，即將先鋒金印授之。〔中軍白〕嗄，嗬。大小三軍聽者：元帥有令，有人射中先鋒金印，即爲先鋒之職。〔史彦超、王峻、魏仁輔、趙修己上，射印科。史彦超射中金印。内擂鼓，將官、軍士白〕史將軍射中金印。〔郭彦威白〕過來，上去取金印與史將軍。〔王峻白〕住了！元帥不必命人上去取印，看小將與史將軍取印。〔作射斷印繩。軍士、將官白〕王將軍好神箭也！〔史彦超搶印。王峻白〕住了！這先鋒金印是小將得了。〔史彦超白〕元帥有令，只言射中。〔王峻白〕將軍射中，何足爲奇！小將射落金印，方爲希罕。〔史彦超白〕是俺得的！〔王峻白〕是俺得的！〔魏仁輔、趙修己白〕二位將軍不可如此。元帥自有主張。〔史彦超白〕元帥，俺與王峻賭鬬武藝，這射技不足爲奇。〔王峻白〕俺與你賭鬬武藝。請。〔下。郭彦威〕二位將軍既並武藝，趙、魏二位將軍，〔趙修己、魏仁輔白〕元帥。〔郭彦威白〕命你二人各保一將，只可賭賽武藝，不許心懷殘害。〔魏仁輔、趙修己白〕得令。〔下。王朴白〕元帥，自古兩虎相争，必有一傷。元帥只可止之。〔郭彦威白〕不妨。本帥正欲觀二將雌黄，以獎優劣。〔史彦超、

王峻內白〕衆將校攞列旗門者！〔衆應。史彦超、王峻上，對科，下。軍士對，下。王朴、郭彦威唱〕

【油葫蘆】只見他棋逢敵手兩英豪，誰也不饒。一個是山中慣會擒虎豹，那一個在滄海內可也捕鯨鰲。都因爲爭先奪萃鬭强傲，一家兵、起戰場，兩將軍、武藝較，不肯讓先鋒印奪錦標，果然的是一對好兒曹。〔史彦超、王峻上，對，下。軍士對，下。史彦超、王峻上，對。史彦超白〕王峻你敢與俺史節度步戰對拳麽？〔王峻白〕就與你對拳。〔史彦超白〕請。〔對科。同唱〕

【哪吒令】我這裏望上抓臂舒猿猱，望下鋪騰挪閃爍，起輕腿捷脚（重），海底寶取撈。四門開，拳路分，使泰山來壓罩，不隄防餓虎心撲。〔史彦超白〕你讓俺先鋒印，俺就饒你。〔王峻白〕你讓先鋒印，俺便饒你！〔郭彦威白〕傳令，二將不必爭競，上前取印。〔中軍白〕二位將軍，元帥有令，上前取印。〔魏仁輔、趙修己白〕史、王二位將軍住手！元帥有令。〔郭彦威白〕參謀何以處之？〔王朴白〕先鋒不分正副，一齊與之。〔郭彦威白〕二位將軍聽者，史將軍爲正印左先鋒，王將軍爲正印右先鋒，各領本部人馬，先至汴梁爲頭功。〔史彦超、王峻白〕得令！〔郭彦威白〕衆將官，吩咐回營歇息。〔衆應。同唱〕

【柳葉兒】聽一聲傳號令，號令周遭，且回營歇息疲勞，明朝准備聽宣調。興隆兆，氣象浩，養軍久、用在一朝。

【煞尾】圖王志不小，要把那豺狼掃。可稱謂兵强的將勇，上汴京、長驅直擣。〔下〕

第四齣　接旨發兵

〔衆從役引旨意官上，同唱〕

【滴溜子】快加鞭(重)，星飛催趲。軍情急(重)，豈辭憚煩。君命火速無擱。馬上風霜重，身不離鞍。調元戎往金斗潼關。〔白〕下官乃漢主駕下供奉官李明是也。奉旨調宣潼關元帥高行周，征勦澶州反臣郭彦威。軍情緊急，不敢停留。從役們，快快加鞭趲路！〔衆應。合唱〕調宣元戎，往金斗潼關(重)。〔下。高行周上，唱〕

【解三酲】鎖雙眉憂劉愁漢，懷一片義膽忠肝。俺赤心爲國救民塗炭。四下裏紛紛動起戈干，只爲着朝中當道豺狼用，因此上虎鬭龍争起外藩。咳，淩空嘆，興衰天定，難以回挽。〔白〕老夫高行周，蒙聖恩命我鎮守潼關，衝繁要地，兵權重大，職任非輕。兩個孩兒英勇異常，大孩兒懷德文武全材，二孩兒懷亮力拔山鼎。俺父子威名四方賓服。咳！只是朝中奸臣蘇逢吉作弊，朦朧幼主，致使外藩生釁，盗賊蜂起。老夫素曉天文，只怕漢祚難以久延矣！〔唱〕

【又一體】爲朝中寵信奸讒，忠良輩零替消殘。不思量開基創業功勳幹，任邪佞、聲色躭。〔高懷德、高懷亮上，同唱〕親闈堂上晨昏禮，子道庭前慰問安。〔同白〕爹爹，孩兒們拜揖。〔高行周白〕罷了。

〔唱〕何來晚。〔高懷德、高懷亮唱〕軍機差探，報達方還。〔高行周白〕嗄，你們在外邊打聽得什麽軍情？〔高懷德、高懷亮白〕孩兒們打聽得澶州郭雀兒招軍買馬，大肆反逆，朝廷即日遣使，要徵召爹爹去勦捕他。〔高行周笑科，白〕若放着俺潼關高鷂子在那，怕什麽澶州郭雀兒！〔一中軍上，作打梆科。院子上，白〕什麽事情？〔中軍白〕汴梁差飛騎到此，請元帥出堂接旨。〔院子白〕住着。啓老爺：旨意到了，出堂接旨。〔高行周白〕孩兒們迴避。〔高懷德、高懷亮應，下。高行周白〕吩咐開門。〔院子應。中軍白〕知道了。傳鼓開門。〔中軍先下。高行周、院子下。吹打。軍士、將官、中軍、高行周上。李明上，白〕旨意下。聖旨已到，跪聽宣讀。竊有澶州節度反臣郭彦威，舉兵造反，大肆叛逆。命爾潼關元帥高行周，即日領兵往澶州勦捕，擒獲郭彦威，獻俘京師，論功陞賞。欽哉！謝恩。〔高行周白〕萬歲、萬歲、萬萬歲！〔李明白〕請過聖旨。〔高行周白〕天使大人。〔李明白〕元帥，軍情火急，即日起兵。〔高行周白〕是。〔李明白〕下官覆旨要緊。告辭。〔高行周白〕請。〔李明下。高行周白〕中軍。〔中軍應〕傳令衆將，整齊披掛，即往教場，祭纛發兵！〔中軍應，白〕嘚。衆軍聽者：元帥有令，整齊披掛，往教場候令。〔衆内應，白〕得令。〔中軍白〕傳令過了。〔高行周白〕吩咐掩門。〔中軍白〕掩門。〔衆應，下。吹打。黄旗軍士、將官引王皐，緑旗軍士、將官引劉閔，黑旗軍士、將官引高懷亮，白旗軍士、將官引高懷德，紅旗軍士、將官引高行周，五色纛隨上，遶場下。又上。衆同唱〕

【傾盃玉芙蓉】山頽潮擁海沸翻，士馬威勇悍。但見整肅軍容，號令嚴範。鋭利刀鎗，蕩漾旗旛。真個天兵到處無侵犯，父老歡迎進食簞。天威憚，把僂蘭定斬，唱凱歌還汴，名姓著史丹(重)。〔下〕

第五齣　冥送醫瘖

〔京娘魂上，唱〕

【小桃紅】貞名表白赴陰曹，多只爲紅顔命也。我母話相疑含刺藏嘲。〔白〕奴家趙氏京娘，生前潔白，死後清貞。只因燒香還愿，致使罹灾被搶，自分捐軀賊手，不意得遇恩人相救，立誅二賊，送我千里回家。難得他志誠端正，並無侵犯私邪。阿呀！爹娘嘎，你們反生疑惑，言語譏誚，害得你女兒好苦也！〔唱〕年紀正桃夭，早促奴向黄泉走幽冥道也。害得奴横死尸抛，這鬼窟中骨魂銷。

〔下。趙匡胤上，唱〕

【下山虎】路途迢遥，不憚辛勞，何日首陽到，得見親表。〔白〕俺趙匡胤自從那日打擂遇了馬三鐵長老，一同除了稻花山宋氏四寇，與這一方除害，俺心中十分樂意。今早作别長老，往首陽山大道相奔。只爲投親性急，貪趲了些路程，此際黄昏時分，前不逢村，後不着店，偏偏的天又黑暗，教俺怎生認出路徑！〔唱〕偏又星月無光難爲瞧。耳邊廂風樹呼呼、水泉濤濤。俺不懼狼虎豹，那怕木怪山魈。〔白〕阿呀！且住。俺在黑暗中走路，縱有山魈木客、虎豹豺狼，却也不懼。只是這崎嶇道路高矮盤旋，教俺如何下步！面前縱有村店，俺也不能明認。〔京娘内白〕恩兄，俺來照你。〔作執紅燈上。趙匡胤白〕咦？〔唱〕這燈兒影影何來相炤，莫不是村店懸燈把客招。〔白〕嗄，這又奇了！俺正愁路途黑暗，難以認道，恰好前面一盞燈光，影影灼灼，照俺而走。〔京娘白〕嗄，恩兄。〔趙匡胤白〕喝唷！一霎時毛骨悚然。俺趙匡胤是個正人端士，不怕什麼妖邪鬼魅！〔京娘白〕恩兄，奴家雖是鬼魅，却非妖邪厲氣，是貞烈芳魂。〔趙匡胤白〕嗄，這聲音相熟，好似俺義妹京娘。〔京娘白〕奴家正是。〔趙匡胤白〕呸！有所思者，必有所感。俺又不去想他，那有這些疑惑！〔京娘白〕恩兄。〔趙匡胤白〕嗄，你還是鬼是人，快快講來！〔京娘連唱〕

【五般宜】恩兄住步是你妹魂繞。〔趙匡胤白〕嗄，怎麼、怎麼說妹魂繞！莫不是俺義妹京娘死了麼？〔京娘白〕正是。〔趙匡胤白〕嗳，你昨日到家，怎麼就死？〔京娘白〕恩兄。〔唱〕只爲着辨白清名身喪殀。〔趙匡胤介白〕嗄，賢妹竟死了！〔京娘唱〕受疑言萱親見嘲。〔趙匡胤白〕原來義妹爲一言不白，自盡身亡，如此說倒是愚兄貽害於你了！〔唱〕痛殺你年少青春命枉送了。〔京娘唱〕慟的是恩還未報，今日効啣環結草。〔趙匡胤介白〕賢義既是幽魂，這燈從何而來？〔京娘唱〕阿呀，這這不是燈兒，是我精神感召。〔白〕生前蒙兄千里相送，心如日月光明，恰值恩兄今晚迷路，小妹死後報以螢火燭之。恩兄難辨路徑，且隨我來。〔唱〕

【山麻稭】趂螢火來引道，常言是投以木桃，報之瓊瑶。〔趙匡胤唱〕迢迢，仗着你靈魂來相靠，感你義深情厚幽冥相隔暗中護保。〔京娘白〕將此天曉，小妹去也。〔下。趙匡胤白〕呀！東方大亮，路徑明白，這一夜虧了這一點螢火之光照俺行路，這是義妹陰魂有感，俺有好日，當建生祠享之。那邊隱露村莊，不免緊行幾步，投止則個。〔唱〕

【江神子】不合貪趲路程緲，那些個悞了歇落。若非他報答義恩高，這迷途有誰指照。〔下。王兆升、王曾上。王兆升唱〕

【亭前柳】世代善行好，布蔬粗煖飽。積德修兒福，灾退待醫療。〔白〕老漢王兆升，積祖此間凍青莊人也。世代善良，家傳積德，靠着農莊度日，布衣煖，蔬飯飽，終是賴上天之福庇。老漢年交五十六歲上，方纔得此一子，取名王曾，今年他長成一十三歲，敏慧異常。只是一件不美，是個瘂子，使老漢日夕憂心。日前遇着個相面先生，姓姓姓什麽嗄？姓苗！苗先生相我孩兒，説日後大貴，文章拔萃，名魁天下。我説只是此兒是殘疾瘂子，怎能發顯？那先生説不妨，今日今時有位極貴的貴人在此經過，教我好生看待他，他有方法會治瘂疤。爲此我將信將疑，特地起個清早，帶着我孩兒在此候他。嗄嗄嗄，你在那裏做什麽？〔王曾作念看書勢。王兆升白〕嗄，在那裏默頌四書。好好個孩兒，書本不離，咳，只是可惜你是個瘂口！嗄，我明白了。你説日前那相面的説你今日遇着了大貴人，來治你的喉嚨，就響了，可是麽？〔王曾作點頭科。王兆升白〕如此，曾兒，我們在此等一等。〔唱〕今朝盼候他行到，信其有之莫容放逃。〔白〕我兒，我們在此坐一坐。〔趙匡胤上，唱〕

【江頭送別】昨夜裏、昨夜裏迷路心焦，虧義妹㊣英靈相報。〔白〕好了，且喜那邊有所莊院了。

這石上坐着個老人家，和個小孩子在那裏，待俺上前問路則個。嗄，老丈請了。〔王兆升白〕阿呀！貴人請了。〔趙匡胤白〕乍會之間，怎麼如此相稱？〔王兆升白〕有個緣故。我們這裏不好講話，來來來，請進敝莊叙談。〔趙匡胤白〕怎好打攪！〔王兆升白〕有事相求。貴人請。〔趙匡胤白〕老丈請。老丈。〔王兆升白〕貴人，貴人請坐。〔趙匡胤白〕有坐。〔王兆升白〕過來見個禮。〔趙匡胤白〕此位是？〔王兆升白〕是小兒。〔王曾拜科。趙匡胤白〕阿呀，常禮。令郎是個？〔王兆升白〕嗄嗄嗄，是個痖子。〔趙匡胤白〕却也可惜。〔王兆升白〕方纔説的有事相求者，即爲小兒也。〔趙匡胤白〕請教。〔王兆升白〕前日有個相士苗先生在此經過，相小兒日後貴器，魁名天下，老漢説他胎生瘖痖，讀書呢到聰明，那曾見痖子中了狀元的？他説不妨，就言今日今時教老漢在門前相等，有一位極大的貴人在此經過，他會治痖子症候，教我們莫要放過了。爲此嚜在此恭候多時了。乞求貴人大展妙手，醫治好了小兒，感激不淺！〔趙匡胤白〕嗄，又是這苗光義在那裏佈鬧謡言！俺那裏會治什麼病？〔唱〕俺何曾習過岐黄術，他荒唐語任意散謡。〔白〕呸，也罷。苗光義既説我會治痖子，又説俺極貴非凡，俺也不信，不免就將此事試他一試。若果靈准，那些後話亦算他有騐。〔王兆升白〕嗄，我兒你的造化到了。若治好了你痖子，你要嚮嚮兒的念書嗄！〔王曾點頭科。趙匡胤白〕嗄，老丈貴姓？〔王兆升白〕老漢姓王。〔趙匡胤白〕令郎何名？〔王兆升白〕叫王曾。〔趙匡胤白〕嗄，叫王曾。呸，待俺來念幾句符咒就好了。〔王兆升白〕貴人治病，不用喫藥？〔趙匡胤白〕不用喫藥。〔奎星、土地急上科。趙匡胤白〕王曾又王曾，聰明伶俐人。今日遇了我，説話賽銅鈴。〔王曾白〕多謝大貴人，小子説話了。〔趙匡胤、王兆升笑科。王兆升白〕果然好醫方！〔趙匡胤白〕見笑，見笑。呸，這又奇了。〔王兆升白〕王曾過來，拜謝了貴人。〔王曾白〕是。〔唱〕

【又一體】謝得個開瘖瘂恩同再造，從此後口讀誦書聲徹曉。〔趙匡胤介白〕請起。〔唱〕你鑽研窗下工夫到，用心繼晷焚膏。〔王兆升白〕曾兒，去吩咐備飯。〔王曾應，下。王兆升白〕小老備有蔬酌，莫嫌粗糲，請貴人便飯。〔趙匡胤白〕叨擾不當。〔同唱〕

【尾聲】奇方異法瘖瘂療，感謝伊行手段高。〔王兆升白〕貴人，我們這村中還有幾個半瘂子，可能治麽？〔趙匡胤白〕什麽叫半瘂子？〔王兆升白〕哪，那喉音不明爽。〔趙匡胤白〕嗄，不響嗄，容易，一個字的符咒兒。〔王兆升白〕怎麽一個字？〔趙匡胤白〕嚷。〔笑科。唱〕俺到做了醫脉先生喉科趙。〔下〕

第六齣　投夥別程

〔衆僂兵、頭目引張芳、楊壽上。同唱〕

【紅芍藥】威嚴嚴山寨堅固，個個是惡煞兇徒。一任恁官兵來相捕，管教伊膽喪魂無。〔白〕俺成山寨尊張芳是也。〔楊壽白〕俺巡山太保楊壽是也。〔同白〕我們弟兄二人虎踞太行山，稱王道霸，劫舍打家，有什麽經商過客，只取一半，不傷性命。〔張芳白〕只因存此公道之心，山上的錢糧不勾應發，手下的僂兵偏又多廣，如何是好！〔楊壽白〕哥哥，你請坐了，兄弟告訴你。〔張芳白〕哰，兄弟請坐。〔楊壽白〕昨日山下杜莊村抹轂大王杜二公寄書與小弟，他要入俺們夥伴，情愿將那抹的轂子獻上。〔張芳白〕嗄，他一人在千家店一帶地方抹轂，勒掯居民，這一年的出息儘勾他受用了，怎麽還要入俺們的夥？〔楊壽白〕哥哥，因他有的是餘糧，却少人衆助他。俺們有的人衆，却短錢糧。何不容他入夥，大家有利？〔張芳白〕兄弟算計甚高。〔楊壽白〕兄弟已着僂儸約他今日上山，面見哥哥。〔張芳唱〕愁慮山中糧不敷，恰好有他行相助。正合着魚水帮扶，兩凑巧引風借火。〔白〕僂儸。〔衆應。張芳白〕杜二公到時，疾忙稟報。〔衆應。杜陞上，唱〕

【縷縷金】蒙訂會，來相赴，好漢英雄，聚計良圖。借他威風勢，添我耀武。〔白〕來此已是寨門。

有人麼？〔一僂儸白〕什麼人？〔杜陛白〕相煩禀報，説山下杜二公杜陛在此。〔僂儸白〕請少待。啓二位大王，杜二公到了。〔張芳、楊壽白〕快些相請。〔僂儸白〕嗄，二位大王出迎。〔張芳、楊壽白〕嗄，杜二公。〔杜陛白〕二位大王。〔張芳、楊壽白〕二公請。〔杜陛白〕二位大王請。二位大王，小弟杜陛參見。〔張芳、楊壽白〕豈敢！〔作對拜科。杜陛連唱〕今朝特把尊顔覿，驥尾望相附重。〔張芳、楊壽白〕請坐。〔杜陛白〕小弟日前有字寄上楊大王，書中之意，可曾上覆張大王？〔楊壽白〕小弟以與張哥説明。〔張芳白〕二公若來附就，敝山小弟們之幸也。〔杜陛白〕好説。〔張芳白〕只是要請教二公，這「抹穀」兩字如何解説？〔杜陛白〕嗄，原來二位大王不知，這「抹穀」二字是小弟想出來的方法。准備下一塊薰香的爛狗肉，要分上中下三等，到那村鎮市店之上，挨門逐户都叫唤出來，將這塊狗肉在嘴邊上抹一抹，上等人家納穀三十石，中等二十石，那下等最少的也要他納穀十石。〔張芳、楊壽白〕嗄，難道都肯納穀麼？〔杜陛白〕他若不肯，俺就動手打。〔張芳、楊壽笑介，白〕原來你這個瞀生與俺們是一樣的。〔杜陛白〕何曾是兩樣！　大王們是强搶，小弟是硬訛。〔笑介。張芳、楊壽白〕既有如此便法兒獨取，怎麼倒要入俺們的夥伴？〔杜陛白〕起初還容易，如今小弟一人獨力難支，所以要求入夥，借仗二位大王的威風。〔一僂儸白〕啓二位大王，酒席完備了。〔張芳、楊壽白〕今日既蒙杜二公到敝山入夥，小弟們特備酒筵，與抹穀大王接風。〔杜陛白〕阿呀呀！　到叨擾了。〔作定席科。同唱〕

【山花子】英豪相遇酒陳敷，投機暢飲千壺。喜抹穀添我糧芻，仗巡山成寨威覆。〔張芳、楊壽白〕

杜二兄請一盃。〔杜陞白〕小弟既蒙不弃允諾，要回敬二位一個記心盃。〔張芳、楊壽白〕請。〔僂儸斟酒科。同唱〕。蒙不弃賤弟村愚，慨允諾許蒙入夥，從今後加狼助虎，管取興隆山寨規模。〔杜陞白〕告辭了。〔吹打，杜陞先下。張芳、楊壽等下。趙匡胤上。王兆升白〕公子請。〔趙匡胤白〕員外請。〔王兆升唱〕

【尾犯序】感伊情義溥，救治我兒勝造浮屠。〔趙匡胤介白〕豈敢。〔王兆升連唱〕欲留報酬，因你急赴長途，候他圖，奈我桑榆景暮，也只好孩兒報補。〔趙匡胤介白〕説那裏話來！〔王兆升連唱〕恩公惠、五中銘刻不敢負心辜。〔趙匡胤白〕員外，説話之間，以是長亭了。荷蒙相送，請回罷。〔王兆升白〕小老再送公子一程。〔趙匡胤白〕不消了，就此拜别。〔合唱〕

【哭相思】臨岐分手意牽拖。〔王兆升唱〕囑咐君家珍重多。〔合唱〕相逢只恨緣來晚，離别偏嫌快似梭。〔趙匡胤下。王兆升白〕咳，好個好人！真真是一個好人！〔下〕

第七齣　噲桃鬧釁

〔梅香引杜母、褚氏、麗容上。同唱〕

【漁家傲】家住太行山後坳，杜氏威風近遠名表。世傳武備雄關鎮，不幸的身先泉道。〔褚氏、麗容白〕婆婆萬福。〔梅香白〕太太金安。〔杜母白〕罷了。老身杜母，大孩兒杜陞在日，鎮守雄關，不幸他命短先亡，爲此遷移歸鄉，在這太行山後住下。二孩兒杜陞，身有武藝，不安本分，在外幹那不端之事，爲娘幾番勸他不聽。〔褚氏白〕婆婆，媳婦也屢屢勸我丈夫，他也是不聽，没有柰何！〔杜母白〕媳婦，我是知道的，你雖形容異樣，性情却也賢良。〔褚氏白〕因媳婦的長相醜陋，所以人人稱我叫母夜叉。〔麗容白〕嗄，婆婆，母親，往後若再有人叫母親是夜叉，待孩兒去打他一個害怕！〔杜母白〕孫女，你雖然全身膂力，倒底年紀幼小，况是閨閣中女子，使不得！〔褚氏白〕是，婆婆説得不差，你比不得我做娘的長得這般模樣，就與男子交手，不怕他有什麽别樣心腸。你是生得花枝一般嬌嫩，若與人動手，你就先喫了虧了。〔麗容白〕母親，不是這等説。女兒生在將門，日後難道疆場鏖戰，千軍萬馬也怕了不成！〔梅香白〕不要説姑娘生長將門愛武，就是丫鬟們隨着主母，也學得些武藝在身，也要與人打打纔好。〔杜母白〕嗄，看不出你們多是一班鬪虫兒。閒話少説，今日我二孩兒往那裏去了？

〔梅香白〕二爺今日又去抹穀去了。〔麗容白〕不是，孫女到知道爹爹與太行山强盜會酒席去了。〔杜母白〕阿呀，這畜生與强盗往來了。喝唷唷！尤其可惡矣！〔合唱〕他與這山寇來往，辱祖風甘爲賊盜。〔褚氏白〕婆婆請息怒，待媳婦去尋我丈夫回來便了。〔杜母白〕這到使得。你帶領梅香去唤這畜生回來，他若不聽話，媳婦，丫鬟們，你們竟一齊動手扯他回來！〔梅香應。褚氏白〕丫鬟們，帶了隨身傢伙。〔衆應。褚氏白〕謹依婆婆之命。丫鬟們快走。〔衆應。麗容白〕婆婆，我們進去罷。〔杜母、麗容、梅香下。褚氏、丫鬟同唱〕勸夫君轉意回心，非我効獅吼嚎。〔下。趙匡胤上，唱〕

【剔銀燈】迢遥路奔首陽不知是那條，願此去平陽坦道。時交冬令霜寒重，遠望見一帶紅杪。〔白〕嗄，這又奇了。此時冬景天氣，這樹頭之上垂紅纍纍，結下些大桃，果然稀罕。嗄，想是這裏風土異樣，還不知桃種各別。〔唱〕這鮮桃紅潤白焯，却教人羡慕愛饞涎嗾飽。〔白〕好桃子！想是本處人家種來收下賣錢的。俺看了他其寔可愛，待俺摘他一枚下來嚐嚐。〔作取科，白〕不可！常言道不問自取，偷也。倘被主人看見，不當穩便。呣，有了。俺身邊帶有零錢在此，待俺來將樹枝條穿掛幾文錢在樹上，喫了他的桃，償還他的錢，猶如買的一般。説得有理。〔取錢穿樹上，白〕錢亦與他穿掛上了，如今喫也不妨了。呧，好好味兒！待俺來再買他一個。〔褚氏内白〕嘚！何方漢子，偷竊俺家桃喫！〔趙匡胤白〕阿呀，不好了！主人來了。嗄，主人不要嚷，俺是過路人，走得口渴，見你樹上長的桃兒可愛，嚐了一個。哪，樹枝上還與你們留下錢哩。〔丫鬟引褚氏上，白〕胡説！明明偷喫俺家的桃。衆丫鬟，將這偷桃賊拿下。〔丫鬟應。趙匡胤白〕怎麽，你們真要拿我？〔丫鬟白〕拿你去打個死！〔趙匡胤白〕嗳，打也不怕。〔作對科。丫鬟下。褚氏倒地求饒，白〕阿呀！好漢，壯士，乞求相饒。要喫桃只管自取。〔趙匡胤白〕俺誰稀罕白喫你的桃！早是講理，饒你去罷。〔褚氏白〕多謝壯士。喝唷，掬盡三江水，難洗滿面羞。〔下。趙匡胤白〕呣，這没來由一場打鬧，那裏説起！教人笑話多爲口食而起。〔唱〕

【攤破地錦花】這由兒分不出青和皂，他不用暴，怎能彀起這禍苗。〔白〕阿呀，且住。俺也有些不好。女娘家，讓他些就罷了。他此去必然還要糾衆前來，俺並不是怕事。〔唱〕只爲摧殘磨折災禍時怕連遭。罷，俺且避却這波濤。〔下。褚氏、丫鬟上，白〕阿呀，了不得，了不得！〔褚氏白〕羞死我也！〔同唱〕

【麻婆子】這場、這場虧無訴，羞慚被人嘲。都爲、都爲尋夫婿，恰遇惡鴟梟。〔白〕咳，我母夜叉頗頗威名，今日一旦喪於這無名年少之手。〔丫鬟白〕二奶奶不用説了，我們快快回去。或是同二爺，或是與我們姑娘再來報復便了。〔褚氏白〕這人利害，就是二爺與姑娘也不是他的敵手。〔同唱〕我威名一旦喪蓬蒿，從來此苦難相告，冤家暗消。正是啞口黄連抱。〔丫鬟白〕二奶奶，紅臉的又赶上來了。〔褚氏白〕阿呀呀！〔下〕

第八齣　抹穀遺殃

〔衆僂兵、頭目引杜陞上。同唱〕

【好事近】抹穀舊例到村鄉，分辨別下等中上，不論窮家富户，一槩輸納無容讓。〔白〕俺抹穀大王杜陞是也。出自將門，生來不肖，仗着父兄的威勢，又逞着自己的膂力，常在鄉村唬嚇勒詐，供我受用。年常幹慣此事，名爲納穀。近日有等利害之徒，他也不肯輸納，爲此俺在太行山借得些僂儸帶來，肯便肯，不肯索性與他一搶。衆位。〔衆應，白〕大王。〔杜陞白〕俺們先往千家店去。〔衆白〕嘎。〔同唱〕良心盡喪，勒將來受用歡呼暢。喜孜孜得志洋洋，一個個似虎如狼。〔下。千家店居民、買賣人上，同唱〕

【江兒水】協力殲兇暴，同心除霸强。千家一意隨首倡。〔白〕我們乃千家店鋪面、居民是也。各安本分，循良守業，喜得生意茂盛，買賣順利。只是這地方上出了一個惡人，叫抹穀大王，年年攪擾，逼勒居民。我們被他掅索得穀了，爲此我等衆人協力同心，今年若再來，一家也不許與他。每鋪中凑出一人，准備傢伙棍棒，索性與他一打。打死了他，議出一人抵償性命，這纔除得了我們一方之害。〔一人白〕倘或打他不過呢？〔衆白〕打不過他也不許逃走。自古説一人拚命，萬夫難擋。

〔二人白〕是嗄，説得有理。他若來時，我們鳴鑼爲號。各人准備傢伙去。〔同唱〕准備與他相抵抗，誰家不許輸穀餉。〔下。趙匡胤上，唱〕俺行至村坊，且覓茶漿，慰我饑腸。〔白〕俺一路行來，且喜此處有一鎮店，待俺揀一酒樓飯館，打個中伙再走。嗄，店家有麽？〔店家上，白〕什麽人？〔趙匡胤白〕是俺，有酒飯賣麽？〔店家白〕客官，今日不做買賣。〔趙匡胤白〕你明明開張在此，怎麽説不賣？〔店家白〕今日我們這千家鎮上合着心兒都不做買賣。〔趙匡胤白〕却是爲何？〔店家白〕有個極大的原故在内，所以不做買賣。〔趙匡胤白〕如此説，俺要到别家去喫也是不賣的了？〔店家白〕可不是麽！〔趙匡胤白〕如此，到要請教店翁，説個原故與俺聽聽。〔店家白〕客官要聽原故？如此，你且坐一坐，待我告訴你。〔趙匡胤白〕請教。〔店家白〕我這裏千家店地方出了一個惡人，叫做抹穀大王。〔趙匡胤白〕這名兒也奇嗄。〔店家唱〕

【好姐姐】他豪强，心居不良，勒居民猶如劫搶，每年舊例、納穀要輸糧。〔趙匡胤白〕怎麽他硬要别人的糧穀麽？〔店家白〕他用爛狗肉一塊，在人嘴邊抹一抹，分上中下三等納穀。〔趙匡胤白〕上等？〔店家白〕三十石。〔趙匡胤白〕中等？〔店家白〕二十石。〔趙匡胤白〕下等？〔店家白〕極苦的也要十石。〔趙匡胤白〕如此説來，這一方受累了！〔店家白〕可不是受累麽！〔趙匡胤白〕不與他便怎麽？〔店家白〕不與他，阿呀，了不得了！〔唱〕逞强梁，頓時毒打無輕放，弄得你家園破敗與人亡。〔趙匡胤白〕嗄，這人如此利害！也罷，待俺來與你們一方除了此害罷。〔店家白〕客官，你説話怎麽這等輕飄！此人力大無窮，無人降他。若有人打得動他，早以降住了。〔趙匡胤白〕店翁，你今日放心，少間他若來時，你教俺來答應他。〔店家白〕客官，我勸你早早走開的好。〔趙匡胤白〕俺倒偏在此看看熱鬧。〔店家白〕如此你要小心些。〔趙匡胤白〕不妨嗄。〔笑介。店家白〕來來來，且隨我來。〔趙匡胤白〕不妨嗄。〔同下。衆買賣人、千家店居民上，同唱〕

【五供養】成群合黨，打起精神與他戰鬭一場。安排犁與鋤，整頓棍和楖。〔千家店居民白〕來來來，我們點點人數，看看各人帶的兵器。這千家店雖無一千家，連鋪面四五百家是有的。一家出一人，也有四五百人。我們不許拉邋兒。〔一人白〕我是開估衣鋪的人，帶的衣叉在此。〔一人白〕我是裁縫鋪，哪，拿的是剪刀。〔一人白〕我是錢桌子上的，用的是夾剪。〔一人白〕你呢？〔一人白〕我是切麵鋪里的，帶的是切麵刀。〔衆白〕喝唷，喝唷！你的傢伙利害了！〔一人白〕我是皮匠，用慣的皮斧。〔一人白〕我是打鐵鋪的，哪，打鐵錘。〔一人白〕好，你們二位有力氣的，做個引路先鋒。〔先生白〕學生是個訓蒙的館師，自古道亂人賊子，人人得而誅之，得而誅之！〔衆白〕你是個文人，也知道打降麽？〔先生白〕什麽話！遇文王施禮樂，逢桀紂而動干戈。哪，你看學生拿着一塊小小戒方，少間他來時，先與他講究一番道理，將理講倒了他，那時待學生來責罰他幾下手板就勾了，就勾了。〔衆白〕先生，他們這種人，與他講理，難道他們就服了麽？〔先生白〕什麽話！孟子云：「以力服人者，心不服也，力不贍也；以德服人者，中心悦而誠服也。」〔瞎子白〕衆位，衆位，我也去。〔衆白〕阿呀！你是個瞎先生，去做什麼？〔瞎子白〕小子也在這一帶地方，靠着列位起卦算命，這樁公事自然我也有分的。〔衆白〕如此，你帶什麼傢伙？〔瞎子白〕小子用明杖，回來與他一個一下也打不着。〔衆白〕怎麼講究？〔瞎子白〕瞎打，瞎打！〔一人白〕還有這些人呢？〔衆白〕我們是鋤田種地的，多帶着鋤頭、鐵鍬。〔買賣人白〕好難得衆人一心，這抹轂大王晦氣定了。〔同唱〕今日氣壯，安設下天羅地網，你休想生還去命喪戕，與衆人除害一方康。〔白〕我們迎上去，迎上去！〔下。衆僂儸、頭目引杜陞上，同唱〕

【川撥棹】威雄壯，聚成群似飛蝗，千家店合受灾殃(重)。若推辭教伊拳頭飽嘗。〔僂儸白〕這裏是了。〔杜陞白〕從第一戶起。〔衆僂儸應，白〕嗄嗬，酒飯鋪的人走出來！〔店家上，白〕什麼人？〔衆僂儸白〕我們大王在此納轂。〔杜陞白〕擡狗肉與他嘴邊抹抹。〔店家白〕不用抹，不用抹，小人是下戶，轂子以預備下了。〔杜陞白〕在那裏？〔店家白〕在後街土地祠內。〔杜陞白〕你去取來交納。〔店家白〕大王自己去取罷。〔杜陞白〕呸，你這老頭兒好刁！過來，押他去取來。〔僂儸應。趙匡胤上，白〕住了，住了！你們要什麼？〔僂儸白〕納轂。〔趙匡胤白〕納什麼轂？〔僂儸等白〕舊例。〔趙匡胤白〕什麼舊例？〔僂儸等白〕舊例罷了，你只管問。〔趙匡胤白〕不與你們可使得？〔杜陞白〕嗄，這是那裏來的，先將他拿下！〔僂儸等拿科。趙匡胤拉僂儸科，唱〕你惹太歲赴無常(重)。〔杜陞白〕嗨，你敢在我大王面前撒野！待俺來！〔作對科。趙匡胤作拉跌杜陞科。僂儸等上，打科。店家取鑼敲科。衆買賣人、千家居民上，對，下。趙匡胤追下。店家白〕原來這個漢子果然有本事，敢誇其口。〔下。衆僂儸、頭目、買賣人對，各樣彩切末。教書先生與瞎子、瘸子、駝子作諢科。趙匡胤追杜陞上，對，下。買賣人、千家店居民上，白〕哧，不知那裏來了一個紅臉的帮着我們打。〔二人白〕此人我認得。〔二人白〕是那個？〔二人白〕是東街傾銷銀鋪里的掌櫃。〔二人白〕嗄，怪道他紅臉。〔衆僂儸上，對。杜陞又上攢。趙匡胤作打倒僂儸等科。杜陞白〕求好漢饒了我罷！再也不敢來抹穀了。〔趙匡胤白〕俺再奉承你幾拳。〔杜陞白〕真個不敢的了！〔趙匡胤白〕嗄，你不敢了？饒你。〔杜陞白〕喝唷，羞死我也！〔下。買賣人、千家店居民等白〕難得好漢與我一方出力，只是便宜放他走了。〔趙匡胤白〕這人住在那裏？〔衆白〕請好漢到敝莊少歇，慢慢告稟。〔趙匡胤白〕請。〔同唱〕

【尾聲】今番打得他哀求狀，下次休稱抹穀王。從此後安樂千家静一方。〔下〕

九段

第一齣　警容認甥

〔衆僂儸、頭目引杜陞上，白〕阿呀，打壞了！〔唱〕

【玉交枝】一場没趣，喫頓打哀求饒恕。匆匆回向山頭去，羞藏臉、躲藏無處。〔白〕俺杜陞英雄一世，窩囊一時。自從抹穀以來，誰敢違拗！這千家店一帶地方，是我一碗飯糧，今日却被一個外來的紅臉漢子將我痛打一頓。咳，弄得我羞見江南！〔僂儸等白〕大王，羞見江東。〔杜陞白〕這時候了，不拘東也罷南也罷。〔僂儸等白〕真正大王教他打得東西南北多不認得了。〔杜陞白〕衆位不用説了，多是我無能，連累衆位了。〔同唱〕連累衆位無能主，合夥遭殃灾相遇。且回山將情訴，與報冤仇、方纔氣舒。〔僂儸等白〕二位大王有請。〔衆僂兵引張芳、楊壽上，同唱〕

【又一體】忽聽得人聲唤語，奔前庭堂名義聚。却原來杜公抹穀回山峪，因甚麽短嘆長吁。〔杜陞等白〕嗄，二位大王。〔唱〕今朝苦楚，喫盡有餘。不隄防他行准備來相拒。〔張芳、楊壽白〕嗄，他們竟敢抗敵俺們？〔杜陞白〕這些買賣人原是不中用的，不期那方來了一個紅臉漢子，喝唷，十分利害！〔唱〕遭痛打、被毆斥辱，恨不曾身生雙羽。〔張芳、楊壽白〕嗄，有這等事！待俺們與你報仇。〔杜陞白〕二位且慢，如今有這紅臉漢在那裏，消停一兩日，待他走了我們再去。〔張芳、楊壽白〕這也説得是。俺愚弟兄備得酒在此，與杜大王壓驚。〔杜陞白〕咳，慚愧！〔同唱〕

【玉胞肚】你不須畏懼，且消停把冤恨報誅。逞豪傑莫怪他行受僝辱，自愧不如。〔張芳、楊壽白〕嗄，杜大王，虧已喫了，俺們且到後寨去歡飲一回，解解杜大王的煩惱罷。請。〔同唱〕三杯痛飲氣鬱袪，一醉沉酣愁慮除。〔同下。趙匡胤、衆買賣上，白〕請。〔趙匡胤白〕請。〔同唱〕

【六么令】除强善扶，教他自往後休想抹穀，這頓痛打遭塗毒，警戒他强勒訛。〔趙匡胤白〕嗄，列位，這抹穀大王的家住在那裏？〔衆買賣人白〕住家却不遠，只怕好漢不敢去。〔趙匡胤白〕爲何？〔衆買賣人白〕他家中還有多少利害的哩！〔趙匡胤白〕如此説，待俺去，索性與你們這一方絶了這禍根。〔衆買賣人白〕好漢雖是仗義之心，還是不可去。〔趙匡胤笑介，白〕不妨。〔唱，合〕斬根截蒂除兇惡（重）。〔白〕俺去也。〔下。衆買賣人白〕阿呀，你看好一個義氣膽量的漢子！爲我們這一方受害，他竟替我們斬草除根去了。〔一人白〕不是這等説。倘他鬧成人命事來，誰人抵償？〔衆白〕我們原説過的，是義舉公事，攢湊些銀錢出來，先與他打點衙門使用，公同具呈，保訴其冤。〔一人白〕好，正是這樣。我們靜聽消息便了。〔同唱，合〕他去斬根截蒂除兇惡（重）。〔下。褚氏、杜母、麗容、丫鬟上，同唱〕

【又一體】端爲尋夫，這災殃教我怎躲。强人更遇强人服，枉稱名夜叉母。〔杜母白〕嗄，媳婦你方纔告訴我，説爲尋丈夫，路過桃園，被一行路人打了，是真的麽？〔褚氏白〕婆婆，怎麽不真？ 媳婦與丫頭們都教他打倒了。〔杜母白〕嗄，這人好利害嗄！〔麗容白〕母親，這人在那裏？ 待女孩兒會會他。〔褚氏白〕丫頭家不知分量，連爲娘的都打他不過！〔丫鬟同唱〕被他打得哀哉苦(重)。〔趙匡胤上，白〕刈草不除根，逢春須要發。這裏有所高大牆門，待俺來開門。〔丫鬟白〕外面有人叩門。〔杜母白〕莫不是你二爺回來了。〔丫鬟開門科，白〕阿呀，不好了！ 那紅臉漢子尋上門來了！〔褚氏作驚科，下。趙匡胤白〕嗄，這丫頭怎麽見俺就躲過了。 嗬，欺軟怕硬的快快走出來！〔杜母白〕媳婦你快出來，不是找你的，來尋什麽欺軟怕硬的。嗄，不出來？〔麗容白〕待孫女出去。 那一個敢尋上門來，照打！〔作打科。杜母白〕住了！ 住了！ 你是來尋那一個的？〔趙匡胤白〕來尋那索詐街坊、欺軟怕硬的什麽大王！〔杜母白〕你莫非醉了麽？〔趙匡胤白〕俺怎麽醉了？〔杜母白〕既不醉，臉兒爲何帶紅？〔麗容白〕俺姑娘不打醉漢，饒你醒了打你。〔趙匡胤白〕俺是天生的紅臉。〔杜母白〕嗄，原來與我那香孩兒一樣的。〔趙匡胤白〕住了，你這老婆子説甚麽香孩兒？〔杜母白〕嗄，我聽你説天生紅臉，所以我想起我的香孩兒來，他也是天生紅臉。〔趙匡胤白〕如今那香孩兒何在？〔麗容白〕嗄，你要問他麽，若在此，那裏容你動手動脚！〔趙匡胤白〕俺倒要聽聽這人怎麽樣利害。〔杜母白〕你且聽者。〔唱〕

【么令】他生時香佈，夾馬營紅光罩鋪。〔趙匡胤介白〕這人姓甚麽？〔杜母連唱〕元朗姓趙乳名呼。

〔趙匡胤白〕是你什麽樣親戚？〔杜母連唱〕是嫡親外甥，〔趙匡胤白〕住在那裏？〔杜母連唱〕住汴都。〔趙匡胤白〕老婆婆尊姓？〔杜母連唱〕我姓杜。〔趙匡胤白〕那汴京趙指揮可認得？〔杜母連唱〕那檢點是我女夫。〔趙匡胤白〕阿呀，如此説來，你是俺外婆了！〔杜母白〕嗄，你莫非就是汴梁趙元朗麽？〔趙匡胤白〕甥孫正是。〔杜母白〕怪道面容如此。嗄，阿呀，甥孫嗄！〔趙匡胤作跪科，白〕外祖母。〔杜母白〕你父母在京好麽？〔趙匡胤白〕托賴外祖母之福，俱各安康。〔麗容白〕嗄，原來就是汴梁趙表兄，怪不得如此武藝。待奴家進去告知母親。〔下。杜母白〕元朗，你因何事到此？〔趙匡胤白〕咳，一言難盡！待甥孫慢慢告禀。請問外婆，俺舅舅鎮守雄關，怎麽倒住在這裏？〔杜母白〕那鎮守雄關的母舅先以没了，爲此携家歸里，在此居住。〔趙匡胤白〕如今仗着何人？〔杜母白〕還有二母舅。〔趙匡胤白〕在那裏？〔杜母白〕阿呀，不要説起！生來不肖，無所不端，在千家店一帶自稱抹穀大王的就是他。〔趙匡胤白〕阿呀，不好了！外祖母，那抹穀大王就是我二母舅？〔杜母白〕便是這不肖子。〔趙匡胤白〕阿呀，阿呀！如今母舅在家没有？〔杜母白〕出外未歸。〔趙匡胤白〕嗄，出外未歸，咳，這怎麽處！〔杜母白〕丫鬟。〔丫鬟應。杜母白〕去請二奶奶出來。〔一丫鬟應，下。麗容上，白〕你那裏去？〔丫鬟白〕請二奶奶相見趙家公子。〔麗容白〕你不用去了。〔丫鬟白〕是。〔麗容白〕嗄，婆婆，我母親説不出來見他。〔趙匡胤白〕嗄，爲什麽舅母不出來？是了，敢是他知道我打了舅舅嘿，所以怪我。〔杜母白〕孫女，你母親爲何事不出來呢？〔麗容白〕你去問他。〔趙匡胤白〕外祖母，這位是？〔杜母白〕這是你表妹麗容，你們見了。〔麗容白〕是表兄。〔趙匡胤白〕表妹。表妹，舅母怎麽不出來，好待外甥拜見。〔麗容白〕你可記得桃園内打的是那一個？〔趙匡胤白〕嗄，桃園内？〔麗容白〕就是我母親。〔趙匡胤白〕阿呀！阿呀！這更了不得了！阿呀！外婆，望外婆救我甥孫則個！〔杜母白〕起來。你有話告訴我。〔麗容下。趙匡胤白〕外祖婆聽稟。〔唱〕

【又一體】甥孫罪負，不知是舅舅舅母，千家店打了大王抹穀，桃園内與舅母遭磨。〔杜母介白〕他二人難道多被你打敗了？〔趙匡胤連唱〕恕冒黷、求祖婆調妥。〔杜母白〕不妨。有我在此，你也是不知者不罪。那二舅狠該打他！這二舅母他也不好，自己外甥嚐了一兩個桃兒罷了，就要動粗魯。呣，你且隨我來，我去對他説。〔趙匡胤白〕是。甥孫應當去陪個罪，只要外祖婆週全。〔杜母白〕不妨，隨我來。〔唱〕

【喜無窮煞】同我去，陪禮數，不知不罪罪名無。喜得媳婦賢良易處和。〔下〕

第二齣　腆顔識舅

〔褚氏上，唱〕

【一江風】這羞顔，怎向人前見，乞惱心頭嚥。恨冤愆，偏又上得門來，教我何處身藏潛。〔白〕我母夜叉威名躡伏，佔住桃園。昨日遇見了那過路後生，被他一場痛打，羞赧而回，指望將此醜態隱認，偏偏他今日尋上門來，婆婆問起來歷，阿呀，却是我家外甥趙元朗！咳，如今嘿，教我有何面目去見他嗄！〔唱〕言之猶靦腆(重)，醜態怎遮掩。我左右思量有甚方法變。〔麗容上，白〕母親，婆婆帶着那趙表兄進來了。〔褚氏白〕他來了麽？〔趙匡胤隨杜母上。杜母白〕嗄，媳婦，你不要躲避，自家至親。過來，先拜見了舅母，然後再賠禮。〔趙匡胤白〕是。舅母大人請上，待外甥趙元朗拜見。〔麗容白〕表兄請起罷。〔杜母白〕嗄，媳婦，這是我家外甥，時常提起的就是他。〔趙匡胤白〕外甥昨日不知長上，有犯尊前，望舅母容恕。〔杜母白〕常言説不知者不罪。〔褚氏白〕既已説明，何罪之有！〔杜母白〕可不是！我家媳婦是極其賢惠的。〔笑介〕嗄，元朗，你爲何不坐？〔趙匡胤白〕甥孫還有一事相求。〔杜母白〕還有何事？〔趙匡胤白〕冒撞舅母之罪却容恕了，還有得罪舅舅的罪名，也望外婆和解和解。〔杜母白〕這個不肖胡爲，其寔該打！不要去賠他什麽禮！〔趙匡胤白〕不是這等説。舅舅雖則爲非，我是他的外甥，於禮有虧。〔杜母白〕只是我去説他，他還要使性倔强，比不得我這媳婦孝順。〔麗容白〕此事倒是我母親調解，爹爹還可依從。〔褚氏白〕我也是愿他去邪歸正。婆婆，公子。〔杜母白〕媳婦。〔趙匡胤白〕舅母。〔褚氏白〕我丈夫若用好言相勸他，他是决不聽的。〔杜母白〕便是，我也在此想。〔褚氏白〕莫若有個主見在此。〔衆白〕什麽主見？〔褚氏白〕一來與甥舅和解其事，二則借此而因可以改化了我丈夫爲非惡念。〔衆白〕怎樣改化他？〔褚氏白〕他若獨自一人回家，婆婆可將就裏説明，慢慢的相勸。〔衆白〕嗄。〔褚氏白〕他若帶了些無賴回來，免不得要先倨後恭。〔杜母白〕是嗄。他若帶了那些無賴來，媳婦你可帶領丫鬟，各執傢伙，將他們一個個打回去！〔趙匡胤白〕外婆，舅母，那舅舅在我跟前，他説是改惡從善的了。〔杜母白〕有了！元朗你且躲在裏邊，待我婆媳勸他，他若照舊不改悔，那時你再出來。〔同唱〕

【又一體】善爲先，就計將機便，願他惡改遷。〔褚氏白〕丫鬟們那里？〔衆丫鬟白〕來了！太太，奶奶，有何吩咐？〔杜母、褚氏白〕少間二爺回來，獨自一人，你們不許動手；若有成群無賴，合夥强徒，你們各執棍棒竟打！〔丫鬟白〕是。〔杜母、褚氏、衆唱〕共趨前，一個個驅逐無纏，棰棒齊舉，打他個落花片。〔丫鬟應。杜陞、僂儸等上，唱〕傳聞人語言(重)，這紅臉膽包天，反向俺家中踐。〔僂儸等白〕這裏是了。〔杜陞白〕待我進去引他出來。呔，紅臉的！〔杜母白〕不肖子，外面是些什麽人？〔杜陞白〕是孩兒的朋友。〔杜母白〕丫鬟們，隨我出去看來。〔麗容白〕婆婆，好像一班强盗。〔杜母白〕你們在此做什麽？〔僂儸等白〕等候大王。〔杜母白〕丫頭們，與我打！〔杜陸白〕母親不要打！〔杜母白〕媳婦，孫女，一齊動手！〔褚氏、麗容白〕照打！〔打攢科。丫鬟追僂儸等下。杜陸、褚氏對科。杜母白〕畜生！你與强盗結交，陷害良民，爲娘勸你，只是不聽。今日反打起自己的妻子來了！〔杜陸白〕嗄，母親，孩兒今番不能改的了。〔杜母白〕我聞你昨日在千家店被人打得哀痛無聲，情愿改却前非，怎麽今日就反悔？〔杜陸白〕母親，不要你管！〔杜母白〕嗄，不要我管，甥孫元朗快快出來！〔趙匡胤上，白〕是。外祖婆有何呼唤？〔杜母白〕你看這人可認得？〔杜陸見科，白〕阿呀！〔杜母白〕唤他轉來。〔趙匡胤白〕是嗄。舅舅不要走，外甥趙元朗在此。〔杜母白〕有話到裏面來説。〔趙匡胤隨杜母下。丫鬟、麗容追僂儸上，對科。趙匡胤上，接對科。僂儸下。趙匡胤白〕便宜了他們。〔麗容白〕表兄，快快見我爹爹去。〔同丫鬟等下。杜母、褚氏同上。杜陸唱〕

【又一體】甚株連，這瓜葛親難辯。〔杜母、褚氏接合唱〕畜生這姻婭非疎遠。〔杜陸白〕母親，這紅臉的叫我舅舅，他是那家的外甥？〔杜母白〕畜生，你只顧做什麽抹觳大王，竟忘了自己是縉紳門第！那汴京趙指揮是你什麽人？〔杜陸白〕是我姐丈。〔杜母白〕他就是香孩兒趙元朗。〔杜陸白〕嗄，元朗這等長成了！〔麗容、丫鬟、趙匡胤等上，唱〕奔回轉，疾步庭前。〔趙匡胤白〕嗄，舅舅請上，待外甥趙元朗拜見。〔杜陸白〕阿呀！不敢，不敢！〔趙匡胤唱〕日昨無知，冒犯尊長面，乞求恕罪譴(重)。〔杜陸白〕豈敢，豈敢！〔唱〕承蒙言詞勸，謹領無敢變。〔趙匡胤作笑科。杜母、褚氏白〕如今改不改？〔杜陸白〕哪，當着我外甥在此，那個説不改？改定了！學好了！〔杜母、褚氏白〕不怕你不改！〔杜陞白〕改定了！嗄，母親，娘子，外甥遠來，可曾備下洗塵茶飯？〔褚氏白〕已命丫鬟們預備下了。〔杜陞白〕如此，外甥好漢，請到後堂，慢慢叙談。做母舅的還要跟你學好。〔杜母白〕没臉耻！〔下。褚氏、麗容跟下。趙匡胤白〕母舅大人請。〔杜陞白〕外甥好漢請。〔下〕

第三齣 獻州降敵

〔衆軍士、將官引王峻、史彦超，内白〕衆將官。〔衆應。王峻、史彦超唱〕

【榴子雁聲】與我移兵，直搗滑州城。〔衆吶喊科。同上，唱〕旌旗蕩耀日明，軍伍整肅威風凛，掃滅漢邦周室興。〔史彦超白〕俺正印左先鋒史彦超。〔王峻白〕俺正印右先鋒王峻。〔同白〕奉郭元帥將令，領兵直上汴粱。且喜一路來州縣城池，勢如破竹。前面滑州城廓堅固，守將嚴防。爲此俺二人合兵，前去攻打。衆將官，速速趲行！〔衆白〕得令。〔同唱〕聲震沿路來攻城，破竹那怕他金湯磐穩。摇旗擂鼓山岳振，浩蕩軍容神鬼驚。〔下。衆軍卒、將官引宋延渥上，唱〕

【引】衛民屏障，保黎庶赤子安康。〔封義城上，唱〕磐石金湯，踞咽喉要路，孰敢争强。〔宋延渥白〕下官滑州州牧宋延渥是也。〔封義城白〕小將滑州城守封義城是也。〔同白〕請了。〔宋延渥白〕適纔塘報到來，澶州節度郭彦威遣先鋒二員領兵而來，一路勢如劈竹，望風投順者也不少。〔封義城白〕嗄，牧尊，那投順的都是些畏縮文官，若據小將主見，還是與他戰敵。〔宋延渥白〕將軍之言雖是，只恐强弱不敵耳。〔封義城白〕怎麽長他人鋭氣，滅自己威風！若是澶州兵來犯俺城池，教他片甲難回！〔報子上，白〕報：澶州郭彦威遣先鋒史彦超、王峻兵抵滑州界上。〔封義城白〕知道了，再去打聽。〔報子白〕得令。〔下。宋延渥白〕兵臨界上，何以處之？〔封義城白〕古言兵來將攩，自然開城迎敵。〔宋延渥白〕莫若投城，保全百姓塗炭。〔封義城白〕嗳，衆將官！〔衆應。封義城白〕隨俺出城迎敵去者！〔衆白〕得令。〔下。宋延渥白〕咳！下官豈不知兵來將攩，只是事勢不然，枉害百姓生民塗毒也。咳！〔下。場設滑州城科。軍士、將官引史彦超、王峻上，同唱〕

【石榴燈】刀鎗佈密遶圍城，須與玉石盡俱焚。〔封義城領軍卒、將官上，同唱〕争先破敵顯威名，教他休作猖狂逞。〔封義城白〕何處兵馬，犯俺境界？〔史彦超、王峻白〕聽者：俺們奉郭元帥將令，上汴梁拿捉奸臣蘇逢吉問罪，一路望風投順。汝知事者早獻滑州，免送性命！〔封義城白〕原來就是你們這班反賊，看鎗！〔作戰科。軍卒、將官等分下。封義城作敗，史彦超、王峻追下。軍士、軍卒、將官各上，對下。封義城、史彦超、王峻上，戰科。史彦超刀砍封義城，下。衆軍士、將官對攢科，敗下。宋延渥暗上，望科，領軍士、將官出城投降科，白〕滑州州牧宋延渥，賫捧印信、民册獻上。〔史彦超、王峻白〕難得賢州牧順天保民，元帥有令在前：凡投順者，依舊任職。這印信請州牧收了。〔衆白〕是，領命。〔史彦超、王峻白〕衆將官各歸隊伍歇息。〔軍士、將官應下。宋延渥白〕二位將軍，敝衙備有蔬酌，請二位將軍後堂上席。〔史彦超、王峻白〕請。〔同唱〕銀燈未順承，難回天命，識時務呼爲俊英。〔下〕

第四齣　圍城罵戰

〔衆軍士、將官引高懷德、高懷亮上，唱〕

【醉花陰】兄弟雙雙通武畧，是一對出林虎豹，將門種，顯英豪，鎮潼關名馳姓表。〔白〕俺高懷德。〔高懷亮白〕俺高懷亮。〔同白〕我們弟兄二人奉着爹爹將令，先渡黃河，直奔澶州，擒拿反臣郭彥威問罪。呀！　前面將到澶州地界了。〔同唱〕軍令肅，號斗刁，一路的無犯不侵擾。　單則擒那逆臣雀兒郭。〔下。　衆軍卒、將官、趙修己、魏仁輔、王朴、郭彥威上，同唱〕

【南畫眉序】兵勢日威憭，一路州城摧拉草，聞偵探報説前鋒勝了。〔白〕本帥郭彥威，命史彥超、王峻等先取滑州，以佔咽喉要地。　適纔探子報來，大獲全勝，滑州已得。　爲此，本帥移兵前往。〔同唱〕移兵去安慰黎民，賞將卒記録功勞，師旅到處稱仁義，父老們香花傍道。〔場上設城，軍士引史彥超、王峻、宋延渥迎接進城，下。　軍士、將官引高懷德、高懷亮上，軍士白〕啓二位小將軍，前面已是滑州城了。〔高懷德、高懷亮白〕呀！　〔同唱〕

【喜遷鶯】遥望見一帶城濠㊣，峻巍巍聳矗高，堅也固牢。〔白〕前軍叫城。〔軍士白〕得令。　㖿！　開城，開城！〔高懷德、高懷亮白〕嗄。〔唱〕怎地价聲寂人杳。　他膽敢的不來相待招。〔白〕㖿！　城中守將聽者：潼關高元帥領兵在此，快些出來支應。〔王峻、宋延渥上城望科。宋延渥白〕呀，原來潼關高元帥領兵來了，怎麼處？〔王峻白〕宋州牧，你看俺的手段。〔作取弓箭科。高懷德、高懷亮唱〕阿呀心懊惱。〔王峻作射科，白〕來將看箭！〔高懷德唱〕恰怎的暗箭傷人你賣弄巧。〔白〕反賊看箭！〔作射倒宋延渥科。王峻白〕好箭！俺王峻來會你。〔下。高懷德白〕嗄，原來這滑州城被反臣郭彥威佔奪去了。〔高懷亮白〕不知那中箭的是何人？〔一軍士白〕小的認得，就是滑州牧宋延渥。〔高懷亮白〕哥哥，天網恢恢，踈而不漏。這宋延渥想來就是獻城求榮的，恰恰的報在哥哥手裏。〔高懷德白〕兄弟，方纔城上那枝箭，若非愚兄有接箭之能，險些被他暗算。〔高懷亮白〕他説還要與哥哥會戰哩！〔高懷德白〕衆將官，准備迎戰者！〔高懷德、高懷亮唱〕俺這裏准備兵鏖（重）。〔作開城，衆軍士、將官引王峻、史彥超上。高懷德、高懷亮白〕反臣通個名來！〔史彥超白〕俺史彥超。〔王峻白〕俺王峻。〔同白〕看你二人乳腥未退，胎髮猶存，也敢上疆場來鬪戰麽！〔高懷德、高懷亮笑介，白〕你這兩個反賊，原來不知俺二位爵主爺爺的本事哩！〔高懷亮白〕看鎗！〔史彥超、高懷德，王峻、高懷亮，各上，對下。軍卒、將官上，戰介。高懷德、高懷亮追史彥超、王峻上，戰。史彥超、王峻作敗進城下。軍士白〕敗進城去了。〔高懷德、高懷亮白〕衆將官，把城團團圍住者！〔衆白〕得令。〔作吶喊遶城下。軍士、趙修己、魏仁輔、王朴、郭彥威上，唱〕

【畫眉序】眼望捷旌稍，驀地兵來把戰挑。諒此番決戰孰勝低高。〔史彥超、王峻上，接唱〕見主帥稟報情由，難招架英雄年少。〔白〕元帥在上，小將們敗績回來，特來請罪。〔郭彥威白〕什麼將官，如此驍勇？〔王峻白〕小將上城，一箭射中那穿白的少年，誰想他有接箭之能，就將此箭回射過來，小將眼快躲過，却射倒了州牧宋延渥。〔郭彥威白〕嗄，宋州牧被他害了！咳，可憐！後來你與史先鋒一同出戰，怎麼樣？〔史彥超白〕那一個穿白的少年，鎗法精奇，小將戰他不下，又被他一鞭打傷左臂。〔王峻白〕史將軍，你還不知那穿黑的孩童這桿鎗不知有多重哩！〔王朴白〕二位將軍，你道這兩位少年是何人？〔史彥超、王峻白〕末將等不知道。〔王朴白〕這就是高行周之子，懷德、懷亮也。一個是家傳鎗法，一個能力敵萬人。〔郭彥威白〕阿呀！參謀，這便怎麼處？〔史彥超、王峻白〕嗄，怪不得俺們戰他不過！〔史彥超白〕嗄，有了！嗄，元帥，你去會他一會罷。〔郭彥威白〕唗。〔史彥超白〕元帥，除了你別人不是這兩個孩子的對手。〔郭彥威白〕也罷。王參謀與二位先鋒守城，俺與魏趙二位將軍去會他一會。〔衆白〕得令。〔王峻、王朴、史彥超下。郭彥威等同唱〕只待親自迎敵去，管教與延渥仇報。〔下。軍士、將官引高懷德、高懷亮上，唱〕

【刮地風】噯呀只把這城濠密匝緊圍繞，鐵桶般四裹週遭，則恁叛逆臣今番也難走掉。除非身生翅飛度冲霄。〔白〕衆將與俺攻打。〔衆應。軍士引趙修己、魏仁輔、郭彥威上城，白〕嘚！何來狂童，敢如此無禮！〔高懷德、高懷亮白〕城上的莫非就是反臣郭彥威麼？〔唱〕你罪滔天謀叛肆梟，猶兀自端居正貌，背君親不忠不孝。〔郭彥威白〕喝唷，喝唷！你這兩個乳臭狂童，輒敢辱駡本帥！衆將開城！

〔作下。高懷亮白〕哥哥，這逆臣竟敢下城與俺們對敵了。〔高懷德白〕嗄，兄弟。〔唱〕只看俺擒叛臣向爹行帳交。〔高懷亮白〕哥哥。〔唱〕俺助伊把功効。〔同唱〕那怕他千軍衆萬馬咆哮。〔軍卒、將官、趙修己、魏仁輔引郭彦威出城。高懷德、高懷亮白〕反臣看鎗！〔作戰。軍士、將官對下。高懷德、高懷亮、魏仁輔、趙修己上，戰介。郭彦威上科。魏仁輔、趙修己、郭彦威對科。高懷德、高懷亮敗科，下。卒子、將官、王皐、劉閔引高行周上，唱〕

【滴溜子】兩孩兒、兩孩兒勇力健驍，敵人遇、敵人遇膽喪魂消。兒郎前來報到，何愁郭雀兒，須有鷂子高。〔内作喊科〕遥聽鉦聲戰鼓頻敲。〔高懷德、高懷亮引魏仁輔、趙修己、郭彦威戰。高行周接戰科。郭彦威下。軍士、將官對下。高懷德、魏仁輔上，對下。高懷亮、趙修己上，對下。郭彦威、高行周上，戰科。郭彦威白〕老將何名？〔高行周白〕俺乃潼關高行周高鷂子。〔郭彦威白〕喝唷！〔郭彦威、趙修己、魏仁輔衆作敗逃科，下。軍士、將官、王皐、劉閔上。高行周笑介，白〕這反賊聞名喪膽，孩兒們不必追他，容他進城。〔衆白〕得令。〔同唱〕

【水仙子】他他他、他聞名膽怯跑(重)，把把把、把城廓圍裏堅牢，休休休、休教他走脱迸逃。〔高懷德、高懷亮白〕爹爹怎不擒他下馬，容他敗進城去？〔高行周白〕我兒。〔同唱〕容容容、容他這宵，教教教、教他投城自縛，這這這、這就裏你也難知曉，爲爲爲、爲的天心難違拗。〔高行周白〕衆將官。〔衆應。高行周唱〕暫暫暫、暫歇息卸弓刀。〔衆白〕得令。〔下。軍卒、將官、趙修己、魏仁輔引郭彦威上，同唱〕

【雙聲子】急奔逃㊀，再生脚猶嫌少。兵圍繞㊀，且藏頭潛避巧。快開城，性命保，險些雀兒被鷂子相凋。〔作進城下。軍士、將官、王臯、劉閔、高懷德、高懷亮等上，白〕敗進城去了。〔高行周白〕衆將官與我團團圍住者。〔衆應，同唱〕

【隨煞】遵奉帥令圍城沼，勤緊的提鈴喝號，明日拿住逆臣邀賞犒。〔下〕

第五齣　巡營觀星

〔衆更夫上，唱〕

【更歌】嗄嗄噲。星斗微明月色朦，滿天霜露了嗄，逼人子介風。當軍盡道沙場苦嗄，命在刀鎗劍戟中。嗄嗄噲。〔白〕我們乃高元帥帳下巡更軍士便是。今日將郭彥威圍困在滑州城內，絶不通風。元帥傳令我們今夜嚴加巡緝，恐有偷越城垣的兵將出去。噲，夥計，須要小心留神嗄！我們曉得。〔又作敲梆科，唱〕嗄嗄噲。〔下。內打二更科。旗牌執燈，引高行周上，白〕呀！〔唱〕

【鎖南枝】聽刁斗，二下籌，三軍甜睡聲鼾齁。巡夜各營頭，非我秉燭遊。〔白〕你們迴避。〔旗牌應下。高行周唱〕警隄防，劫寨偷，爲此不休息，坐待五更漏。〔內打三更。白〕呀！更營內以打三鼓了。俺只恐那反臣有計，使人來偷劫營寨，爲此人不卸甲，馬不離鞍，本帥秉燭而待之。〔唱〕

【又一體】三更後，人靜幽，俺觀史待旦慮賊機彀。〔白〕本帥不慮別人，那反臣帳下有個王朴，是俺同師學業之人，那陰陽遁甲、八卦奇門，無所不曉，更兼他足智多謀。嗄，但他不該身事叛黨。〔唱〕他智通天地術，計出鬼神愁。俺只慮他，有謀猷。〔合〕爲此不休息，坐待五更漏。〔作打四更。白〕此時已交四更，並無動靜，想其無事矣。呀，看帳外月光雲靜，待俺觀玩一回。你看這月輪正掛當

空，配合着這一天星斗燦亂無分。嗄，那邊明星旺氣，正照潼州。咳！天也？數也？阿呀！我本命將星慘暗無光，昏昏欲墜咗！〔唱〕

【又一體】我我我空躭漢國憂，皆因天數由。我不能報國安邦，但看上天星象昏暗，本命促陽壽。衰漢業，旺潼州。〔白〕咳！見此星象，知俺高行周也不能久歷于世了。喝唷，喝唷，一陣冷風吹來，毛骨悚然，一霎裏身寒體顫，四肢如冰，不免進帳去罷。〔打五更。白〕咗！〔唱〕彦威當興隆，絶我高行周。〔白〕喝唷，身體寒冷(重)。〔下。絶更。衆軍士引郭彦威上，唱〕

【海棠賺】不睡懷愁，四面圍城不容竇。咳。悔遲後，朝廷背叛罪難宥。咳。〔王朴上，唱〕慰他憂，疾赴中軍將疑情剖。〔白〕嗄，元帥，王朴參見。〔郭彦威白〕參謀少禮，請坐。〔王朴白〕是，告坐。〔郭彦威白〕城池圍得鐵桶，怎生是好？〔王朴白〕元帥勿憂，不出十日，圍自解矣。〔郭彦威白〕參謀倒説得容易，内無突圍之將，外無救援之兵，若困十日，糧草殆盡，我軍定難支持耳！〔王朴白〕元帥，昨晚王某觀其天象呵！〔唱〕高行周將星昏垢，他也識天文自知壽數不能彀，退兵急走(重)。〔郭彦威白〕嗄，參謀觀星，那高行周將星昏垢？〔王朴白〕正是。〔郭彦威作笑，白〕如此上天佑我郭彦威也。參謀可曾看看我軍旺氣如何？〔王朴白〕元帥旺氣正盛，請自寬心。〔報子上，白〕報啓元帥：城外圍兵旗脚移動，想是有退兵之意，請元帥上城觀看。〔郭彦威白〕知道了。再去打聽。〔報子白〕得令。〔下。郭彦威白〕參謀，正有意思，我和你上城觀望。〔王朴白〕元帥請。〔郭彦威白〕請。圍城憂發慮。〔王朴白〕解散樂生歡。〔下〕

第六齣　感疾退兵

〔高懷德、高懷亮上，唱〕

【石榴掛魚燈】爹行不測染疾病相躭，都因戎事勞煩。昨宵巡夜定受些星露風寒。軍中無主軍心散，倘敵寇突圍怎辦？〔白〕天有不測風雲，人有旦夕禍福。〔高懷德白〕爹爹昨晚巡視各營，還是好好，今早聞知忽然得病。〔高懷亮白〕哥哥，想俺爹爹多是憂國爲民，憂思出來的病疾。〔高懷德白〕便是。我和你且去問安則個。〔高懷亮白〕哥哥請。〔同唱〕親顏趨恭問安，叩病因調治莫晚。〔下。軍士引高行周上，唱〕

【二馬普金花】空抱赤膽，天定無違難回挽。凌虛長嘆，又染病微軀怎把叛逆削删。〔高懷德、高懷亮上，白〕嚴親身有恙，子職不心安。爹爹，孩兒們在此問安。〔高行周白〕咳！〔高懷德、高懷亮白〕爹爹病體因何而起？〔高行周白〕孩兒們。〔高懷德、高懷亮白〕爹爹。〔高行周白〕爲父昨晚巡營，偶觀月色，見上天星象。〔高懷德、高懷亮白〕嗳，爹爹，星象便怎麼？〔高行周白〕那明星旺氣，正照澶州。〔高懷德、高懷亮白〕嗄，澶州竟有旺氣？〔高行周白〕天河斗口，黑道貫冲，漢室邦危。爲父的本命將星，又昏昏欲墜。〔高懷德、高懷亮白〕嗄，有這等事！〔高行周白〕只怕我亦不久於世矣！〔高懷德、高懷亮白〕爹爹放心，雖是星象如此，那裏定准？還是保重金軀，服藥調理。〔高行周白〕嗄，我兒。〔唱〕數由天，人難定。〔高懷德、高懷亮白〕爹爹。〔唱〕不如撤兵回返潼關，做個明哲保身順天莫犯。〔高行周白〕喝唷，喝唷！〔高懷德、高懷亮白〕爹爹爲什麽？〔高行周白〕心迷頭暈，掙閸不動了。〔高懷德、高懷亮白〕軍士們。〔軍士應。高懷德、高懷亮白〕伏侍元帥寢帳安歇。〔軍士白〕元帥請後帳去罷。〔高行周白〕喝唷！〔下。高懷德、高懷亮唱〕暫且把師還。急須傳令休怠慢。〔高懷亮白〕哥哥，我們傳令去。〔高懷德白〕且慢。爹爹病重，鞍馬難乘，速速准備卧車一乘，俺弟兄二人保護渡河方妥。〔高懷亮白〕哥哥，誰人攩後呢？〔高懷德白〕命王皐、劉閔二位將軍攩後便了。〔高懷亮白〕哥哥説得有理，俺們就出去吩咐。〔下。設城科。王皐、劉閔内白〕衆將官，元帥有令，衆軍撤回潼關。〔衆應，作呐喊。軍士、將官引王皐、劉閔上。高懷亮引高行周坐車上。同唱〕

【駐馬近】令傳兵還，將待功成生變幻。人須啣枚，馬去鸞鈴，静退寂返。斷後大將把弓彎，隄防敵寇來追赶。〔下。郭彦威、王朴上，唱〕呀，但見他師退心安，點兵追襲跨征鞍。〔下。軍士護高行周坐車。高懷德、高懷亮護下。續軍士、將官、王皐、劉閔、趙修己、魏仁輔上，對介。王皐、劉閔等敗下。軍士、將官回白〕漢兵大敗，渡過河去了。〔趙修己、魏仁輔白〕就此收兵繳令。〔同唱〕

【尾聲】一場戰鬬天闕撼，得勝回兵繳令壇，直搗中州到汴南。〔下〕

第七齣　戲場射伶

〔趙匡胤上，唱〕

【勝如花】違親久憶故鄉，未卜高堂寧享。撇家園浪跡萍踪，飄流落無止安向，何日得團圓供養。〔白〕咳，想俺趙匡胤東飄西蕩，何日是了！ 未卜家中父母安否，弟妹如何？ 昨日到太行山下，遇見了母舅杜二公，勸他改邪歸正。 今早俺拜别他們，要尋訪柴兄長與鄭賢弟下落。 又蒙馬三鐵長老傳俺弩箭之法，今又差遣頭陀赶上，送俺刀馬，一路上得此防身代步也。〔唱〕賴寶刀添我禦防，仗良駒尋兄依仰。〔設五索州城，白〕五索州，嗄，這裏是五索州了。 記得苗光義柬帖中有一聯，道「五索州中休輕入，三磚兩瓦砲來飛」，明明教俺不要進這州城。 哦，阿呀，若不進城市，怎麼樣訪問弟兄消息？ 不用信他，俺且進去遊玩一回。〔唱〕覓息尋訪，須穿街遶巷。 進城廂三市擾攘，何處裏熱鬧壇場。〔白〕嗄，那裏鑼鼓喧闐，這等熱鬧，待俺上去看來。〔下。衆百姓上，白〕走嗄！〔同唱〕

【又一體】酬神愿保一方，四境裏効靈降祥。 獻臺戲神聽和平，進香帛民禮崇尚，賴洪庥黎庶安康。〔白〕我們乃五索州衆百姓是也。〔一人白〕今日是臘月朔日，本州城隍尊神千秋壽誕，年常有例，攢湊香會，獻戲一臺。恰恰的省中來了一班名公子弟，爲此就在廟前搭臺唱演。列位嗄，我們前去聽聽。〔衆百姓白〕我們原爲聽戲而來。〔一人白〕如此一同前去。〔同唱〕男和女成群合黨，齊疾赴臺前聽唱。結伴同往，散陶情遊蕩。〔白〕這裏是城隍廟了。我們進去瞻拜神像，然後出來聽戲。〔衆百姓白〕有理。〔同唱〕拜虔誠聖容神像，稽顙首薰沐焚香。〔會首人上，白〕噲，吹臺開戲。〔吹打。百姓暗上。小秦王上，白〕阿呀，休赶嗄休赶！〔唱〕

【風入松】逼得我上天無路走何方(重)，入地無門那處藏。〔白〕孤家秦王李世民，被單雄信那廝赶得我上天無路，入地無門，這便怎麽處！〔唱〕且加鞭逃竄慌忙狀。〔單雄信上，白〕呔！李世民那裏走！〔唱〕你今朝逃避休想。〔徐茂公上，白〕單兄弟，不可如此！看愚兄分上，饒了我主公罷。〔單雄信白〕放手，放手！〔徐茂公白〕饒了我主公罷！〔單雄信白〕徐茂公，嗜若不念弟兄情分，連你也是一槊！〔小秦王白〕放了孤家，日後定當圖報！〔單雄信白〕呀呀呸！〔唱〕你説話只當做屁放。〔徐茂公白〕單兄弟，看愚兄薄面。〔單雄信白〕也罷，我和你割袍絶義。〔唱〕將情意付東洋。〔徐茂公白〕阿呀不好！待我去報信與尉遲公老將軍知道。〔下。單雄信白〕呔！唐童那裏走！看槊！〔小秦王白〕阿呀！〔作追下，又上。趙匡胤白〕你看那廝這等無禮，待俺來救他。單雄信，看箭！〔作箭射單雄信科。衆百姓白〕不好了！看戲的拔創，爲古人躭憂，弄出事來了！〔會首人白〕莫要放走了他，他傷了人了！衆位幫我們拏住了他，莫要放他！〔衆百姓白〕雖然如此，這人倒是個忠義漢子。〔會首人白〕什麽忠義不忠義，人命關天！ 我們大家一齊拿住了他。〔趙匡胤白〕阿呀！ 俺一時氣憤，不辨真假，悮將伶人傷了，怎麽好？ 走了罷！〔衆官兵引解保上，白〕與俺拿下兇徒。〔衆白〕嗄。〔作對科。百姓下。解保衆敗下。趙匡胤白〕他們多戰俺不過，走了。俺且奔西門出城則個。〔下。官兵、解保敗上，白〕了不得！ 了不得！ 俺賽太歲解保，在此五索州爲團練使，雄鎮這一方，從來没有遇見過這樣一個利害漢子！〔衆官兵白〕啓爺，這漢子奔往西門去了。〔解保白〕西門有我大徒弟史黄旛在那裏把守，這到不妨。你們可到東南北傳去，不許放走了他。〔衆應下。解保白〕俺不免也往西門，幫助史黄旛拿這漢子便了。〔下。軍士引史黄旛上，同唱〕

【排歌】何來野徒敢把命拼，官軍拿獲拒抗，令來傳諭緊隄防，嚴守西門佈羅網。〔白〕俺五索州團練使解保手下徒弟史黄旛是也。適纔有一紅臉漢子，箭傷戲場子弟，俺師父拿他，反被他戰敗。爲此俺緊閉西城，不放他逃走。待我躲藏城上敵樓，暗中傷他，以好擒捉。衆將，我們上城去，待他來時，用城磚飛擲打他便了。〔衆應，同唱〕上城樓暗躲藏，飛磚相擲擊他行。〔作上城科。趙匡胤上，唱〕奔西城誰敢擋，嗄抛來磚石似飛蝗。〔白〕不好！ 西門緊鎖，城上又抛擲磚瓦，不能前進。嗄，不免竟奔北門去便了。〔史黄旛等下城科，白〕呔！ 那裏走！〔作攢戰科。趙匡胤敗下。史黄旛追下。土地急上，白〕不好了！ 不好了！ 四門緊閉，英主遭危，想要弄個人出來解救解救他纔好。〔内喊科。趙匡胤上，白〕呔！ 休赶！ 來者喫俺一刀！〔土地白〕老人接駕。〔趙匡胤白〕放屁！ 匆遽之際，還有這些胡説！〔土地白〕土地不能保主，罪甚！〔趙匡胤白〕你這老頭兒假充神道，莫非賺俺下馬！〔土地白〕小神不敢。〔趙匡胤白〕你既是土地神，爲何不早來救護，尚自遲遲！值日神，與我將他貶竄遠方。〔功曹上，將土地驅逐下。趙匡胤白〕奇了，虚空中隱隱見一金甲神人，將這土地驅逐去了。〔史黄旛内白〕那裏走！〔又上，作戰。解保上，戰。趙匡胤敗下〕

第八齣　酒幌救主

〔史奎上，唱〕

【掉角兒序】棄莊傭當充酒家，混光陰以近年臘。枉生豪勇無發達，淹蹇我將門聲价。〔白〕咳，俺史奎將門之子，不幸至此。自從那年遇了苗光義，相俺發跡就在眼前，以此辭却東人，一路來尋個機會。咳，誰知這人嗄，時運未交，還然依舊，爲此在這五索州城中幫着酒樓上做個跑堂夥計。常言説得好：在其職，攻其事。粧什麽，像什麽。粧酒保，像酒保。〔唱〕俺且効杜康開酒醡，净几案、洗壺盞，整理盃斝。〔白〕怎麽今日不上座兒？〔唱〕酒店生涯，將人污壓。没踏跋、韶光過隙，虚度年華（重）。〔白〕哦，喫酒的没有嗄，是了，今日多往城隍廟聽戲去了嗄。嗄，俺到有些困倦，待俺打盹片時。〔城隍急上，見史奎科。城隍下，史奎白〕呸，是了，方纔明明有人唤醒，教俺救主要緊，只是倉卒之間，拿什麽傢伙好去相救？〔内作喊聲科。解保、史黄旛追趙匡胤上，戰科。史奎作上卓望看科，下。官兵作攢戰科。史奎、趙匡胤追衆下。三酒保、老掌櫃上，白〕我們的史奎呢？〔酒保作找科，白〕想是他又幫人打降去了。〔老掌櫃白〕嗐，他又生事了，你們好好上前去勸他回來，教他不要管這些閑事。〔酒保白〕是了。〔老掌櫃白〕回來，回來！你們去切不可幫他助打，只可勸。〔酒保白〕是，曉得。〔酒保下。老掌櫃虚白下。史奎追衆軍士上，對，軍士敗下。史黃旛接戰，敗下。史奎又上，趕軍士，對，史奎下。酒保白〕住了，住了！我們不是來幫助打降的。〔軍士白〕嗄，不是你們出來幫打麽？〔酒保白〕我們一個酒保你們招架不住了，還經得我們三個酒保動手？〔軍士白〕不妨，來照打！〔對下。解保敗上，唱〕

【望吾鄉】怎生招架，是一對狠歪喇，好似天神與惡煞，如何擒捕怎生拿。〔趙匡胤上，白〕呔！〔對介。軍士續對。史奎上，接戰科。史奎、趙匡胤唱〕教伊心頭怕，這武藝休逞誇，今朝教你淹黃沙。〔解保、軍士俱被史奎、趙匡胤打敗科。史奎白〕住了！ 來者莫非就是趙公子？〔趙匡胤白〕正是。多承搭救！〔史奎白〕公子快快隨俺出城。〔趙匡胤白〕請。〔同唱〕

【尾聲】這場事天來大，打得水流似落花，方信這光義柬詞句不差。〔史奎白〕公子隨俺來。〔趙匡胤白〕請。〔下〕

十一段

第一齣　壽慶燈宵

〔衆莊丁推車，徒弟、韓天禄、韓通上，同唱〕

【普天樂】義揮金、如糞草，博貴顯、免人奚落，胸懷着志大心高，好待等衣紫金腰。〔白〕俺韓通不惜金銀，專盼榮華，將叔父萬貫資財，去换我一生貴顯，免得受人欺辱。我父子二人，頗頗知些武技，霸逞豪强。〔天禄白〕咳！〔韓通白〕我兒，怎麽你嗳聲歎氣？〔天禄白〕孩兒在此想，争奈强中有强、勝中有勝。〔韓通白〕我兒，世界上那有本事的英雄極多，所以爲父的想個捷徑方兒在此。〔天禄白〕爹爹，怎麽樣一個捷徑方兒？〔韓通白〕哪，將這幾車輛金銀去獻與澶州郭令公，要换他一個執掌兵權的大元帥做做，也不枉了我這像不同的豪傑。〔天禄白〕爹爹太謙了！若得了元帥，孩兒是一位爵主少爺了。〔韓通白〕這個自然。衆徒弟、家丁，前面將到澶州地界，我們速速趲行。〔衆應，同唱〕休辭路迢，長途跋涉遥，已近澶州催促進城須早。〔下。張光遠、羅彦威、周霸、李漢昇上，同唱〕

【又一體】壽域開，婺星耀，設錦帨，南山照，趨恭敬頌祝天保，詣庭堦崗陵拜禱。〔張光遠白〕俺張光遠。〔羅彦威白〕俺羅彦威。〔周霸白〕俺周霸。〔李漢昇白〕俺李漢昇。〔張光遠、羅彦威白〕今日令公夫人柴氏娘娘壽誕，合屬將佐齊伸慶賀。我等忝列子侄晚輩，尤當肅恭趨祝。〔周霸、李漢昇白〕正該如此。我們先到柴兄長帳中會集，也好一同進拜。〔張光遠、羅彦威白〕便是。〔同白〕請。〔唱〕虔伸寸表，怦忭禮儀恪，稱觴介壽，維祺壽考。〔白〕此間已是。柴兄長有麽？〔旗牌引柴榮上，白〕星輝西極朗，壽算北堂添。原來是衆位賢弟。〔張光遠、羅彦威、周霸、李漢昇白〕兄長。兄長拜揖。〔柴榮白〕列位賢弟請坐。〔張光遠、羅彦威、周霸、李漢昇白〕告坐。〔柴榮白〕衆位賢弟到此，不知有何見教？〔張光遠、羅彦威、周霸、李漢昇白〕今日令公夫人千秋華誕，小弟們謹當趨拜，爲此先來謁見兄長，乞煩引領，庭堦叩壽。〔柴榮白〕不敢。家姑母初度之辰，荷蒙衆賢弟降臨錫慶，愚兄預奉家姑之命，一應壽禮賀儀，槩不領受。備有蔬酌，有屈衆賢弟一坐，聊爲奉欵之敬。〔李漢昇、周霸白〕阿呀呀，老太太那裏壽還没有拜得，到先擾壽酒。〔張光遠、羅彦威白〕是嗄，老夫人處應當先爲拜壽。〔柴榮白〕方纔愚兄説過的，槩不敢勞。〔周霸、李漢昇白〕張哥、羅哥來。〔張光遠、羅彦威白〕怎麽？〔周霸、李漢昇白〕你我務必的要進去拜壽。〔張光遠、羅彦威白〕自然嗄。〔周霸、李漢昇白〕是麽！　這雖是俺們的誠心，如今柴兄長又不教俺進去。〔張光遠、羅彦威白〕便是。〔周霸、李漢昇白〕嗄，莫不成你我自己敢進内堂不成？〔柴榮白〕不是愚兄作難，寔奉家姑之命，不敢相勞。〔周霸、李漢昇白〕依俺小弟兩人主見，竟做個恭敬不如從命的倒好。〔柴榮白〕周李二位賢弟

說得是。看酒。〔旗牌應科。周霸、李漢昇白〕不敢，不敢。〔旗牌白〕上酒。〔同唱〕

【傾盃序】筵開壽日情興豪，傑士心同調。雖無炰鳳烹龍，獅脯麟肝，玉醴瓊漿，爲捧觴慶酌，霞盃共舉，酣歌暢飲，斑衣嬉効。正遇着、良辰佳節，燈市屆元宵。〔院子上，白〕啓少君：裏面夫人知道在此欵待衆位公子，特送歌童燈樂，承應侑酒。〔柴榮白〕命他們就在筵前伺候。〔張光遠、羅彥威、周霸、李漢昇白〕老夫人如此高雅，何以克當！〔院子白〕歌童們，就在筵前演舞。〔衆燈童各執燈上舞，同唱〕

【盃底慶長生】元宵、鐃鼓敲，獻寶燈紅絳良工巧。舞出黃龍呈瑞，丹鳳來儀，歲稔時和，雨順風調。宛火樹星橋光照。只合來慶壽筵前，稱觴堂上，兆嘉祥豐登五穀奏簫韶。〔舞畢，下。中軍上，白〕住着，啓監軍爺：有平陽鎮團練使韓通助餉投軍，要求稟見。〔柴榮白〕投軍人焉有暮夜接見之理？你傳出去，說明早在筵賓館相見。〔中軍白〕中軍也曾如此說過，他說與監軍爺是故交舊友，比別不同，所以中軍斗膽，敢來稟見。〔柴榮白〕嗄，他說是與我故友？可曾問他那裏人氏？〔中軍白〕大名府人氏。〔張光遠、羅彥威白〕嗄，是了，當日匡胤哥哥說過，配解大名府時，那邊有個韓二虎韓通，想必就是此人。〔周霸、李漢昇白〕若果是他，被俺趙大哥哥打跑的了，怎麽他如今倒稱呼什麽團練使？〔柴榮白〕不如此說。愚兄昔日販傘江湖，曾與此人有識面之交，若論武藝力量，十分豪勇，也算得一儔好漢。這團練之職，何足爲過！〔張光遠、羅彥威白〕奈因遇着了俺趙大哥，拳法太精，勇力過高，自然他要輸讓一籌了。〔柴榮白〕嗄，這或者有之。中軍，你傳出去，說既是故人到此，着車輛家人在筵賓館安歇，先請韓爺進見。〔中軍應下。周霸、李漢昇白〕柴哥哥，你如今誇美韓通，待他來時，小弟等要與他較量較量。〔柴榮白〕彼來投合，不可如此。〔中軍上，白〕韓爺這裏來。〔韓通上，唱〕

【引】良禽擇木奔枝高，幸得故人，喜上眉稍。〔中軍白〕韓爺到。〔韓通白〕監軍大人。〔柴榮白〕韓兄久濶了。〔韓通白〕監軍大人請台坐，待韓通拜見。〔柴榮白〕不消，常禮。〔韓通白〕一定要拜的。慕仰虎威，特趨驥尾，愿効駑駘，望爲收録。〔柴榮白〕擎天玉柱，駕海金樑，大展雄才，軍民有幸。〔韓通白〕豈敢。〔柴榮白〕請見了諸公。〔韓通白〕衆位將軍。〔張光遠、羅彦威、周霸、李漢昇白〕不敢。〔柴榮白〕請坐。〔韓通白〕不敢，不敢。監軍大人在上，韓通怎敢坐。〔柴榮白〕故人舊交，何用拘泥！請坐。〔韓通白〕告坐。〔柴榮白〕韓兄，我們在貴地叙誼，光陰迅速。〔韓通白〕是是，不覺已有二三年矣！〔柴榮白〕兄既任漢朝團練之職，怎麼又來俯臨敝邦？乞道其詳。〔韓通白〕這個麼——〔柴榮白〕不妨，帳前都是我心腹弟兄，有話請教。〔韓通白〕監軍大人聽稟。〔唱〕

【醉太平】英豪擇主而事，投明棄暗要建勛勞。他年麟閣畫圖形，青史名標。〔白〕久聞令公威望，監軍德重，爲此小將愿獻家財萬貫，以資三軍需費。〔唱〕畧表軍中需，助增醎芥，戰馬騎聊敷蒭草。〔柴榮唱〕你這般功効，陳達令公自有褒封酬報。〔韓通白〕多謝監軍大人提携。〔柴榮白〕韓兄請暫駐行館，明日待修書將此事陳達令公便了。過來。〔中軍應。柴榮白〕送韓爺暫駐筵賓館。〔中軍應。韓通白〕小將告辭。〔同唱〕

【尾聲】相逢舊話嫌少，喜錦上添花尤妙。從此得盛世昌期鴻圖方始肇。〔分下〕

第二齣　喜報昌期

〔衆軍士、將官引慕容彦超、索文俊上，白〕

拔山扛鼎勇超群，策畧韜鈐冠絶倫。佈陣排兵元奥旨，衝鋒破敵萬人驚。〔慕容彦超白〕俺兖泰節度使慕容彦超是也。〔索文俊白〕俺泰州總鎮索文俊是也。〔同白〕俺等鎮守山東，轄屬河南，自漢幼主執政，悉聽平章蘇逢吉權柄。前者有書，約我二人，欲奪漢家基業，教我們内外勾連，富貴共之。正要起兵進取，不想澶州郭彦威偷渡黄河，將至汴梁，聲言討罪蘇平章陷害忠良之罪，反將要路塞斷，我兵不能前進。索將軍。〔索文俊白〕節度公。〔慕容彦超白〕你是極有智畧的，爲今之計，如何是好？〔索文俊白〕節度公勿憂。現今兵發大隊，莫不然捲旗掩戈回師不成！〔慕容彦超白〕我們這枝人馬，原是爲去接應蘇平章舉事的。如今蘇平章聽得郭彦威兵至汴梁，自顧無暇其救，難道他還敢妄爲舉動麽？依俺之見，莫若收兵歛甲，回去各守疆界，再俟機會協助蘇太師成其大事，如何？〔索文俊白〕節度公你枉有萬人之敵，何膽怯如此！既然郭彦威稱兵進汴梁，那澶州必定空虚，我們何不乘隙移師，去取他澶州邦本之地如何？〔慕容彦超白〕哦，將軍計較甚高。大小三軍傳令：大兵竟奔澶州去者。〔衆應。同唱〕

【錦纏樂】整旗幟、合兵隊往澶州路疊，敢先取他巢穴。這奇謀賽勝陳平六出，眼見得他難猜測，不隄防冷地兵來無容赦，要將他根蒂刈撅。恁前進步穩那顧後跌，正謂是打草去驚蛇。〔下。衆徒弟、天禄、韓通上，同唱〕

【四邊芙蓉】封侯貯待功名捷，助餉名已牒。眼盼賜褒榮，元戎台鼎列。〔韓通白〕俺到得澶州，見過了柴監軍，將這幾車金銀獻上，蒙他即時牒名，差人送達令公去了。專盼他回來，自然有褒封厚爵。我也不想别的職位，只要做個元帥，那時節我領一枝兵去，先平了這個什麽趙元朗趙匡胤，報了我當時在韓素梅院中耻辱之羞，平陽鎮毆打之氣。〔天禄白〕爹爹説得極是。只是我們來了十數日了，怎麽柴監軍那裏並無動静？〔韓通白〕我兒，那柴監軍做人極好，我看那兩傍邊這一班弟兄將佐有些不忿與我，莫非他們在裏頭妒我麽？〔天禄白〕或者有之。爹爹倘然得了元帥，管轄他們的時節，每人先懲治他一番。〔内喊。韓通白〕嗄，何處喊聲驟發，我們大家上城去一望。〔天禄白〕有理。〔作上城科。天禄白〕爹爹你看，遠遠旌旗飄颭，想必是外郡兵馬來征伐澶州的。〔韓通白〕有之。徒弟過來，你速速去報與柴監軍知道。〔一徒弟應下。韓通白〕我兒，隨爲父出城，先幹了這一樁功勞。〔天禄應科。韓通白〕徒弟們，准備器械，上前迎敵。〔衆應，出城。同唱〕鉦聲震徹，喊聲威赫，這來兵今朝看我掃滅絶。〔報子上，白〕報。〔天禄白〕你亂碰什麽？〔報子白〕報。〔衆白〕這時候纔報，可知道悮了。〔報子白〕呀呸！我是令公那邊差我報得勝紅旗喜報的，你們没眼烏珠子。報。〔下。韓通等下。一旗牌上，白〕朝中天子宣，閫外將軍令。俺柴監軍帳下旗牌是也。奉令催取張、羅等各位將軍出城禦敵，火速走遭。〔報子上，白〕報。〔作遶場亂碰，下。設城。衆軍士、將官引索文俊、慕容彦超上，同唱〕

【普門大士】兵臨境，難遮奢，鐵桶般圍城密，任伊有勇將豪傑，也難攩悍兵强敵。〔慕容彦超、索文俊白〕來此已是澶州城下了。衆將官，就此攻城。〔衆應，吶喊。同唱〕那怕他金湯磐石，須臾攻破玉石裂。〔衆軍士、張光遠、羅彦威、周霸、李漢昇引柴榮上，白〕何處兵馬，敢犯澶州？〔慕容彦超白〕奉蘇平章檄文，特來掃汝巢穴。〔周霸、李漢昇白〕呔！狗頭看鎗！〔作攢下。軍士、將官、張光遠、羅彦威、索文俊上，各作對下。徒弟、天禄引韓通上，唱〕

【又一體】征塵佈，迷雲日，鼙鼓催竭，但聽見馬蹄蹀躞，又聽見畫角不息。〔白〕徒弟們，那兗泰兵勢利害，澶州兵看看敗下，俺等上前接應。〔同唱〕須索要奮勇迎截，方顯功勞尊萃奪。〔下。慕容彦超、索文俊、張光遠、羅彦威、周霸、李漢昇、軍士、將官上，對科。徒弟、天禄、韓通上，接戰。慕容彦超、索文俊敗下，又上。慕容彦超白〕衆將官，暫且退兵。〔衆應下。軍士衆等、張光遠、羅彦威、周霸、李漢昇、柴榮、徒弟、天禄、韓通追上。韓通白〕監軍大人，小將接應來遲，多多有罪！〔柴榮白〕好説。幸蒙突圍，轉敗爲勝，韓將軍第一功勞也！〔韓通白〕不敢。〔柴榮白〕衆將官，收兵進城。〔衆應。同唱〕

【普天紅】衆英豪同心協，衆兒郎齊努力，笑螳螂怒攩車轍，水蜻蜓戲摇柱鐵。今朝勝愜，有誰敢澶州惹。〔下〕

第三齣　卜魚繼子

〔韓素梅上，唱〕

【長生道引】春光雖美，度年華、歷遍愁滋味，無計解雙眉。人去思依，此身飄泊如柳絮。冰霜守志，磨磷不易。何日同歸故里。〔白〕青鏡瘦顏羞向，寶瑟清音絕響。歸夢長遶屏山，烟樹那是家鄉。奴家韓素梅，自趙公子訂約終身，守貞無二。他別後光陰荏苒數載，人言趙公子逗遛關西，爲此攜家遍訪，來到這燕晉交界地方，此處人烟輻輳，好圖覓跡尋踪。奴家頗曉些女工針指，相將度日。又帶得我螟蛉祐兒，年方九歲，生來聰慧異常，日逐在街坊市上卜魚歛錢，聊資生計。咳，想起趙公子，好生愁悶人也。〔唱〕

【醉宜春】念依腸牽，害得柳腰憔悴、日瘦花顏。撇却歌樓舞榭，受甘心淡泊虀鹽。我芳年，虛生歲月怨時遷。〔祐哥上，唱〕弄錢回奉娘養贍。常言貪圖漁利，上我局騙。〔白〕母親拜揖。〔韓素梅白〕我兒罷了。今日得了多少彩頭？〔祐哥白〕今日孩兒將這兩尾鮮魚裝在籃兒內，上街嚷卜。〔韓素梅白〕你怎麼樣一個嚷法？〔祐哥白〕孩兒說「卜魚嘎，卜魚嘎」，恰恰的來了一個人，問孩兒這魚幾文錢一卜，我說五文錢一卜，他又問怎麼樣卜法。〔韓素梅白〕你怎麼樣對他說？〔祐哥白〕孩兒說：用這八個古錢擲地，丢成一色的就爲八快，不費半文，取了魚兒就走。〔韓素梅白〕那人可曾與你卜？〔祐哥白〕那人聽了便宜，就拿過孩兒手内八文錢，他就一丢。〔韓素梅白〕可曾成快？〔祐哥白〕嗄，母親，若多成了快，孩兒怎生養贍母親？〔韓素梅白〕嗄，他没有擲成？〔祐哥白〕那裏這等容易？他一連丢了一二十回，也没有成快。〔韓素梅白〕嗄，他没有成，如此你到贏了？〔祐哥白〕母親，孩兒想這法兒，原是有勝而無輸的。哪，賺得錢回來嗄，母親你的養贍多在孩兒身上，今後母親休要愁煩了。〔老姆上，白〕常聞愁慽慽嗄，何事笑盈盈。〔韓素梅白〕媽媽出來了。〔老姆白〕你們娘兒兩個爲何在此大樂？〔韓素梅白〕嗄，祐哥想出哄人方兒，賺了錢回來了。〔老姆白〕嗄，你這等小小年紀，就有哄人賺錢的智謀，你將來長大，不知有多少算計哩！〔祐哥白〕媽媽，祐兒若長成了，不要説是賺銀賺錢，還要賺兵賺將。〔老姆白〕好有志量！這籃兒裏是甚麽東西？〔祐哥白〕這是兩個活跳的鮮魚。〔老姆白〕兩個活跳的鮮魚？我這幾日口饞，你可拿與我做了羹湯喫罷。〔祐哥白〕媽媽，這魚喫不得。我祐兒還要上街去做個賺人方哩！〔老姆白〕我偏要喫。〔韓素梅白〕我兒，既已够本，你與媽媽喫了罷。〔祐哥白〕媽媽你這些年紀，難道不要吉祥麽？〔老姆白〕我要吉祥嗄。〔祐哥白〕可又來！常言吉慶有餘，這魚喫不的，留着他做個吉慶有餘罷。〔老姆白〕喝唷！小尖酸會説話。罷，我聽了你這吉慶，不喫了。〔祐哥白〕你不喫，我到要喫了。〔韓素梅、老姆白〕你喫什麽？〔祐哥白〕我要喫飯。〔老姆白〕是嗄，我出來原是叫你娘兒兩個進去喫飯。已煮現成的了，隨我來，隨我來。〔下。祐哥白〕魚兒你又活了。正

是片言能助德，一語可全仁。〔下。鄭恩、趙匡胤上，同唱〕

【前腔】頻年，程途歷遍，竟迢迢跋涉、萬水千川。鄉關遥背，似嗷嗷一雙旅雁。對天，英雄落魄羞人見。〔趙匡胤白〕賢弟。〔鄭恩白〕二哥。〔趙匡胤白〕我和你在興隆莊重會，萬千之喜。又在平陽鎮二次打了韓通，與這一方除害消魔。〔鄭恩白〕便是麽。感蒙這些村鎮上的朋友敬重咱們，尤如待他嫡親的老子一般，今日這家擾，明日那家喫，喫得咱們過意不去了。〔趙匡胤白〕賢弟，那村鎮小民，豈能常久供養？ 俺們須要體量人情，以此辭別他們，逕往潼州，一路去尋訪大哥消息要緊。〔鄭恩白〕咳！ 咱的哥哥，想你我都是上了苗光義的老當，今日東，明日西，何日是咱們的出頭日子！〔合唱〕何日得時來運轉，好把平生志氣，早隨愜願。〔祐哥内白〕卜魚嗄。〔鄭恩白〕咦，二哥你看，那邊有個娃兒，到長得俊秀，怎麽這點年紀就做這賣魚的買賣。〔趙匡胤白〕賢弟，我們上前買他一兩尾鮮魚，到酒肆中和你下酒如何？〔鄭恩白〕二哥，買他的魚，咱們去飲酒，怎麽使不得？ 極好！〔趙匡胤白〕極好！〔鄭恩白〕極妙！〔趙匡胤白〕極妙！〔祐哥上，白〕卜魚嗄。〔鄭恩白〕娃兒，你這魚兒怎麽賣？〔祐哥白〕我這魚兒不是賣的。〔趙匡胤白〕既不賣的，爲何嚷唤？〔祐哥白〕我叫嚷的是卜魚，不是賣魚。〔鄭恩、趙匡胤白〕什麽叫卜魚？〔祐哥白〕卜者，博也。 你拿我這八文古錢，往地下一丢，成了八快，白送客長一尾鮮魚。〔鄭恩、趙匡胤白〕丢不成呢？〔祐哥白〕丢不成，客長輸五文銅錢。〔鄭恩白〕嗄嗄嗄，如此，咱來。〔祐哥白〕先觀寶鈔。〔鄭恩白〕你這小娃兒，倒乖巧，怕咱輸了不與你錢，先要觀寶鈔。 有有有，這是一百文錢，待喒跌他幾十跌。〔祐哥白〕使得。〔鄭恩白〕㖠㖠㖠，快。〔祐哥白〕是叉。〔鄭恩白〕怎樣爲叉？〔祐哥白〕不成爲叉。〔鄭恩白〕怎樣不成？〔祐哥白〕八個銅錢要一色一樣爲成。客長你看，這是字兒，那是貝兒，可不是叉麽？〔鄭恩白〕喒輸了，喒輸了。再來，再來。㕶，又輸了。〔趙匡胤白〕待俺來。字字字！哈哈哈，八個多是字兒。俺羸了。取魚來。〔祐哥白〕嗄，這位客長跌了幾十跌，跌不出來，你怎麽一跌就成？〔趙匡胤白〕我麽，有呼錢的方法，要字就字，要貝就貝。你不信待俺再跌了你那一尾魚兒。〔鄭恩白〕二哥，連喒也不信。喒幾十跌不成，你一跌就成。〔趙匡胤白〕取你那古錢來。貝、貝、貝！哈哈哈，又成了。〔鄭恩白〕二哥，你倒不是喝錢方法，倒是金口玉言。〔祐哥白〕這喝錢方法可肯教授人麽？〔鄭恩白〕你這娃兒，輸了心疼，就要教人傳你方法。你要學那方法容易。〔祐哥白〕怎生容易？〔鄭恩白〕你在當街拜認了他爲父親，他就教你。〔祐哥白〕呀呸！人家父親只有一個，那有胡亂拜認的。〔鄭恩白〕你不拜？〔祐哥白〕不拜。〔鄭恩白〕二哥，喒們拿了他魚兒，到酒肆中喝酒去罷。〔祐哥白〕什麽稀罕！不要說是兩尾鮮魚，就是萬魚也不要緊。〔趙匡胤白〕嗄，這小厮好大口氣！俺們還了你魚罷。〔祐哥白〕客長只管取去。君子言出如山，那有追悔之理！〔鄭恩白〕二哥，這娃子口硬，喒們走，喒們走。〔下。祐哥白〕奇了！奇了！我每日上街卜魚，並没一個跌成的，怎麽他要字就字，要貝就貝？當真有甚喝錢方法麽？哦，這魚輸去不妨，這喝錢法必要去學他的。想他們在前面酒店不遠，待我去，待我去。〔下〕

第四齣　恤稚贈鏹

〔酒保上，白〕神仙曾留佩，卿相解金貂。自家栢齡鎮上酒家便是。這裏南北通衢，東西絡繹，輻輳人烟，商賈雲集，乃是一個衝繁大馬頭。過了那邊栢齡關，不屬我們漢朝管轄，就是澶州郭令公一帶地方了。閑話少表，開張鋪面，招呼主顧要緊。噲，喫酒的這裏來嗄！〔鄭恩、趙匡胤上，白〕且將舊事忘情去，博得鮮魚沽酒來。〔酒保白〕二位客官，飲酒的麽？〔鄭恩、趙匡胤白〕正是。你將這兩尾魚兒做來，俺們下酒。〔酒保白〕是，曉得。客官樓上請坐。〔鄭恩、趙匡胤白〕請嗄。〔祐哥上，唱〕

【水紅花】魚兒輸去意難降，想他行、有何伎倆。果然喝錢異靈響，法兒强，將我彩頭奪搶，跟他究底尋源，請教也何方。行來到店坊也囉。〔白〕來此已是酒樓，待我上去。〔鄭恩、趙匡胤飲酒，白〕請。〔祐哥白〕嗄，原來二位得了我那不要錢的魚兒，在此喫酒。〔趙匡胤白〕你這小厮莫非心疼着魚兒，來要錢麽？〔祐哥白〕錢是不要，要來求教你那喝錢的方法。〔鄭恩白〕方纔説過，你要學他這方法，須要認他做父親，他就教你。〔祐哥白〕方纔街市上人衆，不認他，如今情愿來認他爲父。〔趙匡胤白〕嗄，你如今情愿認我爲父了？〔鄭恩白〕是麽，好娃兒，你過來，拜他做個義父。〔祐哥白〕不是，我拜他做個師傅。〔趙匡胤白〕這小厮口舌伶俐。我且問你，你一定要學我這方法何用？〔祐哥白〕因我卜魚原爲賺些銀錢，養贍家中母親的，今輸了魚兒，恐母親問起不信，故此要學那喝錢方法兒呵。〔唱〕

【御林鶯】回家去，問審詳，好剖講，將情達上，萱堂信我詞非誑。勿吝傳來求望。〔鄭恩、趙匡胤唱〕孝心揚，你年雖幼稚，怎不羨欽仰。〔趙匡胤白〕小厮，難得你小小年紀，孝心養母，俺送你一錠銀子，你拿回去孝養你母親。〔祐哥白〕這不明白的銀子我不要。〔鄭恩白〕好個娃兒！有志量。〔趙匡胤白〕不妨。我怜你一片孝心，送與你的，你母親問起，只當做方纔魚价便了。〔祐哥白〕嗄，拿得的？〔鄭恩、趙匡胤白〕拿得的。〔祐哥白〕如此，二位大人在上，受我一拜。〔唱〕

【又一體】賜白鏹，領未當，拜謝你，恩義廣。受人滴水難移忘。〔白〕只是這喝錢方兒到底要教我。〔趙匡胤白〕這是我偶爾戲言，這小厮倒是個寔心。罷來，你取那方纔卜魚的八文錢過來。〔祐哥白〕是，錢在此。〔趙匡胤作吹氣科，白〕你拿去罷。〔鄭恩白〕咦，喒二哥還會戲法兒麽？〔趙匡胤唱〕我氣吹錢上，靈異非常，你有求必應心隨向。〔祐哥白〕是，多謝了！〔唱〕感伊行，送金贈術，好把娘親奉養。〔下。趙匡胤白〕好個伶巧小厮。〔鄭恩白〕二哥，喒們再喝幾盃。嗄，店家，店家。〔酒保上，白〕客官有什麽吩咐？〔鄭恩白〕叫你們做的魚呢？〔酒保白〕魚已做好了，客官們要用，可要在樓下去喫罷。〔鄭恩白〕爲什麽緣故？〔酒保白〕我小店規矩，喫酒小飲在樓上坐，若用菜嘿，另有雅座。〔鄭恩白〕另有好地方？〔趙匡胤白〕使得。〔鄭恩白〕二哥你是怕那小娃兒又來纏擾，你所以嘿使得。〔趙匡胤白〕不是，這裏來往人廣，到是清雅些的所在好。〔酒保白〕二位客官隨我來。〔鄭恩白〕如此，二哥先請。〔趙匡胤白〕請。〔下〕

第五齣　得銀訴母

〔韓素梅上，唱〕

【二鶯兒】遭此際貧寒有誰來管養，只有孩兒相依傍，千般累、萬般魔障。〔白〕我祐兒出去了一日，怎麽這時候還不見回來。〔唱〕兒外心懸，母倚閭望，莫不是貪頑歸忘。〔祐哥上，唱〕返家門先見了娘親，慢放魚筐。〔韓素梅白〕我兒回來了。〔祐哥白〕正是，回來了。〔韓素梅白〕今日回家甚遲，怎麽剩了空筐回來？莫非與人争吵生事麽？〔祐哥白〕孩兒没有與人争吵生事，正要告訴母親，今日這兩尾魚兒被人卜去了。〔韓素梅白〕如此，你失了利了？〔祐哥白〕母親，這人奇怪，他有喝錢方法，要成就成，孩兒學得回來，所以歸家遲了。〔韓素梅白〕我兒，如今魚也没有了，學這喝錢方法何用？〔祐哥白〕母親，這人給我一錠銀子做本，餘下的養贍母親。〔韓素梅白〕嗄，這來歷不明的銀子，你不該要他的纔是。〔祐哥白〕孩兒原是再三不要，他説孩兒年紀雖小，到有孝心。〔唱〕

【集鶯花】他怜我年幼孝義長，他慷慨開囊。〔韓素梅白〕住了。你知道這人良心善否？〔祐哥白〕母親，孩兒看此人相貌温慈，居心良善。母親，説也奇怪，是一個紅臉漢子。〔唱〕宛似漢蜀關公相，儀容軒昂，言詞直爽。〔韓素梅介白〕可曾問他那裏人氏？〔祐哥連唱〕口聲音語東京仿。〔韓素梅白〕

嗄，是個紅臉漢子？〔祐哥白〕紅臉漢子。〔韓素梅白〕東京音語？〔祐哥白〕説話是汴梁口音。〔韓素梅白〕嗄，莫非汴梁趙公子麽？我兒，你明日去尋請他來，我要見他。〔祐哥白〕阿呀！母親，你一向怕見男子之面，今日怎麽要見他起來？〔韓素梅白〕不是嗄，這銀子不明不白，你又年小，不知利害，去請問明白了也好。〔祐哥白〕母親説得是。待孩兒明日去請他來便了。〔韓素梅白〕進去用晚飯罷。〔祐哥白〕是。〔韓素梅白〕咳，未知可是趙公子。〔唱〕知是他否知是誰，休錯認劉郎作阮郎。〔下〕

第六齣　催糧遞劄

〔衆勇士引曹芳上，同唱〕

【芙蓉樂】兵揚勝敵回，令奉催糧遞。快加鞭莫悞，疾走如飛。三軍浩費難容計，百姓寧安無擾蝕。〔白〕俺郭令公麾下督糧驍將曹芳是也。奉軍師命令，帶領鐵騎五百回澶州催取糧餉。又遵奉令公鈞劄，授韓通爲栢齡關總鎮之職。衆將校，速速趲行。〔衆應，同唱〕軍情火急，不憚星霜勞頓，怕時刻俄遲。〔下。軍士、周霸、李漢昇、羅彦威、張光遠引柴榮上，同唱〕

【芙蓉紅】盼望捷旌旗，頻勝連聞喜。渡黄河兵利，破竹之勢。我軍日盛軍威熾，他勢衰微勢欲頹。〔周霸、李漢昇、羅彦威、張光遠唱〕齊心力，開基創業，掃奸邪，定邦畿。〔曹芳内白〕鈞令下。〔吹打。曹芳白〕小將奉令公鈞劄，道韓通獻餉有功，授爲栢齡關總鎮之職。俟有功勞，再行陞賞。〔柴榮白〕是。〔曹芳白〕又奉軍師將令，咨啓柴監軍，即發糧餉，接濟大軍。令至莫悞。〔柴榮白〕領命。〔曹芳白〕監軍大人。〔柴榮白〕將軍鞍馬勞頓，暫請歇息。我這裏即爲賫發，交付便了。〔曹芳白〕是，小將暫且告辭。〔柴榮白〕請。〔曹芳下。柴榮白〕羅賢弟過來，你持此令箭，到筵賓館韓通處走遭。〔唱〕

【前腔】你持此金令鎞，傳宣綸音疾，命韓通任膺、總鎮之職。此關緊要咽喉地，職守教他慎莫離。〔白〕羅賢弟，你傳與他説此關係澶州要口，務要小心，命他即速赴任。〔羅彥威白〕是，遵令。〔下。周霸、李漢昇、張光遠白〕柴兄長，那韓通比小弟後來，到有了職任了。〔柴榮白〕你們没有聽見麽，令公道他助餉有功。〔周霸、李漢昇白〕嗄，他助餉有功咳。〔同唱〕通神力、兵權掌執，何必用，論功陟。〔下。衆家丁引天禄上，同唱〕

【又一體】官陞頃刻裏，榮耀無堪比。父掌權得意，子賴威依。〔白〕學生韓天禄，爹爹驀地裏就做了栢鈴關總鎮之職，好徼倖！ 十分威武！ 命我帶家丁押送箱囊等物，先到衙門。且喜那栢鈴關離澶州不遠之地，一日路程就可到得。家丁們，那些人夫押扛呢？〔家丁白〕他們走得快，只怕將以到了衙門了。〔天禄白〕如此，我們也要快走一程。〔家丁白〕是。〔祐哥上，白〕仍爲卜魚狀，來覓賜銀人。〔家丁、天禄同唱〕今朝得志風雲際，他日封侯蔭襲貽。〔祐哥白〕怎麽眼睛也没有，將人亂闖！〔家丁白〕你這小厮，自家没有眼睛！ 這是栢鈴關總鎮的爵主少爺，你也不曉得迴避麽？ 倒説人没有眼睛。〔天禄白〕打這小厮。〔家丁應，作打祐哥。鄭恩、趙匡胤上，唱〕清平世、光天化日，花柳媚，燕鶯啼。〔鄭恩白〕這班驢球，在此欺侮小娃兒！〔趙匡胤白〕原來被打的就是那卜魚的小厮。〔鄭恩白〕照打！〔作打科，下。祐哥白〕阿呀，好了！ 虧了有人來救我，那二人宛似昨日贈銀子的，待我上去看來。〔下。趙匡胤追家丁上，對，續天禄。趙匡胤白〕原來是在平陽鎮盜馬的賊人。〔打科。天禄敗下。鄭恩追家丁上，打。趙匡胤追天禄、家丁，打科。下〕

第七齣　重會素梅

〔祐哥上，白〕二位大人，二位大人！〔鄭恩白〕娃兒，你可曾被他們打壞？〔祐哥白〕得遇二位大人相救，幸喜無妨。小子奉家母之命，特來尋這位賜銀子的大人到小子家下，當面拜謝。〔趙匡胤白〕這小事何必用謝。〔祐哥白〕不是，我們是大名人氏，來投親戚的，家母聽見說起大人尊相，有些認得。〔趙匡胤白〕你家姓什麼？〔祐哥白〕我家姓韓。〔鄭恩白〕二哥，左右無事，喒們認認何妨。〔趙匡胤白〕如此，走。〔唱〕

【芙蓉燈】沉思語甚奇，瓜葛無此地。〔鄭恩唱〕二哥到他家廝認，相見方知。〔祐哥唱〕仰求玉趾駕徙移，覿面金容毋釋疑。〔白〕這裏是了。母親開門。〔韓素梅上，唱〕兒回矣，他去訪踪尋跡。〔白〕呀！果是他，暌違久隔。〔趙匡胤白〕原來是小娘子。〔韓素梅白〕原來是趙公子。〔鄭恩白〕原來是我不認識。〔趙匡胤白〕小娘子怎生到此？〔韓素梅白〕公子容稟。〔唱〕

【朱奴插芙蓉】自君別煢煢無依。〔祐哥白〕待我去告訴媽媽知道。〔下。鄭恩白〕二哥，這位是何人？〔趙匡胤白〕曾與賢弟提及的韓素梅。〔鄭恩白〕嗄，就是二嫂嫂，愚叔這裏有禮。〔韓素梅唱〕守貞烈矢志不移。天涯遍訪伊消息，到今朝相會安企。〔趙匡胤白〕與何人同來？〔韓素梅白〕與四兒、媽媽。〔趙匡胤白〕他二人呢？〔韓素梅白〕四兒出外打聽伊家消息去了。媽媽在家相依，針指度日。〔趙匡胤白〕這小廝是何人？〔韓素梅白〕是義兒祐哥，虧他終日街坊卜魚養贍。〔鄭恩白〕好嗄！二哥教他認兒不肯，那知今日真是二哥的兒子。〔祐哥隨老姆上，唱〕歡眉際，令人心喜。〔老姆白〕趙公子，你一向好？〔趙匡胤白〕好。〔老姆白〕托賴公子洪福，肚皮没有餓癟。〔韓素梅白〕祐兒過來，見了爹行叔父。〔祐哥白〕是。父親、叔父。〔鄭恩白〕罷了，罷了。昨日教你拜認不肯，今日還是要拜認的。〔韓素梅、祐哥唱〕拜親儀，相逢會合慰淒其。〔趙匡胤唱〕

【前腔】敬羡你冰心志烈，敬羡你松筠操節，當年貞孝無堪比，到今日渾全四德。〔韓素梅白〕不敢。〔鄭恩白〕二哥是個忠義男兒，遇着二嫂又是個節孝女子，可謂忠孝節義四字都全了。喒好快活！喒好快活！這哥哥、嫂嫂喒拜遇着了！〔唱〕歡眉際，令人心喜。〔韓素梅、祐哥、老姆同唱〕拜親儀，相逢會合慰淒其。〔老姆白〕老身草房中備有粗茗，請公子與這位大爺到裏面慢叙離情。〔鄭恩白〕這會親茶喒不喫，有會親酒喒到要擾的。〔同唱〕

【尾聲】今朝幸會他鄉地，把别後離情慢訴與。〔鄭恩白〕可有酒？〔老姆白〕有酒。〔同唱〕須知這親會尊行全憑酒作題。〔趙匡胤白〕賢弟請。〔鄭恩白〕二哥請。〔同下〕

第八齣　三打韓通

〔衆軍士、家將引韓通上，同唱〕

【粉孩兒】忙忙的領鈞敕重任膺，羡揚威耀武，十分榮倖。男兒志願遂平生，今日裏有孰個敢欺凌。〔白〕下官韓通，奉郭令公命令授俺爲栢鈴關總鎮，即日赴任。爲此辭别柴監軍，立刻起馬。衆家將，快快趲行！〔衆應，同唱〕快加鞭急奔程途，速催駒莫用逡巡。〔下。衆家丁引天禄上，同唱〕

【會河陽】鼠奔狼逃敗轉回程，抱頭急走似殘星。前迎告知嚴父，報復仇伸，方消我心頭梗。〔軍士、家將引韓通上，同唱〕前行見一簇人飛奔，前徑見一隊人來近。〔白〕我兒爲何這般形狀？〔天禄白〕爹爹不要説起，孩兒被兩個强漢打敗追來，望爹爹作主，遣兵擒捕。〔韓通白〕嗄，有這等野民？本處的官長他多不怕麽？〔天禄白〕爹爹，孩兒看此二人不是本地居民，一似外來暴客。〔韓通白〕不必管他，待爲父的去擒來。〔天禄白〕爹爹，此二人武藝高强，十分利害。〔韓通白〕管他利害不利害，衆家丁，隨俺去擒來！〔衆應，同唱〕

【紅芍藥】威風凛，鋭氣方新，提轄着萬馬千軍，何懼村愚使强勍，管教取手到獲擒。〔下。四兒上，白〕阿呀，了不得！　了不得了！〔唱〕打聽寃家狹路臨，韓二虎涖任軍民。〔白〕自家韓素梅家四兒便是。從大名府搬家到這裏，尋問趙公子消息，我就遍訪天涯，没有踪跡，只好回去告訴姑娘知道。今日纔回家，恰恰的倒打聽着韓通做了本處栢鈴關總鎮。阿呀呀！這寃家對頭遇在狹路，此處又住不得了。趙公子嗄！〔唱〕你是個喜紅鸞似海底撈針，韓通他是惡白虎又水面逢萍。〔白〕來此已是自家門首。開門，開門！〔趙匡胤、鄭恩、祐哥、韓素梅、老姆上，同唱〕

【耍孩兒】剥啄聲聞原何緊，且將門啓視，却原來人返家庭。〔四兒白〕阿呀，了不得！咦，我各處尋訪你趙公子，你却到先來了！有幸，有幸！〔趙匡胤白〕承情了。〔韓素梅、老姆白〕你爲何這等驚張？〔四兒白〕方纔我却着急，這時候見趙公子來了，我就不驚張了。〔趙匡胤白〕嗄，你原來爲俺？〔鄭恩白〕趙公子不來也没有什麽慌張之處。〔四兒白〕這位是？〔趙匡胤白〕是俺結義兄弟。〔四兒白〕原來也是一位好漢。〔鄭恩白〕豈敢，豈敢！〔韓素梅、老姆白〕倒底爲着何事如此？〔四兒白〕阿呀，姑娘，我們又要搬家，此地住不得了！〔鄭恩、趙匡胤白〕爲什麽？難道怕人麽？〔四兒白〕你們可知一樁異事？〔老姆、祐哥、韓素梅、鄭恩、趙匡胤白〕什麽異事？〔四兒白〕當初大名府被趙公子打跑的這個韓通，他如今竟做了這裏栢鈴關的總鎮了。〔老姆、韓素梅白〕如此説我們真個此間住不得了！〔祐哥白〕不妨，有義父與叔父在此。〔鄭恩、趙匡胤白〕你在那裏見來？〔四兒白〕小人方纔親眼看見的。〔唱〕他勢薰逞威風，不似當年景。怕他行要報當年恨，因此上心懷警。〔鄭恩白〕嗄，怪不得韓天禄這小驢球方纔欺侮喒的侄兒，喒還去找他！〔趙匡胤白〕三弟，他是俺手中兩次之敗將，待俺去會他。〔韓素梅白〕

公子，他如今做了總鎮，不比得當時，他手下自有軍兵協助，公子休要去惹他罷！〔老姆白〕是嘎，我家姑娘説得狠是，公子你千萬聽了他。〔趙匡胤白〕不妨。鄭賢弟隨俺來。〔鄭恩白〕好，二哥請。〔下。韓素梅白〕呀，你看他二人竟徜徉而去了，只恐怕此時不是他們的敵手。〔四兒白〕不怕，姑娘放心，有我四兒在此。我到了這裏，還認識幾個朋友在那裏，什麼過街虎、三脚猫、白面狼、賽金剛，這一班好漢朋友，待我去邀齊他們來幫助幫助如何？〔韓素梅白〕此等人只怕也無濟於事。〔四兒白〕嗳，姑娘，不過叫他們來幫打幫打，熱鬧熱鬧。〔老姆白〕説得極是。你快些前去。〔四兒白〕嗄，得令。〔下。韓素梅白〕咳，真個好事多磨也！〔唱〕

【縷縷金】心頭緒，訴難憑，怯恨狂苴至，起灾眚。〔老姆、祐哥唱〕你且免煩慮，趙公子仗義俠英，他鋤强伐暴正當懲，方纔保安静(重)。〔下。鄭恩、趙匡胤追韓通、天禄、家將上，攢下。四兒引衆皮賴上，白〕列位隨我來。〔同唱〕

【越恁好】摩拳擦掌(重)，一個個抖精神。俺多是坊間好漢三五聚、黨成群，生來勁力拳棒精，慣打不平。〔内喊。四兒白〕列位嗄，你聽那邊喧嚷，想是趙公子與他們交上手了，有勞列位上前幫助幫助。〔皮賴白〕趙公子乃天下有名的英雄豪傑，我們理當協助。〔趙匡胤、鄭恩内白〕呔，那裏走！〔追韓通、天禄、家將上，對。續四兒、皮賴上，對，各作單對，連環下。趙匡胤打倒韓通科。韓通白〕阿呀！趙公子，趙公子，乞求饒俺。我如今是元帥了，體面要緊。〔趙匡胤白〕俺不饒你，怎麼你教兒子欺侮人？〔衆軍士、將官、車夫、周霸、張光遠、曹芳上，同唱〕遥聞聽喧嚷聲相震，觀睁見哀叫求乞命。〔曹芳、張光遠、周霸白〕請住手，請住手！〔韓通白〕曹將軍，救救本鎮！〔曹芳白〕做元帥的，怎麼被人打倒了？哈哈哈！〔趙匡胤白〕原來是周張二位賢弟，便宜你們。〔韓通白〕曹將軍，與我拿下他們！〔張光遠、周霸白〕咄！誰敢！〔韓通白〕哦，怎麼二位也如此庇護？〔張光遠、周霸白〕趙大哥，柴兄長思念甚深，請上馬速赴澶州。〔鄭恩白〕喒柴哥在那裏？〔張光遠、周霸白〕郭令公認爲殿下現爲監軍之職。〔韓通白〕哦，他原來也是郭令公親戚。〔趙匡胤白〕俺們原爲尋柴兄長而來。鄭賢弟，俺們作速前去。〔鄭恩白〕帶馬。〔張光遠、周霸白〕帶馬。〔軍士應。趙匡胤、鄭恩白〕請了。〔下。韓通白〕嗄，他們到走了。〔張光遠、周霸白〕他們走了，俺們奉令在身，也要失陪了。〔韓通白〕三位奉的什麽令？〔曹芳、張光遠、周霸白〕奉令公鈞令，押送糧餉。韓總戎請了。〔同唱〕

【紅綉鞋】奉令押解糧艘(重)。將軍各奔前程(重)。遵命限，敢留停。〔下。韓通白〕三位將軍，請轉轉來幫我拿人咳！〔唱〕這場辱化爲冰，撇下我冷清清。〔家丁、天禄上，白〕爹爹。〔家丁白〕元帥。〔韓通白〕嗄，你們那裏去了，這時候纔來？〔家丁、天禄白〕我們被他們打得落花流水，多躲藏過了，我今見他們散了，纔敢出頭。〔韓通白〕咳！這還成得做總戎的模樣！〔天禄白〕争奈爹爹是趙匡胤的老回回。〔韓通白〕什麽老回回？〔天禄白〕喫住老回回。〔韓通白〕嗳嗳嗳，不用説了。軍士、旗導呢？〔家丁白〕多打散了。〔韓通白〕難道就是這個模樣去上任？〔天禄白〕爹爹將就些罷，我們且到了衙門，發令點兵到澶州去，與柴監軍要人。〔韓通白〕哦，孩兒言之有理。且住，方纔俺還見多少無賴之徒扛幫相助。〔天禄白〕有的，爹爹我們到了衙門，先差兵丁捕役擒捉他們便了。〔家丁白〕老爺、公子，那邊紅臉、黑臉的又轉來了。〔天禄、韓通白〕嗄，又來了？〔家丁白〕好個倒威元帥。〔韓通白〕咳！〔同唱〕

【尾聲】三番虧負來喫盡，幾次相遭鐵遇釘。羞愧我挫盡威風敗盡名。〔同下〕

十二段

第一齣　憤辱遣捕

〔步兵引副將趙得勝、參將李彪、游擊馬騰蛟、守備王大勇上，同唱〕

【金錢花】關前接侯元戎，元戎標下員弁趨從，趨從束粧甲冑佩刀弓，人勇糾、馬威風，具履歷、謁帲幪。〔同白〕我等乃栢鈴關總鎮標下副參游守將弁是也。這關原係漢朝疆界所屬潼州管轄，因朝廷聽信蘇平章讒言，要陷害郭令公，爲此稱兵進汴，討罪奸臣，本關總戎督兵隨往。委員署任近日打聽，鈞劄韓將軍到此鎮守，我等理應關前迎接。〔唱〕趨迎侯，肅當恭㊣。〔下。徒弟引韓天祿、韓通上，同唱〕

【僥僥令】幾番遭敗衄，數遍受欺攻，氣壓心頭無出送，且到衙門緝捕兇，遣兵役、拿捕兇。〔步兵引副將、參將、游擊、守備上，白〕什麼人？〔徒弟白〕韓總鎮到任。〔衆白〕嗄，大老爺到了，末將等迎接。〔韓通白〕起來，爾等是何職銜？〔游擊白〕小將栢鈴鎮標下游擊馬騰蛟。〔副將白〕小將栢鈴鎮標下副將趙得勝。〔參將白〕小將栢鈴鎮標下參將李彪。〔守備白〕小將栢鈴鎮標下守備王大勇。〔韓通白〕爾等爲何這時

候纔來迎接本鎮？〔衆白〕小將等不敢遠離汛地。〔韓通白〕擺導。〔衆白〕嗄。〔小軍暗上。同唱〕

【金馬朝元令】前呼後擁，耀武添威重。兵衛將從，人馬聲嘶閧。頭踏高聳，隊仗尊崇，道朝中貴戚、閫外元戎，方知權勢位顯榮。叱咤似生風，喑唔如雷動，只恨狂雄，逞暴肆兇，緊緊緝獲難恕容。〔吹打。韓天禄、徒弟下。衆白〕衆將參謁。〔韓通白〕列位將軍少禮。李參將聽令。〔參將應。韓通白〕你領本部兵丁，到關外拘拿韓素梅一家，并土棍一起，前來交令。〔參將應下。韓通白〕趙副將。〔副將應。韓通白〕你帶親隨往澶州一路，追赶上紅黑二臉漢子，賺他回來，本鎮自有發落。〔副將應下。韓通白〕吩咐掩門。〔小軍白〕掩門。〔吹打。韓通下。小軍下。游擊白〕怎麼這總鎮大老爺一到任，連公服也不穿，先辦這没要緊的事？可笑！〔守備白〕是。〔游擊白〕什麼？〔守備白〕可笑。〔同下。四兒、皮喇上，白〕不好了！〔同唱〕

【六么令】聞言心忡，他發將遣兵，來頭勢猛。縱然膽勇難敵衆，急商量避潛踪，教他拿去無輕縱(重)。〔四兒白〕列公方纔三三兩兩多説韓通挨了打，恨入骨髓，這時候一到衙門，即忙派人來拿捉我們了。列位，倒是我連累了你們，依我愚見，不用散，幫我搬家逃走。〔衆白〕四哥，我們逃走到那裏去？〔四兒白〕趙公子他已奔往澶州認他的好親戚去了，我們也搬到澶州去，就不怕這韓通了。〔衆白〕有理。〔唱合〕急商量避潛踪，教他拿去無輕縱(重)。〔四兒白〕到了。〔衆皮喇白〕到了那裏了？〔四兒白〕到了我家了。開門，開門。〔老姆、韓素梅、祐哥上，同唱〕

【引】門外聲喧沸，有人歸，問他詳細。〔老姆白〕四兒回來了。〔四兒白〕列位裏頭坐，列位裏頭坐。〔衆皮喇白〕我們快快收拾逃避要緊。〔四兒白〕這麼罷，你們多回去收拾收拾，我們在前邊三里村會齊便了。〔衆皮喇白〕使得，使得。〔虛白下。韓素梅白〕你們爲何這等慌張？趙公子怎麼樣了？〔老姆白〕是嗄，公子同這位黑爺往那裏去了？〔四兒白〕不要説起。你們快些收拾收拾，我們搬家要緊。〔韓素梅白〕爲何這等着急？〔四兒唱〕

【好姐姐】那韓通冤家路逢，遇趙公子拳頭飽奉。〔韓素梅白〕嗄，又被趙公子打倒了？〔四兒唱〕三番痛打，他恨切骨縫中，仗兵戎，閼前發令擒捕兇，因此上報信回家速避鋒。〔韓素梅、老姆白〕咳，真個好事多磨！〔韓素梅白〕我守趙公子幾載，纔得相逢，又生不測。〔四兒白〕我們裏邊去收拾收拾。〔老姆白〕待我幫你。〔下。祐哥白〕母親，我們逃避要緊。〔韓素梅白〕咳！〔唱〕

【又一體】接踵魔頭相弄，誰知好事又成空。吉兇未定，使奴愁萬種。〔祐哥白〕母親，我們快些走罷。〔四兒、老姆上，合唱〕心驚恐，愿得脱離虎口無灾横，月缺重圓花再紅。〔四兒、老姆下。參將、兵丁上，唱〕

【川撥棹】鈞言奉，拿棍徒與土虫，帶兵役捕捉休鬆㊣。〔兵丁白〕這裏是韓素梅家了。〔參將白〕把他宅院圍繞，進去擒捉。〔兵丁應，白〕嗄，怎麼一個人影兒也没有？啓爺，他們一家都逃走了。〔參將白〕阿呀，奇了！〔唱〕是何人走漏春風。〔白〕既然没有人，我們回去回覆大老爺便了。〔唱〕這其間難報功，那其間難報功。〔下〕

第二齣　嗔恨還師

〔衆堂候引蘇逢吉上，唱〕

【出隊子引】官居宰輔，燮理陰陽鼎鼐和。威權内外任由吾，叵耐逆藩，潢池弄武。〔白〕咳，事無遠慮，必有近憂。老夫從前之想嗄，後悔也遲。只道那郭彦威無甚大志，不去理會他，竟不想蕞爾之輩，竟然滋蔓。正所謂養癰成疽，患莫大焉。老夫即時差調潼關高行周前去抵敵，料彼早晚必有捷音報奏。哈哈，郭雀兒嗄郭雀兒，這回你好似解衣抱火，自惹非虞。〔唱〕

【尾犯序】赴火撲燈蛾，分量無知，自貽災禍。你噬臍莫及，妄動舉粗。幺麿。好笑你井蛙識見，番做了瓮鱉穩捕。指日間、捷音奏報獻囚俘。〔侯益、劉成上，唱〕

【又一體】趨赴潭潭宰相府，把軍情告急，偵探無訛。〔侯益白〕下官開封府府尹侯益是也。〔劉成白〕下官指揮副使劉成是也。〔侯益白〕只因蘇平章自懷吞奪之心，致使外藩生逆豙之釁。打聽得潼州節度郭彦威，兵渡黄河，直奔汴梁。〔劉成白〕高行周父子又收兵回轉潼關，他就猖獗無禁。〔侯益白〕那蘇太師還如夢寐不知。〔同白〕爲此我等親詣相府告知。來此已是。請。〔蘇逢吉白〕哈哈，郭雀兒嗄郭雀兒，你此來差了！只問你可是高鷂子的敵手！〔侯益、劉成白〕嗄，太師。〔蘇逢吉白〕阿呀呀，原來是二公，怎麼不着人稟報，致使老夫失於迎迓。〔劉成白〕辱忝太師門下，出入慣常，所以未曾啓報。〔侯益白〕急事告稟，不及通報。〔蘇逢吉白〕嗄，什麼要緊事？ 劉公來，莫非有誰走漏老夫的消息麽？〔劉成白〕不是，太師可知潼關高行周抱病回去了？〔侯益白〕潼關高行周抱病而回，那郭彦威兵勢猖熾，不日將抵汴梁矣！〔蘇逢吉白〕嗄，有這等事！ 可知那高行周是什麽病疾，竟、竟、竟廢公而返！〔侯益、劉成白〕那高行周呵！〔唱〕他兵撤潼關，説是病染沉疴半途。癈公而返，將聖恩辜負。將此信，報達明公急作圖。〔蘇逢吉白〕咳！ 氣、氣、氣壞老夫也！〔侯益、劉成白〕太師請息怒。〔蘇逢吉唱〕

【前腔】聽説氣胸脯，怎不教人冲冠髮怒。只道你國家柱石穩如磐固。〔劉成介白〕太師請息雷霆，籌謀要緊。〔蘇逢吉連唱〕匹夫，你敢把軍冗小覷，你竟將國事躭悞。〔侯益介白〕太師可速速命將退敵便好。〔蘇逢吉連唱〕爲今計，兵來將攩水掩土。〔白〕喝唷，喝唷！ 氣壞老夫也！〔侯益、劉成唱〕

【又一體】且莫氣迷糊，請帷幄運籌軍行疾速。〔蘇逢吉白〕侯益。〔侯益白〕有。〔蘇逢吉唱〕我就命你整頓兵馬擐甲挽戈。〔白〕侯府尹，你速點本部軍兵一萬，加汝爲蕩逆將軍，速速出城迎敵。〔唱〕休延俄，只愿旗開得勝，只愿你掃蕩幺麿。〔侯益應，唱〕領鈞命，疆場赴戰督軍伍。〔下。 蘇逢吉白〕劉賢契。〔劉成白〕太師。〔蘇逢吉白〕還好。〔劉成白〕太師，什麽還好？〔蘇逢吉白〕我只道走漏我的

行事。〔劉成白〕太師放心，我們一等郭彦威退兵，立即舉事。〔蘇逢吉白〕好，你隨老夫上城觀陣去。〔劉成應。同唱〕

【尾聲】一場好事番折挫，陣上須看分勝負。佇待金鐙鞭敲聽凱歌。〔蘇逢吉白〕賢契請。〔劉成白〕太師請。〔同下〕

第三齣　疑惑收軍

〔衆軍士、將官、趙修己、魏仁輔、王峻、史彥超、王朴纛隨郭彥威上，同唱〕

【好事近】濟河即焚舟，伐晉秦師効猶。鋤奸削佞，誓必滅漢袪劉。軍威露佈傳檄定，父老香花候。貯看取盛世清寧，欣覩這隆平宇宙。〔白〕本帥興師以來，望風而順，迎刃而解。天意淤沙，渡越黄河。衆將官，相離汴梁不遠，必有漢兵阻攔，爾等須加奮勇，勿爲退恧。〔衆應。同唱〕

【又一體】揚威奮勇休束手，一個個驅先毋後。遥見征塵如霧，安排着跨騎挽矛。〔衆卒子引侯益上，同唱〕平章令宣領雄兵，退敵催軍鬪。分陣伍對壘交鋒，立旗門設寨高阜。〔郭彥威白〕來將通名。〔侯益白〕俺乃開封府府尹加爲蕩逆將軍侯益是也。來者可是郭彥威麽？〔郭彥威白〕既知威名，快將奸臣獻出，饒汝殘生。〔侯益白〕胡說！看鎗！〔作對下。軍士引劉成、蘇逢吉上城。蘇逢吉白〕劉賢契，你看侯益非郭彥威之敵手，怎生是好？〔唱〕

【千秋歲】陣雲愁，人喊馬嘶吼，捲黄沙蔽日旌旓。彼勢兇雄(重)，一似那卵石兩難敵鬪。〔郭彥威上，白〕那裏走！〔追侯益，對下。衆上，對介，下。蘇逢吉唱〕他盔鼇斜、歪甲胄，我心兒忡、意兒憂，將卒敗逃走，看這番鏖戰難于功收。〔又上，戰介。郭彥威白〕你看這奸賊在城頭觀戰，衆將攻城！〔蘇逢吉白〕

放箭！〔作放箭科。卒子、將官引索文俊上，白〕逆臣，休得無禮！俺索將軍來也！〔衆攛下。各單對下。郭彦威追索文俊上，戰下。侯益白〕吩咐鳴金。〔内鳴金。郭彦威引衆下。索文俊回科。衆引侯益上。索文俊白〕俺正要趂勢追截，不知主將爲何鳴金？〔侯益白〕我見郭兵隊後塵頭大起，必有重兵添助，我兵又交戰疲乏，以此收軍。〔索文俊白〕後隊塵土飛揚，想必是慕容將軍接應軍兵到矣。咳！失此夾攻機會，可惜！〔侯益白〕待俺差能事探子探聽，若果是慕容節度兵到，明日約齊，前後夾攻，郭彦威必被擒也。〔索文俊白〕衆將官，傳令城外安營。〔衆應。同唱〕

【紅綉鞋】聞金即把兵收，兵收。傳令暫扎營頭，營頭。兵疲困且安宿，馬倦乏且養休，明日裏再整戈矛。〔下〕

第四齣　夾攻勝捷

〔軍卒、將官、大將劉重進、慕容彦超内白〕衆將官。〔衆應。劉重進、慕容彦超唱〕

【雙令江兒水】與我擂鼓進戰。〔衆上，同唱〕齊努力聞鼓進戰，摇旗風蕩掀。但見征塵障目，陣霧迷天，東西向難分辨。〔白〕俺兖泰節度使慕容彦超是也。日前同泰州鎮索文俊乘虚攻伐澶州，可恨突兵助力，把重圍解散。咳！惜乎此舉未成。然雖無補，少挫彼兵威鋭。今日與索總鎮商議，兵分兩隊，前後繼進，挑戰郭彦威。俺爲續尾接應，使他夾攻受敵，彼必擒矣！呀，聽喊聲震沸，想必索將軍在彼交戰也。衆將官，上前接應去者！〔衆應，同唱〕接戰莫遲延，救應兵自連。奮勇當前，努力須先，夾攻勢他難遁遷。功成歡忭，今日裏功成歡忭。圖畫凌烟，博得個圖畫凌烟。保漢室著丹史、表萬年。〔下。軍士、將官引趙修己、魏仁輔、王峻、史彦超、王朴、郭彦威上，同唱〕

【朝元歌】聞金退轉，後隊兵前竄。收軍令傳，前將攔後斷。風急沙捲，日黯雲漫。未知何來兵馬，衝突忽然，號令休教戎行亂。〔郭彦威白〕本帥進兵交戰，忽聞彼陣鳴金，未知何故，正欲收兵，我軍陣後大亂，爲此出令後隊作前隊，須當奮勇迎敵。〔衆應，同唱〕令出赫威嚴，軍中遍佈宣，毋敢違言，抖精神整戈鏖戰（重）。〔軍卒、將官、大將劉重進、慕容彦超上。郭彦威白〕何處兵馬，侵犯軍威？〔慕容彦超白〕俺兗泰節度，覆姓慕容，知爾逆臣無禮，奉詔勦汝。〔郭彥威白〕原來是慕容節度。豈不聞識時務者爲俊傑，公乃堂正藩臣，何得受奸邪驅使？〔慕容彥超白〕胡説！蘇平章乃幹國功臣，漢朝柱石，汝等鼠輩，敢肆大逆！看鎗！〔作戰。軍卒、將官攢下。慕容彥超敗上，白〕呀！那郭彥威兵勢洶湧，索總鎮人馬又不見，阿呀，此番接應反爲受敵也！〔唱〕

【鎖南枝】前鋒隊無應援，俺兵臨受敵圍十面。〔史彥超内白〕呔！慕容彥超那裏走！〔上，對介。劉重進上，接戰。史彥超白〕住了！來將報名。〔劉重進白〕聽者：俺乃慕容節度使麾下大將劉重進！〔史彥超白〕嗄，你就是劉重進麽？哇喲喲，看刀！〔戰介。史彥超下。劉重進白〕匹夫之勇也。來與俺劉將軍交戰。〔唱〕蠢輩逞狂顛，黔驢伎倆淺，珠魚目怎鬥妍，石卵敵剛强欠。〔魏仁輔、趙修己上，戰下。郭彥威上，白〕劉重進休得猖狂，本帥來擒你！〔戰科。衆作對介。王峻、慕容彥超對下。索文俊引衆追冲上，白〕慕容公休慌，俺索文俊來也！〔戰科，下。索文俊、郭彥威上，對。續慕容彥超衆上，對科。郭彥威引衆敗下。軍卒、將官白〕潼州兵大敗。〔慕容彥超白〕收兵進城，見過蘇平章，請令定奪。〔衆應，同唱〕

【尾聲】我軍得勝精神健，初次交兵奏捷先，俺和伊拜見平章候令宣。〔下〕

第五齣　計籌劫寨

〔卒子引侯益上，唱〕

【孝南枝】幺麿輩肆志狂，稱兵犯闕他罪莫當。羽檄會勤王，飛符剿橫强，除逆安良，邊境清寧人民樂享。我懷報國忠誠奈有權奸相。咳，雖然漢室危難助勦，吓我誓捐軀酬答君恩蕩。〔白〕下官侯益，領兵以來，退敵郭彦威。奈他兵勢洶湧，將卒驍强，與他交戰失利，幸得泰州鎮索文俊突兵闖陣，兩無勝敗。因見他後面征塵亂起，必有重兵接應，爲此下官鳴金收軍。今日索將軍抖擻精神，與他交戰去了，不知勝負若何。〔報子上，白〕報：啓爺，索將軍得勝回營了。〔侯益白〕嗄，索總鎮得勝回營了？哈哈哈，再去打聽。〔報子應下。侯益白〕蒼天護佑，我軍勝捷，俺好慶幸！〔唱〕

【又一體】聞偵報心喜洋，舉手加額謝上蒼。鞏固漢金湯，久延漢祚長。〔軍卒、將官引劉重進、索文俊、慕容彦超上，同唱〕他師敗竄逃忙，我軍得勝揚。〔軍卒白〕慕容節度到。〔卒子白〕慕容節度到了。〔侯益白〕嗄，説我出迎。〔唱〕忙迎接、禮遜讓，恕迎遲、祈原諒。〔慕容彦超白〕不敢，不敢。〔吹打。軍卒、將官下。侯益白〕節度公。〔慕容彦超白〕大人。〔索文俊白〕大人。〔侯益白〕恭喜索總戎勝捷頻頻，功勞赫赫。〔索文俊白〕豈敢！仰賴蕩逆將軍之虎威，慕容節度之軍容，致使末將僥倖小利。〔慕容彦超白〕阿呀呀！惶恐，惶恐。〔侯益白〕慚愧，慚愧！索將軍，郭彥威雖敗，那人馬還未退，如何計較？〔慕容彥超白〕還仗索總兵出馬。〔索文俊白〕末將有一計，使郭彥威無片甲而回。〔慕容彥超、侯益白〕請教，請教。〔索文俊白〕趂郭彥威新敗，安營未定，今夜我軍兵分三路，劫彼營寨，使他人馬驚慌，必然自相踐踏。〔唱〕

【江頭金桂】兵分三向，偷營須料防。俺這裏馬摘鸞鈴人啣枚往，左與右還須悄静藏。〔白〕末將領一枝人馬直冲中寨，左右兩處望主將調遣。〔慕容彥超白〕此劫營之計甚妙。左營之任，相煩侯府尹同劉重進走遭。〔侯益白〕當得。〔慕容彥超白〕本藩親率軍伍右路應之。〔唱〕重任各當，協贊兒郎，輕甲短衣疾便號聽梆響，一齊努力勢莫攩。〔侯益白〕謹遵台令。〔同唱〕三同心斷金其利，功成反掌。名箸奬，圖得個鳳閣形容畫，龍樓姓字香。〔侯益白〕我等依計而行。〔索文俊白〕請。〔同下〕

第六齣　謀謨禦敵

〔軍士、將官、趙修己、魏仁輔、王峻、史彦超、王朴、郭彦威、纛隨上，同唱〕

【撥棹供養】師失利，受夾攻軍勢靡，因他行兵出神奇(重)，致敗北拖戈倒旗。〔郭彦威白〕吩咐安營。〔史彦超、王朴白〕傳令安營。〔軍士、將官應下。王朴白〕王將軍過來。〔王峻白〕有。〔王朴白〕傳元帥鈞令，吩咐衆將，人休解甲，馬莫離鞍。〔王峻白〕得令。〔下。郭彦威白〕咳！〔王朴唱〕元帥且莫氣頹，要安排禦防深計。〔郭彦威白〕三軍爲何喧嚷？史先鋒去問來。〔史彦超白〕嗄嗬，三軍爲何喧嚷？〔内衆白〕中央大纛忽被迅風吹倒。〔史彦超白〕中軍大纛被風吹倒。〔郭彦威白〕嗄，先生，主何吉兇？〔王朴白〕大纛被風吹倒，主敵人偷營劫寨。史先鋒過來，你帶撓鈎手三千，在寨西三里外埋伏，待敵兵過路，一齊撓鈎套索，敵將必被擒矣。〔唱〕埋伏深林處設轂機，好將人馬套來齊。〔史彦超白〕得令。〔下。王朴白〕魏仁輔聽令。〔魏仁輔應。王朴白〕你帶人馬五千，在寨東迎截，不許放敵人越過中營。〔唱〕

【玉枝供】軍休遠離，莫縱他中營兵繼。他偷營劫寨人來寂，你須牢待仔細。〔魏仁輔白〕得令。〔下。王朴白〕元帥。〔郭彦威白〕有，有，有。〔王朴白〕公可親督兵馬，中寨迎敵。〔郭彦威白〕遵令。〔王朴白〕趙護軍。〔趙修己應。王朴白〕你帶鐵騎三千，往來接應。〔趙修己白〕得令。〔下。郭彥威白〕參謀你呢？〔王朴白〕學生與王峻在七里店扎營，專候諸將成功報捷，歇馬犒軍。〔唱〕佇候軍中報功捷，賞軍犒將功勞記。〔軍士、將官暗上。郭彥威同唱〕管取今宵勝一鼓擒，明日早進汴梁畿。〔下。內起更。索文俊引勇士上，同唱〕

【園林好】悄輕軀，言沉語，低步輕疾。芒鞋褐衣，腰胯默藏利匕，劫營寨、建功績，星月暗、助功力。〔白〕俺索文俊帶領勇健兒郎，褐袄短兵，往郭彥威營中劫寨走遭。呀，趂此星昏月暗，正好行事。來此已是他的營寨嗄。阿呀！怎麽寂静無聲，是個空寨。阿呀！俺此來反中他們之計了！衆健兒速速回兵！〔內喊。軍士、將官上，對攢下。郭彥威白〕來將那裏走！〔戰介。郭彥威白〕你們中了俺參謀計了。〔索文俊白〕胡説！〔戰介，下。軍士、將官、勇士各對下。衆引慕容彥超上，同唱〕

【雙玉供】兵分右翼，半萬軍虎彪之勢，人啣枚、馬步輕蹝，從斜徑突冒乘隙。〔軍士引史彥超上，同唱〕待之久矣。妙軍師神算定無移。〔史彥超白〕喝，來將往那裏走！〔戰科，下。史彥超、慕容彥超戰下。衆軍士、軍卒上，對下。慕容彥超上，白〕我慕容節度今日劫營，全師覆歿，五千軍盡被他們撓鈎套了去了。幸喜我的馬快，逃躲了。罷，如今是羞慚滿面，回營不得，不如回我的本處去罷。咳！〔唱〕孤軍失陷是何歸，羞返江東耻笑貽。〔內喊。白〕阿呀，追兵來了！待俺加鞭。〔下。史彥超擒軍卒、將官遶場下。軍卒引侯益、劉重進上，同唱〕

【江水撥棹】三路兵分向，偷營會一齊，踹他寨柵成粉虀。接應東邊聽梆兒起，將他將士如瓜切，要占頭功容易。〔魏仁輔引衆冲上，戰科。衆同唱〕洩機謀、有防敵，這一回、費鬪力。〔作戰。趙修己上，接戰，下。郭彦威追索文俊上，戰下。將官、軍士、勇士對科，下。劉重進追魏仁輔、趙修己上，對。郭彦威接戰。劉重進敗下。軍卒、將官、侯益上，對攢，侯益敗下。軍士衆白〕漢兵大敗，侯益敗進城去了。〔郭彦威白〕就此安營。〔衆應。同唱〕

【好有餘】但聞催兵鼓鼙，得勝軍追他趂勢，吾軍歡沸、彼軍逃竄兮，相赶逼。他來時有路歸無地，逃避愴惶懊悔遲。俺喜功成在今夕。〔下〕

第七齣　逢吉出戰

〔劉成引蘇逢吉上，唱〕

【解三醒】天不容吾心不良，圖漢室枉作妄想。恨彦威兵出生無戇，悔當初未把他降。不知鹿斃誰人手，只恐有勢難鞭馬腹長。〔劉成白〕太師。〔蘇逢吉白〕坐了。〔劉成白〕好。〔蘇逢吉白〕什麽好？〔劉成白〕太師這兩句比仿得好。鹿斃誰手是勝負未分。少停片刻，自有捷音報到。太師這裏勝了，郭彦威那邊敗了，太師趁此得勝之軍，取圖漢家基業，有何難哉！〔蘇逢吉白〕老夫方纔説的，只恐鞭勢雖長，不及馬腹。〔劉成白〕太師巍巍功德，赫赫威權，何慮大事無成！ 那郭彦威出身市井，自持悍勇，不知分量之夫，空與太師争雄耳！〔唱〕空頡頏，他一如釜内游魚、轍中怒螳。〔軍卒引侯益上，唱〕

【又一體】勢雄驍、爲抵抗，叛逆輩甚是猖狂。全師盡送疆場上，逃脱我、報平章。〔白〕阿呀，太師。〔蘇逢吉白〕嗄，蕩逆將軍回來了。〔侯益白〕咳！ 惶恐。〔蘇逢吉、劉成白〕勝負如何？〔侯益白〕休提。〔唱〕幸得馬迅回來也，險些蕩逆將軍教逆蕩傷。〔蘇逢吉、劉成白〕那慕容節度與索總鎮呢？〔侯益白〕那慕容節度，〔唱〕逃無向，可憐文俊捐棄沙場㊣。〔蘇逢吉白〕嗄，有這等事！ 劉公劉軍師，噲，不要呆想，如今之事怎麽樣一個計較？〔劉成白〕嗄、嗄、嗄，没有什麽計較，謀事在人，成事在天，既然郭彦威兵勢洶湧，十分利害，太師嘑只要得一個字。〔蘇逢吉、侯益白〕一個什麽字？〔劉成白〕一個降字。〔蘇逢吉、侯益白〕嗄，降。　呀呀呸！　你這樣主見，也要稱什麽軍師！〔蘇逢吉白〕侯府尹，你可傳我鈞令，速教孫禮、牛賀等一班將佐，點羽林軍一萬，隨老夫親自會戰。〔侯益白〕嗄，遵令。〔下。蘇逢吉白〕噲，劉軍師、劉參謀，除了降，可有什麽好計較了？〔劉成白〕太師方纔自家説過的，鞭勢雖長，不及馬腹，天意授楚，晉人空自挽回。〔蘇逢吉白〕呀呀呸！〔唱〕

【鍼線箱】聽伊説使人怒揚，出乎爾反乎兩樣。你道我巍巍功德威權掌，説他釜中魚、怒轍螳。〔劉成白〕住了，住了。太師，如今看起來我劉成呢，好似釜中之魚；太師這等模樣嘑，倒好像怒轍之螳螂了。〔蘇逢吉白〕呸！〔唱〕你趂時謟諛胡言講，平地波瀾蓮生舌上。〔劉成唱〕告公相，你空爲埋怨，誰教伊欺罔(重)。〔蘇逢吉白〕什麽，倒是老夫欺罔？　這些計謀多是你殷勤獻的。〔劉成白〕這是我報答太師的恩惠耶。〔孫禮、牛賀、吴坤上，唱〕

【古鍼線箱】聞命趨往，相府門下是同黨。不知何事喚吾儕，想必觀花侑觴。〔白〕下官孫禮。〔牛賀白〕下官牛賀。〔吴坤白〕下官吴坤。〔同白〕蘇平章呼喚我們，一齊趨赴。〔吴坤白〕這裏是了。　二公請。〔孫禮、牛賀白〕請。　太師。〔蘇逢吉白〕三位賢契。〔孫禮、牛賀、吴坤白〕劉公先在此了。〔劉成白〕先在此恭候了。〔孫禮、牛賀、吴坤白〕太師寵召，不知有何台諭？〔蘇逢吉白〕列公還不知道麽？〔孫禮、牛賀、吴坤白〕屬員們不知。〔蘇逢吉白〕郭彦威兵壓城下，老夫意欲親自出去會戰，賢契們可保護老夫同往。〔孫禮、牛賀、吳坤白〕當得。如此屬官等告辭。〔蘇逢吉白〕那裏走？〔孫禮、牛賀、吳坤白〕回家去換盔甲。〔劉成白〕太師，屬員文謀不及，這武畧倒是好的，也告辭。〔蘇逢吉白〕做什麽？〔劉成白〕回家換盔甲。〔蘇逢吉白〕只怕你的武也是有限的。〔衆同唱〕且告辭，冠盔貫甲、好整備上馬裝鎗。〔劉成、孫禮、牛賀、吳坤下。〕〔蘇逢吉唱〕親臨仗，威嚴光霽、掃滅欃槍（重）。〔下〕

第八齣　彥超進兵

〔史彥超內白〕衆將官移兵直搗汴梁者。〔衆白〕得令。〔衆軍士、將官引史彥超上，唱〕

【一枝花】追嘆俺昔日价上汴梁爲兄長舒仇恨，那奸讒妒忠良害全家滅滿門。惱得俺咬碎牙根，戴天仇難容忍，怎教人存忠信？〔白〕俺史彥超兄長史宏肇，被奸臣蘇逢吉讒害，爲此俺棄了漢朝官職，投在郭令公麾下，要圖報復冤仇。今日奉令先行，恰好遂俺報仇雪憤之志願也。〔唱〕休笑着史彥超棄國忘君，端只爲蘇逢吉心腸毒狠。〔場上設城。軍士白〕前面已是城池了。〔史彥超白〕攻城。〔衆應，作攻城。衆卒子、侯益上城站科，白〕放箭。〔衆應，放箭。史彥超白〕呀！〔唱〕

【隔尾】則見他箭齊發一似那飛蝗陣，又見那咕碌碌檑木和那石亂滚。您只道金湯磐石穩，怎當俺冲鋒冒鏑刃。〔侯益白〕哇！史彥超，這是什麼所在，輒敢如此無禮！〔史彥超唱〕但聽他口將禮義敦，您不該附權奸、趨炎勢諂媚殷勤。〔蘇逢吉白〕開城。〔衆羽林軍、護軍、孫禮、牛賀、吴坤、劉成同侯益、蘇逢吉出城，合戰下。史彥超唱〕

【烏夜啼】瞥見那讒臣讒臣俺怒目瞋，仇人遇分外眼明俗諺云，恨不得將他拿住剮魚鱗，方安慰地府冤魂。〔衆軍士、將官引王峻上，白〕史將軍爲何來得恁早？〔史彥超白〕嗄，將軍。〔唱〕問我何因。〔王峻白〕

將軍莫不是要占頭功麽？〔史彥超白〕王將軍，俺史某並不爲那功勞。〔王峻白〕如此爲着何來？〔史彥超白〕你却不知，俺只爲兄長大仇未報。〔唱〕俺只要報冤仇手刃那奸臣，報冤仇手刃那奸臣，那時節遂吾志願，稱生平、消舊怨、舒積忿。少刻間求伊讓俺，却非爲功勛。〔王峻白〕知道了。將軍請。〔史彥超白〕請。〔史彥超等下。王峻白〕呀，你看這史節度報仇心盛，怕俺奪了他的功勞，幾次央求於我。罷，俺王峻助你成功便了。衆將官，若遇蘇逢吉，只可追迫，不可傷他。〔衆白〕嗄。〔王峻白〕就此追襲去者。〔衆白〕得令。〔下。史彥超追蘇逢吉上。史彥超白〕那裏走！〔戰科。孫禮、牛賀上，接戰，下。羽林軍軍士、將官上，戰下。蘇逢吉等、史彥超等上，戰下。吴坤、王峻上，戰。孫禮上，戰。王峻作刺死孫禮下。衆軍士、將官各上，單對下。王峻追牛賀，對。王峻作刺死牛賀下。蘇逢吉、劉成敗上。蘇逢吉白〕阿呀！劉賢契，你説你的武藝是好的，怎麽也不濟？〔劉成白〕太師，有我在此。〔史彥超上，戰，作劈死劉成下。蘇逢吉白〕住了！住了！將軍你不要錯怪了人。令兄之事，不與我蘇逢吉相干的。〔史彥超白〕奸賊，看刀！〔作戰，劈死蘇逢吉下。史彥超白〕哈哈！〔下馬梟首級。王峻、衆軍追吴坤、侯益、羽林軍將官上，合戰下。王峻白〕恭喜將軍雪怨成功！〔史彥超白〕足感將軍相助！〔王峻、史彥超白〕衆將官擺齊隊伍，伺候元帥大軍進城。〔衆應，同唱〕

【煞尾】安排的擺齊隊伍雄師振，准備着報奏功勞迎大軍。喜奸賊身先殞，邦畿奠萬民忻。今日個干戈定息烽烟盡，從此得武偃文修國泰寧。〔同下〕

十三段

第一齣　怒斬少尹

〔劉承鈞、歐陽訪、呼延廷、李驤之、白從暉、李存審、丁貴、張元輝上，同唱〕

【點絳唇】輔佐明良，恊心贊勷，風俗尚，禮義名邦，富阜民康壯。〔白〕本爵薛王世子劉承鈞。〔歐陽訪白〕下官樞密副使歐陽訪。〔呼延廷白〕下官諫議大夫呼延廷。〔李驤之白〕下官少尹李驤之。〔白從暉白〕下官軍馬部署白從暉。〔李存審白〕下官親軍都指揮使李存審。〔丁貴白〕下官護軍都尉丁貴。〔張元輝白〕下官驍騎副尉張元輝。〔同白〕我等乃薛王駕下輔佐諸臣。此時大王將次臨殿，須索肅恭伺候。〔衆武士、校尉、内侍引劉崇上，唱〕

【又一體】據土分疆，維茅裂壤，規宏象，系派天潢，帶礪河山障。〔吹打。劉承鈞等白〕臣等朝見，愿大王千歲千千歲。〔内侍白〕平身。〔劉承鈞等白〕千千歲。〔劉崇白〕虎踞鱗距青蓋張，龍旌鳳旆壯觀光。河東節鉞天潢襲，畿北屏藩地勢强。孤家漢室宗親薛王劉崇是也。受先帝封藩，分茅裂土；承天潢嫡派，玉葉金枝。節制河東一帶，管轄汾蔚十州。孤家膺爵已來，喜得軍民樂逸，歲稔年豐。正是德化邦疇風俗美，保安疆圉庶民寧。日前探報到來，道澶州郭彦威稱兵抵汴，聲言辯罪洗冤，肅清朝佞。孤王駕下少尹李驤之，勸孤發兵相伐。竊思彦威兩朝功勳，一片忠誠，今被奸臣脅逼，不得已而舉此。想他必不乖禮亂倫，違背綱常。爲此孤家遣判官鄭珙往汴京打聽去了，待他回來，便知分曉。〔唱〕

【混江龍】只爲着權奸佞黨，他讒言毒口陷忠良，致逼得外藩生釁，要剪滅當道豺狼。但願得忠臣報國蒼生望，但願得義士除奸肅廟廊。〔李驤之白〕臣少尹李驤之，有言啓上大王。〔劉崇白〕汝又有何言？〔李驤之白〕郭彦威稱兵猖獗，越理犯順，臣教大王加兵相伐，大王不聽。今又望他除奸佞、肅廟廊，只恐彦威勢已乘虎，欲罷不能。他既興無禮之兵，豈作有仁之事？大王切爲思之。〔劉崇白〕少尹。〔李驤之白〕臣有。〔劉崇白〕那郭令公素懷忠義，豈肯妄爲！汝勿多疑。〔唱〕他素秉忠肝義膽，决不教越理紊常。〔鄭珙上，白〕忙將動地驚天事，報奏金枝玉葉人。臣判官鄭珙，承繳鈞旨。〔劉崇白〕平身。〔鄭珙白〕千歲。〔劉崇白〕打聽汴梁朝事如何？〔鄭珙白〕阿呀，大王，不好了！〔劉崇白〕怎麽講？〔鄭珙白〕那郭彦威兵進汴梁，將蘇逢吉滿門誅戮。幼主自避，李太后傳出懿旨，立武寧王劉贇爲帝，彦威依然稱臣。他手下將士不服，立時扯裂杏黄旗，披擁彦威，推戴爲主，自謂虢公之後裔，竟自僭漢爲周朝了。〔劉崇白〕嗄，竟有這等事？哇喲喲喲！氣、氣、氣死孤家也！〔唱〕

【油葫蘆】探聽來澶州兵進肆猖狂，眼見得叛逆罪昭彰，還詐説除奸剔佞掩飾虚張。〔白〕李存審聽孤令旨。〔李存審白〕臣有。〔劉崇白〕你帶領人馬三萬，速往汴梁剿擒逆臣郭彦威，休爲怠慢！〔李存審應。劉崇連唱〕免不得興師問罪豈容遑。〔李驤之白〕臣李驤之啓奏大王。〔劉崇白〕什麽事情？〔李驤之白〕臣思前番勸大王進兵，大王置之不理，致使養癰患疽，禍莫大也。今彦威疆土定掌握歸，頭角已成，他除邪祛闇，軍勢雄浩；改漢爲周，民心惕服。大王雖具神謀妙畧，鋭甲利兵，只怕不能取勝與彼耳！〔劉崇白〕哦，腐儒饒舌，何議論之多！前言可伐，今又言難討，汝豈非首鼠之兩端乎！〔李驤之白〕前者澶州初動其兵，隱帝在位，人心未洽，易爲征討。今彼名位已正，大王出兵，如卵敵石，反是爲非，必敗無疑矣！〔劉崇怒科，白〕哇吓吓！聽汝之言，知汝心跡。爾羡慕他邦富貴，與叛逆通謀。武士！〔武士應。大校尉暗上。劉崇白〕與我綁了！〔武士白〕綁完。〔劉崇白〕將他斬訖報來。〔衆臣白〕大王請息雷霆，求恩寬宥！〔劉崇白〕若不斬之，後人効汝絮聒，這非理之論，豈堪入耳！武士，快與孤家斬訖報來！〔武士應。李驤之白〕臣死不辭，乞將臣老妻一併領刑。〔衆臣白〕大王請息怒嗄！李公太剛執了，年嫂夫人無罪，與公同刑，何也？〔李驤之白〕列公，玉石俱焚的時候，不忍見汝等之傾覆耳。〔衆臣白〕迂哉言也！〔劉崇白〕武士，竟將他夫妻押赴西郊，一同處斬！〔武士、大校尉同白〕領鈞旨。〔下。衆臣白〕大王請息怒。〔劉崇怒科，白〕喝唷，喝唷，氣死孤也！〔唱〕他言詞贛，私通向，滅己鋭氣將人威風長，先教伊佞口喪身亡。〔衆臣白〕大王息怒，請從長計議。〔呼延廷白〕臣呼延廷啓奏大王。〔内侍白〕奏來。〔呼延廷白〕大王欲滅郭彦威，何不効昔日晉帝石敬塘故事，求援於北朝，先結契丹，那時進取汴梁，復展漢室，何患周兵之難敵也！〔劉崇白〕呼延卿所言亦善。只是孤家抱恨切髓，豈容緩待！孤一面遣使往北地求援契丹，一面起兵征伐逆臣便了。〔歐陽訪、呼延廷、白從暉、李存審、丁貴、張元輝衆白〕大王之計甚好。〔劉崇唱〕

【天下樂】只爲着恨切仇深怒一腔，他欺也麽罔斷三綱，怎容他盜竊神器罪非常，怎容他生擾攘行無狀。教伊禍臨身莫隄防，須知道彰天撻伐有孤王。〔白〕李存審。〔李存審白〕臣有。〔劉崇白〕明早往教場點集三軍，待孤王親率六師，汝與世子劉承鈞，同爲先鋒之職，孤王大兵繼後，往河南進發便了。〔李存審白〕得令。〔劉承鈞等同唱〕

【寄生草】掃滅逞强逆，整兵上汴梁。與漢邦，報覆寃仇賬。與劉家，安奠中興旺。舉義師名正敢誰違向。一箇箇忠心矢志報丹誠，留名題注册青史上。〔劉崇唱〕

【煞尾】義旗指寇張，逆氛消除蕩。一任他兵勢雄悍將多廣。〔白〕衆卿。〔衆臣白〕大王。〔劉崇連唱〕必須要齊心協力、奮武鷹揚。〔衆臣白〕領鈞旨。〔下〕

第二齣 憫救張氏

〔武士、校尉擁李驥之上。李驥之白〕阿呀，蒼天嗄！正言逆耳禍遭身，嗟嘆蒼生玉石焚。〔武士押張氏上，白〕今日雙雙同夫死，他年名節表忠貞。〔李驥之白〕咳！〔張氏白〕相公嗄，着甚來由，遭此極刑也？〔唱〕

【端正好】甚來由，飡刀刃，爲諫忠言身首離分。〔李驥之接唱〕俺空懷着忠義膽將黎庶憐憫，不忍見家邦損。〔校尉白〕少尹公不必嗟嘆，李夫人也休埋怨。王爺立候繳旨，請少尹公與夫人快快趲行。〔武士白〕走嗄。〔作走科〕站定了。〔李驥之、張氏白〕皇天嗄！〔李驥之唱〕

【滚綉球】無補事心頭恨，可惜有用材遭斧斥殘刌。〔張氏唱〕恁慢休誇滿腹經綸，不能勾身家保妻孥廕，只落得陪伊死殉，有誰人前來葬殯。〔李驥之唱〕俺今如歸視死綱常振，不學那喪耻貪生將忠義淪，負本忘恩。〔校尉白〕武士們，請李爺快赴西郊。〔武士白〕嗄，走嗄。〔同下。烟雲引董美英上，唱〕

【蠻姑兒】飈輪飈輪，駕着他飛渡峯巔如坦道穩。風霧滚，砂霞襯，一煞裏遥望見城闉。〔白〕貧道董美英是也。家住銷金橋。自從那日驀來强暴，將我哥哥、父母一家癈命。小奴懷此戴天仇怨，未曾報復，蒙九盤山磐陀聖母收我學法，他説今日正是報仇之日了，命我下山投奔薛王，扶助他恢轉漢室之基業。又道與薛王世子劉承鈞有姻緣之分，爲此貧道駕着雲頭，來往河東走遭。衆雲使。〔衆應〕前面已近城垣，速速前往。〔衆白〕領法旨。〔董美英唱〕

【黑漆弩】城市闤闠輻輳殷，爲利爲名擠紛紜。見一縷怨氣透霄冲，定有含冤屈未伸。〔同下。武士擁李驤之上。武士白〕前面已是西郊了。〔李驤之白〕呀！〔唱〕

【叨叨令】恁道是赴西郊唬殺人，俺道是奔泉臺含頤哂。又道龍逢比干也只爲諍諍諫遭誅殞。〔白〕咳！俺想古來諫臣諍士，一箇箇俱遭寃死，就是龍逢、比干這樣先哲名賢，尚且不免。〔作笑科。武士白〕爲何倒笑起來？〔李驤之白〕嗄，列公。〔唱〕俺喜忻腐儒醋子名譽與先賢並，慱得箇名兒姓兒千年萬古轟雷震。〔校尉内白〕李夫人快些走嗄。〔武士押張氏上，唱〕阿呀，兀的不痛殺人也麽哥！兀的不慘殺人也麽哥！〔李驤之白〕夫人。〔唱〕恁休要啼聲哭聲，難得箇生同衾案死同櫬。〔武士白〕來此已是市頭了。請少尹公跪下領刑。〔校尉白〕午時了，王爺有旨，先斬李驤之。〔武士白〕領鈞旨。〔作走科。張氏白〕阿呀！〔唱〕

【脱布衫】我見剛刀舉捧高掄。〔武士白〕開刀。〔張氏連唱〕阿呀，我悠悠的頂冒真魂，見了伊頸項鮮紅血濺噴，這是伊齒牙劍自斬其身。〔白〕相公！〔唱〕

【小梁州】你緲緲忠魂泉道穩，等待我伴伊同群。阿呀，霎時間身首不完存。我心如焚、迸五裂、痛難忍。〔作死科。校尉白〕快些叫。〔武士白〕夫人，夫人醒來！〔校尉白〕這還不是你去的時節，要明正典刑哩。〔張氏唱〕阿呀，皇天嗄，我夫妻雙雙遭屈遺留恨，這冤果造在前因。〔武士作扶張氏跪科。烟雲引董美英上，白〕遠瞻一縷冤氛起，近向雙眸審事因。〔武士白〕開刀。〔董美英白〕咀。〔作奪張氏下。武士白〕阿呀，不好了！怎生一霎時烏雲黯日，砂石狂風，把一箇李夫人攝去了。〔校尉白〕想是上天憐念，遣神道將他救去了。不要管他，就將此事回奏王爺便了。正是天遣不測風雲。〔武士白〕人免旦夕禍福。〔下。董美英上，白〕雲使們將婦人護好，隨我這裏來。〔烟雲擁護張氏上。董美英白〕爾等迴避。〔衆烟雲應，下。董美英白〕大娘醒來，大娘甦醒。〔張氏作醒科，白〕喝唷！〔唱〕

【上小樓】這殘喘誰來救拯放轉鬼門。〔董美英介白〕大娘是何等樣人，有何冤枉？〔張氏連唱〕我夫主河東少尹，爲諫觸王尊，固安邦本。〔董美英白〕原來是一位忠臣的夫人。〔張氏連唱〕一時間生怒憤，同妻罪懲。〔董美英白〕老爺姓甚名誰？〔張氏連唱〕李驤之言行忠信。〔董美英白〕原來爲忠諫遭冤，不枉貧道一片惻隱之念。可惜遲了半刻，不曾救得伊夫主。〔張氏白〕嗄，阿呀相公嗄！〔董美英白〕夫人請免傷悲。〔張氏白〕請問仙姑是何名山觀宇，怎生救了我未亡人？〔董美英白〕貧道乃磐陀聖母門人，奉師尊之命，特來投見薛王，重興漢室。〔張氏白〕嗄，原來如此。仙姑請上，受奴拜謝活命之恩。〔董美英白〕豈敢！出家人方便爲門，慈悲爲本。〔張氏唱〕

【尾聲】謝恁箇方便門、慈悲本。〔董美英白〕夫人請起。〔張氏連唱〕恕倨禮我神思惛。我謝——〔董美英介白〕夫人看仔細。〔張氏連唱〕謝恁箇起死回生恩難盡。〔白〕嗄，阿呀相公嗄！〔董美英白〕夫人，死者不能復生，請免悲傷。〔張氏白〕是。如今教我往那裏去？〔董美英白〕貧道引你，自有去處。〔張氏白〕多謝仙姑。〔唱〕這回价遇恩人勝嫡親。〔白〕嗄，阿呀相公！〔董美英白〕不要哭了。〔張氏白〕阿呀老爺！〔董美英白〕夫人隨我來。〔張氏白〕是。阿呀相公嗄！〔董美英白〕請免悲傷。隨我來。〔下〕

第三齣　爵封柴榮

〔步兵引趙得勝上，同唱〕

【皂羅袍】遵奉軍令忽然去澶州，沿路緝獲强暴，饒伊插翅焰摩霄，自能赶上騰雲道。〔白〕俺乃栢鈴關總鎮標下副將趙得勝是也。奉總鎮韓大老爺將令，命我帶領兵役往澶州一路，赶上黑紅二臉兩條漢子，將他們拿住繳令，不知什麽緣故。〔步兵白〕副爺，小的到知道。〔趙得勝白〕嗄，你到曉得，爲着什麽事情？〔步兵白〕爲我家大老爺挨了他們三番痛打，所以教我們去拿他來報仇。〔趙得勝白〕嗄，我們大老爺是團練使出身，極有武藝的，怎麽到教他們痛打？〔衆步兵白〕是嗄，怎麽到打不過這二人？這些緣故，説也話長。我且問你們，方纔新總鎮大老爺上任的時節，可曾見他穿了袍服？〔步兵白〕却没有。〔一步兵白〕可又來！這就是被他二人打得這般落湯鷄的模樣了。〔趙得勝白〕如此説來，總鎮老爺打不過他們，我們此去竟不彀他們打的了？〔步兵白〕如此，副爺，我們回去繳了令罷。〔一步兵白〕住了，住了。雖然如此説，我們喫了令公的俸禄，關了月季的銀米，怎麽就怕打起來？常言道：養軍千日，用在一朝。那怕打得過他們、打不過他們，終得出些苦力打打，不要倒了你我當軍人的鋭氣。〔趙得勝白〕哞，你到説得有理。我們大家奮勇齊心，擒此二人便了。〔步兵白〕得

令。〔同唱〕常言道養軍日老，用在一朝。君恩禄飽，當思報効。休得要藏頭縮腦鋭威消。〔下。趙匡胤、鄭恩上，唱〕

【又一體】不平怒氣冲霄，相助拔刀，豈容横暴。俺扶良鋤惡顯英豪，嫩草霜欺還有烈日皎。〔鄭恩白〕二哥，喒們正打得驢球高興，恰恰的得了喒大哥的喜信，到便宜了這些驢球。〔趙匡胤白〕賢弟，可惱韓通父子强霸，三次遇俺，兇頑不改，今日正想痛治他一番，忽然得了大哥到在澶州之信，却是便宜這狗頭！〔旨意官内白〕嗬，馬來。〔下。趙匡胤白〕嗄，何處官員身背王命，飛馬往澶州去了。〔鄭恩白〕嗄，喒到知道了，想是大哥的姑爺得了寶位了，下什麽詔命來封贈喒大哥的。〔趙匡胤白〕呣，或者有之。〔同唱〕眼前喜報，貤封貴爵。〔鄭恩白〕二哥，倘然喒大哥封了王位，只怕喒們這窮弟兄他就要不認了。〔趙匡胤白〕大哥不是這樣人。〔鄭恩唱〕咳，一貧一貴乃見相交，只恐炎凉世態嘆悲號。〔衆皮喇上，同唱〕

【好姐姐】迢遥，懼禍奔逃，怕擒去嚴刑拮拷。〔白〕好了，這不是趙公子麽！〔唱〕心頭安跳，慢把情相告。〔趙匡胤、鄭恩白〕你們何來？〔皮喇白〕阿呀，趙公子，不好了嘘！〔趙匡胤、鄭恩白〕呣，爲什麽？〔皮喇白〕那韓通一到衙門，諸事未辦，立即差將官兵役四處捉拿我們，爲此我們同韓素梅一同搬家逃避，恰恰遇見公子，望公子與壯士救護。〔鄭恩白〕不妨。有喒在此。〔皮喇唱〕望相保。〔鄭恩、趙匡胤同唱〕怪他反覆恕難饒，他依勢使威性猾狡。〔步兵引趙得勝，同唱〕

【又一體】尋找，遍察觀瞧，緝捕他休畏兇驍。〔步兵白〕副爺，那邊人叢中不是有兩個紅黑大漢麽？〔趙得勝白〕與我上前拿捉。〔步兵應，作拿科。步兵對皮喇下。趙匡胤、鄭恩打敗步兵等下。趙得勝下。鄭恩白〕嗄，這些驢球又來了。〔趙匡胤、鄭恩追。步兵、皮喇單對下。趙匡胤、鄭恩追趙得勝上，對，趙得勝敗下。鄭恩白〕哈哈哈！二哥，這樣没用的驢球也來與喒們交手。〔唱〕初生犢兒未遇豺虎豹。〔趙匡胤同唱〕心懊惱，幾番動我無明冒。〔鄭恩白〕二哥，這幾箇驢球，爽利結果了他們罷。〔趙匡胤白〕有理。〔同唱〕斬草除根免混淆。〔下。衆軍士、甲士、旗牌引柴榮上，同唱〕

【美中美】聞來報，喜心苗。詔勅綸音降，忙迎邑郊。聆聽宣讀，束帶整袍。〔白〕本爵柴榮，適纔報到姑爹位膺大寶，改漢爲周，有勅命到來，只索出郊迎接。打導往金亭館驛。〔衆應。同唱〕恁般恁般榮耀，眼見太平民樂熙皞(重)。〔下。小軍將官引韓通上，同唱〕

【又一體】疾馳到，聽宣詔，助餉有功勞，定荷封褒。俺心中歡忭，喜上眉稍。〔白〕本鎮韓通，方纔打聽得汴梁有喜報回來，令公已得了寶位，又差官賫勅在澶州城外金亭館驛開讀，想我必有封贈。〔笑介〕我此番這元戎穩穩是我的了！嗄嗄，何處竟敢如此喧嚷？〔皮喇内白〕打、打、打！〔趙得勝、步兵敗上，白〕喝唷，喝唷！〔韓通白〕趙副將，怎麽如此光景？〔趙得勝白〕阿呀！大老爺，小將奉令擒捕，反被他們打壞了。〔步兵白〕小的們被他打走了。〔韓通白〕嗄，你們也打不過他？〔步兵白〕大老爺尚然打不過他，何况小卒們。〔韓通白〕唗，衆將官聽令。〔將官應。韓通白〕你們協助趙副將，務要擒住這兩個漢子。〔將官白〕得令。〔步兵、將官引趙得勝下。韓通白〕打導。〔小軍應。同唱〕俺今添兵助標，教你雙拳難敵衆軍鏕㊀。〔下。步兵追皮喇，對介，皮喇敗。鄭恩上，打步兵，續將官。鄭恩追將官下。趙匡胤追趙得勝上，對介。趙得勝敗。續將官上，對，趙匡胤追將官下。步兵、皮喇對介。趙匡胤、鄭恩追將官上，對介。趙匡胤打倒趙得勝科。軍士、甲士、從役擡一勅命亭上。旗牌引柴榮上，傘隨上。軍士白〕王爺來了。〔柴榮白〕嗄，二位賢弟，愚兄柴榮在此。〔趙匡胤、鄭恩白〕原來是大哥！〔趙得勝下。柴榮白〕過來。〔旗牌應。柴榮白〕備好馬二匹。〔旗牌應。柴榮白〕二位賢弟請上馬，愚兄並轡進城。〔趙匡胤白〕兄長請乘驥，小弟步行相隨。〔柴榮白〕説那裏話！〔鄭恩白〕大哥，兄弟坐不慣馬。大哥請。〔柴榮不理科。鄭恩白〕嗄，怎麽喒與他通文，他不理？嗨，有些蹺蹊。〔柴榮白〕吩咐打導進城。〔衆應。同唱〕

【天下樂】香花迎道，隊仗儀十分榮耀。遍闤闠黄童耆老，忻忻拍手觀瞧。龍章鳳勅紫泥誥，斧鉞列旌旄。雨露從新至，風雲會舊交。誠爲巧，弟兄相聚恰喜受恩邀㊀。〔下〕

第四齣　詋罪鄭恩

〔韓通上，白〕咳咳咳，俺韓通也，算是天下一箇大英雄、大豪傑，偏偏遇着了趙匡胤這對頭、死冤家。老天嗄，正所謂：既生瑜，何生亮也。今日我做了元帥，正要拿他報仇，誰想他又是俺柴晉王的朋友，字號更大。如今説不得反要包着羞耻、老着臉皮到晉王府去賠禮伏罪一番。這是那裏説起！遭他三次打，還惹一場羞。〔下。軍士、將官、旗牌、從役引柴榮、趙匡胤、鄭恩上。旗牌白〕掩門。〔軍士、將官下。柴榮、趙匡胤、鄭恩下。旗牌白〕嗄，怎麽俺們王爺一樣的朋友兩樣看承？〔一旗牌白〕少説，俺們不用管他，且往裏邊伺候去。請。〔同下。柴榮白〕趙賢弟請。〔趙匡胤白〕兄長請。〔趙匡胤、鄭恩白〕兄長請上，待小弟拜見。〔趙匡胤白〕久别兄顔，時懷挹想。〔柴榮白〕今朝重晤，足慰生平。〔鄭恩白〕呣，弟兄見面，通這些臭文。〔柴榮白〕趙賢弟請坐。〔趙匡胤白〕兄長在上，弟等當得侍立聽教。〔柴榮白〕過來。〔旗牌暗上，白〕有。〔柴榮白〕看二弟分上，設一椅與他坐。〔鄭恩白〕倒不用。看二哥分上，喒是箇賣香油的小經紀人，坐不慣這好椅子，倒是站站的好。〔柴榮怒科，白〕唗！你這無情無義之徒，薄倖忘恩之輩，今日有何顔面，還來見我？〔鄭恩白〕喒就走。〔趙匡胤白〕三弟且耐性。你當初原有不是，容兄長説幾句罷。〔鄭恩白〕二哥你不要管，喒還是要走。〔柴榮白〕唔。〔唱〕

【新水令】當初何故使心乖，全不念對天日三人結拜。〔趙匡胤介白〕兄弟，你請坐了。〔鄭恩虛白。柴榮連唱〕你雖不明弟兄聲應氣，朋友兑滋澤，也知些交契情來，反不如禽雁鳥鴒顧急難飛鳴相愛(重)。〔鄭恩白〕這些話咱不懂，咱是箇賣香油的鹵夫，不像你是販傘的王爺。〔趙匡胤白〕唔，賢弟少説。〔柴榮白〕喝唷，喝唷，氣死我也！　你不提起販傘猶可，若提起販傘來，咻，愚兄之命險些氣死在你手裏！〔趙匡胤白〕大哥請息怒。〔柴榮唱〕

【駐馬聽近】鴻雁分開，記得當時在木鈴關外。〔白〕那時節趙賢弟見了畫影榜文，在木鈴關分手。〔趙匡胤介白〕咳，追思昔日，宛在目前。〔柴榮白〕我柴榮與這鹵夫推車販傘，往沁州發賣。路上將盤纏銀兩遺失，反又受他百般氣惱，愚兄被他氣成一病。〔唱〕一時病瘵，旅店中曾見着誰來。〔鄭恩介白〕誰教你貪嘴，多喫那些麵餅肉食的。〔趙匡胤白〕唔，少説。〔鄭恩白〕住了，住了。你數落咱半日，咱不懂。這句咱明白了。〔柴榮白〕嗄，你還明白？〔鄭恩白〕咱怎不明白？你説病在飯店中，沒有人來看顧你。嘿嘿，你好沒良心嗄！〔趙匡胤白〕嗄，怎麽到是大哥忘情？〔鄭恩白〕二哥，咱來告訴你，他病了，這請醫調治，煎藥熬湯，多是咱兄弟。記得請太醫的時節還做了一箇笑話。〔趙匡胤白〕嗄，你那時節還有笑話？〔鄭恩白〕兄弟不認識字，咱走岔了，走了一箇尼姑庵裏去，偏偏的要請他做太醫。〔笑介〕二哥你道笑話不笑話？〔趙匡胤白〕愚兄原知是你不識字的鹵夫。大哥，看小弟分上，容恕他罷。〔柴榮白〕鄭子明，你不説起請醫調治還可，我這一大車貨物多被你賣了，賣去貨物也罷，不該連車兒多賣去。愚兄病好，絶了我養生餬口之計。〔鄭恩白〕什麼大貨物？一車雨傘罷了。〔柴榮白〕鄭子明！〔唱〕你將我雨傘全車來發賣，供你的饕餮償酒債。恁道是稱慷慨，苦憐我貧無賴(重)。〔鄭恩白〕柴榮。〔趙匡胤白〕哦，使不得！〔鄭恩白〕怎麽他叫咱的名姓使得？〔趙匡胤白〕他是兄長。〔鄭恩白〕是。兄長。〔趙匡胤白〕語云長兄爲父。〔鄭恩白〕嗄嗄嗄，如此，柴兄長，咱告訴你，咱當初呢使用了你幾兩銀子，你就説貧無賴；如今你做了王爺，是有銀錢的人了，咱鄭恩此來也不爲貪圖你的富貴、仗托你的勢利，你也不用説了。咱要走了。走、走、走。〔旗牌白〕爺走到那裏去？這是王府宅第，朱户重門，走到那裏去？〔趙匡胤白〕賢弟不可如此。且再耐片時，有愚兄在此。〔鄭恩白〕二哥，咱鄭恩何曾耐過這些時候的人？〔趙匡胤白〕再耐片時。〔柴榮白〕嗄，你要走，走到那裏去？過來。〔旗牌應。柴榮白〕吩咐轅門上人，不許放他出去。〔旗牌應。柴榮白〕嗄，鹵夫，你道又是前番飯店之中，你要走就走，不别而行，撇下我柴榮孤孤另另、冷冷凄凄病在床上，要思量些水喫，多是没人。我和你這八拜的交情何在？〔趙匡胤白〕大哥，不要説了。〔柴榮白〕説起來就是那鐵石心腸的人，也要落下幾行淚來。〔唱〕

【喬木查】想從前撇下我苦哀，閃得我旅店中舉目有誰人在。全不念黄土坡結義恩重大，忍教我餓死在塵埃。虧店主贈盤纏好似沿街乞丐(重)。〔趙匡胤白〕咳！可憐！這也難怪大哥。〔柴榮唱〕

【梅花酒】提起淚盈腮，也教你鐵石心腸也淚灑。非是我今朝榮貴忘情艾，嘆伊行心量歪，險些把亞賽桃園聲名壞。俺今日也訴不盡你負心歹。〔趙匡胤介白〕大哥彀了他了，恕他粗魯。〔柴榮連唱〕道你獃傻不是獃(重)。〔趙匡胤白〕嗄，大哥，兄長，恕他無知，饒了他罷。〔鄭恩白〕咳，喒鄭恩這雙雌雄眼，從不知道掉眼淚的，喒聽你這番話説得悽慘，真是喒鄭恩不是了。大哥，兄弟在這裏賠罪了。〔趙匡胤白〕大哥，三弟認錯也是難得的，恕過他罷。〔鄭恩白〕大哥，大哥，怎麼還是這等不保小弟？〔趙匡胤白〕大哥，看小弟薄面。〔柴榮白〕咳！〔唱〕

【永仲子】不似俺硬心腸將伊行佯不保，誰教恁心腸硬如豺。你今休要將咱怪，這都是自作事有誰解。〔趙匡胤介白〕大哥，三弟跪久了。〔柴榮連唱〕見他雙膝的跪塵埃，怎教俺心腸過介。他知罪將改，容他寬貸(重)。〔白〕三弟請起。〔趙匡胤白〕起來罷，兄長恕了你了。〔鄭恩白〕嗄，二哥今日與大哥也要説過了，往後再不要提起此事，兄弟纔起來。〔柴榮白〕既已説明，又提怎麼？〔趙匡胤白〕起來，謝了大哥。〔鄭恩白〕多謝大哥。〔趙匡胤白〕嗄，三弟，今後須要乃盡弟職，不可使性。〔鄭恩白〕喒的好二哥，恁兄弟今後再不使性，再不與大哥擡扛了。〔旗牌白〕啓爺：後堂設宴已久，請爺上席。〔柴榮白〕二位賢弟請。〔趙匡胤、鄭恩白〕大哥請。〔同唱〕

【離亭宴煞】後堂開設華筵擺，難得個久濶别重會諧。相逢聚，再暢叙幽情拳令猜，論交誼舒心快。把衷腸慢訴離懷，花萼被添潤來，從此後金蘭譜重揮灑(重)。〔下〕

第五齣　羞賠屈禮

〔羅彥威、李漢昇上，唱〕

【引】太阿藏匣桐爨下，駒隙韶光，虛度年華。〔白〕俺羅彥威。〔李漢昇白〕俺李漢昇。三哥。〔羅彥威白〕賢弟。〔李漢昇白〕想俺弟兄們的遭際，真箇是蹭蹬功名。當初蒙趙伯父提拔我們建些功業，偏偏又有朝中的奸臣蘇逢吉作對。如今來到這裏，雖承柴兄長收録，並無尺寸之功勞。咳，慚愧！〔羅彥威白〕嗄，賢弟，不是這等說。馬有千里之能，無人不得自往；人有凌雲之志，無運不能自達。若是柴兄長用了俺們，俺們也早建立了些功勞了。〔李漢昇白〕便是時運未通，埋没英雄。〔羅彥威白〕聞説柴兄長已受了晉王爵位，又相會了俺匡胤大哥，喜之不勝。俺弟兄們理當去會會趙大哥，少慰時常想他之意。〔李漢昇白〕嗄，匡胤大哥到了？〔笑介〕他若來了，小弟就委曲埋頭倒也是情愿的。〔羅彥威白〕爲何？〔李漢昇白〕三哥，你難道不是這箇心腸麽？早晚又好叨教叨教他了。〔羅彥威白〕便是。請。〔李漢昇白〕三哥請。〔同唱〕

【五供養】和恁忻忻同步，聽説元朗早來澶州相晤，花蕚新輝映，膠漆久違和。〔韓通上，唱〕偏又冤家狹路。〔羅彥威介白〕這不是韓總鎮，怎麽在那裏發楞的模樣？〔李漢昇白〕嘸。〔韓通連唱〕遭毒打反賠禮數，俺羞顔似逐婦，頹氣若擄俘。〔羅彦威、李漢昇白〕嗄，元帥。〔唱〕佇立呆孩徬徨爲何？〔韓通白〕阿呀呀，原來是二位，不要説起，我又闖了禍了！〔羅彦威、李漢昇白〕元帥這樣大威權，誰人不懼？ 還怕什麽闖禍？〔韓通白〕二位將軍來得正好，少間我韓通進去賠禮請罪的時節，望二位將軍噯帮襯帮襯，週全週全。 哪，韓通這裏先施箇禮兒。〔羅彦威、李漢昇白〕元帥，小將們當不起。 你説明了闖了誰人的禍事，小將們好週全得過來。〔韓通白〕不是別人，就是二位將軍的結義大哥趙公子。〔羅彦威、李漢昇白〕嗄，趙公子果然來了。〔韓通白〕來了。〔羅彦威、李漢昇白〕如此，小將們失陪。〔羅彦威下。 韓通白〕李將軍，你是好人，望乞週全。〔李漢昇白〕週全容易的，只要元帥請我喫一嘴。〔韓通白〕有了，少時本帥回去，着人送上一罈酒、兩蹄牛腿與將軍，如何？〔李漢昇白〕如此，先謝了，在我。〔羅彦威內白〕嗄，李賢弟。〔李漢昇白〕嗄，來了，來了！〔下。 韓通白〕好了，好了！ 如今我畧畧的放些心了。阿呀，且住。 他們這兩人多是趙匡胤結義的朋友，焉肯幫襯與我？ 咳！ 罷。〔唱〕

【又一體】幾場灾禍，不能勾教咱避躲。 頭次勾攔院起風波，二番爲馬搆禍殃又遇强魔，今日裏爲我兒欺侮孩童連累我。〔旗牌上，白〕王爺鈞令，請韓總戎。〔羅彦威上，白〕韓通呢？〔韓通白〕在。〔羅彦威白〕王爺唤你。〔韓通應。 羅彦威白〕小心。〔旗牌白〕王爺有請。〔旗牌引李漢昇、鄭恩、趙匡胤、柴榮上，白〕請韓總戎。〔鄭恩白〕住了。 教這驢球膝行而見。〔旗牌應。 李漢昇白〕吠！ 老韓膝行而進。〔韓通白〕是、是、是。 嗄，趙公子，末將無知，在此負荆賠罪。〔羅彦威白〕磕頭。〔韓通應。 李漢昇白〕罷了，罷

了。再磕幾箇響的就算了。〔韓通白〕嗄，趙公子，趙公子。〔唱〕

【好姐姐】恕我無知愚魯，冀包涵汪洋量度。俺韓通呵良深罪愆含愧抱負多。〔柴榮白〕嗄，趙賢弟，看愚兄薄面，饒他罷。休教他失了元戎體面。〔鄭恩白〕大哥且慢，且慢。方纔咱老鄭呢得罪了大哥，跪了有半晌。如今也教他跪跪，彀彀咱的本。〔李漢昇白〕不錯。看柴兄長分上，再跪一會兒罷。〔羅彦威白〕噲，趙大哥不要叫他起來。〔趙匡胤白〕咳！〔鄭恩白〕二哥，你也効大哥方纔擺佈咱的一般數落數落他。〔柴榮白〕嗄，三弟你自己説過的不許再提。嗄，二弟，既然韓總鎮這般模樣，恕他起來罷。〔趙匡胤白〕是，兄長之命，焉敢不依。嗄，韓通。〔韓通白〕公子。〔趙匡胤白〕你今後可再逞强興霸了？〔韓通白〕再、再、再不敢了。〔趙匡胤白〕如此，便宜你。〔李漢昇白〕且慢，且慢。待我來説箇人情。嗄，柴兄長饒了他罷。〔柴榮白〕教他起來罷。〔李漢昇白〕嗄，趙大哥饒他起來罷。〔趙匡胤白〕容他起來。〔羅彦威白〕住了，住了。李賢弟你還該問問這一位。〔李漢昇白〕自然，自然。嗄，鄭——〔柴榮、趙匡胤白〕也稱兄長。〔李漢昇白〕是。嗄，鄭兄可要饒了他罷。〔羅彦威白〕韓元帥，快快磕頭。〔鄭恩白〕問咱，咱心上不肯饒他，倒要想數落數落他，偏偏咱咽喉疼痛，無力説話。大哥，還是你。〔柴榮白〕説過的不許提。〔鄭恩白〕二哥，你來數落數落。〔趙匡胤白〕罷了，容他起來罷。〔羅彦威白〕嗄，鄭兄可要我來罷？〔柴榮白〕呣，韓總鎮請起。〔李漢昇白〕可是我早叫你起來不起來，教我柴兄長惱了。〔李漢昇白〕謝了三位哥哥。〔韓通白〕是，多謝三位容恕韓通之罪。〔唱〕深感荷，從前罪尤東流付，一筆勾消怨釋和。〔柴榮白〕既已説明，愚兄備有現成酒席，請韓總鎮與衆位賢弟一同入席。〔韓通白〕不敢，不敢。〔羅彦威、李漢昇白〕三位兄長請。〔趙匡胤、鄭恩白〕請。〔同唱〕

【解連環】再整筵席，洗塵盞翻作調和，無遜讓共相入座。那些箇酒逢知己飲千壺，從前事東流發付。〔門官上，白〕啓王爺：護餉周將軍有緊急事回來禀報。〔柴榮白〕嗄，周霸回來了，有甚緊急，命他進來。〔門官應，白〕嗄，請周將軍。〔下。周霸上，白〕領鈞旨。〔唱〕

【薄媚賺】飛脱網羅，急急回來報王府。〔白〕兄長在上，小弟打恭。〔柴榮白〕嗄，你是周霸兄弟，你怎麽回來了？〔周霸白〕阿呀，不好了嗄！〔柴榮、趙匡胤等白〕什麽事情？〔周霸白〕兄長。〔唱〕遵軍令護糧押送至中途。〔白〕那日奉兄長軍令，與曹將軍護送糧餉，因途中有慕容彦超領兵阻隔，以此小將等抄道遶桃花山而過。〔唱〕遇强徒奪去軍糧計奈何。〔柴榮介白〕嗄，有這等事？〔周霸連唱〕上前擒賊反遭挫。〔柴榮白〕怎麽你獨自回來了？〔周霸白〕那曹芳與張光遠哥哥多被他們擒捉上山去了。〔衆作驚科〕嗄！〔柴榮白〕那强盜這般利害！〔周霸白〕嗄，兄長。〔唱〕他能施妖術，遣神召將弄畫鬼符。〔衆介白〕嗄，有多少强盜？〔周霸連唱〕一雙夫婦重。〔柴榮白〕韓總鎮過來。〔韓通應。柴榮白〕你回本關，速點軍馬五千。羅彦威、李漢昇聽令：你二人爲副，同周霸往桃花山救出張、曹二將，奪回糧餉，不得有違。〔韓通、羅彦威、李漢昇、周霸白〕得令。〔羅彦威、李漢昇、周霸等白〕元帥請，元帥請。〔同下。鄭恩白〕大哥，怎麽不用喒兄弟們去拿强盜？〔柴榮白〕二位賢弟雖則英勇，奈周主面前未曾題名表奏，待愚兄伸奏後自當相用。〔趙匡胤白〕賊人既有妖法，未知此去可能救得回張光遠兄弟。〔柴榮白〕賢弟，我們且聽候捷音便了。〔同唱〕

【情未斷煞】弟兄集方相賀，忽聞强寇起干戈。〔鄭恩白〕嗄，大哥你快快表奏周主，教喒兄弟去拿這些强盜。〔同唱〕管教掃滅桃花賊一窩。〔下〕

第六齣　互訴冤危

〔張氏內白〕阿呀，苦嗄！〔上，唱〕

【山坡羊】急煎煎腸如火煉，痛慽慽心如攢箭。哀慘慘做了雲畔的孤鴻，蕩飄飄似放斷風鳶線。〔董美英上，白〕夫人，請免愁煩。〔張氏白〕賤妾得蒙相救，死裏逃生，只是如今往那裏去便好？〔董美英白〕夫人，貧道遵老母法諭，下山扶保劉崇，他今起兵往汴梁去了，我去投他，只恐夫人一同去不好相見。〔張氏白〕不妨，仙姑只管自便，賤妾母氏現居汴梁。〔董美英白〕請問夫人貴族姓氏？〔張氏白〕妾身張氏，出自將門，有箇兄弟張光遠，是晉朝武科舉人。〔董美英白〕嗄，原來是宦家名族之女，又爲貴官朝士之室，一發失敬了。〔張氏白〕好說。〔董美英白〕也罷，貧道爲人須徹，索性送夫人到了汴梁，見了令弟，那時告辭。〔張氏白〕只是如何當得這般大恩！〔董美英白〕好說。〔張氏白〕仙姑。〔唱〕承見憐，恩同再二天。〔董美英白〕說那裏話！〔接唱〕我憫心慈念、慈念當方便，種德因果滅罪愆。〔張氏唱〕阿呀，遭冤，我思夫心慟酸；殘喘，思身命苟延。〔董美英白〕夫人請免悲傷。〔同下。張旺上，唱〕

【又一體】喘吁吁把長途走遍，奔忙忙東西道遷。意慌慌情迫程嫌遠，心急急偏步遲行不健。〔白〕老漢乃汴梁張府蒼頭張旺是也。我家光遠公子往澶州應募而去，並無信息回來。主母命我去打聽打聽。阿呀呀，不想走至中途，路人三三兩兩傳説，道我家公子護送軍糧，被桃花山强人擄上山去了。我聞此信，即便回轉汴京，告稟主母，如今又着我往河東姑老爺處商量請兵求救。阿呀，蒼天嘎！偏又我年紀老了，筋疲力弱，不能彀奔走這些路途了。〔唱〕我衰邁年，不争足步蹇。〔白〕喝唷，喝唷，走了半日，腿怯脚軟，寔寔的走不動了。咦，這邊有座亭子，不免歇歇再行。〔張氏、董美英上，唱〕行行歷遍、歷遍崎嶇險，跋涉何經道路纏。〔張氏白〕走不動了。〔董美英白〕那邊有座凉亭，我們歇歇再行。〔張旺白〕嘎，那邊來的不似我瑶珍小姐麽？〔張氏白〕嘎，你是我家蒼頭張旺，爲何在此？〔張旺白〕果是我家大小姐。小姐在上，老奴叩見。〔張氏白〕不消。你獨自一人往那裏去？〔張旺白〕小姐同這女師父往那裏去？〔董美英白〕好了，且喜夫人遇着他家裏人了。〔張氏白〕你先説。〔張旺白〕阿呀，小姐，不好了嘘！我家公子應募潼州，押解軍糧，被桃花山强寇擄劫上山去了。〔張氏白〕嘎，有這等事！如今你往那裏去？〔張旺白〕老奴奉主母命，來投小姐處，與姑老爺商酌求借救兵，好救出公子回來。〔張氏白〕阿呀，老院公你還不曉得麽！〔張旺白〕老奴不曉得。〔張氏白〕我相公爲諫忠言，觸怒薛王，將他斬首了！〔董美英白〕老人家，你還不知你家姑老爺已經死了。〔張旺白〕嘎，姑老爺斬首了！阿呀，阿呀！真箇是福無雙至，禍不單行。嗐，如今小姐往那裏去？〔張氏白〕我麽，回奔母家，暫且避禍。阿呀，偏又我光遠兄弟遭此不虞之事！嘎，仙姑，使妾身進退兩難了。〔張旺白〕小姐，不妨。家中有主母在，只管去，只是老奴此來指望空矣。〔張氏白〕便是誰人得救我兄弟纔好！阿呀，我張瑤珍好不命苦也！〔張旺白〕阿呀，便是誰人救了我家公子回來方好！〔董美英白〕住了，你二人不須啼哭，要救你家公子，這又何難？先教你姐弟相逢，然後再送你到汴梁便了。〔張旺白〕唷唷唷，我們不信！〔董美英唱〕我施展，大神通妙無邊。〔張旺介白〕小姐，老奴蹇蹇的走不動了，怎麽好？〔董美英唱〕真言，默誦處雲罡現。〔白〕咀。〔黑雲上。董美英白〕你二人閉了眼，隨我來。〔同下。軍士、將官、李漢昇、羅彥威、周霸、韓通上，同唱〕

【好事近】旗旆蕩風掀，蔽日鎗刀光顯。人雄馬犍，整戎行號令威嚴。〔白〕本鎮韓通，奉晉王鈞令，掃滅桃花山寇。羅彥威、李漢昇聽令：命你二人帶五百軍士先行，須要逢山開路，遇水叠橋，不得有悮。〔羅彥威、李漢昇應。韓通白〕違令者斬。〔唱〕逢山開道，水深處早把橋梁建。〔羅彥威、李漢昇白〕得令。〔軍士引下。韓通白〕衆將快快趲行。〔衆應。同唱〕兵貴乎疾速神奇，不及耳迅雷難掩。〔下。軍士引羅彥威、李漢昇上，同唱〕

【又一體】令傳五百軍士前，這差遣勞力趨先。他公假私濟忬他羞恨慚顔。〔李漢昇白〕咳，三哥，不好了，俺們偏偏的在他手下聽令，如今他是倚公濟私，要來擺佈俺二人了。〔羅彥威白〕便是麽！他如今要派俺們做什麽，俺們怎敢違拗！〔李漢昇白〕早知如此，方纔不該如此作弄他。罷了。〔羅彥威白〕説不得只索遵他的軍令便了。〔同唱〕他權威令宣，掌生死只須口一言。〔白〕衆軍士，爾等須要遵依元帥將令，努力當前。〔衆應。羅彥威、李漢昇白〕咳。〔唱〕遵嚴令休得俄延，依將命奮勇勤免。〔同下〕

第七齣　救將敗師

〔衆僂兵僂將、女兵引薛雲、裴月英上，唱〕

【粉蝶兒】巉屼山崗，據一座巉屼山崗，設鹿角、安寨栅偉巍氣象，勝賽着磐石城廂。何懼那官軍到，教他行有來無向。單劫取污吏貪贓，奪將來助俺需餉。〔同白〕佔據山崗有數年，官兵無敢犯山前。緑林暫作羈棲地，佇待蛟騰鳳起天。〔薛雲白〕俺薛雲。〔裴月英白〕俺裴月英。〔薛雲白〕自從那日送了姐丈竇滔下山，他勸俺去邪歸正，早棄緑林。非是不聽良言，只因世路擾攘，漢室傾頹，教俺向何棲止？〔裴月英白〕便是日前術士苗光義到山，教俺夫婦忍耐幾時，將有命世之主應運而興，那時自有招安募榜到來，輔佐建功，不失忠良之後。〔薛雲白〕嗄，娘子，此是未來之事，不必提他。今早擒來兩將與糧餉車輛，怎生發落？〔裴月英白〕頭目們。〔僂將應。裴月英白〕裴大王同二位董大王呢？〔僂將白〕往昆明山收集殘夥，招羅舊日僂儸去了。〔薛雲、裴月英白〕如此，將奪來糧車押往後寨，擒來二將綁來見我們。〔衆僂兵應下。僂兵推車上，即下。僂兵押張光遠、曹芳上，見科。僂兵白〕擒來二將當面。〔張光遠、曹芳白〕哇！你們這些强盗，不知利害，用邪法擒我二人，少待片時，自有大兵到來，勦滅汝山寨。〔合唱〕

【好事近】胡亂逞强梁，一味恣肆鹵莽。無知分量，虎鬚妄捋遭殃。〔薛雲、裴月英白〕你們今日被擒，還敢出此大言！〔張光遠、曹芳白〕强盜，俺二人被擒，有死而已。少頃有大兵到時，把你這小小山窩踹爲虀粉。〔薛雲白〕俺且問你是何處軍兵，敢大言恐嚇？〔張光遠、曹芳白〕聽者。〔唱〕教你聞名膽喪，郭令公四海威名望，管轄着萬馬千軍，力拔山英勇無雙。〔裴月英白〕郎君休得問他，將此二人斬訖報來。〔僂儸應。薛雲白〕住了。〔唱〕

【石榴花】今聽他言詞激烈語剛强。〔白〕娘子。〔唱〕他不惜死血性豈能降。常言道猩猩相惜，好漢憐傷。〔白〕你們二人願降願死？〔張光遠、曹芳白〕願死不降。〔薛雲白〕好。〔唱〕錚錚雙鐵漢，凜凜二金剛。〔白〕僂兵過來，將他二人放綁，送在後寨空房，鎖禁看守。〔衆僂兵作押張光遠、曹芳下。薛雲白〕娘子，好兩個漢子！俺欲説他將來共襄輔佐。〔裴月英白〕郎君，他們這等鐵錚錚的心腸，焉肯降順？〔唱〕只看他鐵心腸（重），怎肯價投順山崗上？只恐怕關門虎養，隄防着要把人傷（重）。反添出多勞攘，那時節恨怨悔商量。〔一僂兵上，白〕報，啓上大王：山前來了大隊人馬，厲聲辱駡，要討還擒來二將、糧餉車輛，請令定奪。〔薛雲、裴月英白〕知道了。再去打聽。〔僂兵白〕得令。〔下。薛雲、裴月英白〕衆僂兵，就此下山迎敵。〔衆白〕得令。〔同唱〕

【好事近】安排器械整刀鎗，一個個如熊似虎兒郎。集來亡命，逢敵鬪悍勇非常。〔下。衆軍士、將官、周霸、李漢昇、羅彦威、韓通上，同唱〕合兵連隊，相接應尾擊頭轉向。擺聯絡一字長蛇，進退法奧秘深藏。〔衆僂兵、女兵、僂將、薛雲、裴月英冲上，白〕何來兵馬，敢犯山寨？〔韓通白〕咗！爾等草寇，快將糧車獻還，二將送出，俺便饒你。〔薛雲、裴月英白〕你們自來送死。看鎗。〔作對，下。軍士、僂儸上，戰下。將官、僂將上，戰下。女兵軍士上，戰下。薛雲、羅彦威、李漢昇上，戰下。裴月英、周霸、韓通上，戰，韓通敗下。裴月英白〕呀！〔唱〕

【閗鵪鶉】殺得他氣喘吁(重)，鎗法亂無能抵擋。俺這裏豈肯輕饒(重)，早設就天羅地網。〔周霸、李漢昇上，戰下。軍士、女兵上，戰，軍士敗下。裴月英唱〕憑伊來萬將千軍兵勢廣，好教恁個個喪身亡。〔白〕丫頭們。〔女兵應。裴月英白〕我們緊緊赶上，休要放走了。〔唱〕忙吩咐一衆丫環(重)，緊追赶莫容縱放。〔下。薛雲追羅彦威上，戰，羅彦威敗。李漢昇上，戰下。僂儸、將官上，連環戰下。衆軍士引羅彦威、李漢昇上，同唱〕

【撲燈蛾】紛紛的軍兵逃蹌，捲捲的征塵飛颺。急急似魚兒漏網，忙忙似犬兒家喪。〔薛雲等戰科，下。衆將官、韓通、周霸敗上，白〕不好了，不好了！〔唱〕跌跌踵踵，似狽依狼。一霎裏魄散心驚(重)，怕只怕追兵赶上。但聽得鼕鼕催鼓，唬得個征夫戰將膽魂烊。〔裴月英、女兵上，合戰。衆僂儸、薛雲追李漢昇、羅彦威上，合戰。韓通等敗下。裴月英、僂兵將、女兵回科。一報事僂兵上，白〕不好了，不好了！阿呀，薛大王與姑娘在那裏？〔薛雲、裴月英白〕爲何這等慌張？〔報事僂儸白〕山後忽有無數神兵鬼將，把擒來兩將救去，放起火來，山寨焚燒，大王、姑娘，你看遠遠火光透徹，快快回山救滅纔好！〔作放彩火科。裴月英、薛雲白〕呀，果然山上火起。衆僂兵，快快回山！〔衆應，同唱〕

【北尾聲】火光起高千丈，疾忙救滅豈容遑。〔裴月英白〕嗄，待我來。〔唱〕只消霈雨霶霈降一場。〔同下〕

第八齣　焚山勝寇

〔董美英内白〕衆鬼使，將二將、糧車救出，放火焚他山寨者。〔衆内白〕領法旨。〔内作放彩火。烟雲旗上，作遶場下。董美英上，唱〕

【粉孩兒】忙忙的救英豪出羅網。〔又放彩火科。烟雲旗救張光遠、曹芳，鬼使推車上。董美英唱〕駕烟雲便捷不勞鞅掌。凴他峻峩萬仞牆，那知俺道術高强，轉瞬息風馭千程，回眸望火威百丈。〔下。内作放彩火科。畢，女兵引裴月英上，唱〕

【紅芍藥】遥觀望，火逞風狂，烟霧迷天紅雲絳。炬咸陽何處項王，燒赤壁孰箇周郎。〔白〕咀。〔内作彩火科。雨師遶場科，下。裴月英白〕好了，這般大火，被我召了一場大雨傾盆潑滅。但不知何來此火。丫頭們。〔女兵應。裴月英白〕須索追尋去者。〔唱〕煌煌，被我急雨霖霖，傾盆潑烈焰消亡。〔下。傻將引薛雲上，同唱〕見山頭火徹光烺，不由人不心驚膽颺。〔下。董美英、烟雲旗、張光遠、曹芳上。董美英白〕鬼使速退。〔烟雲下。董美英白〕二位將軍甦醒。〔張光遠、曹芳白〕喝唷！〔唱〕

【會河陽】耳聽颼颼風聲細响，昏昏沉沉似迷恍。〔董美英白〕二位將軍，貧道是來救你們的。〔唱〕伊行那位將軍光遠姓張，待説來，莫隱藏。〔張光遠白〕請問救我二人者何人？〔董美英白〕貧道受河東李夫人所托，特來救你的。〔張光遠白〕嗄，原來是我姐姐所使。〔唱〕我行張光遠，潼州將，他行同解餉，名曹芳。〔內作喊聲。曹芳白〕你聽，追兵來了。〔董美英白〕不妨。你們糧餉車輛我以先施法力，送至汴梁去了。你二人前行，追兵來自有貧道抵攩。〔張光遠、曹芳白〕只是我們焉有退懼之理？〔董美英白〕好説。〔女兵、裴月英上，同唱〕

【縷縷金】何妖賤，弄乖張，班門來使斧，不知分量。强中更有更高强，靡恃己自長（重）。〔白〕何來妖婢，輒敢盜劫糧俘，焚燒山寨。看鎗！〔董美英白〕賊婦看劍！〔作對。女兵攢張光遠、曹芳對，女兵敗下。裴月英、董美英對下。張光遠追女兵上，對下。曹芳追二女兵上，對下。裴月英、董美英上，對。裴月英白〕妖賤通名！〔董美英白〕賊婦聽者：俺乃盤陀山聖母門人董美英是也。〔裴月英白〕原來就是銷金橋死不盡的惡女，看俺來擒你者！〔作對介。董美英白〕咀。〔鬼使執旛上，遶場。裴月英白〕咀。〔神將鬼使下。裴月英、董美英又對。張光遠、曹芳、女兵上，對。董美英、裴月英上，攢，董美英等敗下。女兵白〕那道姑與二將逃遁了。〔裴月英白〕不必追他。薛大王還在後面，隄防潼州之將反覆回襲，就此回山。〔女兵白〕是。〔同唱〕

【越恁好】由他逃遁（重），回路轉山崗，那官軍雖敗，怕返襲，要隄防。〔僂兵、僂將引薛雲上，唱〕虧一場傾盆大雨從天降，火息吾心方暢。〔白〕嗄，娘子，你一路赶來，可知是何人縱火？〔裴月英白〕郎君，有一妖婢弄鬼，被我遣龍神立降大雨，頓時撲滅。赶上前來擒拿，被他駕烟雲遁了。〔薛雲白〕娘子爲何不再赶上去，將這妖婢除了？〔裴月英白〕我見郎君落後，只慮那澶州兵將又反覆回來厮殺，怕郎君稍有疎虞，爲此我收兵回山。〔薛雲白〕娘子智謀，慮得有理。衆僂兵回山。〔衆應，同唱〕娘行智謀勇也全不讓，娘行巾幗中無雙將。〔下。軍士、將官、韓通上，同唱〕

【耍孩兒】勝敗兵家雖是常，辱命難繳令，頻羞腆何處躲藏。〔周霸、李漢昇、羅彦威上，唱〕逃忙見主將，一似離披狀。〔白〕元帥，元帥，小將們敵不過這些强盗，怎麽好？〔韓通白〕嗄，你們也是打了敗仗了。可知失機敗績之罪麽？〔衆白〕小將們知道的，想來元帥到得勝了。〔韓通白〕我麽，咳！〔衆白〕元帥，勝敗兵家之常，何足爲嘆？我們方纔戰到危急之時，忽見他山上火起，想必他們自己走漏了火燭。元帥，我們何不乘此機會殺轉去，救出張、曹二將？〔韓通白〕你們多講！方纔這一場大敗，幸喜逃了性命。如今若再殺回，必至全軍覆没。這重咎我元帥當不起。〔周霸等白〕難道不救出張、曹二將與糧餉車輛，就好回去繳令麽？〔韓通白〕哇！你們擅敢攙攘，這兵權誰掌？大小三軍，傳令回兵。〔衆應。同唱〕只問這權柄是誰人掌，敢攙越言詞搶。〔衆白〕得令。〔僂兵僂將、裴繼先、董豹作冲上。董豹、裴繼先白〕何處官軍，擅敢闖俺大王山道？〔韓通白〕俺元帥奉晉王鈞令，勦滅桃花山。爾是何處毛賊？通名。〔裴繼先白〕原來是一起不知死的軍兵。聽者：俺乃桃花山大大王裴繼先。〔董豹白〕俺乃昆明山二大王董豹。〔韓通白〕衆將，與本帥擒來。〔周霸、羅彦威、李漢昇白〕元帥方纔怕厮殺，小將們如今也怕戰鬭。〔韓通白〕呣，軍令誰敢違拗？〔作對攢下。軍士、僂兵對下。周霸、李漢昇、董豹、韓通、羅彦威上，對。裴繼先、僂將、將官上，對。裴繼先、董豹等上，對攢。裴繼先等敗下。軍士白〕强盗敗走了。〔韓通白〕敗走了？自古道窮寇莫追。〔周霸、羅彦威、李漢昇白〕只怕全師覆没。〔韓通白〕正所謂將有小勝，必先大敗。〔周霸、李漢昇、羅彦威白〕元帥，倒了。〔韓通白〕本帥的兵書上是這樣看下來的。衆將官，趂此得勝之兵，奏凱班師。〔衆應。同唱〕

【紅綉鞋】這番鬪戰威揚，威揚。先輸後勝成祥，成祥。搶輜重、奪車輛，蓋罪愆、這功搪，擂得勝鐙敲響。

【慶餘】桃花山寇聲名壯，他劫奪官兵暴虐强。怎知俺新拜的元戎威莫擋。〔下〕

第一卷

第一齣　開市源流

〔預先設山一座，扁上寫「蓬萊山」，扮山神四人，各執大斧上，跳舞介。唱〕

【點絳唇】永鎮山靈，聽傳使令，在蓬萊境，供職巡行，風月全歸領。〔白〕千仞崔嵬爽氣來，半天雲靄遶靈台。橫空遠映神州外，花鳥迎歡鸞鳳迴。我等乃崑崙山聖母座下衆山神是也。自太極初分，鴻濛判位，山多靈異，懸崖抱千尺寒籐；石走龍蛇，絶壁積萬年老樹。潺湲夕間急，奔騰一瀉没。天河燦爛流霞映，參差萬片扶南極。正是仙峰刻削臨千壑，神岳嵯峨起百重。前有陳摶老祖跨驢往趙州橋，聞説陳橋建革，趙主登基，便哈哈大笑，不覺墜下驢來，説道：「天下從此太平矣。」爲此約齊十洲三島群仙，恭請元始天尊、崑崙聖母往蓬萊山設宴，共慶六合清寧。此時聖母法駕將行，我等須索在此候送者。〔二仙女引聖母上，唱〕

【前腔】大道相承，乾符坤孕，天心正，得一清寧，還暗合鴻圖定。〔白〕崑崙山上彩雲齊，羽客争昇碧玉梯。因駕五龍看較藝，鸞聲噦噦自然啼。我崑崙聖母是也。道冠諸天大地，恩覃十界九幽，超騰日月之功，妙合虛無之境。念胎卵濕化之衆生，惟願同歸極樂國；屏喜怒哀樂之真性，咸登無上奈何天。正是：天上人間原咫尺，乘雲踏霧應高真。今有陳摶仙翁同十洲三島真仙邀請元始天尊並我等往蓬萊山，共慶六合清寧，只索前去走遭。〔向仙女介〕可傳諭衆力士擺齊儀仗，躡雲往蓬萊山去。〔仙女〕領法旨。聖母有旨，着衆力士擺齊仙仗，躡雲往蓬萊山去。〔内應介。力士上，聖母上雲介。四山神白〕衆山神恭送聖母。〔母〕爾等可各守方隅，不必遠送。〔山神〕領法旨。〔下。母〕分付就此起駕。〔介合唱〕

【桂枝香】天風剛勁，雲行電影。一路上鶴舞鸞翔，幾處處裏山鳴谷應。看層層瑞靄，看層層瑞靄，祥光相映，平成佳勝。〔到介。下雲介。陳摶引衆仙上，唱〕跨滄溟，相將共話長生訣，謁聖先談致太平。〔白〕小仙等恭迎聖母法駕。〔母〕有勞列位大仙。元始天尊法駕爲何尚未到來？〔衆〕想必就來也。且請聖母往蓬萊山眺玩景致一回，以俟元始天尊法駕。〔母〕説得有理。〔各上山介，唱〕

【前腔】蓬萊高峻，登峯絶頂。掌中藏大地山河，袖内展乾坤晦暝。〔元始天尊騎四不相上，四引仙童隨上，各執香爐上。唱〕駕飈輪碧落，駕飈輪碧落，凌虛高敻，形神無定。〔衆仙出迎介，唱〕共相迎，祗聆清誨來何暮，恭候高軿駕暫停。〔見介。母白〕天尊法駕爲何來得恁遲？〔元〕因往兜率宫同老君講無極妙道，所以來遲。有勞聖母與諸位大仙久候了。〔衆〕不敢。〔場上放石，衆隨坐介。陳摶白〕喜得中華有真主趙匡胤治世，今天下自此太平，我等方外之人亦蒙餘蔭。爲此恭請天尊、聖母并衆位仙真到來，共慶此六合清寧，昇平一統。〔衆〕俯觀下界祥雲盤繞，佳氣葱蘢，果是真主治世，與前五代大是不同也。〔合唱〕

【梁州序】黄袍加體，天符真命，一派治平光景。和風化日，宛然盛世休徵。但見雍雍熙皡，巷舞衢歌，黎庶頻欣幸。天時人應也帖然寧。又何勞遠設籌邊犬不驚。循環理皆前定，看紛紜蝸角争，差等就裏事費思省。〔内天鼓鳴介，扮鄭恩上，遶場一轉下。衆〕呀！爲何一霎時天鼓齊鳴，異風旋繞，怨氣經天，不知主何灾異？〔元始〕此是下界汝南王鄭恩歸天。他乃元壇臨凡，輔佐宋室開基，今因趙匡胤酒醉悮斬鄭恩，這也是天數該終。〔衆〕元來如此。〔元始〕方才陳摶仙翁説共慶六合清寧，華夷一統，怎奈下界尚有數年殺運未退。〔衆〕既有真主治世，何得尚有殺運未除？〔元始〕此亦大數當然，非人力可能挽回。今趙匡胤既斬了鄭恩，非爲小可，從此又興兵革，征伐南唐，引起群魔矣。〔唱〕

【前腔换頭】既乂安又起兵争，擾群魔數應前定。但專行征伐，未能無眚。〔衆白〕但不知群魔四起，後來如何收攝？〔元始〕他乃真命之主，豈能傷他？然亦須我等相助，方保無虞。〔唱〕還用多方調護，運用仙機，能保河山永。〔母白〕我有徒弟劉金定，隨我學道多年，將來數應下山輔佐宋朝建立功業。待我回山時即遣發他前去保護便了。〔衆〕若得天尊、聖母如此慈悲，任彼群魔不足慮矣。〔合唱〕深喜得依明聖，可功成奏效皇圖定，數百載樂餘慶。〔陳摶白〕後山蟠桃盛開，請天尊、聖母并衆位大仙到後面賞玩一回。〔衆〕請。〔唱〕

【節節高】蟠桃花正盈，炤眸明，夭夭灼灼多奇勝。仙風倩，紫氣騰，紅雲映，彼穠嬌艷丹霞凝，輕盈綽約凡塵迥。仙家大福享無窮，不教遠引漁郎艇。

【尾聲】盤桓共到蓬萊頂，看萬樹桃紅異樣明，且把玉髓瓊漿花下高擎。〔下〕

第二齣　開場

宋主兼英武，臣工仰德承。九州齊化育，萬國荷陶鈞。雨露恩波近，風雲體變生。麟祥呈異彩，鳳舞著休明。遐方既臣伏，荒甸共輸誠。諫臣誅似戲，放逐類逋臣。獨有南唐梗，天威震甲兵。遂動干戈日，壺漿遮道迎。壽春期一戰，簞食拜車塵。冒昧揮兵進，城圍絶處生。屠毒妖氛厲，乾坤正氣升。百靈呵護聖，群庶樂叨成。潮神皆供職，山魅盡潛形。唐宫殉國難，芳譽炳佳名。列土酬新爵，分茅錫舊勳。千秋稱一統，萬載樂昇平。

第三齣　懷德回朝

〔高瓊上，唱〕

【風馬兒】英氣昂昂正少年，凌霄翮，未冲天。論功名須向疆埸建，男兒壯志豈屑事陳編。〔白〕擬向祁連展一麾，旁人莫訝尚兒時。丈夫事業建須早，三十登壇笑已遲。小生高瓊，字君寶，祖貫山左人也。父親駙馬太尉，母親燕國公主。小生幼嫻弓馬，素習韜鈐。虎帳談兵，自謂識超諸將；轅門較武，人誇勇冠三軍。每思射虎南山，少伸壯志；常欲斬蛟北海，以展雄威。既自負經天緯地之宏才，何難遂拜將封侯之素志。咳！雖則參軍神武，自知功業堪期，不愧是將門將種，還思儒將風流；其奈婚姻未卜，何處覓傾國傾城。這話且休提他。今日聞得聖上醉後將汝南王斬了，我父親早上入朝，此時天色將晚，尚未見回，不知爲何，教我好生放心不下。〔唱〕

【黄鶯兒】表進鳳城邊，六街中起暮烟。怎軒車猶未見朝天轉，心兒掛牽，眼兒望懸，無聊立徧閑庭院。〔白〕不免到母親那邊，一則問安，二則閑話片時，好等候父親回來。〔行唱〕過堂前，嬌兒慈母，歡笑話綿綿。〔下。高懷德馬引上，小軍隨上，唱〕

【前腔】晚市九街喧，錦皇州人叠肩。歸來又早天兒晏，拍雕鞍錦韉，策金羈玉鞭。望連雲高第知非遠。看高燃，兩行銀燭，紅焰戟門前。〔到介，下馬進介。執事小軍下。院子白〕老爺回府。〔夫人、高瓊上，見介，各坐介〕相公今日下朝爲何恁遲？〔懷〕咳！夫人不要説起。今日早朝因聖上寵愛韓素梅，有那汝南王鄭恩切諫呵！〔唱〕

【啄木兒】諄誠奏，剴切言，道聖主須將聲色遠。笑荒淫每耻前王，怎顛倒自身迷戀。不想聖主呵，冲天怒叫應難按，毁君罪戾無容逭，把那汝南王呵，頃刻雲陽一命捐。〔夫人白〕聖上素甚英明，爲何忽行此事？〔唱〕

【前腔】他聞忠告，聽讜言，還該少霽天威容直諫。那汝南王便犯顔面斥君非，何得到就干刑憲！〔白〕軍師與衆大臣如何不諫？〔懷〕夫人，那汝南王與聖上異姓骨肉之誼，尚且如此，何況衆朝臣，那裏還敢諫諍！〔夫人〕總是惟恐禍及己身，故皆箝口無言。〔唱〕衆臣祇圖身全免，不能匡正君爲善，怕林木無端也禍延。〔瓊白〕那軍師識見不凡，畢竟有何話説？〔懷〕方才出門時，軍師即邀了五侯八王、各位大臣商議此事。説聖上斬了汝南王，那汝南王夫人陶太君甚是剛烈，豈肯甘心，惟恐有變，着我等今夜各帶人馬護衛皇城，因爲計議此事，故爾歸遲。〔夫人〕既然如此，妾身今夜同相公前去保護，有何不可？〔懷〕已有五侯八王在那裏護衛，府中無人，夫人同孩兒守護府中要緊。〔瓊〕父親所言甚是有理，我同母親在家看守府中便了。〔合唱〕

【三段子】恐生奇變，是雖須巡邏那邊。只愁未然，是還須隄防這邊。一行去護皇宫殿，一行牢守家庭院，兩處勤勞各自辨。〔懷白〕夫人可到後堂分付準備夜膳，待我傳點家將，齊備了便來。〔夫人〕是。暫别華堂上，還歸繡閣中。〔下。懷〕我兒可傳家將到來，待我分付。〔瓊傳介〕家將們走動。〔衆家將上，唱〕

【歸朝歡】因何事、因何事暮夜令傳，是必有那方驅遣。承呼召、承呼召疾忙向前，到華堂好躬身參見。〔白〕老爺在上，衆將叩見。〔懷〕爾等可挑選管下家丁，整理鞍馬器械，隨我到官前守護，不得有違。〔衆〕得令。〔唱〕去將府中丁壯精挑選，務須個個皆雄健，齊準備弓刀去鳳闕邊。〔下。院子白〕後堂夜膳已完，請老爺用膳。〔懷〕知道了。〔合唱〕

【尾聲】後堂且去加湌飯，比不得醉紅粧、歡娱開晏，還怕這不測風波、在今夜間。〔下〕

第四齣　鄭恩顯聖

〔家將上〕

【縷縷金】金殿扃，戟門開。料無烽火急，奉宣差。盛世無邊驚，居然安泰，緣何暮夜令傳來，其中定奇怪，中定奇怪。〔白〕我乃汝南王府内家將是也。只因聖上酒醉，把俺主人斬了。今陶郡君傳出令來，叫俺點齊家將到府伺候，未知有何使令，不免傳齊家將便了。〔唱〕今宵暮夜令傳來，其中定奇怪，中定奇怪。〔下。内打一更介，二梅香素衣引陶三春素衣内扎白靠上，唱〕

【一江風】命偏乖，夫主遭形害，仇恨深如海。悶將來，鳳去臺空，繐帳悲風大。〔白〕白匣金爲縷，銀鈎石作銘。短歌傷薤露，長暮泣松陰。自家郡君陶氏是也。自適鄭門，素嫻婦道。夫主有蓋世功勳，屢晉汝南王之職，蒙皇上十分寵渥。不知爲着何事，聖上酒後將我汝南王斬了。我想將起來，天下既已平，理應鳥盡弓藏，思之寔爲悲憤。爲此今晚喚齊家將到來，另有妙用。只是念我汝南王呵！〔唱〕功勳委草萊，功勳委草萊，教人淚滿腮。看臨期別有驚天策。〔内二更介，家將領四將衆上，唱〕

【皂羅袍】勅命敢辭違礙，看風雲變色，令出裙釵。紛紜家將果雄哉，未知奉遣何方界。〔家將白〕爾等在此伺候，待我進去繳令。〔衆〕曉得。〔將進介〕啓上郡主，家將俱已傳齊，候郡主鈞旨。〔陶〕此時什麽時候了？〔家將〕已交二鼓了。〔陶〕分付看刀馬伺候。〔脱外衣〕與我傳衆將進來。〔將傳介，衆〕郡主在上，衆家將打恭。〔陶〕衆將免禮。衆家將可隨我前去。〔衆應介，隨行介。陶唱〕你與我旌旗半捲，鎗刀暗排。啣枚疾走，軍容静咍。要斬關排闥休遲懈。〔下。高懷德、曹彬、羅彦威、王全斌、史奎上，唱〕

【一江風】跨雄騋，身掛狻猊鎧，腰繫獅蠻帶。早安排，囑付臨行，森衛嚴防害。〔各通名介，白〕今早聖上酒後斬了汝南王。苗軍師算定恐有汝南王郡君陶三春勇而有謀，恐生不測。爲此我等今夜共來巡護皇城。〔唱〕軍師預算來，師預算來，蕭牆有異灾。共巡行覺察皇城界。〔下。内打三更介，陶領衆上，唱〕

【皂羅袍】夜色蒼茫静籟，聽沉沉三漏，雲氣如霾。凄風冽冽逼人懷，踈星點點移天外。〔内鼓聲作，黑霧扮元壇跨黑虎天井下，衆〕呀！爲何一霎時烏雲四起，黑霧漫天。〔元唱〕

【憶多嬌】受上台，爵禄階，蓋世功勳一旦埋。非關庸主棄賢才，復位天臺，復位天臺。勸取夫人放懷。〔白〕夫人不必如此。我本是上天元壇臨凡，輔佐宋室開基。今乃我數當歸位。况太祖乃真命之主，夫人怎得奈何他？可速速回去，候孩兒長成，共輔趙氏，後來還有列土之封。吾神不得久留，就此去也。〔上天井介，衆〕原來老爺本是元壇臨凡，今日復還本位。伏望郡主不必發惱。〔陶〕既有如此之事，爾等不可聲揚，悄悄隨我回去，再作道理。〔衆〕得令。〔行介，唱〕把干戈疾掩，程途悄挨，一天怒忿化成善胎，潛修仰賴天公戴。〔下。宋將上，打四更介。唱〕

【一江風】静無猜，寂寂天街外，斗轉星辰改。遍巡垓，四鼓頻催，悄地無尷尬。〔白〕時已四鼓，杳無動静，是何緣故？〔衆〕軍師原有説話，説道三更已過，便爾無事。此時已交四更，大抵無妨了。我等可各回家修省片時，以便五鼓入朝面聖。〔衆〕説得有理。就此各回府第。〔行，唱〕驚疑一夜來，疑一夜來，無須孩打呆。早把這天大疑團解。〔下〕

第五齣　議征南唐

〔趙普上，唱〕

【點絳唇】夜色將消，星光縹緲，祥雲繞。百爾臣僚，靜聽鳴鞭早。〔白〕長安雪没見歸鴻，紫禁朝天拜舞同。曙色漸分雙闕下，漏聲遥在五雲中。下官同中書門下平章事趙普是也。身居台閣，位上群僚。有燮理陰陽之功，握調和鼎鼐之用。正是早朝時分，天色尚早，不免朝房伺候便了。〔苗訓上，唱〕

【混江龍】禁垣春曉，九重佳氣鬱岧嶤。遥瞻着騰騰瑞靄，還聽得隱隱鳴梢。可知道鵠立螭頭堂陛下，早看見貂冠豸補共趨朝。〔白〕西掖重雲開曙暉，北山疎雨點朝衣。千門柳色連青瑣，三殿花香入紫微。下官輔國軍師苗訓是也。今當早朝時分，只得在此伺候。平章請了。〔趙〕軍師請了。昨日聖上醉後之事未免有累聖德，我等身爲大臣，不能匡正，抱愧多矣。〔苗〕雖是聖上酒醉誤斬了汝南王，實乃他大數當然，故難挽回。〔趙〕雖然如此，倘今日聖上後悔，道爾我坐視，恐咎有所歸。〔苗〕少頃自有一番意外之事。且候聖駕陞殿，便見分曉。此時天色尚早，且到朝房少坐。〔衆文武上，唱〕秉寅恭、齊瞻仰，誠惶誠恐，對彤墀咫尺天高。早識得依仁聖主，早識得治世唐堯。只見那麟祥鳳彩著休明，從今後龍騰虎變皆匡效。欣逢着車書一統，欣逢着三五同超。〔白〕下官大學士范質、兵部尚書張濟賢、工部尚書竇儀、太尉駙馬高懷德、右衛將軍史珪、濟陽郡王曹彬、都指揮羅彦威，今當早朝，在此伺候。〔内作樂，四太監引太祖上，坐介。衆朝介。太祖白〕三千初擊浪，九萬欲摶雲。天地猶驚否，陰陽如遇蒙。存身期歷試，佐貳佇昭融。多謝時康理，良慚寶劍功。朕大宋天子是也。昔在初九，佐貳邊州，未遇扶摇之力，空俟海沂之吟。洎大横入兆，出處斯易，一揮寶劍，遂遽瑶圖。承歷數而順謳歌，著天衣而御區夏。因念南漢劉氏、西蜀孟氏、吴越錢氏、南唐李氏，各據方隅。獨有南唐李氏素稱强悍，前曾出師征討，未得平服。若不早爲勦滅，將來爲患不小。朕意欲命汝南王鄭恩挑選士卒，先伐南唐。當駕官可即宣汝南王上殿，待朕親授方略，克日起兵。〔衆不應介。太祖〕朕命卿等宣汝南王上殿，怎麽皆不答應？〔衆〕昨日陛下酒後因汝南王苦諫，觸怒聖上，已將他斬了。〔太祖驚介〕吓！怎麽説？〔衆又念前白。太祖〕咳！有這等事！汝南王乃朕異姓骨肉，怎麽醉後竟誤將他斬了？酒之誤，朕好懊惱也！〔唱〕

【油葫蘆】懊恨着麯糵深躭酕也醄，那里是宵旰費焦勞。自古道君臣同道合蓍爻，反做了臣心似水君狂暴。卿等爲何不諫？怎不見披鱗折檻泛頭告，怎不見剖腹的忠誠表，怎不學切諫的老西曹，辜負了都俞吁咈同廊廟，頓教懊惱悔今朝。〔白〕卿等不諫猶可，苗訓身爲國師，竟不一諫。〔唱〕

【天下樂】可笑恁尸位饔飡忘了故舊交，同也麽袍，心俺的焦。那汝南王同傑出、都年少，他與我總角交，他與我真同調。〔白〕分付將苗訓綁了。〔唱〕今日個先與我付臯陶。〔衆白〕昨日聖上執法必欲斬汝南王，臣等雖欲進諫，何由得入！〔太祖〕非爾等之故，快將苗訓斬訖報來。

【那吒令】快與我付雲陽市曹，試昆吾寶刀。莫聲聲怒高，爲三緘口牢。自恢恢禍招，也難寬這遭。早知道算無遺，今日個應難料。可早悔無術不學。〔衆白〕臣等啓上陛下，苗訓袖手不諫，本應該斬。念彼有大功于宋，伏望聖上允臣等保奏，免他一死。〔太祖〕權依衆卿等所奏，將苗訓削職爲民。〔唱〕

【鵲踏枝】論國法怎輕饒，依律例姑留却。且將他謫降蓬茅，再休想恩赦相邀，忉也麽忉。問伊家自料，切怪爾坐視粧喬。〔苗白〕臣罪應難逭，君恩似海深。〔下。太祖〕朕因醉後一時誤斬了汝南王，悔恨無及。〔向趙介〕卿可傳朕旨意，汝南王無罪被戮，朕甚痛悔。欽賜祭葬全禮，其子孫世襲王爵，郡君陶氏遺官慰問，月給俸米二千石，以此少蓋朕愆，并慰地下忠魂。〔趙〕領旨。〔太祖〕南唐負固未服，朕親統六師前往征伐。一應朝政命御弟監國，在朝諸臣悉心輔佐。〔衆〕領旨。〔太祖〕隨征將士可各收拾鞍馬甲仗，隨朕擇日親征。〔衆〕領旨。〔合唱〕

【寄生草】齊跨龍媒騎，還嫻虎豹韜。一個個全裝甲冑金星皎，一隊隊展空旗幟紅雲罩，一層層森嚴干羽飛龍耀。統精兵、長驅疾走下南唐，試看俺鞭稍一指功多效。〔太祖下。衆白〕昨日我等在軍師府中議事，苗先生已知有今日之貶，又發有簡帖、令箭，後來一定自有用處。〔衆〕便是我等須早預備征伐之事，伺候欽點日期便了。〔唱〕

【煞尾】決勝計偏高，暗中有風雷護繞。憑着伊虎踞龍盤，破重關早把山河定了。〔下〕

第六齣　聖母遣徒

〔劉金定上，唱〕

【謁金門】從到此，久絶痴嗔貪嗜，掃盡烟霾風月至，把丹黄輕試。〔白〕龍旂飄摇舞太虚，飛輪更向五岳阿。滄溟朗躡奚足道，華峰高唱亦能和。奴家劉氏金定是也。幼年事跡不能記憶，止依稀記得聖母從那處救來，即收爲徒弟。幾年以來，蒙聖母傳授韜鈐，訓練劍術，以及諸般奇門遁法，捉怪降魔。我想一個女孩兒，學此武事何用，必定日後自有用處。這也不必提他。今早聖母傳命，説有話分付，只得在此伺候。道猶未已，聖母早來也。〔四仙女引聖母上，唱〕

【接謁金門】遣他早遂鸞皇志，塵凡完俗事。〔見介。母白〕我授汝的六韜三畧，可都習熟了麽？〔金〕弟子荷蒙聖母傳授，日夕究心，俱已精熟了。〔母〕這也可喜。汝可知你自往日來歷，并以後之事麽？〔金〕弟子如何得知。〔母〕聽我道來。

【孝南枝】從前事，費心思，分明説與如亂絲。救汝到于斯，良因别美媸。情緣在兹，囑付言詞，休多疑似。且到緣可相通，自締十年字。〔白〕汝乃河東豳州太姒薛王駕下首國公劉鼎方之女。汝父因見天下紛争，未肯事業，遂占據雙鎖山以待真主。汝年六歲在山前游戲，是我赴蟠桃會回來從那邊經過，知汝後來有一段姻緣功業，故爾帶回傳授諸般法術。如今時節，因緣正該你下山之時了。此去雙鎖山認父，但離别日久，恐難厮認。這軒轅鏡是汝父與你從幼所佩之物，今可帶去，相見時以此爲信。〔付介。唱〕你是個磨不磷，涅不緇，話端詳，明指示。〔金白〕原來如此。若非聖母慈悲昭示，弟子何由得知。〔唱〕

【前腔】承明訓，叩仙師，自憐幼小叨聖慈。曲宥感恩私，何年報答時。功名遍施，太德無疵，二天奚似。識得前後因緣，生死都如是。心兒念，意自咨，荷生成，鴻庥賜。〔母白〕你下山去認見父親之後，有一高瓊到來，可招他爲壻，同輔皇朝，名垂竹帛。到開寶四年蕤賓月，在泗州城南，尚有相會之期。爾今此去呵！〔唱〕

【鎖南枝】是成功候奏績時，異時青史共載之。骨肉喜相逢，遇合從兹始。胸藏着、百萬師，佐皇家、鐘鼎誌。〔金白〕但此去雙鎖山不知有多少路程？弟子如何認得？〔唱〕

【前腔】闗山路，怎自支，山高水長何所之。岐路更迢遥，那得乘風至。〔白〕弟子蒙聖母教習韜畧，不知武藝，還望聖母再加傳示。〔唱〕三畧法，佩韋詞，五金兵，求傳示。〔母白〕這也不難，我着開明教你武藝便了。開明傳在。〔開上〕聖母有何差遣？〔母〕汝可將盤古氏所遺滲金刀法傳與劉金定者。〔開明應，取刀上，舞介。唱〕

【前腔】窺天秘，按地支，九宮五行各有司。鋭利透堅圍，盤旋隨氣使。〔又舞一回介。聖母合，唱〕此是鴻濛訣，盤古師，妙相傳，無第二。〔金唱〕

【前腔】真個是屠龍技，搏虎師，疾徐緩急盡在茲。刀法別雄雌，運用分生死。〔母白〕汝可都記得了麽？〔金〕弟子俱領會了。〔母〕開明，汝可將劉金定送至雙鎖山。速去即來，不得有違。〔開〕領法旨。〔金〕弟子就此拜別。〔唱〕身辭別，心在茲，念深恩，終没齒。〔母唱〕

【尾聲】唤開明權作靈台使，早去把鉊刀輕試。保固了宋河山，休言某在斯。〔下。開明白〕隨我來。〔遶場一轉介〕

【四邊静】扶輪挾月飄然至，風行似天使。送到此高山，心情分各自。〔開白〕此處已是雙鎖山了，你可自往家中去罷。〔金〕多謝了。正是：分離數載違音問，今日相逢異昔時。〔下。開〕妙吓！聖母差我送劉金定到此。如今既已送到，你看紅塵中許多熱鬧，我不免逃往他方，據他一個巢穴，容吾獨霸，豈不樂哉！〔唱〕英雄可恃，神通無二。急去擾紅塵，還去多生事。〔下〕

第七齣　仁贍聞敗

〔四小軍、四將、二中軍，衆引劉仁贍上，唱〕

【出隊子】旌旗蔽空，士卒歡騰戰馬雄，弓刀簇擁陣雲濃，拆土他時應上封。得失循環，都付蒼穹。〔作到介。中軍白〕分付掩門。〔衆下。劉進内。二院暗上。劉轉場坐介，白〕折鎗黄馬捲塵埃，掩耳凶徒怕疾雷。雪蜜酒酣偷號去，月明衣冷斫營回。下官南唐王駕下總兵官劉仁贍是也。吾主因念壽州城逼近宋國，爲南唐緊要門户。前次宋師征伐我國，因兵將不守，以致都城被困。天幸宋主返兵回國，才保無虞。故特命下官節鉞坐鎮壽州。自到此以來，時爲添設營壘，訓練士卒，用心防守。不意近日宋主又親自統傾國人馬前來侵伐，故此下官適往教場中操演兵將，好待迎敵。昨已差能行探子前去打聽，且待他回，便知分曉。〔探子上〕探知宋國稱兵事，來報軍中大將知。來此已是轅門，不免擊鼓。〔擊鼓介。劉〕何人擊鼓？〔院子〕打聽軍情探子回話。〔中軍〕分付開門。〔吹打介。四軍、四將作開門介，劉出坐介，探進叩頭介〕探子叩頭。〔劉〕你探得宋兵何如，可細細的講來。〔探〕爺，那宋主親統舉國人馬。〔劉〕你且起來講。〔探〕來得好不利害也！〔唱〕

【風入松】熊羆將士勢如龍，閃閃鳴鑣飛鞚。干戈蔽日兼天湧，書大纛宋朝高聳。〔劉白〕離此尚有多少路？〔探〕離此只有一日路程了。〔唱〕算程途來朝日中，嚴整備禦相攻。〔劉白〕知道了。再去打聽。〔探下介。劉〕阿呀！不想宋兵來得如此逼近了，但是我劉仁贍呵！〔唱〕

【前腔】唐家世授位高崇，節鉞斯誠端拱。何期又見兵戈動，運計力多方牢鞏。〔白〕城中兵微將寡，恐難抵敵，我不免作速修成本章，向朝中求添兵將。再者曾有一人姓于名洪字道陵，他深知韜略，更多法術，久隱大盤山中，我便舉薦此人爲軍師。若得他下山，何愁宋兵不退。〔唱〕早徵聘有道仙翁，籌一展定成功。〔白〕衆將官，今宋主無厭，屢侵我疆。爾等當奮身退敵，仰報吾主。〔衆應介。劉唱〕

【前腔】共舒義憤効精忠，堅壁着銅垣鐵甕。他家兵將非常猛，相對處不教惶悚。〔白〕奮勇當先，自當論功陞賞；畏縮不前，亦必照法施行。軍令威嚴，並不寬貸。〔唱〕嚴軍令奮爾驍雄，看指日裏退窮凶。〔衆白〕末將等蒙元帥分付，誓當竭力保守此城，殺退敵兵。〔唱〕

【前腔】元戎號令衆相從，豈敢有陰違陽奉。他中原既已先得隴，還窺望河山一統。〔劉白〕若得諸將如此同心協力，何患敵兵侵境？可作速嚴加守禦。〔合唱〕戢乃甲勵爾兵戎，修人事勝天公。〔白〕分付掩門。〔内吹打，掩門，各分下〕

第八齣　宋師分遣

〔史奎、羅彦威、曹彬、高懷德仝上，唱〕

【粉蝶兒】鵲印高懸，整王師風行掣電，招展着旗幟翩翩。齊整頓鳳頭盔、獅蠻扣、狼牙鵰箭，俺這裏既飭師、專奏功成、萬邦爲憲。〔各通名介〕我等自隨御駕征伐南唐，起兵以來，已近壽州地方。昨日在此安營。今早聖上升帳，須索伺候者。〔四太監引太祖上，唱〕

【醉春風】俺承運維新命格于天，猶翼翼敬思皇多士顯，看桓桓鷹揚肆伐，會清明，整干戈，一戰皆教殄。俺這裏赫赫明明，王師厥武，早釐爾秬鬯川田。〔轉場坐介。衆泰見介，衆起立。太祖白〕少年金紫龍光輝，指日邊城虎翼飛。一卷旗收千騎虜，萬全身出百重圍。朕自統兵征伐南唐，軍令森嚴，所過地方秋毫無犯。來此已近壽州，是南唐第一座城池，今日不免統領兵將前去攻打。〔衆〕臣啓陛下，料此小小城池，何勞聖駕親行，末將願往。〔各争介。史〕臣職任先鋒，理應前去。衆位將軍何得紛争？〔唱〕

【紅繡鞋】憑仗着吾皇威行致遠，先驅定能功建。遵王道、體天心、智信仁嚴。黽勉，多莫勝効前賢，誰似俺勇争先。〔衆白〕隨駕出征將士，盡應建立功業，何獨該讓你前去！〔唱〕衆臣工，啓天王，隨差遣。〔太祖白〕衆卿不必争論。史奎既任先鋒，理合讓他前去。史將軍，你可帶領本部人馬速去攻打壽州。〔史〕領旨。〔向内介〕大小三軍隨我前去攻打壽州。〔下。曹彬〕臣啓陛下，史奎去攻打壽州，那守將劉仁贍頗稱勁敵，一時恐難取勝。况有趙保牛鎮守泗州，與壽州密邇，若攻打壽州，那守將劉仁贍必求援趙保牛。那兩路之兵彼此相拒，恐難易取，須索要，〔唱〕

【普天樂】雄赳赳智勇全，密扎扎機謀展。還怕他唇齒相依，接壤相援。兩路裏列干戈，四下裏旌旗眴，截教他彼此難留戀。俺這裏甲利兵堅，應着個順天心，體人和，成功顯。〔太祖白〕曹將軍所見甚善，可領一枝人馬，抄往壽州之西地長艮山谷駐扎，以扼趙保牛救兵，不得有違。〔曹〕領旨。〔向内〕大小三軍隨我往長艮山去者。〔下。太祖白〕史、曹二將軍已去，朕與衆位將軍整理兵馬，往前進發便了。〔衆〕領旨。〔四小軍暗上，行介。唱〕

【石榴花】俺這裏遥將戰鼓伐鼘鼘，齊候着令旨奉傳宣，指日裏看投鞭，阻處斷長川。善兵將非虚勸，道暗合志勇心專。須索要用神機如環轉，取山河一局争先，又何人妙着生奇變，衆臣工體大道以承天。

【煞尾】行師宜把仁風展，仗威靈風行電轉，要體伸愛物仁民大德全。〔下〕

第九齣　壽州鏖戰

〔四軍、二偏將上，引史奎上，唱〕

【普天樂】擁貔貅迎頭仗，秉威風同心向。旌旗展繡帶飄揚，弓刀列燦亮鋒芒。〔白〕我史奎奉旨領兵來攻取壽州，聞得壽州守將劉仁贍有名宿將，十分驍勇，須要謹慎隄防。衆將官，可各奮勇殺向前去。〔行介。唱〕呀，我武盡斯張，干戈更戚揚。向化投誠，早宜革面歸降。〔下。四小軍、二偏將、衆引劉上，唱〕

【朝天子】法韜鈐几裝，效忠誠一腔，趁遠來疲瘁休甘讓。紛紜兵卒，肆咆哮犯彊，任伊行施伎倆。〔白〕我劉仁贍奉命鎮守壽州。叵耐宋主統兵前來侵伐，爲此帶領兵將出城迎敵。衆將官，前面烟塵起處敵兵漸近，我們趁他遠來困乏，就此奮勇殺上前去。〔唱介〕勵偏師勢强，出奇兵偏壯。氣昂，各抖擻精神莽撞，精神莽撞，好舒威彊場上。〔史衆上〕

【普天樂】順天時非虛妄，應人和先聲壯。行軍妙，行軍妙，虎視鷹揚，善征伐不怕銅牆。〔戰介。史白〕來將何人？〔劉〕我乃南唐王駕下鎮守壽州掛印總兵官劉。汝是何人？〔史〕我乃大宋皇帝駕前先鋒大將史。〔劉〕我國與爾王各分界限，何得屢屢侵伐？爾可回去速速傳與爾主知道，早早收兵回去便罷。倘若再肆侵凌，執迷不悟，指日大兵到來，教爾等玉石俱焚，悔之晚矣。〔史〕好胡説也！我聖上應天順人，御極以來，無思不服，獨爾南唐恃强負固。我知汝乃有名老將，何不去逆從順，早早獻納城池，不失封侯之位。今日反敢來抗拒天兵麽？〔唱〕勵偏師之云。〔劉白〕休得胡説！放馬過來，與你决一勝負！〔史〕那個懼你！〔戰介。將對將、兵對兵，對把介，下。劉敗上〕

【朝天子】果兵精將强，懊兵微敗將。看騰騰殺氣高千丈，壁空立幟，怎施爲智囊，把聲名今朝喪。〔白〕阿唷唷！那史奎好生利害。我因年邁殺他不過，不免且進城去，分付兵將用心堅守城池，再作道理。〔行介。唱〕且回戈歛藏，暫鳴金歸帳。再商，把英豪氣養成無擋，養成無擋，鼓雄風神謀廣。〔史衆上〕

【普天樂】急攘攘難遮擋，亂紛紛追前往。先破了州郡邊方，再飛渡天塹長江。〔戰介。劉下。衆白〕劉仁贍大敗逃進城去了。〔史〕天色漸晚，且埋鍋造飯，吃飽了再併力攻城池便了。〔衆〕得令！〔合〕前！〔下〕

第十齣　仁贍自刎

〔劉仁贍上，一中軍隨上，唱〕

【縷縷金】車雲繞，騎鋒屯，漫山與偏野，蹂躪近城闉。若不先爲計，應遭危窘。干戈影裏一孤臣，盡瘁在茲辰。〔白〕昨與宋兵一戰，不想史奎十分利害，我今退入城中。倘若史奎攻打城池，城中兵微將寡，如何抵敵得住？雖曾向朝中求救，恐援師一時不能即至。我想趙保牛現擁重兵坐鎮泗州，趁宋兵尚未圍城，不免差人前去求彼救援，方可無虞。中軍快唤家將過來！〔中軍應，唤介。家將上〕正誇堂下爲牙爪，誰料城邊動甲兵。〔見介〕老爺在上，家將叩頭。〔劉〕你可持這封書到泗州趙老爺那裏，求他速速起兵前來救援。〔唱〕

【四邊静】壽春半壁江南鎮，救援師須迅。此處或踈虞，社稷都摇震。〔家將白〕理會得。小人就去。〔合唱〕把捷旗遥認，扶危濟困，成敗一書中，前途當謹慎。〔分下。四小軍引曹彬上，唱〕

【縷縷金】吾謀密，敵勢分，横斜相犄角，攻取定成勳。暗地排羅網，休教逃遁。〔白〕我曹彬，奉旨領兵來此長艮山，以防趙保牛救援壽州。昨夜在此扎營。大小三軍，爾等可用心四下巡邏，恐有

奸細往來。若遇面生之人，即便拿來見我！〔衆應介，唱〕陳倉有路透關津，着意好攔巡。〔下。衆家將上，唱〕

【四邊静】宵行晝伏多勞頓，淮泗相投迸。欲仗一緘書，消釋圍城釁。〔二小軍上〕沿途細認，逢人便訊。防範要精嚴，豈許蛇龍混。〔白〕喝，你是什麽人，在此窺探？〔家將〕我是行路的。〔小軍〕這等賊頭賊腦，不像好人，一定是個奸細，快拿去見老爺！〔拿介〕老爺有請。〔曹彬上〕聞讀陰符臨虎帳，不知晴日轉龍旌。〔小軍〕啓老爺，拿得二個奸細在此。〔曹〕可搜他身上有甚東西。〔小軍應介，搜出書介〕稟老爺，搜出了一封書。〔曹〕取來我看。〔小軍遞書介，曹看介〕鎮守壽州昭武將軍鎮南侯劉仁贍致書趙大元戎麾下：宋師壓境，孤城危如累卵，伏望元戎親統大軍速來救援，曷勝企望之至。先把奸細斬了。〔衆應介，推家將下作斬介。曹〕他既向趙保牛處求援，我何不將機就計，假扮趙保牛救兵前去，賺開壽州，可一鼓而擒矣。大小三軍，可將大宋旗號換做泗州趙保牛旗號，前去賺開壽州，不得有違。〔衆應介。打「鎮守泗州大元帥趙」纛行介，唱〕

【駐馬聽】制變知神，以敵機謀取敵郡。人由大宋，幟改南唐，虛實相因。管教直墮鄭東門，登陴如入無人鎮。試看取臣伏江濱，説得個人無折鏃、兵無挫刃。〔下。史奎領衆上，唱〕

【前腔】智勇無備，大纛高牙專外閫。七擒計就，八克威行，掃蕩乾坤。親提一旅向壽春屯，疾如風雨催灰燼。〔白〕我史奎奉旨攻打壽州，那劉仁贍雖然年老，却還十分驍勇。我想此人只宜智取，不可力敵。我看城外東北一帶望山疊嶂，正好埋伏。是我將火車百輛安排四面，今日前去誘了劉仁贍出城，假作敗走，引他到東北山徑之中，團團圍住，將火藥點起，不怕劉仁贍不死。大小三軍，可各奮勇前去攻打壽州。〔衆應，行介，唱〕安排下幾輛車輪，抵多少火燒籐甲、牛攻燕陣。〔作到城下攻打介，城上將灰瓶、砲石打下介。劉引衆出城戰介，敗下，追下。曹彬引衆上，唱〕

【前腔】易幟相親，誰識於中機械敏。人間世事，同儔敵國，豈必行軍。把戈操同室俗人惛，做兵行詭道權時混。〔作到城下介，白〕城上兵將聽者，泗州趙大元戎親領大兵前來救援，速速開城。〔城內應，作開城，曹引衆進介，追殺衆兵將下，曹〕喜得不勞張弓設矢，壽州早已賺開，可將大宋旗號豎起城上，好待聖駕到來。〔衆應介。城上插大宋旗號介，唱〕齊把這大宋旗陳，不數那輕馳趙壁、俄爲漢闉。〔下。劉引衆作敗勢上，唱〕

【前腔】束髮從軍，未遇黃騶年少狠。一行轉鬬，我雖矍鑠，伊更精神。百般酣戰到日西曛，且回城郭圖重振。〔作到城介，城上白〕嘚，壽州城已爲大宋所有，你還不投降，更待何時！〔劉〕阿呀！適與敵人交戰，怎麼便有人來攻破城池？此城既失，如何是好嗄！也罷，且到泗州趙元戎處，與他合兵一處，再圖恢復便了。〔行唱〕急得我五內如焚，拚待學秦庭痛哭，楚師重振。〔史引衆冲上戰介，史詐敗下，劉追繞一場，史下。劉白〕追趕到此深山之中，怎麼敵人忽然都不見了？〔史內白〕大小三軍，可將火車團團圍住，不得有違。〔衆內應介。衆小軍推小車四輛上，架火砲，繞場一轉，下。劉〕阿呀！你看

四面盡是火車圍住，並無出路。不想我劉仁贍，今日中了敵人之計也。〔唱〕

【一江風】死爲隣，陷入喪門陣，壁壘深千仞。點銷魂，忠義填腔，没處堪投奔。〔白〕他今用這火攻，我的性命自然不保。但可憐你們這些將卒何辜也，都教他燒死。〔唱〕還恰你衆軍，恰你衆軍，凌烟未建勳，誰知反抱飛蛾恨。〔衆小軍推火車上，架火砲，砲内烟火、火砲。内場助放彩火介。隨劉的小軍暗下。火車繞一場下。劉白〕阿呀！隨來將士大半燒死，其餘的俱焦頭爛額，冲突而去。眼見得此處是我結果之地了。不如早爲之計，免得被他燒死。〔唱〕

【前腔】痛吾身，七尺堂堂品，百戰無堅陣。到玆辰，蓋世英雄，一旦成灰燼。〔白〕阿呀！聖上嗄，微臣今日計窮力盡，不能報國了。不免望南拜謝，尋個自盡便了。〔拜介，唱〕遥將一拜殷殷，一拜殷殷，長辭故主恩，微臣此處完忠藎。〔自刎下。史領衆上，白〕劉仁贍業已自刎，衆將士又盡燒死，壽州可不勞而定了。衆軍士就此打進壽州城去。〔衆應介，行介。唱〕

【皂羅袍】喜得功成神迅，看名垂竹帛，象繪麒麟。歡呼凱唱向城闉，料他餘黨應歸順。〔四小軍、高懷德、羅彦威衆引太祖上，唱〕吠堯臣佐，猶思卧薪。思湯黎庶，渾如望雲。壺漿簞食沿途進。〔史見介，白〕臣史奎見駕。〔太祖〕攻打壽州如何了？〔史〕臣將壽州守將劉仁贍誘至山徑之中，用火車圍住，把他兵將盡行燒死，劉仁贍自刎了。〔太祖〕劉仁贍忠節可嘉，可以侯禮葬之，以奬其忠良。〔史〕領旨。〔太祖〕分付排駕，往壽州進發。〔衆〕領旨。〔吹打介。唱〕

【前腔】見這聞風解刃，定王師有義，主將能仁。車騎浩蕩度斜曛，鑾輿自在投前郡。看蟠龍雉堞，巍峩插旻。飛彪牙纛，悠揚拂雲。喜金湯已作吾家鎮。〔作到介。曹彬出城迎介，白〕臣曹彬恭迎聖駕。〔太祖領衆作進介，太祖〕曹將軍，你在長艮山牽制趙保牛的援兵，何由先到此城？〔曹〕臣前拿得一個奸細，是劉仁贍下書與趙保牛求援的，遂將計就計，假扮保牛之兵前來，故此賺開壽州。〔太祖〕好，這是頭一功了。〔曹〕萬歲。〔史〕是臣用計燒死南唐兵將，致劉仁贍自刎，所以纔破得壽州，怎麽是曹將軍功勞？〔曹〕便是劉仁贍不出城交戰，臣一定也會賺開壽州的。〔史〕住了。是我用計燒死唐家兵將，劉仁贍自刎，所以才得壽州，如何是你的功勞！〔太祖〕二卿不必争論。賺開壽州是曹將軍之功，殄滅守將是史將軍之功，總是一般升賞便了。〔曹、史〕萬歲。〔太祖〕城中百姓遭此兵鋒，寔爲可憫，卿可出榜安民，待朕賑濟。隨征將官各安歇三日，再去攻打泗州。

【尾】安排設筵酹和，宴三日歡歆醉仙，準備着蓆卷長軀奏凱還。〔下〕

第二卷

第一齣　遣徒下山

〔二童引金輪王上，唱。一童持金輪，一童持柱杖，上〕

【引】法輪常自轉，道德五千言。光明照遍大羅天，懶看那滄桑遷變。〔白〕形氣相通道在斯，茫茫今古盡愚痴。有人問我長生訣，笑指天中月正時。我乃景東教主金輪王是也。體居至上，性本虛無。得天地之根源，識五行之造化。千尋直指，萬劫難磨。正是俗子剛峰無化道，乖人偏會説離經。連日約衆道友講論聖賢化道，且喜大家通徹。你看那邊紅雲一片，是有仙友來也。童兒，衆仙到時，疾忙通報。〔童應介。元虛道士、天魔神女引二童執攝魂瓶、聖水葫蘆同上。元唱〕

【引】雷風不可相剥，〔女〕水火亦可同源。〔白〕我乃元虛道士周令公。我乃混世仙天魔神女是也。我等乘雲而來，已到金輪法界了。〔見童介，童報介，進見介。金〕二位道友，今日爲何來得恁遲？〔元、女〕因過聚窟洲，聽説玉笈秘籙、治平圖讖，所以來遲。〔金〕元來如此。但今雖已治平，數年内復見刀兵，生民又有一番塗炭。〔元、女〕神器既歸趙氏，上帝好生，何不哀矜赦宥？〔金〕天道幽微，豈容渾講？我等方外之人，各幹自己工夫，一任他中原逐鹿。〔元〕雖然如此，也得我輩維持。我現有徒弟于洪，他屢次辭我下山，欲圖富貴，是我叫他待時而動。今看天意，合應遣他下山進取。童兒，回去喚于洪到來。〔童應下。金〕恐他不識時勢，扭轉天心，只怕難回天意。〔元〕這也合于天數，聽他罷了。〔于隨童上，于〕正誇碧海多奇趣，復羡仙山日月長。衆位仙師在上，弟子于洪參見。〔元〕于洪，你屢次要辭我下山圖取功名，我今日欲遣你下山去，你且説志向何如？〔于〕聽稟：弟子此去呵，要圖畫麒麟，名鐫彝鼎，定禍亂于寰中，登斯民于衽席，致君爲堯舜之君，使民爲堯舜之民。此其大略也。〔元〕大志雖是如此，只怕口是心非。你且聽我道來。〔唱〕

【桂枝香】天心微顯，人心機辨，欲圖遠大經猷，須曉從權達變。幸昇平之世，昇平之世，兵戈復見，借籌舒展。〔合〕務精虔，守株待兔非爲晚，緣木求魚即是先。〔白〕你此去倘然得意，即便回來，不可久戀紅塵，失迷本性。如或失足，亦即回來見我。我今有法寶二件，與你前去。〔取瓶介〕此寶名曰攝魂瓶，内藏勾魂使者，呼之即出。〔于〕師父請試演一番。〔元〕勾魂使者速現。〔先瓶内出小人扮大勾魂上，遶場下〕弟子敢問師父，爲何這勾魂使者忽時而大，忽然而小？〔元〕汝有所不知，此乃世能言舌辨之人，我將他收來煉成此鬼，如臨陣之時，呼其敵人名姓，即時昏倒，擒獲回來，再將葫蘆内九龍聖水一噴，其人如醉如痴，不出三年而死。〔付二物介〕原來有許多妙處，弟子俱領會了。〔金〕于洪過來，聽我分付。你今此去呵，

【前腔】暫辭仙眷，成功不遠，救民水火之中，致治時雍於變。要身心持正，身心持正，休生衆

怨，宜開一面。〔合〕守拳拳，若言捷徑求名利，豈可行私浼曲全。〔于白〕弟子還求神女開導一番。

〔女〕你且聽者：

【前腔】流光如電，仕心如箭，欲圖錦繡前程，不顧天人交怨。侯推輪捧轂，推輪捧轂，表揚稱善，姓名著顯。〔合〕待他年失意歸來日，無顏會上仙。〔于白〕弟子蒙衆仙師指示，心下十分明白。

〔唱〕

【前腔】師言如券，吾當黽勉，今日裏辭别瑤台，好前去拜朝金殿。把胸中抱負，胸中抱負，逢時施展，似南金百煉。〔合〕道相傳，乘風破浪行千里，起舞聞雞早着鞭。〔元〕我向有雲游駐足之處，名曰大盤山，着令童兒看守。你今此去，就隱于此，以待徵聘。〔唱〕

【琥珀猫兒墜】躬耕南畝，莘野把名傳。莫向人前誇大言，從今好去隱山巔。盤桓，待价沽之美玉瑚璉。〔于〕弟子就此拜别。〔唱〕

【前腔】蒙師傳示，頃刻離瑶天。法寶携將歸大盤，功成勇退是真銓。心堅，只怕回來怎對人言。〔下。金白〕你看于洪竟欣然下山去了。我看他此行未必得意，他日回來，又費一番饒舌也。〔女〕我有神刀四十九把，尚在爐中，待他來時，助他一臂便了。〔金〕且請到後邊講論妙道一番。〔衆〕説得有理。請！〔合〕

【尾聲】宗門指趣俱宜闡，覺化得獨開生面，須有日共赴蟠桃兜率天。〔同下〕

第二齣　保牛定計

〔趙保牛上，一中軍暗隨上，唱〕

【鳳凰閣】四郊多壘，欲靖烽烟無計。羽書交至日多回。知道寇戎深矣，一城騰沸，禁不得形孤勢危。〔白〕如何淮泗若邊城，近日常逢鼓角驚。回憶轅門歌舞樂，教人争不羨昇平。下官趙保牛，乃南唐王駕下總兵官，奉旨鎮守泗州。不料宋主又領兵南侵，漸逼我境。今早探子來報，宋將用計賺開壽州，火車圍住，劉將軍他忠心不屈，竟自刎了。我想他既破壽州，必乘勝來攻我泗州，須早作準備纔好。〔一中軍急上，唱〕

【不是路】飛報軍機，舉目傷殘滿路岐。〔見介，白〕稟元帥，壽州敗殘兵卒紛紛逃奔而來，都要進城躲避。未有軍令，不敢擅放進城，請元帥定奪。〔趙唱〕何須議，安妥覆敗方成理。〔白〕傳左右二營將官上帳聽令。〔中軍應，傳介。二將上，唱〕疾忙馳，未識軍中何事爲，須向營前聽指揮。〔見介，白〕元帥在上，左右二營參見。〔趙〕汝二人可向外城將壽州逃來敗殘兵卒查驗明白，放他進城，速來回話。〔唱〕當詳睇，莫教脱略，暗藏奸宄。〔二將白〕得令。〔合唱〕定須防備，自能防備。〔分下。扮敗殘兵卒上，

白〕好了，好了。你看追兵漸漸的遠了。〔唱〕

【黃鶯兒】棄甲與拋盔，命難存、魄已離，如今猶自驚心悸。喘吁吁一回，軟癱癱一堆，巴得生來轉覺如痴醉。〔二將上，白〕爾等敢是壽州逃來的兵卒麽？元帥有令，恐有奸細混在其中，細細搜檢明白，方許進城。〔衆兵卒〕阿呀將軍，我等俱是劉元帥兵卒，只因將亡城失，所以逃來，並没有奸細在内。〔二將〕元帥有令，豈可不遵！爾等逐個個進城，待我好搜檢。〔作一面搜檢，一面進城介。唱〕莫猜疑，身無別物，現只有瘡痍。〔下。二將即引衆兵卒上，唱〕

【前腔】路遠不知疲，猛前行、苦怎提，鼓聲不是驚天際。氣絲絲欲頹，步珊珊怕移，咫尺轅門、似有千餘里。〔作到介。二將白〕元帥有請。〔趙上，二中軍隨上。唱〕費支持，聲傳虎帳，盈耳是危機。〔二將白〕查驗得的係壽州敗殘兵卒，俱已放進城中，特來繳令。〔趙〕令他們進來。〔進介。趙〕爾等果係壽州兵卒麽？〔衆〕小的們皆是壽州兵卒，因主將陣亡，城池失陷，故皆逃來，願依附大老爺麾下。〔趙〕爾等且往外面去，待我慢慢編入隊伍便了。〔衆應下。趙〕我想宋主既得志壽州，必乘勝來攻我城。劉仁贍如此有名宿將尚且身亡地失，我這裏如何抵敵得住？〔唱〕

【前腔】孤處水之湄，歎唇亡齒孰依，料宋君乘勝應飛旆。我城兒又微，兵兒又稀，早難道徒然束手遭擒繫。〔二將白〕憑着元帥神威，末將等亦還驍勇，宋兵若來，與他對陣，未必不勝。不然閉城堅守，糧草尚足以老彼師。待朝中救兵到來，内外夾攻，一鼓而擒。元帥何必憂慮若是？〔唱〕莫憂疑，徒增人意氣，減却自家威。〔趙白〕衆位將軍不知，宋主用兵如神，詭計百出。此城萬一如壽州，那時怎了？須想一萬全之策方好。〔二將〕除了戰、守二策，再没有什麽計了。〔趙唱〕

【前腔】攻守在權宜，念兵行詭道魁，制人當覓個安全計。使他人不疑，令吾軍不虧，轉敗爲贏只要些兒智。〔白〕嗄，有一妙計了。〔二將〕有何妙計，請元帥明示。〔趙〕城南有一山名曰豹隱山，廣闊四五十里，可容數十萬之衆。如今將城中軍民人等，盡皆遷徙到那山中屯下。此空城宋主若到，只道我畏敵棄城而走，自然進城。那時我便乘夜帶領兵將前來圍住，再向朝中求添兵將前來相助，那宋兵便插翅也難逃了。此乃反主爲客屯城妙計。〔二將〕元帥妙計，末將等不勝敬服。〔趙〕爾等可去傳諭百姓，即時遷往豹隱山中。待百姓遷完，然後再統領大小三軍出城往山中埋伏去。〔二將〕得令。城内子民聽者，元帥有令，着滿城百姓即時遷往豹隱山中，不得有違。〔唱〕果成奇，饒伊廣衆，到此盡無歸。〔内下。鬧嚷一陣，扮衆百姓扶老携幼，亂擁上。唱〕

【山坡羊】熱突突抛家辭室，苦哀哀扶姑携穉，急煎煎催出了閨門，亂慌慌踹脱了鞋和履。難存矣，知從何處棲。又愁走散了親人隊，女哭兒嚎驚天地。軍威，不能將大敵摧。誰欺，只空將百姓移。〔串走下。二將上，唱〕

【縷縷金】沿門按，逐家稽，霎時千萬户，盡遷移。更向轅門上，傳齊軍隊。〔白〕城中百姓遷徙已完，不免傳令衆兵將一同出城，往豹隱山去埋伏。〔唱〕餱糧甲仗盡相隨，潛藏深山内，潛藏深山内。

〔向内介，白〕大小三軍聽者，元帥有令，俱往豹隱山中去埋伏，所有糧草、器械盡皆運去，不得有違。

〔内應介。趙衆軍士推糧車、執鎗刀旗幟上，串走介。末引二將、趙保牛上，合唱〕

【山坡羊】雜遝遝戈矛車騎，峻巍巍芻蕘糧糈，鬧攘攘搬運到山隅，寂寥寥剩得空城閉。無人矣，閭閻烟火稀，誰能參透其中謎。縱識鴉鳴，還猜犬吠。饒伊，總英雄也蹈機。重圍，要歸休除是飛。〔下〕

第三齣　太祖被圍

〔四小軍、四將引太祖上，唱〕

【剔銀燈】飄飄的旌旗虹掣，森森的戈矛林列，驟駸駸馬疾人心悅，喜孜孜唱和聲相接。非賒，參差雉堞，一望在烟林半遮。〔小軍稟介〕啓萬歲，兵抵泗州城下。但見兵將不守，城門大開，軍士疑慮，不敢前進。請旨定奪。〔太祖〕想是趙保牛畏我兵將驍勇，棄城而逃。不動兵革即得此城，寔乃天與也。〔史奎〕臣啓陛下，恐是奸計。城中或有埋伏，不可不慮。待臣先往城中搜檢一番，若果無他，即來恭迎聖駕進城。〔太祖〕卿言甚善。可即進城搜檢明白覆朕。〔史〕領旨。〔進城介。太祖合唱〕

【朱奴剔銀燈】穩猜做森排斧鉞，緣何倒大啓門闑，袖裏提防要細者，莫蹈着小醜機也。〔史上白〕臣奉旨進城搜檢，並無埋伏，請聖駕進城。〔太祖〕分付大小三軍，就此擺駕進城。〔衆〕領旨。〔作進城介。唱〕打疊，從容就舍，也不用爭先鬪捷。〔太祖白〕天色已晚，衆軍士可向城上小心守禦。〔衆〕領旨。〔下。四將〕天兵未至，唐將即棄地而走，此寔陛下洪福齊天所致，臣等曷勝欣幸。〔唱〕

【朱奴插芙蓉】早則是風聞便怯，急忙的遯跡不迭，不用弓張與矢挾，這威福直與天恊。〔軍士上〕

報啓萬歲，城外一片火光燭天，唐將趙保牛統領兵將把城團團圍住了。〔太祖〕呀！中了敵人屯城之計了。衆位將軍，可隨朕到城上觀看敵人兵勢如何，再爲計較。〔衆〕領旨。〔行介。唱〕聽傳説，不由人半呆，恨么魔立心偏有恁多邪。〔作上城介。城上點龍鳳燈、火把介。四小軍、四將引趙保牛，各執燈籠、火把，衆上。唱〕

【朱奴剔銀燈】只誇你威名凜烈，誰知我計畧明哲。看你君臣便英傑，怎生出這個關槧。〔趙白〕大小三軍，把城池緊緊圍住，不得有違。〔衆應介。唱〕重疊，車連馬接，緊圍向孤城下也。〔下，繞場。太祖引衆下城介。唱〕

【朱奴插芙蓉】見烽火如螢徧野，看人馬似蟻盈垤，困得城濠空没些，不隄防似此啅嗻。〔太祖白〕一時失算，悮中敵人奸計，如何是好？〔合唱〕憂來切，待如何退也，悔當初怎生輕敵恁痴呆。〔四將白〕事已至此，且從容商酌破圍之計。陛下且請寬心。〔太祖〕大小三軍，往城上嚴加守禦，以防敵人攻打。衆卿可隨朕到内商議解圍之計。〔衆〕領旨。〔合唱〕

【餘文】君臣共去把謨謀設，少不得無今夜。笑此番縱出得重圍也似倒拔蛇。〔下〕

第四齣　徵聘于洪

〔林文善上，衆執事隨上，一人捧勅，一人執旌上，唱〕

【鵲橋仙】碧霄垂象，皇華成賦，盡日驅馳四牡。胸中常列地輿圖，也不用巾箱程譜。〔白〕雙旌南北又東西，驛路三千任馬蹄。詞令久誇能不辱，又承徵聘到磻溪。下官南唐王駕下行人司林文善是也。我國偏處東南，無奈宋主屢行侵伐，目今又親統大軍已逼壽州，守將劉仁贍上表求救，又薦舉大盤山異人于洪爲軍師，故吾主命下官往彼聘請下山。衆執事，就此往大盤山去。〔衆應，行介，唱〕

【園林好】念郊原心驚鼓桴，向泉石思尋宰輔。若能得恢宏疆土，不枉伊住菰蒲，不枉我遡葭苻。〔下。二童上，白〕偶來松樹下，高枕石頭眠。深山無曆日，寒盡不知年。我等大盤山于真人座下童兒便是。我師父昨日往卧虎山百劫祖師處講法，留下説話道今日南唐王駕下有一個姓林的天使到此，叫我們好生迎待。喂，師兄，我們等了這半日，從不見有人到來，且到那山巖邊去馴鹿調鶴、採花摘果頑耍一回，多少是好。有理。閒騎鶴鹿看花去，戲唤猿猱摘果來。〔下。林領衆上，唱〕

【江兒水】已過垂楊渡，還經偃栢途。迎人嵐色侵行步，撩人泉響清心腑，驚人鶴鹿煩聽顧。漸隔紅塵多路，不是蓬壺，已到白雲深處。〔作到介。二童上，白〕你們可是南唐來的？〔執事〕正是南唐來的。〔童指林介〕這位老爺可是姓林？〔林〕我正是姓林。你却緣何曉得？〔童〕是我師父留下説話，道有南唐天使林老爺到來，叫我們好生迎待。〔林背介，白〕有此先見之明，的是異人。〔向童介〕令師可在，敢煩通報。〔童〕家師昨往别處講法，今日準回。天使大人到草堂中少坐。〔林〕既如此，衆執事且在山前停扎，我在此恭候仙師回來便了。〔衆應下。童引林進内，林〕園林日午花争發，主不歸來客自來。〔下。于洪騎鹿，二童控鹿上，唱〕

【五供養犯】雖成遯逋，有道聲名，已播通都。終南寧有誤，捷徑自堪圖。九還丹，五岳圖，秪無過，邀人聞覩。此處真消習，暗地習陰符，有日朝天尊榮安富。〔作到介，下鹿介。二童上，白〕弟子等恭候迎接師父。〔于〕我不在洞中，可有人到來？〔童〕有南唐天使到此，恭候師父已久。〔于〕既如此，快請來相見。〔童應，請介。林上〕几列數書皆鳥跡，壁懸雙畫是龍精。〔見介。林〕仙師請上，下官有一拜。〔于〕天使請上，貧道也有一拜。〔拜起介。林〕國君久仰仙師道高德重，特遣下官到此恭請下山，拜爲軍師，以輔王室。〔于〕貧道山野之人，烟霞成性，泉石是枕，豈肯去沾惹紅塵？况無經濟之才，何堪膺此隆典。煩天使大人與我婉言以謝。〔唱〕

【玉交枝】生甘愚魯，住山林烟霞自娱。躬耕豈即隆中數，又不曾高吟梁甫。誰將拙名傳帝都，致煩天使親光顧。望祈教楓宸別圖，願莫來桃源再圖。〔林白〕聘請高賢，國君本擬親詣寶山，奈緣兩國交兵，未可輕離都國，故遣下官代吾主前來恭請。今仙師若不前去，其如天下蒼生何？〔唱〕

【川撥掉】須迴護，念蒼生翹足覬。一任教塵世遭屠，一任教塵世遭屠，問慈悲心還忍無？願仙師辭藥爐，願仙師將竹符。〔于白〕既然天使如此諄諄邀請，貧道何敢固辭，須索勉行便了。〔林〕多感仙師。〔于〕但今日天色已晚，屈留天使在草堂一宿，明日一同前往何如？〔林〕一聽仙師尊命。〔合唱〕

【餘文】投機話久忘時暮，驀見那洞口松陰日已晡。〔林〕仙師明日須要早早下山。〔合唱〕須把這大地生靈一旦蘇。〔下〕

第五齣　同門相遇

〔苗訓上，唱〕

【浪淘沙】削職混漁樵，雲水逍遥，功名久矣等蓬蒿。曠世恩榮圖報也，依戀皇朝。〔白〕鹿鹿功名水上萍，蕭疎鬓髪欲生星。斫開絶壁男兒志，養就高廉太史稱。能逐鹿，會騎鯨，中原有主覆蒼生。自將不盡匡勷意，還挽天河洗甲兵。下官苗訓，表字光藝，大梁人也。向拜輔國軍師之職，因聖上醉後誤斬了汝南王鄭恩，道我不諫，欲正典刑，多虧了五侯八王等保奏，蒙聖恩謫貶爲民。聖上却又親統六師征伐南唐，目今被趙保牛用屯城之計圍困于泗州城内，合有三載之厄。兵亡將喪，人民塗炭，此雖天數難逃，亦須人力挽回。爲此下官自謫貶以來即扮作全真模樣，閲歷山川，徧訪天下賢人良將，好去泗州扶助吾主。迤邐行來，已近聚賢山。昨在此迎仙觀中安歇一宵，今早辭了觀主，進聚賢山去。内中或有高人、宿將，隱居在内，亦未可知。呀，出得觀來，好一派風景也。〔唱，行介〕

【駐馬聽】絶勝中條，天氣蒼凉景泬漻。見了些喬松古檜，翠栢寒篠，絶壑飛濤。山靈猿鶴類同

袍。崖空樓閣臨天表。迴異塵囂。看白雲紅日，遥瞻縹緲。〔下。一大頭目，四小衆頭目上，唱〕

【駐雲飛】供職分曹，巡視斯山不憚勞。但有過山道，對半均分鈔。嗏！〔白〕請了。我等乃馮大王麾下衆頭目是也。我大王本是黄石公高徒，非但英雄無比，更兼法術多般。因見五代亂離，世無真主，故此擁衆據此聚賢山獨霸爲王。凡有客商經過，没有資財者，竟放過去；如有財帛，只分一半，並不傷害性命。此亦不過借此隱居，以待真主，好去建立功業。今早大王往東山打圍去了，分付我等小心看守山寨。〔大頭目〕喂，衆兄弟！〔衆〕大哥！〔大頭目〕我們在山脚下掘下深濠，若有客商來往，誤踹其上，必然陷下。那時我們捉住，剥他的衣服去换酒吃。〔衆〕有理有理。〔合唱〕馬匹正并衣包，一齊都要。休笑，强梁天下皆同調，還是吾們品行高。〔下。苗上，唱〕

【駐馬聽】峻嶺岩嶤，萬木風來似怒濤。看許多閑雲來往，巨澗潺潺，路徑蹊蹺。〔白〕入得山來，你看四圍重嵐複嶺，峭壁懸厓，好生峻險也。〔唱〕丁丁不見伐山樵，翱翔自有飛禽樂，且轉過山坳，定有高人趺坐不妨輕造。〔作失足跌入坑内介。衆頭目上，唱〕

【駐雲飛】不用相邀，有客來投仔細瞧。不論財和寶，只剥衣和帽。嗏！〔大頭目白〕喂，兄弟，喜得有一人跌在坑内，大家動手提他起來。〔衆應，提起介。大頭目〕先剥下他的衣服去换酒吃。〔衆欲剥介。苗〕咗，鼠輩！休得無禮。〔作法介。衆作頭疼，各捧頭介〕阿呀呀！怎麽把我們一指盡皆頭疼起來了？了不得，了不得！〔苗〕待我略施小術，叫你人人皆死。〔衆〕我等有眼不識，望乞饒恕。〔各跪拜介。唱〕稽首望相饒，塵埃跪倒。暫爾寬容，生死啣恩報。德似坵山恕我曹。〔苗白〕既然苦苦拜求，姑且饒你，只是太便宜了你們。〔衆〕多謝仙師。我等大膽，敢問仙師尊姓大名，有此道法高妙。〔苗〕我乃當朝輔國軍師，姓苗名訓。〔大目〕原來就是苗老爺，我大王日夕在此想念，却來得正好。〔苗〕汝大王是誰？〔大目〕我大王乃是黄石公高徒，姓馮名茂，説是與苗老爺同年。〔苗〕原來馮茂賢弟却在此處，快請來相見。〔大目〕早晨往東山打圍去了，少頃即回。請苗老爺到山寨中去少待。〔苗〕既如此，爾等在前面引路。〔衆應，行介。苗白〕正是山徑可曾因客掃，〔衆〕寨門今始爲君開。〔下。四嘍囉引馮茂，矮莊，青臉，菱角鬚，扎巾，小靠，執小叉、斧上，唱〕

【四邊静】素書韜畧傳奇妙，功名建須早。地煞與天罡，驅使隨吾調。搊搜相貌，冲齡年少，天祐我奇才，智勇淩穹昊。〔作到介。五頭目上，白〕衆頭目迎接大王。〔馮〕山下巡邏無事麽？〔大目〕啓大王，有當朝輔國軍師苗老爺到山，要見大王，恭候已久。〔馮〕苗師兄怎麽得到這裏來？正爾想念，快請相見！〔頭目應，請介。苗上，白〕負笈遠游知契少，三人行者有吾師。〔見介。苗〕一别許久，幸得重瞻道範。〔馮〕三年夢想，相逢甚慰鄙懷。師兄在宋主處拜爲輔國軍師，君臣甚是相契，何事又作此粧束，來至此地？〔苗〕一言難盡。〔馮〕請道其詳。〔苗唱〕

【剔銀燈】飛龍後遍施怙冒，醉醽醁將臣斬了。〔馮白〕斬了何人？〔苗唱〕汝南王無罪將尸藁。〔馮白〕那時爲何不諫？〔苗〕因他天數當終，故爾不諫。豈知聖上，〔唱〕却將我削歸村落。〔馮白〕如今待要怎麽？〔苗〕身雖削籍，心戀皇朝，因此，〔唱〕游遨，遍訪英豪，怎肯做旁觀局高。〔馮白〕原來如此。小弟與師兄闊别多年，今喜相逢，且在小寨盤桓一年半載，再作道理。〔苗〕雖然如此，但你我俱是黄石公之徒，必須幹立功勳，做番轟天的事業，纔不負師長幾年教訓之心。今賢弟在此作這樣不法之事。〔馮〕師兄有所不知。小弟因見天下離亂，未有得鹿之人，故且暫隱于此，以作待時而動也。〔唱〕

【前腔】權學個渭濱垂釣，亦非是登山善嘯。有真人符命膺天保，纔可任借籌前調。同袍，相逢幸遭，幾時得共佐皇朝。〔頭目白〕啓大王，筵宴已把在正誼堂，就請上席。〔馮〕設有薄酌，聊作洗塵。請師兄一叙，莫嫌簡褻。〔苗〕多謝盛情。〔馮〕請。〔苗〕請。〔合唱〕

【尾聲】同門久闊相逢樂，把别後情悰話莫勞，異日裏扶摇上碧霄。〔下〕

第六齣　于洪受職

〔四文武官上，分唱〕

【點絳唇】蓮漏纔停，踈星散影。霏微映，丹陛同登，須索要肫誠敬。〔白，各念一句〕誰能嵩洛静風波，報道隣兵欲渡河。既以一身酬社稷，應將談笑解干戈。下官南唐王駕下左僕射嚴續是也。下官户部尚書馮謐是也。下官行人司林文善是也。下官驍騎將軍周成是也。〔向林介〕前者林先生奉旨往聘于真人到來，今日早朝陛見，想他名望既通于帝座，其道術想亦不群。〔林〕少時見駕，主公必定細細詢問，聽他言語即知其人矣。〔内作樂介。衆〕你聽天樂悠揚，御香馥郁，主公將次陞殿，須索整肅朝儀者。〔作樂，四太監引南唐王李煜。唐帽、黑滿黄蟒上，唱〕

【杏花天前】歷承土德膺天命，治無爲民安物永。〔作樂，轉場坐介。衆參見，各通名介〕朝見主公，願主公千歲千歲。〔内監〕平身。〔衆〕千千歲。〔各歸班介。王〕丕業承先代，宏恩澤萬民。惟將宵旰意，聊以戢强隣。寡人南唐王李煜是也。少擅書文，長嫻音律，累還諸大將軍，相繼歷封王爵，洪州監國。聿紹丕基，被父兄之蔭育，樂日月以憂游。追巢許之餘塵，慕夷齊之高義。常深自勵懼，勿克堪然。念先世君臨江表垂二十年，務在勤倦。但我國偏處東南，奈宋主屢屢侵伐，今又親統大軍已逼壽州。今壽州守將劉仁贍上表求援，并薦舉異人于洪爲軍師，前已遣行人司林文善用安車蒲輪前去聘來，今日朝見林卿，就傳旨宣于先生上殿。〔林〕領旨。〔向内介，唱〕千歲有旨，宣于先生上殿。〔内〕領旨。〔于洪上，唱〕

【杏花天後】地雷水火能驅運，今日裏趨蹌赴徵。〔參拜介〕方外臣于洪朝見主公，願主公千歲千歲。〔内〕平身。〔于〕千千歲。〔王〕寡人承先帝之丕基，撫有江南，無奈强隣肆暴，屢屢侵凌，疆界日促。久仰先生道高德重，深諳韜畧，妙多法術，故此敦請下山，同籌國事。不識先生有何妙策？〔于〕主公以爲宋室君臣强如猛虎，依臣看來，直同豎子耳。只須略施小計，管叫他盡成齏粉。〔唱〕

【玉芙蓉】我胸中羅甲兵，心内無疑徑。用赳赳一旅，所到功成。秖憑妙法千秋炳，還仗經營赫濯靈。〔王白〕若得先生施大妙法滅此强宋，不獨寡人深幸，此寔社稷生靈之幸。〔同衆唱〕邦家慶，喜英才誕登；不枉了、草廬三顧卧龍名。〔王白〕封卿爲護國大法師之職，更易冠帶朝見。〔于〕千歲。致君堯舜無多術，只在神農几句言。〔下。衆文武〕臣等適見于先生言談氣概，真堪爲輔弼之臣。此皆公主致治心誠，所以天降此異人輔翼王室。臣等覩此盛事，可勝欣幸之至。〔唱〕

【前腔】股肱天降生，輔弼臣民慶。羡兩間造物，彙聚休明。中原形勝關河夐，祖德憂勤惠澤承。〔于洪换玉冠法衣上，唱〕蒙君命，賜新銜上卿。效微軀，鞠躬盡瘁報生平。〔拜謝介〕臣山野鄙人，一

旦荷蒙主公隆恩，封以大法師之職，感戴何勝。〔唱〕

【前腔】村家老圃稱，草野農夫等。荷深恩浩蕩，上列公卿。昔如埋劍常迷影，今似閑雲又出程。〔起立介。王白〕今日孤有于法師，正劉先主所言如魚得水也。〔合唱〕邦家慶，喜云云。〔樞密院持表上，唱〕

【前腔】封章晝夜行，救急先題請。〔白〕臣樞密院朝見主公，願主公千歲千歲。有泗州守將趙保牛求援表文，乞賜御覽。〔内監接表介。王一面看，樞一面唱〕壽春失守，鶴唳風聲。屯城妙計千秋炳，困敵奇才萬古稱。〔王白〕不想宋主賺開壽州，昭武將軍鎮南侯劉仁贍不屈自刎。宋兵直逼泗州。喜得泗州守將趙保牛，用屯城之計反將彼圍困在内。今趙保牛猶恐兵卑將少，恐彼破圍而出，故來請救。諸位卿家，目今當遣何人前去幫助保牛才好？〔唱〕宣王命，選貔貅速行。奮干戈，天山定後任縱横。〔于洪白〕臣深荷隆恩，無由報効，今願親提一旅之師前去，管教捉拿宋主君臣，獻俘闕下。〔唱〕

【前腔】君超湯武名，臣邁伊周並。仗威靈顯赫，到處功成。萬年基業從兹定，奕世勳名莫與京。〔王白〕若得法師前去，即命驍騎將軍周成爲先鋒，明日在教場中挑選兵將，寡人親至郊外相餞。〔于〕千歲。〔王〕分付退班。〔合唱〕邦家慶，喜云云。〔分下〕

第七齣　法擒宋將

〔四小軍引高懷德上〕

【出隊子】威名播揚，破竹前來聲勢張。斯民處處具壺漿，豈料空城賺我皇。索冲彼重圍，擄敵歸降。〔白〕我高懷德隨駕南征，不意悮中趙保牛屯城之計，被困泗州城內。聖上以此躊躕，必使破圍之策。我想些少兵將，何難殺退，也用這般憂慮？爲此方纔奏過聖上，獨我領人馬出城破敵。今日與賊決一死戰也。〔唱〕

【二犯江兒水】三軍雄壯，齊擠擠三軍雄壯，戈矛排隊往颺。〔白〕大小三軍，今日交戰，務須奮勇爭先，殺退賊兵，解此重圍！〔衆應介〕就此殺上前去！〔衆應，吶介。唱〕看赳赳殺氣，燦燦鋒鋩。必須要破重圍，冲羅網。〔下。四小軍引趙保牛，引衆上。唱〕奇計果然良，威名播四方，有武斯張，妙算非常。試看取宋江山歸吾掌。〔白〕我趙保牛用屯城妙計困住宋國君臣，已向朝中求添兵將前來助戰，怎麽到今尚未見來？適才南門探子來報，說有宋將冲圍出城，須索前去迎敵。大小三軍，可速往南門去接應，必須緊緊圍住，莫放一人冲出！〔衆應介。行唱〕緊緊隄防，用心力緊緊隄防。〔高引衆冲上。合唱〕兩兵相仗，各奮武兩兵相仗，誰是個老行師手段强。〔畧戰介。高〕趙保牛！ 天兵到此，不思向化投誠，反敢用此詭計，今日好好解圍納欵，尚可宥汝一死！〔唱〕

【前腔】天朝恩曠，莫辜負天朝恩曠。 伊心不自想，看威行八面，氣鼓千行，速投誠受上賞。〔趙白〕我國與爾主各分界限，何得屢肆侵凌？ 今日一鼓成擒，毋貽後悔。〔唱〕唐宋各分疆，頻侵逞伎强。 你徒費囂張，俺禦敵疆場，管教伊棄垓心身骯髒。〔高白〕休逞狂言，放馬過來，决一勝負！〔趙〕那個懼你！〔戰介，下。 衆對把介。 衆唱〕全裝錦幫，一個個全裝錦幫。 刀槍閃亮，各紛紛刀槍閃亮。試看取戰酣時天地黄。〔又戰介，下。 四小軍引周成、于洪上，後打一大纛，上書「南唐護國大法師」，引衆上。于唱〕

【前腔】超今邁往，仗神通超今邁往。 玄門功最廣，善呼行雷電，驟雨風狂，運神通道法廣。〔白〕我于洪受南唐王聘請，拜爲護國大法師，正思施展我神通，却好泗州守將求救，爲此我就請兵前來。〔笑介〕我此去只須略施小術，管叫克日成功。 大小三軍，速速趲向泗州去！〔衆應介。 行唱〕道路匪云長，兼程晝夜忙。 殺氣飛揚，征霧蒼茫，頃刻裏奮驅馳穿林莽。〔内鼓喧介。 于白〕你聽前面喊殺之聲，想是兩軍交戰，不免上前助戰，立顯神通妙法便了。 衆將官，與我作速上前迎敵者。〔衆應介。 行唱〕傾心大唐，俺可也傾心大唐。 先鋒驍戇，果然是先鋒驍戇。 只教他車臨螳臂當。〔趙保牛領衆作敗勢，敗上。唱〕

【前腔】全軍幾喪，慘生生全軍幾喪。英風皆骯髒，戒紛紜士卒飭休慌，整餘威多鞅掌。〔見介。趙白〕動問你是南唐何人領兵到此？〔于〕我乃新拜護國大法師于。汝是何人？緣何恁般狼狽？〔趙〕小將即是鎮守泗州守將趙保牛。方才敵兵冲圍，抵他不住，所以逃敗至此。〔于〕他既得勝，必然追逐，汝可去誘他到此，我自有計擒他。〔趙〕敵將十分利害，不是當耍的。我、我去誘他來，你不要跑掉了。不能個擒他，那時我到被他擒了去，如何是好？〔于〕唔，這般膽怯，也稱爲大將！快快去誘他來，我自有道理。〔趙〕没奈何，只得去誘他到來。〔領衆下。于〕趙保牛已去誘敵，我不免將攝魂瓶内勾魂使者放他出來，分付一番，好擒拿宋將。〔將瓶持手介〕勾魂使者速現。〔瓶中現出小勾魂使者，手執魂旛，立于瓶口介。又扮一大勾魂使者上〕法師呼喚，有何驅使？〔于〕少頃宋將交鋒，我但叫他一聲姓名，汝可將他三魂勾取一魂，七魄攝取三魄，使彼昏迷，以待我擒他。不得有違。〔使者〕領法旨。〔小下瓶介。大勾魂法師下。于〕我且站在高處，只待宋將，擒他便了。〔唱〕法力可勤王，天心應助唐。師正堂堂，鼙鼓諍諍，一會價將和兵、生休想。〔高追趙上。于截戰介。高白〕那裏來的妖道，也敢來攔阻我！〔于〕我乃南唐王駕下護國大法師姓于名洪。汝是何人？〔高〕我乃大宋天子駕前大將軍平南侯姓高名懷德。〔于〕你那無名小將，擒汝也無益，只要你傾國投降，免得遭殘被戮。〔高〕阿唷唷！妖道好生無禮，看我手中兵器！〔于〕那個懼你！〔戰介。于〕高懷德，我高叫你的姓名，你敢答應麽？〔高〕任汝叫喚，我何懼哉！〔于將瓶持手中，現小勾魂使者，叫高，高應介。内放采火，出大勾魂使者，執旛，將高繞一轉，高作昏迷倒介。勾魂下。于白〕衆將官將高懷德綁了，先押往營中去。〔衆應，綁高下。于〕分付圍城兵將緊緊圍住，休得疎虞。待我明日再來擒拏宋國君臣便了。〔趙〕大法師連日鞍馬勞頓，請往營中少息。〔于〕大小三軍，就此打得勝鼓回營。〔衆應。行唱〕旗開繡幢，展飄飄旗開繡幢。凱歌高唱，聽聲聲凱歌高唱。今日個報膚功第一場。〔作到營介，坐介。連下〕

第八齣　逼降宋將

〔趙保牛上，二小軍暗上〕

【引】事業垂成，邦家重慶，指日裏烽烟掃净。〔白〕我趙保牛與宋將交戰，被他殺得大敗，正在危急之時，幸得于大法師相救，復又將寶貝擒獲宋將高懷德，未知如何發落。且候大法師升帳。〔于洪帶周成、二小軍同衆上，唱〕

【前腔】汗馬功勳，疆埸用命，不負皇家敦請。〔趙〕大法師在上，趙保牛參見。適才擒獲宋將，他把我殺得利害，若不斬他，難洩此恨。〔于〕那高懷德乃是宋朝一員上將，若是斬了，豈不可惜？我自有法治之。分付衆軍士，齊把刀刃出鞘，去將宋將高懷德推來，逼他降順我朝。〔衆應介，各將刀出鞘。二軍士下，即推高懷德一面上，于一面笑，白。于〕高懷德今已被擒，只用我片言下説，管教他拱手歸心。〔趙保牛、周成〕大法師神威所加，敵將自然攝伏。〔高上，唱〕

【滿園春】未廓乾坤早捐命，忠魂壯死合留影，須叫爲厲南唐，一掃餘氛都净。〔衆軍士喝介〕嘚！被擒之將見了大法師，怎麽不跪！〔高〕哇！我乃天朝上將，豈肯跪汝小邦妖道！〔于〕軍士們不得囉唣。〔下座，解縛介〕適間悞犯虎威，望乞恕罪。〔高不理介。于〕貧道有一言奉告，不識將軍亦肯俯聽否？〔高〕在理言之，只管説來。非義之言，切勿亂道。〔于〕我南唐李主乃高祖太宗之嫡裔，列聖相丞，自當主有中國。便是五代以來，群雄四志，也止隨立隨滅。自知天意尚未厭唐，不過國運偶然值蹇耳。今爾主恃强侵伐，焉知不成五代之故轍？將軍何不棄暗投明，去逆從順，共事我主，削平群亂？那時錫土分茅，垂名鐘鼎，百世之後，人盡欽仰。將軍翌戴皇唐，能識順逆，豈不善乎？〔高〕哇！休得胡説！我聖上應天順人，臨御萬方。今四海九州，咸入版圖。獨爾南唐，恃强負固，不奉正朔，致令我主興師討逆。今我悞中妖術，要殺便殺，何得巧言！〔于怒介〕哇！我倒好言勸汝，却敢如此無狀！軍士們，看刀伺候！〔衆應介。高笑介〕你把死來唬别人則可，怎唬得我高將軍！〔唱〕

【風入松】丈夫馬革久爲情，豈到如今方定。不能殺賊心難瞑，怎向伊反圖僥倖，貪受那腌臢顯榮？欣即死，恥偷生。〔于白〕今既被擒，已入我牢籠，任你恁般倔强，不怕你不降。〔合唱〕

【前腔】饒伊激烈硬横行，怎脱吾曹機穽。雖能到死言猶勁，將不止屍分首領。〔于白〕衆軍士，他若再不肯降，就把他亂砍爲泥。〔衆應介。合唱〕看你個刀頭撈挣，身粉碎，骨星零。〔高白〕咳！任你鼎鑊在前，刀鋸在後，我此心斷不更易。〔唱〕

【前腔】休誇誅戮有非刑，一任湌刀烹鼎，拚教滅體終存性。誰怕你兇威全逞，寧讓那張巡杲卿？雙罵賊，獨垂名。〔于白〕這般看來，言語説他是不能順從的了。不免將葫蘆内迷心亂性覆雨翻雲九龍聖水來降他。軍士，取個磁盞來。〔軍應，取盞付于介。于取葫蘆，傾水盞内，出座。于唱〕

【前腔】移心滅性有奇能，不許人懷忠正。雖非貨色醇醪等，能顛倒天無權柄。〔曲中于噴高三次水，高昏倒介。于白〕軍士們，且把他扶進後營，待少頃醒來，有甚言語，即來報我。〔軍應，扶高下。于、衆合唱〕直個把天生神穎剛留得，眼睁睁。〔趙保牛、周成〕法師好妙術，一口水噴去人便迷倒。明日出陣竟不用交鋒，但叫衆軍士挑幾千擔水去，待法師像個裁縫盪衣服的一般逢人噴去，那時把宋營衆將士一個個迷倒便獲全勝了。〔于〕此乃聖水，非尋常可用。須先把他魂魄收攝起來，然後再用此水迷他。若平常清醒之人，恐一時不能靈驗。〔趙保牛、周成〕原來還有這些緣故。〔軍士〕啓上法師，那宋將忽然醒來，聲音面目迥不如前，口中只罵宋主無道，愛色拒諫，妄斬功臣，無事統兵侵凌鄰國，況且號令不嚴，誓必要棄宋降唐了。〔于大笑介〕妙吓！你去領他來見我。〔軍應，下。于向趙保牛、周成白〕如何？我將聖水一噴，即能革面回心，誠意向化。這個法術妙不妙？〔趙保牛、周成〕真正好妙術。敬服，敬服。〔高臉搽晦氣色上，唱〕

【前腔】追思前此忒無情，就苦辭甘不省。〔白〕大法師在上，小將高懷德參見。〔于〕將軍少禮。〔高唱〕那堪白白丢榮命，翻與這威權爲梗。〔白〕小將一向在夢寐之中，今日始得醒覺，追悔何及。從此願同大法師盡事南唐，削平北宋，以蓋愆。〔唱〕從今後扶强幫盛，識時務，保身明。〔于白〕將軍既能反正，賢于古人遠矣。貧道自然保奏我主，將軍不失封侯之職。〔高〕多謝大法師。〔趙保牛〕大法師遠來寶駕，後營薄設一尊，聊爲洗塵，就請上席。〔于〕今日且權過一宵，到明日看我施大神通，將宋朝君臣盡生擒過來。〔衆〕全仗大法師妙術。〔合唱〕

【尾聲】行看一戰把家邦定，方識仙家法術靈。那怕他帶甲横戈百萬兵。

第九齣　太祖憤敗

〔曹彬、史奎、羅彦威上，唱〕

【滴溜子】交綏事，交綏事，出人意想。冲鋒處，冲鋒處，失吾上將。頓叫君心惆悵。欽丞鳳詔來，齊朝黼帳。退敵殲仇，誰克力當。〔白〕昨日高將軍出城破圍，竟被唐營擒去。我想高將軍如此英雄，竟爾被擒。唐營中必有非常之人了。聖上聞知，憂慮特甚，爲此侵晨即傳集衆將商議解圍之策。道猶未了，聖駕早出宫來也。〔衆御林軍、四内監引太祖上。唱〕

【叁段子】悶懷悒怏，眼睁睁么魔跳梁。怒氣激昂，意茫茫伊誰贊襄。運籌一將重圍蕩，如今待把兵機講，借箸芳徽期再貺。〔衆白〕臣衆等見駕。〔内監〕平身。〔衆〕萬歲。〔太祖〕昨命高將軍出陣，滿擬破敵解圍，不想反被擒去。如今被他圍困，若要固守又少軍糧，解圍又乏良策。如何是好？〔唱〕

【尾犯序】攻守兩無方。一個危城，九曲愁腸。進退維艱，似藩籬觸羊。思想，惟則願師全旅返，誰待要疆開地廣。〔羅白〕聖駕不消展轉躊躕，待臣今日帶領人馬出城，也把唐將擒回，以洩前忿。〔太祖〕將軍此去務須小心。〔羅〕領旨。〔下。太祖〕羅將軍此去朕甚不放心。衆卿可隨朕往敵樓上觀望一回。〔衆〕臣等護駕。〔太祖〕衆御林軍，把駕往敵樓上去。〔御林〕領旨。〔行介，唱〕移龍御樓頭暫駐，好待佇疆場。〔上敵樓介。內吶喊一陣，于衆擒羅彥威上，于洪追上，繞場一轉下。探子急報唱〕

【滴溜子】迸騰處，迸騰處，星馳電光。忙傳報，忙傳報，謀機事講。〔白〕報啓萬歲，羅將軍出陣，交未數合，又被唐將擒去了。〔唱〕兩軍無多回往。忽聞喊殺聲，生擒一將。探聽分明，羅帥受傷。〔太祖白〕再去打聽。〔探應下。太祖〕阿呀！不料羅將軍出陣，又復被擒。這事怎了？〔曹、史〕一人出馬恐難取勝。如今待臣二人一齊前去夾攻唐將，自可無虞。〔太祖〕卿等出陣，可見機而行。若果難勝，且退入城再爲記較，莫致敗北，貽朕憂戚。〔二將〕領旨。〔下。太祖〕二將雖去，不知勝負若何，使朕好不放心也。〔唱〕

【尾犯序】連戰苦郎當。事勉支持，心甚驚惶。縱使齊攻，怕終無勝場。一晌，甚胸膈砰砰亂躍，是鼙鼓聲聲振響。〔曹彬、史奎追于洪上，戰一陣下。太祖白〕只聽得金鼓連天，殺聲振地。二將出陣，此時猶未見捷音來報，好生懸念也。〔唱〕愁還似從前故轍，一去不回韁。〔史作敗勢上，唱〕

【滴溜子】妖氛重，妖氛重，寔難抵當。權時理，權時理，退歸壁仗。〔見介〕萬歲！〔太祖〕將軍回來了。曹將軍何在？〔史〕臣同曹將軍出城，却遇唐營中一個妖道。曹將軍與他戰未數合呵，〔唱〕奈伊非闘雄壯，惟恁法術邪，將人蠱障。待到交鋒，兜的便僵。〔太祖白〕但不知他用甚妖術，如此利害？〔史〕臣但見他手持一瓶，口中高叫「曹彬」，曹將軍即應聲而倒，衆將搶來擒去。臣本欲冲去相救，恐也中他妖術，所以逃敗而回。〔太祖〕阿呀，敵營中有如此妖術，我君臣怎生脱此重圍？〔唱〕

【尾犯序】生小歷疆場。未遇妖人，似此强梁。驀地相逢，做如何主張。誰想，空落得孤城坐守，徒看那三軍擾攘。〔史白〕且請聖駕回行宫，慢慢再商議解圍之策。〔太祖〕把駕回宫。〔衆〕領旨！〔下敵樓介。行唱〕休憂慮乾坤聖主，定有百靈襄。〔作到介。探子上，唱〕

【滴溜子】喧喧的，喧喧的，城邊鬧嚷。忙忙的，忙忙的，殿前奔往。〔白〕報啓萬歲，敵將于洪在城下百般猖獗搦戰，請旨定奪。〔唱〕聽伊聲聲欺謗。雖咱小卒情，衝冠怒上。乞選英雄，還去抵搪。〔太祖白〕且把免戰牌掛出。説天色已晚，明日交鋒。〔探應下。太祖〕隨征諸將已被敵人擒去八九。若在攻打城池，無人出戰，如何是好！〔史〕欲解此圍，必須先破妖術。若要破這妖術，則除是苗軍師到來。〔太祖〕苗訓自謫貶之後，聞他往各處雲游去了。孤雲野鶴，多無定跡，却向何處去召？〔史〕陛下可傳旨曉諭通國，着苗訓前來泗州解圍。彼若知道，自必飛至。〔太祖〕卿言甚善。卿即傳旨，着偏將冲圍而出，前往汴梁。一則取救，二則出榜，傳諭通國，着苗訓前來便了。〔史〕領旨。〔太祖〕敵兵得勝，恐他來乘夜攻打城池。卿家可上城分付衆兵將小心防禦。〔史〕領旨。〔合唱〕

【尾聲】重圍深處心難放，要曉夜殷勤把寇賊防。何日裏一統山河樂未央。〔下〕

第十齣　唐營慶功

〔趙保牛上，二中軍暗隨上。唱〕

【點絳唇】偌大勳猷，恁多機彀，俘魁寇。好叫他俛首相投，説不盡俺軍師經綸妙手。〔白〕下官趙保牛，正把宋國君臣圍住，喜得于大法師到來，不獨把宋將連擒過來，又且施大妙術，使他盡皆誠心降順。我南唐連日到城下搦戰，宋主畏縮，把免戰牌高高掛起。眼見得宋主受擒在即矣。爲此今日營中安排筵宴，與大法師慶賀軍功。中軍，筵晏可曾完備？〔中軍〕完備多時了。〔趙〕既如此，待我請大法師出來上席。〔向内介〕大法師有請！〔于洪上，唱〕

【粉蝶兒】妙術奇謀，憑着俺妙術奇謀，頓令他傾心拱手，博得個吴越同舟，好供俺指揮間收大宋把這全功獨奏。〔見介。趙白〕大法師在上，末將趙保牛參見。〔于〕趙將軍，今日請我出來，有何話説？〔趙〕大法師到此連戰連勝，宋將擒捉殆盡，其功莫尚矣！故敬備筵宴，與大法師慶賀軍功。爲甚麽周將軍不見？〔于〕是我命他點收糧草去了。有宋朝降將諸人，可請來一同坐地，少頃我尚有用他之處。〔趙應，向中軍介〕請衆位老爺出來。〔中軍應，請介〕衆位老爺有請。〔高懷德、曹彬、羅彦威各搽晦氣色臉上，唱〕一自沐恩庥，早除却從前差謬。〔見介，白〕大法師在上，衆將參見。〔于〕衆位將軍少禮。今日趙總戎備有筵宴，一者與我慶賀軍功，二者爲衆位將軍初到接風，可他盛意。〔高、曹、羅向趙介〕多謝將軍。〔趙〕不敢。〔向中軍〕將酒過來。〔中軍應，遞酒介。趙滴天介，定于洪席介，又定高、曹、羅席介。三人回定趙席介。各坐，合唱〕

【石榴花】俺則喜今朝虎帳甚優游，謝吾師一戰把功收，同享這瓊筵綺席，寶鼎金甌。鐃歌殷地動，杯斝學星流。只一片莽歡呼，莽歡呼，可早也真消受。這纔是鐘彝圖識，風雲時候。覷着俺恁般爲、俺恁般爲雖一統難輕就。不日裏已先教洩却壽春羞。〔于白〕衆位將軍能棄暗投明，反邪歸正，是真大豪傑也。中軍斟酒，可各奉敬一杯。〔中軍應，斟酒介。于唱〕

【鬭鵪鶉】則喜你從善如流，從善如流，方不枉英雄天授。〔高、曹、羅白〕末將等深賴大法師提携，始得反正。感戴之私，終身銘佩。〔唱〕謝大師溲渤同收，溲渤同收，甘心的後先奔走。〔趙白〕今日知己相聚，盡皆傾心吐膽，務須大家暢飲。〔衆〕說得有理。〔合唱〕則要的入座群英酩酊休，飛梟箭做酒籌。醉醺醺拍案呼盧，鬧喧喧脱冠揎袖。〔趙白〕今宋主高掛免戰牌，任憑攻打，只是防禦，總不出戰，如何是好？〔于〕他隨征衆將已被我擒有七八十員，尚有何人再敢出陣？待他糧草斷絶，少不得開城投降。那時待我奏聞主上，格外施恩，封他爲一附庸之國便了。〔唱〕

【上小樓】他若是甘投首，俺這裏法自優。少不得五等邊傍，等邊傍封伊爵土，煩俺保奏。〔高、曹、羅出席介，白〕吓！我們想那宋室不從諫言，妄動兵戈，侵凌鄰國。這等强暴，豈可相容，還要封他爲附庸？今日我等願同去城下嘈雜，激他出戰，擒來麾下，少効微勞。〔唱〕想起他舉動乖張，動乖張心内煩生，膽邊怒驟。怎肯容他拒高城，恁般掙就。〔于白〕若得諸位將軍前去，穩定成功。貧道在此竚聽捷音。〔立起介。白〕不施萬丈深潭計，怎得驪龍頷下珠。〔于、趙下。高、曹、羅〕大小三軍，就此殺向前去。〔唱〕

【疊字令】齊齊的合口連聲，朗朗的高呼細詬，狠狠的辱不堪，嚷嚷的駡不休。團團的依城傍郭，張拳舞手，層層的更换輪流。衕衕的一唱千謳。唱千謳人多日永，從辰到酉。早難道甘心忍辱只埋頭。〔下〕

第十一齣　反戈討宋

〔史奎領四小軍上，唱〕

【駐馬聽】列鼓揚威，偵報前軍已失機。因甚麽返戈事敵，蒙面降唐，拱手歸依。我如今先勵刦甲兵齊，問他俯首誠何意。〔白〕我等五侯八王隨駕南唐征伐，不料被唐營中妖道于洪施弄邪術，擒去十之八九。聖上在城焦勞如甚，苦無良策破此妖法。我想衆將既已被擒，自當用計脱回，否則以死報國。不想適才城上探子來報，説高懷德等俱已降順南唐，反率領人馬前來索戰。我猶恐傳來之言未必確寔，就此帶領人馬出城觀看，便知端的。大小三軍，就此出城去應敵也。〔唱〕索整旌旗，行師討罪，問伊詳細。〔下。曹、羅領四小軍，衆上。唱〕

【前腔】時勢相隨，只爲天心有改移，故此投明棄暗，潛息弓刀，要與李氏開基。從來智者得先機，休教悖悔違天意。〔作到城介，作攻打介。史領衆出城介。唱〕笑爾心違，反躬自問，料應羞恥。〔衆戰介。史白〕吓！諸位將軍既誤被妖術擒去，自當用計脱回，否則以死報國，何得反戈從逆討順？〔唱〕

【前腔】爵禄叨糜，深負皇恩意轉迷。全不想鞠躬盡瘁，馬革包尸，罵賊名題。〔高、曹、羅白〕咳！宋主不道，愛色拒諫，削籍賢臣，無事統兵侵凌隣國。况南唐王乃高祖、太宗之嫡裔，列聖相丞，合當主有中國。汝何不也隨我等棄暗投明，去逆從順，反敢來拒敵麼？〔唱〕我順天旗幟應人隨，違天必有天加戾。勉爾同歸，河山一統，奉唐爲帝。〔史白〕一派狂言！我看汝等面帶悔色，必定被妖法所中，故爾有此狂言。〔唱〕

【前腔】心甚猜疑，未必身心遽爾痴。一定是邪神妖法，亂氣狂言，蠱惑昏迷。常將忠孝口兒題，將伊悖逆供成罪。〔高、羅、曹白〕咳！不聽我等良言，棄宋投唐，反敢來挺撞我麼！可惱！可惱！〔戰介。史敗下，高衆笑介〕史奎已被我們殺得大敗，逃進城去了。〔曹、羅〕趁他大敗，好把城池緊攻打，期在必破。〔高〕大法師曾有言，待他糧草完了，自然出城投降的。我們如今且不必攻打，且到營中繳令便了。〔曹、羅〕説得有理。〔合〕大小三軍，就此班師回營。〔衆應介。行，唱〕暫解重圍，俟兵疲糧盡，别圖良計。〔下。衆御林軍引太祖上，唱〕

【前腔】耳聽征鼙，成敗何曾論偶奇。休泥古成列而擊，勿禽二毛，金鼓乘機。前軍交戰盡披靡。殿帥定有囊中智。〔史奎作敗勢敗上，唱〕棄甲抛盔，忙忙疾走，把軍情禀啓。〔見介。太祖白〕呀！將軍這般狼狽，想又不利了。但不知索戰者果然是高懷德、曹彬一班宋將否？將軍何以敗北？〔史〕不要説起。果然是高懷德、曹彬。一班兒五侯八王盡降順唐營，反來討戰。〔太祖〕阿呀！有這

等事！朕自陳橋兵變以來，把諸將視如手足，何負于彼，竟爾叛我！〔唱〕

【前腔】創業開基，同起蓬茅不我欺。頓忘了論功列上，爵位崇高，轉眼如遺。爲臣萬死一生宜，君親棄置非忠義。〔史白〕臣覩衆將面帶滯色，語言顛倒，未必是真心離叛。想俱被妖法所迷耳。〔唱〕竊看他面目昏迷，是妖人誣蠱，且商別計。〔太祖白〕寡人細細想來，諒無真欲叛我之意。但欲破此妖法，須得苗訓到來。前已着人往汴梁取救，并傳諭通國着苗訓前來救駕，但不知何日才到。〔史〕苗軍師若一聞此信，自然飛至。聖上且請寬心。〔合唱〕

【尾聲】速行文詔，諭傳通國，顒望着軍師施藝，把那背日揮戈只索唤醒伊。〔下〕

第二卷

第一齣　父女絮談

〔劉鼎方上，引二家丁隨上〕

【賀聖朝】當年名播河東，君恩屢擢封公。干戈雲擾遍寰中，權踞此山雄。〔白〕虎帳宏開百丈旗，雕弓能挽發金鎞。雄山獨霸威行遠，長擁貔貅仁義施。下官劉鼎方，本是河東豳州太姒薛王駕下勳爵官，拜守國公之職。我見天下紛争，伏兵四起，故此擁衆雙鎖山擁衆自衛，以待真主。這都不在話下。夫人李氏，有女金定，于數載前在山前游玩，忽然失去。我夫人因思念女兒，憂鬱而亡。掌珠既失，自謂終身不復相見。不意數日前忽然自至，説是崑崙聖母收去爲徒，因他塵緣未斷，故復送下山來。〔笑介〕你説天下的奇事也莫過于此，喜事也莫過于此。只是尚有一説，他失去之時猶是幼齡，今已長成二八，正是女大須嫁之時了。若招得一個佳壻，也好慰我晚景。今日不免喚他出來，將此意叩他，看是如何。家丁！〔家丁應介〕傳話後堂，着丫鬟伏侍小姐上堂。〔家丁應，傳介。即暗

下。二丫鬟引金定上，唱〕

【破齊陣前】欲代斑衣戲彩，本來兒女喁喁。〔見介〕爹爹萬福。〔方〕罷了。你且坐下。〔坐介〕數載拋離，今幸重逢，喜何可言。但我年過半百，膝下無人。今汝年已及笄，若得早贅東床，也免尚平之累。只是我爲父的呵。〔唱〕

【江頭金桂】想當日功高名重，到如今年華已近翁。蕭條膝下，蘭玉無踪。〔金白〕爹爹且自消遣。〔方唱〕爲你良緣何處逢。若得個孔雀屏中，早遂飛熊。〔金夾白〕這事且慢提他。〔方唱〕還望他年奮發，頭角峥嶸，全家努力各盡忠。〔金夾白〕報効皇家亦人生分内之事。〔方唱〕吾言悾愡，伊心自懂。〔白〕只是早早得招佳壻，吾願足矣。〔唱〕早乘龍，此日諧連理，他時博鼎鐘。〔金白〕孩兒久别嚴親，常懷思念。今日相逢，正擬長依膝下，聊効斑衣，何得興言及此？況孩兒下山時，聖母曾有言，道孩兒姻緣亦如孩兒一樣英武之人，後來共扶宋室，名垂青史。〔唱〕

【前腔】雖則是桃夭未詠，何愁絲繫紅良緣天定。時至相逢，這籌兒莫掛胷。〔方白〕你在聖母那邊曾授了什麽韜鈐武藝麽？〔金唱〕誇謾着兵甲羅胷，且法術精通，着那干戈未息，效古從戎，疆場禦侮能折衝。〔方白〕你小小年紀，如何去折衝禦侮？還是早早依我招一佳壻。〔金唱〕長依侍奉，謾言跨鳳且從容。又道是、人爵從天爵，時乘御順風。〔方白〕聽汝説來，有如此英雄妙術，做爹爹的也不肯胡亂將你嫁一庸流。但在此深山之中，寡見少聞，如何可以擇壻？〔想介〕吓！有了。家丁何在？〔二家丁上〕堂上聞呼喚，堦前聽使令。老爺有何分付？〔方〕汝等可造成粉牌一扇，素旗兩面，那牌上寫着「地名雙鎖山，何人敢度關」。如有過得者，種玉定乘鸞」。那旗上一邊寫「宇内裙釵，武藝超群第一」，一邊寫「寰中巾幗，仙傳蓋世無雙」。擇一吉日懸掛山前，不可有悮。〔家丁應介。方唱〕

【黄鶯兒】白版寫英雄，顯乘時破浪風，天緣早遂熊羆夢。似扶桑掛弓，有風雲暗從。那男兒事業反讓却裙釵用。〔家丁白〕蒙老爺分付，即便去製造便了。〔唱〕豎山中鬮秘謎，靈慧兩相通。〔下。方唱〕

【尾聲】牌旗暗合求情種，絶勝似綵樓高聳。〔白〕我兒，你隨我後堂去，再把你胷中所學細細講與我聽。〔合唱〕將你抱負非常細訴衷。〔下〕

第二齣　母子聞信

〔高夫人上，梅香隨上〕

【步蟾宫】南征人去無音信，鎮常的空躭愁悶。〔白〕系出天潢爵位高，錦衣玉食世全叨。將軍奏凱歸來日，好把忠誠答聖朝。妾身燕國長公主是也。下尚高門駙馬，隨駕出征去了。連日不見塘報，使我好生懸念。〔唱〕

【窣地錦襠】雲山疊疊憶征人，報捷音書杳不聞。朝來鴉鵲噪聲頻，凶吉難評自忖論。〔四家將引高瓊上，唱〕

【前腔】紛紛羽檄擾紅塵，傳道軍營父背恩，教人何處問原因，歸告慈幃黄閣人。〔作到介，白〕家將迴避。〔衆將應下。瓊〕母親。〔拜揖〕母親，孩兒有一緊要之言，特來告稟。〔夫人〕吓！你去打圍回來，爲何這般急遽之狀？〔瓊〕孩兒適往東郊打圍，見有征南報馬，沸沸揚揚。傳説聖上駐蹕泗州，我父親一班五侯八王被南唐用妖法擒去，盡皆降順敵人了。〔夫人〕不信有這等事？汝父親自從龍已來，心忠王室，我所深信。恐這話尚屬訛傳！〔瓊〕孩兒風聞此事，亦在疑信之間，故急急回

來禀告母親。但願無此事纔好，不然怎了！〔合唱〕

【桂枝香】想着他天生英俊，心存忠藎。經多少拔幟搴旗，歷多少衝鋒摧陣。怎如今頓改，今頓改棄明違順，將仇厮趁。恁風聞，休言葬送平生節，還怕波連舉室人。〔家將上，唱〕

【不是路】歸到朱門，回首還驚千里魂。〔作到介，見介。白〕阿呀，夫人、公子，不好了吓！〔唱〕逢奇變，盈腔欲語還復忍。〔夫人、瓊白〕你回來得恰好，正要問你，老爺降唐之信果真否？〔家將〕果有此事。小人在彼親見老爺被南唐妖道用邪術擒去，後來不知怎麽又用妖法將五侯八王盡説順南唐了。〔唱〕被妖人擒去迷教心性昏，降作南唐閫外臣。〔夫人、瓊白〕不想果有此事。聞此奇變，兀的不驚殺人也！〔合唱〕無端恨污名犯義，怎生心穩。欲將伊問，怎逢伊問。〔瓊白〕母親且免愁煩，聽孩兒一言告禀。〔夫人〕你有甚話，且説來。〔瓊〕我想爹爹降順南唐，自非本心，想總被妖法所迷。但恐聖上不復諒情，道叛臣家屬自應罪及。母親與聖上有同胞之誼尚在，無妨其禍。孩兒罪在不免，須早爲之計便好。〔唱〕

【解三醒】切莫待到崖收駿，還須要曲突移薪。思量一洗羞和憤，權做個蓋愆人。〔夫人白〕依你之見，便怎麽樣呢？〔瓊〕孩兒即日拜别母親，前往泗州破圍保駕。一則可將功折罪，解聖上之怒。二則去軍前勸醒爹爹去邪歸正，不失爲臣之道，始得兩全。〔唱〕既堪蠱幹臣子倫，更可完全君父恩。〔夫人白〕汝雖説得有理，但你年幼，從未出門，況彼千軍萬馬，你此去，教做娘的那裏放心？〔唱〕縈方寸，如何割捨，遠去從軍。〔瓊白〕事已至此，母親不必顧戀。況孩兒學成武藝，正要施展。此去倒是我建功立業之日。家將，快備鞍馬、器械伺候，即刻就要起身了。〔家將應，下。夫人〕兒吓！你此去務須見機而作，百事俱要小心。〔唱〕

【前腔】切莫恃少年豪俊，一味的盛氣凌人。諸凡所事隄防謹，機要密、用宜神。〔瓊白〕謹遵慈訓。孩兒就此拜別。〔拜介。合唱〕暫辭戲彩堂下春，要建凌烟閣上勳。〔家將持雙鞭金鎗暗上。瓊白〕母親，請進去罷。孩兒就此去也。〔夫人〕一路前去，諸事小心。若勸轉父親歸正，早早寄准音回來。〔瓊應，唱〕休憂悶，看身扶日月，手定乾坤。〔下。夫人白〕孩兒此去未知凶吉如何，教我好生牽掛也。〔唱〕

【哭相思】南望關河暗愴神，心隨游子共征塵。〔梅香白〕大爺此去自是吉人天相。老夫人且請放心。〔夫人唱〕從今日日登樓處，濕透羅襟是淚痕。〔含淚下〕

第三齣　豎立大言

〔四家將上，唱〕

【四邊静】釵裙欲占鬚眉首，牌將大言搆。不信世多人，英雄讓閨秀。〔白〕我等乃雙鎖山劉國公府中衆家將便是。我家小姐從崑崙聖母處學得諸般武藝法術回來。老爺道是天下無敵。爲此命我等造成大言牌豎立山前。若有人來敵得過，即招他爲壻，將來同輔皇朝。大言牌已製造停當，選定今日良辰豎立山前。衆兄弟，就此去把大言牌抬來豎好。〔衆〕説得有理。〔行，唱〕山前路口，將牌樹就。未識好伊誰，有福得佳偶。〔下。高瓊上，唱〕

【一江風】爲擔憂，策取花驄驟，未暇觀雲岫。過林坵，縱富鶯花，甚意閒留逗。〔白〕我高瓊忽聞父親那邊有意外之事，爲此即辭别母親，急欲飛至泗州以覲虚寔。迤邐行來，前面已是雙鎖山了。你看此山十分峻險，須索要小心者。〔行唱〕當防虎豹遊，虎豹遊，還虞賊盜投，雄豪莫落他機彀。

〔下。衆吹手引衆家將抬大言牌上，唱〕

【皂羅袍】張出詩聯一首，羨文揮月露，筆走龍虬。非如酒旆趁風流，勾人倍勝香醪酒。〔白〕衆位吹打吹打把這大言牌豎起來。〔衆應，吹打豎牌介〕牌已豎好，且去吃杯酒兒，再來看守。〔唱〕思量、真個打成好逑。猜疑、誰個强成對頭。看承、且待我三杯後。〔下。高瓊上，唱〕

【一江風】聽山頭，鼓樂聲喧奏，甚事歡清晝。猛凝眸，〔白〕你看那邊巍巍矗立是什麽東西？待我上前看來。〔唱〕一座銘言，字是新書就。〔見介，念介〕「地名雙鎖山，何人敢度關。如有過得者，種玉定乘鸞。」原來却是劉鼎方所立大言牌。你看兩邊旗上也寫得有字，待我一發看來。〔念介〕「宇內裙釵，武藝超群第一。寰中巾幗，仙傳蓋世無雙。」何啨啨，好賤婢，敢出此大言，我不免打碎此牌，羞辱那廝。〔掣鞭打破牌介。唱〕看來寔可羞，寔可羞，寧教常久留。〔白〕呀！只顧在此管這些閒事，却不道誤了我趲路。〔唱〕豈能駐馬瞻依久。〔策馬下。衆家將上，唱〕

【皂羅袍】承命將牌看守，想何人敢敵，那日方收。人人若是怯相投，無端悮却芳時候。〔白〕呀！大言牌方才豎起，怎麽就被人打得粉碎了？這是我們衆人看守的干係，如何是好？〔一人白〕想打碎大言牌的尚去不遠，我們各持器械追去擒他轉來，任憑老爺發落便了。〔衆〕説得有理。〔各持器械，行，唱〕飛風追轉冤家聚頭，流星還將招牌再修，莫教打碎便丟開手。〔下。高瓊上，唱〕

【一江風】氣如虬，不分拈針繡，也敢輕誇口。碎方休，欲使伊知，莫恁空遺臭。〔內白〕嘚！打破大言牌的無知小子，惹下天樣大禍，還想那裏走！〔高瓊〕咳！任你千軍萬馬追來，我何懼哉！〔唱〕饒伊似虎彪，似虎彪，千軍萬馬投，無過只做我鞭頭銹。〔衆家將上，唱〕

【皂羅袍】堪怪無知雛幼，敢輕身探虎、大膽扳虬。應難經我衆貔貅，休思更與佳人鬭。〔見介，詈戰介。衆白〕好無知小子，想是膽包身的，就敢打碎大言牌。擒你回來，少不得活活打死。〔唱〕看你個劉生纖肋寧堪棍抽，何郎嬌面難逃血流，登時一命拋荒藪。〔高白〕哇！休得無禮！〔戰介。衆家將敗介，高追，繞一場，衆敗下。高〕哈哈！鼠輩已敗，料再無人追趕，須索趲行一程便了。〔行，唱〕

【尾聲】一群笑煞真毛寇，直不得靴尖踢覆，他也要謾向山前誇大口。〔下〕

第四齣　法伏高瓊

〔劉金定上，唱〕

【懶畫眉】纔向花前，雙劍試虹霓。柳妒腰肢花妒肌，含情罷舞到深閨。〔白〕奴家劉金定，適纔侍奉之餘，往後園中演習法術、武藝而回，不免再將聖母所授六韜三略展玩一番。〔坐看介，唱〕綠窗寂静爐烟細，纖手閒將韜畧披。〔梅香上，白〕便宜占盡惟柔道，不利從來是大言。〔見介〕阿呀！小姐，不好了！〔金〕有甚事情，這等倉惶？快快説來。〔梅〕老爺分付製造大言牌，選定今日吉時纔在山前豎好。不想被一過路少年打得粉碎。如今衆家將多追趕他去了。老爺聞知，十分大怒，説若追捉轉來，必要處死，方洩此恨。〔金〕吓，有這等事！好大膽無知小子，我想家將去追捉他，恐不濟事。待我親自前去擒他便了。〔下。梅〕你看小姐進去，自然全裝披掛，親自擒那少年回來。看他，〔唱〕

【黄鶯兒】了蔦着宫衣，欵花冠當鳳盔，鬢邊横出英雄氣，鸞刀兒迅携，花驄兒快騎，粧成搏虎屠龍勢。〔下。四家將作敗勢上，唱〕莽莽回，親將利害，報與翠眉知。〔見介。梅白〕爾等追趕打牌之人，怎麽樣了？〔衆〕阿呀姐姐，那打牌的雖是年少，十分利害。我等都被他殺敗，無可奈何，所以逃回來了。〔梅〕怎麽説殺他不過，都逃回了？你們忒不濟事。不是我誇口説，只消我一脚，完了他性命。你們且説那打牌的怎麽樣一個少年人兒？〔衆唱〕

【前腔】年少美風儀，貌魁梧、氣武威，一聲叱咤千軍廢。〔梅白〕咳，你等敗了不打緊，可不壞了小姐名聲，又壞了我的名聲。可恨！可惱！〔唱〕料伊行甚奇，把吾儕恁欺，任教肆逞槌牌意。〔金上，唱〕疾前追，不擒小子，端的不言歸。〔衆白〕阿呀小姐，那少年勇猛異常，不可輕敵。〔金〕爾等且各回去，緊守山前，待我前去擒他轉來便了。〔衆應，下。高瓊上，唱〕

【前腔】躍馬轉山隈，逞豪强、自笑非，與人争甚閒厮氣。劣心情太痴，誤程途去遲，便教取勝、問是何名利。〔白〕我高瓊没來由多管閒事，打碎大言牌，惹得他們追來，厮殺一場，躭閣了半日工夫。喜得將他們盡行殺敗，再無羈絆，須索趲行前去。〔唱〕把鞭揮，行休緩慢，君父在阽危。〔下。金定上，唱〕

【前腔】踏遍幾山谿，静無人、鳥自啼，知他何處馳行轡。〔白〕趕來有數里之遥，怎麽不見踪影？想他恐有追兵，急急逃脱了。也罷，饒他一死，我自回去罷。〔欲轉介〕呀，且住！我若回去，家將們不道我是追趕不着，只當也被他殺敗而回了，豈不貽笑與他們？我不免唤雙鎖山山神帶領陰兵先往前路布霧揚砂，擋住了他，然後再擒便了。〔唱〕倩神靈護持，使風砂暗迷，待儂好向前途會。〔白〕

雙鎖山山神速降！〔山神領四陰兵上，唱〕做神虧，遭人撮弄，搬演沒寧期。〔見介，白〕呼喚小神那方使用？〔金〕有煩山神帶領陰兵往前路布霧揚砂、迷漫路徑，攔住打碎大言牌之人，待我前去擒他。〔唱〕

【前腔】號令肅風雷，莫俄延、走放伊，百年緣分自從今締。看兒郎是誰，驗情形可宜，山稱撮合原憑你。〔山神白〕領法旨。〔金定下山。神領陰兵行，唱〕論良媒，都傳月老，我忽受新差。〔下。高瓊上，唱〕

【前腔】回首望慈幃，白雲邊、母氏悲，何時方得勳名遂。把乾坤轉移，把君親挽回，歡歌凱唱歸門第。〔山神領陰兵上，放烟火圍繞介。高白〕呀，好好的晴天朗日，怎一霎時烟霧迷漫，飛砂走石，路徑都辨不出來了？〔唱〕猛風吹，砂飛石走，無路縱華驪。〔山神領衆暗下。金定内白〕唗！打破大言牌之人，往那裏走！我來擒汝也！〔高〕又有人來追趕了，我也不懼。〔金定追上，各見介，各一笑介。高背白〕好一個齊整女子。〔金背白〕好一員風流小將。〔回向高，白〕汝是何人，敢大膽打碎我大言牌！〔高〕我乃東平侯之子，姓高名瓊字君寶。你這小小女子姓甚名誰，敢出此大言，奚落天下豪傑！〔金〕我乃河東豳州太姒薛王駕下守國公劉鼎方之女劉金定。從崑崙聖母學道回來，要打盡天下英雄。汝今打破我牌，憐你年幼無知，好好下馬受縛，拿去見我父親，非但饒爾不死，尚有别話商量。〔高〕唗，休得胡説，放馬過來，决一勝負！〔金〕那個懼你！〔戰介。高敗下，金〕高瓊已敗，我不免施展神通擒了他，同往南唐建立功業，有何不可。揭諦神何在？〔衆揭諦神跳舞上，唱〕呼唤吾神，那廂驅遣？〔金〕有煩衆神將雙鎖山移去，把高瓊團團圍繞，待我親自擒他。〔衆〕領法旨。〔跳舞下。金立山上介，高作敗勢介，上唱〕

【猫兒墜】何來閨閣，紅粉恁多奇。試覷他臉簇芙蓉眸湛水，盈盈受不起曉風吹。誰知我蓋世英雄，竟遭狼狽。〔衆揭諦各移山邊場下。金在高處作法介。當場現一大松樹介。葛籐將高掛起介。樹上扮一小猴咬葛籐介。高白〕呀，那賤婢弄甚妖法，竟把我吊在此了！〔唱〕

【前腔】未曾扳葛，何忽薜蘿垂。弄得似學挂窮猿在林樹繫。〔猴咬葛籐介，高〕你那畜生，那咬斷枯籐墮在下面深澗之中，豈不是死！〔唱〕一絲生命只幾微。堪悲，解脱無由，怎堪添你。〔金定下低處，白〕高將軍，你如今順我不順？〔高〕小姐，小將有眼無珠，不識好人，望乞恕罪。〔金〕你服了我了麽？〔高〕敬服了。〔金〕既如此，將雙眼閉了，待我救汝。〔高應介。金白〕揭諦神，可仍將雙鎖山移去，不得有違。〔内應。衆揭諦神移山，左上邊場下。高立平處介。金白〕請回去同見家尊，别有話商量。〔高〕小姐請。〔唱〕

【尾聲】從來未識裙釵技，今日方知巾幗威。〔金定白〕高將軍，你莫怪那葛籐的一吊。〔唱〕這便是千里紅絲繫足規。〔下〕

第五齣　君寶成婚

〔劉鼎方上，引二院子隨上。唱〕

【步瑞雲】兒女情多，難對人前瑣瑣問，若個良緣唱和。〔白〕我女自在崐崘聖母處，學得諸般法術武藝回來，可稱無敵。只是良緣未偶，故此在這山前豎立大言牌。倘有英豪到來，贅他爲壻，以完我向平之累，再者日後同輔賢王建立奇功。不想今早才豎起大言牌，即有人打碎。衆家將去追擒，盡皆敗回。我女兒聞知，氣忿忿親自擒捉去了。此時尚不見回來，教我放心不下。院子，再去打聽小姐勝負如何了。〔院應出介。高、金二人上，唱〕

【傳言玉女】且息干戈，堂上那人知麽，收拾起從前輕薄。〔院近見介，白〕小姐回來了。老爺正放心不下，待我前去通報。〔一面禀介，金定一面白〕將軍請前營少坐，待稟過家父，即來請見。〔高應下。金進見介〕爹爹。〔方白〕打破大言牌之人可曾擒來麽？〔金〕打牌之人原來是東平侯之子，名唤高瓊，係當今宋主之外甥。因宋主在泗州被困，前去解圍，路過此地，口出大言。孩兒前去擒他，却十分勇猛，剛剛只敵個對手。孩兒見擒他不得，只得用法伏之。如今現在前營候見。〔方〕我曉得了，你且回避。〔金下。方〕我想東平侯之子係椒房貴戚，閥閲門楣，况且十分勇猛。與我女兒是一雙兩好。我今就招他爲壻，他日同扶宋室，有何不可。院子，請高將軍相見。〔院應，請介。高上〕祇緣春色來相鬧，故借桃花訪隱淪。老伯在上，小姪拜見。〔方〕不敢。〔拜介。方回半禮介〕請坐。〔高〕有坐。〔方〕老夫豎立大言牌，曾有鄙懷：如有敵得小女武藝者，即招爲壻。今觀將軍英雄無比，正遂我願，欲結絲蘿，勿笑自媒爲荷。〔高〕不敢請耳，固所願也。但恐小姪菲才，有玷老伯門楣。〔方〕休得太謙。今日黄道吉日，就此成婚。請到後堂更衣。〔高應下。方〕院子過來，快唤賓相伺候。〔院〕深山之中，那裏去唤賓相？〔方〕這是少不得的，如何是好？〔院〕老爺不必心焦，小人自幼學過這行買賣，如今還記得幾句，待我來胡謅胡謅，權當個賓相罷。〔方〕婚姻嘉禮，你不可胡鬧。若果然如式，重重有賞。〔院〕包管排場開目一點不差。〔方〕既如此，就請新人。〔院〕住了。粧龍像龍，粧虎像虎。待我粧扮起來。〔换帽衣介〕老爺在上，賓相叩頭。〔方〕多文了。〔院〕禮不可缺。伏以：大言牌寫繡旗開，小小將軍打破來。不是桃花能暗引，才郎怎得到天台。〔吹打，高冠帶上，又念介〕今朝豎立大言牌，勇猛將軍顯異才。姻緣本是前生定，曾向蟠桃會裏來。〔金上，拜天地，轉拜方介，交拜介。四院、四梅香暗上，方定席，高、金回席介，各坐介。合唱〕

【畫眉序】喬木附絲蘿，梅標桃夭共賦歌。喜乘鸞跨鳳、錦窟香窩。堪羡處、武緯文經，恰正好、婦隨夫唱。今朝幸得東床壻，不愧椒房台閣。

【鮑老催】歡聲相和，鴛央穩稱雙頭蕚，雀屏早中芙蓉座。紅絲綰、赤繩牽、藍田璞、姻緣會合，天教撮，關睢雅化咏周歌，明星燦爛花枝嚲。〔方白〕分付掌燈，送入洞房。〔衆應，掌燈介，合唱〕

【雙聲子】笙歌合、百輛親迎過。哩嗹囉，羡鵲架銀河渡，郎咏歌，娘賡和。羡翩翩公子，淑女嬝娜。

【尾聲】良宵一刻歡無那，軟玉温香真快活。普天下的姻缘，誰似你共我。〔下〕

第六齣　焚寨起程

〔苗訓上，唱〕

【燕歸梁】年來飄泊似浮漚，山叠叠、水悠悠。遺賢在野任羅收，共輔佐、帝皇州。〔白〕暖風遲日柳初含，顧影看身又自慚。何以報君心獨悵，夢魂無日不江南。下官苗訓，自謫貶以來雲游天下，欲訪異人，兼求將才，往泗州救援扶助吾主，好滅南唐。來此聚賢山，喜遇同門馮茂。他因五季亂離，故此擁衆占踞此山，候助賢主。相見之後，頗覺歡愜。留在山中住有一月餘了。我曾勸他棄邪歸正，往泗州扶助聖上，他却欣然願往。少頃待他到來，就促他即刻前去。我也要起身往他處訪求異人、良將去了。〔唱〕

【玉芙蓉】英才草野求，事業皇家貿。好將伊名姓，特附龍樓。茅廬顧聘經綸手，渭水徵求輔弼儔。〔馮茂上，指介〕同堂友，擬追隨勝游。又何期祖生先著覓封侯。〔見介。馮白〕軍師。〔苗〕賢弟，愚兄今日要告辭了。〔馮〕再請盤桓幾日。〔苗〕主上被困泗州，急欲訪求良將前去破圍，是以不能遵命了。〔馮〕既如此，軍師行後小弟也即刻起身往泗州去。但恐到彼無從引進，徒勞跋涉，如何是好？

〔苗〕這個不難，我有簡帖一個、號箭一枝，賢弟持去，彼見此二件爲信，自然引見主公。〔付簡帖、號箭介。馮〕如此甚好。〔苗〕就此拜辭了。〔同拜介。合唱〕

【前腔】從玆解去舟，謾繫長條柳。念十年萍聚，今又分投。匡時偉業無君右，致治斐聲仗爾籌。〔苗白〕泗州相見非遥，賢弟不必遠送。〔馮〕軍師事完之後，可即來泗州相會。〔苗應介。合唱〕合前。〔苗下。馮白〕傳令大小嘍囉帳下聽令！〔衆嘍囉八人或六人上〕龍虎樓前宣召，貔貅帳下傳呼。寨主呼唤，有何分付？〔馮〕爾等分立兩傍，聽我分付。〔衆應介〕我今去邪歸正，要往泗州去扶助宋主，共滅南唐。爾等可把山寨中所有金銀衣飾均分，將山寨焚燒，各自下山去作良民。〔拉架介，唱〕

【剔銀燈】從今後，潛消甲胄，各人去回歸鄉舊。把金珠玉帛均分剖，管骨肉重開笑口。〔衆作哭伏地介。白〕阿呀寨主，我等久蒙恩待，正欲少効犬馬之力，何忍一朝分散？〔唱〕淹留，恩難報酬，効犬馬斯言豈謅。〔馮白〕爾等下山去，有父母的去見父母，有妻子的去見妻子，或農或工，同作聖世良民，豈不勝是在此爲盜？ 何反這等戀戀？ 爾等今日散去之後，〔唱〕

【朱奴兒】各盡力南畝西疇，還敬事父兄孝友，博得他年上國游，貨皇家文武兼收。〔衆白〕既寨主這等分付，我等只得免强從了。 寨主請上，我等就此拜别。〔唱〕拜别了天地鴻庥，何日得舒忱叩。
〔馮白〕快些把金銀分取，寨柵焚燒。〔衆作放火燒寨介，各背包果行囊下山介。唱〕

【朱奴剔銀燈】承恩命諄諄教授，從今去把家園成就。感得將軍恩德懋，異日裏啣環恐後。同儔，回歸故坵，頂祝無疆上壽。〔下。馮白〕喜得山寨已燒，嘍囉已散，我此時輕身無累，正好往泗州去也。

【尾聲】而今拋却從前謬，此去功名唾手，好把書箭從容往上國投。〔下〕

第七齣　初婚辭别

〔劉鼎方上，唱〕

【唐多令】坦腹志纔孚，陽關唱又初，問衰年着甚支吾。兒女情長閒痛楚，應似草、不勝鋤。〔白〕向平素願謂能酬，不道乘龍客遠游。時過桑榆情倍切，别離容易動深愁。老夫劉鼎方，前日新贅高君寶爲壻。老夫雖愧冰清，他却不輸玉潤。結縭已來不勝之喜。成婚纔及數日，但他便欲遠離，前往泗州保駕破敵。連日苦辭就道，是我免强留住，許下今日送他起程。説話之間，他夫婦早雙來也。〔高瓊、金定上，唱〕

【小蓬萊】身在瓊樓朱户，最難忘主困親俘。〔金定唱〕恩情曾幾，離愁便繼，依舊鸞孤。〔見介。高白〕岳父大人許定今日起身，小壻特來拜辭。〔方〕聞説南唐兵將十分利害，此去須要小心謹慎。倘不能取勝，老夫當遣小女前來幫助。〔高〕多謝岳父大人，小壻就此拜辭。〔方〕不消罷。〔高拜介，唱〕

【園林好】念非關輕抛眷族，都只爲殷憂君父，因此上急辭華廡。〔合唱〕期困濟，願危扶。期困濟，願危扶。〔方白〕賢壻此去一定是靖掃烽烟，蕩平寇亂的。但奏捷之後，便當寄一書信前來，免使

老夫懸念。〔唱〕

【前腔】我心懸風雲壯圖，伊須把魚鴻早布，切莫使梅花郵阻。〔合唱〕情共切，話偏無。情共切，話偏無。〔方白〕分付家童準備車輛、酒盒，與小姐遠送一程。〔家童應介。方向高〕恕老夫不送了。〔高〕不敢。〔揖介，白〕暫辭鳳館出山城，古道西風匹馬行。〔方〕纔得相逢今又別，暮雲殘日引離情。〔下。一人推車上，一梅香隨上，一家童帶馬持器械上，一家童挑食盒上，高、金同上車馬介。行唱〕

【步步姣】只此同行些兒路，去便臨南浦。心雖與共徂，怎忍分離、生生厮睹，頃刻兩形孤。從今怎把黄昏度。〔家童白〕來此十里長亭了。〔金〕分付住了車馬，要在此暫坐片時。〔各下車馬進亭介。高白〕小將無意誤入天台，幸與小姐得偕伉儷。滿望相守百年，無奈君父被困，急欲往救。今日輕分，好難割捨也。〔合唱〕

【醉扶歸】縱有那剛腸百鍊，也生迴互。頓化爲柔腸九曲，也恁糢糊。欲去、還憐把枕衾辜。欲留、又恐把家邦誤。〔金白〕願君少解愁煩，妾身携有斗酒，把敬三盃，聊壯行色。〔高〕多謝小姐。〔金將酒來，梅香遞酒介，金敬高介。合唱〕我直將一腔愁緒付醍醐，待明言又恐添凄楚。〔高白〕小將此去無物可貽，只有聖上賜的銀鞭，留與小姐。見鞭如見小將。〔付鞭介。唱〕

【皂羅袍】莫只縈心思慕，任花消韻態，玉減肌膚。臨岐悵恨贈貽無，留鞭寄托恩情固。〔金白〕妾身亦有軒轅鏡一面，贈與將軍佩之，能辟諸邪。〔付鏡介。唱〕寧庸重佩雷形臂符，還堪常照天涯面

摸，時時對此加調護。〔高白〕天色漸暮，小將就此告辭。〔同拜介。合唱〕

【好姐姐】眼看凄凉滿路，説不盡離人腸肚。銷魂，怕聽馬聲嘶在途。〔高白〕小姐請回罷，小將就此去也。〔金〕將軍，前途保重。〔高上馬介。金唱〕前行務，諸凡所事心休鹵，此際情懷記莫疎。〔高策馬下介。梅香白〕小姐，請上車。〔金上車介，唱〕

【尾聲】歸家收拾起濃粧譜，一任那粉褪香消鬢亸梳，準備着憔悴無眠捱他子夜烏。〔下〕

第八齣　君竇救駕

〔四御林軍、史奎引太祖，引衆上，唱〕

【縷縷金】孤城困、六師窮，殿前諸將少、救援空。敵騎如風雨，濠邊挑弄。怎休蹂躪詈言兇，衝冠怒髮動，衝冠怒髮動。〔白〕寡人自統兵來伐南唐，不想誤中詭計，被困泗州。糧草雖未告竭，奈因援兵未至，思量惟有高壘深溝，以老彼師。叵耐敵兵日日在城下嘈杂，搦我軍出戰。我想趁彼兵驕，出城一戰，或可解此重圍，亦未可知。史將軍！〔史應介。太祖〕朕今日親自出城退敵，汝在城須小心把守。〔史〕陛下乃萬乘之尊，豈可輕投小醜，萬萬不可出戰！〔太祖〕朕不出戰，左右又無良將，何以退敵？難道任他日日辱駡不成！朕一定要去退敵，卿只在城巡守便是。〔史〕領旨。〔暗下。太祖〕大小三軍，就此奮勇殺出城者！〔衆應。行唱〕

【黄鶯穿皂袍】奮力出城墉，定安危一戰中。須拚抵死和渠鬨。步兵兒左攻，馬兵兒右衝。從來果鋭能摧衆。如衝圍潰全憑這功。如教軍振齊能有榮。今朝師出相關重。〔下。四小軍引趙保牛、周成上，唱〕

【皂袍罩黄鶯】叵耐孤城偏窄鎮，朝朝費取，日日勞攻。提師再向泗州東，定教今日全收宋。

〔白〕我等奉令來城下搦戰。任你千般辱罵，宋主只不出來，如何是好？〔周〕今日我們到城下叫軍士裸體罵詈，他們忍不住，自然有人出戰了。〔趙〕説得有理。衆軍士們，就此殺向城邊去。〔衆應，行唱〕震蒼穹，千般辱罵，難道是耳邊風。〔内金鼓吶喊介。趙白〕不用我們去激他，先有人殺出城來了。〔周〕遠遠望見龍鳳旂飄，莫非宋主親自領兵出戰？〔趙〕自古道擒賊擒王。若果是他，我們今日務要擒住，這個功勞不小！〔周〕好吓！衆軍士奮勇殺上前去！〔衆應，行唱〕

【黄鶯穿皂袍】他束手坐深宫，怎如今忽逞雄。多應受不得咱污言奉，是分明計窮。莫無端放鬆，天教伊出把江山送。〔衆引太祖冲上，唱〕遥見那團團營壘，旌旗蔽空，漫漫郊野、干戈似蓬。把城池圍得真無縫。〔戰介。趙、周白〕吓！趙匡胤！你手下衆將被我們擒捉殆盡，計窮力竭，只得自己出來了。好好下馬投降，尚不失爲附庸之國。若再迷而不悟，那時打破城池，玉石俱焚，悔之晚矣！〔太祖〕唗！休得胡説！看手中鎗！〔戰介。太祖敗下，趙、周追太祖下，衆軍戰介，下。高瓊上，唱〕

【皂袍罩黄鶯】自歎輕分鸞鳳，把一鞭指月，獨騎嘶風。行行已近戰場中，天南隱約征塵冗。

〔白〕我高瓊自別了金定小姐，行來已近泗州城了。但他那裏重圍密密，如何得冲進城去？〔内金鼓吶喊介〕忽聽得那邊喊殺連天，想是兩軍交戰，我不免冲將進去，殺退敵兵進城便了。〔唱〕鼓鼙鼙喧闐四野，剛兩壁正交鋒。〔趙、周追太祖戰介，高冲戰介，趙、周敗下。高白〕臣高瓊見駕。〔太祖〕呀，小將軍何由到此？莫非天遣卿家前來，保護寡人麽？〔高〕臣救駕來遲，罪該萬死！〔太祖〕將軍保朕得脱重圍，其功莫大，尚有何罪！且護駕進城，慢慢再問你來的原故。〔唱〕

【尾聲】誰知重得逢英勇。〔高〕抵多少龍虎風雲一氣通。〔合〕準備着徹夜言心燭影紅。〔下〕

第九齣　陣前勸父

〔四小軍引高懷德、曹彬、羅彦威上，唱〕

【駐馬聽】虎視鷹揚，隊隊干戈畫戟張。齊作氣三軍利用，金聲鼓威，教戰多方。昨宵年少太猖狂，原來却是高家將。〔高白〕昨日趙、周二將軍往城下索戰，喜得宋主親自出陣，被二將夾攻困在垓心，正欲擒他，忽有一員小將到來，破圍救去。後來細探那小將畢竟是何人，有此驍勇，却原來是我家逆子高瓊。我一聞此言，怒恨切骨，今日去務要擒此惡子，回營重重處置才洩此恨。衆軍士，就此殺向城邊，只索高瓊出戰。〔衆應介。行唱〕莫逞强梁，擒來處置，豈教輕放。〔下。四小軍引高瓊上，唱〕

【前腔】父子參商，去順從仇費忖量。好前去將人倫理道，幾諫從容，欵欵端詳。一朝天性豈相忘，幾年功績歸何向。〔白〕我高瓊昨日護駕進城，細詢我父親及五侯八王等降唐一事，總爲妖法所迷蒙。聖上不加譴責，反甚憐憫，命我今日出陣，勸取衆人反正。出得城來，聞説我父親同衆將正來索戰，待見時我當苦口勸他，諒亦自然醒悟。大小三軍，擺開陣勢迎待者！〔衆應，行介。唱〕且往

他行，把綱常名義勞勞細講。〔下。于洪上，唱〕

【前腔】職任疆場，不像他人用力强。憑着俺經天緯地、善武能文、攪海翻江。〔白〕我于洪自領兵以來，把宋將擒捉殆盡。宋主無計可施，昨日只得親自領兵出陣，被趙、周二將軍困住垓心，正待擒捉，不想被一小將冲圍救打去。聽那小將就是高懷德之子高瓊，今日已命高懷德等一班降將前去，專搦高瓊出戰。猶恐不能取勝，故此我來暗中助他。不免遣煉就的追命、攝魂二鬼前去磨障他，將高瓊病倒，那時宋主可一鼓而擒矣。追命、攝魂二鬼何在？〔二鬼上〕法師呼喚，有何驅使？〔于〕少頃宋將高瓊出戰，爾等于暗中作祟，使他即時病倒，不得有違。〔鬼〕領法旨。〔跳舞下。于〕分遣已畢，不免回到營中静候捷音便了。〔唱〕蒼顔老將盡投降，黄牙孺子偏强項。管教他病入膏肓，不消朞月身歸黄壤。〔下。內作吶喊介。高瓊同高、曹、羅戰上，見介。瓊白〕諸位伯父、爹爹，别來無恙。甲冑在身，不能全禮了。〔曹、羅〕原來果是他。〔懷德〕原來果是你逆子！你豈不知爾父久已降唐！你既然到此，自應到唐營中來見我，怎麼昨日反將唐將殺敗，保護宋主進城，是何道理？〔瓊〕爹爹同諸位伯父自從龍以來，蒙聖恩寵眷高深，視如手足。况爹爹更有椒房之寵，休戚相關。咦！可恨那于洪妖道，不知用甚邪術迷惑，一至于此。今聽孩兒勸取，及早醒悟，到聖駕面前請罪，尚不失爲去邪反正。〔懷〕好逆子！一派胡言！〔瓊唱〕

【前腔】上告爹行，委曲衷言望審詳。又何必冲冠指髮、怒氣填胸、反目乖張。請將撥亂好名揚，還宜反正聲偏壯。〔懷德白〕好逆子！在我面前敢這般花言巧語！看手中鎗！〔曹、羅白〕世上有這樣忤逆之子！難道你父親同我們降唐都不是的！〔瓊〕爹爹同衆伯父還是聽孩兒説話好。〔唱〕當日個同陞朝堂，怎一朝事敵、慚愧侯王。〔懷德白〕阿唷唷，氣死我也！我今日務要殺此逆子，以洩此怒。〔欲戰介。瓊〕爹爹不要十分凌逼孩兒，孩兒今日並非來出戰，是來苦勸爹爹反正歸宋。〔懷德〕汝勸我反正歸宋，可知那宋主呵，〔唱〕

【前腔】恃勇稱强，故爾投戈順大唐。懊惱爾無知小子、滿口胡柴、巧語雌簧。從來擇主是忠良，不知時勢讒言謗。〔瓊白〕藥石之言，反出讒謗。〔懷德〕汝今日速速倒戈隨我前去降唐，那時便算你是個孝子。〔曹、羅〕汝若降唐，我二人當在大法師前保舉你。〔瓊笑介〕阿呀！要我降唐，可知道此頭可斷，此心斷不更易！〔懷德〕阿唷唷，好無禮的畜生，氣死我也！〔戰一陣介。曹、羅同戰介。瓊敗下。小軍〕小將大敗，逃入城去了。〔懷德〕既逃進城，造化了他。今日且班師回營，明日務要擒此逆子。〔曹、羅〕説得有理。衆軍士，就此得勝回營。〔衆應，行介。唱〕逆子逃藏，且收兵回陣，鳴金歸帳。〔下。衆引高瓊作病態上，唱〕

【前腔】氣噎胸膛，巽語微詞屬渺茫。頓教人心中憒憊、面目增羞、悖逆昭彰。〔作到介。衆下，二家將扶高坐介，白〕我方才到陣前勸父親，見我父親面目黧黑，語言顛倒。〔恨介〕唔，不知那妖道將甚妖術迷惑，一至于此。我一時氣惱填胸感傷懷，把頭暈眼昏忽然病起來。陣前不能支持，只得敗入城來。咳！我那爹爹吓，幾時才得把邪術破了，反正歸宋，父子團聚一堂。〔愁介。唱〕須知幹蠱挽倫常，片時激觸精神喪。〔白〕阿唷唷，這一回比前更覺沉重了。家將快快扶我到後面去歇息。〔家將扶介。唱〕禍福難防，須早覓得一個經綸國手，同醫無恙。〔下〕

第十齣　太祖問病

〔四御林軍、二内監引太祖上，唱〕

【金蕉葉】時迍運邅，股肱臣偏遭病纏。撇不下心中掛牽，欲前，看傳呼玉輦。〔白〕行殿寂，蹕城荒。四野風傳鼓角狂。觸處牢騷多少事，不堪飛將盡郎當。寡人被困泗州，正爾焦慮，喜得高瓊到此。方欲仗彼英雄，解此重圍。不想前次出陣歸來，忽爾染病，十分沉重。寡人一聞此信，憂慮彌深，連日着太醫院前去胗視，回奏説已畧痊可。今日寡人須親去一看。〔向内監介〕傳旨：擺駕往高小將軍邸中去。〔衆〕領旨。〔行唱〕

【摧拍】也無心、旂飛絳鳶，也無心、車驅翠軒。只須用條音狄。狼執鞭，和着那豹竿隨後、爆音薄。稍開先。悄地行來，御苑東偏，辭不的親幸門垣，探恙勢、可將痊。〔作到介。丑扮老太醫上，白〕太醫院恭迎聖駕。〔内監〕平身。〔太醫〕萬歲。〔太祖坐介，白〕高小將軍在于何處？〔太醫〕在後帳中。〔太祖〕病體可好些了麽？〔醫〕好了好了。虧了微臣的手段，如今已好七分了。〔太祖〕畢竟是何病症？〔醫〕那小將軍年輕，犯的是小孩子的病，怎麽我給他幾服果子藥，吃了就會好了的呢。〔太祖〕今日朕欲一視顔色，可以扶出來得么？〔醫〕可以扶出來。〔太祖〕如此，卿家可與朕扶來一看。〔醫〕領旨。〔下。太祖〕寡人正爾需人，喜他到此。不料又忽然染病，教寡人怎不牽掛也。〔唱〕

【小桃紅】堪歎，是生民幾處怨，蒼天不許把澄平見也。任乾坤分争割據虐無邊，萬姓受顛連。本待要掃塵氛，靖烽烟，使人人樂農桑、銷征戰也。又誰知旋轉無緣，空折損多兵將，還一個又病成眠。〔太醫同一家將扶高瓊病粧上。醫白〕看仔細。〔扶高瓊坐介。高白〕萬歲，恕臣病中不能朝拜。〔太祖〕寡人聞卿抱恙，掛念實深。今朕親來看視，想二豎子自遁矣。〔高〕微臣抱疾，反累聖心牽掛，又荷聖駕親來看視，微臣何以當此高厚。〔太祖〕今喜已漸痊可，此後還宜小心調護。〔唱〕

【下山虎】襟懷要坦，憤懣宜蠲，第一在能消遣。是不用急遽求痊。堂一味静養勤調，斟酌那時間飲饍，管沉疴漸次遷。珍重你皇家彦，只我這萬里山河待你全。〔白〕恐病中不宜久坐，扶進去安息罷。〔醫〕領旨。〔高〕恕微臣有罪了。〔扶下。太祖白〕喜得高小將軍病漸痊可，朕無慮矣。〔唱〕頓覺我愁煩展。想道蒼天，鑒我艱危猶見憐。〔史奎上，白〕不聞傳野求賢詔，忽報梁門汲引書。〔見介。白〕臣史奎見駕。〔太祖〕卿家在城上守禦，何事到此？〔史〕軍師苗訓舉薦一人姓馮名茂到來，現在城下。〔太祖〕可有甚信物？〔史〕有軍師的箇帖、號箭爲信。〔史將箇帖、號箭付内監，内監呈付太祖介。太祖〕軍師所薦之人自應不差，可即宣來。〔史〕臣觀此人身材傴僂，面貌醜陋，恐不副聖上之望。〔太祖〕原來如此。吓，想是苗訓被謫心懷怨望，故薦這樣人來戲侮寡人。〔唱〕

【五韻美】怎生將侏儒薦，應讖我從侍無大賢，只堪群小相留戀，難能寇剪，因特把不颺人獻。又疑伊平日裏不懷奸，且將這一紙封章看、是如何奏善。〔作看簡帖介〕他簡帖上説此人與他同出黄石公門下，非但善能用兵，更多法術，猶精五遁。 卿家且去召他到此，待朕當面試他，便知真假。〔史〕領旨。〔下。 太祖〕若是那人果有本領，朕方才不錯埋怨了苗訓麼。〔唱〕

【五般宜】他若是崇修學澹臺取賢，我反落重虛儀任圖笑言，却不道辜負他搜舉虔。〔史領馮茂曲中上，白〕形居水鑑稱佳外，名在山濤啓事中。〔馮〕臣馮茂見駕。〔太祖見介，連唱〕覷着他一丟丟形容瑣然，却還也精神炯然，和着那威儀凜然，又何用没字碑妍，空帶副潘安面。〔白〕軍師恁般顛倒，似此人物薦來何用？〔馮笑介〕吓，陛下好輕覷人也。 漫道身材鄙猥，可知本領高强。 將軍大樹姓名揚，嫡派流傳非誑。〔太祖〕軍師説你善能用兵，更善五遁，果有此事麼？〔馮笑介〕不是微臣誇口説，倒海移山兒戲，升天入地尋常。 方輿雖説最堅剛，頃刻鑽穿萬丈。〔地井内放彩火，馮作遁去介。 太祖〕呀，好妙術也！〔唱〕

【憶多姣】睫尚懸，人忽仙。 説甚壺中別有天，平地登時奇妙傳。 縮向誰邊，去到誰邊，好教我驚疑眩然。〔太監〕啓萬歲，馮茂在便殿左角出來候旨。〔太祖〕快宣進來。〔馮上。 太祖白〕卿家來了。這一遁曾到何處去來？〔馮〕去不多路，只到得崑崙山，遇見了南極壽星。 他着實要留我，惟恐陛下久待，所以就來了。〔太祖〕妙吓，好神術也。 今日得卿，何愁敵兵不敗，重圍不解？ 即封卿爲御營

使司之職。〔馮謝恩介，白〕萬歲。〔太祖〕分付擺駕回宮。〔衆〕領旨。〔行，唱〕

【尾聲】安排慶駕奇才宴，看指日功成奏凱旋。咳于洪于洪，總使你用盡機關，也算不過天。

〔下〕

第十一齣　于洪遣將

〔周成上，白〕轅門畫角向晨聽，虎帳邊箱祇候情。聞道收城今有策，封侯事業借伊成。小將周成，自隨于大法師來泗州助戰，喜他施大妙法把宋將擒獲將來，盡皆傾心降服。連日往城下搦戰，宋主無奈，前日出城只得親自交戰。我同趙將軍兩路夾攻，把他困住，正待就擒，不想又被高瓊忽至破敵救去。如今依舊堅守城池，不出交戰。大法師道領兵來此數月，雖屢戰屢捷，大功終是未成。爲此今日要登臺遣將，施用妙計，尅期務要打破城池。説話之間，大法師早已上臺也。〔内吹打，四小軍引于洪上。唱〕

【鬭鵪鶉】憑着俺法力天高，乘着他軍容日耗，恰好俺布展龍韜，直教他覆墮烏巢。〔吹打上高座介，周白〕法師在上，小將周成打恭。〔于〕起過一邊。〔周應，傍立介。于〕澤國江山入戰圖，生民何計樂樵蘇。憑君莫話封侯事，一將功成萬骨枯。我于洪自領兵來泗州，滿擬一戰成功。不想宋主恃糧草充盈，堅守不戰。前日忽又有高瓊到來。眼見援師將至，此時若不急爲攻破，日後必至費事。爲此我今日登臺，分遣兵將，授彼妙計，期必成功。〔向周介〕汝可持此令箭前去着衆將官齊來聽令。

〔付箭介。周〕得令。〔下。于〕今日用此妙計，管教宋主一定就擒也。〔唱〕使一個博望屯燒，和幾般咸丘攻燎，準備下火墜標，安排着雷霆砲。還須俺路截三條，怎容他圍衝七校。〔周引趙保牛、高懷德、曹彬、羅彦威上。趙白〕欣依主帥術能神，〔高〕翻悔當年悮事人。〔曹〕從此如魚還得水，〔羅〕管教勳業畫麒麟。〔見介〕大法師在上，衆將參見。〔于〕諸位將軍少禮。〔衆〕不敢。〔于〕我今日分遣諸將前去攻打泗州，期在必破。諸將須索要奮力者。〔唱〕

【紫花兒序】一個個威揚武耀，一個個氣奮情豪。只憑這一戰功勞，收復了唐家社稷、宋室臣僚，無處潛逃，方顯得更比周郎赤壁高。〔衆白〕小將等自當奮力死戰，但不知大法師有何妙計，知得泗州必破。〔于〕諸位將軍，不是我今誇口，少頃自然知道。〔唱〕俺透得機關秘妙，抵多少朽折枯摧、雪沃湯澆。〔白〕驍騎將軍周成聽令。〔周應介。于〕汝可帶領五千兵卒，各要乾柴一捆，并硫黄焰硝諸般引火之物，今晚三更時分到泗州城下燒破城池，這就算你頭功了。〔唱〕

【小桃紅】則要你各携薪、蘊積城壕，雞入襄營巧，等待得烏流雀集滿空爆。怎的不煅麗譙、騰騰焰烈彝陵道。則看取手忙足亂，則笑那額爛頭焦，一炬滅秦朝。〔周白〕得令。〔下。于〕趙保牛聽令。〔趙應介。于〕汝可帶領本部人馬，只待城池一破，即殺進城去，務要擒住宋主，不可有違！〔唱〕

【調笑令】須索是衢攻巷戰、把宋君邀，奮勇的先登，喫緊的撲團團，轉鬬的游龍倒，莫讓伊空兒中烟飛一道。恁若是能知擒賊擒王皦，又何愁將勇兵驕。〔趙白〕得令。〔下。高、曹、羅白〕大法師分遣諸將，何獨不用我等？〔于〕恐是汝等舊主那邊心中有所不忍，是以不敢動勞。〔高、曹、羅〕咳，已成敵國了，還説什麼舊主。大法師若有所委，無不盡命。〔于〕既如此，曹將軍率領五千人馬只待泗州破了殺進城中，捉獲宋朝諸將，其功不小。〔唱〕

【金蕉葉】順勢的、則用你生擒活捉，一個個繩拴索縛。逆命的、則用你逞兇動惡，一個個鞭撾刃斫。〔曹白〕得令。〔下。于〕羅將軍可帶領人馬殺進城中，收取府庫錢糧明白，回來紀功。〔唱〕

【禿厮兒】代俺將役賦的版圖查照，錢穀的府庫封標。須學那入關第一人兒好，興劉立漢的酇侯蕭。〔羅白〕得令。〔下。于〕高將軍引五千鐵騎抄至泗州城北駐扎，以防宋主救援人馬，其功不小。〔唱〕

【聖藥王】仗你把歸路撓，救援抄，遮攔內外各相淆。免使他併勢鏖、合力逃，功成九簣落虛囂。此處莫輕饒。

【尾聲】安排處處藏圈套，翻追悔行之不蚤，祇讓伱緩死許多時，擔擱俺凱歌遲唱了。〔下〕

第十二齣　馮茂請旨

〔史奎上，唱〕

【六么令】偵知敵人，待學周郎赤壁燒屯。〔白〕適纔我正巡視北城，忽有探子報來，敵營命衆軍士搬運乾柴，今夜要用火攻破我城池。此計若行，非同小可。因此特來奏知聖上。〔行介，唱〕飛風奏與聖君聞，休遲緩，莫逡巡，好教預把謀謨運，方能得把妖氛殄。〔下。馮茂上，唱〕

【前腔】堪嗤鬼燐，也則思量燎物燔人。〔白〕適才我在南門城上巡守，只見敵營軍士搬運柴薪，堆積壕邊。我想並無別計，無非今夜用火攻來破城池。可笑這些夯賊，如此下策，也要在我老馮面前調弄。不免將計就計。待我去奏聞聖上，請個旨意，一面命史將軍調齊兵將，我一面作起法來，把他火攻破了。然後再同史將軍追殺一陣，管教大獲全勝。咳，夯賊夯賊！〔行介，唱〕饒伊弄火似火蛾殷，須知是自燒身。〔史奎急上，唱〕疾忙打叠堅鋒刃，背城一戰舒危困。〔史作撞倒馮介。馮嚷介〕什麽人，大膽敢撞我老馮這一交！〔史扶馮介〕是我，史奎。〔馮〕原來是史將軍。我正有話要通知將軍。〔史〕我有要緊事去，没有工夫，明日領教罷。〔作欲下介。馮扯住介〕有甚麽要緊事，這般忙兜兜的？

〔史〕難道你還不知那敵營呵，〔唱〕

【前腔】搬柴運薪，積遍城壕頃刻遭焚。〔白〕我方纔奏知聖上，聖上命我點齊人馬，不要等他起火之時，御駕親自出城，與賊决一死戰。你道這樣大事，豈不要緊？〔又欲下介。馮又扯介〕原來就是爲此，何用這般着忙。火攻由他火攻，聖駕也不須親自臨敵。〔拍胸介〕都在我老馮身上，包管無事。〔史〕這不是當耍的。你怎麽包管得無事？〔馮〕彼以火攻，我以水濟，自然無事了。〔史〕他那裏將乾柴堆積城下，火發之時，勢焰滔天，豈是些少之水可以救得滅的？你不要胡鬧。〔馮〕我那裏用人運水，只須我作起法來，遣泗水龍王下一場大雨，憑他什麽火攻也救滅了。〔史〕如此甚好。切不可悮事。〔馮〕我豈有悮事之理。將軍在此等一等，待我去啓奏止住聖駕，好來同將軍行事。〔史〕將軍去去就來。城上無人督守，不可使我在此久等。〔馮〕這個自然。〔下。史〕馮將軍竟欣然啓奏去了。看他光景，像有些法術，都因聖上洪福齊天，所以便有這般豪傑之士。〔唱〕堪誇破敵有奇人，驅雲馬，役龍神，返風滅火伊能運，斬軍乘電咱須奮。〔馮上，唱〕

【前腔】纔辭紫宸，又向天街握手臣隣。〔見介。史白〕將軍回來了，聖上旨意如何？〔馮笑介，唱〕一聞所奏聖顔欣，從條議，任區分。〔白〕聖上依奏，命將軍作速點齊人馬，只待大雨一過，即便開城追殺。〔史〕如此我便去調撥人馬，將軍速速作法。〔馮〕這個不消囑付。〔分行介。合唱〕各隨執事輸忠藎，定教一洩從前憤。〔史下，馮轉場介。二將上，白〕啓將軍，適纔奉命設立法壇，俱已齊備了。〔馮〕既然法壇齊備，可命軍士們擂起鼓來，爾等在壇外巡守，不許擅放人進。〔二將〕得令。〔下。馮作登壇書符介，笑介，白〕堪笑那妖道于洪竟要用火攻來破泗州，那曉得有我老馮在此。〔燒符、執劍、步罡介，唱〕

【解三醒】謾道你祝融能窘，不直我佛圖輕噀。崑崙尚有盧文進，看玉石怎生焚。也不要搊江汲井多勞頓，只不過遣甲驅丁略獻勤。〔白〕泗水龍王帶領雷部速降壇前。〔唱〕來須奮，常呼律令、捷羡伊神。〔内作雷聲，放彩火介。二雷公上，跳舞介。又二電母上，串走跳舞介。二風伯擁泗水龍王上，唱〕

【前腔】正向這碧潭眠穩，陡被那赤符飛信。疾忙握定風雷印，來謁見個中人。〔白〕法師呼喚，須索趨往。〔行，唱〕又不是苗枯穎槁無滋潤，爲甚的呪督牌催多切諄。前行問，云何激迫、着甚殷勤。〔到介，白〕法師相召，有何使令？〔馮〕今有妖道于洪用火攻之計來破泗州，有煩龍君降大雨一場，以解此厄。〔龍應介，白〕聽我分付。〔唱〕

【前腔】當令取阿香推迅，還要把小瓶傾盡。青驄所過休慳吝，嘶躍處滴須頻。則專待高江急峽雷霆震，莫只做古木蒼藤日月昏。〔龍白〕領法旨。〔唱〕承尊命，安排漂麥，打疊翻盆。〔下。馮白〕事已安排停當，不免幫助史將軍追襲他兵將去也。〔唱〕

【尾聲】試看我從容撲滅了孤城燼，還要去更出奇兵，殺教寇敵奔，方顯得大宋的賢才尚有人。

〔下〕

第十三齣　神雨護宋

〔八小軍各執柴一把，内藏火藥，引周成上，唱〕

【四邊静】森森軍令休躭誤，妙算風相助。暗裏用神機，立地成焦土。〔白〕今日大法師分付叫我領五千軍士，各帶乾柴引火之物，三更時分到泗州城燒破城池，其功不小。衆軍士，可各啣枚疾走，往泗州城下去燒破城池。〔衆應介，行介，低唱〕天時已暮，分頭各布。先攫宋君臣，然後取府庫。〔下。史奎上，唱〕

【前腔】將軍久矣知其數，神謀如管輅。以主反爲賓，令時有仲父。〔白〕方才馮將軍説作法破他火攻，不知此言果真否？不要誤事才好呀。遠遠望見馮將軍來了。〔馮上，唱〕我逸彼遽，兵機莫露。頃刻賊人來，不可留生路。〔介，史白〕馮將軍來了。事體齊備了不曾？〔馮〕俱已遣發停當，故此特來幫你，少頃好追襲也。〔史〕如此甚好。我們同往城上去守禦。〔作上城介，唱〕我逸彼遽，兵機莫露。頃刻賊人來，不可留生路。〔周成衆上，唱〕

【福馬郎】仗爾無明故，任崑岡玉石，遭回禄同一炬。還憑風借力，用吹噓，一瞬盡成墟，真成是創良圖。〔到城堆柴介，放火介。內作雷，龍王引雷公、電母、風伯、雨師遶場轉介。周成領衆作冒雨介，白〕不好了，忽然間下起大雨來了！〔下。龍王衆下。史、馮上，唱〕

【四邊静】風生虎翼龍行雨，破敵仗仁明主。眼見捷盡來，勝似東山賭。〔史白〕馮將軍果然好妙法。〔馮〕這也仗聖主百靈相助，豈我之力？如今且不要躭閣，我和你快快同去追襲他後面兵將。〔史〕説得有理。〔唱〕如魚游釜，如檻押虎。追襲盡揚威，直搗如破竹。〔下。四軍引趙保牛上，作狼狽上，唱〕

【福馬郎】妙計超凡，决非差悮。定然是獲罪于天怒，故降盆傾雨。〔白〕我奉大法師之令，只待泗州破了，好殺進去擒捉宋主。不想忽遇傾盆大雨，把人馬淋得落湯雞一般。這樣看來，火攻只怕不濟事了。如今雨已漸止，只捱到前面去打聽個消息，再作道理。〔行，唱〕疾忙往前去，問何如，策應不粗疎，齊心力、莫躊躕。〔史、馮冲上，趙引衆敗下。史、馮同下。曹、羅引小軍作狼狽態上，唱〕

【四邊静】分師各自如碁布，彼此共回護。天不祐成功，烈焰化膏露。〔趙領衆敗上，接唱〕走頭無路，心驚恐怖。急走莫遲留，還怕追兵捕。〔曹、羅白〕趙將軍這般狼狽，想是不利了麽？〔趙〕阿呀呀，不要説起。正用火攻，不料天降大雨，火攻既不中用，他們城內兵將反來追襲。一時不備，被他殺得大敗。〔曹、羅〕大法師這般妙策，自必成功，不想天不做美，下這等大雨，我們如今也無可奈何。且往營中去見大法師，再作道理。〔行，唱〕

【尾聲】四分五裂難區處，幸喜得大家重聚。細訴道將要成功，忽然天降雨。〔下〕

第四卷

第一齣　宴賞陽春

〔太監上。白〕金殿當頭紫閣重，仙人掌上玉芙蓉。太平天子朝元日，五色雲車駕六龍。咱家乃南唐王駕下一個穿宮太監是也。我主乃太祖、太宗嫡裔，垂及數百十歲，延至宋主建革，我主止偏安一隅。目今宋主侵伐我國，聘請于洪前去禦敵，未知勝負何如，這也不在話下。近日我主上寵愛鄭娘娘，更躭于詩酒。目今正值陽春時候，御園百花開放。昨奉娘娘旨意，叫安排筵宴，慶賞陽春。諸事俱已齊備。道言未已，主公、娘娘來也。〔四宮女、二太監引南唐王、鄭娘娘上。唱〕

【引】對景且開懷，把酒歡無賽。〔鄭〕江南先得暖，百卉已争開。〔王白〕冬殘又見暖春曦，喜覩芳菲花滿枝。〔鄭〕萬事不如盃在手，一年幾見月盈巵。茲當陽春時候，百花開放。臣妾備有筵宴，請主公宴賞。〔王〕生受妃子。妃子把盞。〔鄭遞酒介。合唱〕

【二犯梧桐樹】名花遶砌開，國色鮮妍擺。緑葉參差、嬌勝雲霞彩。看芬芳朵朵闌干外。令節陽春、如何教他點翠苔。梅花得暖江南界。簇擁新粧、總有千金難買春如海。風日晴和蜂蝶來。春無賽，看取那好園亭真瀟洒，宛然是萬花谷裏安排。〔鄭白〕衆内侍宫女們，將鮮花各折一枝與大王侑酒。〔衆折花舞介。唱〕

【劉潑帽】嫣紅姹紫如繒綵，分明是錦簇雲裁。恐霜花零落飛無賴。保護來，休得要遭殘敗。

〔大太監持表上〕

【秋夜月】報捷來，功業應無賽。薦請真人除災害，圍城捉將勳名大，把君憂頓解，慶皇家萬載。〔白〕奴婢啓上主公：泗州于法師有報捷本章上呈御覽。〔王〕原來如此。于洪到了泗州，用法力擒了宋家許多大將，盡皆降順。這也可喜！〔旦〕此乃主公洪福齊天，臣妾把一杯與主公稱賀。

【東甌令】經綸手，梁棟材，耀武疆場顯大才。今朝奏捷應壇拜，又正值花飛采。從今王業可能偕，滅宋莫疑猜。〔王白〕孤家今日宴賞花亭，又聞此捷音。内侍傳諭禮部：應褒應封，即刻遣官前去，以見酬功之意。

【金蓮子】展異才，功高績茂宜恩賚。俺這裏虚佐待伊來。拚滿飲金樽，對此媚景共開懷。〔監白〕天色已暮，請主公還宫。

【尾聲】東山早把冰輪綴，休放那春宵輕邁。一霎便月轉蓬壺玉漏催。〔下〕

第二齣　睡魔奉召

〔二仙童引聖母上〕

【點絳唇】天道難猜，人心機械。誰能解指點將來。好去除災害。〔白〕仙臺妙境選中峰，碧水奔騰起赤龍。樹遶烟霞山影亂，鳳鸞翔集五雲中。我崑崙聖母是也。覷見高瓊抱病泗州，劉金定尚在雙鎖山不知音信，不免遣六丁神將前去指引。六丁神將何在？〔扮六丁神上。跳舞介〕身居火正位天干，相尅相生豈等閑。常護中宫分内外，一朝離脱定超凡。我等六丁神將是也。聖母宣召，上前參見。〔見介〕啓聖母，有何法旨？〔母〕今有高瓊抱病，劉金定不知，故此相煩指引，使劉金定好去泗州勤王，後來名垂竹帛，復證仙班。〔衆〕領法旨。〔母〕鏡花水月原都幻，作雨爲雲未必真。〔下。衆〕我等既奉法旨，須得遣睡魔神前去。睡魔神速降。〔睡神上〕情到落花驚醒後，又從蝴蝶繞將來。尊神相召，有何使令？〔衆〕奉聖母之命，要指引劉金定前到泗州。爾可引他入夢，現出諸般境界。〔睡〕既有法旨，不可久遲，就此同去。〔衆〕説得有理。大家前去便了。〔行介，唱〕

【二犯江兒水】三千世界，閲盡了三千世界，慈悲功廣大。奉森嚴法旨、聖母親差。倩雲行如電快，指點那裙釵。分明示取裁，數定應該，好展奇才，唤伊家牢記取崑崙派。黄粱自猜，顯神通黄粱自猜。南柯廿載，醒悟了南柯廿載。好教他早施爲梁棟材。〔下〕

第三齣　金定入夢

【引】朱簾畫閣冀昏静，伴人愁凄然一灯。何如未效于飛，枕上寂寞猶如悶。〔白〕盡道歡娱天不許，早將人事將人去。香美有温柔，相担又一愁。若今無愁覩，終落花間露。梳裹漸無心，孤鴻叫水濱。奴家劉金定，自從送高將軍往泗州一去，許久音信杳然，不知他那裏事體若何，教我好放心不下也。〔唱〕

【一江風】杳難憑，别後人行徑，甚處栖孤影，苦關情。得失安危，所事兒無從證。〔内打更介。白〕身子一時困倦起來，不免收拾睡罷。〔唱〕愁多倦慣乘，愁多倦慣乘，閒眠聽漏聲，還憐翠被魂孤另。〔進帳幔睡介。扮一睡魔神上，跳舞介。白〕某睡魔神是也。奉崑崙聖母法旨，教引劉金定入夢，現諸境象，使他好往泗州，扶助宋主，建立功勳。不免引他入夢者。〔内吹打，睡魔神引介。内扮一假金定上，至中場，睡神下。金白〕山川綿漠月黄昏，林木朦朧路渺茫。爲覓同心消寂寞，不辭零露滿衣裳。奴家只因思慕高郎，趁此夜闌人静，瞞過父親，潛往泗州與高郎一會。迤逞行來，你看好一派風景也。〔唱〕

【月雲高】柳遮英映，橫斜滿身影。野曠人踪少，蕭條曲徑。棲鳥無聲，枝頭浸月冷。聞幾處泉流咽，望一派烟光暝。〔內作風勢介。金作被風吹勢。白〕呀！好好的暗明天氣，怎么一霎時起這大風，把我吹得到那裏來了！〔唱〕早難道、天遣征帆客到滕，却做了、風馭虚空列子行。〔作風吹下。高瓊上，唱〕

【前腔】寇鋒難勝，飛符調師拯。剗地經過處，迷途誰正。〔白〕我高瓊在泗州，因敵人驍勇，特回汴梁取救。一路行來，不知是什麽地方了。且趲到前面尋人問個端的。〔行介。唱〕知到神京，猶煩幾何頃。圖放却兼行慮，還助取貪程興。〔內咳介，高白〕那邊一人來了，我好問取路徑。〔金上，唱〕看前路依稀來那生，敢特地圖歸續舊盟。〔見介。高白〕原來却是你。〔作不理介狀。金作喜介〕高郎別來安泰麽？奴家因放你不下，特地尋到此也。〔高〕你不在雙鎖山侍奉父親，來此做什麽？豈不聞婦人不出閨門？獨來此曠野之處，莫不有甚他意麽？〔作背立介。金〕吓！我爲你遠離，朝思暮想，廢寢忘飡。故瞞着父親，不遠千里，特來尋你，怎麽這般冷落，反有許多議論？莫非你初心有變了麽？〔唱〕

【前腔】別來心性，緣何頓灰冷。我一片濃恩愛，空傾薄倖。〔高白〕你有甚恩愛來？〔金唱〕祇這柔情，爲伊家險成病。撇不下思君苦，擔不了征人警。〔扮一白虎、一豹跳上，撲高介。金驚下。虎、豹撲高，高趕逐介，趕逐不退，漸作怕狀介。金持叉上，白〕不要着忙，我來救你也。〔趕殺虎、豹介。高先暗下。金殺虎、豹下。又扮二神將上，〔白〕何人大膽，敢殺我看山虎豹！〔金作怕介。神將追繞一轉，金入帳幔。神將下。金作驚起介，白〕快來救人！快來救人！〔梅香上〕小姐！小姐！爲何這般驚喊？〔金作定神介〕唬殺我也。原來是一場大夢。丫鬟，有甚時候了？〔梅香〕有三更多天了。〔金〕此夢着寔奇怪，大是凶多吉少。〔唱〕雖然是夢境，從來逐想生。却不道魂入烏衣自有形。〔白〕莫非高郎在彼有甚不測，故現此凶境吓我。不免占一課，便知端的。〔作起課介。唱〕

【前腔】我試把羲文虔請，金錢細搜定。願得時間夢，分明折証。〔白〕交單重拆單單，此卦名爲巽之中孚，應官動墓。爻經之詞云：「頻巽，吝。」《策》言：「墓持墓動，必然卧病呻吟。」呀！這般看來，高郎竟患病泗州了。這却如何是好！〔唱〕他病卧行營，誰將藥爐省？料那些痴頑輩，怎解得英雄性。〔白〕幸喜財并天醫動來生應，須得奴家親爲療治方好。曾記當初下山時，聖母有言，命我同事宋主，建立功業。今高郎既有病在彼，不免稟過父親，前去泗州。一則療治高郎病症，再則同輔宋主江山，豈不是好！〔唱〕須索是不憚軍中親一行，方纔得二豎潛消寇孽平。〔下〕

第四齣　辭親就道

〔劉鼎方上，唱。院子隨上〕

【一剪梅】客去東床歲月殊，紅落階除，綠遍村墟。〔白〕少小從戎仗劍行，暮年兒女獨關情。自慚老大空田里，更願伊曹重立名。老夫劉鼎方，前送女夫高君寶往泗州去後，已經三月。聞得南唐兵將非但勇猛，且多妖術，恐他此去未得即能成功，欲遣我女前去相助。若得建立功勳，標名竹帛，也强如泯没深山。我主意已定，少頃待他出來，即便打發他前去便了。〔金定上。唱〕夜來飛夢到淮徐，幾度躊躇種憂虞。〔見介。金白〕爹爹萬福。〔方〕罷了。〔金坐介。方〕吓！女兒，你爲何葳蕤雙黛鎖纖眉，敢悵同心遠别離？〔金〕一枕依稀成惡幻，關心最是夢殘時。〔唱〕

【宜春令】分明見，在路隅，那人兒情形頓殊。忽驚空裏、騰來虎豹相攖取。〔方白〕這也奇怪。〔金〕孩兒醒來，占得一課，却原來高郎抱病在彼。〔唱〕遥憐他一榻呻吟，早作我滿懷疑慮。怎能彀一霎相逢，跟前親覷。〔方〕原來如此。我久欲命汝前往泗州，輔佐宋主，建立功勳，日後圖個名垂青史。今高郎既病抱在彼，汝可作速前去。一可療他疾，二可趁此機會建取功業，豈非一舉兩得乎？

〔唱〕

【前腔】行當速，事莫徐，逐雞飛名言載書。更兼功業、都憑此去垂寰宇。〔金白〕孩兒亦欲前去，但慮爹爹年高，膝下無人侍奉，所以不敢遠離。〔方〕我雖年老，猶自矍鑠。你只顧放心前去，勿以我爲念。〔唱〕休爲我的桑榆時光，擔閣你鴛央伴侶。何况我矍鑠形骸，尚堪鞍據。〔白〕高郎抱病在彼，前既有約，自必懸望，豈可遲延？ 今日可即起身前去。分付院子，準備小姐的器械，鞍馬伺候。〔院應介。金〕既是父命諄諄，須索前去便了。但爹爹年高之人，早晚須善加調護纔好。〔方〕不用叮嚀。你進去速速準備行裝前去。〔金〕曉得。正是：思親情倍切，兩地總關心。〔下。方向院白〕速傳家將上堂。〔院應唤介。四家將上〕

【前腔】因何事，急傳呼，敢山前重興大書。〔見介。白〕老爺有何使令？〔方〕你小姐要往泗州去，爾等須要小心伏侍，送小姐到泗州。回來之日，自當重賞。〔唱〕疾忙裝束、殷勤伏侍休違悞。〔金上，接唱〕辭親闈一霎分離，早趲行風霜難顧。怎能勾頃刻相逢，跟前親覷。〔方白〕我兒你往泗州，我特着家將四名，送你前去。〔金〕爹爹不消慮及。憑你千軍萬馬，也不懼他。何况數百里之程，但請放心。孩兒單身前去。家將過來。〔衆應介。金〕老爺在家，你等須要小心伏侍。他日回來，重重有賞。聽我分付。〔唱〕

【三學士】晨夕殷勤承旨趨，小心供職庭除。我期賞罰歸來後，汝記丁寧別去餘。〔衆白〕不消小姐分付，小人們自當盡力伏侍。〔唱〕豈敢重煩恩主慮，傾心事，竭力趨。〔金白〕你們且去罷。〔衆應介〕羨他事事關心女，愧我人人莽性兒。〔方〕我兒你不必留戀，就此去罷。〔金〕如此，爹爹請上，待孩兒拜别。

【前腔】從此牽思雲共樹，權遠定省居諸。徒將愛女從軍事，致累慈親作意歔。〔合〕滿腹離愁無一語，言將及，痛已俱。〔院帶馬上。金白〕孩兒就此去了。爹爹在家，須要保重。〔方〕我兒路上小心。〔合〕

【尾聲】依依、話不出臨岐緒。〔金〕揮淚登鞍信馬趨。〔下。方白〕我只爲要他建立功勳，再者，使他年少夫婦相聚，故立刻催逼他起身。你看他去後，膝下好不凄凉也。〔唱〕少不得、目斷雲山日倚閭。〔下〕

第五齣　金定伏妖

〔衆小妖引開明上。唱〕

【點絳唇】質匪胞胎，形成奇怪經千載。修煉山崖，傳得個神力真無賽。〔白〕混沌分時已降生，資深積久喜功成。本來面目誰能識，變化從吾自在行。我乃崐崘山神獸開明是也。氣秉陽精，頭符九數。性成剛體，身具虎形。口歕雲霞，可作山川之錦繡；聲轟霹歷，能驚宇宙之心魂。變化多端，威靈無似。真個是毛角叢中咸畏伏，崑崙山上獨逍遥。自從那日奉聖母之命送劉金定下山，因見那繁華世界，遂動我功業心情，要做一番驚天動地之事，以顯我移山倒海之能。不料行至九頭山前，見那山峰秀麗，遂收服了驪黄子，大家擁我爲主。他乃泰山下一個連理石，原從開闢以來受那日精月華，年深歲久，漸成靈異。後來遇着秦始皇大造陵寢，就把他鎸成石馬，置于驪山。他既自有靈異，又兼雕琢成形，遂能變化百出。自項羽入關之時，他竟乘亂跳出秦關，直到此處，占踞多年。前日相遇，知我道法不凡，故此情願推我爲主。但他質本連理，性愛女色，我來到之時，曾擄有婦人做壓寨夫人，是我勉强遣去。雖是如此，恐他舊性未改，不免唤他出來，再勸戒一番。小妖，請驪黃子出來。〔小妖請介。驪黃子上〕不向林邊嘶夜月，愛從花下驟春風。〔見介〕大王在上，驪黃子參見。〔開明〕罷了。你且坐下，聽我分付。〔驪坐介。開明〕大凡我輩修煉之人，不可躭情色慾。若一沾着，未有不喪身亡命者。〔驪應介。開明〕你且聽我道來。〔唱〕

【剔銀燈】那花容是羈心梏械，風情是螫身蜂蠆。脂粉墜便是奪命蒼茫海，綺羅叢便是攝魂賊寨。〔白〕今日寨中無事，汝可率領部下往山前巡哨一番，但不可妄生事端。〔驪應介。開明唱〕惟該巡行境界，慎莫去、招非惹禍灾。〔下。驪白〕衆小妖，隨我到山前巡哨去。〔衆應介。行唱〕

【前腔】咱不受錦韉寵愛，咱不受金羈榮彩。惟伴取碧草年年在，任長嘶野烟林靄。生來巉巉骨格，原不出青山翠崖。〔下。劉金定上，唱〕

【駐馬聽】一騎飛埃，歷幾長亭古驛來。縱有那遥山成畫、曲水宜詩、好鳥勾懷，教咱難展旅愁開，任伊頻把春情賣。〔白〕我劉金定辭别父親，前往泗州，一者勤王，二者探看高郎。須是快趲一程方好。〔行介，唱〕縱不延捱，時時只覺行非快。〔内放烟火、呐喊介。金〕呀！深山之中，何來一陣妖氣？〔唱〕

【駐雲飛】寂静巖崖，驀忽騰生千尺霾。紅日收光彩，黑氣遮嵐黛。嗏！〔驪領衆冲上，見，喜介，白〕那裏來的個女子，生得好齊整也。〔唱〕何幸遇裙釵，玉姿花態。直恁嬌嬈，禁不住心頭愛。〔金唱〕想作妖氛定你來。〔驪白〕你那女子，獨自一人行走，咳，有些蹺蹊。你可老實説來，姓甚名誰？

往那裏去的？〔金〕我若説出來，教你魂膽皆喪。我乃雙鎖山劉氏金定，今往泗州保駕，滅唐扶宋。你是什麽妖怪，敢在此地擅自擋俺的去路？〔驪〕我驪黄子是一貌堂堂好漢，怎麽説是妖物！〔金唱〕

【駐馬聽】端覷形骸，蹀躞人前弄巧乖。却不道行如奔電、語似嘶風、身更粘苔，怎欺咱閨閣粉香材，須識咱龍虎風雲概。〔驪白〕聞得南唐兵將十分利害，勸你不如不去。若肯從順了我，做個壓寨夫人，還十分的受用哩。〔唱〕名利總浮埃，何如管領鶯花砦。〔金〕哇！這好大膽的妖物！看我手中的刀！〔驪〕那個懼你！〔戰介。驪敗介，下。金追下。驪領衆敗態上，唱〕

【駐雲飛】羅袖弓鞋，柳做腰身花做腮。旖旎真無賽，威勇偏生大。嗏！〔白〕阿呀！那女子好生利害！衆小妖，你們快去報與大王知道，前來助戰。〔衆小妖應，下。驪〕好一個齊整女子，怎麽樣擒他來做個夫人纔好。〔想介〕殺又殺他不過，就擒了他來，我那個開明大王又古板得狠，甚是不便。這怎麽處？〔又想介〕吓，有了！他説要往泗州保駕，扶宋滅唐，我如今先到那裏，投在唐營，想個法兒擒得他來，成其好事，豈不强似在此厮混！主意已定，就此竟往南唐便了。〔行介，唱〕且去到江淮，弄些機械。定要和伊了却風流債，不枉春光一度來。〔下。開明領衆上，唱〕

【駐馬聽】堪咲駑駘，輸與娉婷一女孩。道不得威能搏虎、技擅屠龍、説甚裙釵！〔白〕方才小妖來報，説驪黄子巡哨，遇一女將，十分驍勇，爲此前來助戰。一路迎來，怎麽並不見有甚女將，連驪黄子影兒也不見。小妖，可再追到前面，去看個分明。〔衆應介。行唱〕莫非戰陣向碧霄排，怎生立地只有青山在。〔金定冲上。署戰介。開明白〕呀！原來是金定道兄。〔金〕你是開明道友。吓！〔開明〕正是。〔各見介。合唱〕共訴衷懷，教人憶得崑崙派。〔開明白〕道兄你不在雙鎖山，却往那裏去？〔金〕道友你倒忘了，聖母遣我下山時，原命我輔佐宋主。今宋主在泗州被圍，特去勤王。〔開明〕原來如此。〔金〕道友你怎麽不在崑崙山伺候聖母，却在此處做甚麽？〔開明局促狀，介〕不瞞道兄説，自送你下山時，因見塵世繁華，故暫游戲。來至此處，遇見驪黄子，就是方纔與你交戰的，是他留我在此，獨伯一方，好不洒落！强如在荒山之中受盡寂寞。〔金〕道友你好差矣！送我下山後，就該早早繳旨才是。何得妄動塵念，在下界作祟，驚駭世人！如今趁早回去謝過，聖母慈悲，或者寬恕。若再迷悮，將來罪戾日深，悔之晚矣！〔開明〕一念之悮，幾致沉溺。得聆明訓，如夢初醒。從今即當洗心滌慮，回山請罪。將手下衆小妖，仍交付驪黄子收管便了。吓！驪黄子呢？〔金〕他被我殺敗，一徑趕來，踪跡俱無。〔開明〕吓！是了。他一向被我管拘得嚴緊，今又戰敗，懼我責罰，想又不知逃往那處作怪去了。待我慢慢的收伏他。〔金〕勤王事緊，就此告别。〔開明〕既如此，也不强留你了。〔金〕及早回頭要緊，請勿自悮。〔開明應介。合唱〕共訴衷懷，休教忘却崑崙派。〔作别介。金下。開明白〕衆小妖，爾等都散了罷。我要改邪歸正，回山去了。〔衆小妖〕我等伏侍大王許久，感恩戴德無盡。今二大王又不知那裏去了，大王又欲回去，教我等那裏捨得？大王還是不去的好。〔作伏地哭介。唱〕

【駐雲飛】忍撇吾儕，瓦解冰消各抱哀。荒廢了烟霞寨，零落了笙歌派。嗏！〔開明白〕我因一念之悞，幾墮塵世。今得提醒，急須歸正。爾等散去，各自潛修，將來可成正果。切勿興妖作祟，殘害生靈。〔唱〕勸爾莫疑猜。世情須改，静養潛修，急跳出紅塵外。休戀繁華一謎騃。〔衆小妖白〕大王既然要去，我等也難强留。今日且請歸山，所有的山果松釀、虎脯熊羹，且暢飲一番，盡我等一點敬心，明日再去不遲。〔作拉開明介。唱〕

【尾聲】從今離別情如海，恰好似酒闌花敗。明日裏、復轉崑崙見師台。〔下〕

第六齣　轉戰四門

〔劉金定上，白〕不辭千里遠間關，暮宿烟村曉踏山。滿眼男兒皆鳥喙，如今意氣屬雲鬟。我劉金定自拜別父親，來泗州赴援，昨在途間收伏了驪黄子，如今已近泗州，則那唐營軍馬蜂聚蠅屯，怎肯放我進城！須得殺透重圍，纔能與高郎見面哩。〔唱〕

【北醉花陰】想着那、密匝匝的干戈是多少，騰殺氣驚回過鳥。堪笑我指嫩玉容嬌，便思量輕度城壕，少不得抖擻這裙釵貌。〔白〕前面已是南唐營寨，我不免冲殺前去者。〔唱〕催匹馬，向屯標，試看取、辟易千軍如拉槁。〔策馬下。史奎領四小軍上，唱〕

【南畫眉序】壁壘接城坳，叩郭時聞馬嘶驕。歎孤軍深困，衆腹將枵。〔白〕我史奎奉旨在城上守禦，恐怕敵人攻打。衆軍士，須索小心防備者。〔衆應介。史唱〕打疊下藺石强弰，準備起彤珠飛砲。〔内金鼓、吶喊介。史白〕呀！你聽那邊喊殺連天，想是唐將又來攻打了。衆軍士，可準備擂木砲石，只可用心防備，却不要與他交戰。〔衆應，作往城上介。唱〕守陴扞禦休疎畧，憑伊索戰聲高。〔金定追唐將上，戰介。唐將敗下。金白〕城上的聽者，我是來扶助宋主的，可快開城門，放我進去。〔史〕可有軍師的簡帖號箭？〔金〕没有甚軍師簡帖號箭。〔史〕既然没有，真假難辨，不放進城。〔金〕城上聽者。

〔唱〕

【北喜遷鶯】雖没有簡書條約，也不無瓜葛根苗。難道是無交，陡頓來輕尋囉唣？少不得有個人兒識阿嬌。〔史白〕既没有號箭簡書，就係奸細了。若再不去，我這裏就放箭了。〔金〕你既不放我進城，也罷！我且繞往南門，看是如何。〔唱〕好教人難禁恁推調，似這等空臨祆廟，終不然便返藍橋。〔下。四小軍引唐將上，唱〕

【南畫眉序】奉令打南譙，密布雲梁與鶩轈。并低穿地道，峻駕天橋。憑教似墨翟防牢，怎抵得公輸攻巧。〔白〕小將奉于大法師將令，圍困泗州南門。衆軍緊緊圍繞攻打，倘若城中有人出來突戰，休要放去！〔衆應介。唱〕更防困得君臣躁，衝圍奪路相逃。〔下。金定上，唱〕

【北出隊子】好着我難猜難料，閃得人無下梢。怎肯把風塵跋涉付徒勞，拚得個轉戰城闉把衷情告。〔唐將上，戰介。白〕那裏來的賤婢，敢來冲破我圍！〔金〕賊將，好好放一條路讓我進城罷了，不然，教你死在劍下。〔唐將〕阿唷唷！好賤婢！〔戰介。唐將敗下。金白〕我是來赴援的，守城兵將快開門！〔城上白〕既然來救援，可有苗軍師的簡帖號箭？〔金〕這都没有。〔城上〕既没有此二件，何以爲憑？誰敢擅放！〔金〕又不放我進城。不免殺到西門，再作道理。〔唱〕怎都把滴親人看同路草。

〔下。南唐頭目執令旗上，唱〕

【南滴溜子】新來個、新來個佳人窈窕，頻將這、頻將這威風炫耀。〔白〕嗏，圍困泗州西門將官聽令！〔將官上〕有何説話？〔頭目〕大法師有令道：有女將到處冲圍，欲要進城，分付圍城兵將嚴加攔擋，不得容他冲進城去。大法師即遣將前來助戰擒他也。〔唱〕務宜隄防心小，休教善縱伊做歸山虎豹。〔將官白〕知道了。〔頭目〕我再分付北門上去也。〔唱〕到處傳喧，須遞四郊。〔下。將官亦暫下。金定上，唱〕

【北刮地風】呀！恨煞這反復吟逢似卦爻，一任俺北戰南鏖，盼不出周方的一個人兒到。〔白〕呀！你看這圍繞西門的兵馬，比前二處更覺嚴整，怎生得殺透重圍也！〔唱〕密層層將勇兵驍，亂喧喧鼓擂旗搖。待覷恁重圍叠陣，怎容咱長驅直擣。〔南唐將上，白〕嗏！大膽賤婢，敢來冲突我的圍子麽？〔畧戰介。金唱〕恁敢欺綺羅身、花鈿貌，咱則勸收兵及早。〔又戰介。又扮一唐將上，夾戰金定介。渾戰一陣，同下。南唐將上，唱〕

【南滴滴金】軍傳娘子曾聞道，不似這膽力雄奇姿態好。一丟丟艷麗佳年少，莽衝鋒如刈草。〔白〕方才大法師傳令下來，説有女將冲圍，叫小心拒敵。咳！想我這般材料，怎擋那員女將連殺三門的手段！奉法師軍令，没奈何只得在此準備者。〔唱〕還愁遇却，敢鞋尖便將咱踢倒。這籌怎銷，歎何處可逃。〔金追殺衆兵卒上。將官截住，戰介。將敗下。金白〕南唐兵將也不過如此。連殺四門，早都被我殺敗了也。〔唱〕

【北四門子】咲煞恁千軍萬馬成虛耗，悄没個拔山雄、舉鼎豪。儘着喒團團踏遍埃心道，問誰能敵寶刀？〔白〕守城兵將聽者，我是來扶助主公援兵，快開城門。〔城上白〕是那處來的？可有苗軍師簡帖號箭？〔金〕是來救援罷了，要甚麽簡帖號箭！〔城上〕没有此二件爲信，不許進城。〔金〕吓！都不肯放我進城，如何是好！〔唱〕不由人一會兒痴、一會兒惱，怎把喒一片濃情向冷地消。〔恨介，白〕我把南唐兵將殺盡了，他每少不得放我進去的。〔唱〕放不得一念兒灰、一路兒饒，便都將前功棄了。〔下。趙保牛、周成引衆上。唱〕

【南鮑老催】是何翠翹，花明玉艷風韻嬌，風馳電驟把威武耀。〔白〕不知那裏來的女將，左冲右突，把我南唐兵將殺得七零八落。爲此大法師命我二人前來助戰。你看那邊征塵起處，又冲到這裏來了。我們須索并力截戰者。〔唱〕看霞籠馬、燕舞刀、梨翻鍔，征塵影裏輝光皎。飛一騎看看到，少不得迎頭勦。〔金冲上戰介。趙、周白〕何處來的賤婢，敢如此放肆！還不早早下馬受縛！〔金〕你等如何是我敵手！只唤于洪出來打話！〔趙、周〕阿唷唷！好大膽的賤婢！〔戰介。趙、周敗下。金〕冲殺了半日，早又轉到東門了。没有甚麽簡帖號箭不放進城，這却怎麽處！〔想介〕呀！因征戰昏迷，竟忘懷了一事：何不把高將軍説出，再把他贈的銀鞭拿與他看。此鞭乃聖上所賜高將軍的，若見此鞭，定然放我進城！〔唱〕

【北水仙子】這這這、這燦金鞭出九霄，賜賜賜、賜與那東床坦腹高。昔昔昔、昔日裏當做琴心，今今今、今日裏翻充月老。〔白〕城上將官聽者：我乃雙鎖山劉金定，至此保駕破圍，有高小將軍聖上賜的銀鞭爲信。〔史奎〕既有銀鞭爲信，可繫上城來我看。〔城上放繩下。金定將鞭繫上城介。史看介〕果是聖上賜與高小將軍之鞭。女將且在城下少待，容去奏聞聖上，即便開城。〔作下城介。金〕高將軍聞我到此，必然十分歡喜，那病就可以好得一半了。〔唱〕想想想、想着伊空齋眠寂寥，定定定、定常時將我思着。聽聽聽、聽執巾侍櫛的親屬到，量量量、量那懨懨病勢霎然好。准准准、准備着相對話通宵。〔史内白〕分付衆軍士把城門開了。〔軍應，開城介。史從城内出介，唱〕

【南雙聲子】誰知道，誰知道，把國戚看承錯。開郭邀，開郭邀，傳金旨，宣鸞詔。興倍豪，興倍豪，樂更饒，樂更饒。喜添來神女共輔天朝。〔白〕聖上有旨，宣劉金定進城見駕。〔金〕領旨。〔史〕就請進城。〔金唱〕

【北隨煞】從今打叠把煙塵掃，定乾坤竹帛垂功效。將這等妙手醫調，縱男兒山海樣的沉疴也脱了。〔下〕

第七齣　金定面駕

〔衆執瓜將軍、衆内監引太祖上。唱〕

【北新水令】乾坤福命一身承，願人間室家交慶。窮簾臻富庶，此屋樂盈寧。爲惜蒼生，顧不得遭機穽。〔白〕孤軍血戰半凋殘，鼓角聲悲白日寒。尚覺天心非厭宋，深閨艷質亦登壇。朕自悮中敵人之計，被困泗州，隨征將士擒去殆盡。所喜高瓊到此勤王，不料忽然患病，幾致不測。喜得連日以來始漸痊可。更有異事：昨日有一女將衝圍到來，守禦將佐因無軍師簡帖號箭不放進城，他轉打四門，殺得唐家兵將如落花敗葉。及到後來，説是高瓊之妻，名唤劉金定，來此解圍并探看高瓊，有朕當日賜與高瓊的銀鞭爲信。因此朕着史奎放他進城，引與高瓊厮認。今日宣來見駕。此時想必就來也。〔史奎作喜態上，唱〕

【南鎖南枝】神明主，百效靈，危城幸添娘子兵。〔見介。白〕臣史奎見駕。〔太祖〕昨日命汝引那女將去見高瓊，相見之際，作何情狀？〔史〕夫婦重逢，頗覺歡愜。〔唱〕往常念鳳鸞分，近新樂鴛央並。〔太祖白〕高瓊病中之人，不要太勞頓了。〔史〕更有非常喜事啓知陛下。〔太祖〕有何喜事？〔史〕那女將帶有什麼仙丹，與高瓊服下，其病立時全愈，精神更添十倍。〔太祖〕有這等異事？〔史唱〕無一時，剛半頃，疾全除，氣增勁。〔太祖白〕有此女將，真個可喜！但不知從何處認識，得結絲蘿？〔史〕高瓊有短章奏上，其結親始末俱在上面，乞賜御覽。〔呈本介。太祖〕高瓊病既痊，可即着卿家宣他夫婦二人前來見駕。〔史〕領旨。〔下。太祖看本介，唱〕

【北駐馬聽】正急王程，忽遇夸言當路逞。怎禁豪性，便將閒氣與人争。非乘龍的志量不支撑，奈行雲的手段原端正。早納欸多情，因此上、懷慚强效睢鳩咏。〔史領高瓊夫婦上。唱〕

【南鎖南枝换頭】眉峰倩張靚，衣香襲賈馨。頓把一天恩愛，消却千里相思，兩地親相證。〔見介。高白〕臣高瓊夫婦見駕。願吾皇萬歲萬歲。〔内監〕平身。〔高、劉〕萬萬歲。〔起介。太祖白〕卿家結親始末，方才朕覽卿奏章，俱已知悉，可稱奇遇也。但高卿抱病許久，殊難醫治，卿家乍來，投何妙劑，却能立愈？〔金〕臣妾向在崑崙聖母處授有仙丹，百病可治。況臣夫壻原無重病，不過邪氣所感，故此仙丹一投，即能全愈。〔太祖〕原來如此。〔金唱〕丹九還，通百靈。況些須，采薪病。〔太祖白〕喜得卿家病愈，又得卿妻如此英雄，破圍却敵真易事耳。但汝父同衆將背宋降唐，久未反正，如何是好？〔唱〕

【北沉醉東風】堪嘆恁行迷本性，枉教俺望斷歸情。只看這柱石空，怎盼的干戈静。每日价困坐孤城，何時得振旅班師轉汴京，御金鑾重把那垂裳治整。〔史、高白〕衆將降唐，寔非本心，總被妖術所迷。臣等同心戮力，殺退重圍，勦滅于洪，管教衆將盡行歸正。〔金〕那于洪不過憑些妖術，恣逞狂悖。臣妾既來，便可立破其邪。請陛下無慮。〔史、高、金合唱〕

【南鎖南枝】他妖魔術，魘魅情，饒伊潑天手段精，一正若加臨，百祟應清淨。〔馮茂上，唱〕他書語驕，軍力逞，待要把兩家爭，一朝定。〔白〕臣馮茂見駕。〔太祖〕卿家在城上守禦，不奉宣召，何事到此？〔馮〕敵人于洪，因劉金定轉打四門，殺傷他衆將，甚是忿恨，打下戰書，期在明日交戰，務要决一雌雄。還有許多不遜之言，臣不敢奏。〔太祖〕卿且平身。〔憑起介。太祖〕呀！那于洪何得如此猖獗！〔唱〕

【北雁兒落帶得勝令】雖是恁仗妖邪屢得贏，怎欺俺没才猷全無勝？直覷做軟兀耑似穉嬰，可知俺峻巍峩操符命。總饒伊使盡了丁甲地仙奇，難抵俺保合的子午天心正。則恨這少分憂社稷英，便遭那阻長征潢汙梗。傷情，對來書激昂昂無回應；吞聲，難道我穩甘甘受逼淩。〔史白〕聖上何須憂慮？相持厮殺乃臣等之事。況今高將軍病已痊可，又添有將軍夫人到來，明日交戰，管破重圍。〔金〕臣妾前日轉戰四門，已知敵人伎倆不過如此。但不識他營中虛寔如何。若得一人暗去探看明白，則不日内就可以退敵矣。〔馮咲介〕這件事情惟我可去。〔太祖〕怎麽惟卿家可去？〔馮〕臣善土遁，可以暗至彼營，就中探看，神鬼也不知覺。〔太祖〕如此甚好。今夜卿家可即往探，衆位卿家可即點齊人馬，只待馮卿回來，準備明日與彼交戰便了。〔衆〕領旨。〔合唱〕

【南鎖南枝換頭】通神有捷徑，探微達敵營。看這行潛九地，憑恁謀秘三天，事事窺都罄。旌捷音，專待聽。凱旋歌，藉兹整。〔分下〕

第八齣　唐營犒軍

〔于洪上。二中軍隨上。唱〕

【粉蝶兒】袖握風雷，俺可也橫行天地，指揮教宋室傾危。〔高、曹上，唱〕謁元戎，參主帥，共聆神秘。〔羅、趙上，唱〕領軍機，好去陷鋒衝隊。〔見介。高、曹、羅、趙白〕大法師在上，末將等參見。〔于〕不敢。我今早已打下戰書，約在明日與宋軍交戰。諸位將軍可各整備本部人馬，以便明日出戰。〔衆〕大法師何出此言？昨日被那賤婢把我們兵將殺得大敗，大法師及該連夜點兵出陣，踹平泗州，以洩此恨。怎麽轉要慢騰騰的相約戰期，做那些迂闊之事！若他那裏一作準備，更覺費手了。〔于〕將軍有所不知。那女子既能轉打四門，連敗我數員上將，如此英雄，若草率出戰，恐又取敗。爲此我整頓兵將，收拾法寶，約在明日。待我親自出陣，單要那女將出來，弄個神通擒住了他，其餘便無足慮矣。〔唱〕

【粉孩兒】須知我，要先居無虞地。務安排幾路，出其不意。方能一戰擒敵魁，直教他膽落心頹。〔衆白〕咳！大法師如何長他人的志氣，滅自己的威風！諒一小小女子罷了，也直得如此費事！末將等雖不才，一騎出陣，管取擒獻麾下。〔唱〕秖須將輕騎鷹揚，用不着親陣魚麗。〔報子上，白〕鄉月光綸詔，使星映柳營。啓上大法師：有聖旨到來，犒賞軍士，離營不遠了。〔于〕分付快排香案。〔中軍應介。四小軍捧禮物引林文善上。唱〕

【福馬郎】奏績征人恩寵異，特教給賞金和幣，行獎勵。〔作進介。于、衆跪介。林白〕詔書已到，跪聽宣讀。詔曰：六師屢捷，大生社稷之光；衆將頻歸，允兆邦家之慶。開疆拓土，自此基哉；一道同風，于斯信矣。計功授賞，廟堂典則。宜昭勸善綏來，爵禄尊榮何吝。兹爾國師于洪，征宋有功，特賜綵緞百端，黄金百鎰，以彰異績。其來降諸將，仍照仕宋原品各進一級，以安遠心。凡屬從征將士，俱賜酺宴一日，以作軍氣。欽哉。謝恩。〔衆謝恩介。唱〕感沐明廷德與天齊，靖寇尚無期，先叨取，賞功儀。〔各起相見介。于白〕有勞天使大人遠來，接待不周，望乞恕罪。〔林〕不敢。大法師連敗敵將，宋主就擒在即，如此功勳，千秋罕見。敬賀，敬賀。〔唱〕

【紅芍藥】功成敵必勝神威，擒名將只似兒嬉。抵多少聞風便披靡，料渠魁定能長繫。〔于白〕不敢。〔林向高、曹、羅白〕諸位將軍能棄暗投明，改邪歸正，真乃識時務之英傑也。可敬，可敬。〔唱〕良禽始解擇木栖，真英雄善承天意。羨將軍灼見周知，去宋朝來輔唐帝。〔于白〕貧道托主公洪福，雖建微功，敵人尚未臣服，何勞天使大人過獎。〔高、曹、羅合唱〕

【耍孩兒】未破彈丸心自愧，道似全齊下剩即墨，曠日相持，仍然算不得甲子朝歌利。〔中軍白〕啓法師：後營筵晏俱已齊備了。〔于〕天使大人遠來，設有薄酌，聊當洗塵。〔林〕請。〔衆〕請。〔合唱〕向此夕，且聽笳鐃醉。高宴待淩烟會。〔下。内作樂。作上席介。四小軍、四將官上。唱〕

【會河陽】屢勝軍心，尤當慎微。通宵刁斗要聲齊。更逢新沐皇恩，怕易成醉嬉。疎畧處生奸宄。〔白〕大法師在後營筵晏，恐有疎虞，特命我等四下巡邏。衆軍卒好生小心巡察去。〔衆應介。行唱〕各營，燈色外須詳細。各門，旗影裏須防備。〔下。地井内放彩火。馮茂從地井内出，唱〕

【縷縷金】穿坤軸，没人知。不須多禹步，過城陬。出得天根外，剛伊營内。〔白〕我馮茂奉旨來探唐營虛寔，自借土遁行來，隱隱聽得鼓樂之聲，想是唐營筵宴，不免悄地行去，探看明白，好回去覆旨。〔行唱〕三軍機密任咱窺，須當逐般記，須當逐般記。〔下。林文善、于洪作微醉上。二中軍隨上。林白〕酒已過多了，且散步一回。〔于〕請。〔合唱〕

【越恁好】夜闌人醉，夜闌人醉，行樂欲眠遲。鐃歌劍舞，聽無厭、看欲迷。凝眸忽見月在西，三更過矣。〔于作醉，白〕天使大人，你看我營中人馬如此强壯，器械如此鋭利，糧草如此充足，况加之以妙法，何愁敵人不敗！〔作咲介。林〕正有一事相問：聞得宋將十分强悍，大法師用何妙術盡數擒來，且又能使誠心歸順？〔馮茂暗上，聽介。于咲，白〕你道我用何法術把宋將盡數擒來？〔林〕因爲不知，故爾請教。〔于〕貧道有一法寶，名曰攝魂瓶。但遇交鋒，高喚敵人名姓，他若答應，即應聲而倒，便可擒來。再用九龍聖水噴他，便能從順，永不改悔。直待天下平定之後，這些的魂魄便逐漸消完，都是死的。〔林〕原來有此妙術。宋室雖强，不足平矣。〔于〕再請就席暢飲一回。〔林〕請。〔馮茂虚下。于、林唱〕須拚取，態酩酊通宵會；莫承望，宴畢罷中宵睡。〔下。馮上，唱〕

【紅繡鞋】邪魔左道偏奇，偏奇。暗將魂魄勾追，勾追。還善把性情移。欣此夕，識奸機。〔白〕原來那妖道有個什麽攝魂瓶，怪道把宋將盡皆擒去。如今趁他酒醉，把那浪瓶盜去纔好。〔内作擂鼓介〕營中擂鼓，天色將明，恐有準備，難于下手。且回去覆旨，改日再來盜取便了。〔唱〕且饒伊，暫時歸。〔從地井下。四將、四小軍上，唱〕

【尾聲】辛勤一夜巡營壘，真個是鈴柝聲連曉角吹。〔白〕天色漸明，巡邏喜得無事。少刻大法師就要升帳，須索要準備鞍馬器械伺候。〔唱〕穩辦取、一戰功成捲鐵衣。〔下〕

第九齣　馮茂覆旨

〔四小軍敲梆鑼打四更上。唱〕

【水底魚】寂静離宫，天清零露濃。牙籤聲重，玉階驚聖聽。〔白〕我等宋營中巡軍便是。皇上因等馮將軍回話，此時已交四鼓，尚未安寢。設宴後殿，一者與高將軍夫婦賀喜，二者等待馮將軍。哥吓！皇上尚且如此，我們不可偷安，四下裏小心巡邏去。〔衆〕説得有理。〔唱〕

【前腔】禁籞西東，迴環莫放空。盈廷供奉，況咱微眇躬。〔下。史奎、高瓊、劉金定上。唱〕

【紅納襖】碧沉沉瑞烟凝遍九重。嚮璫璫漏聲傳經回送。似這般、半宵過不寢作遊仙夢，更説甚、五更寒待漏整赴闕容。只爲那一使臣音未通，遂教這百職司人盡拱。〔白〕只因馮將軍前去唐營探看虚實，聖上務期回旨，不肯安寢。至今已過四鼓，尚未回來。是我等力請聖上少息，方准所請，命我等退居外殿，亦歇片時。不免到外殿便了。〔唱〕試轉過右城楓林，去向左掖梨花也。暫凝神，聽曙鐘。〔二内監引太祖上。唱〕

【前腔】他不憚險嶔嶔探寇戎，我怎忍黑甜甜安寢夢。〔太祖坐介。史衆白〕臣等敦請聖駕暫爾歇息，怎麽轉復幸臨外殿？〔太祖〕雖是衆卿勸朕，終覺放心不下，故爾前來，與卿等共話，坐待馮將軍回來耳。〔唱〕又道是苦和甘，須索要君臣共。況事兼敗和興，干涉着邦國洪。便做去强就眠眸假矇，怎當得似轉轤心暗竦。倒不如晤對諸卿，尚得定策咨謀也，可忘憂，不覺慵。〔内打五更介。太祖白〕衆卿，你聽天已五鼓，馮將軍尚不見回，朕好心疑也。〔衆〕馮將軍術法高妙，料自無虞。遲遲不回，必定探聽個的寔，方好覆旨。〔唱〕

【前腔】料他將敵營機覽要窮，因此教奉宸身歸不猛。〔太祖白〕雖是如此，朕心終是難放。〔唱〕莫不是柝聲嚴，迫忙裏難行動？ 莫不是壁門堅，多般的無路通？ 莫不是入武陵，迷去從？ 莫不是觸暗藩，遭斷送？ 看看的曉角將傳，兀自不見人歸也，怕其間，藏吉凶。〔馮茂上，唱〕

【前腔】賊營裏儘周遮不露踪，地窟裏任來回如有縫。〔白〕我從唐營遁回城内，剛是五鼓時分。遇着宫門上的巡軍，説聖上竟未就寢，等我回話。爲此急急趕來覆旨。〔唱〕少不得把從頭閲歷的機闗誦，方顯得費終宵探聽的情事工。〔見介。白〕臣馮茂見駕。〔太祖〕且喜馮將軍來了。朕爲將軍憂疑了一夜。〔馮〕因臣來遲，致累聖心憂疑，負罪非小。〔太祖〕探聽軍機，怎麽定得遲早？ 卿家何罪之有！ 且問卿家打聽得唐營中事體如何？〔馮〕臣已探聽得詳細。原來于洪驕横，全仗妖法。諸將降唐，盡乃于洪妖法所迷，寔非諸將之罪。若是除了妖法，别無他能。〔唱〕他論兵書没一毫伊吕風，弄妖氛是一團魃蜮種。全憑着暗裏含沙射影傷人也，攝精魂，離殼中。〔太祖白〕他用何妖法，如此利害？〔馮〕用的名曰攝魂瓶，但呼敵人姓名，即應聲而倒。又有甚麽九龍聖水，噴向人身上，便爾迷心失性，顛倒是非，隨彼指使。又聞他説此時這些人不過昏昏迷迷，尚能舉動。若到天下平定之後，那些人的魂魄逐漸消完，便多是死數了。〔太祖驚介，白〕如此妖法，十分利害！這一班諸將可不白白被他害死了！怎生是好？〔唱〕

【前腔】可憐他一班兒柱石雄，只做了幾般兒傀儡弄。漫思量、不能勾齊簇簇身歸宋。怎忍聞、更還教昏悶悶命就終。〔史、高白〕如此説來，不但擒去衆將待斃有期，便是臣等諸人，亦生還無日矣。〔唱〕既與這怪惡魔相戰攻，便有那神武威難展用。兀的不進則多虞、退又無由也，守孤城，何日通。〔金定白〕聖上且請放心，衆位將軍亦不必憂慮。今既知彼虚寔，臣妾早晚就可破他妖術。邪術既破，便可設法解救諸將，大家共破南唐，奏凱班師矣。〔唱〕

【前腔】伊雖有百般邪將正氣蒙，怎撼得九重尊真命動。試看我、陣圖邊署把這雷霆縱。管教他、霎時間便見那魑魅窮。〔太祖白〕全賴卿家，若得如此，真社稷之福也。〔唱〕疑天賜社稷臣扶朕隆，較人稱娘子軍輸恁勇。從今把四塞山河、萬里乾坤也，盡憑卿，一戰功。〔白〕如今天已將明，諸將且各少歇息一回，方好與彼交鋒。〔馮〕我同劉將軍都是修煉慣的，一年不睡也不怕的。〔太祖〕如此，卿等可各回營，分付衆將飽飡戰飦，少刻便好出陣也。〔衆應。合唱〕

【尾聲】憂虞險阻君臣共，一夜心隨燭影紅。又早覺，樹色將分日欲曈。〔分下〕

第十齣　金定鬬法

〔于洪帶趙保牛、周成上。唱〕

【剔銀燈】原承望功成不遠，真堪恨臨時生變。〔白〕我于洪前把宋將擒獲大半，餘下君臣孤城困守，早已心寒膽落。不料忽又來一女將，衝破重圍，殺進城中，長彼君臣之氣。我想這員女將定不等閒，恐非諸將所能取勝，必須我親自出馬，方可擒伏。前日打下戰書，約定今日交鋒。〔唤二將介〕趙保牛、周成聽令：爾等各領人馬三千，押住陣角，待我親臨城下者。〔二將應介。于唱〕單覓取似玉如花眷，向城濠各將能展。〔下。二將白〕你看國師一騎如飛，早已將到城下。我等正好分付衆軍擂鼓揚威。〔唱〕喧闐，齊鳴鼓角，要和那呼聲震天。〔下。馮、史上，唱〕

【前腔】空羞煞英雄碩彦，偏難抵娉婷嬌倩。〔白〕我乃馮茂。我乃史奎。今有高夫人，要獨馳一騎，與唐賊見陣。聖上放心不下，命我二人前來助戰。不免待高夫人到來，一同前去。〔劉上，唱〕今待把肆虐妖氛翦，穩安排一場鏖戰。〔見介。白〕二位將軍，可分付開了城門，放下弔橋，待我出馬。〔二將〕末將等奉有旨意，説夫人一騎出陣，聖上甚是放心不下，特命末將等前來助戰。就此一同出城。〔金〕不是奴家不肯同二位將軍前去，有違聖旨。但于洪妖術多端，恐有疎虞，反爲不美。二位將軍只在城上擂鼓磨旗，便是將軍助戰之功了。〔史〕既然高夫人執意不肯，末將等只在城上拱候捷音罷。〔旦〕如此甚好。〔史向内介〕守門軍士聽者：快開城門，放下吊橋。〔内應介。金白〕身飛一騎離城郭，力掃千軍咽鼓鼙。〔下。史〕馮將軍，高夫人執意如此，我等不好十分相强。但奉有聖旨，怎敢有違？〔馮〕這有何難處！我等隨後出城，只是遥觀動静，相機而行，豈不是好？〔史〕此言有理。我等就此出城便了。〔唱〕行權，潛爲犄角，始成得公私兩全。〔下。内吶喊介。于、劉冲上介。于白〕前日衝我圍陣者就是你麽？〔金〕然也。〔于〕看你小小女子，能有多大本領，便敢如此放肆！今日本帥親臨，若能早早下馬，尚可饒汝一死。〔金〕好個不知死活的妖道！你違天犯順，罪不容誅。今我到來，便是你死之日。任你背縛膝行到我跟前，尚難輕恕，怎敢還來賣口！〔于作氣嚷介〕好賤婢！氣煞我也！〔唱〕

【風入松】無知潑賤忒狂顛，你有眼何曾經見。〔金〕我見伊項膊刀紋顯，枉了你百年修煉。〔冲殺介。合唱〕今日裏思量命全，除非是、再生天。〔金追于洪下。唐二將上，唱〕

【前腔】蓬萊羽客月宫仙，兩下威風真鮮。〔内作吶喊介〕人人要把神通衒，喊聲裏交相搬演。〔趙保牛白〕不好了！你看大法師竟敗下陣來了。我等快去助戰。〔周成〕不妨。這是大法師詐敗，要用妙法捉拿女將。你我不可亂動。〔唱〕知不過佯輸妙權，將擒獲，縱宜先。〔下。内又作吶喊介。于上，

唱〕

【急三鎗】空使盡、平生術，無些效，怎干休、奈何天。〔白〕阿唷唷！這個潑婦好生利害！方纔引他下來，指望用法擒他，誰想被他俱行破解。這便怎處？哦，有了！不免使那分身法，擒這賤人便了。〔金追上，唱〕

【前腔】不争恁、無撑達、輕逃遁，空參了、野狐禪。〔戰介。于敗下。內放彩火。內出四于洪，執叉上，戰介。四于追金下。史、馮上，唱〕

【風入松】蚩尤涿鹿軒轅，未抵今朝酣戰。來迴打合還開轉，又忽地騰身千變。〔史白〕阿唷！馮將軍你看，方纔于洪敗將下去，怎麽一霎時便有許多于洪圍戰高夫人？這却怎處？〔馮〕將軍只管放心，這不過是妖道邪術，高夫人自有妙計破他。〔史〕若得如此方好。倘然破了妖術，你我一齊衝殺上去，直奔這廝老營，截其歸路，有何不可！〔馮〕正當如此。〔唱〕披靡處齊齊向前，馳趙壁，把旗搴。〔下。金上，唱〕

【前腔】伊縱似孫家大聖號齊天，怎敵我蛾眉楊戩。〔白〕這妖道諸法被我破盡，又使分身法來戰我。咳！妖道，妖道，〔唱〕這虛囂只好把凡愚騙，也煩我一番驅遣。〔四于洪追上，圍介。劉唱〕聊且做隨方就圓，閒發付。〔劉執叉上。衆戰介，下。于、劉同上。于氣嚷介，唱〕

【急三鎗】堪恨恁、花奴輩，激將我，汗如流、竅生煙。〔劉唱〕

【前腔】堪咲恁、無精藝、將人勝，空餘得、口便便。〔劉追于下。史、馮上，唱〕

【風入松】多能到底讓嬋娟，妖賊惟留殘喘。還如打落飛花片，颺空去、天涯不轉。〔馮咲介，白〕

史將軍你看，高夫人果應吾言，盡將妖道法術破了。〔史白〕【下闕】

第五卷

第一齣　開明回山

〔開明上，唱〕

【南出隊子】追前思後，一半懷慚一半憂。回頭虧煞，山前逢故友。怕見仙真，行又逗留。我開明只爲一念之差，誤落紅塵。前日遇見金定道兄，蒙他指點，頓然醒悟，隨即回頭。今日去到聖母處請罪，迤逗行來，已漸近崑崙山了。我想聖母縱然慈悲，不加罪責，我却有何面目進叩法座？咳！便再延捱幾時，終是要見的。只索老着臉兒前去便了。〔行介，唱〕

【駐馬聽】拚却顔羞，事到其間難罷休。少不得捱番呵責，費頓支吾，喫派尋搜。安排伏地苦哀哀求，料能相憫成寬宥。〔作到介。二仙童携花籃上，唱〕瞥見同儔，緣何一别便經久。〔見介。白〕呀！開明道兄一向却在何處？今日纔來。〔開〕這且慢慢的告訴你。但我一向未歸，聖母可也十分震怒？〔二童〕聖母雖常説及，看來倒也不甚震怒。〔開明背白〕這却還好。〔向童介〕聖母此刻在于何處？我要求見，敢煩通稟。〔二童〕聖母在朝元閣打座，少刻就要升座。待通稟了，然後引你進見。〔開明〕如此全仗二位。〔二童〕不敢。孍下斸芝乘曉露，洞中煑石起春雲。〔下。開明〕喜得聖母還不震怒，少時進見，拼得俯首堦前，自己認個不是，料也不加罪責。且到那邊少待片時，等候通稟，然後進見。〔虛下。內吹打。衆仙童引聖母上，唱〕

【北鬬鵪鶉】七寶冠彩映星眸，九霞衣光籠雪脰。專位置天地仙流，常接引古今閨秀。縱不離粉隊香儔，已脫却情腔欲彀。願除盡世上愁思，補遍人間漏。待做個和樂乾坤，同登了逍遥宇宙。

〔白〕爲躭寂静住瑶池，渴飲瓊漿飽玉芝。莫道仙家多異趣，只争無有怨愁時。我乃崑崙聖母是也。遨遊弱水，居處層城。仙藥九還，得高超之妙品；素書兩卷，傳太上之靈樞。識運劫之升，況盈虛有定。嘆塵緣之好，惡向背多迷。只因五代紛争，天心厭亂，故生宋主，平定寰區。無奈南唐李氏不知順逆，恃着妖道于洪，負固不服，致使宋君受困泗州。我前已令劉金定下山輔佐宋君，但于洪妖法甚多，恐劉金定一時不能取勝，必須授以秘術，方可速滅妖氛。正是正邪無並立，消長各乘時。〔二童禀介〕啓上聖母：開明回來了，現在洞門外，未奉法旨，不敢擅入。〔聖母〕我料他塵緣將盡，自然要回來的。且令他進來，看他有何理説。〔仙童應介，向內叫介。開上，白〕畏詰驚疑常繞腹，聞呼憂喜並生心。〔仙童〕已禀過了聖母，命你進見，須要小心。〔開明應介，進見介〕聖母在上，開明叩頭。〔聖母〕吓！開明，自命你送劉金定下山，爲何久不回來繳旨？〔開明〕只爲一念之悮，遂致久絆紅塵。聖

母聽稟。〔唱〕

【南啄木兒】承尊命，塵世投，沾惹繁華如中酒。頓忘了法旨仙言，空躭着俗歡凡狃。自知獲責應非謬，特歸待罪甘心受，伏望恩慈容改修。〔聖母唱〕

【北小桃紅】只道你送人還被送人留，直恁的不忍輕分手。把那些劍術神機欲傳授，相磨勵，共研求，因此向紅塵道上遲回久。誰知恁頑心別逗，直教那魔身亂走，一納地踏遍九齊州。〔白〕你一向在于何處？作何事端？且自起來，細細講明。〔開明起立介〕本來心耽玩賞，暫爾遨遊，後至九頭山，遇見石馬精，一見如故，肫懇相留，遂在彼處住到如今。〔唱〕

【南啄木兒】騰雙足，到九頭，驀地相逢成契友。同尊我號教風行，堪誇那指揮雷驟。一呼百諾誰甘後，三申五令空嫌複，因此上得意全忘歸日憂。〔聖母唱〕

【北調咲令】恁只向豪華聲勢愛綢繆，全不想我這裏望穿眸。量着那狐朋狗黨塵氛垢，到頭來甘心消受。怎比這鸞鳴鶴唳溪山繡，反拋却悅耳清幽。〔白〕既然迷戀塵凡，今日又怎麼猛然醒悟，却肯回來？〔開明〕只因那日金定道兄前往泗州，路過九頭山下，石馬精不知來歷，截住厮鬧，戰敗而逃。金定道兄一徑趕到山中，故此與我相會，説起緣由，蒙他勸我回來覆旨。猶記那日呵，〔唱〕

【南三段子】正開咲口，遇佳人途經路由。相會話頭，把還山情敲意兜。一朝悟却從前謬，痴頑豈可重回首，似雲被風牽終戀岫。〔聖母白〕久不覆旨，本該重處。姑念無知，暫且饒恕。你今來得正好，我有一大事，你若做得來，便可將功折罪。〔開明〕不知何事，望聖母示知。〔聖母〕只因金定久在泗州，未能破除邪術，大奏厥功。我欲傳彼妙術，但他既不便重又到此，我若到那邊去，又恐驚駭世人。我欲令汝到泗州城中開一地穴，那時必是劉金定下去探看，你便引來見我。不知此事你可做得來麽？〔唱〕

【北鬼三台】待將那疊九泉的坤輿剖，要開得深萬丈的天根透，直通到崑崙左右。使見者，盡驚憂，共道是無中變有。不許那捋羊珠洛人墮穴遊，惟待這贈金錢虞娥向井投。因他際有用天時，要你穿無邊地竇。〔開明白〕這有何難！憑神通不要説開一地穴，就是踢倒須彌也是易事。〔唱〕

【南歸朝歡】豗翻的、豗翻的積塊四游。知他甚真寧慱厚。雄驍比、雄驍比巨靈更優。劈山崩怎敵得鑽成地漏。敢教那牧生媪神應驚走，六鰲柱下頻摇首。〔聖母白〕既能如此，速速去來，不得有悮。〔開明〕領法旨。〔唱〕看我似盤古分開混沌毬。〔跳下。聖母白〕開明已去，料自停妥。且自静候劉金定到來便了。〔唱〕

【北收尾】登天入地何梯竇，偏到我仙家似有。端待翠眉來，行將素書授。〔下〕

第二齣　驚開地穴

〔內擂鼓介。地井放大烟。開明作噴地穴介，下。衆軍士急上，亂跑，唱〕

【縷縷金】危相蹈，善常捱，枕戈防夜警，夢難來。那更驚心下，平空聲大。〔白〕阿呀，了不得！了不得！　正是福無雙至，果然禍不單行。　我等軍士隨了大宋征討南唐，指望得勝還朝，大小賺個前程。　不想中了賊人屯城之計，困得裏無糧草，外無救兵。　正在愁悶之際，忽聞一聲響亮，猶如天崩地裂，又見城西北上黑氣沖天，不知是何異事，因此齊來探看一遭。〔行介，唱〕無端震耳實奇哉，看他是何怪，看他是何怪。〔作到介。　亂嚷介，白〕阿唷唷！　怎麽一霎時平地上便陷成偌大一個窟窿！真乃異事！　真乃異事！〔史奎、高瓊急上，唱〕

【前腔】聲崩石，氣蒸霾，疾忙探變異，莫延捱。〔作見介。　衆白〕二位老爺，方纔一聲響，便陷了這等一個大坑，裏面黑氣沖天，不知什麽原故。〔史、高〕待我們看來。〔看介。　衆又嚷介〕好奇怪，好奇怪！〔高〕爾等不得驚惶，此名地穴，古亦有之。〔史、高同白〕你等不得在此延捱，快快上城，各守界限。　如違令者，定按軍法治之。〔衆〕得令。〔唱〕法令如山重，誰能輕懈。〔史、高同衆合唱〕名爲地穴不

須猜，曾聞現前代，曾聞現前代。〔衆軍下。史白〕衆軍已安慰去了，你看這地穴果然有些奇怪。〔合唱〕

【一江風】是誰開，厚德含宏載。一剗深如劃，望無涯。直下茫茫，較井還寬大。〔高白〕你我休得遲延，快快回復聖旨便了。〔行介。合唱〕忙行向玉堦，忙行向玉堦，妖祥報帝裁，休教久作臨軒待。〔到介。内四監引太祖上。唱〕

【前腔】歎時乖，困守荒州廨，鎮日難寧耐。正愁懷，谷陷山摧，更遇聲驚駭。〔高、史白〕臣等見駕。〔太祖〕卿等回來了。可曾採聽明白是何處聲響？朕自卿去呵，〔唱〕憂疑半晌來，憂疑半晌來。懸懸抱鬼胎，莫非一角城崩壞。〔高、史白〕臣等領旨前去呵，〔唱〕

【前腔】奉差排，驗城郭堅猶在。事出尋常外，料難猜。〔太祖白〕既非城郭崩塌，畢竟是何聲響，如此震動？〔史、高〕臣啓陛下：這聲響原來是西北乾方忽然陷下一穴，方圓有十餘步大，深莫可測，不知是何原故。〔唱〕黑氣奔騰，滿穴生烟靄。天心就裏埋，天心就裏埋，分明示取裁，休徵已現無人解。〔太祖唱〕

【前腔】總堪哀，知是天垂戒。地不將吾載，兆先來。陷作深潭，似社稷成淪敗。〔白〕朕想人君之所寶者，土地。既陷成穴，是示朕以不能有其土地之兆了。〔唱〕危亡數所該，危亡數所該，坤靈顯示灾，何須硬做入嘉祥派。〔馮茂、劉金定上，唱〕

【前腔】步天街，共把天顏拜。思效蒭蕘採，乞安排。〔白〕臣等見駕。〔太祖〕賊信甚緊，二卿不在城上防禦，有何機密，前來見駕？〔劉、馮〕臣等方在城上巡邏，忽聽霹靂之聲，尋聲而往，但見西北乾方陷一地穴，寔乃異事。〔合唱〕特出靈奇，待把君憂解。親行奏對來，親行奏對來，鴻圖動九垓，其間定有個機關在。〔太祖白〕這樣怪事，果然奇異。既陷成穴，未知是何道理，使朕心好不狐疑也！〔劉〕聖上請自寬懷。此乃地穴，與地塌不同。那地内必有靈奇欲現，所以纔成此穴。待臣妾下去探看一番，便知端的。〔太祖〕朕豈忍以卿柱石之身，輕試虎狼之穴！倘遇惡物，怎生是好？〔劉〕聖上放心，若論臣妾呵，〔唱〕

【前腔】縱裙釵，遊歷遍三界。不怕些兒怪，任妖霾。劍上霜華，遇着難輕貸。〔馮白〕若是探看地穴，高夫人且慢去。臣一向在這地内走得極慣的，須是臣去好。〔唱〕生平第一才，生平第一才，常行泉下臺，輕車熟路誇無賽。〔劉白〕這事恐怕馮將軍做不得，必須我去，方能有濟。〔馮〕難道我在地内走慣的，還不如你未曾走過的麽？一定該是我去。〔太祖〕二卿不必爭論。但馮將軍前夜用地遁到得賊營，探聽消息，自然是入地慣熟的了。還是馮將軍去探此穴，朕始放心。〔劉〕臣妾啓陛下：探穴與地遁實不相同。若無法力相制，必遭其害。故此臣妾不讓馮將軍前去。況且現有一樁天大之大事，乃臣妾所不能爲，必得馮將軍親去，纔得成功。〔馮作咲介〕什麽大事，必待我去？高夫人你且説來。〔劉白〕前日馮將軍到賊營探聽消息，説他恃有法寶，故此猖獗。若是把那法寶盗來，使他失其所恃，然後與他一戰，必能就擒。豈非天大之功？我想此事除了將軍，他人定不能去。若將軍一面去盗法寶，待我一面去探地穴，可不是兩成其美？〔馮作喜介〕若非高夫人提起，我到忘了此事。况且盗寶比那探穴的事大，末將願往，末將願往。〔衆皆作喜介。太祖〕若得二卿此去，何愁大事不成也！〔合唱〕

【前腔】棟梁材，把社稷相擔戴。不覺令人愛，咲顔開。拓地移天，兩下把奇能賣。〔太祖白〕二卿可便回去，整頓所需之物，各行其事便了。〔馮、劉〕領旨。〔劉唱〕我投淵似弄騃。〔馮唱〕我穿營要弄乖。〔合〕乖騃各有該，並行不悖成寮寀。〔下。太祖白〕史奎、高瓊聽朕分付：可一面傳令城上嚴加防守，一同准備荆筐、鈴索送金定探穴者。〔史、高〕領旨。〔合唱〕

【餘文】應知否極還成泰，便是這斡地偷天亦有才。定有日凱歌還朝把大晏開。〔下〕

第三齣　聖母賜寶

〔衆軍抬荆筐、扛索上〕

【黄鶯兒】軍令重山圻，聽傳呼，敢自由，百般取辦應聲有。〔白〕俺這營中忽然地陷一穴，深黑非常。昨奉將令，預備木架筐繩，欲要進穴探看。如今諸件俱已採辦停當，須索大家料理。〔唱〕荆筐細柔，麻繩緊遒，搭肩一似如飛走。再凝眸，臨深架木，榫縫要相投。〔搭架繫筐介。史奎、高瓊上。劉金定上。合唱〕

【前腔】知是甚因由，把康衢陷陣頭，須教探取消疑竇。〔衆接介。史白〕昨諭爾等辦具荆筐架索，可曾完備？〔衆〕完備多時了。〔史〕既如此，我們同去跟前一看。〔衆看内出烟介。衆唱〕看這雲迷霧愁，驚心駭眸，焚輪直上如雷吼。費推求，龍潭虎穴，下去恐担憂。〔高白〕阿呀，夫人！你看這裏面陰風刺骨，黑氣冲霄，紛紛的石走砂飛，隱隱的鬼號神泣。況更黑暗無光，不測深淺，下去不當穩便，還須慎重纔好。〔金〕將軍，不妨。並非敵人設計，我現有寶物在身，且請放懷。但我今下去，以金鈴爲號，如聞金鈴聲響，我却已到下面，即將荆筐提起。待探明回來，摇動金鈴，便應聲下筐，不

可遲悞。〔衆應。劉下筐。衆唱〕

【前腔】綰鬢整搔頭，挽雙雙綵索柔，凝神静把鈴聲候。〔内鈴響。高白〕呀！你聽金鈴聲響，想已到下面了。衆軍士，且將判筐提起，爾等更要在此小心等候，一聞金鈴，即便通報。〔衆應。合唱〕他臨深逼幽，詳求遍搜，徹根徹底須臾透。好風流，朱唇皓齒，十萬猛貔貅。〔下。開明上，唱〕

【前腔】銜命下丹坵，逞雄姿、挺九頭，穴成穿透扶輿厚。〔白〕咱家聖母欲傳授金定道兄法寶，助成戡定之功。欲招至山，不無往返；聖母又不便身歷塵寰，故特命咱穿此一穴，直達宋營，欲致金定前來，面授秘法。我想此穴深遠，豈止千尺，誰敢輕入？就是金定道兄，亦生畏怯也。〔唱〕身臨便休，聞聲亦愁，挺然直入誰能勾。〔金定上，接唱〕頓消憂，忽聞咲語，踪跡此中求。〔見介。開白〕我道是誰，原來就是金定道兄。〔劉〕阿呀！開明道兄差矣。你不在聖母處，今日開此一穴，震動諸營，又驚聖駕，將士惶惑，意欲何爲？〔開〕道兄有所不知。前承指教，即日還山。今者乃聖母欲與道兄一會，故此開穴相待，並無他意。〔金〕原來聖母在此麼？〔開〕在此相待已久。〔金〕如此，煩道兄引我一見。〔開〕要見聖母，可隨我這邊來。〔下。内作樂。聖母上。白童隨上〕川流五色抱山斜，憶住崑崙歲月賒。捲起珠簾塵不到，坐看赤水起丹霞。吾乃崑崙聖母是也。自李唐失鹿，五代紛争，天心厭亂，大統歸趙。故特命金定下山，破敵成功。無奈南唐于洪幻術多端，宋將臨陣每多失利。今欲教金定破妖之策，特命開明開穴相待。慧眼看來，金定早已來了。〔開明、劉金定上〕爲冲黑霧尋深穴，得傍紅雲謁聖顏。聖母在上，弟子金定參見。願聖母聖壽無疆。〔母〕金定，我令你下山輔佐宋室，你今立功幾何？〔金〕弟子奉聖母之命輔佐趙氏，一心爲國，未著寸功，有負聖母委使之恩，弟子惶愧無地。今與南唐交戰，諸將臨陣多被于洪用妖法擒去，弟子束手無計，伏望聖母開示。〔母〕金定，你且聽者。〔唱〕

【端正好】憶承天，隋家舊，皇唐繼，一統共球。紇干凍鵲悲誰咎，五代干戈鬬。

【滚繡毬】他焚香禱自虔，應運生豈後。遍營中異香熏透，這是本天心、豈賴人謀。糾糾干城姿，遭時克壯猷。起豐沛蕭曹儕偶，奮南陽鄧馬倫儔。還待要圖名閣上垂譽千古，何嘗是命犯兵欄斷首刀頭。〔金白〕多謝聖母指教。但于洪所有攝魂瓶，命馮茂前去盗取，若是盗來，用何法術救醒諸將？〔母〕這却不難。止用烏雞黑犬之血，足以破之。等諸將臨陣之時，便將血洒其面，把那瓶擊碎，諸將自然昏倒，即便舁來，吾另有神符解救。〔唱〕

【叨叨令】且舒開這眉兒黛兒，更何須憂憂愁愁的皺。你但將雞兒犬兒暗裏去椿椿般般的搆，俺自有符兒咒兒與你個忙忙疾疾的救，還你個兵兒將兒依舊是雄雄糾糾的鬬。兀的不驚殺人也麽哥，兀的不喜殺人也麽哥，從今後言兒語兒須切戒踈踈忽忽的漏。〔金白〕弟子俱已領會了。今宋將蒙聖母垂救，那于洪妖道妖術多端，更望聖母示破邪之策。〔母〕我有混元崑崙寶盒一個，妙用無窮，今當授你。更有錦囊相付，臨時啓發。〔唱〕

【脱布衫】寶盒兒希有難求，錦香囊兼附須收，防失落牢牢的看守，待臨期方開囊口。

【小梁州】直可令倒竪長河拆不周，地坼天愁，小巫神氣一朝休。怎能勾、還弄舊圈頭。

【么篇】相遭敵國成束手，那時節、凱奏兵休。一尉候，平宇宙。直到那放牛歸馬，我再把盒兒收。〔金白〕承聖母慈悲，從此削平寰宇，皆聖母之洪恩也。〔母〕聖主崛興，天人共祐。今法寶既已相授，此地不可久留，爾等即便回去。〔金〕弟子就此拜別。〔唱〕

【滿庭芳】慈顏獲覯，瞻依正切，更動離愁。若不是宋天子福與天齊蒙慈祐，怕不是虫沙猿鶴都休。〔母白〕童兒送金定出去。〔童應，送介。母〕

【北尾】何須悲別離，暫時輕分手。那田禽利執原無咎，去一戰成功，把蛇陣收。〔下〕

第四齣　盜寶回營

〔史奎、高瓊上，唱〕

【駐雲飛】竚待紅粧，便出深智言短長。穴畔頻來往，俯首常窺望。嗏。〔小軍暗上。史白〕軍士們，絨繩上金鈴可曾響動麽？〔小軍〕不曾。〔高〕這時候還無動静，可不焦躁煞人！〔史〕真個等的好心焦也。〔合唱〕守定索頭旁，金鈴不響，盼望歸期，輾轉添惆悵。〔作鈴響介。軍士白〕稟二位老爺，金鈴響了。〔史、高〕爾等快快用力拽起。〔衆軍士應介。史、高唱〕須知是家國凴依惟此筐。〔衆拽起介。金定從地穴上介。地穴内放彩光介。小軍稟介〕稟二位老爺，地穴内烟霧騰騰，一霎時依舊長平。〔史、高〕真乃果然好奇事也！〔高〕夫人，下面有何妖異？〔金〕並非妖物作祟，乃吾師崑崙聖母呵，〔唱〕

【駐馬聽】欲授縹囊，欲授縹囊，怕踏人間争戰場。因此聊施仙術，頓劈坤儀，頃刻滄桑。懸知探穴我能當，地中潛引把崑崙上。〔高白〕原來如此。我等不必捱遲，快復聖旨便了。〔行介，唱〕去報吾皇，教天顏有喜備陳詳。〔到介。二武士上，白〕爲傳旨召歸常少，愛聽機宜出每遲。衆位將軍請了。聖上有旨，若是衆位將軍到來，不用啓奏，就命見駕。〔高、史等〕如此，我等直入便殿覆旨便了。纔向

穴中參聖母，又來殿上謁明君。〔下。武士〕你看衆位將軍喜色滿面，想必地穴内定是什麽祥瑞之事了。〔唱〕

【駐雲飛】不遇嘉祥，怎得春風生面龐？一路相談講，意氣都歡暢。嗏，含咲入朝堂，應叨功賞，麟閣雲臺試看圖形像，軼石新添脂粉香。〔馮茂上，唱〕

【駐馬聽】得意洋洋，探得妖人什襲藏。抵多少秦宫裘失、潘第珠飛、魏博函亡。〔白〕呵呵，我馮茂好喜也！奉旨潛到唐營，盜取妖道法寶，正恐那裏守護嚴密，急難下手，誰知妖道喫得醺醺大醉，不知不覺被我輕輕取來。寶既入手，不免作速見駕報功便了。〔唱〕寶瓶入手轉巖廊，論功端在佳人上。去報吾皇，教天顔有喜備陳詳。〔作見武士介。武士白〕馮將軍成功回來了麽？〔馮〕手到拿來。〔武士〕聖上立等，快去見駕。〔馮〕請問二位，高夫人探穴可曾回來？〔武士〕來已多時。〔馮〕怎麽比我還快。〔唱〕

【駐雲飛】不意閨房，捷足高才偏更强。早把官家傍，我索追踪往。〔急下。武士白〕好吓！眼見得兩路人來俱有成功之意，此乃聖天子之洪福也。〔唱〕幸得際明良，福生無量，共會風雲，更有神靈相。還怕甚青犢黄巾賊跳梁。〔史、高、劉、馮上，唱〕

【駐馬聽】運轉成昌，法寶歸朝天賜方。打疊下鍛矛礪刃，列戟横戈，弓矢斯張。更須汙血洒沙場，待渠魁授首投羅網，預告戎行，不亞似朝歌甲子誓師章。〔四小軍暗上。劉白〕軍士們聽我分付，爾等可取烏雞黑犬之血，多多預備，明日陣上聽用。〔衆軍應介。史、馮〕將軍與高夫人俱已辛苦，請各回營安息，明日好與賊人交戰。〔合唱〕

【餘文】今宵暫且休勞攘，管取明朝寇滅亡，從此去席捲長驅渡大江。

第五齣　破法還元

〔高、曹、羅、趙引于洪上，唱〕

【北新水令】征雲冉冉出城阿，致勳名無端沉墮。千方遭恁挫，百計被伊磨，更起風波，一宵裏法瓶失落。〔轉場介，白〕習靜深山數十秋，不堪又向戟門投。于今力盡威名損，空博吴霜點鬢稠。我于洪自蒙徵聘，專閫以來，真個是克敵似摧枯，擒將如拾芥。但有不戰，戰則必勝。從不曾虧輸一陣，耗折一軍。不料近來宋朝得一女將，被他破我諸般法術，我心下已是十分煩惱。誰想昨宵又失去法寶，更添怒忿，不覺懊惱填胸。〔衆〕大法師且請寬懷息怒，待我等今日討陣，不論敵營甚麼大小將官，擒他幾個來審問明白，看這女將是何處來的，那些法術是何人傳授，然後再設計破他，便萬無一失了。〔于〕諸位所言，正合吾意。但今日出陣，務要小心。若遇那員女將，切不要與他交戰，方纔可保無虞。〔衆〕這個不須法師分付。〔于〕如此方好。欲知敵國分明事，須得伊營左右人。〔下。衆〕大小三軍，就此殺向前去。〔衆軍應介。各上馬行介。唱〕

【南步步嬌】思除巾幗消奇禍，奮臂先擒縛，伊軍將士過。究問根涯，不使瞞些個。逐事密防

他，方能戰勝把前羞抹。〔下。史奎、高瓊、馮茂、金定上，唱〕

【北折桂令】擬今朝蕩滅妖魔，待旦無眠，挾矢操戈。覷着他狐鼠憑依，憑着俺鷹揚奮武，頓勦奸狏。音駝。〔史白〕衆位，今日若是妖道出來，不須列位費力，待末將出馬，輕輕擒來。〔馮〕將軍往常與他對敵，陣陣輸與他。今日爲何這等氣壯？〔史〕咳，馮將軍你不曉得，那妖道今日沒有他娘的那個瓶子，怕他作甚！〔金〕今日尚非妖道受死之時，且收取一干宋將回來，再慢慢去擒于洪不遲。史將軍可同我家老爺出陣，若遇宋將當先，便佯輸而走，誘他追來，我與馮將軍自有妙法收他。〔史〕既如此，我與高將軍就此出馬。〔唱〕急煎煎争先誘奪，救取棟梁材似醉如酡，得個合浦珠盍、劍佩雙阿，煞强似青史標名，説甚麽圖畫麟閣。〔下。高、趙等上，唱〕

【南江兒水】併刀威聲大，同心氣概多。鞭稍指處旗門破。每思夙夕英名播，忍教潑悍欺人懦。〔趙白〕列位將軍，法師有令，不教我們與那潑婦對敵。我想列位俱是有名上將，難道反懼一婦人不成？〔衆〕正是。任憑他什麽人出馬，總是與他决一死戰便了。〔内作吶喊介。趙〕你看城邊征塵四起，早有人馬殺出來了。〔曹〕城中既有人出戰，我等不可造次，須是分爲兩路，待我與羅將軍先去接戰，二位將軍隨後接應，便無踈虞了。〔羅〕如此甚好。〔曹、羅先下。趙〕高將軍，他二人奮勇去了，我等也隨後併力衝殺便了。〔唱〕拚却尸骸革裹，血戰沙場，管取將他摧挫。〔下。内作喊殺介。史、高上，唱〕

【北雁兒落帶得勝令】咲恁個争戰心費打磨，把這般勇驍身粧成懦。又不要没擒時永放他，剛則學欲嬴人先輸我。〔曹、羅冲上，戰介。合唱〕呀，儘教恁用力似那羅，却不道論誼本同科。有甚麽武藝新添大，也只是英風照舊多。知麽，轉迴環只戰時平頭過。非訛，定高低怎能如敵手何。〔史、高作敗介。羅追下。馮、劉上，唱〕

【南僥僥令】佯奔走，非氣挫，痴逐本魂魔。〔馮白〕高夫人，你看今日出戰果是宋將當先，被他們引將下來，漸漸相近了。〔劉〕將軍，你可帶領軍士們將血劈面洒去，將軍再把那瓶兒打破，那時諸將自然昏倒也。〔馮〕曉得。〔合唱〕看頃刻輕將機關破，則問伊許多時心若何。〔下。趙、高上，唱〕

【北收江南】呀，自從他躍馬疾追呵，怎降奔尚用去時多。敢是伊窮寇善騰那，致教俺飛將費磨陀。〔内作呐喊介。高白〕趙將軍你看，曹、羅二將軍追了賊人下去，恐一時不能取勝，我如今助他一陣，併力擒來。〔趙〕如此甚好。待小弟遶道過去，當住他的歸路，使他前後受敵，便可一戰成功也。〔合唱〕到垓心插科，向歸途布羅，不教他狼奔鼠竄得輕過。〔下。馮帶小軍上，唱〕

【南園林好】看今朝重圍一窠，是當初同朝數夥。〔白〕軍士們，你看一干的宋將俱已圍在垓心，可快隨我前去行事便了。〔衆〕得令。〔唱〕須共把腥污高簸，應看似夢春婆，應看似夢春婆。〔下。内呐喊介。高、史等上，混戰介。馮帶軍士暗上，擊瓶洒血介。放火彩。高、曹、羅作昏倒介。史白〕衆將官，可將各位老爺先抬入城去。我等會齊高夫人，一同殺入賊營便了。〔合唱〕

【北沽美酒帶太平令】奮英威入賊窩，奮英威入賊窩，摧枯朽直甚麽。縱不前徒願倒戈，也殺的甲棄兵拖，怕一似鳥散烏合。〔下。趙同劉殺上。趙敗下。馮、史、高上，唱〕待踏倒行營一座，覓遮攔没甚嘍囉。不數那瞻旗心墮，抵多少聞風膽落。俺呵，方纔的暢多快多，不由人説多咲多。呀，頓償却從前摧挫。〔見介。史咲白〕高夫人果然好妙法，一千宋將俱已收伏。我等就此殺進賊營，擒那妖道便了。〔劉〕將軍且自從容，擒賊終有一日，我等作速收兵，回去救醒衆將要緊。〔衆〕此言甚是有理。大小三軍，就此打得勝鼓入城。〔合唱〕

【南餘文】且回兵，將功賀，暫放恁妖道頭顱幾日過。料也似秋晚霜濃未摘菓。〔下〕

第六齣　反邪歸正

〔太監引太祖上，唱〕

【風入松】今朝且喜捷書來，暗覺眉揚堯彩。威聲震疊應無外，料妖孽、魂褫魄駭。這回司勳紀功業宏開，分茅土、賞裙釵。〔轉場坐介。史、馮、高、劉上〕

【前腔】崑崙仙仗爲誰來，地穴宏開當寨。陰將奥法和兵策，暗相授、不遺纖芥。清徹了祟霧妖霾，皆由吾皇福沭矜哀。〔照常呼拜介。太祖白〕妖術既破，南唐膽落。雖由聖母垂慈，亦卿等戮力之所致也。今三將既已收回，何不即來見朕？〔衆白〕三將現在外面，因昏迷未醒，不敢扶入。〔太祖〕伊等爲國宣勞，罹此灾晦，朕心深爲憫惻。可即扶來。〔高應下。太祖唱〕

【前腔】本都是師中長子過人才，萬里長城依賴。身魂被攝遭魔害，直教把心兒愁窄，須一見方纔放懷。急宣至，莫遲捱。〔高瓊、衆領小軍扶三將上，各作昏倒介。太祖出座，同衆連叫，三將不應介。太祖悲介，唱〕

【山坡羊】看他首垂垂精神疲憊，氣微微何嘗輕欬。叫連連聽不出的應聲，悶沉沉摸不着的難分揣。好疑猜，教人懷鬼胎。療除定有醫能解，飲水誰經池上來。寧該，撞魔城罹難災。悲哀，淚盈眸不住揩。〔高瓊抱懷德哭介。金定隨哭。史、馮守曹、羅亦哭介。合唱〕

【前腔】恁昏沉神魂離宅，任摧摇全無聲色。軟綿癱身欲仆的怎扶，氣峥嶸不似舊的英雄概。眼倦開，精神難聚來。他興妖作術人兒在，看梟首長竿樹藁街。〔合前唱〕寧該，撞魔城云云。〔太祖白〕三將昏沉如此，何時始能痊愈？前當被攝之時，朕以爲憂；今既得見，朕憂尚然如此，這却怎生是好！〔金〕聖上且請放懷。臣探穴之時，聖母并授有丹符，依法療治，自當立愈。〔太祖〕阿呀！聖母既教以敗敵之計，復授以療疾之方，凉德如朕，何克當此！高瓊，你可扶三將在外，今金定遵法療治，一有起色，即來覆奏。〔高、劉扶三將下。太祖唱〕

【鎖南枝】蒙慈祐，恤患灾，私心感祝寧有涯。佇看沉疾瘳，静把佳音待。〔史、馮同白〕于洪身統大衆，屢犯天威，罪已難逃。今日請一旅之師，定梟其首。〔太祖〕于洪身抗王師，罪在不赦。姑俟三將痊愈，再議進討。現今城上守望宜嚴，馮卿可即便前程。〔唱〕與我向城墉三軍率，務周環，休教怠。〔馮下。高瓊上，唱〕

【前腔】丹符妙，祟障開，恭趨紫宸安聖懷。〔白〕臣啓陛下：臣父及羅、曹二將既服丹符，病已立愈。一切諸事，俱稱如夢方覺，一無所知。但聲言欲面駕請罪。〔唱〕叩其攝後行爲，如夢成痴騃。冒罪辜，如海大。冀皇王，施恩貸。〔太祖白〕三將既已疾愈，深爲可喜，即速宣來。〔高下，引三將上，同

跪介，唱〕

【孝南枝】臣當族，聖垂哀，擒身攝魂我多戾乖。前事叩同儕，知與賊人偕，如痴似呆。惶懼今朝，罪深難測。陛下寬容，臣等求恩貸。涓與埃，報矢懷。黴背鮐，萬千載。〔太祖唱〕

【前腔】你忠貞著，肯疑猜？干城腸心和且諧。妖術致凶灾，恒慮遂沉埋。眉頭展開，平安無害，何辜何罪，頓首將恩丐？功過偕，怎介懷。陛爾階，勉從邁。〔白〕卿等爲妖術所迷，故此狂惑，事非得已。今既身安患除，益爲欣悦。目今且各歸本營，務加調養，以仰副朕禮愛元勳至意。〔衆謝恩介。合唱〕

【鎖南枝】蒙恩宥，寬眚灾，歡呼喜逢湯網開。欽承霽色温綸，叨沐逾格外。向虎宸，同虎拜，戴殊恩，如覆載。〔下。太祖〕史奎聽朕分付：三將既愈，當議進討之策。你可點齊人馬伺候。〔史應介。太祖唱〕

【前腔】他歸誠昧，後夫灾，提兵致誅須斷裁。安排勁弩長弓，更把烝徒派。還有三隅患，七尺騋，共樓船，備而待。〔分下〕

第七齣　石馬投唐

〔趙保牛、周成上，唱〕

【出隊子】新遭魔障，到手功名轉變殃。前軍喪盡後軍亡，親領輸籌無待講，怎不教人心慌意忙。〔趙向周白〕我當時用盡心機，用屯城之計困住大宋君臣，指望大法師來併力擒住宋主，共建奇功。不料近日來連連敗績，法寶又被他們盜去，投降諸將仍舊返宋，大勢看看兵消瓦解了。如何是好？〔周〕大法師初來時，法術、武藝果是高强。近來不知爲什麼諸樣不利，想是倒起運來了。〔趙〕那女將若再來搦戰，竟無人可以抵敵。趁早商量，再向朝中求援纔好。〔周〕且待大法師出來，看他有何主意，再作道理。〔于洪上，唱〕

【前腔】中懷惆悵，可奈森森敵勢强。幾番挫折莫能當，羞煞山中稱宰相。進退維艱，藩籬觸羊。〔見介。各坐介。于作垂頭喪氣介。趙白〕大法師千秋偉績已是垂成，正所謂爲山九仞，功虧一簣了。不意來了一員女將，反連敗與他。如今看看前功盡棄，如何是好？〔于〕咳！當時師父周令公傳我法術、武藝，原説是無敵于天下的。那女將不知是何人傳授，比我更自高强。我若與他交戰，斷斷

是不能取勝。若請得我師父到此，擒此女將直易事耳。只恐他久在深山，不肯輕易來争鬭場中。〔唱〕

【步步嬌】他静習深山把元修養，鶴鹿常相傍，雲霞作糗糧，瑶草琪花盡供仙杖，冰雪净心腸，怎肯輕把紅塵降。〔趙白〕那老祖縱然肯來，也叫做遠水救不得近火。目下宋將正在驕横，倘乘得勝之軍又來索戰，如何抵擋？須籌一個禦敵良策纔好。〔趙、周合唱〕

【沉醉東風】且休言涸魚汲江，急需是尺波成浪，纔免入肆庖房、束身輕喪。豈不聞兵擋將擋，望開智囊，做些主張，休教馬到臨崖始勒繮。〔小軍上，白〕虎豹帳前趨走，貔貅臺下傳宣。啓上大法師，營門外有一道者求見，口稱有平宋妙法，特來相助。〔于〕不要是宋營中奸細來探聽虚寔的。你可細細盤詰明白，若果是來相助的，請進相見。〔小軍應，下。于〕正虞宋將索戰無人抵敵，却好有此人到來。先令他去搪一兩陣，再作商量。〔趙、周〕雖來相助，還不知他本領如何哩。〔于〕等他進見之時，叩其所以，便知端的了。〔小軍引驪黄子上，白〕不因漁父引，怎得見波濤。〔進見介〕大法師在上，貧道參見。〔于〕道兄少禮。〔驪同趙、周見介。各各見坐介。于白〕請問道兄仙鄉何處？高姓大名？從何方至此？其平宋妙策可能賜教否？〔驪〕小道從無名姓，人但呼爲驪黄子，向住九頭山修煉。久慕大法師雄風道德，善識天時，能從順去逆，特來相助，共滅强宋。〔唱〕

【江兒水】寄跡龍山地，圖功入戰場。因聞令譽來過訪。蒭蕘一得應能諒，拔刀相助情非誑。

管取烟銷塵蕩，息静干戈，不日裏如同反掌。〔于白〕貧道自領兵至此，托主公福廕，戰無不克，功已垂成。不意近日宋朝新添一女將，十分利害，連戰幾陣，總不能取勝。故在此算計，欲以智謀勝他。今得道兄到來幫助，實乃萬幸。〔驪背白〕所説那女將，想就是我那妙人了。〔于、趙、周合唱〕

【皂羅袍】憶昔專征威壯，喜雄風抖擻、志氣軒昂。陣前驚走衆兒郎，帳中攝服多兵將。惱人腸肚，譙娘、冼娘；出人意計，刑娘、隱娘。勳名一旦遭傾喪。〔驪白〕大法師不必憂慮，待貧道明日出陣，管生擒那女將來獻麾下。〔唱〕

【前腔】這事兒不須惆悵，諒無知少婦有甚强梁！饒伊多才占盡翠紅鄉，怎如咱堅成攻玉的金剛相。壓山鵠卵，輕成喪亡。當車螳臂，難逃損傷。來朝一戰把頭功上。〔于白〕若得道兄如此英雄，何愁那女將不手到擒來！趙、周二將，可點齊人馬，明日待驪黃道兄出陣。〔趙、周應介。于白〕且請道兄到後營寬坐，還要細細請教。〔驪〕請。〔合唱〕

【尾聲】今宵且休息中軍帳，紅燭當筵話夜長。看指日功成達帝邦。〔下〕

第八齣　驪黄建功

〔史奎、高瓊上，唱〕

【點絳唇】景運方興，神人孚應除災病。暫下青冥，六校同稱慶。〔史白〕妖人作術，上將罹殃，皆賴尊夫人挺身探穴，故尊公得以安康，曹、羅亦叨餘庇。敵人膽落，料不敢再來抗拒。〔高〕此乃主上齊天之福，故此聖母慈悲。但是疾祟方除，該宜静養，乃不勝憤憤，即欲出戰復仇，我等共相勸阻。〔史〕這個自然。〔高懷德、曹彬、羅彦威引衆小軍同上，唱〕

【前腔】鶴駕瑶城，邪難勝正，今朝幸、疾患初平，誓把妖氛靖。〔見介。高、曹、羅白〕誤中妖術，幾冒不諱之名。幸得聖母垂慈，脱此灾難。我等務必今日出戰，以雪此仇。〔奎、瓊〕于洪如釜中之魚，籠中之鳥，授首只在旦夕之間，何必性急？況貴體尚未全愈，還須保重。〔高、曹、羅〕説那裏話！我等被他所迷，幾至不測，若不殺他，誓不兩立！〔奎、瓊〕如今既已歸來，神人共曉，目今正當愛養精神，不可勞力出戰。〔高、曹、羅〕説那裏話！如今既已病好，理當出戰，不必再阻。〔唱〕

【好事近】提起恨難平，便天花説墮誰聽。汲泉難潑，生平似火烈性。〔白〕衆軍士就此大開城門，待我等至唐營討戰。〔衆應，開門介。唱〕軍威暫整把螘封，頃刻還吞併。〔領衆下。奎、瓊白〕再三勸阻，决不肯聽，如之奈何！且到城上觀其動静便了。〔唱〕恐當場致有疏虞，向城上共爲投應。〔下。驪黄子、趙、周領小軍同上，唱〕

【换頭】提兵鼓噪出重城，看俺這應變軍容閒整。他身擒幸免，如何更來胡逞。〔驪白〕適才探子來報，宋將高懷德等三人復來挑戰。我想他們前被擒來，今幸而得歸，還敢前來出戰，二位將軍，貧道今日出陣也用些小小法術，依舊將三人擒回。〔唱〕我潛施秘法看敵擒，捷奏只須臾頃。〔高、曹、羅領衆冲上，唱〕望紛紛賊衆來迎，急争前雹擲雷騁。〔戰介。高、曹、羅白〕我等乃天朝上將，何物于洪，輒敢鼓弄妖術。今日興師問罪，爾等急急回去，免汝一死，快教于洪前來！

【千秋歲】他把妖興，獲捷圖僥倖。今日看誰敗誰贏。〔驪、趙、周白〕你們已降大唐，爲何又反覆如此？敗軍之將，尚敢言勇！〔唱〕休只管恁地咆哮，休只管恁地咆哮，管教你霎時還日圈穽。〔戰介。合唱〕當心擲，鎗頭冷。迎胸劈，刀光迸。叱日曦回影。〔驪等衆敗下。衆〕啓上三位將軍，敵兵大敗而逃了。〔高、曹、羅〕大小三軍，與我趕上前去。〔衆應介。合唱〕看掀巢破穴，何處潛形。〔下。驪等作敗勢上，合唱〕

【走山畫眉】他將强兵勁，他將强兵勁。敵不住，走莫停。更愁伊，不捨追，趕上望延頸。〔趙、周白〕宋將驍勇異常，難與對敵，皆是你輕敵致敗，如何是好？〔驪〕二位將軍但請放心，只去將他三人引至此處，貧道自有道理。〔趙、周〕如今逃遁不暇，還要引他做甚？〔驪〕方才已曾説過，貧道也有小小法術，可以取勝，何用力争？〔趙、周〕不可取笑。〔驪〕軍中無戲言。〔趙、周〕既如此，仙師請作法，待我等引他前來。〔下。驪〕宋將宋將，我雖戰你不過，若用起那妖術來，只怕你也難當！〔作法介，唱〕把青萍手擎，把青萍手擎，這最靈符下工夫平日煉成，速與俺奉將集林神、走社妖，休教暫寧。〔虚下。趙、周引高、曹、羅上。唱〕還相遇狹路中，各把雄威逞。待獲俘斬將，釃酒相慶。〔畧戰介。趙、周虚下。驪暗上，作法介。内扮石虎、石狼、石丞相、石將軍、石敢當，身上各出烟火介。高等敗。石虎等追下。趙、周同上〕仙師法力廣大，敵將奔走，可喜可賀。〔驪〕宋將已敗，天色將暮，不必追趕，明日再來攻取。大小三軍，就此打得勝鼓回營。〔衆應介。合唱〕

【紅繡鞋】霎時驅遣神兵，神兵。料伊應自心驚，心驚。留敵壘、詰朝平，回戰騎、入重城，頻唱和、凱歌聲。

【尾聲】掃烽烟把干戈定。更何須善稱兵競，自有這役鬼驅神法術精。〔下〕

第九齣　太祖聞敗

〔太祖、二太監引上〕

【引】干戈未定費心勞，轉戰料應功少。自將廟算付伊曹，何日裏得清群小。〔白〕欲將長劍倚崆峒，萬丈奎光吐白虹。自有龍城飛將在，還教談笑定成功。朕以征伐南唐，一路望風歸順。獨有泗州，乃彈丸之地，朕因冒昧貪功，中了趙保牛屯城之計。復有妖道于洪，施弄妖術，將我朝兵將盡行擒去，幸得高小夫人、馮將軍等破彼妖術，把衆將救回歸正。衆將憤憤，皆欲决一死戰，以雪前恥。今日出陣，未知勝負何如，使朕好生放心不下。〔唱〕

【甘州解酲】愁腸何日消，嘆孤城久困、將帥罹妖。一朝反正，今日個又戰城坳。兵家勝負難逆料，使我心中轉鬱陶。〔内喊介〕喊聲高，不聞報捷，何處鞭敲。〔史奎、高瓊上，唱〕

【不是路】急走忙跑，來到彤墀啓事苗。將情告，我軍奮勇多强暴。〔見介。太祖白〕卿等在城，可知三將勝負何如？〔史、高〕阿呀！聖上吓，不好了！〔唱〕正交鋒、天崩地洌如山倒，又伏妖風術法高。〔太祖白〕那于洪又弄什麽妖法？〔史、高〕不是于洪，又有一妖道，名唤驪黄子，我軍正欲取勝，只見邪妖道遣下石人、石獸，凶猛異常，刀箭難傷，兵馬折了大半。三位將軍亦敗回城内，無顔面聖，皆欲自盡，以報國恩。是臣等再三勸阻。〔唱〕勸伊曹，丈夫馬革輸忠表，輕生如草。〔合〕輕生如草。

〔太祖白〕如此説來，使朕無安枕之日也。〔唱〕

【前腔】聽報根苗，説起教人心轉焦。妖風耀，求將正法破狂梟。〔史、高〕陛下且請寬心，諒此邪術自有正法可破。〔唱〕休煩惱，破邪自有高人到。一正加臨百祟消。〔史〕高小夫人乃係崑崙一派，與彼商之，自有破邪之策。〔太祖唱〕宣伊到，非常功業驚天表。〔合〕自然功效，自然功效。〔太祖白〕不想今日又遭妖術，何日得澄清海宇，共樂昇平也！〔唱〕

【皂角兒】念干戈時侵四郊，嘆連年並無功効，幾時得妖瘴旋消，才享受河山永保。論兵法，或是奇、或是正，正生奇、奇生妙，休得相淆。兵行虛寔，兩家共曉。須知道、寇鋒難挫，我轉戰焦勞。

〔太祖白〕二卿可快傳朕旨意，與三位將軍説勝負兵家之常，不必過爲激怒。〔史、高〕領旨。〔下〕再傳朕旨，速宣馮將軍、高夫人到便殿議事。〔内侍〕領旨。〔太祖唱〕

【尾聲】這番妖術非輕小，待宣個異人來到，破敵還憑女俊豪。〔下〕

第十齣　驪黄受封

〔黄内白〕衆將官就此鳴金歸營。〔内打得勝鼓。四小軍、周成、趙保牛上，遶場一轉，下，又同驪黄上。合唱〕

【出隊子】旗開展空，雲助烟霾日影曚。同門親屬盡從戎，一戰朝歌流血紅。日月精華，流毒無窮。〔轉場。于洪迎上，白，大咲介〕有勞道兄遠來相助，得此奇捷，深爲可喜。更能洗我前羞，不勝敬服。〔黄〕些小法術，見咲大方。〔于〕不敢。我日前已遣人到朝中保奏去了，不日内必有好音。〔黄〕承道兄過爲推奬，貧道也不圖名利，不過你我乃同道之人，二來是應天順人，少效微勞，何須介意！〔于〕貧道備有慶功酒筵，與道兄稱賀。〔黄〕多謝。〔送酒定席介。唱〕

【普天插芙蓉】咲顔開，歡聲動。進金杯，酬功重。幾年間未定寰中，今日個膽落窮凶。〔又進酒介。于同衆合〕殷勤奉，傾千觥百鍾，直飲到月明花燦兩顔紅。〔趙、周白〕方才陣上那三將好不驍勇，被他殺得大敗。若非法師大施法力，焉能退得三將！〔于〕敢問道兄用何神術，殺得他們大敗？〔黄〕道兄要問俺的法術麽，聽稟：〔唱〕

【前腔】令前軍，如蜂擁。驅後隊，旗高聳。交綏處刀箭相攻，戰酣時未定雌雄。〔白〕不料那廝勇猛異常，難以取勝，所以用此法術，遣下些石精，頃刻間把他人馬盡成虀粉，三將逃入城去了。〔唱〕神功用、遣愁雲黑風，一會價人形獸像共相從。〔扮使臣上。四小軍捧冠帶上。唱〕

【前腔】把綸音，當頭捧。王命牌，隨儀從。親賜着彤矢彤弓，更有那恩錫重重。〔軍報旨意下，衆接旨介。使臣白〕聖旨已到，跪聽宣讀。詔曰：治國經猷，文臣是賴；疆場用命，武將憑依。兹爾驪黄子既已習静深山，復又維持邦國。厥功懋焉。准法師于洪所奏，勅封爾爲大宛將軍，欽賜冠帶全副。俟宋定之後，再行陞賞。欽哉！謝恩。〔衆謝恩介。唱〕君恩重，受新銜上公。齊拜揚虔誠，稽首五雲中。〔小軍上，報介，白〕啓上大法師：營外有一矮子聲聲叫駡，只要驪黄子出陣。〔黄〕阿唷唷！何人大膽，敢如此辱駡！待我前去看是何人。好惱！好惱！〔怒介，唱〕

【前腔】我生來，多奇猛。又何人，稱兵衆。憑恁個生鐵頑銅，敢與咱决鬭交鋒。〔白〕叫軍士快備鞍馬。〔于、使臣〕將軍何必發怒！且到明日整齊隊伍出陣。〔黄〕咳！説那裏話！我今日出去，只須一人一騎，必要擒他幾個來。〔除冠帶介，唱〕如飛控，擁長刀大弓。此番去勤王，斬將定成功。〔下。于〕你看大宛將軍憤憤而去，必定成功。屈留天使大人盤桓一日，連謝恩、報捷一併上達便了。〔合唱〕君恩重，受新銜上公。齊拜揚虔誠，稽首五雲中。〔下〕

第十一齣　大敗馮茂

〔四小軍引馮茂上，唱〕

【水底魚】鑼鼓宣天，征人忙向前。迎頭厮殺，斬將把旗搴。〔白〕我馮茂同高夫人與聖上在便殿商議破妖之法，並無良策。我説只是力戰，那高夫人説我敵不過他。爲此我一時惱怒，單領了一千兵卒前到唐營叫戰。大小三軍，聽我分付：爾等各持鐵鎚一柄，倘然遇着石精，各奮力打他娘一個粉碎，然後擒捉那厮便了。就此擺開陣勢，冲殺前去。〔衆應介〕

【駐馬聽】奮勇争先，各把精神分外顯。不懼你長鎗勁弩，大戟横戈，智勇心轉。生平法力有師傳，並非杜撰逢人騙。鼓振鼟鼟，旗門開處把威風展。〔下。驪上，唱〕

【前腔】正爾張筵，忽報來人索戰先。饒伊有銅頭鐵額，丈六金身，神衛三千。〔白〕我驪黄子前在九頭山，遇見了那員女將，心中十分愛慕，故此投到唐營，仗此法術擒獲他來，完成好事。誰知昨日出戰，乃是唐營三將。我用些法術將他殺得大敗，偏偏那女將不出陣。若是出陣，豈不遂我心願也！〔唱〕果然夙世有姻緣，定教擒獲成親眷。〔白〕正爾張筵，忽有天使到來，授我官職。又有軍士來報，説有宋兵在營前辱駡。爲此我一人一騎，務必殺之，以洩此恨。你看敵兵來也！〔馮引軍冲上，唱〕兩陣相圓，不誅逆畜，難回金殿。〔冲殺介。黄白〕呀！我只道怎麼樣一個頂天立地的大漢，却原來這樣一個東西也來出陣。快快回去唤幾個大的來！〔馮〕呔！你這妖賊，敢出大言！恁敢小覷我麼，我人物雖小，兵器可也不小！〔黄〕快快報名上來，我刀雖小，不死無名小卒。〔馮〕妖道聽者：我乃宋主駕前御營使司，知吾利害，早早受死！〔黄〕我今日不忍殺你，你去叫劉金定出來，配了我，放你的君臣回國便了。若迸半個不字，那時踹平泗州，盡爲齏粉。〔馮〕阿唷唷！〔唱〕

【前腔】怒髮胸填，滿口胡柴敢亂言。我只里魁罡煞氣，火發雷轟，教你身首難全。〔又殺介。馮唱〕伊家何事太狂顛，敢欺吾劍鋒鋩善。〔又殺介。黄唱〕夙世冤愆，不教血刃，怎回兵轉。〔黄敗，馮殺下。黄敗上，唱〕

【前腔】奔走如烟，展轉尋思難保全。今遇個喪門吊客，惡煞窮凶，無計争先。〔白〕我一時欺那馮茂身材短小，可以力擒。誰料那厮十分猛勇，反被他殺得大敗。不免遣了衆兄弟前來擒他便了。〔作法介，唱〕雲愁霧慘霎時間，沙飛石走登場變。〔馮引小軍又上，唱〕妖鏡高懸，教伊頃刻把原身現。〔又殺介。黄又敗下。衆石精上。衆軍士亂打介。馮、衆軍敗下。撞馮倒介。黄復上，欲殺馮介。馮從地井下。内放采火介。黄白〕呀！你看這厮竟會遁法，逃走去了。便宜了他。衆兄弟俱各回本所。〔衆石下介。黄〕衆將官。〔四小軍應介〕今日天晚，且各回營，明日再來攻打便了。〔衆應介。唱〕

第三合頭。〔下〕

第十二齣　錯投劉營

〔劉金定上，唱〕

【天香滿羅袖】爲國心懷惆悵，主憂臣辱，破敵無方。〔白〕我劉金定自入泗州以來，破了于洪，救了諸將，正欲直搗長驅，掃平唐地，不想前日諸將出陣呵，〔唱〕正將軍八面威風，又何期復遭魔障。豈天心頓改，豈天心頓改，頓改故生波浪。〔白〕正爾交兵，他那邊有個妖道，名喚驪黃子，遣了些石頭精，被他殺得大敗。諸將抱慚，皆欲自盡，是皇上再三寬慰，即召了馮將軍與我到便殿商議破敵之計。那馮將軍一言激怒，領了一千兵士殺到唐營，不知勝負如何。我想那驪黃子必是前在九頭山被我殺敗的，今日投在唐營，與妖作法，必須尋一妙計破他。待我且把兵書韜略親看一番，其中或有破敵之策，也未可知。〔看書介，唱〕孫武兵法，看他幾章；太公三畧，看他幾行。九天九地如斯掌。〔馮茂地井出，跪介。劉執劍追介。馮白〕高將軍不要動手，是我馮茂敗了回來，心忙意亂，錯遁到你的營中來了。〔劉〕馮將軍想定出兵不利，殺得這等狼狽！〔馮〕不要説起！那妖道呵，〔唱〕

【油核桃】才出馬與他相仗，正交鋒精神雄壯，那魔頭平地高千丈，因此上回寨慌忙。〔劉〕原來如此。馮將軍且莫煩惱，曾聞兵來將擋、水來土掩，他使用妖法，我這裏有正法破之。〔同唱〕

【尾聲】今宵且把陰符講，少不得心勞意攘。看垓下成功一戰亡。

第十三齣　遣徒賜寶　聖母煉丹

〔開明上，白〕海上風來吹杏枝，蓬萊山上看花時。紅龍錦襜黄金勒，不是元君不得騎。我開明奉聖母命俺煉風火雷神，已經靈驗，等待聖母親自召煉。言之未已，聖母來也。〔聖母上。仙童隨上。唱〕

【南吕·一枝花】駕虹霓靈臺直上天，擁旛幢獅象同兒戲。指山河風雷指顧間，袖乾坤日月交相制。自統得大道巍巍，誰占得陰陽位。省悟得賺了便宜，有甚猜疑，只爲着、紅塵中未了因緣，未能勾解。超凡壽，與天齊。〔白〕我自從遣劉金定下山之後，滿望唾手成功，不料多生荆棘。前令開明開地穴，引金定到來，授以妙法，已破于洪邪術，成功不遠。昨觀乾象，見黎民尚有塗毒之灾，此皆孽障妄違天意，殺戮生靈，寔爲可憫。已曾修煉有非常法寶，但目下有一群石精作禍，着開明煉成風火雷三部，想已應騐。且唤他出來試演一番，然後就着他送到宋營，好教他破敵成功也。〔唱〕

【轉調貨郎兒】非是俺私懷美滿，只爲他情緣未斷。幾時得成功，建業萬人歡。轟天事，效文桓，却不道巾幗英雄勝渭磻。〔白〕開明何在？〔明上，應介。母白〕我着你煉的火風雷自然精妙了？

〔明〕奉聖母法旨，煉了四十九日，神功俱已精妙，呼應得靈。未知有何使處，伏乞聖母示知。〔母〕你且聽者。〔唱〕

【二轉】恁須要秉虔誠書符念呪，運神通應呼馳驟，要使那風雷頃刻遍神洲。玉石堅、須教即時休。橫行天地冲牛斗。三三九九，霎時間閃爍神光上下流。〔開白〕請聖母登壇，試召一番。〔母轉場上高台介〕青天蕩蕩高且虛，上有白日無根株。手護崑崙象牙簡，心推霹靂鳳毛書。〔作法擊令牌介〕爍爍煌煌，飛出精光。陽神猛烈，齊赴壇場。〔内十二火神持金鞭上，跳舞，唱〕

【三轉】俺這裏飛章傳令，跨雲程風馳電影，抵多少焚林燎野焰騰騰。頃刻裏崑崗陷，索教他玉石焚，還憑着風狂暗驚，烟迷有聲，雲蒸杳冥。却原來性秉離明道自成。〔衆〕火部神祇參見聖母。〔母〕爾等可依方位試煉者。〔衆又陣介。下。開白〕啓聖母：這火神有何妙處，伏望指示。〔母〕你聽我道來。

【四轉】赤歷歷乘風燎野，焰騰騰天番覆也。要與那咸陽一炬無差別。星飛電掣，山崩地裂，煆煉那極堅的、極厚的金鋼鐵，運個神車，變了龍蛇，四周遭没縫難容拽。怎肯教他輕抛撇嗟，頓教他回禄千空與萬絶。〔白〕這火非是石中火、木中火、山頭火、爐中火，乃是三昧自然之火。此火能毁百靈，殺魂魄，肢骸靡爛，身命皆空。〔開〕今日方知此火利害也。〔母又作法介〕杳杳沉沉，破膽驚心。聞吾勅旨，速降壇臨。〔十二雷公圖光火云飛翅舞介〕雷部衆神參見聖母。〔母〕爾等再試煉一番。〔衆〕領法

旨。〔下。開〕啓聖母：雷部妙處亦望聖母示知。〔雷唱〕

【五轉】半空中呼號遶壇，仗威靈沙揚霧寒。不多時地軸響天關。明摧折，暗消殘。却便是火龍降來世間，要輔佐開疆天朝可汗。世界摇番，普天的無義皆誅殲。却是那火屏飛來風範，駕欻輪頃刻回還。罡風陣陣下塵凡，殺教他無門奔、怎心安。一聲的霹靂交加仔細看。〔又舞下。母〕雷神妙處，你且聽者。〔唱〕

【六轉】只要他轟轟烈烈阿香旋繞，聲聲振振心驚膽跳。猛忽聞杳杳渺渺，呼呼剨剨震天標，黯黯慘慘迷穹昊。滴溜僨深深隱隱、叆叆靆靆、重重叠叠、冥冥漠漠陰雲密罩，忽忽閃閃電光輝耀。更助着淒淒冷冷的風、惡惡狠狠的雹，昏昏刮刮、黑黑突突大地遮包。屈屈碌碌、急急遽遽倒山摧岳，頓教人驚驚恐恐、膽破心傷魂魄消。〔舞下。開白〕原來雷部有如此利害！〔母〕此雷透出丹田穿命府，焚燒五臟，灼其四肢，一震而形神滅，再震而魂消魄散矣。任他是大羅仙也難逃此厄。非泛然之雷也。〔又行法介〕赫赫陽陽，位鎮東南，令牌一擊，速降靈壇。〔彩火扮十二風神上，跳舞上，各執風旗二面上，唱〕

【七轉】鼓勇力能開金鎖，仗神威掀江倒河。那裏是揚沙勝干戈，只將這山岳連根墮。更從虎聲大。俺本是巽宫中長女真形合，水木交相错，祇看取、飛捲天河萬丈波。〔白〕聖母宣召，風部參見。〔母〕再試演一番者。〔又舞下。母〕開明過來，你知道這風是何等樣風？〔開〕弟子委寔不知。

〔母〕此風非是春夏秋冬條薰金朔，不是那廣漠風、召尤風、不周風。今要聚四時不正之風，合千年瘴癘之气，鑽心透骨，血肉飛揚，内發于外，頂至于根，天人遇此，性命不能相保。且聽我道。〔唱〕

【八轉】助行雲周天遮到，送征帆江湖飛棹。花殘葉落嘆良宵，透衣衫似刀，透衣衫似刀，不數那奏南薰解愠、勝恩膏。直逼得刺骨穿骸竅，捲波濤也麼哥，静荒郊也麼哥，柱石兒亂摇，攪海崩岩狐兔兒跑，把銅烏顫嫋地塌、天摧神鬼兒號。要閃得日月無光耀，轉蕭條也麼哥，徹雲霄也麼哥，徹雲霄。臨陣功多助戰勞。〔開白〕若非聖母明白指示，焉得有如此透徹省悟！只是召遣多神，有何使令？〔母〕汝還不知麽？那劉金定將要成功，被一群石精阻住，爲此煉成風火雷三部神祇，就着你將此令牌送往泗州，親自交納。〔開〕恐三部神將不能克制，如之奈何？〔母〕不妨。我有隨身揭諦，就遣他前去，相機扶助便了。揭諦何在？〔内扮十二揭諦，舞杵上，白〕九天雨露九重春，萬國歡騰萬象新。五彩祥雲齊拱日，隨鸞護駕總稱神。我等崑崙聖母駕下揭諦神是也。聖母呼唤，前去參見。〔見介〕聖母在上，揭諦參見。〔母〕爾等聽我分付。〔唱〕

【九轉】遇妖魔、仗法力須教殄滅。休輕放、留伊作孽。顯神通、寶杵登時絶。善良的、除惡多分别。闢傍門、慧眼放開些。有時節、御天風快樂者，祥雲擁、紅映霞光結。〔衆白〕請問聖母，我們在何處保護？〔母唱〕占乾方位在西北舍，據坤土金土相叶。子細着坎離既濟無差迭，水木理從頭悟徹。只爲着、興基立業兵戈設，因此上、心勞神役分明説。恁可知泗州城有道宋君皇，要仗你驅怪除邪完宿孽。〔白〕開明，汝可交付之後，速去即來，不得驚駭世人，多生枝節。〔開〕弟子就此去也。

〔母對衆〕爾等俟有呼唤，速赴行在，不得有違。〔衆應介。走場唱〕

【煞尾】俟宣召、疾速忙忙赴，休得要、緩緩遲挨把政事辜。須知道、聖明君有百靈相助。〔下〕

第六卷

第一齣　調兵埋伏

〔高瓊上〕大將南征膽氣豪，腰横秋水雁翎刀。風吹鼉鼓山河動，電閃旌旗日月高。我高瓊辭別母親，來泗州勤王，指望掃除妖孽，以滅南唐。不想彼營中又有一妖道，名曰驪黄子，善能遣石人、石獸，把我兵殺得大敗。正在無計可施，今日我夫人説聖母遣人賜有令牌法寶，可破石精，你看今日成此大功也。〔唱〕

【玉芙蓉】勤王功業新，滅寇聲名振，奉天行征討，掃蕩乾坤。除邪賴有風雷印，戡亂還承英武君。〔高懷德、史奎、曹彬、羅彦威同上，唱〕威風奮，統全師大軍，今日裏要將妖孽誓平吞。〔各見介。曹〕我等適才奉旨，説有破敵之計，故此我們在此等候分兵。〔衆〕我們在此等候便了。〔馮上〕不誇入地鑽天事，又奉綸音遣衆臣。衆位將軍都在此了，我今奉旨調遣，得罪了。〔衆〕不敢。〔馮〕史將軍聽令：帶領三千兵馬，到豹隱山左首埋伏，聽雷聲響處，即便殺奔他老營，不得有違。羅將軍，帶領三千兵馬到豹隱山右首埋伏，也聽雷聲響處，殺到他的老營，不得有違。聽我道來。

【前腔】親傳天語温，衆將分頭進，把天羅地網，密布均匀。白登漢主遭危窘，拔幟全功背水軍。

〔史、羅合，前頭下。馮〕高將軍帶領三千兵馬，埋伏在豹隱山後。此地林木叢茂，儘可埋伏，聽雷聲響處，奔他老營。曹將軍帶領三千兵馬，看他們敗下陣來，務必截其歸路，不得容情放走一人一騎。如違旨者，定按軍法！〔唱〕

【前腔】潛藏莫露身，號令聽雷震，務生擒斷首，逃避難奔。囊中妙計如基穩，枕内神機遠絶塵。

〔曹、高合〕揮兵進，這欽依領遵，頃刻間地雷風火黑雲屯。〔下。馮白〕高小將軍過來，聖上諭旨：夫人軍令，着將軍一人出陣，引誘敵人到來，夫人自有妙用。〔唱〕

【前腔】欽差奉細君，遇敵將他引，務佯輸詐敗，風鶴如聞。多方埋伏堅鋒刃，取勝全叨娘子軍。

〔高白〕得令！ 大小三軍，與我擂鼓出陣者。〔合前，唱〕揮兵進云云。〔下。馮〕諸將分遣已完，不免帶領大兵會合高夫人便了。〔合頭唱〕威風奮云云。〔下。劉金定引衆上，唱。四小軍上〕

【朝元令】騂騂騎行，戈戟森嚴盛。蕭蕭馬鳴，早把程途逞。〔白〕我劉金定又蒙聖母賜我令牌法寶，可破敵人妖術，故此今早面奏聖上，請兵破敵。已着馮將軍宣旨分兵去了。我親自統大兵前去破敵，等候馮將軍到來，一同前去便了。〔馮茂帶二小軍上，唱〕旗幟招揚，軍容端正，要把烽烟掃净。海宇昇平，斯民自此喜氣生。〔見介，白〕奉聖旨，已將諸將分調去了，如今帶領大兵來幫助夫人。〔金〕就此前進。〔合唱〕斜日照人明，春風撲面迎。沿途好景，指日裏竹書名姓，竹書名姓。

〔同下〕

第二齣　金定破陣

〔二小軍引于洪上，唱〕

【四邊静】今朝要把前羞洗。神龍不見尾，破敵如探囊，方表英雄氣。〔白〕我昨日與趙、周二位將軍商議破宋之計，擺下了一個幽魂陣，先要收了那女將，那諸將何足道哉！待我引他入陣便了。〔唱〕軍行似水，成功有幾？修煉得精華，方知不壞體。〔白〕陣已擺完，待先擒了女將，然後踹平宋地便了。大小三軍，迎殺前去。〔唱〕

【水底魚】全副軍威，神靈多遣齊。盡歸羅網，有翅莫能飛。〔下。高瓊、周成戰上。追高下。石精上介，立定占介。鬼上，依前白唱歌詩介。趙保牛上，唱〕

【中間鬧】喧填金鼓連天地，運用神奇異，眼見定成功，揮戈兵刃利。〔白〕我趙保牛同周將軍奉大法師將令，堅壁營寨。方才那小將高瓊前來冲營，已着周將軍前去迎敵，恐他不能取勝，須我去助他一陣。〔唱〕忙馳輕騎，神謀詭秘，大展我威風，往前定得利。〔曹彬上，對殺，下介。劉金定上，與驪殺介，暗下。劉〕呀！爲何一霎時天昏地暗，走石飛沙，必定是妖道弄什麽法了。待我遣神將破他。〔立

高台介〕赫赫陽陽，位鎮東南，巽離速至，來到壇場。〔風、火、雷神上，擊走諸石并鬼介，下。驪上，唱〕

【四邊靜】如飛疾走奔泉驥，却似醒後醉，多少苦工夫，一旦便抛棄。〔白〕阿唷唷，了不得！我擺這幽魂陣，乃天下無敵，今一旦喪于陰人之手。也罷！我如今不免仍舊逃回九頭山去便了。〔唱〕兵來怎避？忙逃舊地。好似網中魚，且作求生計。〔下。雷衆復上，追驪黃。趙保牛、周成擊死下。劉金定、馮茂、高瓊追于洪上，混戰介。于下。劉〕且喜唐家趙、周二將皆已授首，于洪逃遁無踪。衆將官，與我將他營寨焚燒。如今賊首既誅，不可放走妖道于洪。二位將軍隨後捷戰擒他便了。

〔曹、史〕得令。〔唱〕

【前腔】全軍得勝叨神庇。豹山踹平地。計出萬全高，功績與人異。〔合前第二頭〕我等聽了雷聲爲號，一齊殺入老營，把豹隱山踹爲平地。此乃高夫人之神力也。〔劉〕此乃皇上洪福齊天。馮將軍先去報捷與皇上知道。我等押着大兵隨後來也。〔馮下。衆唱〕

【馱環着】聽歡呼奏凱，聽歡呼奏凱。咲口同開，步卒驅馳，馬隊摇擺，直望軍容無賽。掃盡凶邪，蓋世累崇功畫圖書策。先取個州城邊界，更渡過江淮飛載。分茅賫，爵禄階，可真號將軍，龍驤虎拜。〔下〕

第三齣　于洪逃遁

〔于洪敗上〕

【水底魚】勢敗如山，心驚與膽寒。人逃兵散，奔得氣嘽嘽。〔白〕我于洪蒙唐主請下山來，指望掃平宋地，故此擺下這個惡陣，又被劉金定這厮屢破我法，人馬盡行殺戮。欲要回唐，無顏見聖；待要悄悄逃回，又恐被人咲話。這却如何是好！也罷，待我咬破指尖，寫一血表轉達天聽便了。〔唱〕

【一封書】書成血淚潸，告明君兵敗殘，含羞寔赧顏，痛全師無計安。法術精靈都不應，恐他兵馬渡江干，急回山，拜師壇，報復前仇似不難。

【水底魚】滴血成丹，書箋奏可汗。時衰不利，蓄鋭再相干。〔白〕且住。我書已寫成，我且逃回山去，見我師父，苦苦哀求他下山報復前仇便了。〔二兵上〕宛如秋後風吹葉，又是春間雨打花。大法師，不好了！我每人馬盡行被宋將殺得罄盡，我們都是奉差在外的，得能逃生至此。大法師作速准備方好。〔于〕我如今也被他們殺得大敗，幾乎喪却性命。我有血表一封，爾等持去，報與唐王，説我回山請師來復仇，定要平吞宋國，以定山河。〔卒〕大法師的師父自然道法高妖，若是與大法師一

樣，也不必請來。〔于〕休得胡説！ 我今此去呵，〔唱〕

【前腔】原路歸山，求師不憚煩。另傳妙計，法力可移山。〔地井放彩火，從地井下介。卒〕你看大法師已從地井逃去求請師父，我們持了血表，挨到南唐報與主公便了。正是：從前作過事，没興一齊來。〔下〕

第四齣　苗訓面聖

〔太祖、四太監上〕

【謁金門】愁一片，空負廟堂籌算。敢是柔懷人異變，怎得河山奠。〔白〕萬里飛沙咽鼓鼙，沉沉落日向山低。如今悔恨將何益，甚日鐃聲凱奏齊。寡人自被困泗州，將及三載。幸而衆將同心，兼之劉金定勇而多術，前破妖術，獨被于洪逃遁，終爲後患。況趙保牛牽制于外，州南又有清流關塹相阻，何日得削平禍亂，河山一統也！〔唱〕

【忒忒令】憶當初雲屯騎連，光閃閃半空旗展。只爲貪功急，致全師淹蹇。急得我盼勤王眼兒穿，這焦勞意無一個任勉。〔太監上，白〕啓上萬歲爺：苗軍師到了，不敢自進，候旨定奪。〔太祖〕既是苗訓到了，何不早説！快宣進來。〔監〕快宣苗訓見駕。〔苗上〕纔離水涉山登，又得瞻天就日。罪臣苗訓見駕，願吾皇萬歲、萬歲、萬萬歲。〔太祖〕朕今得見卿家，如逢故人。朕連發諭旨二次，爲何不至？你且把別後之事細細奏來。〔苗〕罪臣蒙放逐之後，心依聖主，身戀皇朝。前日一路而來，行至九頭山那裏，鄉人言及天使被驪黄子所害，罪臣並不知情。因此呵，〔唱〕

【尹令】身離鳳樓龍殿，心戀丹宸楓院，扮作道家修煉，雲水遨游，遍訪賢良進御前。〔太祖白〕卿前所荐馮茂，的係學術有素，武藝超群。荐舉得人，卿之功也。〔苗〕那馮茂身雖鄙陋，却胸藏韜畧，乃東漢夏陽侯馮異之後。此人可，〔唱〕

【品令】同堂習學，學力盡心專。還通六藝，唤作地行仙。身材不顯，質奇生惡面。他六韜三畧、武緯文經獨擅，遁甲奇門、遣將呼神只戲傳。〔太祖白〕已授他爲御營使司之職，朕屢試他的學術，果是不同。〔唱〕

【豆葉黄】他移山推海、入地鑽天，前日個火燎州城，他立刻甘霖施遍。賊營盜寶，衆將返元，俱是他奇功茂績，俱是他奇功茂績，説不盡、謀猷妙算如仙。〔苗白〕此皆聖天子洪福齊天。〔太祖〕隨後又有高瓊之妻劉金定前來破敵。〔唱〕

【玉交枝】女中仙眷，果英雄冲鋒向前，靈言立召天神現，更驅逐左道胡纏。〔苗白〕這劉金定，罪臣也曉得，他父親乃首國公劉鼎方，在崑崙學道而回。〔唱〕

【玉交枝】他是閨門秀質多麗娟，聲名雙鑽人争羨。〔合〕這威名遐方顯然，輔皇圖從教萬年。〔太祖白〕卿既到此，可復還原職，更衣上殿。〔苗應，下。太祖唱〕

【江兒水】他放逐心無怨，情懷自勉旃，丹衷報主求良善，荐揚傑士多奇彦，可知忠義人争羨。今日相逢覥靦，治國安邦，深得聖經賢傳。〔苗冠帶上〕臣苗訓朝見聖上。願吾皇萬歲、萬歲、萬萬歲。

〔太祖〕平身。朕思昔日必欲親伐南唐，不從諸卿所諫，致有此兵戈擾攘之困。如此惟仗卿家妙計而行。〔苗〕臣啓陛下：臣聞趙保牛亦唐之名將，他恃有清流關總兵向上，糧草相繼，藉爲表裏。依臣之見，皇上即日敕封劉金定爲元帥，從間道直逼清流關，此關若得，趙保牛不戰而克，南唐指日而下。〔唱〕

【川撥棹】威名遠，統奇兵犄角連，果然是巾幗名賢，果然是巾幗名賢，播英風强隣帖然，仗天威看拜轅，似雲霓民望懸。〔太祖〕内侍，朕與軍師還要細細籌畫，可備筵宴伺候。〔内應介。合唱〕

【尾聲】君臣晤對把經猷闡，秉燭談心不倦。行看取，露布丹忱在馬上獻。〔下〕

第五齣　回山見師

〔周令公上〕

【粉蝶兒】身世蜉蝣，有誰知身世蜉蝣。殆讓俺玄門參透，一任他上智倫儔，也只知意懸懸、心耿耿繫着那金章紫綬，怎識俺碧落清幽，莾乾坤在閒中消受。〔白〕至道中，我有徒弟于洪，他的學力未到，勉强要去扶助南唐，弄得計窮力竭，歸來見我。待他來時，叫他往求天魔神女便了。〔于上〕雲門十里長，殿塔明朝陽。迤逞行來，已到仙山了。〔叫門介。童出問介，進内禀介〕大師兄回來了。〔周〕令他進來。〔童應介。于進見介。周〕你不在南唐建立功業，今日到來何事？〔于〕師父聽禀。〔唱〕

【泣顏回】叩别詣唐游，喜得經綸逢售。褰旗縛敵，威聲寰海無右。誰知道、遭時不偶，有裙釵金定來閨秀，姓炎劉腹隱機謀，顯神通幾番惡鬬。〔周〕那女將劉金定，乃是崑崙聖母之徒，你如何敵得他過！〔唱〕

【石榴花】他是那崑崙峯頂優游，怎比得瓊珠雪艷流。説甚麽陰符秘録，妙莫神籌，拈來皆勝策，施去即嘉猷。却是他苦工夫，却是他苦工夫，鑽透了玄門彀。這都是括笑披囊，心傳口授，原是

那太乙元君、原是那太乙元君，當日裏親傳授。一憑他靈符呪，就是那移山倒海皆非謬。〔白〕你用何法術，就敗與他？〔于唱〕

【前腔換頭】那日裏龍驤虎躍列貔貅，驀把仙賜寶瓶投。幾曾見人翻馬溜，魄散魂游，分身無勝術，至寶有人謀。誰料得寶瓶兒，誰料得寶瓶兒，魆地裏難牢守。因此上乘我夷猶，肆他馳驟，只聽得風火雷霆，只聽得風火雷霆，赤歷歷難挣就。只落得忙忙敗北無人救。〔白〕弟子無顔見那唐王，只求師父下山，共破宋國。〔周〕我有好友天魔神女，他煉成飛刀四十九把，〔唱〕

【上小樓】他採取離宫偶，勤固守，汞龍柔。緊防着鉛虎飛揚，緊防着鉛虎飛揚，經旬密煉，功將九九。若得他仙旆臨凡，若得他仙旆臨凡，宋室堪摧，天心可扭。管教伊、咲顔開一消前醜。〔于白〕若得神女肯下山扶助，真乃不世之功也。

【千秋歲】彼倚才猷，道術難争鬬。這回看誰弱誰優。只消那略展神刀，只消那略展神刀，管教恁紅蘸征人衫袖。好將這生靈救，好將這全功奏，摶得班師後，看衢歌巷舞，頌德無休。

【叠字令】惶惶的水火之中，汲汲的倩人援救。冉冉的還去步璇霄，欝欝的叩蓬坵。閑閑的猿儔鶴侶、丹楓翠岫，忙忙的那得凝眸。願諄諄的啓浼仙旂，願諄諄的啓浼仙旂，若能得青鸞駕發、琅玕響就，怕不道山河一統報全收。〔下〕

第六齣　求魔下山

〔于洪上〕

【新水令】一朝慚愧入深山，看日月雲飛電趲。松濤風暗，鼓石髮，鳥窺殘。地隔塵寰，趨函丈、不論昏和晚。〔白〕雲門十里長，殿塔明朝陽。半夜風雨至，滿山松桂香。我于洪自謂天下無敵，誰知敗于婦人之手。若非借黑霧逃遁，幾乎喪命。心中甚是懊恨。思量要報復此仇，又無力量。只求我師父，許我另有妙術傳授，還要請天魔神女共破宋朝。不免再叩求師父一同下山。此間已是師父入靜之所，少候片時。〔一童上〕律座下朝講，晝門猶掩關。師兄敢是要見師父麼？今早師父有書一封，叫你自往缺陽山懇求天魔神女，請他下山的話都在書上了。叫你下了書，先下山去，師父也就下山求也。〔于〕原來如此。我先拜別了前去。〔童下〕一路而來，但見：

【九迴腸】看山靈雲蒸霧散，聽粼粼石露沙番。落紅滿徑迷人眼，天花雨，遶空壇。工夫未進休嫌晚，水到渠成尚覺難，空嗟嘆。我這裏還投几杖探微幻，須索要虔誠問、不畏心煩。三年摩揣平常事，一旦勳名豈等閒。忙來到清虛境將門叩，又只見蒼松檜帶餘寒。〔白〕此間已是。有人麼？

〔童上〕雲卧留丹壑，天書降紫泥。〔于〕弟子是元虛道士周令公之徒于洪求見，并有師父書札一封，相煩投進。〔童應下〕你看此山果是陰盛陽衰，好座名山也！〔童上〕聖女有旨，叫你不必見了，書中之意俱已曉得，叫你先下山去，到飛雷鎮擇静地伺候，明日我師父隨即下山也。〔唱〕

【前腔】奉師言諄諄非幻，承師命囑付非繁。他道數奇不遇不勞返，空貽咲，在人間。幾曾學得屠龍慣，到此方知行路難。休生憚。〔白〕故此聖女叫你先去。〔唱〕教你在飛雷鎮上先謀幹，莫認錯雲出岫、鳥倦飛還。虛心還要謀猷講，要把精誠夙夜嫻。從今去把皇圖定成功績，異日里麟台上好書丹。〔于白〕既然如此，我先去飛雷鎮等候聖女便了。〔童暗下。于唱〕

【尾聲】誠心貫日通霄漢，此番去勝雄兵百萬，天賜成功並不難。〔下〕

第七齣　魔女煉刀

〔二女引天魔上〕

【點絳唇】掣電流霞，天驚地詫陰風大。飛刃光華，千萬天魔剎。〔白〕雲錦爲裳玉作膚，桃花歷亂倩雲扶。近來名姓無人識，常向蓬瀛守藥爐。我天魔神女是也。得坤宫肅殺之象，運二六旋轉之功，向煉成飛刀四十九把，要與世人除强扶弱。昨有周令遣徒于洪致書于我，書中之意再三相求，要我下山除滅强宋。不免着他先到飛雷鎮，擺下大大戰場，好施展俺的神刀。〔衆内應介。十二女上，參〕且待于洪到來，再做道理。〔于洪上〕于洪叩見。〔天女〕于洪你先到飛雷鎮擺下戰場伺候，我隨後就到，不得有違。〔于應下。天女〕衆魔女聽者。〔唱〕爾等平日所煉飛刀俱已精熟了麽？〔衆〕俱已精熟。〔天女〕站立兩傍，聽我道來。〔唱〕

【混江龍】太阿出匣，神光迅發賽霜花。按三才天人並用，圖八陣景死堪誇。猛然間半空中起一聲雷霆霹靂，平地上風火龍蛇。俺這裏展神光星辰失位，恁那裏施法力丈尺争差。〔白〕爾等飛刀既已精熟，可將各樣陣法各各變化一番。〔衆魔女上，應介〕領法旨。〔擺陣介〕

【油葫蘆】本與那素女青蛾共一家，還自的彩艷更如花。這容堪落雁鬟堆鴉，共把那虹霓一段雲中拔。鸊鵜新淬神光發，揮向這峻臺傍、崇堦下。更只爲舞多搔鬢金釵滑，還自的散了翠雲髽。

【天下樂】聞説那劍舞公孫巧莫加，可也更如咱謾多誇。看俺這揮騰總偷得猿公法，使得這架勢圓、用得這氣力乏。早已自輕汗微微透緣紗。

【那吒令】看眉鋒臉霞，是秦家趙家？唱吴歈越哇，逐横簫短笳，聽輕攏慢撾，發山花嶺花。鞘拔氣横秋，鋒觸聲摇峽。直教他喪威風、頃刻嗟呀。（天白。衆下）妙吓！此刀果能下穿地軸，上透天關，祭起如飛蝗驟雨，收藏如芥納須彌。真神功無賽也！

【鵲踏枝】休説那躍延津、隱水涯，看俺這歐冶工良，更自的楚鐵材嘉，一般兒干霄漢、神光迅發。應有個辨星文博物張華。（衆上）

【寄生草】采聽人同喝，舞看氣倍加。微微衣動芳香發，紛紛袂舉紅雲匝，雙雙劍起青霓夾。俺這術從越女授通神，應有個佳人臨穎傳心法。（天白）衆魔女收了陣圖，隨我往飛雷鎮去走遭也。（衆應，合唱）

【煞尾】利刃果堪誇，一霎時千刀齊下。賽過那匕首龍文，試看大宋國血流河、屍成酢。（下）

第八齣　金定點將

〔高懷德、曹彬、史奎、羅彥威上，各唱二句〕

【紅納襖】怒吽吽撼三關定四郊，赤歷歷掃千軍穿七校。明晃晃鳳頭鍪金光耀，威凛凛獸頭吞寶氣摇。待學取効孫吴兵法高，更兼有勇頗牧威風老。俺這裏雄赳赳似虎彪，那怕他密札札機謀巧。〔合〕待學取抖搜精神、踴躍將兵也，静聽取拜元戎女俊豪。〔高瓊上，白〕虎豹關前奉勅言，貔貅帳下聽傳宣。太平元帥功成日，好把歌謡赴管絃。〔各通名介〕今日都督元帥登壇遣將，好不森嚴也。

〔内打陣鼓。中軍、高瓊、四小軍上，唱。金定上，唱〕

【新水令】白旄黄鉞秉專征，肅乾坤波平如鏡。鯨鯢皆授首，狐兔盡藏形。號令雷霆，今日裏先指示三申令。〔白〕天山雪後海風寒，横笛偏吹行路難。磧里征人三十萬，一時回首月中看。我深受國恩，愧無寸報。皇上因伐南唐，被困泗州，幸喜驪黄子已破。昨日奉有勅旨，封我爲都督元帥，從間道出奇兵先打清流關。那守關主將名曰向上，亦係南唐名將，不可小覷。如破得此關，好保聖駕過江。高瓊聽分付，將上帳，聽吾道來。〔唱〕

【駐馬聽】智勇嚴明，彷彿孫吴善用兵。緩攻輕取，森森的軍政豈容情。要明白休生傷杜有相生，更有那乾坤離坎陰陽定。號風雷，山岳驚，你與俺疾速傳齊聽候宣章令。〔高瓊白〕傳令衆將上台者。〔衆進介〕大都督在上，衆將打恭。〔劉〕站立兩傍，聽者。平東侯高懷德聽令，汝可領精兵十萬，路由臭銅山，此處高山峻嶺，須要逢山開路、遇水疊橋，俟我大兵取齊，不可輕易出戰。聽我道來。

〔唱〕

【雁兒落】忙忙的統精兵趲路程，休得要違悞了皇宣命。怒奔騰，遇波濤疊石橋。峻崔巍，插天開山嶺。呀！恁可知令出似雷霆，把旗幟先端正。俺這裏法興周仁義師，休得要背天時行殘猛。稱兵，奉詔旨似湯三聘。前行，聽蕭蕭班馬鳴。〔高應下。金白〕右衛將軍史奎聽令。〔史應介〕與你精兵五萬，戰舡千隻，從西南湖而進，謹防敵人半擊也。俟我大兵取齊。

【挂玉鈎】只要恁穩趁風帆自在行，不許伊殘害無辜命。休學取鼓枻扁舟一葉輕，沿途上休得多要分競。恁須是疾速者，恐悞了將軍令。那時節平定雄藩，齊看取麟閣標名。〔史應下。金〕濟陽王曹彬聽令。〔曹應介〕與你精兵十五萬，前取清流關。那主將向上勇而有謀，用心前去。

【川撥棹】齊用武，莫留停，抖擻起耀武揚威性。車馬連纓，士卒連營，雄赳赳暮止朝行。可知道三軍齊聽命。〔曹應下。金〕將軍高瓊聽令。〔高應介〕與你錢糧十萬，監造戰舡三千隻、龍舟一千隻，尅期成功，破唐之後，好迎候聖駕渡江，不可有違。

【七弟兄】帆櫓要疾勁，旗幟要鮮明，如駕着一毛輕，把層樓高峻多齊整。破洪濤、冲過浪花平。誰許你、蕩漾烟波景。〔瓊應下。劉〕大小三軍，就此發砲起程。〔衆應介〕

【煞尾】預備下犒賞猪羊齊待等，一個個盡鼓舞先登。俺這裏破南唐在指日間，索教他破雄關把頭顱來掙。〔下〕

第九齣　虔心請聖

〔苗訓上。二童執青詞上〕

【粉蝶兒】籌國心勞，爲皇家籌國心勞，俺只是舒忱懷抱。憑着他天挺人豪，俺自能指揮間恢疆宇、把這狂氛盡掃。每日價鼙鼓聲高，問何人把全功獨保。〔白〕黄沙漠漠鼓聲哀，雲氣消沉漸作霾。爲報龍城飛將少，青詞一帋勅傳來。我苗訓星夜來赴泗州勤王，已經奉旨分兵各路去了。前日羅將軍去攻飛雷鎮，被妖人張龍所害。後高夫人將張龍處斬，報復此仇，只是可惜羅將軍死于非命。昨探子來報，于洪請了天魔神女，在飛雷鎮擺下飛刀神陣，我聞知此刀十分利害，乃純陰陽煉成，能穿天透地，神仙遇之，難逃性命。但恐高夫人一時悮入，聖上十分憂慮，故此備下青詞，告求聖母下凡，破彼惡陣。我也備有表章，求請聖母便了。拈香念表。初一、初二，汝可持此兩道表章，往崑崙山聖母處啓奏。內中言詞懇切，務必求聖母下山破陣。〔童〕領鈞旨。能知縮地穿天事，〔童〕會向崑崙頂上行。〔各下。聖母上，二仙童隨上〕

【泣顔回】海外避塵囂，萬片祥雲繚繞。菁葱玉樹，琪花間着瑶草。〔童上〕雲行電走，望崑崙，頃刻須臾到。叩台前普濟宏慈，把青詞奏呈天表。〔跪介〕下界大宋皇帝有青詞啓奏，軍師苗訓亦有表章，伏乞聖母垂鑒。〔母看介〕原來天魔神女在下界傷殘生命。他的飛刀乃是純陰之氣，雖是大羅真仙，亦不能當，何况宋室君臣乃凡夫俗子，怎能逃生也！

【石榴花】他煉着純陰法物是神刀，端的是沁骨利吹毛，勝過那真仙歷劫火數難逃。陰風吹猛烈，陽氣散旋消。只見他兩片鋒，只見他兩片鋒，任鐵漢也登時小。這纔是柔能克剛、制陽剛法寶。覷着伊類妖邪，覷着伊類妖邪，頓令人輕輕掃。這的是百靈咸助赭黄袍。〔白〕二童過來，即着你二人往極樂國中借天龍二部來用。〔童應，下〕我想天魔女去道不遠，何苦又累紅塵，自取煩惱？〔唱〕

【鬬鵪鶉】可咲恁法力空牢，可咲恁法力空牢，只落得教人貽誚。恁自謂今古名超，恁自謂今古名超，枉了恁千年修造。待借取兩部天龍肆猛梟，仗佛庇福全叨。看閃閃千萬鋒鋩，看閃閃千萬鋒鋩，静悄悄同歸正道。〔二童上。天龍上〕往游極樂三千界，爲借天龍兩部來。〔見介。聖母〕兩部天龍聽我分付。

【上小樓】恁便是旋空繞，早收他利刃刀，管教他抱首無歸，邪回心正，同登極樂。〔龍白〕敢問聖母，這是何等大法，要煩我等滅除？〔母〕今有天魔神女，在飛雷鎮擺下飛刀惡陣。此陣飛刀有百千萬億，煩天龍爲我破之。〔龍唱〕想着他些小神通，想着他些小神通，煩吾鼓鬐，勞吾吟嘯。只教他到臨岐千般悲悼。〔母白〕煩兩部天龍就此下凡去也。

【煞尾】登雲程，風雷遶。端的是聖朝有道。佇看取，萬國衣冠拜聖朝。

第十齣　聖母破陣

〔聖母、二天龍同上〕

【新水令】趁雲程電疾與星飛，嘆裙釵一身顛沛。若不是乘風來解厄，怎能勾就日享功儀。暫下天梯覷狂氛，也勞我臨凡地。〔白〕按下雲頭，你看那邊團團殺氣，滚滚飛沙，神號鬼泣，真個好利害也！　天龍且在陣外，看飛刀際起，聽吾呼唤，你便在空中收取，不得有違。〔天龍應。母入陣，下。天魔女、于洪上，唱〕

【步步嬌】前羞報復非容易，道得先天秘。從今動殺機，只爲同門扶危相濟。〔于白〕遠遠望見有人來打陣了。〔天女〕天女門，可撤開圍子，任彼入陣者。〔唱〕金刃甲兵齊，大羅仙也難免飛刀殛。〔下。母上〕

【折桂令】怪伊家妖術相欺，但只見滚滚黄沙，慘慘烟迷，又只見萬刃同來，千刀齊下，俺自有丈六神威。〔白〕你看陣内飛刀千萬，盤旋上下，真個好險惡！　待俺來破你也。〔唱〕但見旂幟依依，鼙鼓聲低，遍營中冷霧淒淒，淡日霏微。霎時間現出金身，索教伊俯首皈依。〔下。天女、于洪上〕

【江兒水】冒刃來臨陣，冲鋒蹈殺機。〔天白〕衆天女，祭起飛刀者。〔衆應介。天唱〕登時飛起神光出，莫教小醜逃生計。自投羅網遭天戾。休認作、等閑兒戲。饒你揭諦修羅，也難免尸骸粉碎。

【雁兒落】恁那裏送狂氛擅弄威，俺自有瓔珞金光衛。恁道是純陰能制陽，怎知道陽盛陰全費。〔于、衆上，圍介。母唤介〕天龍何在？〔龍上〕先將于洪擊死，再將飛刀全收。擒獲天魔女，到來聽吾發落。〔龍〕領法旨。〔母唱〕呀！你與俺把神威飛舞莫稽遲。疾揚鬚，忙擺尾，修鱗甲，收鋒利。助風雲惡煞歎神奇，把剛刀全收起。還追看他行泣路岐。〔天龍將于洪追上，擊死下。又收衆天女刀。又追天魔女下。母隨下。元始、金輪王、周令公同上，合唱〕

【僥僥令】飛輪來俗界，逐影到凡基。只見殺氣横空冲天壤，一定是扭天心與世違。〔元白〕今日天魔神女數該有劫，故此前來，爲彼救度。〔母上。龍綁女上〕

【收江南】呀！你敢仗威風肆虐呵！今日個禍臨危，你把那生靈屠毒受灾罹，循環報應不差池。〔元、衆〕聖母請息雷霆。我等此來，也是爲天魔神女。他一時氣忿，扭轉天心，可念道同氣異，望聖母慈悲。〔母〕非我相逼，實乃體天行道。天命既付宋主，反違天意，以邀天功，生靈屠炭。本該剉尸萬段，念同門氣異，今後秉持我教，同登無上；再行肆虐，就有不測飛灾。鬆了。〔龍放介。唱〕免亡羊路岐，免亡羊路岐。只聽得鏗鏘天樂擁威儀。〔金定上〕

【園林好】荷仙真前來共携，報皇家精誠不移。〔白〕聖母仙師在上，弟子劉金定參見。〔母〕吾見汝大難臨身，又有汝主青詞表奏，故此下凡救汝。自今以後，南唐不日歸降，班師奏凱，列土分茅。可到五十年後，到崑崙山相會，不可貪戀紅塵，忘了真性。〔金〕弟子知道了。〔唱〕領會得聖恩全庇，朝夕裏拜慈儀，朝夕裏拜慈儀。〔母白〕汝可即刻前去取了飛雷鎮。那清流關已被曹彬所取，趙保牛逃遁海外。明日令兵一處，迎請汝主進關便了。〔金下。衆合唱〕

【沽美酒】道相同，遇益奇，遇益奇。風雲便暫追，便歷數天心無改移。蓬萊路，滔滔弱水登仙境，層層磨劫共修持。人天歡喜，體元元好生至意。俺呵，但見那麟齊鳳飛，獸舞來儀。呀！端的是文明之世。

【尾聲】望山川如聚，來駭世人、詞文奇異。大家同躡蓬山，逍遥咲幾回。

第十一齣　耆老獻匾

〔衆老百姓上〕

【鎖南枝】明良遇，祝聖年，鳳儀鸞舞盛世傳。聖德大如天，恩敷山與川。〔白〕我乃羲皇村一個老人是也。方今宋朝皇帝平定天下，人民樂業，五穀豐登，四海同風，六合混一。故此天下十三省耆老感念聖主恩德，無可爲報。今日約了士民人等，又傳了道地秀才，裝成一個扁額，上寫着「盛世鴻圖」四字進獻，以見我等百姓報答之意。等人齊了，同到午門進獻。〔唱〕願無疆，候旨宣。頌恩膏，垂年遠。〔又扮父老上。老秀才二個〕

【前換頭】岐山鳳皇現，靈台鶴鹿翩。率土人民歡忭。故此相約同儕，及早朝金殿。〔作見介。老白〕你們爲何此時纔來？〔衆〕不是我們來遲，有的路遠，有的借件衣服，故此纔來。如今早早前去。〔老〕恐怕還有未到的，再去傳一傳。〔合唱〕報君恩，通國傳。同去拜龍墀，歡聲遍。〔二人抬扁上，同走介〕

【朝元令】歡聲震天，德沛恩波遠。心專意虔，野老舒芹獻。商賈農工，不辭勞倦，我輩丹忱纔顯。霧靄雲連，登山涉水齊向前。巍煥莫能言，私心懸日邊。侯荒要甸，齊朝賀萬年成憲，齊朝賀萬年成憲。〔同下〕

第十二齣　太祖渡江

〔史奎、高懷德上〕

【剔銀燈】前擺着龍車儀從，後擁着豹槍鳳輦。看沿江州縣忙行動，投降表、壺漿高捧。〔高白〕史將軍，我等奉旨先渡江而來，已到江南地面了，須索早早預爲准備，迎待聖駕。〔史〕衆位將軍將次到來，到時一同前去便了。〔曹、衆上，唱〕呼嵩商農士工，似紫微星辰朝拱。〔高白〕衆位將軍，此處離大廷駬不遠，我等就此前去擺齊隊伍，迎接聖駕。〔衆〕説得有理。大家前去便了。

【普天樂】景星開，祥雲擁。走龍蛇，飛麟鳳。百靈護、帝主行宫，天威震、一怒成功。呀！看前遮後擁，龍舟駕順風。截浪冲波，宛是步月仙踪。〔下。太祖、苗訓、八將、五纛、八水手。不用高台〕

【錦纏道】趁天風，似憑虚、波濤斂踪。嘉惠遍，寰中盡呼嵩。能教水陸屏幪。〔内作濤響。二龍神上，朝介。太祖白〕爲何一霎時風起雷鳴，波濤洶湧，是何祥異？〔苗〕臣啓陛下：聖天子渡江涉河，那龍王、水族皆來朝賀，只須皇上免彼朝參，自然風恬浪静了。〔太祖〕既然如此，分付免參。〔苗分付介。衆唱〕回避了衆龍神，朝參免恭。傳諭了水族波臣，稽首雲中。風定水澄空。分明是、威靈格穹祥雲瑞日紅。果然勝垂裳端拱，故能得樂事與人同。

【古輪台】駕飛龍，肅清海宇盡同風。舟行觸浪無驚恐。皇圖一統，看放牛歸馬，處處家絃户誦。聖渡汪洋，如天高迥，恩波共沐幸遭逢。太平歌咏，宛是湯武神功。和風化日，祥烟瑞靄，仁麟彩鳳。從此仰高崇，多方貢，千秋萬載祝華封。

【尾聲】太平樂事，君民共齊聽。那高岡鳴鳳，端的是五色雲車駕六龍。〔下〕

第十三齣　金殿團圓

〔内細樂止。趙普、苗訓、張齊賢、范質、史儀、曹彬、石守信、王全斌、潘仁美、高懷德、馮茂、高瓊上，各念一句〕

時邁其邦，昊天其子之，實右序有周。薄言震之，莫不震叠。懷柔百神，及河喬嶽。允皇維后，明昭有周，式序在位。載戢干戈，載橐弓矢。我求懿德，肆予時夏，〔合念〕允王保之。〔各通第一本名介。趙白〕我皇上親伐南唐，奏凱歸來，萬方歡悦，一統車書。今日親御寶座。〔合〕好太平景象也！〔太監上〕聖旨下。〔衆跪介〕詔曰：經邦治國，固宜燮理之□。□□□□，寔賴干城之士。朕以親統六師，方期三鼓。□□貪功，羈圍多日。因是智謀乏策，勇悍難争。兹爾太尉駙馬高懷德、濟陽郡王曹彬、輔國軍師苗訓、御營使司馮茂、右衛將軍史奎、將軍高瓊封上陽侯并妻劉氏贈上陽郡君，俱陞三級，依品食邑。王全斌、潘仁美、石守信，俱以汗馬功勞，皆封列侯。陣亡羅彦威，廕襲其子。南唐李煜，封爲違命侯。所有崑崙聖母靈感，立祠致祭，春秋祀焉。陣亡將士，恩恤其家。嗚呼！武功文德，既遠邁于前朝；偉績崇功，寔近超乎當代。欽哉！謝恩。〔下〕